John Case
Código Génesis

Traducción de Agustín Vergara

⊕ Planeta

Título original: *The Genesis Code*

© John Case, 1996, 2004
© por la traducción, Agustín Vergara, 1999
© Editorial Planeta, S. A., 2006
   Avinguda Diagonal, 662, 6.ª planta. 08034 Barcelona (España)

Diseño e ilustración de la cubierta: Opalworks
Primera edición en Colección Booket: octubre de 2006

Depósito legal: B. 39.015-2006
ISBN-13: 978-84-08-06887-7
ISBN-10: 84-08-06887-3
Impresión y encuadernación: Cayfosa-Quebecor
Printed in Spain - Impreso en España

Biografía

John Case. Pseudónimo del que se sirven Jim y Carolyn Hougan (EE. UU.) para publicar juntos. Jim Hougan es un laureado periodista de investigación que ha publicado tres ensayos sobre los servicios de inteligencia de Estados Unidos. En su faceta como escritor a cuatro manos con su mujer Carolyn Hougan, ha escrito, entre otras novelas, *El primer jinete del Apocalipsis* y *La sombra de Dios*, ambos publicados en Planeta. En solitario, Jim Hougan es el autor de grandes bestsellers como *El último merovingio* y *El maestro del mal*.

A la memoria de Bob LaBrasca (1943-1992)

A la sabiduría iluminada de Racine

Dios de Dios, Luz de Luz,
Dios verdadero de Dios verdadero,
engendrado, no creado...

Credo niceno,
concilio de Calcedonia, 451 d.C.

PRIMERA PARTE

Julio

CAPÍTULO 1

El padre Azetti se sentía tentado.

De pie, en la escalinata de la parroquia, acarició nerviosamente el rosario con los dedos. Al otro lado de la plaza estaba su *trattoria* favorita. Miró la hora. Eran las dos menos veinte y estaba muerto de hambre.

Supuestamente, la iglesia debía permanecer abierta de ocho a dos y, de nuevo, de cinco a ocho. Al menos, eso decía el cartel de la puerta, y el padre Azetti tenía que reconocer que el cartel tenía cierta autoridad. Llevaba ahí colgado casi cien años. Aun así...

La *trattoria* estaba en la via della Felice; un nombre grandioso para un pequeño callejón adoquinado que se alejaba serpenteando de la plaza hasta morir en el muro de piedra que definía los límites del pueblo.

Montecastello di Peglia, uno de los pueblos más remotos y bellos de toda Italia, se erguía sobre un promontorio de rocas, a trescientos metros de altura sobre la llanura de Umbría. Su orgullo era la piazza di San Fortunato, donde una pequeña fuente borboteaba a la sombra de la única iglesia del pueblo. Silenciosa y envuelta por el aroma de los pinos, la pequeña plaza era lugar de encuentro de amantes y estudiantes de arte que acudían a ella por las espléndidas vistas que ofrecía de la llanura. A sus pies se extendía un mosaico de cultivos, el corazón de la Italia rural, donde los campos de girasoles temblaban bajo el efecto del calor.

Pero ahora los amantes y los estudiantes estaban comiendo.

Un lujo que el padre Azetti todavía no podía permitirse. Una suave brisa le llevó el olor a pan recién horneado, carne a la parrilla, limón y aceite de oliva. Era una tortura.

Pero no tenía más remedio que desoír las quejas de su estómago. Por encima de todo, Montecastello era un pueblo. Ni siquiera tenía un hotel, tan sólo una pequeña pensión regentada por una pareja de ingleses. El padre Azetti llevaba menos de diez años en el pueblo. Era un forastero; para la gente del pueblo siempre lo sería. Y, como forastero, era el blanco de las habladurías de sus vecinos, sobre todo los más viejos, que controlaban cada uno de sus movimientos, siempre vigilantes, y ensalzaban continuamente las virtudes de su predecesor, «el cura bueno». ¿Azetti? Azetti era «el cura nuevo». Si al padre Azetti se le ocurriera cerrar la iglesia un solo minuto antes de tiempo durante las horas de confesión se armaría un escándalo en Montecastello.

Con un suspiro, el párroco le dio la espalda a la plaza y volvió a adentrarse en la penumbra de la iglesia. Construida en una época en la que el cristal era un lujo, la iglesia estaba condenada a las sombras perpetuas desde el mismo momento de su edificación. Al margen del débil resplandor de las bombillas de los candelabros y de una hilera de velas que se consumía en la nave central, la única iluminación de la estructura procedía de las estrechas ventanas que se abrían en lo alto de uno de los muros laterales. Aun siendo pequeñas y escasas, las ventanas conseguían un efecto de gran dramatismo cuando, en algunas ocasiones, como ésta, transformaban el sol de la tarde en haces de luz que descendían hasta el suelo de la iglesia. Al pasar junto a uno de los retablos de madera de caoba que marcaban las estaciones del vía crucis, el padre Azetti observó con una sonrisa al penitente que lo esperaba en una de esas lagunas de resplandor natural. Se adentró en la luz, gozando del efecto visual de los haces sobre su figura. Vaciló un momento, imaginándose cómo se vería la escena a través de los ojos de otra persona. Después entró en el confesionario, avergonzado de su propio narcisismo, y corrió la cortina. Se sentó en la oscuridad y esperó.

El viejo confesionario de madera estaba dividido por un tabique con una celosía que se podía tapar corriendo un panel. Debajo de la celosía sobresalía un pequeño estante. El padre Azetti tenía la costumbre de apoyar las puntas de los dedos en este estrecho saliente mientras inclinaba la cabeza para oír la confesión susurrada. Un hábito que claramente compartían muchos de sus predecesores, pues el pequeño estante estaba gastado por siglos de manos pías frotando la madera.

El padre Azetti suspiró, se acercó el dorso de la mano a los ojos y miró la esfera luminosa de su muñeca. Faltaban nueve minutos para las dos.

Cuando no se había perdido el desayuno, el párroco disfrutaba de las horas que pasaba en el confesionario. Como un músico que interpreta a Bach, se escuchaba a sí mismo y oía a sus predecesores en cada cambio de tonalidad. El confesionario resonaba con viejos latidos de corazón, secretos susurrados y absoluciones pasadas. Sus paredes habían escuchado un millón de pecados o, como solía decir el padre Azetti, una docena de pecados cometidos un millón de veces.

Los pensamientos del párroco fueron interrumpidos por un ruido familiar al otro lado del confesionario: el sonido de la cortina al abrirse seguido de la queja de un hombre mayor al arrodillarse. El padre Azetti respiró hondo y corrió el panel de madera.

—Bendígame, padre, porque he pecado...

No podía ver la cara del hombre, pero la voz le resultaba familiar. Era la voz del ciudadano más distinguido de Montecastello, el doctor Ignazio Baresi. En algunos aspectos, el doctor Baresi se parecía a él: era un forastero cosmopolita trasplantado a la asfixiante belleza de un pueblo de provincias. Inevitablemente, ambos hombres eran objeto de las habladurías del resto del pueblo e, inevitablemente, se habían hecho amigos. O, si no amigos, al menos aliados, que era todo lo que permitía su diferencia de edad e intereses. La verdad era que tenían poco en común, quitando una excelente educación. El médico era un septuagenario con las paredes de su casa cubiertas de diplomas y certificados que atestiguaban sus logros en la ciencia y la medicina. El cura era menos ilustre: un sacerdote de mediana edad que había sido apartado de los entresijos de la política vaticana.

Las tardes de los viernes solían sentarse en la plaza, delante del café Central, a jugar al ajedrez mientras se bebían un par de vasos de vino. Sus conversaciones eran frugales y carecían de cualquier tipo de intimidad. Un comentario sobre el tiempo, un brindis por la salud mutua y entonces: jaque al rey. Así, después de más de un año de comentarios banales y alguna reminiscencia aislada, sólo sabían un par de cosas el uno del otro, pero eso parecía bastarles.

Últimamente sus encuentros habían sido escasos. El párroco sabía que el médico había estado enfermo, pero no se había dado cuenta de hasta qué punto. Su voz sonaba tan débil que el padre Azetti tuvo que apretar la sien contra la celosía para poder oírlo.

Y no es que el párroco sintiera especial curiosidad. Al igual que con todas las demás personas que acudían a confesarse a su parroquia, Azetti apenas escuchó lo que decía. Después de diez años en Montecastello, se sabía de memoria las debilidades de todos sus feligreses. A sus setenta y cuatro años, el médico podría haber tomado el nombre de Dios en vano o quizá se hubiera mostrado poco caritativo. Antes de enfermar, puede que hubiera deseado a una mujer, incluso podría haber cometido adulterio, pero todo eso había quedado atrás para este pobre hombre, que cada día parecía más débil.

De hecho, en el pueblo se esperaba su fallecimiento con una ávida expectación de la que ni siquiera el padre Azetti estaba libre. Después de todo, *il dottore* era un hombre rico, pío y soltero. Y ya se había mostrado generoso en más de una ocasión con el pueblo y con la parroquia. Desde luego, pensó el padre Azetti, el médico...

«¿Qué?»

El párroco concentró toda su atención en la temblorosa voz del médico. Había estado divagando, justificándose, como suele hacer la gente antes de confesarse, evitando el pecado para hacer hincapié en sus intenciones, que, como siempre, eran dignas de alabanza. Había mencionado algo sobre el orgullo, sobre el orgullo que lo había cegado, y, además, estaba lo de su enfermedad y la toma de conciencia de su carácter mortal. Se había dado cuenta de lo erróneo de su comportamiento. No había nada sorprendente en eso, pensó Azetti; la perspectiva de la muerte siempre volvía más nítidas las prioridades de cada uno, sobre todo las prioridades de carácter moral. El padre Azetti estaba pensando en eso cuando el médico por fin confesó su pecado.

El párroco no pudo evitar interrumpirlo.

—¿Qué?

Con un tono de voz apremiante, el doctor Baresi repitió lo que había dicho. Después empezó a entrar en detalles, para evitar cualquier posible confusión sobre lo que estaba diciendo. Mientras escuchaba los terribles pormenores, el padre Azetti sintió cómo el corazón le daba un vuelco. Lo que este hombre había hecho, el pecado que había cometido, era el mayor pecado que ningún hombre pudiera imaginar; un pecado tan profundo y definitivo que tal vez ni el mismísimo cielo volviera a ser igual. ¿Acaso era posible?

El médico permaneció en silencio, respirando ahogadamente mientras esperaba la absolución de su amigo, de su aliado.

Pero el padre Azetti era incapaz de hablar. No podía pronunciar ni una sola palabra. Ni siquiera podía pensar. No podía ni respirar. Era como si lo hubieran arrojado a un frío río de montaña. Todo lo que podía hacer era jadear. Parecía que tenía la boca hecha de madera, de madera seca.

El médico también parecía haberse quedado mudo. Intentó hablar, pero sólo consiguió abrir la boca. Se aclaró la garganta con un sonido estrangulado que parecía salir de lo más profundo de su pecho y que finalmente estalló con tal fuerza que hizo que se estremeciera el confesionario. Por un momento, el párroco temió que el hombre fuera a morirse ahí mismo. Pero, en vez de eso, oyó cómo el médico corría la cortina y salía del confesionario.

El padre Azetti permaneció donde estaba, clavado en el sitio, como un testigo de un accidente mortal. En un gesto automático, su mano derecha dibujó la señal de la cruz. Se levantó, corrió la cortina y salió a una laguna de luz.

Por un momento, fue como si el mundo se hubiera evaporado. Sólo había polvo, ascendiendo hacia el cielo en una columna de luz amarillenta. Poco a poco, sus ojos se adaptaron a la luz, hasta que vio la frágil figura del médico alejándose por el pasillo con paso inseguro. Su blanca cabeza se balanceaba en la penumbra como la de un fantasma, mientras avanzaba hacia la puerta golpeando rítmicamente las baldosas del suelo con su bastón. El párroco dio un paso hacia él, después otro.

—*Dottore* ¡Por favor! —La voz del padre Azetti resonó en la iglesia. Al oírla, el médico vaciló un instante. Se volvió lentamente hacia el párroco, pero el padre Azetti no vio arrepentimiento en su gesto. El médico iba montado en un tren hacia el infierno y lo que irradiaba su cuerpo, como si fuera una aureola alrededor de la luna, era pánico.

Y desapareció detrás de la puerta.

CAPÍTULO 2

El padre Azetti escribió «*CHIUSO*» en un trozo de cartón para que todos supieran que la iglesia estaba cerrada. Después clavó la nota en la puerta, cerró con llave y se marchó a Roma.

La voz del médico resonaba como un claxon en su cabeza, ahora baja, ahora más alta, ahora casi inaudible. Era como si en su alma se hubiera declarado el estado de emergencia; la confesión le llegaba una y otra vez, desde todos los ángulos. La voz susurrante y desesperada de Baresi era como una infección que se hubiera apoderado de él. En su interior, lo asaltaban una y otra vez las mismas palabras: «Tienes que hacer algo. ¡Lo que sea!» Y eso estaba haciendo. Iba a Roma. En Roma sabrían qué hacer.

Le pidió al marido de la mujer que limpiaba sus habitaciones que lo llevara al cercano pueblo de Todi, bastante más grande que Montecastello. Una vez en el coche, se sintió mejor; el bálsamo de la actividad mitigaba su ansiedad. Ya estaba de camino.

El conductor era un hombre grande y bullicioso que, como la posición del padre Azetti le permitía saber, tenía tendencia a abusar de las partidas de naipes y de la *grappa*. Hacía años que no trabajaba en nada y, para no poner en peligro los ingresos de su mujer, se mostraba excesivamente solícito, disculpándose continuamente por la pobre suspensión del coche, por el calor, el estado de las carreteras y el comportamiento enloquecido de los demás conductores. Cada vez que frenaba de golpe, extendía un antebrazo protector delante del párroco, como si el padre Azetti fuera un niño pequeño que no sabía lo suficiente sobre las leyes físicas como para sujetarse.

Cuando finalmente llegaron a la estación de tren, el hombre se bajó de un salto y rodeó el coche a toda prisa. La puerta del viejo Fiat, que había quedado abollada en alguna vieja colisión, se abrió con un gemido lastimero. Fuera del coche, el aire apenas era más fresco; un hilo de sudor descendió lentamente por la espalda del párroco. Mientras escoltaba a Azetti hasta la ventanilla donde se dispensaban los billetes, el conductor lo bombardeó con preguntas. ¿Quería que se encargara él de comprar el billete? ¿Quería que esperara en la estación hasta que llegara el tren? ¿Estaba seguro el párroco de que no quería que lo llevara a la estación central de Perugia? El párroco rechazó todas las ofertas: «No, no, no, no, no, no. *Grazie, grazie!*» Hasta que, por fin, el hombre se marchó con una inclinación de cabeza y un inconfundible gesto de alivio.

El padre Azetti tendría que esperar al menos una hora antes de coger el tren a Perugia. En Perugia cogería un autobús hasta la otra estación y esperaría otra hora antes de coger el tren a Roma. Mientras tanto, se sentó en un pequeño banco fuera de la estación de Todi. El aire era pesado y polvoriento, y los negros hábitos de su orden atraían los rayos del sol.

El padre Azetti era jesuita, un miembro de la Compañía de Jesús. A pesar del calor, no relajó los hombros ni dejó caer la cabeza. Permaneció sentado completamente recto, con una postura perfecta.

De haber sido un vulgar sacerdote de una pequeña parroquia de un pueblo de Umbría, la confesión del doctor Baresi probablemente no habría trascendido. De hecho, de haber sido un sacerdote cualquiera, el padre Azetti no habría comprendido la importancia de la confesión del doctor, y menos todavía sus implicaciones. Y, de haberlo hecho, no habría sabido qué hacer con la información ni a quién acudir con ella.

Pero Giulio Azetti no era un sacerdote cualquiera.

Había un término bastante popular en el mundo secular para los extraños giros del destino: sincronía. Pero, para una persona religiosa, la sincronía era un concepto inaceptable, incluso demoníaco. El padre Azetti veía cualquier cadena de incidentes como algo unido por una mano invisible, como una cuestión de voluntad, no de azar. Mirándolo así, su presencia en ese confesionario en concreto, escuchando esa confesión en concreto, se debía a la voluntad divina. Pensó en la manera popular de expresarlo: «Los caminos del Señor son inescrutables.»

Sentado en el andén, el padre Azetti meditó sobre las dimensiones del pecado que había oído en confesión. Dicho simplemente, era una abominación, un crimen que no iba sólo contra la Iglesia, sino contra el universo entero. Ofendía el orden natural de las cosas y contenía en sí mismo el final de la Iglesia; pero no sólo el de la Iglesia.

La oración era un escudo, así que intentó rezar, intentó usar la oración como una pantalla, pero era inútil. La voz del doctor Baresi calaba a través de sus rezos y ni siquiera la señal de la cruz conseguía alejarla.

El párroco movió la cabeza y posó la mirada en las malas hierbas que crecían llenas de polvo entre las grietas de hormigón de las vías del tren. Igual que las semillas que habían caído en esas grietas albergaban en su esencia la promesa de esta vegetación destructiva, de no tomarse medidas, el pecado confesado por el doctor albergaba en su esencia... ¿Qué albergaba?

¿El fin del mundo?

El calor de julio era tan intenso que las vías del tren y los edificios que se alzaban detrás de ellas parecían estremecerse, confundiéndose con el aire. Debajo de sus hábitos, el párroco estaba bañado en una fina capa de sudor.

Se secó la frente con la manga y empezó a ensayar lo que iba a decir al llegar a Roma; suponiendo, claro está, que el cardenal Orsini tuviera a bien recibirlo.

«Es un asunto de la mayor importancia, eminencia...»

«He tenido noticias de una grave amenaza contra la fe...»

Ya encontraría las palabras. Lo más difícil iba a ser eludir la burocracia eclesiástica. Intentó imaginarse las circunstancias en las que el cardenal, un dominico, aceptaría recibirlo. Sin duda, Orsini reconocería su nombre y, al acordarse de él, comprendería que su solicitud de audiencia no era una frivolidad. O puede que la familiaridad se volviera en su contra. Tal vez el cardenal pensara que estaba allí para defender su propio caso, que quería volver a Roma después de su largo exilio en Umbría.

El padre Azetti cerró los ojos. Ya encontraría una manera. Tenía que encontrar una manera.

Y, entonces, el suelo empezó a vibrar y un sordo zumbido ascendió a través de las suelas de sus brillantes zapatos negros. No muy lejos, una niña con sandalias rosas de plástico empezó a dar pequeños saltos. El padre Azetti se levantó. El tren estaba llegando.

CAPÍTULO 3

El tren que iba de Perugia a Roma era un viejo *locale* con asientos tapizados y fotos del lago de Como. Apestaba a colillas y paraba prácticamente en todas las estaciones. Extenuado por el hambre, pues todavía no había comido, y el tedio del tren, el padre Azetti se recostó en su asiento con la mirada fija en el crepúsculo. Poco a poco, el paisaje se fue haciendo más urbano, menos interesante, hasta ceder finalmente ante los lúgubres suburbios industriales de la capital de Italia. Al llegar a la estación, el tren se detuvo con un estremecimiento, los frenos de disco suspiraron con alivio, las puertas se abrieron de golpe y los pasajeros inundaron el andén.

El padre Azetti buscó un teléfono y llamó a monseñor Cardone a Todi. Pidió perdón por su ausencia. Había ido a Roma por un asunto de gran importancia.

¡Roma!

Esperaba estar de vuelta en un día o dos, pero quizá tardara un poco más. En ese caso, alguien tendría que ocuparse de sus labores en Montecastello. Monseñor Cardone estaba tan asombrado que sólo emitió una última queja airada antes de que Azetti se disculpase por última vez y colgara.

Como no tenía dinero para pagar una habitación de hotel, el sacerdote pasó la noche tumbado en un banco de la estación. Por la mañana se aseó en el servicio de caballeros y fue a buscar una cafetería. Encontró una justo enfrente de la estación, se bebió un café solo y devoró un bollo que se parecía a un croissant, pero que no lo era. Con el hambre saciada, volvió a entrar en la estación y buscó la gran **M** roja que indicaba la entrada del metro. El destino del padre Azetti era una ciudad-Estado situada en pleno corazón de Roma: el Vaticano.

«Esto no va a ser fácil —pensó—, nada fácil.»

Como en cualquier Estado independiente, los asuntos del Vaticano son administrados por un aparato burocrático, en este caso por la Curia, cuya misión consiste en dirigir el inmenso organismo que todavía se conoce como el Sacro Imperio Romano. Además de la Secretaría de Estado, que se ocupa de los asuntos diplomáticos de la Iglesia, la Curia está formada por otras nueve «congregaciones» sacras. Cada una de ellas es equiparable a un ministerio y se encarga de una faceta u otra de los asuntos de la Iglesia.

La más importante de todas es la Sagrada Congregación para la Doctrina de la Fe, que hasta 1965 se conocía como la Congregación para la Sagrada Inquisición del Error Herético. Con más de cuatrocientos cincuenta años de vida a sus espaldas, la Inquisición sigue ocupando un lugar central en los asuntos cotidianos de la Iglesia, aunque ya nadie la llame así.

Además de supervisar los planes de estudios de los colegios católicos a lo largo y ancho del mundo, la CDF, como se conoce popularmente, sigue investigando casos de herejía, juzgando amenazas contra la fe, disciplinando a sacerdotes y excomulgando a pecadores. En algunos casos excepcionales, parte de la congregación puede ser llamada a realizar exorcismos, a luchar cuerpo a cuerpo contra Satanás, o a tomar medidas especiales en caso de producirse una amenaza contra la sagrada fe.

Y el asunto por el que el padre Azetti había viajado a Roma estaba relacionado directamente con estas últimas responsabilidades.

El máximo responsable de la CDF era Stefano Orsini, el cardenal Orsini, que veinticinco años antes había compartido estudios con Azetti en la Universidad Gregoriana del Vaticano. Ahora, Orsini era un príncipe de la fe, el líder de una congregación vaticana que incluía a otros nueve cardenales menores, a doce obispos y a treinta y cinco sacerdotes; todos ellos académicos de primera fila.

Las dependencias del cardenal estaban a la sombra de la basílica de San Pedro, en el palacio del Santo Oficio; un edificio que Azetti conocía muy bien. Había pasado sus primeros años de sacerdocio rodeado de libros y manuscritos en una pequeña habitación, brillantemente iluminada, del segundo piso. Pero hacía mucho tiempo de aquello y, mientras subía la escalera que llevaba al tercer piso, el corazón le latía con fuerza.

No era por el esfuerzo físico, era por los peldaños, por la manera en la que el mármol se hundía desgastado en el centro después de tantos siglos de pisadas. Al ver la erosión de la piedra, al pensar que casi habían pasado veinte años desde la última vez que había subido esa escalera, se dio cuenta de que su vida se estaba consumiendo, de que ya llevaba haciéndolo mucho tiempo. Como los escalones, él también estaba empezando a desaparecer.

La idea hizo que se detuviera. Se quedó quieto en el rellano de las escaleras, agarrando la barandilla con tanta fuerza que los nudillos se le quedaron blancos. Un sentimiento parecido a la nostalgia se apoderó de él, pero no era nostalgia, era algo... más profundo, una sensación de pérdida que le produjo una punzada en la garganta. Lentamente, reemprendió su ascenso y, al hacerlo, penetró más y más profundamente en su propia melancolía.

Ahora era un forastero, alguien que iba de visita a la mansión de su Padre, y su intimidad con los detalles del edificio —la textura de la pintura, el cobre aterciopelado de la barandilla, la manera que tenía la luz de descender en rectángulos oblicuos sobre el suelo de mármol— le partía el corazón.

Siempre había pensado que pasaría la mayor parte de su vida entre las paredes del Vaticano: en la biblioteca, dando clases en una de las universidades de la Iglesia, en este mismo edificio. Había sido lo suficientemente ambicioso para pensar que algún día incluso podría llevar una birreta roja de cardenal.

Pero, en vez de eso, se había pasado la última década predicando a los fieles en Montecastello, donde su «rebaño» estaba formado por tenderos, campesinos y modestos comerciantes. Era un pensamiento poco caritativo, pero no podía evitarlo: ¿qué hacía un hombre como él en un sitio como ése?

Tenía un doctorado en derecho canónico y conocía a la perfección las maneras del Vaticano. Había trabajado durante años en la Sagrada Congregación para la Doctrina de la Fe y, después, en la Secretaría de Estado. Había hecho su trabajo admirablemente, inteligentemente, con compasión y eficacia. Algo que lo había llevado a ser considerado como un valor en alza. Durante el tradicional período de maduración en el extranjero había trabajado como subsecretario del nuncio apostólico, primero en México y después en Argentina. Nadie dudaba que algún día él también sería un embajador del papa.

Pero eso nunca llegó a ocurrir. Perdió el favor de la Curia al participar en las manifestaciones contra el brutal régimen militar de Buenos Aires. Azetti le exigió al gobierno argentino que le notificara el paradero de ciudadanos desaparecidos y concedió entrevistas a periodistas extranjeros; entrevistas tan incendiarias que, en dos ocasiones, provocaron el intercambio de notas diplomáticas.

Con la llegada del papa Juan Pablo II estaba claro que el Vaticano no iba a seguir tolerando el activismo político de curas como Azetti. El nuevo papa era un dominico, un polaco conservador de la época de la Guerra Fría que veía la justicia social como una misión de carácter más secular que religioso.

Los dominicos y los jesuitas casi siempre han perseguido objetivos distintos. Así que a nadie le sorprendió que la Compañía de Jesús cayera bajo sospecha. La orden entera fue amonestada por prestarle más atención a las cuestiones políticas que a servir a la Iglesia, algo que a ojos del nuevo papa representaba una clara falta de equilibrio.

Aunque el cuarto voto de los jesuitas es la obediencia al papa, el padre Azetti no podía compartir esa visión. ¿Cómo podía ser sacerdote y no defender a los pobres? En una conversación de carácter privado con un periodista norteamericano, Azetti dijo que Juan Pablo II no se oponía al activismo político en sí, sino a determinados tipos de activismo. Podría haberlo dejado ahí, pero, para que no quedara ninguna duda sobre lo que pensaba, añadió: «Se fomentan actividades anticomunistas, pero no se toleran denuncias contra regímenes fascistas, sin importar que puedan torturar y asesinar a miles de personas.»

Dos días después, sus comentarios aparecieron publicados, más o menos literalmente, en la *Christian Science Monitor*. El artículo iba acompañado por una foto de Azetti a la cabeza de una manifestación en la plaza de Mayo. Debajo de la foto figuraba su nombre y la pregunta: *¿cisma?*

Dadas las circunstancias, Azetti tuvo suerte de no ser excomulgado. Fue llamado al Vaticano y desposeído de su rango a todos los efectos. Como ejercicio de humildad, fue enviado a una parroquia tan pequeña y remota que nadie sabía decirle dónde estaba exactamente. Unos decían que estaba cerca de Orvieto. O puede que de Gubbio. Desde luego, estaba en Umbría, pero ¿dónde? Finalmente encontró el pueblo con la ayuda de un mapa del ejército; era una cabeza de alfiler justo al norte de Todi. Desde entonces, no se había movido de Montecastello, y su prometedora carrera había quedado reducida a las labores de un cura de parroquia.

Pero de eso hacía mucho tiempo.

El padre Azetti entró en la antecámara que tan bien recordaba. Era una habitación sencilla, con dos bancos de madera, un viejo escritorio y un solitario crucifijo colgado en la pared. Las aspas de un gran ventilador giraban lentamente en el techo, removiendo el calor.

La habitación estaba vacía. En el escritorio, decenas de tostadoras con alas se movían silenciosamente por la pantalla de un ordenador portátil. Azetti buscó un timbre. Al no encontrarlo, tosió en señal de aviso. Después recurrió a un sonoro saludo. Finalmente se sentó en uno de los bancos, cogió su rosario y empezó a rezar.

Estaba en la decimosegunda cuenta cuando un sacerdote con hábitos blancos salió del despacho del cardenal. Al verlo, el sacerdote se detuvo con gesto de sorpresa.

—¿Puedo ayudarlo en algo, padre?

—*Grazie* —dijo Azetti incorporándose.

El sacerdote le ofreció la mano y dijo:

—Donato Maggio.

—¡Azetti! Giulio Azetti, de Montecastello.

El padre Maggio frunció el ceño.

—Es un pueblecito en Umbría —añadió Azetti.

—Ah —repuso Maggio—. Claro.

Los dos hombres permanecieron unos segundos en silencio, sonriendo de manera forzada. Por fin, Maggio se sentó frente a su escritorio.

—¿En qué puedo ayudarlo? —dijo.

Azetti se aclaró la garganta.

—¿Es usted el secretario del cardenal? —preguntó.

Maggio negó con la cabeza y sonrió.

—No, realmente sólo estoy sustituyéndolo durante unas

semanas. Hay mucho trabajo. Está habiendo muchos cambios. Realmente soy ayudante de archivos.

Azetti asintió, retorciendo su sombrero entre las manos. Tendría que haber adivinado el puesto de Maggio. A pesar de todos los años que habían pasado, la frase le vino inmediatamente a la cabeza: un ratón de archivos. Así llamaban a quienes trabajaban en lo más profundo de los archivos, buscando pergaminos y viejos textos iluminados para los cardenales, los obispos y los profesores de las universidades vaticanas. Maggio moqueaba continuamente y tenía la nariz roja y los típicos ojos miopes de la especie. Al cabo de cierto tiempo, la escasa iluminación y los siglos de humedad acumulados en los libros hacían inevitable que todos compartieran esas características.

—Entonces... —dijo Maggio frunciendo el ceño—, ¿en qué puedo ayudarlo, padre? —Se sentía un poco decepcionado porque el sacerdote no le había preguntado la razón de tanto trabajo ni la naturaleza de los «cambios» que había mencionado. De haberlo hecho, Maggio podría haber mencionado algo sobre la salud del papa para disfrutar con la reacción de sorpresa del párroco ante la noticia. Pero este párroco parecía ensimismado en sus propios pensamientos. Maggio tuvo que repetir la pregunta—. ¿En qué puedo ayudarlo?

—He venido a ver al cardenal.

Maggio movió la cabeza.

—Lo siento —contestó.

—¡Es urgente! —insistió Azetti.

Maggio pareció dudar.

—Una amenaza contra la fe —explicó Azetti.

El ratón de archivos sonrió parcamente.

—El cardenal está muy ocupado, padre. Usted debería saber eso.

—¡Lo sé, lo sé! Pero...

—Cualquiera puede decírselo: las citas tienen que concertarse con mucha antelación. —El hombre detalló el procedimiento con desgana. Primero, Azetti debería haber consultado con el obispo de su diócesis. Pero, como no lo había hecho, como ya estaba en Roma, quizá fuera posible conseguirle una entrevista con algún prelado a quien Azetti podría explicarle la naturaleza del asunto. Y, si después se estimaba pertinente, tal vez fuera posible que viera al cardenal, aunque desde luego no antes de que transcurrieran varias semanas, o puede que incluso más. Quizá lo mejor fuera que escribiera una carta.

El padre Azetti dio unos golpecitos impacientes en el ala de su sombrero. Ya había sido acusado antes de arrogancia por creer que sus preocupaciones eran lo más importante cuando la Iglesia tenía otras prioridades. Pero ¿en este caso? No. No. Un intermediario no serviría, ni tampoco una carta. Tenía que hablar personalmente con el cardenal. Con este cardenal.

—Esperaré —decidió. Después volvió a sentarse en el banco.

—Creo que no me he explicado bien —dijo Maggio esbozando una débil sonrisa—. El cardenal no puede recibir a todas las personas que quieran verlo. Existen procedimientos.

—Se ha explicado perfectamente —dijo el padre Azetti ante la desesperación del secretario—, pero esperaré.

Y eso hizo.

Cada mañana, Azetti llegaba a la basílica de San Pedro a las siete en punto. Rezaba sus oraciones sentado en un banco cerca de la famosa estatua de San Pedro, observando cómo los devotos se acercaban y esperaban su turno para besar el pie de bronce del gran apóstol. Siglos de besos habían hecho desaparecer las separaciones entre los dedos y la parte delantera del pie había perdido su forma original; incluso la suela de la sandalia se había fundido con el bronce del pie.

A las ocho de la mañana, Azetti subía los escalones hasta la antecámara del tercer piso y le daba su nombre al padre Maggio. Cada día, Maggio bajaba la cabeza con frialdad y escribía el nombre de Azetti en el libro de registro con una precisión hostil. El párroco ocupaba su puesto en el banco, donde permanecía incómodamente sentado durante el resto del día. A las cinco de la tarde, cuando se cerraban las dependencias del cardenal, volvía sobre sus pasos, descendía la escalera, atravesaba la columnata de Bernini y salía por la puerta de Santa Ana.

Con el paso de los días, tuvo tiempo más que suficiente para reflexionar sobre el hombre al que intentaba ver. Recordaba a Orsini de sus años universitarios. Tenía el cuerpo grande y se movía con una torpeza que contrastaba con la agudeza de su mente incisiva. Orsini poseía una brillantez gélida, carente de cualquier tipo de compasión y de cualquier interés por el punto de vista de los demás.

Su única pasión era la Iglesia, y en la persecución de esa pasión derribó a todos los que se interpusieron en su camino. Su predecible ascenso en la jerarquía del Vaticano fue rápido. A nadie le sorprendió que acabara al frente del CDF. De alguna manera, era un trabajo de policía, y Orsini tenía alma de policía. Al padre Azetti le recordaba al despiadado policía de *Les Misérables*: insensible e implacable. La virtud convertida en piedra.

Claro que los hombres como él son necesarios, incluso indispensables. Orsini era la persona ideal a quien confiarle la confesión del doctor Baresi; sabría lo que debía hacerse y se aseguraría de que se hiciera.

Pero Azetti no quería pensar en lo que haría Orsini, en lo que podría ser necesario hacer. En vez de eso, intentaba buscar consuelo en la oración.

Pasaba las tardes en la estación de tren, donde, tras las primeras noches, había descubierto que si dejaba el sombrero encima del banco mientras dormía, al despertarse solía tener un par de miles de liras en la copa de su sombrero. Aunque su sueño era poco profundo, nadie lo molestaba. Por la mañana, después de lavarse en el servicio de caballeros, iba a la pequeña cafetería de enfrente y se gastaba las limosnas que había recibido en café, *cornettos* y agua mineral.

A partir del cuarto día, el padre Maggio dejó de mostrarse cortés. Hacía caso omiso de los *buon giorno* del padre Azetti y actuaba como si el sacerdote no estuviera presente. Mientras tanto, otros intermediarios iban y venían, preguntando si podían hacer algo por él. Azetti rechazaba sus ofertas con educación, pero firmemente, repitiendo una y otra vez que lo que tenía que decir sólo podía decírselo personalmente a *il cardinale*.

De vez en cuando, alguien asomaba la cabeza por la puerta para echarle un vistazo a «ese cura chiflado». También se oían murmullos y fragmentos de conversaciones por el pasillo. Al principio, los comentarios expresaban cierta curiosidad y tenían un tono de voz divertido, pero, gradualmente, las voces fueron endureciéndose.

—¿Qué es lo que quiere?

—Quiere ver al cardenal.

—Eso es imposible.

—¡Pues claro que es imposible!

Azetti no sólo se estaba convirtiendo en un fastidio, sino también en objeto de mofa. Por una parte, y a pesar de sus abluciones diarias en la estación de tren, empezaba a oler mal. El declive de su higiene personal lo avergonzaba considerablemente, pues, se mirara como se mirase, el padre Azetti era un hombre aseado. Sólo pudo soportar aquella situación porque no le quedaba más remedio. A pesar de todos sus esfuerzos, la suciedad se le incrustaba en la piel y se le pegaba a la ropa. Además, tenía el pelo grasiento. Pero no había nada que pudiera hacer al respecto.

Sus intentos por asearse tenían lugar de noche, cuando menos gente había en el servicio de caballeros. Pero, incluso así, siempre parecía interrumpirlo alguien. Y a la mayoría de las personas les parecía divertido detenerse un momento a observar a un sacerdote entregado a su aseo personal.

Aunque no servía de mucho. Los lavabos eran diminutos y sólo tenían agua fría. El jabón era una especie de sustancia pegajosa que no producía espuma. Y, lo que era aún peor, no había toallas, tan sólo unas máquinas que expulsaban aire caliente. Por mucho que el padre Azetti lo intentara, por acrobáticas que fueran sus posturas, había partes del cuerpo que resultaba imposible secar con aire sin armar un escándalo. Así que la porquería lo acompañaba dondequiera que fuese. Por primera vez en su vida, entendió cómo debían de sentirse los vagabundos.

—¿No podríamos hacer que lo echen? —preguntó una voz. Al sexto día ya hablaban de él sin ningún disimulo, como si fuera un extranjero, o un animal incapaz de entender lo que decían; como si no estuviera allí.

—¿Qué pensaría la gente? ¡Es un sacerdote!

Pero Azetti no flaqueó en ningún momento. Bastaba con que recordara las palabras de Baresi. No volvería. No podía volver a Montecastello como único depositario de la confesión del doctor. Antes que eso, estaba dispuesto a esperar eternamente.

Al séptimo día, monseñor Cardone llegó desde Todi. Era un hombre arrugado, con aspecto de pájaro. Se sentó a su lado y guardó silencio durante un minuto entero sin apartar sus negros ojos de la pared de enfrente. Por fin, esbozó una sonrisa y apoyó la mano en la rodilla de Azetti.

—Me han dicho que estabas aquí —dijo.

—Ah —contestó el padre Azetti como si Cardone hubiera satisfecho su curiosidad.

—Giulio, ¿qué ocurre? Quizá yo pueda ayudarte.

Azetti movió la cabeza.

—No a menos que pueda interceder ante el cardenal —repuso—. Si no... —Se encogió de hombros.

Monseñor Cardone hizo todo lo que pudo. Se mostró encantador y le explicó la situación a Azetti. Sin duda, Azetti sabía cómo funcionaban estas cosas. Había maneras de proceder, un protocolo que seguir, ¡formalidades! Sin duda, él sabía mejor que nadie lo precioso que era el tiempo del cardenal.

—Venga, caminemos juntos —sugirió.

—*No. Grazie. Molte grazie.*

Entonces, Cardone optó por reprenderlo.

—Realmente, Azetti, está descuidando sus deberes. ¡Ha abandonado su parroquia! ¡Ha habido un bautizo, una muerte, una misa de funeral que oficiar! ¿Qué puede ser tan importante? ¡Empiezan a oírse rumores!

También intentó engatusarlo. Si Azetti le contaba lo que pasaba, intercedería por él ante el cardenal. Además, lo más probable es que el cardenal ni siquiera supiera que Azetti llevaba esperando todos estos días.

Azetti rechazó su oferta.

—Sólo puedo contárselo al cardenal Orsini —manifestó.

Finalmente, monseñor Cardone se levantó de golpe.

—Si persiste en su actitud, Giulio...

Azetti intentó buscar las palabras que pudieran mitigar la ira de Cardone; pero, antes de que pudiera decir nada, Donato Maggio asomó la cabeza por la puerta.

—El cardenal Orsini lo recibirá ahora —le dijo al sacerdote. Después de todo, Orsini había decidido que ésa era la manera más fácil de librarse de él.

Stefano Orsini estaba sentado detrás de una enorme mesa de madera, con los hábitos negros adornados en púrpura y un solideo rojo en la cabeza. Era un hombre grande con la cara carnosa y enormes ojos marrones. Sus facciones se tensaron un momento al percibir el hedor del padre Azetti.

—Giulio —dijo—. Cuánto me alegro de verte. Siéntate. Me han dicho que llevas mucho tiempo esperando.

—Eminencia... —El padre Azetti se sentó en el borde de un sillón de orejas y esperó a que el padre Maggio saliera de la habitación. No paraba de darle vueltas a las palabras que había ensayado una y otra vez durante su espera. En vez de irse, Maggio se sentó al lado de la puerta y cruzó las piernas.

Azetti tosió.

—¿Y? —lo apremió el cardenal Orsini.

Azetti miró al padre Maggio.

Los ojos del cardenal fueron de un sacerdote a otro y volvieron al primero. Finalmente movió la cabeza y dijo:

—Es uno de mis ayudantes, Giulio.

Azetti asintió.

—Y se queda —añadió el cardenal.

Azetti volvió a asentir. Sabía que a Orsini se le estaba agotando la paciencia.

—¿Es clemencia lo que has venido a pedir? —preguntó el cardenal con tono desdeñoso—. ¿Ya te has cansado de la vida en el campo?

Al oír la risa del padre Maggio a su espalda, Azetti se dio cuenta de que sí había perdido algo en su exilio: había perdido la ambición. Pero, por muy terrible que eso pudiera parecer, incluso a sus ojos, en el fondo sabía que realmente no era ninguna pérdida. Más bien era como recuperarse de unas fiebres. Mientras recorría el despacho de Orsini con la mirada, comprendió que, a pesar de la nostalgia que había sentido el primer día, realmente no deseaba volver a sumirse en las intrigas del Vaticano. En Montecastello había encontrado algo más valioso que la ambición.

Había encontrado su fe.

Pero eso no era algo que pudiera decirle a Orsini; aunque el cardenal también fuera un caso excepcional dentro del Vaticano, pues él también era un verdadero creyente, un ardiente e inquebrantable soldado de la cruz. Aun así, el padre Azetti sabía que Orsini no sentiría el menor interés por la condición de su alma. Lo que le interesaba al cardenal era el poder, y Azetti era consciente de que cualquier profesión de fe por su parte no sería vista como lo que realmente era, sino como una estratagema, como una maniobra política.

—No —contestó—, no he venido a pedir clemencia. —Miró

a Orsini a los ojos—. Hay algo que la Iglesia debe saber. —Vaciló un instante—. Algo que podría...

El cardenal Orsini levantó una mano y le dedicó una sonrisa gélida.

—Giulio... Por favor —dijo—, ahórrate los preámbulos.

El padre Azetti suspiró. Miró nerviosamente al padre Maggio, con la mente en blanco. Olvidando el discurso que llevaba ensayando toda la semana, dijo:

—He escuchado una confesión, un pecado tan terrible que casi no se puede concebir.

CAPÍTULO 4

La entrevista con Azetti sumió al cardenal Orsini en una profunda preocupación.

Estaba preocupado por la humanidad. Estaba preocupado por Dios. Y estaba preocupado por sí mismo. ¿Qué podía hacer él? ¿Qué podía hacer nadie? Las implicaciones de la confesión del doctor Baresi eran tan profundas que, por primera vez en su vida, Orsini se sentía incapaz de soportar el peso de la responsabilidad. Sin duda, la cuestión debería ser llevada directamente al papa, pero su estado de salud no lo permitía; su lucidez se encendía y se apagaba como una señal de radio demasiado lejana. Un asunto como éste... podría matarlo.

Y lo que era peor, el cardenal Orsini no podía confiarle el asunto a nadie. De hecho, además de él, la única persona que lo sabía era el padre Maggio; una circunstancia de la que sólo se podía culpar a sí mismo. Azetti no quería que estuviera presente, pero él había insistido: «Es uno de mis ayudantes, Giulio.» Y luego una pausa. «Y se queda.»

¿Por qué había dicho eso? «Porque has pasado demasiado tiempo en el Vaticano —se dijo a sí mismo— y demasiado poco en el mundo. Eres un hombre arrogante que no podía concebir que un cura de pueblo pudiera tener algo importante que decir. Y, ahora, Donato Maggio se ha convertido en tu único confidente.»

Donato Maggio. La idea lo hizo temblar. Maggio era un investigador de archivos que en ocasiones le hacía de secretario, un ratón de archivos que no mostraba el menor reparo a la hora de expresar sus puntos de vista teológicos. Era un tradicionalista que abogaba por un catolicismo más férreo. Maggio le había hablado en más de una ocasión de la verdadera misa, algo que era, claro está, una crítica apenas velada de las reformas adoptadas por el Concilio Vaticano II.

Si el rito tridentino, que se decía en latín, con el sacerdote dándole la espalda a los fieles, era la verdadera misa, entonces la nueva misa era un fraude. Y, como tal, un sacrilegio.

Aunque nunca había discutido ninguna cuestión teológica con el padre Maggio, al cardenal Orsini no le costaba nada imaginar la postura que mantendría el sacerdote respecto a una serie de cuestiones. No sólo odiaba la nueva misa, en la que el latín había sido sustituido por el inglés, el español y el resto de las lenguas vivas, sino que Maggio también se escandalizaría ante la posibilidad de cumplir con la obligación de la misa de domingo asistiendo a un servicio el sábado por la noche. Como otros tradicionalistas, se oponía tajantemente a cualquier intento de modernizar la Iglesia, de hacerla más accesible. Pero Maggio no sólo estaba en contra de medidas como la ordenación de mujeres, el matrimonio de los sacerdotes o la legitimación del control de natalidad. El conservadurismo de Maggio era mucho más profundo que todo eso: quería derogar las reformas que ya habían tenido lugar. Era un hombre de Neandertal.

Y, por eso, no tenía sentido pedirle su opinión sobre lo que había hecho el doctor Baresi. Los sacerdotes como Maggio no tenían opiniones: tenían reflejos, unos reflejos demasiado predecibles.

Aunque, por otra parte, daba igual. El padre Azetti había dejado caer su bomba de relojería en un momento de infrecuente actividad. Pero el aislamiento del cardenal Orsini no duraría demasiado. La enfermedad del papa era lo suficientemente grave para que el Sacro Colegio Cardenalicio ya se hubiera reunido —discretamente, claro está— para empezar a debatir sobre su posible sucesor. Se estaban redactando y revisando listas de posibles futuros papas y se había prohibido el uso de teléfonos móviles dentro del Vaticano para evitar cualquier filtración.

Eran días ajetreados en los que el trabajo cotidiano consistía fundamentalmente en reuniones secretas y confidencias susurradas al oído. Dadas las circunstancias, con la salud del papa empeorando por momentos, al cardenal Orsini no le quedaba más remedio que cargar solo con este peso rodeado de un ambiente de máxima crispación, de una atmósfera sobrecalentada en la que se aprovechaba cualquier ocasión para discutir sobre el próximo papa y el futuro de la Iglesia.

Pero, atormentado como estaba por la confesión del doctor Baresi, cuya trascendencia superaba en importancia la de cualquier otra cuestión, era inevitable que el cardenal Orsini acabara compartiendo el peso que había recaído sobre él con algunos de sus colegas. Y eso hizo, pidiéndoles consejo a dos o tres confidentes.

Todos ellos reaccionaron con prudencia y comentaron que no podía hacerse nada, o quizá pudiera hacerse algo, pero esa posibilidad era demasiado terrible para tenerse en cuenta. Y, aun así, todos estaban de acuerdo en que no hacer nada era en sí mismo un tipo de acción. Una acción cuyas consecuencias podían ser igualmente desastrosas.

No hacer nada, pensó Orsini. No hacer nada equivalía a dejar que el mundo se parara, como un reloj de cuerda que llevaba funcionando desde el principio de los tiempos.

Las implicaciones eran tan abrumadoras que los confidentes de Orsini, a su vez, compartieron el secreto con sus propios confidentes y la noticia se propagó como el fuego. Una semana después de la visita de Azetti, el debate ya causaba estragos en el Vaticano. Era un debate secreto en el que un prelado tras otro recorrían los archivos de la biblioteca del Vaticano buscando inútilmente algún tipo de orientación. El pasado no ofrecía ninguna reflexión que pudiera servir de guía en este asunto. El problema que planteaba el pecado del doctor Baresi no había sido previsto por ningún sabio de la Iglesia; no había sido previsto por nadie porque el pecado en sí no había sido posible hasta entonces.

El resultado fue un vacío dogmático que en última instancia dio paso a una situación de consenso. Tras semanas de debates secretos, la curia decidió que, fuera lo que fuese lo que había hecho el doctor Baresi, ésa era la voluntad de Dios. En consecuencia, no había nada que pudiera hacerse hasta que se recuperara el papa, o hasta que hubiera un nuevo papa. Entonces, quizá se pudiera abordar la cuestión ex cáthedra.

Hasta entonces, todo el mundo debería mantenerse al margen. Y eso hicieron.

Excepto el padre Maggio, que, ante la evolución de los acontecimientos, cogió el primer tren a Nápoles.

Las oficinas de Umbra Domini, o «Sombra del Señor», estaban en un palacete de cuatro pisos en la via Viterbo, a un par de manzanas del teatro de la Ópera de Nápoles. Fundada en 1966, poco después de que las medidas aprobadas por el Concilio Vaticano II pasaran a efecto, esta asociación religiosa había tenido la misma jerarquía canónica durante treinta años: era una «asociación secular» con más de cincuenta mil miembros y numerosas misiones repartidas por trece países. Aunque llevaba muchos años anhelando un rango más elevado dentro de la Iglesia, a ojos de la mayoría de los observadores del Vaticano, Umbra Domini ya tenía más que suficiente con no ser expulsada de la Iglesia.

Las críticas de esta asociación religiosa a las reformas del Concilio Vaticano II habían sido amplias, profundas y sonoras. Sus portavoces censuraban los esfuerzos del concilio por democratizar la fe, algo que veían como una rendición ante las fuerzas de la modernidad, el sionismo y el socialismo. La reforma más inadmisible, desde el punto de vista de Umbra Domini, era la renuncia a la misa en latín, que acababa con más de mil años de tradición y destruía un importante lazo en común entre los católicos de todas las esquinas del planeta. Según la visión de Umbra Domini, la misa vernacular era un rito bastardo, una versión descafeinada de la liturgia divina. Según el fundador de la organización, sólo se podía explicar la nueva misa de una manera: obviamente, el trono de San Pedro había sido ocupado por el Anticristo durante las deliberaciones del Concilio Vaticano II.

Y eso no era todo. Aunque las creencias de la asociación religiosa no estaban reunidas en ningún documento, era de dominio público que Umbra Domini condenaba la visión liberal del Concilio Vaticano II, según la cual las demás religiones también tenían elementos de verdad y sus fieles también vivían en el amor de Dios. Si eso fuera así, argumentaba Umbra Domini, entonces la Iglesia era culpable de persecución y genocidio. ¿Cómo si no podrían explicarse dieciséis siglos de una intolerancia doctrinal, abanderada por el papa, que habían culminado en la Inquisición? A no ser que, como afirmaba Umbra Domini, la doctrina estuviera en lo cierto desde el principio y los fieles de las otras religiones fueran infieles y, como tales, enemigos de la verdadera Iglesia.

En el seno de la Iglesia no faltaban voces que pedían la excomunión de los miembros de Umbra Domini, pero el papa no estaba dispuesto a ser el responsable de un cisma. Los emisarios del Vaticano se reunieron durante años en secreto con los líderes de Umbra Domini, y, finalmente, llegaron a un acuerdo. El Vaticano reconoció oficialmente la asociación y le concedió permiso para oficiar misas en latín con la condición de que Umbra Domini mantuviera lo que venía a ser un voto de silencio. En el futuro, Umbra Domini no haría ninguna declaración pública y todo acto de proselitismo se limitaría al boca a boca.

Inevitablemente, Umbra Domini se encerró en sí misma. Sus máximas figuras desaparecieron de la escena pública. De vez en cuando, algún artículo periodístico avisaba sobre el peligro de que la asociación se estuviera convirtiendo en una especie de secta. El *New York Times* acusó en una ocasión a Umbra Domini de «secretismo obsesivo y métodos de reclutamiento coactivos», al tiempo que prevenía sobre las inmensas riquezas que había conseguido acumular en muy pocos años. En Inglaterra, el *Guardian* iba todavía más lejos. Tras hacer hincapié en «el insospechado número de políticos, industriales y magistrados» que formaban parte de Umbra Domini, el periódico se preguntaba si estaría surgiendo una organización política neofascista disfrazada de asociación religiosa.

Estas acusaciones fueron rechazadas precisamente por el hombre al que el padre Maggio había ido a ver a Nápoles: Silvio della Torre, el joven y carismático «timonel» de Umbra Domini.

Della Torre se había defendido de las acusaciones sobre la naturaleza neofascista de la orden ante una audiencia de nuevos miembros de Umbra Domini, entre los que se encontraba el propio Donato Maggio. La alocución de Della Torre había tenido lugar en la diminuta y antiquísima iglesia napolitana de San Eufemio, un edificio que había sido donado a la asociación durante sus primeros años de existencia y que todavía albergaba los actos más significativos de Umbra Domini.

Era un edificio con una larga historia. La iglesia cristiana había sido construida en el siglo VIII en el emplazamiento de un antiguo templo donde se adoraba al dios Mitra. En 1972, el estado de conservación del edificio era tan deficiente que las autoridades no tuvieron más remedio que donar la iglesia a Umbra Domini para evitar que se viniera abajo.

A pesar de su escaso interés artístico en comparación con otras iglesias de la región, Umbra Domini restauró el templo tal y como había prometido. A menos de medio día de viaje en coche, las hordas de turistas podían admirar obras de Giotto, de Miguel Ángel, de Leonardo, de fra Filippo Lippi, de Rafael o de Bernini. San Eufemio, sin embargo, apenas atraía a los amantes de las artes.

Es cierto que la fachada contaba con un par de puertas de madera de ciprés del siglo VIII, pero el espacio interior era sombrío y estaba demasiado recargado. Las pocas ventanas que había dejaban pasar poca luz, pues eran de selenita, un precursor del cristal que resultaba translúcido con mucha luz, pero del que no se podía decir que fuera realmente transparente.

El resto de los posibles reclamos de la iglesia eran bastante poco atractivos: un feo relicario con el corazón de un santo que hacía tiempo que había perdido el favor popular y una vieja y tétrica Anunciación. La pintura en sí estaba tan oscurecida por el paso del tiempo que sólo se podían distinguir sus figuras en un día luminoso. Entonces, se veía una Virgen contemplando inexpresivamente al Espíritu Santo, que, en vez de estar representado por una paloma, era un ojo suspendido en el aire.

Rodeado por este tenebroso ambiente, Della Torre resplandecía como un cirio. El día que abordó las acusaciones de la prensa, que fue el mismo día en que Donato Maggio entró a formar parte de Umbra Domini, Della Torre manejó la controversia con gran maestría. Primero sonrió y después alzó las manos y movió la cabeza con tristeza.

—La prensa —empezó—. La prensa nunca deja de sorprenderme. No deja de sorprenderme porque es al mismo tiempo absolutamente inconstante y absolutamente predecible. Primero se quejan de que hablamos demasiado —dijo aludiendo a los días en los que Umbra Domini declaraba solemnemente sus puntos de vista—. Y, ahora —continuó—, se quejan de que no decimos nada. Porque sirve a sus intenciones, confunden la privacidad con el secretismo, la fraternidad con la conspiración; así demuestran su falta de rigor. —Un murmullo de aprobación recorrió a los fieles—. La prensa siempre lo confunde todo —dijo Della Torre para concluir—. De eso podéis estar seguros. —Donato Maggio y el resto de los nuevos adeptos sonrieron.

El padre Maggio, que era al mismo tiempo dominico y miembro de la asociación, no era ni mucho menos el único sacerdote que había entre las filas de Umbra Domini; al no ser Umbra Domini una orden religiosa, esta doble lealtad no implicaba ningún tipo de incompatibilidad. Lo inusitado del caso de Donato Maggio no era que fuese dominico, sino que trabajara en el Vaticano. El padre Maggio tenía un pie en dos mundos muy distintos y comprendía perfectamente el temor que cada uno inspiraba en el otro. A ojos del Vaticano, Umbra Domini era un grupo extremista que apenas resultaba tolerable, una especie de Hezbolá católica que podría explotar violentamente en cualquier momento. Por su parte, Umbra Domini veía al Vaticano como lo que era, o lo que parecía ser: un obstáculo. Un obstáculo inmenso y omnipresente.

Aunque el padre Maggio nunca había sido presentado formalmente a Silvio della Torre, no tuvo dificultad para conseguir una entrevista privada. Al oír que uno de los ayudantes del cardenal Orsini quería hablar con él sobre una cuestión de extrema gravedad, Della Torre sugirió que cenaran juntos esa misma noche. Maggio era consciente de que tal vez Della Torre creyera que su posición como secretario del cardenal Orsini era de carácter permanente, pero... ¿qué importaba eso? Aunque él sólo fuera un mísero ratón de archivos, sin duda Della Torre querría oír lo que tenía que decirle.

Se citaron en una pequeña *trattoria* que había cerca de la iglesia de San Eufemio. Aunque tuviera un aspecto bastante humilde por fuera, el restaurante I Matti era sorprendentemente elegante. El *maître* le dio la bienvenida cortésmente al padre Maggio y lo acompañó hasta un reservado situado en el piso de arriba. El reservado sólo tenía una mesa, ubicada junto a una alta ventana, una pequeña chimenea llena de troncos que crepitaban y crujían, y dos viejos candelabros que le daban un resplandor dorado al ambiente. Encima de la mesa había un mantel blanco, velas y una rama de romero.

Cuando entró el padre Maggio, Silvio della Torre estaba mirando por la ventana. Al oír el «*Scusi, signore*» del *maître*, Della Torre se volvió y Maggio lo vio de cerca por primera vez. El líder de Umbra Domini era un hombre tremendamente apuesto, de unos treinta y cinco años, alto y corpulento. Vestía ropa cara, pero poco llamativa. Su pelo, abundante y ondulado, era tan negro que, con el brillo de la luz, casi parecía azulado. Pero lo que más le llamó la atención a Maggio fueron sus ojos. Eran del color del mar, entre azules y verdes, y estaban perfilados por unas pobladas pestañas.

«Joyas engarzadas por Dios», pensó Maggio complacido consigo mismo. En sus ratos libres solía escribir poemas y él se consideraba prácticamente un profesional. Della Torre se levantó, y Maggio observó que sus facciones se parecían a las de las estatuas del Foro romano. Maggio se dijo a sí mismo: «Un clásico perfil romano...» El corazón le latía con fuerza. ¡Iba a cenar con Silvio della Torre!

—*Salve* —dijo Della Torre extendiendo la mano—. Usted debe de ser el hermano Maggio.

Maggio asintió nerviosamente, y los dos hombres tomaron asiento. Della Torre hizo un par de comentarios sin importancia mientras llenaba dos copas de Greco de Tufo y levantó la suya en un brindis:

—Por nuestros amigos de Roma —dijo mientras las copas chocaban.

La comida fue sencilla y exquisita, igual que la conversación. Mientras daban buena cuenta de sus platos de *bruschetta*, hablaron de fútbol, del Lazio y del Sampdoria y de las agonías de la primera división. Un camarero descorchó una botella de Montepulciano. Unos instantes después, un segundo camarero entró con dos platos de *agnelotti* rellenos de trufas y puerros. Maggio comentó que los *agnelotti* eran como «pequeñas y tiernas almohadas», y Della Torre respondió con lo que a Maggio le pareció un chiste verde, aunque quizás estuviera equivocado. Mientras comían y bebían, la conversación giró hacia la política, y Maggio observó con satisfacción que Della Torre compartía sus mismos puntos de vista: los demócratas cristianos estaban hechos un lío, la Mafia resurgía y los masones se hallaban por todas partes. Y, en lo que se refería a los judíos, bueno... También hablaron sobre la salud del papa y sobre sus posibles sucesores.

Un camarero entró con dos platos de trucha y limpió expertamente los pescados. Cuando se marchó, Della Torre comentó que se alegraba de saber que Umbra Domini tenía un amigo en la Sagrada Congregación para la Doctrina de la Fe. Maggio se sintió halagado y, entre bocado y bocado de suculenta trucha, dio buena muestra de sus conocimientos de los mecanismos internos de la congregación y de la personalidad de los hombres que tenían acceso al *terzo piano*, el tercer piso del palacio del Vaticano, donde se encuentran las dependencias del papa.

—Siempre resulta provechoso saber lo que están pensando el cardenal Orsini y el Santo Padre —comentó Della Torre.

La trucha dio paso a una ensalada y, al poco tiempo, a un bistec a la parrilla. Por fin, la cena acabó. El camarero recogió los platos y cepilló las migas, dejó una botella de Vin Santo y un plato de *biscotti* sobre la mesa, avivó el fuego, preguntó si iban a necesitar algo más y salió del reservado, cerrando la puerta al salir.

Della Torre sirvió dos copas de Vin Santo, se inclinó hacia el padre Maggio y, mirándolo fijamente a los ojos, bajó la voz hasta convertirla en un débil susurro.

—Donato —dijo.

El padre Maggio se aclaró la garganta.

—¿Silvio?

—Basta de gilipolleces. ¿Para qué querías verme?

El padre Maggio disimuló su sorpresa limpiándose los labios con una servilleta de hilo blanco. Dejó la servilleta a un lado, respiró hondo y volvió a aclararse la garganta.

—Un sacerdote, un cura de pueblo, vino al Vaticano hace un par de semanas.

Della Torre lo animó a que continuara con un movimiento de cabeza.

—Bueno —dijo Maggio encogiéndose de hombros—. A veces... Yo me entero de casi todo lo que ocurre en el despacho del cardenal; a no ser que el asunto en cuestión se considere demasiado trascendente para mis oídos. Pero esto no parecía importante en aquel momento, así que yo permanecí en el despacho mientras el sacerdote hablaba. Y ahora... —El padre Maggio se rió con malicia—. Bueno, estoy seguro de que el cardenal hubiera preferido que yo no estuviera presente.

—Entonces, se trata de un asunto delicado.

El padre Maggio asintió.

—Sí —dijo.

Della Torre meditó durante unos segundos.

—¿Y dices que fue hace un par de semanas? —preguntó al fin

—Desde entonces, casi no se habla de otra cosa en el Vaticano; además de la salud del papa, por supuesto.

—¿Y eso por qué?

—Porque tienen que decidir qué hacer.

—¡Ah! ¿Y qué han decidido?

—No han decidido nada. O, mejor dicho, han decidido no hacer nada. Al fin y al cabo, es lo mismo. Por eso he venido.

Della Torre parecía preocupado. Rellenó la copa del padre Maggio y dijo:

—Bueno, Donato... Creo que ha llegado el momento de que me cuentes la historia.

El padre Maggio frunció el ceño y se inclinó hacia adelante. Apoyó los codos en la mesa y juntó las puntas de los dedos. Lentamente, las juntó y las separó varias veces.

—Todo empezó con una confesión... —dijo.

Cuando Maggio acabó la historia, Della Torre estaba sentado en el borde de su silla, sujetando un puro apagado en la mano. En el reservado sólo se oía el crepitar de las ascuas en la chimenea.

—Donato —dijo Della Torre—, has hecho bien en venir a contármelo.

El padre Maggio se bebió de un trago el Vin Santo que le quedaba en la copa y se levantó.

—Ya es hora de que me vaya —anunció.

Della Torre asintió.

—Has demostrado mucho valor al traerme esta noticia. Ellos no han sido capaces de decidir lo que debe hacerse porque no hay nada que decidir —afirmó—. Sólo hay una opción.

—Lo sé —contestó el padre Maggio—. A ellos les ha faltado valor.

Della Torre se incorporó, y Maggio le extendió la mano. En vez de estrecharla, Della Torre la cogió entre las suyas. Despacio, se llevó el dorso de la mano del sacerdote hasta los labios y la besó. Por un momento, el padre Maggio creyó notar la lengua del otro hombre contra su piel.

—*Grazie* —dijo Della Torre—. *Molte grazie.*

Segunda parte

Noviembre

CAPÍTULO 5

Hasta el 7 de noviembre, Keswick Lane era una de esas calles tranquilas en las que nunca pasa nada. Situada en el distrito de Burke, un suburbio de Washington, al norte de Virginia, la calle estaba flanqueada por casas de cuatrocientos mil dólares, coches alemanes y jardines con barbacoas. Las casas de la zona residencial de Cobb's Crossing eran de estilo neocolonial. Cada casa se diferenciaba de las demás por el color de la fachada y por algunos detalles arquitectónicos, pero todas eran de la misma cosecha: la del noventa. No obstante, como los constructores habían preservado todos los árboles posibles y se habían gastado mucho dinero en ajardinar, a primera vista el barrio parecía más viejo y asentado.

Pero la verdadera historia de la zona residencial la contaba el inmaculado asfalto de la calzada. Keswick Lane trazaba una suave curva hacia el oeste antes de morir en un callejón sin salida. En cierto modo, era el sitio ideal para criar niños, pues podían jugar en la calle sin el peligro de los coches. Pero, con una sola excepción, los niños de Keswick Lane eran demasiado mayores para jugar en la calle. Dado el elevado precio de las casas, los abogados y los ejecutivos que vivían en ellas tenían ya cierta edad, al igual que sus hijos. Por lo general, los niños estaban en todas partes menos en la calle: dando clases de equitación o de judo, jugando al fútbol o al tenis o matando demonios en sus consolas de ordenador.

Así que las aceras de Keswick Lane daban la sensación de estar deshabitadas; muy raramente se veía un peatón, de la edad que fuese.

Excepto, claro está, las personas que sacaban a pasear a sus perros. Casi todas las casas de Keswick Lane tenían un residente canino. Entre semana, sus dueños solían estar fuera todo el día, lo cual significaba que los perros no disfrutaban hasta última hora de la tarde de su único paseo en condiciones, la vuelta de rigor a cualquiera de las impecables manzanas de Cobb's Crossing.

El 2 de noviembre todavía se veían algunos restos de la víspera de Todos los Santos: calabazas mustias en los porches, algún esqueleto de cartulina colgando de una puerta, telarañas de mentira pegadas en las ventanas... A medianoche, una mujer paseaba a su perro labrador, *Coffee*, después de asistir a una representación de *Tosca* en el Kennedy Center.

Coffee y su dueña se detuvieron a la altura del número 207 de Keswick Lane para que el perro pudiera olfatear la base de un buzón de correos.

De repente, *Coffee* levantó el hocico y empezó a gruñir. Levantó las orejas y erizó el pelo de la espalda. Sucedió con el primer ladrido: la calle se llenó de luz y un hombre salió despedido por una de las ventanas de la casa que había al otro lado de la calle.

El hombre estaba envuelto en llamas.

Aterrizó, ardiendo, sobre unas azaleas, se levantó, se tiró al suelo y empezó a rodar sobre el césped del jardín. Al otro lado de la calle, el perro tiraba de la correa y aullaba. Su dueña estaba petrificada, incapaz de procesar lo que estaba viendo; en vez de mirar al hombre, tenía la mirada fija en la ventana por la que había salido despedido.

De hecho, no era una ventana normal, sino una lámina de cristal cubierta por una cuadrícula de madera que hacía que la ventana pareciera estar formada por multitud de pequeños cuadrados. El hombre tenía enganchada parte de la cuadrícula de madera en la ropa. La visión era espeluznante: listones blancos de madera en llamas, crujiendo y retorciéndose mientras el hombre rodaba sobre el césped. A la mujer le recordó un espectáculo de fuegos de artificio que había visto en México unos años atrás; lo grotesco de la comparación le impedía hacer ningún movimiento. Durante unos segundos, que parecieron horas, permaneció en equilibrio, inclinada hacia atrás para contrarrestar los tirones del perro, que no paraba de ladrar. Hasta que el hombre rodó contra unos abedules, se paró en seco y permaneció inmóvil.

La mujer por fin salió de su trance. Soltó al perro, corrió hacia el hombre y se quitó la chaqueta para intentar sofocar el fuego. El hombre no paraba de gritar. Tenía la cabeza cubierta en llamas, y las cejas habían desaparecido de su rostro. La mujer se dejó caer de rodillas y apretó la chaqueta contra la cara del hombre para sofocar las llamas.

De pronto hubo una explosión a su espalda. El perro gimió, y una onda expansiva de luz y calor atravesó el jardín. Cuando la mujer volvió la cabeza, las cortinas de la casa estaban en llamas. A los pocos segundos, la casa entera estaba ardiendo.

El forro de su chaqueta también empezó a arder. La mujer tiró la prenda a un lado, se levantó y corrió hacia la casa de al lado para aporrear la puerta. Le abrió la puerta un hombre en calzoncillos con gesto preocupado y una botella de leche en la mano.

—¡Una ambulancia! —gritó ella—. ¡Llame a una ambulancia!

Cuando la mujer volvió cargada con mantas, ya había bastante gente delante de la casa en llamas. La mayoría de sus vecinos llevaban un abrigo sobre sus prendas de dormir. Un par de hombres, uno de ellos vestido tan sólo con unos pantalones de pijama, cargaban con el herido para alejarlo del feroz calor que emanaba de la casa. No paraba de gemir. La mujer se oyó a sí misma diciendo:

—Había salido a pasear a *Coffee*. Estaba justo enfrente...

Siguió hablando de esa forma insistente y sin sentido que, como psicóloga que era, sabía que era una típica reacción traumática. Sólo se acordó de los inquilinos de la casa cuando vio el cochecito rojo y amarillo de juguete delante del garaje. La mujer... ¿Cómo se llamaba? ¿Karen? ¡Kathy! Y su entrañable niño, el único verdadero niño que vivía en la manzana, el niño que conducía ese coche de plástico por la calle los fines de semana, el niño que había llamado a su puerta disfrazado de conejo, con una calabaza de plástico en la mano, en la víspera de Todos los Santos. Recordaba la escena perfectamente: el niño delante de la puerta, su madre detrás, sonriendo.

—A ver, ¿quién puedes ser tú? —había dicho ella escondiendo detrás de la espalda la cesta de caramelos—. ¿Quién puedes ser tú?

El niño todavía no sabía pronunciar la letra jota.

—El coneito de pascua —dijo con determinación. Detrás de él, su madre no dejaba de sonreír.

¿Cómo no se había acordado antes? El coche del niño se estaba empezando a derretir; su superficie burbujeaba mientras la estructura se retorcía por el calor. ¿Estarían dentro? ¿Seguirían ahí dentro?

—Dios mío... ¡Dios mío! —dijo la mujer y salió corriendo hacia las llamas. Casi había llegado a los escalones de la entrada, cuando alguien la cogió por detrás y la obligó a retroceder.

El perro seguía ladrando.

En la sala de urgencias del hospital Fair Oaks, cuando las enfermeras estaban a punto de cortar la ropa del hombre, una de ellas hizo una mueca de fastidio.

—Poliéster —dijo al tiempo que movía la cabeza. El algodón arde. El poliéster se derrite. Cuando uno lo extrae, se lleva un buen trozo de piel pegado a la tela.

La víctima llevaba puesto un jersey negro de cuello vuelto. Al ver la sustancia viscosa que le rodeaba el cuello, la enfermera pensó que quitársela iba a resultar extremadamente desagradable. Las quemaduras eran de tercer grado y estaba segura de que la piel estaría infectada. Aun así, el paciente se recuperaría. El verdadero problema estaba en los pulmones. Le costaba respirar y lo más probable era que se los hubiera abrasado al respirar un aire tan caliente.

Tardaron un poco, pero las constantes vitales del hombre acabaron por estabilizarse. Con sondas en ambos brazos, lo trasladaron en camilla a la sala de operaciones y lo prepararon para la intervención quirúrgica. Lo primero sería hacerle una traqueotomía. Al margen de los problemas pulmonares, tenía el tejido de la garganta tan inflamado que casi no podía respirar, pero la traqueotomía resolvería ese problema. Después empezarían a desbridarlo, le extraerían la carne quemada y las partículas ajenas que tenía incrustadas en el cuerpo y lo dejarían crudo, desollado, supurando.

El anestesista estaba pensando que no había nada más doloroso que las quemaduras, cuando el paciente empezó a murmurar algo. El sonido era horrible: un susurro estrangulado en el que apenas podía reconocerse una voz humana.

—Es curioso —dijo una de las enfermeras—. No parece hispano.

El médico de guardia tenía las manos enguantadas levantadas en el aire, en lo que las enfermeras solían llamar en broma la postura «me rindo».

—Eso no es español —dijo—. Está hablando en italiano.

—¿Y qué dice?

El médico se encogió de hombros.

—No lo sé. Sé muy poco italiano. —Bajó la cabeza y volvió a escuchar al hombre—. Creo que está rezando.

CAPÍTULO 6

Mientras intervenían al hombre quemado, los bomberos del condado de Fairfax se disponían a entrar en la casa de Keswick Lane en búsqueda de posibles víctimas. Los vecinos ya les habían dicho que vivían dos personas: la mujer a la que pertenecía la casa y su hijo de tres años. No había marido. Además, el Volvo de la madre estaba en el garaje.

A pesar del frío de noviembre y de lo tarde que era, la multitud de mirones había crecido hasta superar las cincuenta personas. Era una escena caótica, con ambulancias y coches de policía, camiones de bomberos y unidades móviles de televisión. Las luces de emergencia, rojas, amarillas, azules, iluminaban la oscuridad, encendiendo y apagando la noche. El jardín, que se había convertido en un barrizal, estaba lleno de enormes mangueras serpenteantes.

Dos equipos de televisión y un reportero de radio aumentaban la confusión con sus marañas de cables y sus focos de iluminación. Con ademán de sincera preocupación, les metían sus micrófonos en la cara tanto a los bomberos como a los curiosos que llenaban ambos lados de la calle.

—¿Y cuál es su casa?

—Realmente, ninguna. Vivo en Hamlets. Lo he oído por la radio... Estaba sintonizando la frecuencia de la policía y me he acercado.

El fuego había sido virulento. Era imposible que nadie hubiera sobrevivido, aparte del hombre del hospital.

En su primera incursión al interior de la casa, los bomberos buscaron supervivientes sin éxito entre los escombros carbonizados y empapados del piso bajo. El estado de la escalera, estructuralmente inestable, retrasó el registro del segundo piso.

Fuera, una grúa con dos bomberos en lo alto, fue maniobrando hasta una ventana del segundo piso. Cuando estuvieron suficientemente cerca, uno de los bomberos rompió el cristal de la ventana.

Los bomberos estaban convencidos de que su misión era inútil; nadie podía haber sobrevivido a la combinación de las llamas y el humo. Si alguien hubiera conseguido escapar de las llamas, habría sucumbido ante el humo. Aun así, siempre existía alguna posibilidad, por muy remota que fuera, de que hubiera alguien acurrucado en un cuarto de baño interior; alguien con la suficiente sangre fría para tapar las rendijas de la puerta con toallas mojadas. Los fuegos eran impredecibles. A veces te perseguían y otras veces se olvidaban de ti. Nunca se sabía lo que podía pasar.

El más joven de los dos bomberos se asomó por la ventana y comprobó el estado del suelo con una barra de hierro. Al ver que no cedía, entró, mientras su compañero lo esperaba en la grúa, preparado para acudir en su ayuda si fuera necesario.

El bombero encontró exactamente lo que esperaba: dos cadáveres. Una persona adulta y un niño pequeño. Estaban tumbados en sus camas, o en lo que quedaba de ellas; los colchones habían quedado reducidos a muelles y trozos de tela carbonizada. La ropa de las camas había prendido, incrustándose en la piel carbonizada de las víctimas. Al lado de la cabeza del niño había un par de ojitos de cristal; los únicos restos de su peluche. Por suerte, todavía se podía distinguir a dos seres humanos en los restos del niño y la madre. Si los bomberos hubieran llegado unos minutos más tarde, o si la boca de incendios hubiera estado un poco más lejos, ambos habrían desaparecido con el resto de la casa. Humo y huesos; no quedaría nada más.

El subinspector de policía era el encargado de informar a los familiares. El incendio con víctimas de una casa de cuatrocientos mil dólares en un suburbio acomodado como Cobb's Crossing era noticia y las noticias volaban. Aunque el fuego no había empezado hasta después del cierre de la última edición del *Post*, sin duda saldría en las noticias vespertinas. Así que el subinspector hizo las llamadas necesarias para averiguar que la casa pertenecía a una tal Kathleen Anne Lassiter, que vivía allí, o, mejor dicho, había vivido allí, con su hijo. Según los datos del seguro, el pariente más cercano era su hermano, Joseph, con domicilio en McLean.

Un hermano que, en ese momento, estaba soñando.

En sus sueños, Joe Lassiter estaba de pie en la orilla del río Potomac, justo encima de Great Falls, pescando percas. Con un golpe de muñeca, hizo que el sedal trazara un arco sobre el río. Era un lanzamiento en parábola perfecto, un lanzamiento de ensueño. La perca picó en cuanto la cucharilla cayó al agua. Él empezó a jugar con el pez, levantando la caña hacia el cielo y volviéndola a bajar una y otra vez.

Pero, en alguna parte, un teléfono empezó a sonar. Era suficientemente molesto que esos malditos aparatos sonaran en pleno concierto de la filarmónica en el Kennedy Center o en el momento más emocionante de un partido de béisbol en el estadio de Camden Yards. ¡Pero esto ya era demasiado! Algún imbécil se había llevado su teléfono móvil a pescar. ¿Qué sentido tenía ir de pesca si uno se llevaba el puto teléfono?

Movió la caña suavemente hacia la derecha, rebobinando el carrete con la mano libre. A un metro de distancia, oyó su propia voz flotando hacia él:

«Hola, soy Joe Lassiter. Ahora mismo no estoy, pero déjame un recado y te llamaré en cuanto pueda.»

El río, el pez, la caña y el carrete... se evaporaron. Joe Lassiter permaneció tumbado en la cama con los ojos cerrados, despierto en la oscuridad, mientras esperaba a escuchar el mensaje. Pero, quienquiera que fuese, colgó. Típico, pensó Joe, hundiendo la cabeza en la almohada.

Quería volver, quería regresar al sueño, pero ya no estaba allí. El río había desaparecido y se había llevado con él al pez. Lo único que consiguió recuperar, lo único que todavía sentía, era la indignación por el sonido del teléfono. El teléfono fantasma. Su teléfono.

Y entonces volvió a sonar. Esta vez contestó.

—¿Sí?.

La voz del hombre sonaba profesionalmente tranquila, razonable, oficial. Pero lo que decía no tenía nada de razonable; realmente no caló en él hasta diez minutos después, mientras conducía hacia Fairfax. Había habido un incendio. No habían podido identificar los cuerpos, pero...

«No —pensó Joe—. No.»

... las características de los cuerpos coincidían con...

«¿Coincidían con?»

... lo que sabemos sobre los inquilinos de la casa. Su hermana...

«Kathleen.»

... y su hijo...

«Brandon. El pequeño Brandon.»

La carretera avanzaba paralela al Potomac, no demasiado lejos de donde había soñado que estaba pescando. Al otro lado del río, detrás de las agujas de las cúpulas de la Universidad de Georgetown, el cielo empezaba a clarear.

Estaban muertos. Aunque, claro, el hombre no lo había dicho así.

«Ha habido dos fallecimientos.»

Joe Lassiter tenía los dientes apretados con tanta fuerza que la cabeza le empezó a doler por la presión. Kathy. Por una vez en su puta vida, Kathy estaba feliz. Equilibrada. ¡Serena! En contra de lo que todo el mundo hubiera pensado, había resultado ser una madre magnífica. Y el niño...

La cara de Brandon se dibujó ante sus ojos. Lassiter miró hacia otro lado, intentando hacerla desaparecer. Bajó la ventanilla y sintió el aire frío contra la cara. En Rosslyn, enfrente del Kennedy Center, se desvió por la autopista 66. Ya había bastante tráfico en sentido contrario.

¿Cómo podía haberse quemado la casa? Lassiter no lo podía entender. Era prácticamente nueva y todo —el horno, el cableado eléctrico, el sistema de calefacción de tres fases—, todo, era de la mejor calidad. Él mismo lo había supervisado. Había detectores por todas partes, incluso había detectores de monóxido de carbono. ¡Si hasta tenía extintores! Desde que se había convertido en madre, la seguridad se había convertido en una obsesión para Kathy.

Lassiter sabía que no debería estar pensando en la casa; debería estar pensando en su hermana. Estaba convirtiendo una catástrofe en una abstracción. Se estaba comportando como si fuera un perito en vez de un hermano. Puede que fuera un caso típico de «negación», pero era incapaz de asimilar que estuviera muerta. El mero hecho de que le dijeran que estaba muerta no bastaba para hacerlo real. No podía creer que la casa se hubiera quemado; y, si la casa no se había quemado, ¿cómo podía estar muerta Kathy? ¿Cómo podía estar muerto Brandon?

¿Cómo era posible que no hubieran conseguido salir?

El hombre que lo había llamado por teléfono no le había dado ningún detalle. Necesitaba saber más cosas. Quería saber todos los detalles. Pisó más fuerte el acelerador, aunque sabía que no tenía ningún sentido. Fallecimientos. Ya no podía salvar a Kathy.

Aunque lo esperaban en el depósito de cadáveres, Joe Lassiter condujo como un autómata hasta la casa de su hermana. Un par de manzanas antes de llegar a Cobb's Crossing el aire empezó a tornarse acre. Al oler el humo, el mundo se le vino abajo. Se había estado aferrando a un mínimo rayo de esperanza. Tenía que ser una equivocación: la dirección equivocada o una Kathy Lassiter distinta.

Cuando llegó, el incendio ya estaba apagado. Vio las luces de los camiones de bomberos, aparcó el Honda Acura, apagó el motor y recorrió a pie el resto del camino.

Sabía que ya se estarían investigando las causas del incendio; ése era el procedimiento habitual. Siempre se intentan averiguar las causas de los incendios. No se hace para satisfacer la curiosidad de nadie, ni siquiera para aprender con vistas al futuro. Se hace porque la causa de un incendio tiene importantes implicaciones legales y financieras. ¿Lo provocaría un cigarrillo? ¿Un radiador defectuoso? ¿Una chimenea en mal estado?

Era necesario determinar quién era el culpable para establecer quién, y cuánto, pagaría; así que la pregunta se abordaba de inmediato.

Había seis coches aparcados delante de la casa. Lassiter los miró con interés profesional: un coche patrulla, dos coches de policía sin marcas, dos vehículos del cuerpo de bomberos y un Toyota Camry marrón, que podía pertenecer o no al perito de la compañía de seguros. Un agente uniformado estaba extendiendo un rollo de cinta amarilla delante de la casa. La cinta estaba impresa, una y otra vez, con las palabras:

POLICÍA. PROHIBIDO EL PASO

El olor era intenso, una mezcla de madera y plástico quemados. Pero fue la casa en sí, la visión de la casa, lo que lo golpeó como un puñetazo en la cara. Era una casa muerta y, por primera vez desde la llamada telefónica, la palabra cobró toda su envergadura: fallecimientos. Su hermana estaba muerta. Su sobrino estaba muerto. La casa estaba rodeada por un amasijo de vigas de madera calcinada y trozos de metal ennegrecido tirados de cualquier manera en el jardín embarrado, cuyo césped estaba surcado por profundas huellas de coches. Las ventanas de la casa habían explotado y, sin su piel de cristal, tenían la expresión vacía que tienen los ojos de los muertos. A través de ellas, Lassiter pudo ver parte del interior sin vida de la casa. Se dio la vuelta y se acercó al policía que estaba desenrollando la cinta amarilla.

—¿Qué ha pasado?

El policía era un hombre joven y pecoso. Tenía el pelo pelirrojo y los ojos azules. Miró a Lassiter con superioridad y se encogió de hombros.

—Un fuego es lo que ha pasado.

Lassiter sintió ganas de darle una puñetazo, pero en vez de eso respiró hondo. Su aliento parecía humo en el frío aire de la mañana.

—¿Cómo ha empezado?

El policía lo miró como si estuviera intentando memorizar sus rasgos. Por fin, movió la cabeza hacia los coches de bomberos.

—Los bomberos dicen que ha sido provocado.

Por segunda vez en pocos minutos, Lassiter se sintió como si hubiera estado ciego. Se esperaba otra cosa. Quizás un cigarrillo. Kathy todavía fumaba; nunca alrededor del niño, pero todavía fumaba. Así que, quizás un cigarrillo. O un radiador o... No, un radiador no, en esa casa, con ese sistema de calefacción, no. Entonces, un rayo. Un cigarrillo. O un cortocircuito...

—¿Qué?

El joven policía lo miraba como si fuera un sospechoso.

—¿Quién es usted?

La cabeza de Lassiter trabajaba simultáneamente en dos planos. Por una parte, estaba pensando que el policía, que sabía perfectamente que los pirómanos a menudo volvían a la escena del crimen, empezaba a sospechar de él. Y, por otra, se decía que tendría que haberse dado cuenta al ver los coches de policía; una vez que se sospecha que un incendio ha sido provocado, la casa pasa a convertirse automáticamente en la escena de un delito. Y, si hay víctimas, se convierte en la escena de un homicidio.

—¿Por qué iba querer nadie incendiar la casa de Kathy? —pensó Lassiter en voz alta.

CAPÍTULO 7

—¡Joe! ¿Qué hace usted aquí?

La voz sonaba ligeramente guasona. Al oírla, Lassiter se dio la vuelta. Un hombre con la cara sonrosada le estaba sonriendo.

—Detective Jim Riordan —dijo el hombre.

—Sí, claro —repuso Lassiter.

—Bueno, dígame. ¿Qué está haciendo aquí? —insistió con un ademán exagerado.

La actuación del detective de policía estaba dirigida hacia las personas que tenía detrás: tres hombres y una mujer. Los cuatro miraban a Lassiter con una mezcla de expectación y neutralidad.

—Es la casa de mi hermana.

La sonrisa se borró de la cara de Riordan. Se tiró de la oreja derecha y movió la cabeza de un lado a otro. Por fin, dijo:

—Joder, Joe. Lo siento. No lo sabía.

Ya en la comisaría, Lassiter se sentó en frente del detective y esperó a que acabara de hablar por teléfono. La última vez que se habían visto, era Riordan quien se había sentado con gesto incómodo en el despacho de Lassiter. En aquella ocasión, el policía llevaba puesto lo que Lassiter supuso que sería su mejor traje: un traje gastado que le iba pequeño.

«Me queda un año —había dicho Riordan inclinándose sobre el escritorio—. Después estoy fuera. ¿Y qué voy a hacer entonces? ¿Pasarme todo el día sentado delante de la tele? La verdad, la idea no me atrae nada. Así que he pensado que quizá sea buena idea ponerme a buscar trabajo ahora. Ver cómo están las cosas. A ver si me sale algo. Y he pensado que, ya puestos, lo mejor sería empezar por arriba, ¿sabe? Y por eso he venido a hablar con usted.»

Lassiter tenía conversaciones parecidas una o dos veces a la semana; cuando no era un policía, era alguien del FBI, de la DEA —el departamento antidroga—, del Pentágono o de la CIA. Todos querían trabajo, y una empresa de investigación como la suya era el sitio lógico al que acudir. Pero la única razón por la que a Lassiter podría interesarle contratar a Riordan era por algo que el detective había mencionado de pasada: «Y si no encuentro nada, siempre puedo escribir mi historia.»

Eso sí que era interesante. Porque un policía que sepa escribir es algo tan raro como un leopardo albino, y Lassiter Associates siempre necesitaba investigadores capaces de escribir informes suficientemente buenos para poder ser enviados a los clientes, que, en su mayoría, eran abogados y corredores de bolsa. Por eso tenía a tantos periodistas trabajando en la empresa. Si Riordan sabía escribir, quizá pudiera encontrarle un puesto.

—¡Es tu cabeza la que está en juego! —gritó Riordan al teléfono. El rencor que denotaba su tono de voz hizo volver a Lassiter a la realidad. El detective colgó el teléfono con un fuerte golpe, lo miró y se encogió de hombros—. Lo siento —se disculpó.

Después, Riordan buscó algo en su escritorio. Encontró un papel en concreto y se lo dio a Lassiter.

—No hay ninguna duda. El incendio ha sido provocado —afirmó—. Múltiples puntos de origen, residuos acelerantes; el equipo completo.

Lassiter miró el informe preliminar del cuerpo de bomberos, que incluía un crudo esbozo de cada piso de la casa. Había siete puntos marcados con sendas equis, incluidos los dos dormitorios. Lassiter sabía perfectamente que los incendios normales solían tener un patrón muy distinto, y un único origen. Miró a Riordan.

—Todavía hay más —dijo el detective dando unos golpecitos con los dedos en el escritorio—. El gas estaba encendido;

y no sólo en el horno. También estaba encendido en el sótano. Alguien había manipulado el calentador de agua. Según el cuerpo de bomberos, si hubieran llegado cinco minutos después, la casa habría salido volando como un cohete. No habría quedado nada, lo que se dice nada.

Lassiter frunció el ceño.

—¿Me está diciendo que...?

—Le estoy diciendo que quienquiera que hiciera el trabajo, no se anduvo con tonterías. Provocó el incendio y no intentó disimularlo. Además, lo hizo a lo grande. —La cara del detective se comprimió en un gesto de desconcierto—. Es como si... Es como si hubiera querido reducirlo todo a cenizas. —El detective se inclinó sobre el escritorio para acercarse a Lassiter. Abrió la boca para decir algo, pero después lo pensó mejor. Movió la cabeza y adoptó un gesto compungido—. No debería contarle estas cosas. Siempre me olvido. Usted no está investigando el caso; es un familiar de la víctima.

—Ya —dijo Lassiter quitándole importancia—. Pero la cosa es que usted estaba pensando que quien provocó el incendio pudo hacerlo para destruir pruebas. Y quiero saber qué tipo de pruebas; en qué estaba metida mi hermana.

Riordan lo interrumpió.

—Ahora mismo, lo que estoy pensando es que será mejor que lo acompañe a identificar los cuerpos al depósito de cadáveres. Antes de empezar a hablar de su hermana, será mejor que nos aseguremos de que realmente es su hermana.

Ya estaban saliendo cuando sonó el teléfono. Riordan vaciló un momento, pero luego se dio la vuelta y contestó.

—¿Sí? —respondió al tiempo que se ponía el abrigo. Al oír lo que le decían, Riordan miró un momento a Lassiter—. Por Dios santo —dijo—. Sí. Sí. Vale. —Al salir del despacho, Riordan sacó un cigarrillo del paquete que tenía en el bolsillo de la camisa y lo encendió.

—¿Qué pasa? —preguntó Lassiter.

—¿A qué se refiere? —contestó Riordan después de expulsar el humo.

—A la llamada.

Riordan se limitó a mover la cabeza, como dando a entender que no tenía importancia.

Diez minutos después aparcaron delante del Instituto Forense. Lassiter se desabrochó el cinturón de seguridad y abrió la puerta del coche, pero el detective lo detuvo con una mano.

—Mire, Joe —dijo—, quiero decirle algo. —Se aclaró la garganta—. Estará de acuerdo conmigo en que un médico no debe operar a su propio hijo, ¿verdad?

—¿Qué?

—Un médico no debe operar a su propio hijo, un abogado no debe defenderse a sí mismo y usted... Usted debería dejar que yo me ocupe del caso.

—Lo tendré en cuenta.

Riordan le dio una palmada al volante.

—Realmente, es como hablarle a una pared. Aunque... —Miró un momento el reloj—. Aunque no es la primera vez que lo veo. Ya sabe, ex polis, detectives privados, investigadores militares; tipos con experiencia. Se involucran en casos que les atañen personalmente... y sólo complican las cosas. Para ellos resulta muy doloroso y, además, no ayuda en nada a la investigación.

Lassiter no dijo nada. El detective suspiró.

—He ordenado que traigan su coche. Quiero que, al salir, se vaya a casa. Ya lo llamaré yo más tarde.

El estado anímico de Joe Lassiter era muy extraño. Se sentía como si estuviera viendo las cosas desde otro plano, como si fuera una cámara mirándose a sí mismo. Casi no sentía. Sólo se decía: aquí estoy, de camino al depósito para identificar el cadáver de mi hermana. Se vio a sí mismo entrando en el edificio, avanzando hacia la habitación aséptica con cuadros de paisajes marinos que era la sala de espera. Habló con una mujer que llevaba una bata blanca con una tarjeta que la identificaba como «Beasley». Ella escribió su nombre en un gran libro verde y lo acompañó hasta la sala de las neveras, donde se guardaban los cadáveres en cajones con forma de nicho.

Incluso mientras identificaba a Kathy, y después a Brandon, siguió sin sentir nada. Era como si lo estuviera haciendo todo una marioneta de Joe Lassiter, mientras el verdadero Joe Lassiter se limitaba a observar la escena.

El cabello rubio de su hermana era un amasijo de costra negra. Tenía los labios abiertos, y sus azules ojos miraban fijamente hacia la luz fluorescente del techo. Con las cejas y las pestañas quemadas tenía una expresión vacía, estúpida. El aspecto de Brandon era todavía peor: tenía toda la cara negra y llena de ampollas.

Lassiter había visto cadáveres antes, y eso es exactamente lo que parecían Kathy y Brandon: cadáveres. Parecían tan muertos como una muñeca, tan muertos que costaba creer que alguna vez hubieran estado vivos. La mujer de la bata blanca esperaba en una postura tensa, a la defensiva, como si temiera que él pudiera tener una crisis nerviosa, como si deseara impermeabilizarse ante sus sentimientos. Pero, en vez de perder el control, la marioneta de Joe Lassiter asintió e identificó a los cadáveres con voz tranquila. La mujer relajó los hombros y apuntó algo en un formulario. Lassiter escuchó con nitidez el rechinar del rotulador por encima del zumbido de las unidades de refrigeración. Después firmó algo sin leerlo, y los dos salieron de la sala.

En el pasillo, la mujer apoyó la mano suavemente sobre su brazo. Pero Lassiter no notó realmente la presión; tan sólo la intuía al ver los dedos de la mujer sobre la manga de su chaqueta.

—¿Quiere sentarse un momento? —preguntó ella—. ¿Quiere que le traiga un vaso de agua?

—No, estoy bien. Pero me gustaría ver al forense.

—La verdad... —dijo ella con voz preocupada al tiempo que arrugaba la frente—. Me temo que eso no es posible.

—Soy amigo de Tom —repuso él con tono tranquilizador.

—Ahora mismo le aviso —contestó ella y descolgó inmediatamente el teléfono—. Puede que esté en medio de una au... Puede que esté ocupado.

En la sala de espera, dos niños hispanos esperaban aterrorizados en uno de los sofás de plástico naranja. Un agente de policía esperaba a su lado. Daba la impresión de que, cuando los llamaran, los niños saldrían disparados a través del techo. Lassiter observó uno de los paisajes marinos que colgaban de la pared. Era una insulsa representación de una tormenta en la costa; olas aceitosas rompiendo eternamente contra un revoltijo de rocas grises.

Oyó una voz detrás de él y se dio la vuelta al tiempo que la mujer colgaba el teléfono.

—Vaya hasta el fondo del pasillo y... —empezó ella.

—Gracias, conozco el camino.

Tom Truong levantó la mirada del escritorio y se puso de pie.

—¡Chou! —dijo extendiendo una mano delicada con un ligero aroma a formol. Parecía sonreír y fruncir el ceño al mismo tiempo—. ¿Qué puedo hacer por ti? ¿Trabajas caso?

Su relación con el médico forense era bastante particular. Habían jugado juntos al fútbol en un equipo de veteranos hasta hacía un par de años, cuando Lassiter se había estropeado la rodilla. A pesar de su complexión ligera, Truong era un defensa durísimo, con codos como cuchillos y piernas que recordaban a una guadaña. Ya llevaban jugando juntos un par de años cuando surgió el tema del trabajo mientras se bebían unas jarras de cerveza en un bar. A partir de entonces, Lassiter empezó a contratar a Truong esporádicamente como experto forense y perito judicial. Era un forense meticuloso y dotado y, a pesar de su escaso dominio del idioma, un brillante testigo judicial.

—No estoy aquí por ningún caso —le dijo a Truong—. He venido por mi hermana. —Lassiter levantó un poco la barbilla—. Está ahí detrás, con mi sobrino.

Una de dos, o Truong pensó que le estaba gastando una broma o simplemente no le entendió.

—¿Qué estás diciendo, Chou? —preguntó con mirada furtiva—. ¿Estás bromeando, verdad?

—No. Son las víctimas del incendio provocado.

La sonrisa de Truong desapareció de sus labios.

—Las... sit... ter —susurró para sus adentros—. Oh, Chou. Siento mucho, mucho.

—¿Has acabado ya la autopsia?

Truong asintió con gravedad.

—Chimmy pidió especial prisa. Por ser provocado —suspiró—. Tu hermana. Y niño pequeño. —Sus ojos se tensaron hasta convertirse en dos rendijas—. No fuego lo que los mató.

Lassiter asintió. Y luego se dio cuenta de lo que acababa de oír.

—¿Qué?

La gran cabeza de Truong se movió bruscamente sobre su delgado cuello.

—No partículas de humo en pulmones. No monóxido de

carbono en sangre. Esto dice que víctimas mueren antes de fuego. Y no sólo eso. Pruebas adicionales. ¿Has visto cuerpos?

—Sí. Acabo de identificarlos. Por eso estoy aquí.

—No. ¿Ves cuerpos o ves caras?

—Caras.

—Si miras cuerpos, dos cuerpos, ves piel cubierta de... como pequeños cortes. Eso pasa a humanos en fuegos, sabes. Es normal, porque... piel se agrieta. Fluidos de carne expanden en calor. Piel no expande, así que piel se agrieta por todas partes; para dejar salir presión. Pero, en este caso, mujer adulta tiene pequeños cortes en dos manos, pero diferentes; no son sólo en piel. Tejido también dañado. Éstas son seguro heridas de defensa. Veo y sigo mirando y veo por qué. Tu hermana puñalada en pecho. Causa de fallecimiento: aorta. ¡Cortada! Niño pequeño... —Truong se inclinó sobre el escritorio— cuello cortado. De oreja a oreja. —Volvió a sentarse en su silla, como si la explicación lo hubiera dejado agotado.

Levantó las manos bruscamente, las dejó caer despacio, como si fueran hojas en otoño, y las juntó.

—No queda sangre en niño pequeño, Chou... Están muertos quizás una hora antes de fuego.

Lassiter lo miraba fijamente.

—¿Y hombre? —preguntó Truong—. ¿Marido?

—¿De quién hablas?

—He oído tercera persona en casa de tu hermana —dijo Truong—. Sale por ventana, en llamas. Como tu hermana muere así, pienso quizás él... —Se encogió de hombros.

—¿Dónde está ese hombre?

—Unidad de quemados.

—¿En qué hospital?

Truong volvió a encogerse de hombros.

—Quizá Fair Oaks. Quizá Fairfax.

CAPÍTULO 8

Una hora después, cuando Lassiter volvió a encontrarse con Riordan, el detective estaba sentado detrás de un escritorio en un despacho del hospital Fair Oaks. Una enfermera le enseñó el camino. Cuando vio entrar a Lassiter, Riordan se levantó con gesto tenso y dio la vuelta al escritorio, como si estuviera intentando esconder algo con el cuerpo. No parecía alegrarse de verlo.

—No escucha, ¿verdad? —dijo.

—No me había dicho que había un sospechoso.

—No era un sospechoso hasta que recibimos el informe del forense —contestó Riordan a la defensiva—. Hasta entonces, era una víctima más.

—Hay dos personas muertas, un tipo sale volando envuelto en llamas por la ventana de la casa de mi hermana, ¿y ni siquiera lo menciona? Y encima dice que pensaba que era otra víctima.

—Estaba completamente abrasado.

—Ya, claro. Eso sólo significa que es un incompetente. ¿Quién es?

—Sin nombre.

—¿Cómo que «sin nombre»?

—Cuando lo ingresaron no estaba precisamente como para darnos su dirección. Y no llevaba encima ningún tipo de identificación.

Lassiter guardó silencio durante unos segundos.

—¿Llaves del coche? —preguntó por fin.

—No. No llevaba ninguna llave, ningún tipo de identificación; ni siquiera llevaba dinero. No llevaba una mierda encima.

—Entonces, ¿qué? ¡Saltó en paracaídas! ¿Es ésa vuestra teoría?

—Venga, no me fastidie.

—¿Habéis comprobado los coches?

—¿Qué coches?

—¡Los coches que había aparcados! Los coches de la zona. ¿No los habéis comprobado?

Riordan vaciló un instante.

—Sí —respondió—. Los están comprobando.

—¿Ahora? Pero si... —De repente Lassiter se sentía agotado. Su cerebro parecía atontado hasta para hacer un simple ejercicio de aritmética. Los bomberos habían recibido el aviso hacia la medianoche. Ahora eran las dos de la tarde. Así que habían pasado catorce horas y, por el aspecto de Riordan, a nadie se le había ocurrido recorrer el barrio apuntando los números de las matrículas. A no ser que Sin Nombre trabajara solo, ya sería demasiado tarde.

—Tampoco tenemos restos de ropa —dijo Riordan—. Porque me imagino que eso es lo siguiente que iba a preguntar. La ropa estaba llena de sangre y tuvieron que cortarla para quitársela. Después las enfermeras se deshicieron de todo; normas del hospital. He intentado seguir el rastro, pero todo ha desaparecido. Hasta que los médicos me autoricen a hablar con él, lo único que podemos hacer es esperar. Cuando llegue ese momento, le haré las mismas preguntas que le haría usted y le tomaré las huellas dactilares. Con un poco de suerte, conseguiremos identificarlo. Así que, ¿por qué no se va a casa y me deja hacer mi trabajo?

—¿Qué es eso?

—¿El qué?

—Eso que está escondiendo.

Riordan respiró hondo, miró hacia el techo y dio un paso hacia un lado, para que Lassiter pudiera ver lo que había sobre el escritorio: una bandeja metálica de hospital. Había dos objetos en la bandeja. Uno de ellos era un cuchillo de unos veinte centímetros de longitud. Era un cuchillo grande, un cuchillo de caza, del tipo que se usa para desollar animales. Lassiter se acercó al escritorio.

—Es un cuchillo militar —explicó Riordan—. Un juguete de comandos.

—Así que puede que sea un soldado —dijo Lassiter.

Riordan se encogió de hombros.

—Puede. Pero lo importante es que el tipo entró con él en la casa. No es como si hubiera un forcejeo en la cocina y alguien cogiera un cuchillo... El tipo entró en la casa con un cuchillo militar. No es un cuchillo para untar mantequilla, es un cuchillo de combate.

—¿Está diciendo que se trata de un asesinato premeditado?

—Sí. Sabía perfectamente a lo que iba.

Lassiter observó el cuchillo con atención. Había una sustancia viscosa, de color marrón, donde la hoja encajaba con la empuñadura. Parecía sangre. Había un par de pelos pegados a la sustancia. Rubios y muy finos. Cabello de niño. Cabello de Brandon. Y la voz de Tom Truong resonó en su cabeza: «No queda sangre en niño pequeño.»

El segundo objeto de la bandeja era un frasco que tenía más o menos el tamaño de una botellita de minibar. Tenía un aspecto muy poco corriente. Estaba hecha de un cristal basto y parecía muy vieja. Se cerraba con un tapón negro de metal con forma de corona rematado con una minúscula cruz en lo alto. Dentro del frasco había un centímetro de líquido transparente.

—Las enfermeras y los asistentes lo han manoseado todo, por supuesto —dijo Riordan—. Aun así, écheme una mano. —Le dio a Lassiter una bolsa de plástico con una etiqueta pegada que decía:

SIN NOMBRE
3601
02-11-95

Lassiter mantuvo la bolsa abierta mientras Riordan introducía los objetos empujándolos con un lápiz para no tocarlos.

—¿Dónde está el tipo?

Riordan no le contestó.

—En cuanto vuelva a la comisaría incluiré esto como prueba. Sacaremos todas las huellas que podamos, eliminaremos las de las enfermeras y los asistentes y mandaremos las que queden al FBI. Después, veré qué puedo averiguar sobre el frasco. Analizaremos el líquido y veremos adónde nos lleva el cuchillo. —Hizo una pausa—. Mire, sea quien sea el tipo, su hermana se defendió. El forense ha encontrado tejido humano y sangre debajo de sus uñas. Así que pediré una prueba de ADN y veremos qué encontramos. —Hizo otra pausa—. Y ahora, ¿me hará el favor de irse a casa?

Riordan acompañó a Lassiter hasta la puerta. El detective llevaba la bolsa extendida delante del cuerpo, pellizcando la parte superior entre los dedos. Se detuvo y apoyó la mano que tenía libre en el hombro de Lassiter.

—¿Sabe? No debería estar contándole estas cosas. No debería enseñarle las pruebas. Ya sabe... —Riordan se miró los pies—. Lo que quiero decir es que, técnicamente, usted es un sospechoso.

—Ya.

—Lo digo en serio.

—¿De qué está hablando?

Riordan se encogió de hombros.

—¿Y si su hermana le hubiera dejado todo su dinero? ¿Y si resultara que estaban peleados? Lo que quiero decir es que... Bueno, ya sabe.

—Eso es absurdo.

—Desde luego —repuso Riordan sin inmutarse—. Sólo le estoy diciendo lo que pueden sugerir las apariencias. Nos machacan constantemente con eso. Tenemos reuniones todas las semanas y siempre insisten en lo de «la apariencia de lo impropio».

—¿Lo impropio?

—¡No! La apariencia de lo impropio. Es distinto. No hace falta que nadie haga nada mal. Basta con que parezca que algo está mal. Como, por ejemplo, enseñarle esto. —Riordan movió la barbilla hacia la bolsa que tenía en la mano—. Alguien podría interpretarlo mal.

Lassiter movió la cabeza de un lado a otro, pero no dijo nada. Estaba demasiado cansado para enfadarse. Y, además, Riordan no lo decía con mala intención. Y, técnicamente, tenía razón.

—Además —añadió el detective—, usted tiene que hacer muchas llamadas. Tiene que encargarse del funeral. Y en cuanto los periodistas se enteren de que no ha sido un simple incendio...

El sentido común de Riordan le cayó como un jarro de agua fría. Lassiter se dio cuenta de que había estado inmerso en un túnel; había estado tan ocupado intentando buscarle un sentido a las cosas, que se había olvidado de algo tan elemental como llamar a la familia. Riordan tenía razón. Claro que tenía muchas llamadas que hacer. No tenía más hermanos que Kathy y sus padres estaban muertos, pero estaban el ex marido de Kathy, sus amigos, sus compañeros de trabajo en la emisora de radio, la tía Lillian... ¿Y Brandon? Brandon no tenía padre, pero tenía padrinos. ¡Tenía que llamar a tanta gente! No quería que se enteraran de lo que había pasado por los medios de comunicación. La lista crecía en su cabeza mientras andaba como un autómata al lado de Riordan. Preparativos. Tenía que hacer los preparativos para el funeral. Tenía que elegir los ataúdes, las lápidas, las tumbas.

Tenía tantas cosas que hacer... Pero no podía dejar de pensar en Brandon, en el cuchillo, en la sangre, en el pelo. ¿Por qué le cortaría alguien el cuello a un niño de tres años? ¿Cómo podría hacer alguien una cosa así?

—Hablaré con Tommy Truong —dijo Riordan—. Me enteraré de cuándo se pueden retirar los cuerpos para...

—¿Está grave?

—¿Quién?

Lassiter se limitó a mirarlo.

—Ah, ¿se refiere al sospechoso? Sí, está grave, pero su condición es estable. Dicen que vivirá. ¿Le alegra oírlo?

—Sí.

—A mí también.

Riordan observó cómo Lassiter se alejaba por el pasillo hasta desaparecer detrás de la esquina. Lassiter era un tipo grande, pensó, un tipo grande y corpulento. Un tipo con aspecto atlético. Y, además, un tipo irritante. Incluso ese día, incluso allí, andaba como si fuera el dueño del mundo.

Riordan estaba pensando que, dada su relación con Lassiter, quizá fuera mejor desvincularse del caso, dejárselo a otra persona. Pero eso sería una cobardía. Modestia aparte, él era el mejor detective de homicidios del cuerpo, y no podría mirarse al espejo si se apartaba de un caso porque podía fastidiarle un posible trabajo en el futuro.

Sí, desde luego, Lassiter iba a ser un problema. De eso no cabía duda. Pero él tenía que tratar a Lassiter como a cualquier otra persona, y si eso le cerraba las puertas de su empresa... Bueno, así es la vida.

No es que el caso fuera complicado. Tenían un sospechoso y un arma homicida. Y tendrían mucho más; Riordan estaba seguro de ello. Las cosas tienden a encajar solas. Y, además, el fiscal presentaría cargos cualquier día de éstos. No sabían cómo se llamaba el tipo, ni tampoco sabían cuál era su motivo, pero eso no importaba porque podían probar lo que había hecho. Las cárceles están llenas de personas que han asesinado a gente por razones que nadie alcanza a comprender.

Y, además, puede que tuvieran suerte. Tal vez el sospechoso estuviera loco. O tal vez alguien le hubiera pagado por hacerlo. O quizás había un seguro de vida de por medio. O un ex marido. O un novio.

Esperaba que fuese un caso simple, porque, como no lo fuera, iba a tener a Lassiter todo el día encima, diciéndole que hiciera esto o aquello, que comprobara eso o lo de más allá. No. Sería todavía peor. Tal como lo veía Riordan, si él fuera

Lassiter, si él fuera el dueño de una gran empresa de investigación, y si las víctimas fueran su propia hermana y su sobrino, llevaría a cabo una investigación por su cuenta y, además, se dejaría los huevos en ello. Y el policía encargado del caso, o sea él, se estaría tropezando con las huellas de Lassiter a cada paso.

Lassiter podría poner a trabajar a una docena de personas. ¡A varias docenas! Y no gente cualquiera; tipos que habían trabajado en el FBI, la DEA, la CIA, el *Washington Post*... Lassiter podría poner a trabajar en el caso a más personas y, para qué negarlo, mejor preparadas que la policía. De eso no había duda. Y también podría gastarse más dinero. Eso quería decir que Jimmy Riordan iba a acabar hablando con testigos que Lassiter ya había interrogado, que establecería conexiones que Lassiter ya habría establecido un par de días antes y que seguiría pistas que Lassiter ya habría desestimado, pero que él tendría que investigar de todas formas.

La mera idea bastaba para que se sintiera cansado. Y, de hecho, realmente lo estaba. Lo habían despertado en plena noche y desde entonces no había parado, sobre todo de andar. Le dolían los pies. Había gastado toda la adrenalina que tenía en el cuerpo. Necesitaba un café, pero antes tenía que llamar a la comisaría.

Porque Lassiter tenía razón en lo de los coches. Haría que un coche patrulla apuntara las matrículas de los vehículos aparcados en los alrededores de Keswick Lane. Comprobarían las matrículas y, si encontraban un coche que no perteneciera al barrio, buscarían al dueño de puerta en puerta. Si no lo encontraban, acudirían al domicilio en el que estuviera registrado el vehículo. Y, si el dueño no estaba, averiguarían dónde trabajaba y lo buscarían allí. ¿Que el coche era de alquiler? Más de lo mismo.

Riordan hizo la llamada y esperó a que llegara la enfermera jefe. Por fin la vio aproximarse a toda velocidad por el pasillo. Era una mujer inmensa con dos pechos enormes que formaban una especie de escudo sobre el que descansaban sus gafas. Intentó desviar la mirada, pero no era nada fácil. (De eso también les habían hablado en la comisaría: «El contacto visual excesivo es un tipo de hostigamiento sexual.») Escribió el nombre de la enfermera jefe, la fecha y la hora y le dijo que tomaba posesión de los objetos personales del sospechoso. Ella le hizo firmar un papel. Él le hizo firmar otro a ella.

Se llevó la bolsa al coche, la metió en el maletero, cerró con llave y volvió a entrar en el hospital. Quería hablar con la enfermera que había encontrado los efectos personales del sospechoso. No quería dejar ningún cabo suelto; después de lo de O. J. Simpson, cualquier precaución era poca.

Encontró a la enfermera sentada, leyendo una novela rosa de Harlequin, en la cafetería. Sólo quería hacerle un par de preguntas. Una vez que ella las hubo contestado, Riordan se pidió un café y se sentó con su cuaderno de notas.

Era uno de los muchos que tenía; más de cien. Uno nuevo por cada caso importante, y todos ellos idénticos. Eran cuadernos negros, de once por dieciocho, con vueltas de alambre y papel cuadriculado. Riordan siempre escribía el nombre de la víctima, el número del caso y el número del artículo penal que había sido violado en la primera página. Lo hacía con una caligrafía meticulosa, incluso elegante. Podrán decir lo que quieran de Jimmy Riordan, pensó, pero nunca podrán criticar su letra. ¡Gracias, hermana Teresa!

Por el momento, este cuaderno estaba prácticamente vacío, aunque Riordan sabía que, antes o después, acabaría por llenarlo. Y entonces, después de transcribir los detalles en las hojas oficiales del cuerpo de policía, el cuaderno ocuparía su lugar junto a los demás en la estantería del cuartito que hacía las veces de despacho en su casa. Riordan bebió un poco de café y repasó mentalmente el caso. Además de lo que había hecho, lo único que sabía del sospechoso, de Sin Nombre, era que uno de los médicos le había oído murmurar algo en italiano.

Eso podría ser interesante. Aunque también podría ser un problema. Riordan se echó un poco de leche en el café, que apenas cambió de color. Puede que Sin Nombre fuera italiano, aunque Riordan esperaba que no fuera así. Había tenido algunos casos que involucraban a ciudadanos extranjeros y, dada la proximidad de Fairfax a Washington, las embajadas podían convertirse en un fastidio.

Hasta podría trabajar en una embajada, pensó Riordan. ¿Y si tuviera inmunidad diplomática?

Bebió un poco más de café.

El segundo sorbo nunca sabía tan bien como el primero.

Joe Lassiter no se había marchado del hospital. Estaba en el tercer piso, siguiendo una línea verde pintada en el suelo que avanzaba en zigzag por los distintos pasillos. Tenía muchas cosas que hacer, muchas, pero antes que nada quería ver al hombre que había matado a Kathy y a Brandon. Un auxiliar le había dicho que la línea verde lo llevaría hasta la unidad de quemados, así que la estaba siguiendo.

A no ser que uno fuera daltónico, los colores eran un buen sustituto para las palabras. No hacía falta saber inglés para seguir una línea pintada en el suelo. Ni siquiera había que estar en su sano juicio. Uno podía estar enfermo, drogado o alucinando o hablar sólo tagalo, y los colores lo llevarían hasta donde quisiera ir.

Lassiter había estado un par de veces en la central de la CIA. Allí usaban el mismo sistema, aunque con un propósito diferente. En la central de la CIA, todo el mundo llevaba una chapa de identificación en la chaqueta del traje. La identificación decía VISITANTE, PERSONAL O SEGURIDAD e iba acompañada por una franja de color que, en vez de indicar adónde ir, establecía adónde no se podía acceder. Si uno iba andando por un pasillo con una línea roja dibujada en el centro y tenía una franja verde en su identificación, todo el mundo sabía que había rebasado sus límites. «¡Perdone! Creo que se ha equivocado.»

Atravesó un par de puertas de doble hoja siguiendo la línea verde como un autómata. O como un niño de preescolar. Como Brandon. Lassiter recordó una imagen de su sobrino: su intenso gesto de concentración infantil al escribir unas inmensas letras temblorosas con unas ceras. Y otra: Brandon durmiendo, con una sonrisa dibujada en los labios y el cuello abierto de oreja a oreja, como un animal degollado.

Y Kathy. Y las palabras de Tom Truong resonando en su cabeza: «Pequeños cortes en dos manos... Éstas son seguro heridas de defensa.»

Kathy. En la oscuridad. Dormida. Oye algo. No sabe qué es. Un cuchillo desciende hacia ella. Sus manos se levantan en un gesto reflejo...

Lassiter pasó junto a un grupo de enfermeras, pero nadie pareció fijarse en él. No estaba seguro de lo que haría cuando llegara al final de la línea verde; puede que sólo lo mirase.

Y, entonces, ahí estaba. No había mucho que ver. Tan sólo a Sin Nombre al otro lado de una gran ventana rectangular. Al menos, supuso que sería él, pues era el único paciente. Se encontraba conectado a todo tipo de tubos, y las partes de su cuerpo que no le habían vendado estaban cubiertas con un espeso ungüento blanco. Lassiter se había quemado la mano una vez, y el nombre de la sustancia blanca le vino a la cabeza: Silvederma.

Por lo que Lassiter sabía, nadie lo había visto antes de quemarse la cara, así que, verdaderamente, era un hombre Sin Nombre; no tenía descripción posible. ¿Quién era? ¿Por qué lo había hecho? ¿En que estaría pensando ahora mismo?

¿Estaría consciente? Lassiter no podía saberlo. Pero, si lo estaba, quizá pudiera responder a un par de preguntas. Preguntas simples. Lassiter estaba alargando la mano hacia el picaporte cuando un hombre vestido con una bata se asomó desde detrás de un biombo y, con un grito de ira, salió corriendo hacia él.

El médico se quitó la mascarilla de un tirón. Tenía los ojos pequeños y brillantes y unos incisivos que recordaban a una ardilla.

—¿Es que no me expreso bien? ¡Ya se lo he dicho a su gente! Este entorno está esterilizado.

Lassiter no dijo nada. Tampoco se movió. Se limitó a mirar al médico con tal indiferencia que éste titubeó un momento antes de continuar.

—Esta terminantemente prohibido el paso.

Obviamente, el médico creía que Lassiter era de la policía y a él no se le ocurrió ninguna razón para sacarlo de su error.

—El paciente es sospechoso de cometer un doble homicidio —dijo—. Quisiera hablar con él lo antes posible.

—En este momento mi paciente está sedado. Además, su condición es extremadamente vulnerable a las infecciones —repuso el médico con tono paternalista—. Ya les avisaré cuando esté listo para ser interrogado.

Lassiter asintió.

—Gracias por su ayuda —dijo.

—Y vayan haciéndose a la idea de que eso no será hasta dentro de bastante tiempo.

—¿Sí? ¿Y eso por qué?

El médico sonrió y se llevó un dedo al cuello.

—Ya se lo he dicho a sus compañeros: hemos tenido que hacerle una traqueotomía.

—¿Qué quiere decir eso exactamente?

—Quiere decir que no puede hablar.

Lassiter miró a Sin Nombre a través del cristal. Luego volvió a mirar al médico.

—¿En cuánto tiempo?

El médico se encogió de hombros.

—Mire, detective —dijo con tono exasperado—, todo lo que tienen que hacer es esperar. Antes que nada, las heridas del paciente tienen que ir cicatrizando. Tiene el lado izquierdo de la cara, el cuello y el pecho abrasados, pero saldrá adelante. Y, mientras tanto, le aseguro que no va a ir a ninguna parte. Los mantendremos informados sobre su condición.

—No dejen de hacerlo —dijo Lassiter. Se dio la vuelta y se fue.

Ya de noche, Lassiter se tumbó en el sofá y encendió la televisión. Debía de haber hecho unas cuarenta llamadas. La mitad de las personas con las que había hablado ya habían oído lo ocurrido y querían saber más detalles. Con el tiempo, la mera repetición de los datos consiguió alejarlo del significado de las palabras. Su voz tenía la compostura neutral de un presentador de noticias; era como si estuviera informando sobre alguna cosecha damnificada en algún remoto país.

Las otras llamadas, aquellas en las que la noticia cogía a sus interlocutores por sorpresa, como una bomba que cae de forma inesperada, habían sido mucho peores. Y, fuera cual fuese la reacción de éstos, sólo conseguía aumentar el dolor de Lassiter.

Fue de un canal a otro, aunque le resultaba imposible concentrarse en nada. Estaba demasiado inquieto. No conseguía librarse de la acuciante sensación de que se había olvidado de hacer algo, algo importante. Cogió una cerveza y subió la escalera de caracol que llevaba a la terraza del tercer piso. La casa estaba encaramada en la ladera de una empinada colina, de tal manera que la terraza quedaba a la altura de las copas de los árboles. Se apoyó en la barandilla y observó el cielo pálido, obstruido, a través de las ramas negras. No había estrellas.

Oyó el teléfono. Primero pensó en no contestar, pero después cambió de opinión.

—¿Sí?

La voz de Riordan estalló en el auricular.

—¿Sí? ¿Eso es todo lo que tiene que decir? ¿Sí? ¡Pues váyase a la mierda!

Lassiter miró el auricular.

—¿Qué? —dijo.

—¿Cómo que qué? ¿Qué cojones hacía en la unidad de quemados?

—Ah, sólo se trata de eso.

—Le diré de qué se trata. El sospechoso se ha sacado el puto tubo de la garganta.

—¿Qué?

—Que ha intentado suicidarse —dijo Riordan—. Los médicos me dicen que está tan drogado que no puede ni contar hasta uno, pero él va y se saca el puto tubo de la tráquea. Todavía lo tenía cogido en la mano cuando lo encontraron. Y parece que no quería soltarlo. Casi necesitan unas tenazas para abrirle los dedos.

Lassiter sintió una repentina sensación de pánico. No quería que Sin Nombre muriera. Tenía muchas preguntas, y él era el único que podía responderlas. Además, Sin Nombre era la persona que iba a pagar por su dolor; el objeto de su venganza.

—¿Está bien? ¿No se estará...?

—No, no. Saldrá de ésta. El que me preocupa es usted. ¿En qué demonios estaba pensando? Tengo un nuevo compañero, ¿sabe? Uno de esos tipos jóvenes recién salidos de la academia. Se pasa el día pensando. Y esta vez ha pensado que tal vez no fuera el sospechoso quien se quitó el tubo. Dadas las circunstancias, estando tan sedado y todo eso, puede que alguien lo ayudara.

—¿Qué? ¿Es que alguien...?

Riordan lo interrumpió.

—Y entonces el doctor Whozee dice algo sobre el «otro detective» que fue a la unidad de quemados. Y mi compañero dice: «¿Qué otro detective?» Y la descripción no encaja con ninguno de nuestros hombres. De hecho, con quien encaja es con usted.

—Quería verlo —dijo, reconociendo que había sido él.

Riordan se rió con un desagradable carraspeo.

—Claro. Sólo quería echarle un vistazo. Pues déjeme que le diga que no fue una buena idea.

—Ni siquiera llegué a entrar. El médico no me dejó pasar.

—Eso he oído.

—Pues ha oído bien. ¿Cuándo pasó lo del tubo?

—No lo sé. Quizá me lo pueda decir usted. ¿Adónde fue cuando el médico no lo dejó pasar?

—Un momento. ¿Está insinuando que fui yo el que le quitó el tubo? ¿Me está pidiendo una coartada? —Estuvo a punto de colgar. Era inocente y sentía la indignación de los injustamente acusados—. Me vine a casa —dijo—. Y llevo hablando por teléfono desde que llegué.

—Eso se puede comprobar —replicó Riordan.

—Adelante, compruébelo.

—Gracias a usted, no me queda más remedio que hacerlo —contestó Riordan—. Mire, déjeme que le diga algo. No creo que lo hiciera usted, ¿vale? Creo que lo hizo él solo. Eso es lo que pasó. Los médicos comprueban su estado cada diez minutos, hay otro chaval en el pabellón y hay enfermeras por todas partes. No hay más que gente por todas partes; es imposible entrar ahí. Pero usted..., usted es como una bala de cañón que ha perdido el control. Va a la unidad de quemados, se hace pasar por un detective de policía...

—Nunca dije que fuera de la policía. El médico lo...

Riordan hizo caso omiso de su interrupción.

—Y al final me echan la bronca a mí por no haber puesto a un agente vigilando. Algo que, de hecho, ya había solicitado, ¿sabe? Pero como el agente no parecía tener prisa por llegar al hospital... Y ahora tengo que perder el tiempo comprobando sus malditas llamadas. Y si no lo hago, parecerá raro, porque todo el mundo sabe que lo conozco. Y otra cosa: no creo que sólo quisiera verlo. Seguro que tenía la estúpida esperanza de hablar con él.

Lassiter respiró hondo.

—Lo único que nos faltaba —añadió Riordan—. Imagínese que lo consigue y el tipo le abre su corazón. ¿Qué cree que pasaría luego en el juicio? ¿Sabe la que podría montar un buen abogado defensor?

—¿Por qué iba a querer matarse? —cambió de tema Lassiter.

Riordan suspiró.

—Puede que sintiera remordimientos —repuso Riordan.

—Me pregunto si...

—Hágame un favor —lo volvió a interrumpir Riordan—. No se pregunte nada. No haga nada. Si quiere ayudarme a resolver este caso, manténgase al margen.

La ira de Riordan le estaba empezando a producir dolor de cabeza.

—Me mantendré al margen —manifestó—. Lo haré en cuanto me diga quién ha matado a mi hermana.

—El puto Sin Nombre ha matado a su hermana.

—¿Y quién es? ¿Y por qué lo ha hecho?

CAPÍTULO 9

Hacía calor para ser noviembre, casi veintisiete grados. Al caer, las hojas, relucientes como joyas, giraban mecidas por una brisa sofocante, casi tropical. El invierno estaba a punto de llegar, pero hacía tanto calor como en un día de junio. Y eso hacía que el reluciente follaje pareciera fuera de sitio, incluso artificial. Los que habían venido desde fuera de la ciudad sudaban incómodamente en sus prendas de cachemir, de pana o de lana. Incluso Lassiter se sentía un poco mareado. El calor desacostumbrado, la incomodidad de los asistentes, las hojas doblándose en el aire... Era como si estuvieran rodando una película fuera de secuencia y en la temporada equivocada.

Lassiter no podía deshacerse de esa sensación de irrealidad. Hasta los ataúdes parecían formar parte de un decorado. El de Brandon era minúsculo, como para añadir dramatismo a la crueldad de los hechos. El sacerdote de la Iglesia unitaria a la que Kathy acudía últimamente parecía elegido entre varios candidatos para interpretar el papel. Tenía exactamente el ademán de sinceridad que era de esperar y una capacidad innata para mirar fijamente a los ojos y estrechar manos con sentida emoción.

Pero la suya no era una emoción real o, si lo era, no estaba dirigida específicamente a Kathy. El sacerdote sentía una compasión universal, rebosaba compasión por todos lados, y eso hacía que su dolor resultara fácil y abstracto. No es que a Lassiter le importara especialmente; la suya era una iglesia concurrida y el sacerdote no conocía realmente a su hermana. Por teléfono, mientras preparaban la misa y el entierro, el sacerdote le había pedido ayuda para «darle un carácter más personal a la ceremonia». Quería saber cómo llamaban a la difunta. ¿La llamaban Kathleen? ¿O la llamaban Kate? ¿O Kath? ¿O Kathy? Quería conocer alguna anécdota de su vida, algo que hiciera que sus familiares y amigos recordaran a la «mujer de carne y hueso».

Ahora, frente a la tumba, las palabras del sacerdote sonaban monótonas, prediciblemente edificantes. Hablaba sobre la tierra sin ataduras que habitaban ahora Kathy y Brandon, sobre el alcance infinito del espíritu. Pero su tía Lillian, el único otro familiar presente, debió de sacar algo en claro de las palabras del sacerdote, porque se acercó a él y le estrechó la mano con fervor.

Lassiter pensó que, de alguna manera, esa sensación extrañamente artificial que tenía lo había acompañado desde el momento en que supo que Kathy había muerto. Al principio pensó que sería una reacción natural ante una muerte inesperada, una especie de *shock* emocional. Pero allí, de pie en el cementerio, se dio cuenta de que la sensación de irrealidad era tan persistente porque, como casi todo el mundo, había asistido a muchos más funerales cinematográficos que reales. Estaba esperando ese primer plano revelador, o ese plano amplio hasta la verde loma donde una figura misteriosa observa la ceremonia desde lejos, perfilada contra el sol. Un amante presentando sus respetos desde una distancia segura. O un asesino, deleitándose ante la calamidad que había forjado.

Lassiter estaba esperando algo, algo de música o un ángulo especial de la cámara, que pusiera el acontecimiento en perspectiva.

Pero no ocurrió nada. En última instancia, eso era lo que hacía que todo pareciese tan irreal. Faltaba algo, una razón para las muertes que estaban llorando. Kathy y Brandon no eran víctimas de un acto fortuito de violencia; sus asesinatos sin duda habían sido premeditados. Pero, aun así, nada. La policía ni siquiera tenía una teoría. Y el hombre que tenía las respuestas había empeorado. Estaba inconsciente, y su condición era crítica. Tenía los pulmones infectados y la piel le supuraba; podrían pasar semanas antes de que fuera posible interrogarlo.

Las personas que rodeaban la tumba tenían un aspecto abatido, cansado. La repentina y brutal muerte de alguien querido las había dejado desconsoladas. En el caso de Brandon, estaba la incrédula tristeza de los padres de media docena de amigos de preescolar. Su profesora, una mujer con el pelo castaño recogido en un moño, se frotaba los ojos. El labio inferior le temblaba. Cerca de ella, un niño pequeño cogía de la mano a su madre, una mujer que llevaba sombrero con velo y gafas de sol.

Habían acudido algunos compañeros de trabajo de la radio pública en la que Kathy trabajaba como productora de programación. Un par de vecinos. Su compañera de habitación de la universidad, que había conducido más de seiscientos kilómetros en deferencia a veinte años de tarjetas de felicitación. Y Murray, el infatigable Murray, el ex marido de Kathy. Pero ningún amigo íntimo, porque, realmente, Kathy no tenía amigos íntimos.

Por parte de la familia sólo estaban él y la tía Lillian. Pero la escasa presencia de familiares no se debía al carácter introvertido y difícil de Kathy. Lassiter se sorprendió al darse cuenta de que él y Lillian, la hermana de su padre, de setenta y seis años, eran todo lo que quedaba de dos árboles genealógicos reducidos a la nada.

Murray fue el único que lloró. Igual que en el caso del sacerdote, su dolor no se correspondía específicamente con los cuerpos que descansaban en los ataúdes; Murray era el tipo de persona al que se le saltaban las lágrimas al deshacerse de un viejo sofá. Aun así, Lassiter se lo agradeció. Esa muestra desinhibida de tristeza parecía mejor tributo a su hermana que el mayor ramo de flores.

Tras una ostentación verbal sobre las luces que guían nuestras almas en el desierto, el sacerdote por fin acabó su sermón. Lassiter arrojó dos puñados de tierra y una rosa blanca para Kathy. Después, se dio la vuelta y se alejó.

Los demás siguieron su ejemplo. Lassiter avanzó por el camino y se detuvo a unos diez metros. Cada uno de los asistentes se acercó a él para estrecharle la mano o besarlo en la mejilla y decirle cuánto lo sentía.

Uno de los primeros en hacerlo fue la mujer con el niño pequeño, que se presentó como Marie Sanders.

—Y éste es Jesse —dijo con orgullo.

Lassiter sonrió al niño y se preguntó si sería su hijo; no se parecían en nada. Él era de tez oscura y tenía unos ojos marrones insondables y un cabello negro azabache que le caía en rizos sobre la frente. Era muy guapo, igual que lo era ella, pero de una manera distinta. Ella era pálida, rubia y... De alguna manera, le resultaba familiar.

—¿La conozco? —preguntó Lassiter.

A ella no pareció sorprenderle la pregunta, pero movió la cabeza.

—No creo —dijo.

—Es que... No sé, tenía la sensación de que nos habíamos visto antes.

Ella sonrió nerviosamente.

—Sólo quería decirle cuánto lo siento. Kathy... —Bajó la mirada y movió la cabeza de un lado a otro—. Lo vi en las noticias.

—Lo siento. Intenté llamar a todos sus amigos...

—Oh, no. Por favor. No la conocía tanto.

—Pero ha dicho que...

—No vivo aquí —se apresuró a explicar ella—. Estábamos de viaje. Lo vi en un canal por satélite que incluía un noticiario de Washington. —Dejó de hablar y se mordió el labio—. Lo siento, lo estoy entreteniendo.

—En absoluto.

—Conocí a su hermana... en Europa y me cayó muy bien. ¡Teníamos tanto en común! Así que cuando vi su foto y la de Brandon en la televisión... —Su voz se tornó temblorosa. Lassiter vio a través del velo que sus ojos se habían llenado de lágrimas—. Bueno, algo me hizo venir. —Respiró hondo y recuperó la compostura—. Lo siento —dijo—. Siento tanto su pérdida...

—Gracias —repuso Lassiter—. Gracias por venir.

La mujer se fue, y Murray apareció delante de Lassiter con los ojos llenos de lágrimas.

—Qué difícil es —dijo al tiempo que abrazaba a Lassiter—. Maldita sea, ¡qué difícil es!

Lassiter había olvidado cómo se lloraba, pero la garganta le dolía por la tristeza. Había perdido a alguien que lo conocía como nunca podría conocerlo ninguna otra persona, alguien con quien había compartido su infancia. Había perdido la «Alianza», la palabra solemne que había elegido Kathy cuando eran niños para designar su vínculo, esa especie de sociedad de protección mutua que tenían contra sus padres.

Recordó su carita severa, en su cuarto de juegos de Washington, dentro de una especie de tienda de campaña que Kathy había construido con mantas y sábanas. Él tendría unos cinco años y Kathy diez. «Tenemos que mantenernos unidos —había dicho ella—. He decidido que tú y yo tenemos que formar una alianza.» Aunque la palabra no formaba parte de su vocabulario, él entendía lo que quería decir ella. Kathy tenía escrita una lista de normas que resumían sus responsabilidades. Se la leyó: *Número 1: Nunca te chives de un miembro de la Alianza.* Se pincharon los dedos, dejaron caer una gota de sangre en el papel y después lo enterraron junto al abeto. Incluso de adultos, mantuvieron el hábito de firmar las cartas que se escribían con el símbolo que había inventado Kathy: una A tumbada.

Su padre, Elías, había sido miembro del Congreso durante más de veinte años. Cada vez que su nombre aparecía en algún periódico, algo que ocurría a menudo, iba seguido de un pequeño paréntesis: (R-Ky) (1). El dinero que había llevado a Eli hasta el Congreso era de su esposa, Josie. El abuelo de Josie había hecho una fortuna con el whisky, lo cual había convertido a Josie, que era hija única, en un partido más que estimable para un ambicioso joven de una familia sin abolengo.

Eli y Josie nunca estuvieron demasiado cerca de sus hijos. Como la mayoría de los miembros del Congreso, iban y venían entre Washington y su estado de origen. Como resultado de ello, más que por su padre y su madre, Kathy y Joe fueron criados por una sucesión de niñeras, *au pairs*, canguros y, más adelante, tutores.

Lassiter nunca le había dado demasiada importancia al abismo que lo separaba de sus padres. Tenía miedo de los

(1) Representante del Partido Republicano por el estado de Kentucky. *(N. del t.)*

arranques temperamentales de su padre y veía poco a su madre. Así eran las cosas, y él no le daba más vueltas. En el colegio privado de Washington en el que había estudiado, la mayoría de sus amigos compartían su misma situación. Pero a Kathy sí la afectaba, al menos hasta que todo empezó a darle igual.

Lassiter lo sabía porque en una ocasión, cuando Josie le pidió que le llevara una copa, apareció en pleno enfrentamiento entre su hermana y su madre. Kathy tenía una expresión fiera y estaba diciendo: «Realmente, no te importamos. Sólo querías tener hijos para poder enseñarles las fotos a tus amigos.»

Josie, sentada ante su tocador, bebió un poco de la copa que le había llevado. Ladeó la cabeza y se puso un pendiente. «Pero cariño, eso no es verdad —dijo sin apartar la mirada ni un solo momento de su reflejo—. Eres muy especial para mí.» Todavía podía oír el acaramelado acento del sur de su madre. Después, Josie se incorporó, cogió un perfumador de vidrio, perfumó el aire y atravesó la nube de aroma. «Y ahora dale un beso a mamá —añadió—. Ya llego tarde.»

Eli afrontaba sus responsabilidades paternas como si fueran obligaciones laborales. De hecho, incluía a sus hijos entre sus muchos quehaceres diarios, algo que Joe supo por su hermana. Una noche, en su casa de Washington, Kathy lo llevó al despacho de Eli y le enseñó la agenda forrada en cuero del congresista.

7.00: Oraciones y desayuno con jóvenes republicanos.
8.30: Sede del partido. Comité Republicano de Dirección.
10.15: Zoo con los niños.

Prácticamente cada ocasión en la que Eli veía a sus hijos, al menos durante los años que vivieron en Washington, había sido planeada previamente.

Llevar a Joe a Camillo's: corte de pelo.
Hablar con Kathy sobre Sueños frente a Planes.

Empezaron a mirar la agenda a escondidas para saber lo que su padre tenía planeado para ellos. Así podían fingir que estaban enfermos, o hacer otros planes, para eludir esos eventos a los que eran arrastrados como aderezo visual. Se encubrían el uno al otro. Presentaban un frente unido.

Comida para recaudar fondos para el senador Walling. Llevar familia.

«¡Mamá! ¡Mamá! Kathy está vomitando y yo tampoco me siento demasiado bien.»

Después de la ceremonia se ofreció un refrigerio. Lassiter se sorprendió a sí mismo deseando hablar sobre su infancia con Kathy, sobre la Alianza. Miró a su alrededor, buscando a Murray o a la hermosa mujer con el niño pequeño. ¿Cómo se llamaba? Marie. No podía dejar de pensar que se habían visto antes, que, de alguna manera, se conocían. Aunque puede que simplemente se sintiera atraído hacia ella porque, además de Murray, parecía ser la única persona presente para la que la muerte de Kathy suponía una pérdida personal. No tardó en encontrar a Murray. O, mejor dicho, Murray no tardó en encontrarlo a él. Pero no veía por ninguna parte a la mujer.

Al acabar el refrigerio llevó a la tía Lillian al aeropuerto de Dulles, y volvió por la autopista de peaje. Cuando llegó a su casa, ya era casi de noche. Normalmente solía disfrutar del largo camino de entrada, del crujido de los guijarros bajo las ruedas, del balanceo del coche al atravesar el puente de madera sobre el riachuelo. En cierto modo, ésa era la razón por la que había construido la casa. Se pasaba la mayor parte del día pensando en el trabajo, haciendo planes, acudiendo a reuniones y tomando decisiones; hasta que cruzaba el arroyo. Entonces se olvidaba de todo.

Le encantaba ver la silueta de la casa elevándose por encima de los árboles. No había ningún edificio igual en todo Washington. En parte porque el arquitecto era holandés y en parte porque estaba chiflado. O era un genio. O un poco de las dos cosas. En cualquier caso, era un antroposofista y, por tanto, un enemigo, por principio, de los ángulos rectos. El resultado era un racimo de curvas sinuosas, ángulos improbables e inesperados volúmenes que le había costado un millón de dólares.

Al ver la casa la gente reaccionaba de una de dos maneras. Algunas personas la admiraban boquiabiertos, incapaces de disimular su placer, mientras que otras se mordían el labio inferior y asentían sensatamente, como diciendo: «Otro millonario extravagante.» A Lassiter le gustaba pensar que podía descifrar a las personas por su manera de reaccionar al ver la casa, aunque realmente no era cierto. Algunas de las personas que más apreciaba, Kathy, por ejemplo, se limitaban a mover la cabeza de un lado a otro o a sonreír educadamente cada vez que la veían.

Pero, una vez dentro, casi todo el mundo acababa por rendirse ante sus encantos. La luz, que se derramaba a través del techo de cristal del atrio con bóvedas de cañón que atravesaba la casa de norte a sur, inundaba cada rincón. Las habitaciones eran enormes y se comunicaban armoniosamente las unas con las otras. De las paredes colgaban antiguas fotos de Nueva York en blanco y negro y dibujos cuidadosamente enmarcados de personajes de dibujos animados. No había muchos muebles, sólo un par de grandes sofás y un magnífico piano con el que Lassiter se enseñaba a tocar a sí mismo.

Volver a casa era su recompensa diaria. Pero, esta vez, ni las grandes paredes blancas ni los altísimos techos consiguieron elevarle el ánimo. Al contrario, la casa le pareció vacía y fría; más bien un fuerte que un refugio.

Se sirvió un poco de Laphroaig y fue a su habitación favorita: el despacho. Tres de las paredes, que dibujaban extraños ángulos entre sí, estaban cubiertas por estanterías desde el suelo hasta el techo y para llegar a los estantes más altos había sendas escaleras sobre rieles. En una esquina de la habitación, como a medio metro del suelo, había una chimenea de adobe con troncos apiñados debajo. Aunque no hacía frío, encendió un fuego y se pasó veinte minutos sentado, bebiendo whisky escocés mientras observaba cómo las llamas se agarraban a la madera.

Por fin, presionó la tecla de «mensajes» del contestador automático. Tenía diecisiete mensajes. Subió el volumen del altavoz y salió a escucharlos a la terraza mientras observaba los abedules agitarse en el viento. Había refrescado y podía sentir la lluvia que llegaría detrás del viento, tal vez en una hora.

Tenía un par de llamadas del trabajo. Estaba teniendo lugar una fusión hostil en TriCom y un abogado de Lehman Brothers quería verlo. Otra llamada le informaba sobre «un pequeño follón» en Londres. Al parecer, uno de sus investigadores había mostrado «un exceso de celo profesional» y la BBC estaba interesada en entrevistarlo.

La mayoría eran llamadas de condolencia de amigos y conocidos que no habían ido al entierro. También tenía una llamada de una cadena de televisión y otra del *Washington Post*. Y después la voz ronca de Mónica, diciéndole cuánto lo sentía, diciéndole que si había cualquier cosa, cualquiera... Bueno, seguía teniendo el mismo número de teléfono.

Lassiter meditó en ello. Pensó en llamarla, pensó en cómo había acabado su relación, y se dijo: «¿Qué es lo que me pasa?»

Y la respuesta llegó sin demora: «Lo mismo de siempre.»

O, para ser más exactos, lo que empezaba a convertirse en lo mismo de siempre. Conocía a una mujer que de verdad le gustaba, se veían durante un año, más o menos, y entonces la relación llegaba a un punto muerto. A ello seguía un ultimátum, un aplazamiento, otro aplazamiento y, entonces... Mónica daba paso a Claire, o a quien fuere. De hecho, ahora era Claire, aunque en este momento resultaba estar en una conferencia en Singapur. Le había telefoneado hacía dos noches. Le había hablado de la muerte de Kathy, pero Claire no conocía a Kathy, y cuando dijo algo sobre acudir al funeral él rechazó cortésmente una oferta que había sido hecha para ser rechazada.

Se acabó el whisky. La verdad era que disfrutaba de la compañía de las mujeres, de una en una. La monogamia o, por lo menos, la monogamia en serie, era algo natural en él, así que también debería serlo el matrimonio. Pero el matrimonio era algo con lo que Lassiter estaba decidido a acertar a la primera. Además, era lo suficientemente romántico para creer que, cuando llegara el momento, de alguna manera lo sabría. No tendría ninguna duda. Sería lo más importante del mundo, mientras que con Mónica el matrimonio le parecía... Bueno, sólo una opción.

El último mensaje era de Riordan. Lo escuchó sin prestar atención. Al acabar se dio cuenta de que no había oído ni una sola palabra. Rebobinó la cinta y apretó el botón de «mensajes» por segunda vez.

Riordan era uno de esos hombres a los que les incomoda hablar con una máquina. Hablaba demasiado rápido y demasiado alto. «Lo siento si he sido demasiado duro —decía con un tono de voz que no encajaba con el mensaje—. Me gustaría que se pasara por aquí mañana. Quiero comentarle un par de cosas.»

CAPÍTULO 10

El despacho de Riordan estaba en el tercer piso de una de esas horribles cajas que construyeron los responsables municipales durante los años cincuenta. Las fachadas exteriores eran un desfile de paneles de plástico y cristal azul separados por unas franjas de aluminio que hacía ya mucho tiempo que habían empezado a picarse. A pesar de ser un edificio moderno, pues era relativamente reciente, tenía mucho peor aspecto que los elegantes edificios del siglo XIX que se alzaban a su lado.

Dentro, las cosas tampoco mejoraban. Los paneles acústicos del techo estaban reblandecidos y sucios. El suelo de linóleo tenía décadas de porquería incrustadas bajo miles de capas de cera. Las escaleras le recordaban a Lassiter a su colegio. Cuando empezó a subirlas, le vino una bocanada de olor a leche rancia; aunque no podía saber si era real o imaginaria.

El segundo piso estaba reservado para las investigaciones de narcóticos. Cerca de la escalera, un cartel avisaba:

POLICÍA SECRETA
PROHIBIDO EL PASO A TODA PERSONA NO AUTORIZADA

Lassiter encontró la brigada de homicidios en el tercer piso. Había un par de despachos, algunas habitaciones vacías que supuso que servían para los interrogatorios, y un laberinto de cubículos separados entre sí por paneles de conglomerado de madera de dos metros de altura. El sitio resultaba desordenado, incluso caótico, y, como en la redacción de un periódico, todo el mundo parecía estar sentado tecleando en un ordenador o, como en el caso de Riordan, inclinado sobre un teléfono.

Riordan tenía unos cincuenta y cinco años y ese tipo de piel irlandesa que más que envejecer se curte. Siempre tenía la cara y las manos rojas, pero seguramente tendría la piel del cuerpo blanca como la leche. Al ver a Lassiter abrió sus pálidos ojos azules en señal de bienvenida. Parecía cansado. Subió y bajó las cejas y señaló hacia una silla con la mano.

El calor era sofocante, ya que, en vez de regirse por el termómetro, el sistema de calefacción dependía del calendario. Todos los detectives estaban en manga corta. Lassiter observó que todos ellos, sin excepción, llevaban pistola, o en una funda colgada del hombro o detrás del pantalón. Los policías, por supuesto, estaban acostumbrados a la presencia constante de armas, pero eso era algo que nunca dejaba de sorprender a Lassiter cuando iba a una comisaría: todo el mundo iba armado.

Ésa era una de las razones por las que Lassiter Associates casi nunca contrataba a un ex policía. No era sólo que no supieran escribir. Es que eran incapaces de disimular su condición de ex policías; conducían «vehículos» en vez de coches y nunca iban a ningún sitio: se «dirigían» a él. Además, tenían un actitud, una manera de comportarse, propia e inconfundible. Prácticamente todos los policías pasaban algún tiempo patrullando las calles en uniforme y, como los actores y los políticos, esperaban que la gente reaccionara ante su presencia de una manera determinada. Daba igual que la reacción fuera negativa; lo importante es que hubiera una reacción. Y la experiencia le había enseñado a Lassiter que el síndrome de la pistola y la placa persistía mucho después de abandonar el cuerpo de policía.

Riordan colgó, se volvió hacia él y juntó sus dos grandes manos rojas dando una palmada.

—El coche —dijo—. Pensé que le gustaría saber que encontramos un coche de alquiler en la manzana de la casa de su hermana. Lo hemos investigado.

Lassiter asintió, pero no dijo nada. Sabía por el tono desenfadado del detective que, aunque su visita a la unidad de quemados lo hubiera cabreado, no le guardaba rencor. Ese asunto estaba zanjado.

—Hertz. Directo del aeropuerto. No hay ninguna duda de que es el coche de Sin Nombre. El maletero apesta. Probablemente sea queroseno. —Riordan hizo una pausa.

—¿Y?

El detective se encogió de hombros.

—Bueno. Lo alquiló con una tarjeta de crédito. Juan Gutiérrez. La tarjeta está domiciliada en Brookville, Florida. Le pedí a la policía local que echara un vistazo. Es una casa en la que se alquilan habitaciones. El correo se amontona en la mesa de recepción. Hace dos o tres meses, un tipo que decía llamarse Juan alquiló una habitación, pero no paraba mucho por allí. De hecho, no iba casi nunca.

El teléfono sonó y Riordan contestó. Lassiter escuchó unos segundos, el tiempo suficiente para saber que la conversación no tenía nada que ver con él, y miró los paneles del cubículo de Riordan. Estaban decorados, si ésa era la palabra, con dibujos de niños. Colegio William Tyler. Figuras burdamente dibujadas empuñando pistolas con todo tipo de detalles realistas. Las balas disparadas estaban representadas como sucesivas líneas rectas. Unos gruesos trazos de cera roja marcaban las heridas y, en algunos casos, la sangre fluía en cuidadosas gotas individuales. De alguna manera, la sangre de cera parecía más brutal y real que la de las películas.

Riordan colgó.

—¿Por dónde iba?

—Juan Gutiérrez.

—Ah, sí. Por lo que sabemos, la habitación de Brookville sólo era una dirección postal. Pero todavía no he acabado. Encontramos una llave de hotel en el cenicero del coche de alquiler. Hizo falta andar bastante, pero por fin dimos con el sitio. Es un hotel de la cadena Comfort Inn, cerca de la carretera 395. Juan Gutiérrez, habitación 214. Así que conseguimos una orden de registro. Encontramos una bolsa de viaje, un mapa del condado de Fairfax y una cartera.

—¿Una cartera?

—La cartera contenía casi dos mil dólares en billetes, un carné de conducir, el carné de una biblioteca, una tarjeta de la Seguridad Social y un par de Visas. Todo a nombre de Juan Gutiérrez, Brookville, Florida. Hemos hecho una serie de averiguaciones y resulta que... Bueno, lo más probable es que el señor Gutiérrez no sea realmente el señor Gutiérrez.

—¿Qué quiere decir?

—No tiene pasado. Todo empieza hace dos o tres meses, como si hubiera nacido a los cuarenta y tres años. Tiene un carné de biblioteca expedido en agosto, pero nunca ha sacado un libro. Tiene un carné de conducir expedido a principios de septiembre, pero es el primero que tiene en toda su vida; al menos que nosotros sepamos. Nunca se ha comprado un coche. Nunca le han puesto una multa. Y sus dos Visas son de débito. Ya sabe, de esas que le dan a la gente que tiene un mal historial bancario.

—¿De esas que tienes que ingresar primero el dinero en el banco?

—Exactamente. Y tiene un saldo de dos mil dólares en cada una. Las tiene desde...

—Septiembre.

—Exactamente. Sólo ha pasado el tiempo suficiente para que el banco le pase un recibo, pero, en las dos tarjetas, volvió a subir el saldo inmediatamente a dos mil dólares. Ingresó el dinero mediante un giro postal.

—Así que es un fantasma. —Ése era el término que usaban en el negocio de la investigación para la gente que vivía bajo una falsa identidad.

—Es un fantasma de los gordos.

—¿Qué quiere decir?

—No ha robado su identidad, ni tampoco la ha comprado. Parece que la ha creado partiendo de cero. Y el número de la Seguridad Social es un número auténtico y pertenece a un Juan Gutiérrez auténtico que vive en Tampa, Florida. Ese Juan Gutiérrez no conduce y tiene aproximadamente la misma edad que Sin Nombre. Si alguien se tomara la molestia de comprobar el número, daría por supuesto que son la misma persona.

—Está diciendo que es un trabajo de profesional.

—Exactamente. Es un trabajo cojonudo. Si lo para la policía..., no hay ningún problema. Si quiere alquilar un coche... ¡Adelante, caballero! Que quiere volar a alguna parte, pero no quiere pagar en efectivo porque resulta sospechoso..., tiene dos Visas. Podría ir a la luna si quisiera, que nadie iba a sospechar nada. No estoy diciendo que sea a prueba de balas, porque no lo es. Pero, si no lo hubiéramos arrestado, si no fuera sospechoso de haber cometido un asesinato, mejor dicho, dos asesinatos, no tendría ningún problema. El trabajo es tan bueno que te hace pensar.

—¿Pensar qué?

Riordan lo miró fijamente.

—Que debe de ser un profesional. Y eso me lleva a la razón por la que le he pedido que viniera. —Riordan se recostó en su silla—. Creo que ha llegado el momento de que hablemos un poco más sobre su hermana.

Lassiter hizo una mueca.

—¿Por qué? No hay nada que hablar.

—Siento discrepar.

—Mire, no hay nada en la vida de Kathy que pueda explicar por qué alguien con los hábitos de trabajo de un asesino profesional podría cortarle el cuello, quemar su casa y matar a su hijo.

—De hecho, no le cortó el cuello —señaló Riordan—. Le cortó el cuello a su sobrino. A su hermana la apuñaló en el pecho.

Lassiter empezó a decir algo, pero se calló.

Riordan se aclaró la garganta. Tenía una mirada rara. Cuando volvió a hablar, su voz tenía un tono dolido. De repente, Lassiter supo el aspecto que debía de haber tenido cuando era niño, un niño que había recibido una reprimenda injusta.

—Mírelo desde mi punto de vista. Aquí estoy, dejándome los cuernos por usted...

—¿Por mí? ¡Es un doble homicidio!

—Para su información, tenemos cincuenta y siete homicidios sin resolver. Y yo le estoy dedicando recursos a uno que ya está prácticamente resuelto. ¿Me explico? Para su información, he hablado con el doctor Whozee esta mañana, y Sin Nombre no está nada bien. Tiene jodidos los pulmones. No estoy diciendo que la vaya a palmar, pero, tal y como lo ve la gente por aquí, estoy desperdiciando tiempo y dinero en un caso que podría quedar cerrado de un momento a otro.

—¿Me está diciendo que, si se muere Sin Nombre, el caso queda resuelto?

—Sí, eso es exactamente lo que estoy diciendo. Una vez que las pruebas forenses sean concluyentes, el caso queda resuelto. Si sus huellas encajan con las huellas del cuchillo, si las pruebas de ADN resultan positivas, si podemos probar que el sospechoso A ha cometido el crimen X, entonces el caso queda resuelto —dijo levantando las manos y dejándolas caer a ambos lados de su cuerpo—. Y si además resulta que el sospechoso A está muerto... La verdad, me cuesta imaginarme un caso más resuelto.

Lassiter lo miró fijamente.

—Pero no sabríamos por qué lo hizo —dijo.

Riordan abrió y cerró las manos, haciendo un puño y estirando los dedos después.

—Por qué, por qué... ¿Y qué pasa si no hay un por qué? ¿Y si lo hizo porque se lo dijo una cucaracha? ¿Y si estaba drogado y le pareció una buena idea?

—Lo que pasa es que no parece que fuera así. ¿O me equivoco?

—No —repuso Riordan—. No se equivoca. No después de lo que hemos averiguado sobre su falsa identidad. —Hizo una pausa antes de continuar—. Pero ésa es exactamente la cuestión: mientras Sin Nombre siga aguantando, y yo pueda seguir indagando, me gustaría que no se le cruzaran los cables cada vez que le pregunto algo sobre su hermana.

—Tiene razón. Lo siento.

Eso pareció tranquilizar a Riordan; incluso esbozó una pequeña sonrisa.

—Pues, entonces, hábleme de ella —pidió.

Lassiter se encogió de hombros. De repente se sentía cansado.

—Le gustaba escuchar «El compañero de la pradera».

Riordan tomó nota.

—¿Qué es eso? —inquirió.

Lassiter suspiró.

—Es un programa de radio de Minnesota.

Riordan se quedó mirándolo fijamente.

—Lo que quiero decir es que... ¿Qué quiere que le diga? Mi hermana llevaba una vida normal. Trabajaba en la radio pública. Trabajaba mucho. Toda su vida giraba en torno al trabajo y a su hijo. Su vida social consistía en ir a comidas del jardín de infancia y a reuniones de la Iglesia unitaria para padres y madres solteros. No se metía en la vida de nadie. No tenía enemigos.

—¿Cómo puede estar tan seguro de eso?

Lassiter pensó en ello. No creía que Kathy le ocultara ningún secreto, pero no podía estar seguro.

—Teníamos una relación muy buena. Cuando nuestros padres murieron, Kathy tenía veinte años y yo quince.

—Sí, claro. El congresista. Lo recuerdo. Un accidente de avión.

—De helicóptero.

—Una tragedia —dijo Riordan de forma automática—. ¿Heredó mucho dinero? Me he estado preguntando cómo podía pagar una casa tan cara.

—Mi padre consiguió gastarse la mayoría del dinero de mi madre, pero, aun así, heredamos un par de cientos de miles de dólares. Kathy era bastante frugal. Y era buena inversora. Cuando nació Brandon, vendió el apartamento del centro y se mudó a las afueras.

—¿A quién le ha dejado su dinero? Lo que quiero decir es que... —Riordan movió las dos manos en el aire—. Todavía no hemos hablado de ese tema.

Lassiter era el albacea de Kathy. Movió la cabeza de un lado a otro.

—Podría enseñarle el testamento, pero no merece la pena. Se lo dejaba todo a Brandon. Si él moría antes que ella, o si morían al mismo tiempo, todo el dinero iría a fondos benéficos.

Riordan seguía apuntando cosas en su cuaderno.

—¿Qué tipo de fondos benéficos?

—El colegio de Valley Drive, la universidad en la que estudió, Greenpeace...

—¿Y a usted no le dejaba nada?

—Sólo algunos objetos personales. Fotos familiares y otras cosas por el estilo. Nada que sobreviviera al fuego.

Riordan parecía decepcionado.

—¿No había ningún hombre en su vida?

—Ya hace algunos años que no.

—¿Y el niño? ¿Recibía una pensión del padre?

—No.

—¿Por qué no?

—No tenía padre.

Riordan parpadeó.

—Pero... ¿Cómo...? ¿Está muerto?

—No.

Riordan se rió como un niño.

—Explíqueme eso... y puede irse.

—Le estaba sonando «el reloj biológico». Así es como lo describía ella. Y como no había ningún hombre en su vida... Bueno, ella decía que no le hacía falta ninguno.

De hecho, Kathy no lo había dicho de una manera tan directa. Le había hablado de su intención de convertirse en madre el día que cumplió treinta y siete años. Él la había invitado a pasar la noche en una coqueta pensión en el campo. Durante la cena bebieron bastante. Por lo general, Kathy no bebía mucho, pero esa noche, después de una copa de jerez, un poco de Dom Pérignon y un Armagnac, los efectos del alcohol resultaban patentes en ella. Estaba sentada delante de él, con una sonrisita pícara en los labios, jugando con la salsa de frambuesa que era todo lo que quedaba de su *cœur de créme*. De repente, levantó la cabeza y lo miró fijamente. Bebió un último sorbo de Armagnac y dejó la copa sobre la mesa.

—Es la última copa que voy a beber en bastante tiempo.

Lassiter no entendía lo que quería decir. El alcohol nunca había sido uno de los problemas de Kathy.

—¿Te ha dado por la vida sana?

—En cierto modo. —Kathy acarició el borde de la copa con un dedo hasta conseguir que sonara. Después apartó el dedo y sonrió—. ¿Qué pensarías si te dijera que estoy pensando quedarme embarazada? —dijo al tiempo que se sonrojaba.

Él dudó un momento. No quería decir nada sobre sus fracasos anteriores con Murray, ni sobre su batalla adolescente contra la anorexia, cuando se consumió hasta los treinta y dos kilos. Según dijeron entonces los médicos, su sistema reproductor podía haber quedado dañado de forma permanente.

—Te preguntaría quién es el afortunado. Y después te echaría la bronca por no habérselo dicho antes a esta mitad de la Alianza.

Enfrente de él, Kathy chupó los dientes del tenedor.

—¿Y si te dijera que no hay ningún afortunado?

—Te diría que algo falla en tu plan.

Kathy soltó una risita.

—No es que sea difícil conseguir que te follen, claro —dijo—, pero ¿sin protección? ¿Con los tiempos que corren? ¿Y en el momento exacto? Además, si lo consiguiera, puede que el tío se pusiera pesado, que me demandara ante los tribunales para compartir la custodia, o algo así. Puede que hasta quisiera mudarse a mi apartamento. Créeme, los hombres pueden ser una auténtica pesadez. Pero, por suerte, estamos en los noventa; hay otras maneras de quedarse embarazada.

—Espera un momento. ¿Me estás diciendo...?

Ella asintió.

—Sí. Tengo una cita mañana. De hecho, esta vez sólo he quedado para hablar, para que me expliquen el procedimiento.

Al principio, Lassiter no aprobó el repentino entusiasmo de Kathy por la maternidad, aunque intentó que su hermana no lo notara. Kathy era tan impaciente, tan poco sociable... No podía imaginársela como madre. Pero, al final, su instinto había demostrado tener razón; hicieron falta cuatro años y una serie de costosas y dolorosas decepciones, pero mereció la pena. La maternidad la transformó por completo, liberándola de ese carácter introvertido que la había caracterizado desde niña. Lassiter no creía que fuera por el amor absoluto e incondicional que Brandon sentía por ella. Lo que pasaba era más bien que Kathy se había enamorado por primera vez: de su hijo.

Riordan se sonrojó. No lo podía creer.

—¿Su hermana fue a... uno de esos sitios? ¿A una clínica de inseminación artificial? —Un gesto de desaprobación le contrajo la cara mientras movía la cabeza. Después miró a su alrededor con ademán furtivo y se inclinó hacia adelante para acercarse más a Lassiter—. ¿Sabe?, como no tengamos cuidado las mujeres van a acabar por hacerse con las riendas. No, no. No se ría. Lo digo en serio. Acabaremos como los putos zánganos.

Lassiter se dio cuenta de que debía de parecer sorprendido, porque Riordan se sintió obligado a explicarse.

—Zánganos —dijo al tiempo que asentía con un ademán exagerado—. Las abejas no pueden sobrevivir sin ellos, pero ¿qué sacan ellos? Se lo voy a decir: cuando llega el invierno, las abejas los echan a patadas de la puta colmena y ellos se mueren de frío. —Riordan hizo una pausa y asintió sensatamente para sí mismo—. No me extrañaría nada que le acabara pasando lo mismo a la especie humana. —De repente, adoptó un gesto preocupado, como si hubiera hablado demasiado—. No es nada personal contra su hermana —murmuró. Después respiró hondo, como si la mera posibilidad fuera demasiado para él, y arrastró la silla hacia atrás. Se levantó y extendió la mano—. Gracias por venir —dijo.

—De nada. Le agradezco lo que está haciendo —contestó Lassiter. Se estrecharon las manos—. Lo siento si he estado...

—No pasa nada. Olvídelo. —Riordan parecía distraído—. No es que haya sido de gran ayuda. Me refiero a lo que me ha contado sobre su hermana. —La gran cabeza del detective se balanceó tristemente de un lado a otro—. No tengo nada que nos pueda servir. —Se rascó el brazo e hizo un pequeño y extraño movimiento para colocarse la pistola de forma más cómoda—. No es por amor, no es por dinero, no es por la familia. No sé qué pensar. Después de todo, puede que el tipo esté loco.

—¿Le importa que le haga una pregunta? —dijo Lassiter.

Riordan se encogió de hombros dentro de su americana y se ajustó la corbata.

—Dispare.

—¿Hizo alguna llamada Sin Nombre desde el hotel?

Riordan se dio unos golpecitos en la muñeca con un paquete de cigarrillos, sacó uno con los dientes y se palpó los bolsillos buscando unas cerillas. En cuanto salieron del edificio encendió el cigarrillo, aspiró con fuerza y echó una nube de humo hacia el cielo gris. Por fin dijo:

—No lo sé —contestó por fin—. La verdad, no creo que lo comprobáramos. —Le dio otra calada al cigarrillo—. Pero lo haremos.

CAPÍTULO 11

Un par de días después del funeral, Lassiter empezó a volver a poner la radio del coche. Llevaba tiempo sin oírla porque, después de los asesinatos, cada vez que movía el dial intentando encontrar el programa de jazz de la emisora WPFW aparecía alguna noticia sobre el caso de Kathy y Brandon. Realmente, las noticias nunca decían nada nuevo; eran meras descripciones de los hechos que solían incluir alguna breve declaración de Riordan. Incluso así, había algo oscuro, profundamente perturbador, en escuchar los detalles de la catástrofe de la propia familia emitidos en forma de noticia breve entre el programa de Howard Stern y el último parte del tráfico.

«Te lo digo de verdad, Robin. No sabes lo salido que estaba esta mañana... El niño pequeño tenía la garganta cortada de oreja a oreja... Hay retenciones en el tramo exterior del cinturón de circunvalación...»

El primer día que volvió a escucharla oyó una noticia sobre una mujer cuyo cuerpo había sido encontrado en el maletero de un coche aparcado en el aeropuerto National. Un portavoz de la policía decía que la habían encontrado gracias a la extraña ola de calor que estaba sufriendo Washington. Decía que lo que les había llamado la atención era el fuerte olor que salía del vehículo, y que habían conseguido identificar a la mujer. Lassiter esperaba que sus familiares no estuvieran escuchando la radio.

Entonces, las noticias dieron paso al parte del tráfico. «En el cinturón de circunvalación hay que pisar el freno si se va en dirección sur», dijo la voz. «Desde Spout Run hasta el puente Memorial.» En efecto. Lassiter sólo veía luces rojas delante de él.

Casi habían transcurrido dos semanas desde los asesinatos y la verdad era que empezaba a acostumbrarse. Se había producido algún tipo de reajuste en su cabeza y el hecho de que su hermana y su sobrino hubieran sido asesinados mientras dormían ya no lo afectaba de la misma manera. Estaban muertos, muertos, y eso no lo podía cambiar nadie. Recordó cómo se había sentido cuando murieron sus padres. Pasado algún tiempo, le empezó a costar acordarse de cómo eran. Después llegó a tener la sensación de que nunca habían estado vivos.

Se desvió en el puente Key y avanzó por la autovía de Whitehurst hasta la calle E.

Debía de llevar trabajando aproximadamente una hora en su despacho, cuando Victoria lo llamó por el intercomunicador y le dijo que tenía una llamada de una periodista del *Washington Post*. «Algo relacionado con el caso de su hermana.» Después de sus reflexiones de camino a la oficina resultaba irónico y sorprendente que lo llamaran de un periódico. El interés de la prensa por casos como el de Kathy no solía durar mucho; siempre había algún desastre más reciente, e igualmente horrible, que le quitaba el espacio en las páginas y en las ondas.

La voz era femenina, joven y nerviosa. La periodista tenía acento del sur y esa costumbre tan típica de expresar afirmaciones como si fueran preguntas.

—Johnette Daly —dijo—. Siento molestarlo, señor Lassiter, pero he pensado...

—¿En qué puedo ayudarla?

—Bueno, me gustaría saber su opinión... ¿Quiere hacer algún comentario sobre lo ocurrido?

Lassiter estaba confuso. ¿Algún «comentario» sobre lo ocurrido? Se encendió otro botón en el teléfono que le indicaba que tenía una llamada de cierta importancia; si no, Victoria habría cogido el recado.

—¿De qué se trata? —le preguntó a Johnette Daly.

Después de un breve silencio, la periodista volvió a hablar con voz nerviosa.

—Dios mío. ¿Es que no se ha enterado? —No esperó a oír la respuesta, sino que se apresuró a continuar—. Me imaginaba que lo habrían llamado inmediatamente. No sé si...

—¿De qué está hablando?

—No me gusta tener que ser yo quien se lo diga..., pero..., en el cementerio de Fairhaven. Alguien ha cavado la tumba... Lo que quiero decir es que alguien ha desenterrado el cuerpo de su sobrino. Algún vándalo o algo así. Y yo he pensado que...

—¿Qué? ¿Qué es esto? ¿Una broma?

—La policía no quiere hacer declaraciones y yo he pensado que quizás usted...

—Lo siento —dijo él—. Ahora no puedo seguir hablando.

Lassiter colgó y se quedó mirando fijamente el auricular.

Un minuto después llamó a Riordan, que se disculpó una y otra vez por no haberlo llamado antes que esa periodista, que debía de haber oído la noticia en la frecuencia de radio de la policía.

—No me lo comunicaron inmediatamente porque... Bueno, ya se lo puede imaginar. Aquí nadie parece capaz de sumar dos más dos. Nadie se dio cuenta de que la tumba pertenecía a una víctima de asesinato —explicó Riordan—. Así que lo han tratado como si fuera un caso de vandalismo. Lo siento. Alguien tendría que haberlo llamado. Alguien ha metido la pata. —Suspiró—. Probablemente yo.

—¿Qué demonios ha pasado?

—Por lo que sabemos, ocurrió entre la medianoche y las siete de la mañana —contestó Riordan—. Hay un vigilante nocturno en el cementerio, pero parece que se pasa la noche viendo la televisión. No oyó nada. No vio nada. El cementerio es muy grande. En cualquier caso, el aviso lo dio un tipo que fue a visitar la tumba de su madre a primera hora de la mañana.

—¿Qué han hecho? ¿Han desenterrado el cuerpo de Brandon? ¿Por qué iba nadie a hacer eso? ¿Se lo...? Dios santo. ¿No se lo habrán llevado? —Tres palabras le retumbaron en la cabeza: ladrones de tumbas.

Se produjo un silencio. Luego Riordan se aclaró la garganta.

—Supongo que... la periodista... Me temo que no se lo ha contado todo. —Hablaba despacio, pronunciando dificultosamente las palabras—. Alguien ha... exhumado los restos de su sobrino. Después los han sacado del ataúd. Y, según el informe del laboratorio... Bueno, mejor se lo leo: «El autor de los hechos utilizó una mecha de magnesio...»

—¿Qué?

—Estoy leyendo lo que dice el informe del laboratorio. «El autor de los hechos utilizó una mecha de magnesio para prender una mezcla de limaduras de aluminio y óxido de hierro, comúnmente conocida como...»

—Termita.

—Exactamente. Termita. Al parecer, alguien le ha prendido fuego a los restos de su sobrino. Alguien ha incinerado los restos de Brandon. —Riordan hizo una pausa—. Me pone la puta carne de gallina —añadió.

Lassiter no podía creerlo.

—¿Por qué iba nadie a hacer eso?

—No tengo ni idea —dijo Riordan—. Estamos comprobando si ha habido algún suceso similar en alguna jurisdicción de los alrededores, pero hasta ahora no hemos encontrado nada. Las profanaciones de tumbas no son una cosa tan rara. La mayoría de las veces son cosas de chavales. Aunque, la verdad...

—¿Chavales con una mecha de magnesio? ¿Chavales con termita?

—Ya. Sé lo que quiere decir. Por aquí se barajan todo tipo de teorías extravagantes.

—¿Como qué?

—Ya sabe...

—¿Como qué?

—Como que alguien iba detrás de alguna parte del cuerpo. Ritos satánicos, ese tipo de cosas. Tonterías. Lo que quiero saber yo es qué relación tiene esto con los asesinatos, si es que tiene alguna. —Riordan tosió para aclararse la garganta—. Aunque, claro, hay una cosa que sí sabemos.

—¿El qué?

—Que no lo ha hecho Sin Nombre.

Por la tarde, Lassiter salió a correr con la esperanza de que eso le aclarase las ideas, pero no consiguió quitarse de la cabeza la cara carbonizada de Brandon. Al volver a la oficina se subió al coche y condujo hasta el cementerio, donde encontró una pequeña zona acordonada con cinta amarilla. Había un agente uniformado apoyado contra una lápida, fumándose un cigarrillo. Al ver acercarse a Lassiter, el policía tiró la colilla y se enderezó.

—Son las tumbas de mi hermana y mi sobrino —dijo Lassiter.

El policía lo miró de arriba abajo y se encogió de hombros.

—Mientras no cruce la cinta... —repuso.

Lassiter se quedó de pie, contemplando la escena. La tumba de Kathy seguía cubierta de coronas de flores marchitas. Las cintas blancas ondeaban en la suave brisa. Al lado, la lápida de la tumba de Brandon estaba tirada de costado en el suelo, justo al borde de lo que ahora era un agujero vacío en la tierra. Había un gran montón de tierra a un lado. Parecía más tierra de la que podría caber en el agujero. Se podían ver los residuos de los equipos de laboratorio. Había manchas de yeso en la lápida y en los sitios donde se habían tomado muestras de pisadas, marcas de pala y cosas por el estilo. Al pie de la tumba, alguien había cavado un hoyo poco profundo para incinerar el cuerpo de Brandon. El equipo del laboratorio había intentado recuperar todos los restos del niño, pero no lo habían conseguido. Quedaban un par de trozos de materia negra y algún pequeño montón de cenizas. La manera en la que estaban esparcidas las cenizas le recordó a la gravilla que solían esparcir por los escalones de la puerta de entrada de la gran casa de Georgetown cuando él era un niño.

La escena lo afectó profundamente, pues convertía la pesadilla en algo real. Alguien había quemado realmente el cuerpecito de Brandon. Alguien lo había desenterrado, lo había sacado del ataúd y lo había quemado. Según Riordan, el cuerpo de Brandon había sido rociado con gasolina y había ardido hasta quedar reducido a lo que Tommy Truong llamaba «huesos calcinados».

Al volver a su casa, ésta le pareció demasiado grande y silenciosa. Llamó a Claire, y ella le dijo que iría a verlo más tarde. Lassiter volvió a llamarla, le contó lo que había pasado y acabó diciéndole que esa noche prefería estar solo.

Se despertó en medio de la noche e intentó recordar algo que había pensado mientras dormía. Parecía muy importante. Era algo sobre el cuerpo de Brandon. Quería llamar a Riordan. Tenía que llamar a Riordan para decírselo. Pero, por mucho que lo intentara, no conseguía recordar qué era. Lo tenía ahí, en la punta de la lengua: pero, cuanto más se esforzaba por recordarlo, más lejos parecía esconderse, hasta que acabó perdiendo incluso la sensación que envolvía el pensamiento. Frustrado, pasó el resto de la noche dando vueltas en la cama.

Por la mañana, la noticia salía en el *Washington Post*. No quería leerla, ni siquiera quería mirarla, pero no pudo evitar ver el titular.

TUMBA DE VÍCTIMA DE ASESINATO EXHUMADA

Por la tarde recibió una extraña llamada telefónica de la funeraria Evans Funeral Home, la misma que se había encargado de los preparativos del entierro.

—La policía me ha pedido que lo llame —dijo una voz de hombre con un tono de voz que parecía perpetuamente afable y comprensivo—. Una vez que... acaben de examinar los restos... Cuando el equipo del forense lo autorice, ¿quiere que nos encarguemos de volver a enterrar los restos?

Lassiter dijo que sí.

—¿Quiere una urna para las cenizas? La policía ya ha acabado de examinar el... ataúd, pero, la verdad, está algo dañado.

Lassiter pidió una urna.

—Tan sólo una cosa más, señor Lassiter. Eh... —El encargado de la funeraria titubeó ligeramente, como si se estuviera adentrando en un terreno dificultoso incluso para él—. ¿Desearía... desearía estar presente cuando... demos sepultura a los restos mortales? —Tosió—. Cuando lo volvamos a enterrar. Lo que quiero decir es si... quiere un nuevo funeral.

Lassiter volvió a sentir esa sensación en el pecho, como si el corazón le latiera sin control.

—Sin funeral —consiguió decir—. Pero sí quiero estar presente.

—Muy bien —dijo el hombre—. Lo llamaremos cuando llegue el momento.

Dos días después, el tiempo seguía siendo espléndido y Lassiter volvía a estar en el cementerio. Resultaba surrealista observar cómo volvían a enterrar las cenizas de Brandon. Pero esta vez no había ningún sacerdote, ninguna palabra reconfortante. Sólo estaban él y Riordan, que apareció a mitad del proceso. Entre los dos, volvieron a llenar la tumba con tierra. Lassiter se sintió algo mejor con el esfuerzo físico, pero era una tumba pequeña y no duró lo suficiente. Al acabar, los dos se quedaron de pie, sin moverse, algo más de un minuto. Después, Lassiter se dio la vuelta y empezó a andar hacia el coche.

—Nunca había visto nada igual —dijo Riordan moviendo la cabeza de un lado a otro. Sacó un cigarrillo del paquete, pero esperó a que estuvieran lejos de la tumba antes de encenderlo.

A partir de ese momento, los dos hombres empezaron a tutearse y Riordan empezó a llamar a Lassiter cada dos o tres días.

—Tengo que decírtelo, Joe. No tenemos nada. Tenemos moldes de escayola de la hoja de la pala y de las huellas de las zapatillas. Por cierto, son unas Nike. Nuevas. Modelo Chieftain. Talla cuarenta y tres. Son las únicas huellas, así que suponemos que sólo había un individuo. Pero, aparte de eso, no tenemos nada. No hemos encontrado huellas dactilares ni en el ataúd ni en la lápida. Quienquiera que lo hiciera llevaba guantes. —Hizo una pausa—. Algo que ya de por sí resulta indicativo.

Al margen de la macabra exhumación de los restos mortales de Brandon, la investigación de los homicidios avanzaba sin grandes sobresaltos. Riordan se encargaba personalmente de mantener a Lassiter bien informado. Durante sus conversaciones telefónicas cogieron el hábito de repasar las pruebas que tenían.

—Huellas dactilares. Adivina de quién.

—Está claro.

No resultaba sorprendente que el cuchillo, el coche y la cartera que habían encontrado en el hotel estuvieran llenos de huellas de Sin Nombre. Todo ello resultaba útil como prueba, pero no les decía nada sobre su identidad; Sin Nombre seguía siendo un desconocido.

—Sus huellas no figuran en el ordenador —dijo Riordan refiriéndose al ordenador del FBI que contenía más de cien millones de huellas dactilares, incluidas las de todas las personas que habían sido arrestadas alguna vez, por el delito que fuera; las de todas las personas que habían solicitado un permiso de armas; las de todos los miembros de las fuerzas armadas; todos los taxistas y los conductores de transportes públicos y todos los funcionarios.

—Todo el mundo está en el ordenador —señaló Lassiter.

—Casi todo el mundo.

—Ya. Estoy yo. Estás tú. El que no está es Sin Nombre.

—Sangre, pelo y tejido humano. Todo casa. Las huellas del cuchillo son suyas. La sangre del cuchillo es de tu hermana y de tu sobrino. El pelo, como suponías, es de Brandon. Y la piel...

—¿Qué piel?

—La que tenía tu hermana debajo de las uñas. La piel también es de Sin Nombre. De eso no hay ninguna duda, incluso sin tener los resultados de las pruebas de ADN. El forense dice que tu hermana le arañó la cara, de derecha a izquierda, con cuatro dedos. No pudimos verlo por las vendas.

—El cuchillo. Mandamos a un dibujante a la unidad de quemados. Hizo varios dibujos. El último es muy bueno. Es él, Sin Nombre, sólo que sin quemaduras ni vendas. Con pelo y con cejas; aunque ahora, desde luego, no tiene nada de eso. En cualquier caso, excepto si llevaba tupé o no, sabemos exactamente qué aspecto tenía.

—¿Y qué?

—Hemos enseñado el dibujo en más de veinte tiendas de armas y en cinco o seis de esas tiendas en las que venden excedentes del ejército. Adivina qué. El encargado de una tienda en Springfield dice que le vendió un cuchillo del ejército hace tres, quizá cuatro, semanas.

—¿Se acuerda de él?

—Como si hubiera sido ayer.

—¿Cómo es posible eso?

—Muy fácil. Dice que el tipo destacaba muchísimo. Por lo visto, llevaba uno de esos trajes extranjeros que tienen mucha caída.

—Armani.

—Lo que sea. La cosa es que no ven muchos trajes así en una tienda como Sunny's Surplus. Sus clientes suelen ser tipos con pantalones de camuflaje o chavales con la cabeza rapada y pantalones vaqueros ajustados. Este tipo parecía, y cito textualmente: «Salido directamente de una revista de moda.» Dejo de citar. El caso se ha convertido en un círculo cerrado, Joe.

Y así fue transcurriendo el tiempo. En el hospital, un policía hacía guardia fuera de la habitación del prisionero, comprobando sin demasiado entusiasmo las credenciales de todo el mundo que entraba y que salía. Pero, realmente, no parecía hacer falta; todos los que entraban era empleados del hospital y, además de Joe Lassiter y alguno que otro periodista, no llamaba nadie para interesarse por el estado de salud de Sin Nombre.

El lunes antes de la fiesta de Acción de Gracias, Riordan llamó por teléfono a Lassiter para decirle que los médicos iban a quitarle la respiración artificial a Sin Nombre. Ya estaba suficientemente bien para ser interrogado, y los médicos les habían dado permiso para ir a verlo el próximo miércoles.

—¿Y después qué pasará? —quiso saber Lassiter.

—Lo trasladaremos a Fairfax. Y después presentaremos cargos contra él. Si es necesario, lo llevaremos a los tribunales en una silla de ruedas.

Según los médicos, la salud del paciente había mejorado de forma espectacular, aunque nunca se recuperaría del todo. Tenía todo el cuello y el lado izquierdo de la cara cubierto de cicatrices, y el tejido de los pulmones y de la laringe estaba dañado de forma permanente.

—Eso no le va a gustar demasiado —comentó Riordan.

—¿Y a quién le gustaría?

—Lo que quiero decir es que, según los médicos, el tipo debía de ser un deportista. O al menos eso es lo que parece. En cualquier caso, su condición física es magnífica, o lo era.

—¿Qué tipo de deportista? —inquirió Lassiter.

—No lo sé. Desde luego es un tipo grande. Ancho. Puede haber sido boxeador. O defensa de fútbol americano. O uno de esos matones de las discotecas. No lo sé. Alguien grande. Pensándolo bien, puede que fuera soldado.

—¿Por qué lo dices?

—Tiene varias fracturas viejas. Y cicatrices. La espalda está cubierta de cicatrices, como si hubiera recibido latigazos.

—¿Qué?

—Lo digo en serio. Deberías verlo. Y, además, tiene una herida de bala. Parece una vieja herida de rifle. Entrada frontal en el hombro derecho, orificio de salida a un centímetro de la columna. Y otra cosa.

—¿El qué?

—¿Quieres saber lo que pienso? No me extrañaría que trabajara colocando baldosas.

—¿Qué?

Riordan se rió, claramente satisfecho consigo mismo.

—Ésa es la otra cosa. Tiene las rodillas llenas de callos. Callos duros como una piedra, inmensos. Así que se me ha ocurrido lo de las baldosas. ¿Se te ocurre una explicación mejor?

Lassiter lo pensó unos segundos.

—A ti tampoco, ¿verdad? —dijo Riordan.

CAPÍTULO 12

La mañana del miércoles que Riordan iba a interrogar a Sin Nombre, Lassiter fue a la oficina, se sentó en su despacho e hizo como si trabajara mientras esperaba la llamada del detective.

El despacho era grande y lujoso. Tenía una chimenea espléndida y amplias ventanas con vistas al Capitolio y al parque que alberga los principales monumentos de la ciudad. El suelo estaba cubierto por una moqueta de color gris paloma. Las paredes, revestidas con paneles de madera de nogal, se hallaban decoradas con litografías tenuemente iluminadas de Hockney. En un extremo de la habitación había un escritorio de madera ricamente tallado. En el otro había una pareja de sillones de orejas y un sofá de cuero. El resultado de todo ello era un ambiente sereno y discreto pensado para que tanto los ricos como los cautos y los atribulados se sintieran cómodos.

Las oficinas de Lassiter Associates ocupaban todo el noveno piso del edificio. Eso significaba que, además del que ocupaba el titular de la empresa, había otros tres despachos que hacían esquina. Uno de ellos era una sala de reuniones. Los otros dos alojaban a los subdirectores de la empresa: Judy Rifkin y Leo Bolton. Había otros ocho despachos con ventanas. Cada uno de ellos albergaba a un investigador jefe. El resto de los investigadores, el personal de informática, las secretarias y los demás empleados ocupaban la colmena de cubículos del espacio interior. Además de Joe Lassiter, había otras treinta y seis personas en la sede central de la empresa. Y aproximadamente otras cuarenta repartidas entre Nueva York, Chicago, Londres y Los Ángeles.

Las medidas de seguridad eran férreas y ostentosas, como correspondía. Empezaban en la zona de recepción, donde un moderno sistema de vigilancia por vídeo grababa los movimientos tanto de los visitantes como de los empleados. Detrás de la zona de recepción, el acceso a los despachos con ventanas estaba controlado con un sistema biométrico de cierre que verificaba mediante un escáner las huellas dactilares del dedo pulgar de las personas que tenían permitido el acceso. En los despachos, todas las ventanas tenían cortinas plastificadas que absorberían las vibraciones en el supuesto de que alguien intentara valerse de un dispositivo de láser para espiar las conversaciones a través del cristal. Todos los archivos incluían cerraduras de combinación y había una máquina para destruir documentos al lado de cada escritorio. Además de estas medidas de seguridad, también había otras menos patentes. Puesto que Lassiter Associates trabajaba fundamentalmente para grandes empresas y para los despachos de abogados más prestigiosos, sus informes no estaban hechos para ser copiados. En consecuencia, y a no ser que se especificase lo contrario, los informes se imprimían en papel impregnado con fósforo. Así, cualquier esfuerzo por fotocopiar un documento daría como resultado una hoja negra.

Los ordenadores de la oficina estaban equipados con claves de acceso; pero, desde el punto de vista de la seguridad, lo más importante era lo que no tenían: disqueteras. En la práctica, eso significaba que ninguno de los datos de la empresa podía grabarse en un disquete. También había equipos internos que controlaban los movimientos del correo electrónico. Y, si alguna vez algún intruso conseguía acceder al sistema de procesamiento de datos —y los expertos que habían instalado el sistema aseguraban que eso era imposible—, un algoritmo de 128 bits garantizaba que su contenido no pudiera ser decodificado al menos en un millón de años, y eso empleando la tecnología más avanzada.

Todo este proceso resultaba caro y algunos pensaban que era excesivo, pero, como bien sabía Lassiter, la verdad era que las medidas de seguridad se pagaban a sí mismas. La mayoría de los ingresos de la empresa procedían de dos fuentes: pleitos que involucraban a millonarios o a grandes empresas y fusiones y adquisiciones de empresas, a las que todo el mundo llamaba F y A. Ya fuera que el caso involucrara a la mujer de un hombre de negocios, que quería el divorcio y la mitad de los bienes de su marido, o bien una adquisición hostil y la perspectiva de todo tipo de complicadas maniobras financieras, las apuestas siempre eran muy altas, a menudo cientos de millones de dólares. Por lo tanto, la discreción, la absoluta discreción, era un imperativo. Según entendía el negocio Lassiter, lo ideal era que la parte contraria ni siquiera supiera que su empresa estaba involucrada en el caso. A no ser que, como ocurría a veces, el conocimiento de la participación de la empresa pudiera tener un impacto positivo. En esos casos se procedía a realizar una investigación «ruidosa», con filtraciones a los medios de comunicación, seguimientos agresivos y entrevistas con el adversario.

Y lo que era más importante, pensaba Lassiter, era que a los clientes les gustaban las medidas de seguridad. Les gustaban a los abogados, les gustaban a los corredores de bolsa y les gustaban a los consejeros delegados de las grandes empresas. Las cámaras, los códigos y los sistemas de cierre automático les daban una sensación de seguridad y la convicción de haber gastado bien su dinero. Y, sobre todo, los hacía sentirse importantes. Como solía decir Leo: «Qué demonios, por doscientos dólares la hora deberíamos poner alfombras persas en el servicio de caballeros.»

Pero, incluso así, con toda la alta tecnología del mundo a su disposición, Joe Lassiter no podía hacer que Jimmy Riordan lo llamara por teléfono. Por la mañana, Lassiter le había dicho a su secretaria que no le pasara ninguna llamada a no ser que fuera de Riordan. El resultado fue un silencio inacostumbrado en la esquina sudoeste del piso noveno. El sol matutino se arrastró silenciosamente hasta el mediodía, pero el teléfono siguió sin sonar. Lassiter pidió que le subieran unos sándwiches y se los comió solo, delante de la chimenea, mientras hojeaba una revista. Lentamente, el mediodía dio paso a la tarde y Lassiter pensó en irse a casa.

«Tiene que haber pasado algo», se dijo a sí mismo. Puede que Sin Nombre pidiera un abogado, y Riordan tuviera problemas para encontrar uno. Tal vez fuera el idioma, aunque no veía cómo podía ser eso un problema; Riordan le había dicho que iba a ir con un intérprete de italiano y español. O quizá la salud de Sin Nombre hubiera empeorado. O...

El teléfono sonó a las cinco y cuarto, cuando el sol se empezaba a hundir detrás del cementerio de Arlington.

—Acabo de llegar —dijo Riordan.

—¿Y?

Hubo una pausa al otro lado de la línea.

—¿Que qué he averiguado? No he averiguado absolutamente nada —contestó Riordan.

—¿Qué?

—Espera un momento —dijo Riordan. Su voz se alejó—. Sí, sí, dame cinco minutos, ¿vale? —Después, la voz del detective volvió a acercarse—. Nada. No hemos conseguido sacarle ni una palabra. *Nada* (1).

—¿Llevaste un abogado? ¿Le preguntaste si...?

—No me has entendido. Lo que te estoy diciendo es que no ha abierto la puta boca. Nada. Le leímos sus derechos en tres idiomas y...

—¿Estás seguro de que os entendió?

—Sí, nos entendió perfectamente. Se le notaba en los ojos. Entendía cada palabra que decíamos.

—Tiene que tener un abogado.

—¡Ya lo sé! Y al cabo de un par de horas hice que le asignaran uno de oficio. Pensé que qué cojones, que quizás él pudiera sacarle algo. Un nombre. Cualquier cosa. Así que esperamos un par de horas hasta que llegó el maldito abogado. Y después estuvimos gastando suela durante, yo qué sé, media hora, mientras el abogado hablaba con él. Y ¿a que no adivinas lo que pasó? Nada. Sin Nombre no abrió la puta boca. Así que volví a entrar en la habitación y le conté lo maravilloso que es este país, que aquí todos somos iguales y que no im-

(1) En español, en el original. *(N. del t.)*

porta quién seas, lo que importa es lo que hayas hecho. Obras buenas u obras malas. Le dije que no necesitábamos saber cómo se llama para juzgarlo, ni tampoco para ejecutarlo. Por lo que a mí respecta, da igual que lo juzguen como Sin Nombre; cuando acabe el juicio, la sentencia será la misma. Le dije que, si no cooperaba, era hombre muerto. Un hombre muerto sin nombre, pero muerto.

—¿De verdad le dijiste eso?

—Sí. Y también le dije que está acusado de asesinato en primer grado y de provocar un incendio intencionadamente y que tenemos las pruebas necesarias para que lo declaren culpable. Le conté las pruebas que teníamos, una a una, y le enseñé el cuchillo...

—¿Te llevaste el cuchillo al hospital?

—Me llevé un par de cosas al hospital. Pero no te preocupes, todo se ha hecho según las normas.

—¿Cómo reaccionó?

—No reaccionó. ¿Te suena la esfinge? —Riordan soltó una de sus fuertes carcajadas—. Sólo reaccionó cuando le enseñé el frasco.

—¿Qué frasco?

—El frasco de perfume, o lo que quiera que sea. El frasquito que tenía en el bolsillo.

—¿Qué hizo?

—No hizo nada, pero de alguna manera se notaba que era importante para él. Fue como si los ojos... se le agrandaran, o algo así.

—Abrió mucho los ojos.

—Sí.

—Ah.

Riordan pasó por alto el sarcasmo.

—Estoy hablando en serio. El frasco le sorprendió. Así que voy a hacer que vuelvan a analizar el agua. Puede que encuentren algo que se les escapó la primera vez. Drogas o lo que sea.

—¿Qué pasó después?

—Bueno, me quedé ahí sentado con él y con su abogado. Después le dije que, si cooperaba, yo podría hablar con el fiscal, que podría convencerlo de que pidiera la cadena perpetua en vez de la pena de muerte. Le dije que tenemos pruebas de que lo hizo con premeditación. Le dije que nos sobran pruebas. Le dije que, tal y como veo yo las cosas, está en una espiral descendente. Le dije que en un par de días lo íbamos a trasladar a un cuarto blindado en el hospital Fairfax. Y que entonces...

—¿Qué es un cuarto blindado? —preguntó Lassiter

—Exactamente lo que parece. Es una habitación de hospital, pero con ventanas a prueba de balas. No te puedes imaginar la cantidad de sospechosos que necesitan atención hospitalaria. Cada jurisdicción tiene uno. En Washington está en el Hospital General. Aquí está en el Fairfax. Tener a un agente de guardia en una habitación normal de hospital cuesta un montón de dinero, así que, en cuanto el enfermo está medianamente bien, se lo traslada a un cuarto blindado. Tienen barrotes, puertas de acero, las cerraduras están en la parte de fuera... Tienen de todo. En cualquier caso, le expliqué que, no bien estuviera lo suficientemente recuperado para salir del cuarto blindado, lo trasladaríamos a la cárcel del condado. Puede que a la enfermería si todavía estaba mal, pero, desde luego, a la cárcel. Y, ahí, las cosas iban a empeorar. Mientras tanto, lo que sé es que hoy los médicos le habían rebajado la dosis de calmantes para que pudiéramos hablar con él. Y eso lo estaba jodiendo. El muy cabrón quería su pequeña dosis. Se le notaba en los ojos. Claro, como su abogado estaba delante no lo podía amenazar, pero dejé bien claro que el personal médico de la cárcel del condado está más ocupado que un perro con dos pollas...

—Por Dios, Riordan.

—Oye, no le estaba mintiendo. Están muy ocupados y además es normal que en la cárcel no tenga tantas comodidades como en un hospital. No le dije nada que no fuera verdad. Le conté que hace un año, y si quieres puedes consultarlo en el *Post*, hubo un escándalo terrible. Resulta que ninguno de los presos que había en la enfermería estaba recibiendo nada para el dolor porque la enfermera les daba placebos para poder vender las drogas a los demás reclusos.

—Jim...

—Así que le dije que quizá, si cooperaba un poco, tal vez pudiera quedarse un poco más de tiempo en el cuarto blindado. Puede que una semana más. O dos. Eso le daría un poco más de tiempo para recuperarse.

—¿Y?

—Nada.

—¿Estás seguro de que te entendió?

—Sí.

—¿Cómo puedes estar tan seguro si no dijo nada?

—Sé que habla nuestro idioma. Habla con las enfermeras. Tiene sed. Tiene hambre. Siente dolor. Ha estado hablando con ellas, eso está claro. Y, además..., eso es algo que se nota. Debo de haber interrogado a más de dos mil tipos en mi vida. Y este tipo... Si quieres saber mi opinión, este tipo es un tipo duro. Estoy seguro de que no es la primera vez que lo interrogan.

Lassiter le creyó; ése era el tipo de cosa que Riordan sabía.

—¿Y eso es todo?

—Más o menos. Al final, el médico nos echó. «El paciente necesita descansar.» —Riordan imitó al médico con un sonsonete burlón—. Así que mandó a una enfermera a buscar una inyección de Petidina y nosotros nos levantamos para irnos. A esas alturas, Sin Nombre tenía un aspecto horrible. Lo que quiero decir es que estaba sufriendo. Se le notaba en la cara. Estaba sudando y no paraba de moverse. Y hacía unos ruidos raros, como si le costara mantener el tipo. Así que yo puse cara de duro y le dije que volvería. Él me miró con su sonrisita de mierda y... ¿A que no sabes lo que me dijo?

—No. ¿El qué?

—Me dijo: «*Ciao*.»

—*Ciao?*

—Como si estuviéramos en un puto episodio de los «Vigilantes de la playa». Te lo juro por Dios, si no hubiera estado ya en el hospital, le habría enviado a él a golpes.

Lassiter permaneció unos segundos en silencio.

—¿Qué vas a hacer? —preguntó por fin.

—Todo lo que le dije que iba a hacer —dijo Riordan con frialdad—. Empezando por el traslado al cuarto blindado. Los médicos dicen que, si no hay complicaciones, lo podremos trasladar la semana que viene.

El día de la fiesta de Acción de Gracias, Lassiter se levantó a las ocho de la mañana. El tiempo por fin había cambiado. Fuera caían inmensos copos de nieve perfectamente definidos. Era el tipo de nieve que caía de copo en copo, como en las películas de Navidad.

Se vistió a toda prisa, cogió un par de latas de atún de la cocina y se montó en el coche. La comida era su cuota de inscripción en el Turkey Trot de Alexandria, una carrera popular de ocho kilómetros sin una sola cuesta que atraía a unos dos mil corredores cada año. El coche empezó a avanzar entre un torbellino de copos de nieve. Lassiter se inclinó sobre el volante. La visibilidad era tan mala que los coches de delante eran poco más que destellos de luces rojas que se encendían y apagaban detrás del muro de nieve. Cuando por fin llegó a Alexandria y encontró un sitio para aparcar, el mundo estaba cubierto por un manto blanco.

Mucha gente dice que correr aclara la mente, pues los movimientos repetitivos del cuerpo permiten que los pensamientos afloren sin ningún tipo de obstáculo. Lassiter no era una de esas personas. Nunca pensaba mientras corría, excepto en los términos básicos: dónde pisar, si debía quitarse los guantes, cuándo convenía mirar hacia atrás o ¿sería el dolor que sentía en la rodilla algo serio o una mala pasada que le estaba jugando la cabeza?

En la carrera de ese día, sus pensamientos eran de esa índole. Pensaba en el ritmo que llevaba y en la distancia que lo separaba de la próxima señal kilométrica. Se inventaba líneas imaginarias que lo llevarían delante de los corredores que lo precedían. Se limpiaba la nieve de los ojos, escuchaba la pesada respiración de los que lo rodeaban y se sorprendía del calor que sentía a pesar del frío que hacía. Su mente vagaba con la nieve, llevándolo hacia la meta. Lo que más le gustaba de correr era que, cuando lo hacía, dejaba de pensar en otras cosas. Cuando estaba corriendo era como si se evadiera de sí mismo; lo único que quedaba era el movimiento.

Una multitud de espectadores se amontonaba a ambos lados de la carretera durante los últimos cuatrocientos metros del recorrido. La gente animaba a los corredores con gritos como «venga, que vas bien» o «ya casi has llegado». Al cruzar la meta vio su tiempo en el cronómetro digital cubierto de nieve: 31.02. No está mal, pensó. Oyó al coordinador de la carrera gritar: «Los hombres a la izquierda, las mujeres a la derecha» y corrió hacia la rampa detrás de un hombre muy bajo que llevaba puestos unos leotardos rojos. A su alrededor, la gente respiraba pesadamente, con la cara congestionada, despidiendo nubes de vapor. La nieve seguía cayendo en grandes copos sin peso.

Lassiter habría jurado que no había pensado en nada durante la carrera. Había tenido la mente en blanco. Así que, cuando se arrancó el dorsal para dárselo a uno de los árbitros, le sorprendió darse cuenta de que en algún momento había tomado una decisión. La repasó mentalmente mientras avanzaba entre las mesas llenas de zumo de naranja y chocolatinas reconstituyentes. Iba a dejar de trabajar una temporada. Una semana, un mes; lo que hiciera falta. El tiempo que fuera necesario para averiguar por qué habían asesinado a Kathy y a Brandon y quién estaba detrás de los asesinatos. Estaba decidido. Ya no había vuelta atrás. Aunque en la empresa todavía no lo supieran, él ya estaba de baja temporal.

Entró en el edificio del colegio y encontró su chándal en la ventana donde lo había dejado. Se lo puso y empezó a estirar las piernas, molesto consigo mismo por haber tardado tanto tiempo en tomar una decisión que ahora le parecía evidente. ¿Para qué valía ser el dueño de una empresa de investigación si no la usaba cuando le hacía falta? Si en Wall Street querían averiguar algo, acudían a él. Si algún abogado de prestigio quería averiguar algo, acudía a él. ¿Qué sentido tenía entonces que Lassiter dejara la investigación de los asesinatos de Kathy y de Brandon en manos de la policía?

El coche estaba cubierto de nieve. Limpió el parabrisas lo mejor que pudo con el brazo y se subió. Las ventanas se empañaron con el calor que todavía emanaba de su cuerpo. Esperó a que la calefacción desempañara el cristal y se puso en marcha.

El viento cada vez soplaba con más fuerza. Los semáforos se balanceaban colgados de sus cables y las señales de tráfico vibraban enloquecidas. La nieve volaba hacia la luz de sus faros en un torrente horizontal. Al otro lado del río, cuyas aguas se habían tornado grises, la ciudad se había hecho invisible. Sólo se veía la luz roja que coronaba el monumento en memoria a Washington, encendiéndose y apagándose como un ojo malvado.

Fue por el puente de la calle 14 hasta la avenida Independence. Luego condujo en dirección oeste, directamente hacia la oficina de Foggy Bottom. El alumbrado público no funcionaba, y el escaso tráfico de vehículos circulaba precavidamente por un cruce oscuro tras otro.

Afortunadamente, su edificio tenía un generador propio. Aparcó el coche en el estacionamiento subterráneo y avanzó con paso decidido hacia los ascensores. Incluso bajo tierra, podía oír el viento aullando en la superficie. Sintió un escalofrío. Mientras el ascensor lo llevaba hasta la planta novena, el sudor se le empezó a enfriar en la espalda.

Al llegar a su despacho fue directamente a la ducha. Aunque tenía los músculos rígidos por la carrera, la presión del agua caliente no tardó en relajarlo. Al cabo de un rato notó cómo el ácido láctico empezaba a ceder. Como tenía la costumbre de correr por el parque cuatro o cinco veces a la semana, siempre guardaba un cambio de ropa en el despacho. Se secó el pelo con una toalla, se puso unos pantalones vaqueros y un jersey, y se sentó frente a su escritorio.

Por primera vez en su vida, su despacho le resultó molesto. Las estanterías, los paneles de madera que revestían las paredes, las litografías... ¿A quién pretendía impresionar? Tenía una docena de fotos exquisitamente enmarcadas, pero ni una sola de Kathy ni de Brandon. Todas eran fotos de sí mismo acompañado por personas famosas: Lassiter conversando con el príncipe Bandar, Lassiter estrechándole la mano al asesor del presidente para la Seguridad Nacional, Lassiter en un helicóptero con un grupo de generales del Estado Mayor, Lassiter en la revista *Forbes*...

El narcisismo llevado hasta el ridículo. En una fotografía, Lassiter posaba jugando al golf con el portavoz de la minoría del Senado en el Club del Ejército y la Armada. El senador, con la cabeza alta, el palo alto y el tobillo girado, resultaba arquetípico: una imagen digna de un póster de los viejos valores norteamericanos. Lassiter, en cambio, parecía un loco. Estaba a un metro de distancia, con los labios torcidos y una mirada de concentración salvaje, haciendo un *swing* con un hierro del nueve.

Al lado de la horrible foto de golf tenía un regalo de Judy: un artículo del *Washingtonian* sobre los solteros más codiciados de la ciudad enmarcado en un corazón de plata. Lassiter era el número veintiséis. Lo cual, pensándolo bien, resultaba halagador. O puede que todo lo contrario.

Todo esto había tenido importancia para él en algún momento, o al menos le había parecido divertido, pero ¿qué sentido tenía ahora? ¿Para qué valía? ¿Para abrir más sucursales? ¿Para ganar más dinero? ¿Para construirse una casa todavía más grande? ¿Para qué? La verdad era que el príncipe

Bandar ni siquiera le caía bien. ¿Qué hacía entonces su foto colgada en la pared?

Descolgó las fotografías y las amontonó en una esquina. Después volvió al escritorio y cogió una hoja de papel. Trazó una línea vertical en el centro y escribió «Trabajo» en el lado izquierdo e «Investigación» en el derecho.

Permaneció un momento sentado, pensando en lo que iba a hacer. Como sus responsabilidades eran amplias y no estaban bien definidas, resultaba difícil reemplazarse a sí mismo, aunque sólo fuera temporalmente. Realmente, su cometido era hacer todo lo que fuera necesario para que las cosas funcionaran, y eso significaba encender fuegos y hacer de bombero al mismo tiempo. Podría decirse que hacía un poco de todo. O, mirándolo desde otro ángulo, podría decirse que hacía lo que le apetecía en cada momento. Y ¿cómo se delega algo así?

En la columna de «Trabajo» escribió «Bolton: todos los F y A» y, debajo, «Rifkin: todos los demás casos». Leo y Judy eran personas ambiciosas y tenían posiciones parejas en la empresa. Si le daba a uno más responsabilidades que al otro, este último se iría de la empresa. Incluso así, no bastaría con dividir los casos entre los dos. También había que ocuparse de las cuestiones administrativas, de la administración financiera, de los nuevos casos y de las relaciones con los clientes. Lassiter decidió que Bill Bohacker se encargara de todo ello. Bohacker trabajaba en la sucursal de Nueva York, pero podría hacer el trabajo perfectamente desde allí. Además, pensándolo bien, casi la mitad de las facturas de la empresa se enviaban a Wall Street.

«Bohacker: administración.»

Lo llamaría para que viniera a Washington el lunes. Si cogía uno de los primeros vuelos, podría estar en la oficina a las nueve, y los cuatro podrían reunirse para ultimar los detalles.

Encendió el ordenador, tecleó la clave de acceso de ese día y leyó el listado de casos de la oficina de Washington. Él sólo estaba involucrado directamente en dos de ellos, aunque, eso sí, los dos eran clientes muy importantes. Tendría que llamarlos y explicarles su ausencia. No creía que hubiera ningún problema, pero, si lo había, les recomendaría que acudieran a Kroll; sin rencores.

Lassiter escribió dos notas en el lado izquierdo de la hoja:

«AFL-CIO (llamar a Uehlein)» y «American Express (llamar a Reynolds)». Estuvo pensando un rato y apuntó otro par de cosas. Después se levantó y se acercó a la ventana. En la calle, la nieve se estaba empezando a derretir. Una limusina derrapó a lo ancho de la avenida de Pennsylvania mientras los copos de aguanieve chocaban contra la ventana del despacho.

Volvió al escritorio, se sentó y miró el lado derecho de la hoja, el lado titulado «Investigación». Estaba en blanco. Con los ojos cerrados, se echó hacia atrás y pensó. ¿Por dónde empezar? ¿Se le habría pasado algo por alto a Riordan? Se pasó media hora sentado antes de escribir la primera palabra. La palabra que escribió fue «frasco».

La policía sólo había encontrado dos cosas en la ropa de Sin Nombre: un cuchillo grande y un frasco pequeño. La policía ya sabía todo lo que podía saberse sobre el cuchillo, pero no sabían nada sobre el frasco. Riordan había pedido que volvieran a analizar su contenido, pero tal vez también mereciera la pena investigar el frasco en sí. Parecía caro, o al menos poco común. Podía intentar conseguir unas fotos y pedirle a uno de sus investigadores que viera si podía averiguar algo.

Lo siguiente que escribió fue «Comfort Inn». Recordaba haberle preguntado a Riordan si Sin Nombre había hecho alguna llamada de teléfono desde el hotel, pero no recordaba haber obtenido ninguna respuesta. Lo más probable es que eso significara que Sin Nombre no había hecho ninguna llamada, pero merecía la pena asegurarse. Después de todo, pensó mirando la lista, tampoco es que tuviera muchas otras opciones.

CAPÍTULO 13

Un sonido insistente y un manto de sol cegador despertaron a Lassiter. La luz era tan brillante que tuvo que cerrar los ojos con todas sus fuerzas para huir de ella. Mientras tanto, el teléfono no paraba de sonar. Como un vampiro atrapado por el sol, Lassiter atravesó la habitación sin abrir los ojos. Encontró el teléfono, forcejeó con el auricular, se aclaró la garganta y consiguió decir:

—¿Sí?

La persona que había al otro lado de la línea tardó unos segundos en contestar.

—¿Te he despertado? —Era Riordan.

—No —mintió Lassiter de forma automática. No sabía por qué, pero siempre que lo despertaba una llamada de teléfono negaba que hubiera estado durmiendo. Aunque fueran las tres de la madrugada, se sentía culpable, como si el mundo esperara que estuviera constantemente alerta. Si quienquiera que llamase estaba despierto, ¿por qué no lo estaba él?

—¿Seguro que no?

—Seguro. ¿Qué hora es?

—Las siete.

—Espera un momento.

Había habido un corte de luz el día anterior, y Lassiter se había olvidado de reprogramar el reloj que controlaba el mecanismo de las persianas de los grandes ventanales y los tragaluces. A través de los ventanales podía ver los árboles, con los troncos, las ramas y las hojas cubiertos de hielo; el sol se reflejaba en ellos con una intensidad dolorosa. Era como si una inmensa ola de luz solar se derramara sobre la habitación. Lassiter apretó una tecla en la pared y escuchó un murmullo metálico en el techo. Lentamente, la habitación se fue oscureciendo. Volvió a coger el teléfono.

—Dime.

—Me han apartado del caso.

—¿Qué? ¿Por qué?

—Bueno, hay dos razones. Primero... ¿Estás seguro de que no te he despertado? A veces llamo demasiado...

—Sí, estoy seguro.

—Así que tú también eres madrugador. Igual que yo.

—Sí.

—Bueno, tal y como lo ven mis superiores, el caso está resuelto. Si dependiera de mí...

—¿Cómo que el caso está resuelto?

—Sé lo que vas a decir, pero es que, además, tenemos un doble homicidio en Annandale. Y una de las víctimas es un poli.

—Lo siento.

—Un chaval de veinticuatro años, un buen chaval. Era

nuevo en el cuerpo. Paró a tomarse un café. —Riordan hizo una pausa—. El chaval tenía una hija de dos meses. Iba de camino a casa. Su mujer lo estaría esperando con la cena y, ¡zas!, se lo cargan mientras pide un café.

—Es horrible...

—Todavía no te he contado ni la mitad. La otra víctima es una tailandesa. Consiguió la nacionalidad norteamericana hace dos días. Estaba trabajando el día de Acción de Gracias. Cinco dólares ochenta y siete centavos la hora. Y ¡pim, pam, pum! Tres disparos en la cara. ¡Bienvenida a América! ¡Feliz día de Acción de Gracias! ¡Descansa en paz!

—Mira, Jim, entiendo lo que estás diciendo, pero...

—Y, además, me han invitado a dar una charla en un congreso, así que tengo que prepararla.

—¿Un congreso?

—Sí. Es una de esas reuniones para fomentar las buenas relaciones entre los distintos países. Lo dirige la Interpol. En Praga. ¿Has estado alguna vez en Praga?

—Hace mucho tiempo. ¿De qué tienes que hablar?

—Estoy con un par de franchutes y un ruso. Me imagino que debo encajar en el perfil del típico policía norteamericano, o algo así. Tengo que hablar del «Trabajo de la policía en una sociedad democrática». Los checos no saben lo que es eso, ¿sabes? Al menos desde hace bastante tiempo.

—Qué interesante.

—En cualquier caso, hasta que vuelva, Andy Pisarcik se va a encargar de los últimos detalles del caso de tu hermana y de tu sobrino. Es un chico inteligente. Te voy a dar su teléfono.

Lassiter tenía ganas de discutir. Riordan era uno de los mejores detectives de homicidios del norte de Virginia. Pero Riordan no tenía capacidad para decidir a quién se le asignaba cada caso.

—¿Te importa que te haga un par de preguntas, ahora que todavía estoy a tiempo?

—Depende —dijo Riordan sin comprometerse.

—Sin Nombre. ¿Te enteraste por fin de si había hecho alguna llamada desde el hotel?

Riordan vaciló unos instantes.

—La verdad, no lo sé... Déjame que lo compruebe. El Comfort Inn. Sé que pedí que lo comprobaran. Tengo todos los papeles aquí. Espera un momento. —Lassiter escuchó el ruido de unas hojas—. Sí, aquí está. Hizo una llamada. Llamó a Chicago. La llamada duró menos de un minuto. Eso es todo.

—¿Adónde llamó?

—Pues... —El detective pareció titubear—. ¡Qué demonios! Llamó a un hotel. El Embassy Suites.

—¿Y?

—¿Qué crees? Hablaría con la telefonista. Obviamente, no figura nada. —La voz de Riordan tenía un tono defensivo—. No hicimos más averiguaciones. Ya sabes, en el hotel habrá... ¿Qué? ¿Doscientas habitaciones? Y la llamada no duró ni un minuto. Por todo lo que sabemos, hasta puede que se equivocara de número.

—¿Qué se sabe del frasco?

—Hemos conseguido algunas huellas dactilares, pero son todas de Sin Nombre. El laboratorio ha vuelto a analizar el contenido: agua. Así que el fracaso sigue siendo una gran interrogación.

—Habéis sacado fotos, ¿no? ¿Podríais mandarme unas copias?

Se oyó un gran suspiro al otro lado de la línea.

—Vale, veré lo que puedo hacer. Pero eso es todo, Joe. Yo ya no llevo el caso. A partir de ahora habla con Pisarcik.

—Lo haré. Sólo una cosa más. ¿Qué hay de lo de Florida? De la habitación donde «Gutiérrez» recibía el correo. ¿Tienes la dirección?

Riordan se rió.

—Venga ya —dijo. Después colgó.

Resultó que en Chicago había cuatro hoteles que se llamaban Embassy Suites. Y Lassiter no podía llamar a Riordan para preguntarle cuál de ellos era. Así que llamó a su oficina y le dijo a uno de sus investigadores, un antiguo agente del FBI que se llamaba Tony Harper, que fuera a ver qué podía averiguar en el Comfort Inn. Lassiter confiaba en que Tony conseguiría una copia de la factura de Sin Nombre, aunque probablemente le costaría dinero. Tony no lo defraudó. Dos horas después le mandó por fax una copia de la factura y un recibo por cien dólares. El recibo era en concepto de «servicios prestados».

Además de una solitaria llamada al prefijo 312, la factura incluía el número de la tarjeta Visa de Juan Gutiérrez. Lassiter sabía que, por veinticinco dólares, podía comprar un historial de los créditos de Gutiérrez, pero, por doscientos, podría conseguir algo todavía mejor: un listado detallado de cada pago que Gutiérrez había hecho con la tarjeta. Con las dos tarjetas, porque creía recordar que Riordan le había dicho que Gutiérrez tenía dos tarjetas. Su contacto encontraría sin problemas la segunda tarjeta a través de la primera, y también cualquier otra que pudiera tener.

El procedimiento no era enteramente legal, pero, al fin y al cabo, tampoco es legal conducir por encima del límite de velocidad. En la «era de la información», la violación de la intimidad era el equivalente moral a conducir sin llevar puesto el cinturón de seguridad; si a uno lo pillan, paga la multa y se va. Lassiter buscó en el listín de teléfonos giratorio que tenía encima de la mesa el número de Mutual General Services, una empresa de venta de datos con base en Florida.

Mutual era una empresa especializada en desenterrar información. Si alguien quería un informe bancario, un número de teléfono que no aparecía en la guía, una copia del recibo de una tarjeta de crédito o de un número de teléfono, ellos lo conseguían, rápido y barato. Según Leo, lo hacían a la vieja usanza. O sea, sobornando a gente. Sin duda, tendrían a alguien en la nómina de las principales emisoras de tarjetas de crédito y de todas las compañías telefónicas de Estados Unidos. «Sólo hacen una cosa —decía Leo—, pero lo que hacen lo hacen bien.»

Lassiter llamó a Mutual, dio el número de su cuenta y le dijo lo que buscaba a la mujer que lo había atendido: copias de los recibos de los últimos tres meses de la tarjeta de crédito de Juan Gutiérrez. Le dio el número de la tarjeta y pagó un poco más para que se la mandaran de manera urgente.

Hecho esto, se concentró en la llamada telefónica que figuraba en el recibo del Comfort Inn. Le habían cobrado un dólar y veinticinco centavos por una llamada de un minuto, lo que significaba que la llamada había durado algo menos.

Lassiter analizó las distintas posibilidades. Un minuto, probablemente menos. Hacía falta más tiempo para hacer una reserva. Y, si quería hablar con alguien que se alojaba en el hotel, lo más probable es que no lo hubiera conseguido; la operadora del hotel habría tardado unos segundos en conectarlo, el teléfono tendría que sonar en la habitación... Así que todo parecía indicar que, a quienquiera que hubiera llamado Sin Nombre, no estaba. A no ser... A no ser que Sin Nombre hubiera viajado a Washington desde Chicago. En ese caso era posible que estuviera llamando a «casa». La mayoría de las *suites* de hotel tenían buzones de voz, así que puede que Sin Nombre estuviera comprobando si tenía alguna llamada.

Lassiter marcó el número del buzón de voz de su oficina e introdujo los números necesarios para avanzar por el sistema mientras cronometraba el proceso. Tenía dos mensajes cortos. Tardó noventa y dos segundos. Apuntó los mensajes, apretó la letra «B» para borrarlos y volvió a llamar. Cincuenta y un segundos.

Después marcó el número del hotel.

—Embassy Suites. ¿En que puedo ayudarlo?

—Estoy intentando ponerme en contacto con alguien que se aloja ahí. Juan Gutiérrez.

—Un momento, por favor. —Siguió una larga espera amenizada con música enlatada—. Lo siento. Me temo que no tenemos ningún huésped con ese nombre.

Una de las cosas que convertían a Lassiter en un buen investigador era la minuciosidad. Si se encontraba en un aparente callejón sin salida, siempre intentaba asegurarse de que no había ninguna puerta oculta. Así que, en vez de colgar, insistió.

—Éste es el último número que nos ha dado. ¿Podría volver a comprobarlo? Sé que estaba alojado ahí hace un par de semanas y tenía entendido que iba a estar en Chicago una temporada. Puede que dejara un número de contacto. ¿Podría comprobarlo?

—¿Es usted un amigo o...?

—No. Soy el abogado de la señora Gutiérrez. Está muy preocupada.

Más música enlatada. No estaba seguro de lo que esperaba averiguar, incluso en el supuesto de que Sin Nombre se hubiera alojado allí. Pero quizás hubiera otro recibo, más llamadas de teléfono.

La música se detuvo, y volvió a ponerse la recepcionista.

—Tiene razón. Sí hemos tenido un huésped con ese nombre. Parece ser que se fue sin pasar por recepción.

Lassiter hizo como si no entendiera.

—Lo siento, no la...

—Bueno, parece ser que...

—¿No irá a decirme que se fue sin pagar la cuenta? Eso no sería propio de él.

—No, no, eso no es lo que quería decir. Hicimos una impresión de su tarjeta de crédito cuando se registró en el hotel. El problema es que... ¿Le importaría decirme su nombre?

—Por supuesto. Soy Michael Armitage. De Hillman, Armitage y McLean, Nueva York.

—Y... ¿dice que es el abogado de la señora Gutiérrez?

—En efecto. La represento legalmente.

—Bueno, el problema es que el señor Gutiérrez ha sobrepasado el límite de su tarjeta de crédito. Hemos intentado comunicárselo, pero... no lo hemos encontrado.

—Entiendo.

—La cosa es que hay un saldo a favor del hotel.

—Creo que nosotros podremos encargarnos de eso. Pero, antes, quisiera saber durante cuánto tiempo se ha alojado con ustedes el señor Gutiérrez.

El largo silencio al otro lado de la línea le dijo que se había pasado de la raya; había hecho una pregunta de más.

—Creo que lo mejor será que hable con el director. Puedo pedirle que lo llame...

—No es necesario. Además, me están esperando. Muchas gracias —dijo Lassiter y colgó.

Tardó menos de cinco minutos en meter el chándal, las zapatillas y un cambio de ropa en una bolsa de viaje. Con la bolsa en una mano y una taza de café en la otra, salió de casa y caminó sobre la nieve hasta el coche.

Había una sucursal de Fotocopias Kinko en Georgetown, justo al otro lado del puente Key. Cogió el cinturón de circunvalación hasta Rosslyn, cruzó el Potomac y fue hacia la calle M. Dejó el coche en el aparcamiento de la tienda de licores Eagle y cruzó el callejón hacia Fotocopias Kinko. Diez minutos después salió con una cajita de tarjetas de visita impresas en un papel relativamente grueso de color gris. Las tarjetas tenían escrito:

VÍCTOR OLIVER
Vicepresidente
MUEBLES GUTIÉRREZ (1)
2113 52nd Pl., SW
Miami, Florida 33134
305-234-2421

No tenía ni idea de si existía un 2113 52nd Place, pero el código postal estaba bien y con el número de teléfono tampoco habría problemas. Era un teléfono de contacto que tenía la DEA para operaciones secretas. Aunque claro, si llamaban preguntando por Víctor Oliver, alguien en la DEA iba a malgastar mucho tiempo intentando averiguar quién era.

No era un buen fin de semana para viajar sin reservas. Una de las pistas del aeropuerto National estaba cerrada, y los vuelos del aeropuerto de Dulles estaban saliendo con retraso por la nieve. Aun así, a las tres de la tarde, Lassiter ocupaba un asiento de primera clase en un vuelo de Northwest con destino al aeropuerto de O'Hare, en Chicago. Siempre había pensado que, excepto en vuelos muy largos, volar en primera clase era un desperdicio de dinero, pero era todo lo que había podido conseguir. El asiento de al lado estaba ocupado por una rubia con los ojos marrones y mucho más escote de lo que parecía razonable en un día tan frío. Llevaba mucho perfume y cada vez que decía algo se inclinaba hacia Lassiter y le tocaba el brazo. Tenía las uñas de tres centímetros de largo pintadas de un fuerte color rojo.

Se llamaba Amanda y estaba casada con un constructor que viajaba mucho. «De hecho, en estos momentos está de viaje.» Amanda criaba perros de Shetland. Ahora mismo volvía a casa después de un concurso en Maryland. Lassiter la escuchaba, asintiendo educadamente, mientras hojeaba la revista del avión. A pesar de su falta de entusiasmo, ella no dejó de hablar durante todo el vuelo. Le explicó todos los entresijos de los concursos caninos y los trucos del gremio, que, por lo visto, estaban relacionados con la laca, el esmalte transparente para las uñas y la vitamina E. «Una pizquita de ese aceite, justo en el hocico, y ¡no puede imaginarse cómo les

(1) En español en el original. *(N. del t.)*

113

brilla! Ya sé que parece un detalle insignificante, pero en este tipo de concursos esos pequeños detalles son fundamentales.»

Al aterrizar, el ruido de los motores ahogó su voz, aunque no por mucho tiempo. Mientras el avión avanzaba lentamente hacia la terminal, ella se inclinó hacia él, apoyando el pecho en su hombro mientras le cogía la mano.

—Si le apetece un poco de compañía —dijo Amanda al tiempo que le daba su tarjeta de visita—, vivo muy cerca del centro.

La tarjeta era rosa, estaba impresa con una letra llena de florituras y tenía un dibujo diminuto de un perro en una esquina. Había algo vulnerable en esa mujer. Como no quería herir sus sentimientos, Lassiter se metió la tarjeta en el bolsillo.

—Voy a estar muy ocupado —repuso—, pero ya veremos. Nunca se sabe.

Lassiter llamó al hotel desde el mismo aeropuerto.

—Embassy Suites. ¿En qué puedo ayudarlo? —Esta vez era la voz de un hombre.

—Bueno, la verdad... Yo no sé cómo... —dijo Lassiter. Era un imitador nato y adoptó un ligero acento extranjero, acordándose de incluir el sujeto en cada frase; algo que siempre hace que una voz suene «extranjera», incluso si el que la escucha no consigue adivinar el acento—. Yo me alojaba en su hotel hace unas semanas y yo me temo que me fui prematuramente. Un problema familiar.

—Lo siento.

—Sí, bueno, era una mujer muy mayor.

—Ah.

—Pero ¡la vida sigue! Y ahora a mí me gustaría pagar mi cuenta.

—¡Ah! Ya veo. Entonces, ¿no pagó cuando se fue?

—Exactamente.

—Bueno, claro. A veces hay problemas que no pueden esperar. ¿Puede decirme cómo se llama? Lo miraré en el ordenador.

—Juan Gutiérrez.

—Un momento, por favor. —Lassiter oyó el sonido de las teclas y agradeció que no le pusieran el hilo musical—. Aquí está. Había reservado la habitación hasta el día doce, ¿verdad?

—Sí, así es.

—Bueno, parece que le guardamos la habitación mientras

nos fue posible, pero... Ah, ya veo cuál es el problema. ¡Ha rebasado el límite de su tarjeta Visa!

—Eso es lo que yo me temía.

El recepcionista se rió comprensivamente.

—Me temo que ha quedado un saldo de seiscientos treinta y siete dólares con dieciocho centavos a nuestro favor. Si quiere, puedo ponerle con el director. Quién sabe, puede que le descuente un par de días.

—No, no. Yo tengo mucha prisa. Y, además, esto no es culpa del hotel.

—Podemos mandarle la cuenta.

—De hecho, uno de mis ayudantes, el señor Víctor Oliver, estará en Chicago mañana. Yo puedo pedirle que se pase por el hotel para saldar la cuenta. ¿Le parece bien?

—Por supuesto, señor Gutiérrez. Le tendré la cuenta preparada en recepción.

Lassiter respiró hondo.

—Sólo una cosa más. Yo me dejé un par de cosas en la habitación. ¿Las habrán...? ¿Las tendrán guardadas en algún sitio? —preguntó con ansiedad.

—Normalmente enviamos los objetos que nuestros clientes se olvidan a la dirección de la tarjeta de crédito, pero si la habitación estaba sin pagar... Me imagino que sus pertenencias estarán en el almacén. Me ocuparé personalmente de entregárselas a su ayudante.

—Gracias. Ha sido de gran ayuda. Yo le diré a Víctor que pregunte por usted.

—Bueno, yo no entro hasta las cinco, así que...

—Perfecto. Víctor tiene todo el día ocupado con reuniones. Yo no creo que pueda ir al hotel antes de las seis.

—Puede pedirle la cuenta a cualquier otra persona de recepción.

—Yo preferiría que fuera usted. Ha sido de gran ayuda.

—Gracias —dijo el hombre—. Bueno, dígale que pregunte por Willis, Willis Whitestone.

A Lassiter le gustaba Chicago. Los rascacielos junto al lago, el brillo y la sofisticación nunca dejaban de sorprenderle. Fue en taxi al Near North Side y se registró en uno de sus hoteles favoritos, el Nikko. Era un elegante hotel japonés con un excelente servicio. Los arreglos florales eran tan bellos como sencillos y tenía un magnífico restaurante en la planta baja. Lassiter disfrutó de su exquisita comida esa misma noche, acompañando el *sushi* con dos botellas grandes de Kirin. Al volver a su habitación, lo normal hubiera sido encontrar un bombón en la almohada, pero, claro, aquello era el Nikko. En vez del bombón había una figurita hecha con papel de arroz: un lobo aullando, o quizá fuera un perro. Fuera lo que fuese, lo hizo pensar en *Blade Runner*.

Al día siguiente pasó la mayor parte de la mañana visitando el Art Institute. Después fue a la sucursal de su empresa para saludar a sus empleados. La oficina de Chicago era mucho más pequeña que la de Washington, pero sus empleados eran igual de eficaces y la facturación estaba creciendo. Les dio la enhorabuena. Después degustó un pesado pero delicioso almuerzo en Berghof's. Para bajar la comida, volvió andando hasta el hotel. Las calles estaban muy animadas. Había mujeres del ejército de salvación haciendo sonar sus campanas, luces navideñas y multitud de personas comprando regalos.

Al llegar al hotel se puso el chándal y las zapatillas y fue hacia la orilla del lago. Soplaba un viento fuerte, pero él bajó la cabeza y siguió corriendo; unos cinco kilómetros hasta el club náutico y vuelta. Cuando volvió al hotel ya había anochecido. Lassiter estaba agotado.

Se duchó para reanimarse y se vistió rápidamente. Una camisa azul grisáceo de la que Mónica solía decir que tenía exactamente el color de sus ojos; un traje azul oscuro con unas rayas casi imperceptibles; una corbata burdeos y negra; zapatos ingleses y guantes de cuero. Todo era de Burberry's. Excepto los zapatos, que eran de Johnston & Murphy's, y el abrigo: una prenda algo gastada de cachemir negro que había comprado en Zurich unos ocho años atrás. Lassiter solía vestir de forma sencilla, pero no ese día. Quería estar elegante cuando fuera a ver a Willis Whitestone.

El hotel estaba en la manzana de los números seiscientos de la calle State. Lassiter anduvo un poco, se tomó una copa en un bar cercano y calculó su llegada para las seis en punto. Se sentía algo nervioso; al fin y al cabo, estaba trabajando a ciegas. ¿Y si Sin Nombre se había dejado una pistola o un kilo de coca en la habitación? Respiró hondo y entró en el vestíbulo con paso decidido.

Willis Whitestone no podría haber sido más agradable. Lassiter le dio una de las tarjetas de visita de Víctor Oliver, comprobó la factura y sacó de la cartera siete billetes de cien dólares. Rechazó el cambio moviendo la mano al tiempo que decía:

—El señor Gutiérrez me ha dicho que ha sido usted de gran ayuda.

Willis le dio las gracias, selló la factura y le entregó una bolsa de cuero. Lassiter se colgó la bolsa del hombro, se despidió y volvió a salir a la fría noche de Chicago.

De vuelta en el Nikko, se quitó el abrigo, pero no los guantes. A pesar de estar bastante gastada, se notaba que la bolsa de cuero era de muy buena calidad. Era una maleta elegante, con una base rígida, laterales suaves y una gruesa correa de cuero. La etiqueta de dentro decía Trussardi. Tenía un compartimiento central y dos grandes bolsillos laterales. Abrió las tres cremalleras y dejó caer el contenido de la bolsa encima de la cama.

Había un par de camisas de cuello ancho, que debían de ser o muy caras o muy baratas, un cinturón, calcetines, ropa interior y un par de pantalones de algodón. Más prometedor parecía un estuche de piel de becerro que medía unos veinte centímetros. Dentro encontró un billete de avión usado de Miami a Chicago, un folleto de la empresa de coches de alquiler Álamo y tres cheques de viaje de veinte dólares firmados por Juan Gutiérrez.

Lassiter sintió una gran decepción.

Se dijo a sí mismo que tenía que haber algo más. Levantó la bolsa y la sacudió. Buscó con la mano en cada uno de los bolsillos y palpó los costados. Examinó el fondo, al derecho y al revés. Volvió a hacerlo todo de nuevo. Y otra vez más. Pensó que quizá tuviera un doble fondo, pero la base de la bolsa no se movía.

No encontró lo que buscaba, un bolsillo plano que ocupaba toda la base de la bolsa, hasta que repitió el proceso por cuarta vez. El ribete de cuero que unía la base a los laterales se abría si se tiraba con fuerza de él. De hecho, Lassiter pensó que estaba rompiendo las costuras, pero el ribete estaba pegado a los laterales mediante la magia del Velcro. Lassiter sacó un grueso trozo rectangular de cartón: la base de la bolsa. Se abría como un libro y estaba dividida en dos compartimientos poco profundos. Uno de los compartimientos contenía un fajo de billetes de distintas monedas, el otro un pasaporte. Todo estaba hecho con tanto cuidado que ninguna de las dos cosas sobresalían.

Lassiter cogió el pasaporte y le dio la vuelta. Era italiano. Podía sentir como le latía el corazón mientras lo abría. Dentro estaba la foto del hombre que había matado a Kathy y a Brandon. Franco Grimaldi. La foto mostraba una versión más joven del retrato robot que había hecho la policía. Los músculos de Lassiter se tensaron de expectación, como un cazador cuya presa acaba de aparecer en la mirilla del rifle. Una reacción extraña teniendo en cuenta que el hombre yacía en la cama de un hospital vigilado por la policía. Aun así, Lassiter no pudo reprimir su entusiasmo.

Sin Nombre por fin tenía una identidad y Lassiter estaba seguro de que, hablara o no, él conseguiría descubrir el porqué de los asesinatos de Kathy y Brandon.

Nunca había entendido la necesidad apremiante que sentía alguna gente por averiguar cómo y por qué había muerto alguien a quien querían. Había leído sobre la apasionada búsqueda de datos, de justicia, de castigo y de detalles de los familiares de soldados desaparecidos en combate o de víctimas de atentados terroristas como el de Lockerbie, y su afán siempre lo había desconcertado. ¿Por qué no dejaban las cosas como estaban? ¿Por qué no intentaban proseguir con sus vidas y dejar atrás la tragedia?

Ahora lo entendía.

Cogió una botellita de whisky escocés del minibar, abrió la tapa y se sirvió dos dedos en un vaso. Se sentó delante del escritorio y estudió el pasaporte. La página de la foto contenía los datos personales: Grimaldi, Franco. Nacido el 17-3-1955. Debajo había pegado un trozo de papel blanco con un sello de aspecto oficial. Parecía ser un cambio de domicilio. 114 via Génova, Roma. Lassiter levantó el papel y vio que, en efecto, debajo había otra dirección: via Barberini, y un número. Además, el pasaporte incluía una descripción de Grimaldi. Estatura: 1,85 cm. Peso: 100 kg. Pelo: negro. Ojos: marrones. Mientras movía las páginas en busca de visados y sellos de aduanas, un trozo de papel cayó al suelo. Lassiter lo recogió.

Era un extracto de una transferencia bancaria a favor de Grimaldi por valor de cincuenta mil dólares en una cuenta corriente a nombre de la sucursal de Bahnhofstrasse del Crédit Suisse de Zurich. La transferencia estaba fechada hacía unos cuatro meses. Lassiter dejó el extracto bancario a un lado y volvió a concentrarse en el pasaporte. Pensaba que podría seguir los movimientos de Grimaldi gracias a los sellos de las distintas aduanas, pero las páginas estaban tan llenas que tuvo que hacer una lista. Pasó una página tras otra, descifrando todos los sellos posibles, y apuntó cada entrada y cada salida en un cuaderno. Al acabar, rompió la hoja del cuaderno en multitud de pequeños trozos y escribió una segunda lista, esta vez en orden cronológico.

El pasaporte abarcaba un período de diez años. Los sellos más antiguos, que databan de 1986, revelaban que Grimaldi había viajado con frecuencia entre Beirut y Roma. Lassiter reflexionó sobre ello. En 1986, Beirut era lo más parecido que había en la tierra al séptimo círculo del infierno. Los únicos europeos que había en la ciudad estaban encadenados a radiadores, en las calles estallaban continuamente coches bomba y los asesinatos estaban a la orden del día. ¿Qué cojones haría Grimaldi en Beirut?

Después de Beirut, había ido varias veces a San Sebastián y Bilbao: el País Vasco. En 1989 viajó a Mozambique. Después no había ni un sello en casi tres años. Por fin, en junio de 1992, Grimaldi volvió a viajar, esta vez a los Balcanes. Un par de viajes a la capital serbia, Belgrado, seguidos, un año después, por varias visitas a su equivalente croata, Zagreb. Y, después, nada hasta 1995, cuando Grimaldi viajó a Praga, São Paulo y Nueva York. El último sello era del aeropuerto John F. Kennedy de Nueva York y estaba fechado el 18 de septiembre de 1995.

Lassiter no sabía qué pensar. Puede que Grimaldi tuviera un segundo o incluso un tercer pasaporte, y quizá con nombres distintos. Y no sólo eso. Italia formaba parte de la Comunidad Europea, así que en el resto de los países comunitarios no le sellarían el pasaporte. Grimaldi podría haber hecho innumerables viajes por Europa sin que nadie se molestara en registrarlos.

Incluso así..., los tres años sin viajes, entre 1990 y 1992, resultaban elocuentes. ¿Una estancia en la cárcel? Podría ser. O tal vez estuviera viajando bajo otra identidad. Los viajes a Belgrado, Zagreb y Beirut también resultaban interesantes; no eran destinos turísticos, ni mucho menos. ¿Y los viajes a

España y a Mozambique? ¿Iría de vacaciones? Y, de ser así, ¿en que trabajaría? ¿A qué se dedicaría Grimaldi cuando no estaba matando gente? ¿Cómo se ganaría la vida?

No sin cierta frustración, Lassiter dejó el pasaporte a un lado y esparció el dinero sobre el escritorio. Había billetes de distintos países y, aunque no se molestó en contarlos, era una importante suma de dinero: al menos veinte mil dólares, puede que treinta mil.

Volvió a colocar la base en la bolsa de cuero, guardó el dinero y el pasaporte en los bolsillos laterales y metió la ropa en el compartimiento central. Después cerró las cremalleras. A la mañana siguiente le mandaría la bolsa a Riordan, anónimamente.

Y, en cuanto a él, ya era hora de volver a Washington. Estuvo haciendo llamadas hasta que por fin consiguió un asiento en un vuelo nocturno a Baltimore. Desde luego, no era un plan de viaje ideal. El vuelo no llegaba hasta la una de la madrugada y Baltimore estaba a 130 kilómetros del aeropuerto de Dulles, donde Lassiter había dejado aparcado el coche. Pero todo eso daba igual. Había alguien en Washington con quien quería hablar lo antes posible, un viejo amigo que trabajaba en un rincón muy oscuro del gobierno. Nick Woodburn. Woody.

CAPÍTULO 14

Sentado en el asiento trasero del taxi que le llevaba desde el aeropuerto de Baltimore a su oficina, Lassiter estuvo pensando en Nick Woodburn. Cuando eran dos colegiales, Joe y Woody habían sido íntimos amigos. Los dos habían crecido en Georgetown, no demasiado lejos de Dumbarton Oaks. Habían ido a los mismos campamentos de verano y a los mismos colegios privados. Los tres primeros años de enseñanza secundaria habían formado parte del equipo de atletismo de St. Alban's y, si Woody no hubiera estado a la altura de su reputación, también habrían corrido juntos el último año. El «incidente», como acabó conociéndose en el colegio, tuvo lugar unas dos semanas antes de las carreras de Penn Relays, cuando un grupo de padres que estaban visitando el colegio se tropezó, literalmente, con Woody y una chica follando en el huerto de detrás de la mismísima catedral. Hubo exclamaciones de asombro, risitas y gritos escandalizados; un asunto que, en última instancia, hizo que Nick Woodburn tuviera que estudiar su último año de colegio en el estado de Maine.

Casi todo el mundo estaba de acuerdo en que Woody acabaría mal o, como decía un compañero de clase: «Nunca lo aceptarán en ninguna parte; tiene más manchas rojas en su historial académico que una pizza.» Y, de hecho, sus solicitudes de ingreso a Harvard y a Yale fueron rechazadas, al igual que las de Princeton, Dartmouth, Columbia y Cornell. Puede que lo hubieran aceptado en Brown, pero Woody no mandó la solicitud; se negaba a ir a la misma universidad que Howard Hunt.

Al final, Woody fue a la Universidad de Wisconsin, donde destacó en atletismo y se graduó en filología árabe. Sacó todo sobresalientes y consiguió una beca Rhodes.

Después de Oxford, ingresó directamente en el Departamento de Estado. Trabajó dos años en Asuntos Políticos y Militares, desempeñando misiones de enlace entre Foggy Bottom y el Pentágono. Después de ocho años destinado en el extranjero –Damasco, Karachi y Jartum–, volvió a Washington a trabajar en el Intelligence Research Bureau, que, por alguna inexplicable razón, se conocía como el INR, en vez del IRB. Llevaba cuatro años trabajando allí y ya era el jefe del departamento.

Con algo menos de cien miembros fijos en nómina, el INR es al mismo tiempo el más pequeño y el más discreto de todos los departamentos que componen el servicio de información del gobierno federal de Estados Unidos. Como tal, es incapaz de cometer los pecados que han hecho famosos a los departamentos de mayor tamaño. No monta, por ejemplo, operaciones paramilitares, ni tampoco se dedica al espionaje electrónico; aunque, desde luego, aprovecha el botín de aquellos que sí lo hacen. No pone LSD en las bebidas de sus empleados ni envía asesinos a remotos palacios y selvas. Lo que sí hace, y lo hace brillantemente, es analizar la información generada por 157 embajadas estadounidenses esparcidas a lo largo y ancho del mundo.

Inevitablemente, cuando Joe Lassiter necesitaba algo imposible, como, por ejemplo, información de Italia durante la Semana Santa, llamaba a su amigo Woody.

—Woody, ¿adivina quién soy?

Al otro lado de la línea, Woody exclamó con entusiasmo:

—¡Joe! ¿Qué es de tu...? —Un brusco cambio de tono—. Oye, siento mucho lo de Kathy. Estaba en Lisboa cuando pasó. ¿Te llegaron las flores?

—Sí. Llegaron. Gracias.

—Los periódicos decían que habían encontrado al tipo... Al que lo hizo.

—Sí. De hecho, es por eso por lo que te llamo. Necesito que me hagas un favor.

—Tú dirás.

—El asesino es italiano. He pensado que quizá tú puedas enterarte de algo. Yo voy a hacer todo lo que pueda y la policía también pondrá su granito de arena. Pero he pensado que...

—Por supuesto. Mándame lo que tengas por fax y te llamaré el lunes.

Hablaron un poco más, quedaron para comer juntos algún día y se despidieron. Lassiter se puso unos guantes y fue a su despacho a fotocopiar las páginas del pasaporte de Grimaldi. Al acabar, le mandó a Woody por fax una fotocopia del pasaporte. Después volvió a meter el pasaporte en la bolsa de Grimaldi y cogió un taxi al aeropuerto de Dulles para recoger su coche.

Durante el camino de vuelta paró en el Parcels Plus que había en Tyson's Corner, compró una caja grande, metió dentro la bolsa de Grimaldi y escribió la dirección del detective James Riordan en la central de policía del condado de Fairfax. Se inventó un remite falso a nombre de Juan Gutiérrez y pagó el envío al contado sin quitarse en ningún momento los guantes. Pensó que quizá debiera mandarle la caja a... ¿Cómo se llamaba? Pisarcik. Pero desechó la idea. El nombre de Pisarcik no había salido en los periódicos, así que nadie tenía por qué saber que el caso había cambiado de manos.

Lo más probable es que Riordan se imaginara quién había mandado la caja, pero no diría nada a no ser que pudiera probarlo, en cuyo caso se pondría hecho una fiera. Pero, a falta de pruebas, lo más seguro es que Riordan le pasara la bolsa de Grimaldi a Pisarcik sin más comentarios.

Cuando volvió a la oficina, Lassiter fue directamente al despacho de Judy y llamó a la puerta. Era sábado, pero se imaginó que ella estaría en su despacho; Judy era todavía más adicta al trabajo que él.

—¡Adelante! —gritó Judy. Después, al ver quién era, contorsionó la cara dibujando una mueca de sorpresa digna de un cómic. Estaba hablando por teléfono, con el auricular apoyado en el hombro, mientras tecleaba algo furiosamente en el ordenador.

Lassiter apreciaba a Judy. Tenía la cara delgada, rasgos marcados, la nariz aguileña y una aureola rizada de pelo negro que tendía a caérsele, pues se pasaba el día tirándose de algún mechón, retorciéndose los rizos nerviosamente con el dedo índice. Era de Brooklyn y se le notaba al hablar.

—¡Hola, Joe! —dijo al tiempo que colgaba el teléfono—. Siento haberte hecho esperar. ¿Qué tal va todo? —De repente se acordó y cambió de tono—. Lo que quería decir es que... ¿Estás bien?

—Sí, voy tirando. Escucha, quiero comentarte un par de cosas. Voy a estar fuera una temporada. —Judy empezó a decir algo, pero él la detuvo con un gesto de la mano—. Ya te lo explicaré todo el lunes. Bill Bohacker va a venir a Washington y... Resumiendo, él se va a encargar de la administración mientras yo esté fuera. Leo se va a encargar de los F y A y quiero que tú te encargues de todas las demás investigaciones.

—La verdad, no sé qué... Gracias.

—Otra cosa.

—Dispara.

—Hay una adquisición de American Express de la que también quiero que te encargues.

Judy parecía confusa.

—¿American Express? No sabía que estuviéramos trabajando con ellos.

—No lo sabe nadie. Las conversaciones se han llevado en secreto.

—Está bien —dijo ella al tiempo que cogía lápiz y papel—. Dime detrás de quién van.

—Detrás de Lassiter Associates.

Judy se quedó mirándolo fijamente. Después se rió nerviosamente.

—Me estás tomando el pelo, ¿verdad?

Lassiter movió la cabeza.

—No. Quieren convertirnos en su departamento interno de investigación.

Judy reflexionó un instante. Por fin preguntó:

—¿Y la idea te atrae?

Lassiter se encogió de hombros.

—No especialmente. Pero yo no formaría parte del trato. Se quedarían con la empresa, no conmigo.

—Así que vas a vender...

—Yo no diría tanto. Pero sí, tengo una oferta.

—Y quieres que yo la acepte.

—No. Quiero que negocies el mejor trato posible. Si se parece a la subida de sueldo que me sacaste en septiembre, nos haremos millonarios.

Judy sonrió.

—No estuvo mal, ¿verdad?

Lassiter hizo una mueca.

—No, para ti no estuvo nada mal.

Judy lo miró fijamente.

—Hablando en serio, Joe, ¿no crees que sería mejor que se encargaran de esto los abogados?

—No.

—Está bien.

—Antes de irme te pasaré una memoria con los puntos claves. No quiero que los abogados intervengan hasta que hayamos cerrado un trato. Incluso entonces, sólo después de que tú y yo hayamos hablado.

Judy asintió. Después frunció el ceño.

—¿Por qué lo estás haciendo? ¿Por Kathy? ¿No sería mejor intentar aguantar una temporada?

—No —repuso Lassiter—. Quiero hacerlo. Supongo que lo de Kathy tiene algo que ver, pero... la verdad es que ya no me estoy divirtiendo. Tengo la sensación de que me paso el día dándole la mano a clientes, discutiendo con abogados y... Bueno, ya sabes. Es todo cuestión de investigar con minuciosidad a la parte contraria. Y, si te paras a mirar las cosas con objetividad, la mayoría de las veces estamos en el lado equivocado.

Judy sonrió.

—Así que tú también te has dado cuenta de eso, ¿eh? ¿Por qué crees que es?

—Bueno, la verdad, no es ningún misterio. Es porque cobramos unos honorarios tan altos que los malos son los únicos que pueden pagarnos.

—¿Así que de verdad vas a vender?

—Sí. Soy lo que se suele llamar un «vendedor motivado».

—Vale. Esperaré a recibir tu memoria y me pondré a trabajar en ello.

—También podría invitarte a comer. Así te lo podría contar todo hoy.

—¿Elijo yo el restaurante?

—Sí, siempre que sea etíope o vietnamita. ¿Te parece bien a la una?

—Perfecto. —Apuntó algo en la agenda que había sobre su mesa y volvió a mirar a Lassiter—. Has dicho que querías contarme un par de cosas. ¿Qué más necesitas?

A Judy le gustaba parecer desorganizada, dar la sensación de que los acontecimientos la desbordaban, pero realmente era la eficacia personificada. Lassiter se sacó del bolsillo de la chaqueta una fotocopia del pasaporte de Grimaldi y la dejó sobre la mesa.

—Esto es personal —dijo—. Quiero que te pongas en contacto con quienquiera que tengamos en Roma, a ver qué pueden averiguar sobre este tipo.

—Oh... Dios... mío —exclamó con dramatismo—. ¿Es él?

—Sí.

—Me pondré con ello inmediatamente, pero... —De repente parecía preocupada.

—Ya lo sé. Es fin de semana —dijo Lassiter.

—Peor todavía. Es Italia. Nuestro contacto trabaja, pero, ¿la burocracia? Ni lo sueñes.

Lassiter se encogió de hombros.

—Bueno. Haz todo lo que puedas. —Hizo una pausa—. Y dile a tu contacto que no haga demasiado ruido.

El domingo llegó y se marchó. El lunes Lassiter estuvo una hora reunido con sus subdirectores, que, como era de esperar, aceptaron sus nuevas responsabilidades con una actitud de «grave entusiasmo».

Al acabar la reunión, Lassiter volvió a su despacho, aparentemente para recoger sus cosas, aunque realmente esperaba una llamada telefónica de Nick Woodburn.

Pero la llamada no llegaba y la mañana se iba consumiendo lentamente. A las dos y media, un mensajero demasiado viejo para llevar mallas elásticas y botas de ciclista le llevó un sobre de Riordan. Contenía un puñado de fotos de 20 por 25 del extraño frasco que la policía había encontrado en el bolsillo de Franco Grimaldi. Ahora que conocía la identidad del asesino, el frasco parecía casi irrelevante, pero Lassiter presionó la tecla del intercomunicador y le pidió a su secretaria que mirara a ver si Freddy Dexter estaba en la oficina.

Algunos de los investigadores que trabajaban para la empresa eran especialmente buenos en el cara a cara. Otros sobresalían en el análisis de documentos; no sólo toleraban la búsqueda de suciedad entre montones de alegatos, declaraciones juradas y demás material de archivo, sino que, de hecho, disfrutaban con ella. Freddy, que tan sólo hacía tres años que se había graduado en el Boston College, destacaba en ambas cosas.

Cuando entró en el despacho, Lassiter le dio las fotos y le hizo un par de sugerencias.

—Haz unas copias y dedícale todo el tiempo que necesites. Quiero saber quién lo ha fabricado, para qué es...; cualquier cosa que puedas descubrir. Tiene que haber un museo del cristal en alguna parte. Corning, Steuben, Waterford; alguien tiene que saberlo.

—Miraré en la biblioteca del Congreso y en el Smithsonian —dijo Freddy—. Si no tienen la información, seguro que sabrán quién puede ayudarme.

—También puedes probar en Sotheby's o en alguna otra casa de subastas. Es muy probable que tengan un especialista en cristal.

—¿De qué presupuesto dispongo?

—Puedes ir a Nueva York, pero no a París.

A las cinco de la tarde, Judy se asomó a la puerta agitando un fax.

—Acaba de llegar de Roma —dijo.

Lassiter señaló hacia una silla y extendió la mano para que le diera el fax.

—No te va a gustar —le avisó ella mientras le pasaba la hoja.

—¿Por qué no?

—Porque nos ha cobrado una fortuna y sólo nos manda...

—Chorradas —concluyó Lassiter mientras hojeaba el fax.

—Exactamente. Según nuestro contacto, Grimaldi nunca

ha sido arrestado. Eso sí, figura en el censo. Vota a Motore.

—¿Qué es eso?

—Un grupo que quiere aumentar el límite de velocidad.

Lassiter la miró.

—¿Nada más? —preguntó—. ¿Y eso basta para crear una plataforma política?

—Bepi dice que en Italia hay más de cien partidos. En cualquier caso, Grimaldi no está casado. Corrijo. Nunca ha estado casado. No tiene ningún préstamo de importancia, ninguna demanda judicial, nada de nada.

—¿Tarjetas de crédito?

—Tiene una tarjeta de débito con un saldo de trescientos dólares en Rinascente.

—¿Qué es eso?

—Unos grandes almacenes.

—Magnífico. —Lassiter siguió mirando el fax—. ¿Servicio militar?

—Nunca lo hizo. —Eso echaba por tierra la teoría de Riordan de que Grimaldi podía ser un soldado.

—¿Trabajo?

—Ninguno.

—¿Subsidio de desempleo?

Judy empezó a decir algo, pero se detuvo.

—Ya veo por dónde vas —dijo.

—Según esto, Grimaldi no tiene ninguna fuente de ingresos —señaló Lassiter—. Ni siquiera cobra el paro. ¡Nada! ¿De qué vive entonces?

—No lo sé.

—Pues yo quiero saberlo. —Lassiter reflexionó unos segundos—. Otra cosa —añadió—. Aquí dice que no tiene coche.

—En efecto.

—¿No tiene coche y vota a un partido de automovilistas?

—Motore.

—Exactamente. Eso lo convertiría en el primer peatón de la historia de la humanidad que quiere aumentar el límite de velocidad.

Judy sonrió y extendió el brazo para que Lassiter le devolviera el fax.

—Te mantendré informado —dijo mientras avanzaba hacia la puerta.

—Un momento —la detuvo Lassiter—. Tengo otra pregunta.

—Y la respuesta son novecientos dólares —repuso Judy girándose hacia él—. Bepi dice que ha trabajado dieciséis horas.

—¿Y tú le crees?

—Sí. Es un buen investigador y sabe que el trabajo es para ti. No ganaría nada mintiendo. No ha conseguido nada y sabe que tú estarás descontento. Lo más probable es que haya trabajado más horas de las que dice.

—Entonces, ¿tú qué opinas?

Judy frunció los labios y reflexionó durante unos instantes.

—¿Con los datos que tenemos? Me parece que tu hombre es un fantasma.

Lassiter asintió.

—Sí —dijo—. Eso mismo pienso yo.

El martes por la tarde, Lassiter estaba sentado frente a su escritorio, sintiéndose como un idiota. Había delegado todas sus obligaciones en Leo, Judy y Bill, así que la empresa se estaba dirigiendo a sí misma o, al menos, eso esperaba. Además, le había dado la única pista que tenía a Freddy Dexter. Así que ahora se limitaba a esperar, sin nada que hacer.

Se acercó a mirar por la ventana. Después encendió un fuego y lo miró hasta que se apagó. Leyó el *Wall Street Journal* y estuvo pensando en salir a correr un poco. Luego estuvo buscando razones para no hacerlo. Pensó que debería llamar a Claire para cenar juntos. Hasta que sonó el teléfono.

—Joe.

—¡Woody!

—Tengo lo que me pediste.

Eso era exactamente lo que Lassiter deseaba oír, pero había algo extraño en el tono de voz de Woody.

—Gracias —dijo Lassiter—. Te debo una.

—No me des las gracias todavía. —Silencio—. El tipo este me da escalofríos.

La intensidad de la voz de Woody lo asustó.

—¿Qué quieres decir?

—Que me da tanto miedo que hasta me asusta haber pedido la información.

Lassiter no sabía qué decir.

—Déjame que te haga una pregunta —dijo Woody—. ¿Has hecho alguna otra averiguación sobre él?

—Sí. Tenemos a alguien en Roma que nos echa una mano cuando hace falta. ¿Pasa algo?

—A mí no, pero quizá debieras mandar a tu contacto de vacaciones.

—¿Lo dices en serio?

—Y tan en serio.

Lassiter no podía creer lo que estaba oyendo.

—Pero ¡si no ha encontrado nada!

—Pues claro que no. Eso es lo que intento decirte: estamos ante un profesional. Seguro que vuestro tipo sólo encontró la información que figura en el censo, ¿no?

El silencio de Lassiter contestó la pregunta con mayor claridad que cualquier cosa que pudiera haber dicho. Después guardaron silencio al teléfono como sólo pueden hacerlo dos buenos amigos.

—Déjame que te haga otra pregunta —dijo Woody por fin.

—¿Qué?

—¿En qué estaba metida tu hermana?

—¿Metida? No estaba metida en nada. ¡Woody! Tenía un hijo. Tenía un trabajo. Veía «Friends» en la tele. Le gustaba comer helado. ¡Tú la conocías perfectamente!

Woody respiró hondo.

—Bueno, puede que se equivocara de mujer.

—Puede. Pero no mató sólo a una mujer. Por lo poco que pude ver, prácticamente degolló a Brandon. —Volvieron a guardar silencio. Esta vez fue Lassiter quien lo interrumpió—. Pero, dime, ¿qué has averiguado?

—Franco Grimaldi es lo que nosotros llamamos un peso pesado. De hecho, tiene una pegada mortal. Asesina a gente. Aunque, pensándolo bien, eso ya lo sabes. ¿Has oído hablar del SISMI?

—No. ¿Qué es?

—Voy a mandarte algo. Escúchame bien. Mañana por la tarde pasará por tu despacho un agente del gobierno con un maletín esposado a la muñeca. Sacará un sobre, te lo dará y se irá. Ábrelo. Lee el informe, destrúyelo y quémalo. Y asegúrate de remover bien las cenizas.

Lassiter estaba de pie junto a la ventana, pensando en el tono de voz de Woody, cuando su secretaria se asomó a la puerta.

—Lo llama por teléfono un tal agente Pisarcik.

—Pásemelo. —Cogió el teléfono—. ¿Sí?

—¿Señor Lassiter?

—Sí.

—Soy el agente Pisarcik, de la policía de Fairfax. ¿Cómo está usted?

—Bien, gracias.

—Lo llamo porque tenemos buenas noticias.

—¿De verdad?

—¡Así es! Hemos identificado al sospechoso del asesinato de su hermana, a Sin Nombre. Se trata de un ciudadano italiano: Frank Grimaldi. El detective Riordan me ha pedido que se lo comunicara inmediatamente.

—Fantástico.

—La otra razón por la que lo llamo es que... Creo que ya lo sabe. De ahora en adelante el detective Riordan ya no se encargará del caso.

—Eso he oído.

—Como a partir de ahora me ocuparé yo, he pensado que sería buena idea que usted y yo nos conociéramos.

—Está bien. ¿Podría usted pasarse por aquí? ¿Sabe dónde está mi oficina?

—¡Por supuesto! Pero, eh... Me temo que hoy me va a resultar imposible. ¿Puedo decirle algo de forma confidencial?

—Sí, por supuesto.

—Vamos a trasladar al prisionero a las cuatro y media...

—Ah.

—Sí. Lo trasladamos al cuarto blindado del hospital general de Fairfax. Y después tengo que asistir a una charla en la comisaría: «Género, raza y ley.»

—Entonces, será mejor que lo dejemos para otro día —dijo Lassiter.

—Sí.

Lassiter colgó y miró la hora. Eran las cuatro en punto y empezaba a nevar débilmente. Aun así, pensó que podría llegar a tiempo.

Normalmente, Lassiter conducía despacio, pero esta vez pisó el acelerador a fondo. El Honda Acura serpenteó entre el tráfico, con los limpiaparabrisas moviéndose a toda prisa, de camino al hospital.

Lo que estaba haciendo no tenía sentido. Lo sabía perfec-

130

tamente, pero le daba igual. Quería ver al asesino de su hermana de cerca. Y no sólo verlo. Quería enfrentarse a él. Más que eso: quería coger al muy hijo de puta y aplastarle la cara contra el suelo.

Eso era lo que realmente le hubiera gustado hacer. Pero se conformaría con menos. Se conformaría con decirle... No sabía bien qué. Puede que sólo dijera: «Oye, Franco», para ver la expresión de su cara al oír su nombre en boca de un desconocido. «Franco Grimaldi.»

Mientras Lassiter luchaba con el tráfico, en el hospital Fair Oaks el agente Dwayne Tompkins se estaba preparando para el traslado del sospechoso al cuarto blindado del hospital general de Fairfax. En el cuerpo se conocía al agente Tompkins simplemente como «Uvedoble» porque, cuando le preguntaban cómo se llamaba, siempre decía: «Dwayne, con uve doble.»

Miró el reloj. Estaba esperando a que el auxiliar le llevara la silla de ruedas. No es que el prisionero fuera incapaz de andar. Los fisioterapeutas llevaban diez días haciéndolo caminar por los pasillos, y Dwayne había estado a su lado a cada paso. Aun así, las normas del hospital exigían que los pacientes salieran en silla de ruedas, por muy bien que pudieran caminar.

Cuando llegara la silla, todavía tendría que esperar a que Pisarcik le comunicara que el furgón policial estaba esperando.

La misión de Dwayne consistía en acompañar al prisionero hasta la planta baja, donde lo estaría esperando Pisarcik. Entonces firmarían los formularios de rigor, y el cuerpo de policía del condado de Fairfax se haría cargo oficialmente de la custodia del prisionero.

Dwayne iría sentado al lado del prisionero en el furgón mientras Pisarcik los seguía en un coche patrulla. Ése era el procedimiento. Al llegar al hospital general de Fairfax pondrían a Sin Nombre en otra silla de ruedas, y Dwayne y Pisarcik lo escoltarían hasta el cuarto blindado. Entonces, y sólo entonces, permitirían que el prisionero se pusiera de pie. Lo encerrarían en el cuarto blindado y ya está; no tendría que volver a ver al maldito Sin Nombre.

Dwayne estaba encantado de que por fin hubiera llegado el momento del traslado. Así acabaría la que sin duda había sido la misión más aburrida de su corta carrera. Llevaba más de tres semanas sentado en un silla. ¡Ocho horas al día sentado delante de la puerta de la habitación de ese maldito tipo! Lo más emocionante que había hecho era comprobar las credenciales de las enfermeras y los médicos que entraban en la habitación. Los dejaba entrar y luego los dejaba salir. Si necesitaba ir al baño tenía que llamar a una enfermera; era humillante. Al poco tiempo, se encontró a sí mismo reduciendo la cantidad de líquidos que bebía. Y, para colmo, ¡ni siquiera podía ir a buscar algo de comer! Le llevaban la comida. Comida de hospital. Y tenía que comérsela allí mismo, sin levantarse de la silla, equilibrando la bandeja sobre las rodillas.

Aunque, claro, al menos estaba esa pequeña enfermera. Juliette. Iba a echarla de menos.

El médico hizo una última comprobación, Dwayne firmó un formulario, y la pequeña Juliette ayudó a Sin Nombre a sentarse en la silla de ruedas.

—¿Cómo hacen el traslado exactamente? —le preguntó el médico—. Lo llevarán en un furgón, ¿no?

—Depende. A este tipo sí. Pero a otros se los traslada en ambulancia.

—Bueno, por mí ya pueden empezar.

—Empieza la juerga —dijo Dwayne. Llamó a Pisarcik por su *walkie-talkie* y le dijo que iban de camino. Después siguió a Juliette mientras ella empujaba la silla de ruedas por el pasillo. Era realmente atractiva, pensó Dwayne. Pero una de las otras enfermeras le había dicho que era una beata religiosa, así que podía ir olvidándose de ella.

Incluso así, cuando llegaron al ascensor, después de apretar el botón de bajada, se dio la vuelta y le guiñó un ojo. Nunca se sabe. Tal vez era su día de suerte.

Había más tráfico del que Lassiter había imaginado. Cuando detuvo el coche en el aparcamiento del hospital ya eran las cinco menos cuarto. Lassiter dejó el Acura en una plaza reservada para «empleados del hospital» y se dirigió hacia el lateral del edificio. Delante de la puerta de urgencias, un policía fumaba un cigarrillo, de pie, apoyado en un gran furgón blindado.

—Perdone —dijo Lassiter—. ¿Conoce al agente Pisarcik?

—Está ahí dentro —contestó el policía.

Lassiter se apresuró a atravesar las puertas automáticas. La sala de urgencias estaba llena. Había mucho movimiento, como pasaba siempre a esas horas de la tarde. Lassiter tardó bastante en conseguir atraer la atención de una enfermera.

—Estoy buscando al agente Pisarcik.

La enfermera giró la cabeza hacia el pasillo este.

—Al fondo de todo —indicó.

Lassiter avanzó en la dirección que le había indicado y encontró a Pisarcik delante del ascensor con un *walkie-talkie* en la mano; no tendría más de veinticinco años.

—No puede estar aquí —le advirtió Pisarcik—. Estamos trasladando a un prisionero.

—Ya lo sé.

—Hay otro ascensor en el ala sur.

—Soy Joe Lassiter.

—Ah —repuso Pisarcik—. Encantado. —Dudó un instante—. ¿No irá a...? —añadió.

—¿A hacer alguna estupidez? No. Sólo quiero verle la cara.

—Vaya... No sé qué decir, señor Lassiter. Se supone que la zona tiene que estar despejada.

—¿Qué le parece si...?

El *walkie-talkie* hizo un ruido metálico, atrayendo la atención de Pisarcik.

—Pisarcik —dijo.

—Tengo al sujeto. Listos para proceder. ¿Está todo despejado ahí abajo?

Pisarcik miró a Lassiter con cautela.

—Sí, todo despejado —contestó

—Vale. Vamos para allá.

Pisarcik se giró hacia Lassiter.

—¿Le importaría alejarse un poco?

—Claro que no —aceptó Lassiter mientras retrocedía unos pasos. El indicador luminoso del ascensor permaneció una eternidad en la planta novena. Lassiter se apoyó en la pared mientras Pisarcik daba vueltas de un lado a otro con el *walkie-talkie* en la mano.

—Tengo una reunión en una hora —dijo el agente de policía.

—Ya lo mencionó antes.

—Creo que voy a llegar tarde.

—No es culpa suya. Está trabajando.

Pisarcik habló por el *walkie-talkie*.

—Oye, Uvedoble. ¿Qué pasa?

—Una urgencia. Un tipo que tiene que ir a rayos.

—Vamos a llegar tarde.

—Ya está. Vamos para allá.

Pisarcik se volvió hacia Lassiter.

—Ya bajan —le comunicó. Lassiter asintió, con los ojos fijos en el indicador luminoso.

8

7

—Uvedoble dice que ésta es la misión más aburrida de toda su vida —comentó Pisarcik.

6

—Ah.

5

—Sí, lleva casi un mes sentado delante de esa puerta. Tenía que avisar a la enfermera cada vez que quería echar una meada.

4

—Ah —repuso Lassiter.

3

—Espero que a mí no me toque nunca una misión así. Me moriría de vergüenza si tuviera que llamar a una enfermera para eso.

3

Lassiter asintió, pero los pelos de la nuca se le estaban empezando a erizar.

—¿Por qué se ha parado el ascensor? —preguntó.

Pisarcik miró el indicador luminoso.

—No lo sé —dijo—. No estaba previsto, pero...

La luz se apagó, el ascensor se puso en movimiento y esperaron a que se iluminara el 2.

4

5

—¿Qué cojones...? —exclamó Lassiter separándose de la pared.

Los ojos de Pisarcik parecían demasiado grandes para sus órbitas. Le gritó al *walkie-talkie*.

—¡Oye! ¡Uvedoble! ¿Qué diablos está pasando? ¡Dwayne! ¿Qué pasa, tío? —Como única respuesta, llegó el ruido de una interferencia eléctrica. Pero el ascensor volvió a cambiar de sentido.

4, 3, 2, 1. Pisarcik y Lassiter respiraron con alivio cuando por fin se detuvo en la planta baja. Se abrieron las puertas.

Dentro había un policía sentado en el suelo con la espalda apoyada contra la pared. Tenía la boca abierta en una mueca de sorpresa. Un hilo de sangre le resbalaba por el lado derecho de la cara. La pared estaba salpicada de rojo. Le habían quitado la pistola. Y tenía un bolígrafo clavado hasta el fondo en el ojo derecho.

Pisarcik dio un paso hacia adelante, vaciló un momento, y, despacio, muy despacio, cayó al suelo. Lassiter tardó demasiado en darse cuenta de que se estaba desmayando. Por el rabillo del ojo vio cómo la frente del policía golpeaba contra el suelo de linóleo, pero ni siquiera entonces pudo apartar los ojos del hombre muerto. Sonó un timbre, y las puertas del ascensor empezaron a cerrarse. Lassiter extendió las manos instintivamente para detenerlas. Alguien gritó detrás de él. Las puertas del ascensor temblaron violentamente, volvieron a esconderse en la pared y, por segunda vez, empezaron a cerrarse. Por segunda vez, Lassiter volvió a detenerlas. Y otra vez. Y otra.

En alguna parte, una mujer gritó. Pisarcik gimió, y la gente empezó a correr.

CAPÍTULO 15

Hilo musical.

Lassiter estaba andando nerviosamente de un lado para otro en su despacho, intentando hacer caso omiso del sonido que le llegaba por el teléfono móvil que tenía pegado a la oreja. Riordan lo tenía en espera y...

De repente, el hilo musical se cortó.

—La hemos encontrado —dijo Riordan.

—¿A quién?

—A la enfermera. Juliette como se llame.

—¿Está muerta?

—No, no está muerta, pero está hecha un manojo de nervios.

—¿Qué os ha contado?

—Que Grimaldi susurró algo, como si no pudiera hablar bien. Cuando Dwayne se le acercó, Grimaldi lo cogió de la corbata y tiró de él. De repente todo se llenó de sangre, y Dwayne cayó al suelo con un bolígrafo clavado en la cabeza. Después, Grimaldi le cogió la pistola. Eso es lo que nos ha contado.

—¿De dónde sacó el bolígrafo?

—¿Y yo qué sé? Es un hospital. Hay bolígrafos por todas partes.

—¿Y qué pasó después?

—Juliette lo sacó en la silla de ruedas.

—¿Qué cojones...?

—¿Qué querías que hiciera? ¡Grimaldi la obligó a punta de pistola! ¡Tenía una manta cubriéndole las piernas y una semiautomática en el regazo! Hizo lo que le dijo que hiciera. Fueron al tercer piso y ella lo llevó a otro ascensor. Todo muy normal. Parecían... lo que eran: una enfermera y un paciente. Así que cogieron el otro ascensor y bajaron al sótano. Cuando el primer ascensor se abrió en la planta baja y Pisarcik se desmayó, Grimaldi ya estaba en el aparcamiento.

—¿Así de fácil?

—Sí.

Lassiter se dejó caer sobre el sofá que había delante de la chimenea.

—¿Y después? —preguntó.

—¿Después? Después ella lo llevó a donde él le dijo. Y eso es jurisdicción de los federales. Secuestro a mano armada. Así que ahora el FBI está metido en el caso.

—Mientras más seamos, más animada será la fiesta. ¿Adónde fueron?

—A Baltimore. Por carreteras secundarias. Sólo que nunca llegaron. Grimaldi la dejó tirada en una cuneta a unos ocho kilómetros de Olney. La policía local la encontró andando por el arcén. Todavía estamos buscando el coche.

—¿Puede conducir?

—Supongo. Por lo que dice ella, andaba bastante bien.

—Entonces, ¿a cuento de qué viene lo de la silla de ruedas?

—Normas del hospital. Se entra sobre ruedas, y se sale sobre ruedas.

Lassiter no dijo nada.

—Te habrás dado cuenta de que ni siquiera te he preguntado qué hacías tú ahí —dijo Riordan.

Lassiter siguió sin responder.

—¿Qué hay de tu compañero? ¿Pisarzo?

—Pisarcik. Bueno, como te podrás imaginar está muerto de vergüenza. Tiene un buen chichón y todo el mundo piensa que es un mierdecilla, pero, ¿sabes qué? Es un buen chaval. Saldrá adelante. —Riordan hizo una pausa. Lassiter casi podía oír cómo se movían los engranajes de su cerebro—. Déjame que te haga una pregunta.

—¿Qué?

—¿No tienes nada que decirme? ¿Estás seguro de que no le comentaste nada a nadie sobre el traslado del prisionero, aunque fuera de pasada?

—...

—¿Me has oído?

—Ni siquiera me voy a molestar en contestar eso.

—Mira, no es que el traslado fuera un secreto de Estado —replicó Riordan—. Teníamos gente en la comisaría, gente en el hospital, gente en el otro hospital. Lo sabía mucha gente. Puede que a alguien se le escapara algo. Puede que se te escapara a ti.

—Claro —repuso Lassiter con tono sarcástico.

—En cualquier caso..., los médicos dicen que va a necesitar ayuda.

—¿Qué tipo de ayuda?

—Necesita antibióticos. Y una especie de ungüento para las quemaduras. Correremos la voz. Quién sabe, tal vez tengamos suerte.

—A esta alturas, ya podría estar en cualquier sitio. Hasta podría estar en Nueva York.

—No importa dónde esté. Con un agente asesinado, el grado de cooperación de la policía va a ser completamente distinto. Y, además, no olvides que ahora los federales también están metidos en el caso. Y te aseguro que el muy hijo de puta no va a pasar desapercibido.

—¿Por qué no?

—Porque es italiano, italiano de verdad. Y tiene la cara hecha un Cristo. Y eso no va a cambiar. Al verlo, la gente apartará la mirada. Pero lo mirarán. ¿Me explico?

—Sí. Como cuando hay un herido en un accidente. —Los dos hombres guardaron silencio durante unos segundos.

Había algo que no le cuadraba a Lassiter, pero no sabía qué. Por fin cobró forma.

—¿Cómo es que llevaba encima las llaves del coche?

—¿Qué? ¿Quién?¿De qué estás hablando?

—De la enfermera. ¿Cómo es que llevaba encima las llaves del coche? No conozco a ninguna mujer que lleve las llaves del coche en el bolsillo. Lo que quiero decir es que... Estaba de servicio, ¿no? Las mujeres guardan las llaves en el bolso, en un cajón, donde sea, pero no las llevan en el bolsillo.

—Quizás había acabado su turno, o quería coger algo del coche. Yo qué sé.

—¿Se lo preguntarás?

—Sí. ¿Por qué no?

—Es que me parece raro que una enfermera se pase todo el día de aquí para allá con un puñado de llaves en el bolsillo.

Riordan guardó silencio unos segundos.

—La verdad, no sé que pensar. Puede ser interesante. Se lo preguntaremos. Pero lo más probable es que simplemente las llevara encima, sin más.

—Ya. Lo más probable es que no tenga ninguna importancia. Pero no te olvides de preguntárselo, porque tu caso vuelve a estar abierto.

Ese día, Lassiter se quedó en la oficina hasta tarde y cenó comida tailandesa en su despacho. Su escritorio tenía un botón a la altura de las rodillas para accionar un panel que ocultaba tres pantallas de televisión en la pared; una modificación arquitectónica heredada de los anteriores inquilinos de la oficina, una empresa de publicidad que se había encargado de los vídeos electorales de Dan Quayle en la última campaña electoral. Lassiter apretó el botón con la rodilla, y el panel se deslizó hacia un lado.

Las noticias de las once abrieron con una ráfaga frenética de música. La foto de Grimaldi apareció en la pantalla, y el presentador comentó: «Una osada huida acaba con la vida de un agente de policía y deja a un asesino suelto entre nosotros.» Siguió un anuncio del *Washington Post*: «¡Si no te lo llevas, no te enteras!» y, por fin, el desarrollo de la noticia principal.

Una rubia muy atractiva, una tal Ripsy, empezó a hablar desde el aparcamiento del hospital. A su lado había una silla de ruedas caída en el suelo. Luego la cámara cambió de plano, y apareció en pantalla un hombre blanco de mediana edad con los ojos enrojecidos y demasiado pelo. Se llamaba Bill y estaba en una carretera en penumbras, «cerca de Olney». Comentó el «angustioso viaje» de la enfermera, y la cámara pasó a Michele, una mujer negra, que estaba sentada en un chalet de Reston con la madre de Dwayne Tompkins, que a duras penas conseguía mantener la compostura. La madre del policía fallecido miraba a la cámara con los ojos en blanco y parecía incapaz de hablar.

Lassiter lo observó todo con unos palillos en una mano y una cerveza en la otra. Le costaba prestar atención a lo que decía la televisión. La televisión tenía una capacidad especial para quitarle realidad de los acontecimientos, convirtiendo cualquier catástrofe en algo paladeable a la hora de cenar. La muerte de su hermana, la exhumación del cadáver de su sobrino, la huida de Grimaldi; de alguna manera, la televisión había procesado todas esas calamidades y las había convertido en una especie de entretenimiento. O, si no exactamente en un entretenimiento, desde luego en algo a lo que se podía sacar un beneficio, en mieses para el molino. Algo muy distinto de lo que realmente era: una cuestión personal.

Lassiter estaba pensando distraídamente en eso cuando se dio cuenta de que todos los presentadores llevaban el mismo pañuelo, o el mismo tipo de pañuelo: un pañuelo a cuadros negros y tostados que tenía un curioso efecto homogeneizador sobre sus diferencias físicas. Lassiter pensó que, por muy distintos que parecieran entre sí, todos ellos formaban parte de la misma tribu: la nación de Burberry's.

La idea lo hizo sonreír, pero la sonrisa le desapareció de los labios al advertir que ése era exactamente el tipo de comentario sagaz que solía hacer Kathy. Irritado consigo mismo, apagó la televisión y se fue a casa pensando que al menos Riordan volvía a estar al frente del caso. Y eso lo deprimió todavía más. «Dios santo —pensó—, hablar de aferrarse a resquicios de esperanza...»

Le costó dormirse. No conseguía librarse ni del sonido de la cabeza de Pisarcik al golpear contra el suelo ni de la imagen del bolígrafo clavado en el ojo del policía muerto.

Y, lo que era todavía peor, sabía que era muy posible que no cogieran a Grimaldi por segunda vez. Y eso no sólo significaba que el asesino podía librarse de su castigo, sino que, además, él nunca sabría por qué habían asesinado a su hermana y a su sobrino.

Ciao.

Cuando por fin consiguió dormir, soñó con Kathy. En concreto, con algo que había pasado cuando eran niños.

Kathy debía de tener doce años y él siete. Estaban en Kentucky, remando en el lago, más que nada para huir de Josie. Kathy estaba tumbada en la proa de la barca, leyendo una revista. Llevaba unas gafas de sol graduadas que había elegido dos semanas antes de su cumpleaños para que se las enviaran en la fecha exacta. Le encantaban esas gafas de sol. Las llevaba todo el rato. Incluso dentro de casa. Incluso de noche.

En la barca de remos llevaba las gafas levantadas sobre el pelo. Se levantó, y las gafas se le cayeron al agua. Lassiter todavía podía oír el grito de Kathy, todavía podía ver las gafas hundiéndose en el agua. Recuperarlas parecía fácil. Pero, aunque Kathy se tiró inmediatamente al agua, aunque los dos volvieron al poco rato con gafas y tubos de bucear, aunque se pasaron horas buscando, nunca las encontraron.

En el sueño, Lassiter estaba buceando. Encontraba las gafas en el fondo del lago, con las patillas cruzadas, como si Kathy acabara de dejarlas encima de una mesa. Buceaba y buceaba, pero las gafas siempre resultaban ser un trozo de cuarzo, una lata de cerveza, un truco de la luz. Al final, siempre volvía a la superficie con las manos vacías. Al despertarse, Lassiter se sintió como si hubiera vuelto a fallarle a su hermana; hoy igual que entonces.

A la mañana siguiente, Freddy Dexter estaba en el vestíbulo, decorando un árbol de Navidad. Al ver entrar a Lassiter le dio la caja de ornamentos a la secretaria de recepción y corrió detrás de él.

—¿Qué tal? —preguntó Lassiter.

—Quería hablarte del cristal —dijo Freddy con gesto satisfecho.

—¿De qué? —Lassiter se quedó mirándolo.

—Del frasco de cristal —le recordó Freddy.

—Ah, sí. Ven a mi despacho. —Al entrar, Lassiter le señaló una silla. Después se sentó frente a su escritorio y levantó el auricular del teléfono—. ¿Quieres un café?

Freddy dijo que no. Lassiter colgó, se recostó en su asiento y esperó. Freddy se aclaró la garganta.

—Resulta que el cristal es más complejo de lo que parece —empezó.

—¿Sí?

—Sí. Lo usamos para ver mejor, para beber... Pero eso es sólo el principio. Hay mucho más.

—Eso es lo que esperaba oír.

—Te podría hablar de todo tipo de cosas: cualidades dúctiles, hierros para soplar...

—¿El qué?

—Tubos de hierro. Se hicieron por primera vez en Mesopotamia. En serio, no puedes imaginarte lo que costaba manufacturar cristal transparente.

—Tienes razón, no puedo imaginármelo.

Freddy sonrió.

—Bueno, la cosa es que nadie lo consiguió hasta el siglo quince. Pero, incluso entonces, no lo conseguían siempre. Y debemos estar agradecidos por ello —añadió—, porque ésa es la razón por la que existen las vidrieras de colores. En cuanto al frasco...

—¡Ajá! —dijo Lassiter.

Freddy hizo caso omiso del sarcasmo.

—En su época debió ser de lo mejorcito que se hacía.

Lassiter tardó unos segundos en reaccionar.

—¿Me estás diciendo que es una antigüedad?

Freddy se acomodó en su asiento.

—Es posible que lo sea. Estamos trabajando con fotos. Sin tener el frasco, no se puede saber si es auténtico o si es una copia, una magnífica falsificación. Parece ser que, hacia finales del siglo pasado, los italianos se pusieron a hacer copias de todo lo que caía en sus manos: estatuas, reliquias, prendas de vestir, cristal... Por lo visto, fue cuando empezó el turismo a lo grande. Empezó a ir gente rica de todo el mundo a Italia y, de repente, surgió un mercado para las antigüedades.

—¿Y qué tiene eso que ver con el frasco?

—Si no es original, es una magnífica copia del tipo de frasco que usaban los curas en la Edad Media.

—¿Qué?

—Para el agua bendita. He consultado con varios expertos. He hablado con una mujer de Christie's, con un experto del Smithsonian... Todos coinciden. El tipo de frasco del que estamos hablando, el tipo de frasco que llevaba tu hombre, sólo se fabricaba en Murano, una islita al lado de Venecia. En vista de las marcas que tiene y de la pequeña corona de metal de la tapa, este frasco en concreto debe de estar relacionado con los templarios. Por lo visto, se los llevaban a las Cruzadas. —Freddy se recostó en su silla, claramente satisfecho consigo mismo.

Lassiter se quedó mirándolo.

—Las Cruzadas —repitió.

—Sí. Contra el Islam.

—Y llevaban agua bendita en esos frascos.

—Así es. En cuanto a los viejos frascos —dijo Freddy—, los de agua bendita estaban muy valorados. Para sustancias menos preciadas se usaba arcilla. Podría contarte más cosas sobre frascos para agua bendita de las que puedas imaginar. Por ejemplo, que Marco Polo se llevó unos cuantos hasta China. Eso si es que realmente llegó a China. Pero eso es otro tema. En cualquier caso, me han dicho...

—¿Tienes todo esto por escrito?

Freddy se dio unos golpecitos en el cuadernillo que llevaba en el bolsillo de la camisa.

—Claro. Te haré un informe. Pero pensé que te gustaría saber lo que había averiguado. Resumiendo: es un antiguo frasco de agua bendita.

—Gracias —dijo Lassiter—. Has hecho un buen trabajo. Creo. —Estaba perplejo.

—Sí, claro. De nada. Creo.

Por la tarde llegó el correo del gobierno con el maletín esposado a la muñeca. Le pidió a Lassiter que le enseñara algún tipo de identificación y, después de comparar la foto del carné de conducir con la cara que tenía delante, se sacó una llave del bolsillo y abrió el maletín.

Extrajo un sobre y le pidió a Lassiter que firmase en un cuaderno negro. Hecho esto, le dio el sobre, volvió a cerrar el maletín con llave y se marchó sin decir una sola palabra. Cuando la puerta se cerró a su espalda, Lassiter abrió el sobre y extrajo un fino expediente con un Post-it amarillo pegado a la primera página. El Post-it decía:

> *Ven a correr conmigo mañana.*
> *A las 6.00 en la plataforma de Great Falls.*
> WOODY

El expediente tenía como encabezamiento: GRIMALDI, FRANCO. Estaba fechado el 29 de enero de 1989 e incluía varios sellos y clasificaciones del gobierno. Entre ellos la palabra NO-FORN, que, como Lassiter recordaba de sus días en las Fuerzas Armadas, quería decir que estaba prohibida la difusión del expediente fuera de las fronteras nacionales. La primera página del expediente era una lista de nombres y fechas.

Alias: Franco Grigio, Frank Guttman, NPD Gutiérrez.

Él podía ayudarles con el NPD, pensó Lassiter. El acrónimo significaba Nombre de Pila Desconocido. Se lo diría a Woody: Juan Gutiérrez.

Fecha de nacimiento: 17-3-1955; Rosarno, Calabria.
Madre: Vittorina Patuzzi.
Padre: Giovanni Grimaldi (fallecido).
Hermanos:
    Giovanni: 12-2-1953 (fallecido).
    Ernesto: 27-1-1954 (fallecido).
    Giampolo: 31-3-1957.
    Luca: 10-2-1961.
    Angela (Sra. de Buccio): 7-2-1962.
    Dante: 17-5-1964.
Direcciones:
    Via Genova, 114, Roma.
    Via Barberini, 237, Roma.
    Heilestrasse, 49, Zuoz (Suiza).
Servicio militar:
    Carabinieri: 20-1-1973.
    SISMI: 15-11-1973 (ret.: 12-4-1986).
Refs.:

L'Onda.
89MAPUTO 008041-FLASH.

El texto que lo acompañaba era menos críptico. Explicaba que el Departamento de Estado había tenido noticias de Grimaldi por primera vez el 5 de enero de 1989, al recibir un mensaje cifrado de un agente de la CIA en Maputo, la capital de Mozambique. El mensaje informaba sobre el asesinato de «un miembro importante de la dirección del Congreso Nacional Africano controlado unilateralmente». La policía local estaba buscando a un ciudadano italiano, un «mercenario» que había llegado de Johannesburgo el día anterior. Dada la relevancia del fallecido para los «intereses norteamericanos» en la región, la CIA investigó activamente el asesinato.

Dicho esto, el autor del expediente volvía al principio. Explicaba que Rosarno era un pequeño puerto «en la punta de la bota». Grimaldi era hijo de un pescador, tenía seis hermanos y no mantenía buenas relaciones con su familia. Que se supiera, el único miembro de la familia con quien estaba en contacto era su hermana, Angela, que residía en Roma.

Según el expediente, el sujeto cumplió el servicio militar obligatorio de nueve meses en 1973. Después ingresó en el servicio de inteligencia militar italiano, el SISMI. Además de contraespionaje y operaciones antiterroristas, el informe aclaraba que, hasta 1993, la cartera del SISMI incluía todas las actividades de inteligencia en el extranjero, operaciones antimafia y todo tipo de seguimientos por medios electrónicos.

Grimaldi estaba destinado en la L'Onda, un cuerpo paramilitar de elite con base en Milán inspirado en las SAS británicas. Su principal campo de operaciones era la lucha contra el terrorismo, pero su historial estaba «salpicado de manchas». Según el expediente, la reputación de L'Onda como unidad antiterrorista urbana quedó en entredicho en 1986, cuando se tuvo noticias de su involucración en una serie de asesinatos y atentados con bombas. Estos incidentes, que incluían atentados en estaciones ferroviarias y supermercados, acabaron con la vida de al menos 102 civiles durante un período de ocho años. Atribuidos inicialmente a la extrema izquierda, posteriormente se descubrió que los atentados habían sido instigados desde el propio seno de L'Onda. Al parecer, los incidentes formaban parte de una «estrategia de tensión» del SISMI, que, de tener éxito, habría acabado con la toma del poder por parte de un gobierno militar. La conspiración se descubrió en 1986 y L'Onda fue desmantelada de forma inmediata; aunque había quien mantenía que sólo se había hecho una aparente operación de limpieza y que L'Onda seguía operando con un nombre distinto. El desenmascaramiento de sucesivos casos de corrupción y de alianzas encubiertas con grupos como la Mafia siciliana obligó finalmente a una restructuración a fondo del SISMI. Pero, para entonces, ya hacía tiempo que Grimaldi había dejado el cuerpo.

El expediente también incluía varias fotografías del sujeto. Una, hecha para un documento de identidad militar, mostraba a un hombre joven y apuesto con ojos oscuros y brillantes. Al estar hechas desde lejos con un gran teleobjetivo, la segunda y la tercera estaban saturadas de grano. Las dos mostraban a Grimaldi saliendo de un Land Rover en un aeropuerto sin identificar en lo que parecía ser un país tropical. Había palmeras al fondo, y la mirada de Grimaldi ya tenía esa misma dureza que Lassiter había visto en el hospital.

Ciao.

Lassiter recordó los comentarios de Jimmy Riordan sobre la condición física de Grimaldi. Riordan había dicho que tenía muchos golpes, pero que seguía estando en magnífica forma. Había dicho que quizá fuese un soldado. Y tenía razón; al menos en parte.

Había una hoja adjunta al expediente con una anotación escrita a mano como encabezamiento: «Bienes.» Debajo había un listado de propiedades:

Un ático en la via Barberini, en el elegante barrio romano de Parioli.

Un segundo apartamento en la misma dirección. (Una nota a pie de página indicaba que el apartamento estaba alquilado a la hermana de Grimaldi, Angela.)

Un chalet en Zuoz, Suiza. (Una nota aclaraba que era un pueblo al lado de Saint Moritz.)

Además de los bienes inmobiliarios, Grimaldi tenía una cuenta en el Banco Lavoro con un saldo medio de veintiséis mil dólares. El informe añadía que se creía que tenía cuentas adicionales en Suiza, en concreto en el Crédit Suisse, pero no se «disponía» de más detalles.

Bajo «Automóviles», había dos vehículos: un Jeep Cherokee matriculado en Roma y un Land Rover en Zuoz. Sólo tenía una tarjeta de débito de unos grandes almacenes y nunca había pedido un crédito. Obviamente, se tratara de comidas o de entretenimiento, de ropa o de cualquier otra cosa, «el sujeto» prefería pagar al contado.

Lassiter se acordó de las tarjetas Visa que Grimaldi se había tomado la molestia de conseguir a nombre de Juan Gutiérrez; desde luego, sabía lo que se hacía. Aunque el dinero al contado siguiera reinando en Europa, en Estados Unidos hacía ya tiempo que levantaba sospechas: contar mil dólares para comprar un billete de avión o para pagar la cuenta de un hotel era algo lo suficientemente infrecuente para que la otra persona recordara la transacción.

Lassiter se recostó en su asiento para reflexionar. El expediente le daba una personalidad, una identidad, a Grimaldi, pero era la identidad de un hombre misterioso y, lo que era aún peor, el expediente estaba anticuado. Con la única excepción de la referencia a Mozambique, el expediente no incluía ningún dato posterior a 1986. ¿Dónde habría estado Grimaldi, además de su viaje a Maputo, durante los últimos diez años? ¿Qué habría estado haciendo? ¿Seguirían siendo válidas las direcciones que incluía el expediente?

Lassiter cogió el Post-it. Al verlo por primera vez, había pensado en no acudir a la cita. Desde luego, no a las seis de la mañana. Pero iría.

Great Falls.

Aunque todavía era de noche, el cielo ya empezaba a clarear cuando Lassiter pasó conduciendo junto a la caseta cerrada que había en la entrada del parque. El parque de Great Falls estaba a tres kilómetros de su casa de McLean. Lassiter solía ir a correr allí dos o tres veces a la semana, pero nunca tan temprano. Pero Woody era un maratoniano y, además, le gustaba llegar al trabajo antes de las ocho, así que sus días empezaban casi invariablemente antes de rayar el alba. Aunque solía correr por un canal que había a un par de manzanas de su casa, en Georgetown, de vez en cuando iba a Great Falls para disfrutar de la suave superficie, del espectacular paisaje y de las cuestas que dejaban sin aliento.

Incluso desde el aparcamiento, Lassiter podía oír el agua rugiendo en la distancia. Hacía mucho frío, pero él iba preparado con un viejo chándal con el cuello y las mangas gastados por los años. Mientras andaba hacia la plataforma, el cielo empezó a colorearse por el este; un suave tono rosáceo comenzaba a teñir los árboles y las rocas de la orilla de Maryland. Pasó junto a un poste que tenía marcado el nivel al que había llegado el agua en las mayores inundaciones de este siglo; marcas sorprendentes, ya que el poste estaba en un promontorio, casi veinte metros por encima del cauce del río. Había una placa informativa y una fotografía de la inundación de 1932, cuando el agua había llegado por encima de la cabeza de Lassiter. Se dio cuenta de que ésa era una de las muchas cosas que le hubiera gustado enseñarle algún día a Brandon, cuando el niño fuera lo suficientemente mayor. Algo que ya nunca ocurriría.

Al llegar al borde del acantilado se apoyó contra la barandilla de metal y miró el agua que se agitaba debajo de él. Las rocas, golpeadas durante miles de años por el agua, parecían pulidas casi hasta el punto de derretirse. Y entonces vio una luz que se acercaba a él, subiendo y bajando, desde los árboles. Era Woody, que llevaba una linterna sujeta a la frente, como un minero echándose una carrerita.

—Hola —saludó Woody. Se dieron la mano mientras el hombre del Departamento de Estado se inclinaba hacia adelante para estirar los gemelos.

—Gracias por el expediente.

—¿Te has deshecho de él?

—Sí. Tal y como me dijiste.

—Venga —dijo al tiempo que se incorporaba—. Vamos.

Los dos hombres empezaron a correr por un camino ecuestre que avanzaba entre los árboles.

—El único problema es que...

—Ya lo sé. Está anticuado —lo interrumpió Woody.

Los dos hombres corrían con facilidad, hombro con hombro, evitando las piedras que aparecían de vez en cuando en el camino.

—Tu hombre es un criminal —dijo Woody.

—¡No me digas! —contestó Lassiter con ironía.

—Después del SISMI empezó a trabajar por libre.

—¿Haciendo qué?

—Un poco de esto, un poco de aquello. Sobre todo cazando separatistas vascos a las órdenes de Madrid.

—¿Qué?

—Separatistas vascos. Los cazaba en España y en Francia. Donde fuera. Le pagaban por cabeza.

—Explícame eso.

—Era una especie de cazador de recompensas. Muchas de sus víctimas eran lo que podría llamarse «objetivos fáciles». Gente exiliada en sitios como Estocolmo. Abogados, intelectuales... En 1989 fue a Mozambique. Un contrato distinto, pero el mismo tipo de trabajo. Se cargó a un tal Mtetwa. Un importante miembro del Congreso Nacional Africano. El tipo tenía cien años, o algo así. Pero había una cosa que Grimaldi no sabía: Mtetwa era uno de los nuestros. Y a la CIA le molesta que maten a la gente que trabaja para ella.

—No vayas tan rápido.

—¡Si sólo estoy trotando!

—Estás corriendo.

—Y gracias a eso tenemos este pequeño expediente.

Lassiter ya respiraba pesadamente cuando cruzaron un pequeño puente para peatones justo antes de una cuesta muy empinada que parecía interminable. Tardaron dos minutos enteros en llegar a la cima. A pesar de la baja temperatura, Lassiter tenía la camiseta cubierta de sudor. Se paró, apoyó las manos en los muslos, inclinó la cabeza y respiró pesadamente. Le salía vapor de la espalda.

—¿Por qué dejó el SISMI?

—¿Quién sabe? Mucha gente se fue del SISMI.

—¿Y eso por qué?

—La nave se estaba hundiendo. Había tal nivel de corrupción que era imposible saber en qué bando estaba cada cual. Venga —dijo Woody—, me estoy enfriando. —Siguieron corriendo. Mientras lo hacían, Woody continuó—: Tenían agentes infiltrados en la Mafia, en la masonería, en el partido comunista, en las Brigadas Rojas. O puede que no los tuvieran. Puede que fuera al revés. ¿Quién sabe? Desde luego, nosotros no estábamos seguros y creo que ellos tampoco, al menos no del todo. Todo el mundo tenía sus propios intereses particulares: política, dinero, religión... Lo que fuese.

Volvieron a guardar silencio mientras la mañana se apoderaba del cielo. Al llegar a un claro junto al acantilado estuvieron unos segundos corriendo en el sitio mientras una canoa amarilla aparecía y desaparecía entre las aguas blancas del río.

Woody se volvió hacia Lassiter.

—El problema es que nada de esto tiene ninguna relación con tu hermana.

Lassiter asintió.

—Ya lo sé —dijo.

—Así que tal vez esté relacionado contigo.

—¿Qué quieres decir?

Woody abrió las manos, con las palmas hacia el cielo.

—Todos esos años en Bruselas. Y también aquí, con tu empresa. Debes de tener bastantes enemigos.

—¿Enemigos? —exclamó Lassiter—. Es posible que sí, pero no de ese tipo.

—¿Estás seguro?

—Sí. Y, además, si alguien quisiera hacerme daño, lo lógico es que se asegurara de que yo me enterase. Si no, ¿qué sentido tendría? —Miraron al hombre de la canoa luchando contra la corriente y volvieron a ponerse en marcha—. ¿Eso es todo? —preguntó Lassiter.

—Más o menos —repuso Woody sin aliento—. Después de Mozambique, nuestro hombre desapareció de la escena. Como un viejo soldado. No hemos sabido nada nuevo de él hasta que mató a tu hermana y a su hijo.

Siguieron corriendo junto al acantilado que daba al Potomac. El suelo estaba salpicado de raíces de árboles, y necesitaron de toda su concentración para no tropezarse.

—¿Y ahora qué? —inquirió por fin Woody.

Antes de que Lassiter pudiera contestar, delante de ellos apareció un árbol caído sobre el camino. Lassiter lo saltó y cayó al otro lado sin perder el paso. Woody estaba justo a su lado.

—No lo sé —contestó Lassiter—. Puede que me vaya de viaje, para olvidarme de todo.

—Es una buena idea —aprobó Woody—. Deja que se encargue del caso la policía.

—Sí, creo que eso es lo que haré.

Siguieron corriendo un poco más, hombro con hombro, hasta que llegaron al aparcamiento.

—¿Y adónde crees que irás? —quiso saber Woody.

—No lo sé —repuso Lassiter encogiéndose de hombros—. Estaba pensando en Italia.

Woody no se molestó en discutir con él. Se conocían demasiado bien. Tan sólo dijo:

—Ten cuidado.

CAPÍTULO 16

Roma. Aeropuerto Leonardo da Vinci.

Lassiter permaneció sentado en su asiento de primera clase, hojeando un ajado ejemplar de la revista *Time* mientras esperaba a que el 737 se vaciara. El pasillo del avión era un torrente de viajeros con el sueño cambiado y los ojos enrojecidos. Parecían desesperados por llegar a la terminal, donde, por supuesto, tendrían que volver a esperar juntos en una nueva cola. Unos cinco minutos después de que se hubieran levantado la mayoría de los pasajeros, cuando el último de ellos salió del avión cargado con una inmensa mochila, Lassiter dejó la revista en el asiento de al lado, se levantó y lo siguió.

Había una cafetería cerca de la cinta transportadora por la que debía salir el equipaje. Lassiter pidió un café con leche y lo pagó con tres billetes de un dólar. Sus compañeros de vuelo se amontonaban uno detrás de otro esperando a que sus maletas descendieran por la rampa. Tenían la mirada de depredadores cansados, escudriñando cada maleta mientras pasaba a su lado, esperando el momento de saltar sobre su presa. Después corrían con sus maletas hacia el control de pasaportes, donde volvían a esperar en una nueva cola.

Lassiter viajaba demasiado para compartir su impaciencia. Incluso cuando vio su maleta permaneció donde estaba, bebiéndose el café. Estuvo observando cómo la maleta daba vueltas, una y otra vez, hasta que se acabó el café. Entonces recogió la maleta y pasó el control de pasaportes.

Siempre se le olvidaba lo feo que era el aeropuerto de Roma. Puede que, como ingeniero, Leonardo hubiera admirado las máquinas voladoras, pero, desde luego, como artista habría cerrado los ojos ante la visión de la gris terminal, con sus suelos pegajosos y sus aburridos *carabinieri*. Aun en sus mejores días, el aeropuerto resultaba sucio, pequeño y caótico.

Ese día estaba abarrotado de turistas procedentes de todos los rincones del mundo. El entrenador de un equipo finlandés de bolos, con sus jugadores apiñados a su espalda, discutía con una italiana sentada con gesto adusto detrás de un mostrador de plástico con un gran signo de interrogación en rojo. Una diminuta pareja de indios avanzaba entre el gentío tirando de la maleta más grande que Lassiter había visto en toda su vida, una especie de cofre azul celeste atado con gruesas gomas elásticas. Varias mujeres árabes con el rostro cubierto esperaban sentadas en el suelo, mientras sus hijos alborotaban a su alrededor entre los hombres de negocios y los turistas italianos que iban de un lado a otro, empujando y arrastrando sus pertenencias en medio de un increíble estrépito. Las azafatas de tierra iban de una cola a otra, haciendo las mismas preguntas una y otra vez antes de pegar unos diminutos adhesivos en el equipaje de mano de los viajeros. Los guardias de seguridad paseaban de un lado a otro en parejas, con armas automáticas colgando del hombro. Lassiter hizo caso omiso de todo y se abrió camino hacia la calle para coger un taxi.

Hacía uno de esos días grises y fríos en los que la espesa bruma siempre parece a punto de convertirse en lluvia. Lassiter encontró un taxi, negoció la tarifa y, acomodándose en su asiento, descansó la vista en las grises colmenas de edificios y los suburbios industriales que se extendían a ambos lados de la carretera. Italia podría hacer las cosas mejor, pensó.

Y las hacía. Su hotel, el Hassler Medici, estaba agazapado sobre la escalinata recientemente restaurada de la piazza Spagna. Las ventanas daban a la via Condotti, donde se podía ver la sala de té Babington's y un McDonald's. Cerca de la puerta del hotel, un chico y una chica repartían unas hojas entre los transeúntes. Lassiter cogió una, y la chica lo obsequió con un «*grazie*».

Al registrarse, un recepcionista vestido con esmoquin se disculpó por los chicos de las hojas y le explicó la razón de su presencia. Después de siglos de abusos, la escalinata había alcanzado tal nivel de deterioro que había sido necesario restaurarla a un enorme coste. Tras muchos retrasos, la restauración por fin había finalizado y se había inaugurado con gran pompa en una ceremonia que incluía el corte de una cinta. Pero, al concluir las fotos de rigor, los políticos la habían cerrado otra vez, por si los escalones volvían a deteriorarse.

La mera idea sacaba al conserje de quicio.

—¡La arreglan y luego se aseguran de no tener que arreglarla nunca más! Quieren convertir la escalinata en un museo. —Una risita cínica—. Pero, claro, ¡se olvidan de que, después de todo, son escalones, de que están ahí por algo! —Movió la cabeza de un lado a otro—. Hoy están abiertos. Mañana, ¿quién sabe? —Disparó las manos hacia el techo—. Yo, desde luego, no me atrevería a asegurarlo. —Sonrió y le dio su llave a Lassiter—. Bienvenido a la Ciudad Eterna, señor Lassiter.

La habitación era grande y silenciosa y estaba lujosamente amueblada. Cuando la puerta se cerró detrás del botones, Lassiter se sentó en la cama, algo mareado por el largo viaje, y se dejó caer hacia atrás con un suspiro de alivio. No tenía intención de quedarse dormido, pero estaba agotado y la luz grisácea de la calle hacía que pareciera que era casi de noche.

Cuando se despertó ya había oscurecido. Por un momento dudó si serían las seis de la mañana o las seis de la tarde. Acostado en la oscuridad, se recordó a sí mismo dónde estaba. Había llegado al hotel a las doce de la mañana, así que tenía que ser por la tarde.

Se levantó y deshizo la maleta mientras se iba despertando. Llevó el cepillo de dientes y la maquinilla de afeitar al cuarto de baño de mármol y se desvistió. Se metió en la ducha, cerró los ojos y dejó que el agua caliente lo golpeara en los hombros para liberarse de la somnolencia. Al cabo de unos cinco minutos cambió la ducha por la comodidad del grueso albornoz blanco que colgaba de un gancho detrás de la puerta del baño y fue al minibar en busca de una botella de agua de Pellegrino.

Ya despejado, desabrochó la bolsa negra en la que llevaba su ordenador portátil Compaq y enchufó el adaptador a la red eléctrica. Después de la comprobación rutinaria de la memoria, Lassiter buscó el archivo de viajes y sacó el documento que había preparado para el viaje a Roma. Luego marcó el número de teléfono del contacto de Judy, el detective privado que no había conseguido averiguar nada sobre Grimaldi.

—*Pronto?*

—Hola. Eh... ¿Habla mi idioma?

—*Si-iii.* —Lo dijo en dos sílabas, acabando en una nota alta. Al fondo, un niño reía fuera de sí.

—Estoy buscando al señor... Bepi... —El nombre resultaba imposible de pronunciar.

—¡Bepistraversi! Soy yo. ¿Es usted Joe?

—Sí.

—Judy me dijo que llamaría.

—¿Tiene un momento?

—Claro que sí. Y, por cierto, todo el mundo me llama Bepi.

—Bueno, Bepi, ¿dónde podríamos vernos? Puedo ir a su oficina...

—Un momento... —Bepi tapó el auricular y Lassiter oyó una súplica explosiva al otro lado de la línea—. *Per favore! Ragazzi!* —Silencio. Risas. Y de nuevo la voz meliflua de Bepi—. Creo... Quizá sea mejor que quedemos en La Rosetta. Así podremos cenar algo. —Le explicó a Lassiter cómo llegar a una *trattoria* en el Trastevere—. Reservaré una mesa.

Lassiter se vistió y salió rápidamente a la calle. Compró el *Herald Tribune* en un quiosco de prensa y paró a tomarse un café en la *pasticceria* que había al lado. Las noticias eran malas, pero el café estaba tan bueno que pidió otro. Cerca borboteaba el agua de una fuente, y un aparato de música sonaba machaconamente al lado de un vendedor ambulante africano que se especializaba en escribir nombres en granos de arroz.

La Rosetta era un diminuto restaurante en un antiguo barrio de clase trabajadora que hacía tiempo que se había convertido en un lugar de moda frecuentado tanto por turistas como por los propios romanos. Lassiter había estado allí el verano anterior, cuando la ciudad se cocía bajo el sol. Mónica y él habían comido en una *osteria*, sentados a una mesita en un estrecho callejón por el que pasaban continuamente todo tipo de ruidosos ciclomotores. Por lo que recordaba, la experiencia había resultado agridulce, una mezcla de romanticismo con velas y humo de gasolina.

Pero ahora era invierno. Las mesas habían pasado al interior, y con ellas los turistas, los hombres de negocios y las parejas de enamorados. La Rosetta resultó ser una cueva acogedora con ristras de ajos colgando de vigas de madera y un fuego encendido en la chimenea. Un joven elegantemente vestido se materializó delante de Lassiter en el preciso instante en que entró. Tenía una melena negra hasta los hombros, ojos verdes y una sonrisa esperanzada. Excepto por la sonrisa, parecía salido directamente de un anuncio de Armani.

—¿Es usted Joe, verdad?

—Sí.

—Toni Bepi.

Se dieron la mano y encontraron una mesa al fondo de la habitación, cerca de la puerta de la cocina. Al principio, la conversación giró tensamente en torno a tópicos tan manidos como la polución de Roma y las fluctuaciones del tipo de cambio entre la lira y el dólar. Por fin, el camarero les llevó una garrafa de vino de la casa y una botella de San Gimingano y tomó nota de su pedido.

Cuando se marchó, Bepi se inclinó hacia Lassiter, bajó la voz y le preguntó:

—¿Está enfadado conmigo?

—¿Qué?

—¡Una factura tan grande a cambio de tan poca información!

—¿Qué factura?

—Grimaldi. —Bepi se apoyó contra el respaldo de su silla y asintió comprensivamente.

Lassiter movió la cabeza.

—No. No estoy enfadado.

—No me extrañaría que lo estuviera.

Lassiter se rió.

—No, de verdad...

—¿Entonces...? —Bepi frunció el ceño. Si no era por eso, no entendía por qué habían quedado.

—He hablado con un amigo —explicó Lassiter—, un amigo que trabaja para el gobierno. Dice que Grimaldi es un tipo de cuidado.

Bepi repitió la expresión en voz baja, dudando sobre su significado.

—¿De cuidado?

—Peligroso. Mi amigo del gobierno me ha dicho que ir por ahí haciendo preguntas sobre Grimaldi puede resultar peligroso. Eso es lo primero que quería decirle. Si no fue muy precavido, es posible que...

Bepi rechazó la idea con un movimiento de la cabeza. Le

ofreció un paquete de Marlboro a Lassiter y, cuando éste lo rechazó, le preguntó si le molestaba que fumara. Lassiter le dijo que no. Bepi suspiró con alivio. Se encendió un cigarrillo, aspiró el humo y expulsó una nube de aire gris hacia la mesa de al lado.

—Fui —empezó—. Fui... ¿cómo se dice? *Vigile*, cuidadoso. Judy me dijo que tuviera cuidado. Siempre uso el mismo conducto, ¿sabe? Y cuando ellos hacen una investigación... —Parecía confuso mientras buscaba la palabra adecuada—. Cuando hacen una investigación... a fondo y no encuentran nada, ya sé que la persona es... ¿Cómo ha dicho? Un tipo de cuidado.

—¿Y eso por qué?

Un ademán amplio de los brazos y otra nube de humo.

—¡Somos italianos! ¡Tenemos la burocracia más famosa del mundo! ¡En Italia hay medio millón de personas que viven sólo para sellar papeles! Después siempre escriben tu nombre en alguna lista. ¡Hay miles de listas! Así que, cuando uno investiga a alguien y no encuentra nada... —Se encogió de hombros y se volvió a inclinar hacia adelante—. Dígame una cosa. ¿Conoce a Sherlock Holmes?

—¿Qué quiere decir?

—Bueno —dijo Bepi con una sonrisa satisfecha—. Éste es el perro que se comió el hueso: es el único que no ha ladrado.

Lassiter se rió. Después hablaron de cosas sin importancia hasta que llegó el camarero con media docena de platos en el brazo y los repartió, uno a uno, como si fueran naipes. Cuando se volvió a ir, Bepi miró fijamente a Lassiter.

—Dígame otra cosa.

—¿Qué?

—¿Es el SISMI o la Mafia? ¿O las dos cosas?

Lassiter lo miró un momento, pensando que no lo había valorado lo suficiente.

—El SISMI —contestó al fin.

Bepi asintió.

—Por eso es una suerte que haya tenido cuidado —añadió Lassiter.

El italiano se encogió de hombros.

—¿Y ahora ha venido tras este hombre? ¿Tras Grimaldi? —Movió la cabeza de un lado a otro—. Si no es muy importante, no creo que sea una buena idea. Puede gastarse mucho dinero y no llegar a ninguna parte.

—No se preocupe por el dinero.

Bepi estuvo pensando unos segundos. Después hizo una pequeña mueca.

—¿Puedo preguntar quién es el cliente?

—Yo soy el cliente. ¿No se lo ha dicho Judy?

—Ya conoce a Judy. Sólo dijo que usted llamaría y que esperase al lado del teléfono; nada más.

—Bueno, Grimaldi... apuñaló a mi hermana en el corazón. Y después le cortó el cuello a mi sobrino. Los dos están muertos.

—¡Oh! —Bepi bajó la mirada un momento—. Yo... lo siento mucho. —Tras un silencio apropiado volvió a levantar la mirada—. ¿Y? —dijo moviendo la mano hacia adelante y hacia atrás, como si una puerta de batiente se estuviera abriendo y cerrando entre los dos.

—Necesito ayuda.

—Si-iii? —Igual que antes, cuando habían hablado por teléfono, la voz del italiano subió una octava, transmitiendo una sensación de cauta disponibilidad.

Lassiter sirvió dos vasos de vino y bebió del suyo.

—Voy a ir a las dos direcciones que tengo de Grimaldi, a ver si puedo averiguar algo. Tal vez vaya a visitar a su hermana. Necesitaré un intérprete y un guía.

Bepi bebió un poco de vino, lo meditó durante unos instantes y volvió a inclinarse hacia Lassiter.

—Lo ayudaré —declaró.

—¿Está seguro?

Bepi hizo un gesto, como si estuviera apartando el peligro con la mano.

—Si es como dice, es una cuestión personal entre usted y Grimaldi —dijo Bepi—. Entonces no tengo por qué preocuparme. Después de todo, éste es un país civilizado. Ni siquiera los mafiosos están tan locos. Si sólo le estoy haciendo de intérprete..., entonces soy como el papel pintado de la pared. ¿Entiende?

Aunque seguía albergando ciertas dudas, Lassiter asintió y los dos hombres hundieron sus tenedores en los platos de calamares y verduras a la parrilla.

Al día siguiente, Bepi recogió temprano a Lassiter en su Volkswagen Golf. Aunque el coche era viejo, estaba inmaculado, tanto por dentro como por fuera. Aun así, tenía una estatuilla de Lenin en el salpicadero y un pequeño balón de fútbol colgando del espejo retrovisor. Bepi metió una cinta en el radiocasete y Verdi tronó por los altavoces.

Eludieron por los pelos una serie de encontronazos mortales mientras el italiano serpenteaba entre el tráfico, insultando a los otros conductores al tiempo que apretaba el claxon sin parar. Lassiter le enseñó las tres direcciones que tenía: la del pasaporte de Grimaldi y las dos que le había proporcionado Woody. Bepi frunció el ceño al ver las direcciones.

—Son dos mundos distintos —dijo—. ¿Por cuál quiere empezar?

—Por el más reciente. El del pasaporte.

El apartamento estaba en Testaccio, un barrio de clase trabajadora justo debajo del Aventine. Era un feo edificio de seis pisos con las fachadas grises salpicadas por la ropa que colgaba de cada ventana. Una vieja demacrada barría la acera mientras hablaba consigo misma.

—No puede ser aquí —opinó Lassiter.

—¿Por qué no? —contestó Bepi mientras comprobaba la dirección.

—Porque tiene un Land Rover y una casa en Suiza.

—Es aquí. Éste es el número ciento catorce.

Lassiter no lo podía creer.

—Tiene que haber un error.

—Voy a preguntarle a la vieja. —Bepi se bajó del coche y se acercó a la mujer con las manos entrelazadas y la cabeza inclinada en ademán suplicante.

—*Scusi, bella...*

Sólo tardó un minuto en volver.

—No lo ha visto desde hace un par de meses, pero ha pagado el alquiler. Vamos. Puede que consigamos echarle un vistazo al apartamento.

El apartamento de Grimaldi resultó estar en el último piso del edificio, que no tenía ascensor. Permanecieron un momento delante de la puerta, recuperando el aliento.

—Odio estas cosas —dijo Lassiter.

—¿A qué se refiere? —preguntó Bepi.

Lassiter hizo una mueca.

—Este tipo de cosa. Sólo lo he hecho una vez, en Bruselas, y no salió bien.

—¿De verdad?

—Sí. Hace que desee tener una pistola.

—Eso no es ningún problema —repuso Bepi sacando una Beretta de la funda que llevaba detrás de la cintura—. Tome, coja la mía.

Lassiter lo miró boquiabierto.

—¡Por Dios santo! —exclamó—. ¡Aparte eso! ¿Quién se cree que es, Sam Spade?

Bepi se encogió de hombros y guardó la pistola. Lassiter llamó a la puerta sin saber bien lo que iban a encontrar dentro. Al comprobar que no contestaba nadie, volvió a llamar, un poco más fuerte. Y una tercera vez. Por fin se apartó para dejar que Bepi abriera la puerta, forzando la vieja cerradura con una tarjeta Visa.

—Sigo pensando que nos hemos equivocado de sitio —insistió Lassiter en el momento en que el pestillo cedía.

Entraron en una habitación inmaculada y tan vacía como la celda de un monasterio. El viejo suelo de madera de pino parecía recién acuchillado. Las paredes estaban desnudas, excepto por un crucifijo de madera con una palma seca entrelazada. No había ningún otro ornamento, ni ninguna foto, y muy pocos muebles. Tan sólo un estrecho camastro de metal, un armario viejo, una mesa, una silla de respaldo recto y un lavabo con el espejo roto. La única ventana daba a un patio lleno de basura, y no había más luz que la de una desnuda bombilla de cuarenta vatios que colgaba del techo.

—Mire —indicó Bepi señalando la mesa—. Parece que le gusta leer. —Cogió uno de los libros. Después otro—. O quizá lo que le guste sea rezar.

Había tres libros. El primero era una Biblia, con las páginas tan gastadas por el uso que no se cerraba bien. Debajo de la Biblia había un libro de lecciones de latín y, debajo de éste, un librillo que se titulaba *Crociata Decima*.

—¿Qué es eso? —preguntó Lassiter.

Bepi le acercó el librillo. Debajo del título había un gran círculo ovalado que contenía un ligero trazo que sugería una colina con una cruz desnuda en la cima. La cruz proyectaba una larga sombra. Escritas en la sombra, en brillantes letras doradas, estaban las palabras *Umbra Domini*. Lassiter señaló el título.

—¿*Crociata Decima*? ¿Qué quiere decir eso?

—Décima Cruzada —dijo Bepi.

—¿Y qué es eso?

—No lo sé. No soy supersticioso.

—Querrá decir religioso.

—¡Ehhh!

El sonido estalló a sus espaldas. Los dos se dieron la vuelta, esperando encontrarse con un policía, o algo todavía peor. En vez de eso, un hombre mayor entró en la habitación, moviendo el dedo índice de un lado a otro, como si estuviera regañando a unos niños, mientras gritaba:

—*Vietato! Vietato! Vergogna!*

Le arrancó a Lassiter el librillo de las manos, lo dejó encima del escritorio y los obligó a salir a empujones sin dejar de mover el dedo ni un solo momento.

—¿De qué está hablando? —preguntó Lassiter mientras bajaban por la escalera.

—Dice que somos malos. Dice que debería darnos vergüenza.

Aunque la situación resultaba desconcertante, cuando llegaron al piso bajo y salieron a la calle los dos sonrieron.

—Desde luego, nos ha dejado en ridículo —dijo Lassiter mientras subía al coche—. ¿Qué era eso que hacía con el dedo?

—*Vergogna!* —contestó Bepi mientras arrancaba—. ¡Mire, sigue ahí! Creo que está apuntando el número de la matrícula.

Lassiter se dio la vuelta y vio al viejo de pie en la acera, observando cómo el coche se alejaba.

—¿Y qué es eso de *vergogna*? —preguntó.

—Es lo mismo. Quiere decir que debería darnos vergüenza. —Bepi se encogió de hombros, sacó la mano por la ventanilla y se despidió del viejo—. Bueno, ¿adónde vamos ahora?

Lassiter se sacó un trozo de papel del bolsillo y se lo enseñó a Bepi.

—Via Barberini.

El edificio de apartamentos era muy lujoso. Estaba justo al norte de Villa Borghese, en uno de los barrios más elegantes de Roma. La fachada era de un mármol cremoso y todo lo demás parecía ser de cristal o de bronce. Encontraron al portero en el vestíbulo, regando un banco de helechos al borde de una pequeña fuente. Incluso sin mirar, Lassiter supo que la fuente estaría llena de carpas japonesas.

Al principio, el portero no recordaba a Grimaldi, pero un buen puñado de liras le refrescaron la memoria. El hombre mayor se metió el dinero en el bolsillo y sonrió. Le dijo a Bepi en italiano que hacía mucho tiempo, pero que recordaba bien al signor Grimaldi y a su hermana, y dio a entender que Grimaldi era un hombre muy ocupado.

—¿A qué se dedicaba? —preguntó Lassiter.

Bepi se lo preguntó al portero y luego le tradujo la respuesta a Lassiter.

—A los negocios y a las mujeres. Se movía mucho.

El portero se rió y dijo:

—*Si, si!* ¡Giacomo Bondi!

—Dice que era como... —empezó a traducir Bepi.

—Ya. Como James Bond.

El portero procedió a describir a un hombre que vivía a lo grande hasta que, ¡*puf!*, se desinfló como un globo. Representó una explosión, levantando los brazos en el aire como si fueran paréntesis.

Por lo visto, de la noche a la mañana, el *signor Grimaldi* se había convertido en un hombre *assolutamente diverso*. Ni mujeres, ni fiestas, ¡ni propinas! Había vendido el coche. ¡Había vendido el apartamento! ¡Había vendido el otro apartamento! Había regalado los muebles, los cuadros; *tutto, tutto, tutto*. Se había deshecho de todo.

El portero reconoció que él mismo se había beneficiado de la filantropía de Grimaldi. Por lo visto, le había regalado una magnífica chaqueta de cuero.

—*Si, si, si. Fino, suave.*

El portero se acarició la manga durante unos segundos. Finalmente respiró hondo y miró hacia el cielo con gesto perplejo.

—¿Cuándo ocurrió todo eso? —preguntó Lassiter. Bepi tradujo la pregunta.

—Hace cinco años.

—¿Y después?

El portero se encogió de hombros.

—*Niente.*

—Pregúntele si sabe qué fue de su hermana.

Bepi lo hizo y el portero encadenó una serie de síes. Les indicó con un gesto que lo siguieran y los llevó hasta una pequeña habitación. Cogió una carpeta de la estantería, pasó las páginas hasta que encontró los nombres que buscaba y se los enseñó a Lassiter y a Bepi.

Grimaldi. Número 601-03. Via Genova, 114, Roma.
Buccio. Número 314. Avenida Cristoforo Colombo, 1062, Roma.

Señaló las direcciones con el dedo índice, movió la cabeza en señal de desaprobación e hizo una mueca.

—No bueno —dijo el portero en el idioma de Lassiter.

El coche seguía aparcado, al estilo italiano, donde lo había dejado Bepi: encima de la acera. Una chica muy guapa lo estaba vigilando desde la puerta de un comercio, lista para intervenir si aparecía la policía de tráfico.

—Eh, Cinzia —dijo Bepi mostrando su mejor sonrisa—. *Grazie!*

Una mujer mayor, la propietaria de la floristería de al lado, salió a la calle y empezó a sermonearlos con gesto adusto. Bepi dijo algo con voz aguda y empezó a correr, con el culo encogido, como si la mujer le estuviera dando azotes. La chica se rió alegremente; incluso la mujer mayor sonrió. Bepi levantó un dedo, entró en la floristería y salió con una flor de pascua con el tiesto envuelto en papel de aluminio rojo.

—Pensé que podrían venir bien para la hermana —le explicó a Lassiter—. Unas flores casi siempre abren las puertas.

Bepi sacó papel de periódico y unas bolsas de plástico del maletero para asegurarse de que no se le ensuciara el coche y se tomó su tiempo colocando la planta en el suelo, detrás del asiento de Lassiter.

Unos cuarenta y cinco minutos después, Bepi detuvo el coche delante de una lamentable torre de apartamentos a las afueras de Roma. El edificio era una monstruosidad gris sin ningún tipo de ornamentación. Estaba cubierto de grafitos y rodeado de basura y escombros.

Bepi apretó un botón del viejo portero automático y le habló animadamente al artilugio. Al cabo de unos segundos, la puerta emitió un desagradable zumbido y Bepi la abrió de un empujón.

—¿Cómo ha conseguido que nos abriera? —preguntó Lassiter.

Bepi se encogió de hombros.

—Le he contado la verdad. Le he dicho que queríamos hacerle unas preguntas sobre su hermano Franco. De hecho, parecía contenta. Me ha preguntado si teníamos noticias de él. Le he dicho que más o menos. —Bepi levantó las cejas y apretó la planta contra su pecho. El ascensor olía a orina.

Angela, la hermana de Grimaldi, tendría unos treinta y cinco años. Tenía grandes ojeras y llevaba una bata rosa y una pesada cadena de oro colgada del cuello. Bepi le ofreció la planta, que ella aceptó con gran alborozo. Después tuvieron una pequeña discusión que pareció resolverse cuando Bepi accedió a que los invitara a una limonada.

Mientras Angela preparaba las limonadas, Bepi recorrió la habitación con la mirada. Después miró a Lassiter. El desorden de la habitación era tal que transmitía una sensación de desespero. Había un arbolito de Navidad de plástico en una esquina y la pared estaba llena de inmensas fotografías de niños con marcos muy recargados. Todo estaba lleno de juguetes y pilas de ropa, periódicos y platos sucios. La monótona melodía de un juego de Nintendo salía de alguna habitación interior.

Cuando Angela por fin apareció con las bebidas en una bandeja dorada, los tres se sentaron en el destartalado comedor. Ella inclinó la cabeza, se acomodó en su silla y empezó a jugar con la cadena de oro que le colgaba del cuello.

Bepi dijo algo a modo de introducción y ella le sonrió mientras se retorcía un mechón de pelo negro con el dedo. Bepi gesticulaba y hablaba con aparente sinceridad. Lassiter entendió la palabra *fratello*.

Angela empezó a hablar animadamente, acompañando las palabras con amplios y rápidos movimientos de las manos. Parecía enfadada. Bepi tradujo.

—Quiere saber qué ha pasado esta vez, qué ha hecho ahora su hermano mayor. Ya le quitó su precioso apartamento. ¿Es que también quiere quitarle éste?

—No entiendo nada —dijo Lassiter—. ¿De qué está hablando?

La mujer dijo algo más. Después suspiró y su cara adoptó una expresión resentida. Se golpeó el pecho repetidamente con el dedo pulgar.

—Su hermano le ha destrozado la vida —tradujo Bepi.

Más fuego cruzado de artillería.

—Franco era muy generoso —continuó Bepi—. Le compró el apartamento de Parioli. Donde estuvimos antes. Y después, hace unos cinco años, tuvo una... experiencia religiosa.

—¿Una qué?

—Se hizo muy devoto. Le quitó el apartamento a Angela, lo vendió y donó el dinero a obras de caridad. Lo mismo con el coche. Y con su propio coche. Y con su propio apartamento. Se lo dio todo a uno de esos grupos religiosos. Decía que todo el mundo debería vivir como un monje. Y, después..., nada. Ella tuvo que alquilar una habitación en un barrio de mala muerte. Luego se peleó con su marido y él la abandonó. Se quedó sin nada. Entonces se vino aquí con los *bambini*. Dice que... —En ese momento, la voz de Angela empezó a subir de tono—. Dice que el muy beato de mierda le ha arruinado la vida. Que, ya puestos, podría haberle pegado un tiro para ahorrarle tantas desgracias. —Bepi respiró hondo y le ofreció un pañuelo a Angela.

Lassiter movió la cabeza. Estaba claro que la hermana de Grimaldi les había contado la verdad, o al menos su versión de la verdad, pero también estaba claro que se equivocaba. Los monjes no asesinan niños, ni van por ahí con veinte mil dólares escondidos en un falso fondo de una bolsa de viaje.

—Dígale que estoy intentando averiguar si su hermano conocía a mi hermana. Dígale que mi hermana se llama..., que se llamaba Kathy Lassiter.

Una nueva discusión. Lassiter entendió las palabras *Stati Uniti*. La mujer parecía confusa. Decía continuamente que no.

Bepi se encogió de hombros.

—No —tradujo.

—Dígale que el muy beato de mierda ha matado a mi hermana y a mi sobrino —dijo Lassiter—. Dígale que la policía lo busca por asesinato.

Bepi se lo dijo. Angela discutió con él, mirando hacia el techo sin dejar de mover la cabeza con incredulidad.

—*Non è possibile. Fantastico* —exclamó la mujer. Después juntó las manos como si estuviera rezando y levantó la mirada en un gesto digno de un personaje de Goya.

—Dice que Franco era un hombre muy duro en el pasado, un hombre muy duro. Pero ¿lo que está diciendo? Eso es imposible —tradujo Bepi.

—¿Por qué?

—Porque ahora es casi como un cura. Hizo votos de castidad y de pobreza. Se ha... —Bepi dibujó unas comillas en el aire—. Se ha «limpiado el alma». Vive en otro mundo. Ya no se preocupa por su pobre hermana. Ya no le importan sus sobrinos. Dice que Dios proveerá. —Bepi se encogió de hombros en un ademán elocuente—. Y no es que quiera hablar mal de la Iglesia, claro. —Volvió a encogerse de hombros—. Dice que usted se ha equivocado de persona.

La mujer todavía tenía más cosas que decir; todas igual de sonoras y sentidas.

—No puede haber matado a nadie —tradujo Bepi cuando Angela acabó de hablar—. Eso no es posible porque acabaría en el infierno. Dice que su hermano es un puto santo, y estoy citando sus palabras. Dice que... No sé cómo traducir esta palabra. Que se golpea a sí mismo cuando tiene pensamientos impuros.

—Se flagela.

—¡Sí, eso es! Se flagela por pecados sin importancia, así que un gran pecado, un pecado mortal... Es algo imposible.

No había nada más que hablar. Angela miró el reloj y se levantó, dando a entender que la entrevista había acabado. Intercambiaron efusivos agradecimientos por la planta y por las limonadas, y Bepi y Lassiter volvieron al paisaje desolado de la calle.

—¿Qué piensa? —preguntó Bepi mientras andaban hacia el coche.

De hecho, Lassiter estaba pensando en el extracto de la transferencia que se había caído del pasaporte de Grimaldi.

—Estaba pensando qué sentido puede tener que alguien que ha hecho voto de pobreza tenga una cuenta en un banco suizo.

CAPÍTULO 17

Lassiter y Bepi se despidieron delante del hotel Hassler.

En el coche habían quedado en que Bepi intentaría atar un par de cabos sueltos para Lassiter; por supuesto, con suma discreción. Para empezar, el italiano llamaría a los otros hermanos de Grimaldi que figuraban en el expediente del Departamento de Estado. Quién sabe, puede que supieran algo de él.

En cuanto a Lassiter, tenía intención de volar a Suiza al día siguiente.

—¿No irá a intentar conseguir información sobre la cuenta suiza de Grimaldi? —le preguntó Bepi sorprendido—. Porque, ya sabe... Eso es... —Movió la cabeza de un lado a otro.

—Claro que no —contestó Lassiter, aunque no era sincero—. No olvide que Grimaldi también tenía una casa en Suiza.

—Es verdad —dijo Bepi con voz distraída mientras miraba a la guapa chica que pedía firmas para la reapertura definitiva de la escalinata—. Cerca de Saint Moritz, ¿no? ¿Y después qué planes tiene?

Lassiter no tenía ninguno.

La chica cogió a Bepi de la manga, engatusándolo coquetamente, y él se dejó llevar. Antes de firmar se dio la vuelta y sonrió a Lassiter encogiéndose de hombros.

El vuelo a Zurich sólo duraba una hora. Al aterrizar, Lassiter tardó casi lo mismo en encontrar alojamiento. Los principales hoteles de la ciudad estaban llenos. Finalmente consiguió una habitación en el Florida, un hotelito agradable, aunque un poco avejentado, que había cerca del lago. Ya se había alojado allí en una ocasión, cuando Lassiter Associates había trabajado en un caso relacionado con un litigio entre el Sindicato del Acero y una fundición de aluminio de West Virginia que pertenecía a un misterioso multimillonario europeo.

Su habitación se parecía mucho a la que recordaba de aquella otra ocasión. Era inesperadamente grande y tenía un ventanal que daba al Zurichsee. Probablemente tuviera una hermosa vista del lago, pero el cristal estaba empañado por la humedad.

Aunque no sabía explicar exactamente por qué, Zurich era una de sus ciudades favoritas. Gris y pétrea, antiquísima y apartada de todo, estaba encaramada al borde de un lago oscuro de aguas gélidas. Era una ciudad enamorada de la alta cultura, más alemana que suiza. Además, estaba pensada para pasear. Lassiter metió su bolsa de viaje dentro del armario y salió a caminar por la orilla del lago. Una débil nevada tamizaba el cielo incoloro, posándose en sus hombros. De camino al casco histórico de la ciudad, Lassiter observó a dos cisnes deslizándose por el agua casi negra. Quizá fuera por el barrio en el que estaba, pero cualquiera habría pensado que las principales actividades comerciales de Zurich eran las litografías, los libros y los instrumentos musicales antiguos, con los remedios de herbolario pisándoles los talones.

No tardó en cruzar el puente Münster y en acceder a las estrechas calles adoquinadas del casco histórico, llenas de tiendas con precios astronómicos. Tenía la esperanza de que el paseo le levantara el ánimo, y al principio lo hizo. Pero, al final, lo único que consiguió fue tener más frío que antes. Las tiendas eran preciosas, pero, dadas las circunstancias, inútiles; no necesitaba nada ni tampoco tenía nadie a quien hacerle un regalo.

Giró hacia la Bahnhofstrasse y recorrió un par de manzanas, hasta que llegó al edificio que había estado buscando sin saberlo: la sucursal del Crédit Suisse en la que Franco Grimaldi había recibido una transferencia cuatro meses antes.

No sabía por qué había ido hasta allí; sólo era un banco. Pero estar en esa oscura calle de Zurich, sabiendo que era parte del mundo de Grimaldi, que él había entrado y salido por esas mismas puertas, lo llenó de esperanza. Igual que la habitación desnuda de la via Genova, este lugar formaba parte del mundo de Grimaldi y, aquí, Lassiter sentía más cercana su presencia.

Comió una cena poco inspirada en el comedor del hotel y le preguntó al conserje cómo podía ir a Zuoz. El conserje le recomendó que no hiciera todo el trayecto en coche.

—Llegará antes si va en tren hasta Chur. Desde allí quizá sí le convenga conducir. —Si Lassiter quería, él podía encargarse de los preparativos, incluida la devolución del coche de alquiler. Los suizos son famosos por su falta de curiosidad, pero, puede que animado por la generosa propina de Lassiter, el conserje se interesó por sus planes—. Zuoz es un pueblo precioso. Va a esquiar, ¿no?

—Sí. —¿Qué otra cosa podría haber dicho?

—Este año no hay mucha nieve, pero siempre puede esquiar en el glaciar de Pontresina.

Estuvieron comentando cosas por el estilo durante unos

minutos. Al subir a su habitación, Lassiter abrió el minibar, sacó una botellita de whisky escocés y se sirvió un vaso. Después se sentó y marcó el número de teléfono de Max Lang.

Max era el máximo representante de la Hermandad Internacional de Trabajadores de Banca y Servicios Financieros, una asociación internacional con base en Ginebra que contaba con más de 2,3 millones de afiliados en países tan distantes como Noruega, India o Estados Unidos. Como el propio Max decía, se pasaba la mayoría del tiempo «volando de una conferencia a otra, de un aeropuerto al siguiente».

El caso de la fundición de aluminio había sido distinto. No le habían pedido a Max que diera una conferencia, sino que acabara con una guerra financiera que había dejado sin empleo a mil quinientos trabajadores en Emporia, West Virginia. Lassiter había sido contratado por el sindicato para investigar a la patronal. Desde West Virginia, donde estaba la fábrica, el rastro de papeles llevaba hasta Suiza, algo que resultaba sorprendente en sí mismo. Las sucesivas investigaciones revelaron que la fábrica pertenecía a un industrial holandés, un *playboy* de extrema derecha cuya principal afición consistía en «reventar» sindicatos.

La asociación de Lang, que, al fin y al cabo, representaba a trabajadores relacionados con el mundo de las finanzas, no tenía nada que ver con los trabajadores del metal. Pero Max, que había aceptado mediar con los banqueros del millonario holandés como «cortesía fraternal», convenció a éstos de que, a largo plazo, reventar sindicatos realmente iba en contra de sus intereses.

Los banqueros le escucharon y, al final, el conflicto se solucionó y los trabajadores recuperaron su trabajo; Max Lang quedó como un auténtico héroe.

—Max, soy Joe Lassiter.

—¡Joe! ¡Qué sorpresa!

—¿Cómo estás?

—Muy bien. ¿Tienes otro caso para mí?

—No.

—Es una pena. Les dimos bien, ¿eh?

—Sí.

—Desde luego, los jodimos bien.

—De hecho, Max, eso es exactamente lo que hicimos.

—¡Porque se lo merecían!

—Así es.

—¡Bien! Pues que se jodan.

Lassiter se rió. Se había olvidado de la manía de Max de imitar a Al Pacino en *Scarface*.

—Fueron buenos tiempos —dijo Max riéndose entre dientes—. ¡Los mejores! Con un final feliz y todo.

—Desde luego.

—Bueno, dime.

—Necesito que me hagas un favor, Max.

—Lo que sea.

—Es un favor muy grande. Entendería que no pudieras hacerlo.

Max gruñó.

—Dispara —dijo.

—No es algo de lo que se pueda hablar por teléfono.

—Entiendo.

—¿Sigues usando PGP?

—Mientras no salga nada mejor —contestó Max.

—¿El mismo código de siempre?

—Absolutamente.

—Quiero mandarte algo por correo electrónico. ¿Sigues teniendo la misma dirección?

—Sí, claro.

—Perfecto. Después podríamos vernos en Ginebra.

—*Wunderbar!*

—Puede que en un par de días. Te llamaré.

—Muy bien.

—Y, como te he dicho, si no te sientes cómodo con lo que te voy a pedir... Es importante, pero lo entendería.

—¿Me vas a mandar la jodida información o no?

—Ahora mismo te la mando.

—Pues, ¿a qué esperas?

Lassiter colgó el teléfono, encendió el ordenador portátil, creó un documento nuevo —*grimaldi*— y escribió unas líneas:

Max:

Ya sé que lo que te voy a pedir no es fácil, pero... necesito los movimientos de una cuenta de la sucursal de la Bahnhofstrasse del Crédit Suisse de Zurich. Pensé que alguno de tus afiliados quizá podría conseguirlo. En cualquier caso... la cuenta está a nombre de un italiano. Se llama Franco Grimaldi. El número de cuenta es Q6784-319. Y lo que me interesa especialmente es una transferencia de $50.000 que recibió en julio. Necesito saber quién mandó el dinero.

JOE

Lassiter salvó *grimaldi* en el disco duro y accedió al directorio */n-cipher,pgp*. Se trataba de una programa individualizado que garantizaba la más alta privacidad, un potente programa de codificación que resultaba prácticamente impenetrable. ¡Y ya podía serlo! Lo que le estaba pidiendo a Max Lang no sólo era un delito: era prácticamente una declaración de guerra, un ataque frontal a la mismísima *raison d'être* de Suiza: el secreto bancario. Tan sólo hablar de ello podía costarle el puesto a Max, así que Lassiter codificó el mensaje en el disco duro. El procedimiento era muy simple. Sólo tenía que acceder a la ventana principal, teclear «codificar» y seleccionar *grimaldi* como el documento elegido. Al hacerlo, una nueva ventana apareció en la pantalla, y Lassiter buscó en una larga lista hasta que encontró *maxlang@ibbcfsw.org.ch*. Una vez codificado el documento volvió al menú original y, para asegurarse de que Max no salvara el texto decodificado en su disco duro, Lassiter seleccionó «otras opciones» y eligió la opción «sólo lectura». Eso significaba que, una vez decodificado, el texto podría leerse en la pantalla pero no se podría salvar en ningún archivo.

Una vez tomadas estas precauciones, envió el documento. La respuesta le estaría esperando cuando llegara a Ginebra. O quizá no. Después de todo, lo que le estaba pidiendo a Max no era cualquier cosa.

La mañana siguiente, Lassiter desayunó en su habitación y llamó por teléfono a Riordan.

—No deberías haberte molestado —dijo Riordan—. ¿Que

qué novedades hay? ¿Qué cómo van las cosas? —Se rió—. No tenemos nada. Nada. Lo único que te puedo decir es que encontraron el coche de la enfermera en un descampado al norte de Hagersown.

—¿Y Grimaldi?

—Se ha esfumado. Eso es lo que dicen los periódicos y, la verdad, tengo que darles la razón. El tipo se ha esfumado, ¿vale? Es un maldito desastre. Y encima han matado a otro agente en acto de servicio; es el segundo en una sola semana. Es Navidad y tenemos dos funerales. ¡Dos! Imagínatelo. A un lado la valiente madre número uno, al otro la valiente madre número dos y, en medio, una joven viuda incapaz de contener las lágrimas y un niño huérfano. ¿Y qué tenemos nosotros? Nada. ¡A un asesino con la cara como una piel de cerdo! —Se volvió a reír—. Pero no lo ha visto nadie. —Riordan hizo una pausa para recuperar el aliento—. ¿Y tú qué te cuentas? ¿Me vas a alegrar el día con alguna buena noticia? Y, además, ¿dónde demonios estás?

—En Suiza.

—Ah.

—Acabo de llegar de Roma.

—¿De verdad? ¿Te has enterado de algo nuevo?

—Me he enterado de que Grimaldi tuvo una especie de conversión religiosa hace unos años. Se deshizo de todos sus bienes materiales. Donó todo su dinero a obras de caridad.

—Me estás tomando el pelo.

—En absoluto.

Después de un breve silencio, Riordan dijo:

—No lo creo.

Zuoz era un pueblecito precioso acurrucado en la ladera de una montaña. Las estrechas calles estaban flanqueadas por casas señoriales del siglo XVI de color crema, ocre o gris con grandes y bellísimas puertas de madera. Las aceras estaban repletas de personas excepcionalmente bien vestidas que iban de un lado a otro bajo una débil lluvia.

Incluso con un mapa, Lassiter tardó bastante en encontrar la dirección que buscaba, que, al final, resultó estar tan sólo a diez minutos andando del centro del pueblo. Pero, a pesar del mapa, y del reducido tamaño del pueblo, se perdió y tuvo que preguntar el camino dos veces, luchando con su alemán.

—Ist das der richtig Weg zu Ramistrasse?

—Ja.

Pasó por una placita con una fuente austera y perfectamente cuadrada. ¡Era tan distinta de las fuentes de Roma! El único ornamento lo constituía una estatua de un oso de pie con una de las patas cortadas: el emblema de alguna ancestral familia suiza.

Por fin, encontró la casa. Era un chalet de tres pisos con una placa de bronce al lado de una puerta de madera que sin duda tenía más años que todo Estados Unidos. La placa decía:

Gunther Egloff, Direktor
Salve Caelo
Services des Catholiques Nord
Gemeinde Pius VI

Lassiter llamó a la puerta y esperó. Al cabo de bastante tiempo, oyó una voz por un micrófono escondido junto a la placa.

—Was ist?

Lassiter se identificó. Al poco tiempo, un hombre de mediana edad con aspecto próspero abrió la puerta. Algo de barriga, un jersey de cachemir, zapatillas de borrego en los pies. Sujetaba unas gafas de leer en una mano y un vaso de vino caliente en la otra. Del interior de la casa salía música de ópera y olor a leña.

—Bitte?

Lassiter vaciló. La razón que lo había llevado allí parecía remota, casi imposible, en ese reducto burgués de bienestar. Asesinatos. Incendios provocados. Terror en la noche.

—¿Habla usted mi idioma?

—Un poco.

—Es que mi alemán...

—Sí, sí. Entiendo. ¿En qué puedo ayudarlo?

—Se trata del dueño de la casa, el señor Grimaldi.

Una expresión de sorpresa se apoderó de la cara del hombre. Después sonrió y abrió la puerta.

—Por favor, pase. Debe de tener frío.

Lassiter le dio las gracias y se presentó mientras cruzaban el umbral de la casa.

—Me llamo Egloff —dijo el hombre, haciéndole pasar a

una enorme habitación presidida por una inmensa chimenea de piedra—. ¿Quiere un vaso de vino?

—Es usted muy amable —repuso Lassiter mientras su anfitrión bajaba el volumen de la música de Puccini. Después cogió una herramienta para el fuego y atizó las brasas.

—Pero me temo que está equivocado sobre la casa —dijo Egloff—. El señor Grimaldi dejó de ser el dueño hace varios años.

—¿De verdad?

—Sí. ¿Puedo preguntarle...? ¿Es usted norteamericano? ¿Canadiense?

—Norteamericano.

—Y dígame: ¿Está interesado por la casa... o por el señor Grimaldi?

—Por Grimaldi.

—Ya veo. —Egloff sirvió un vaso de vino y se lo ofreció a Lassiter.

—Soy investigador privado —explicó Lassiter.

Las cejas de Egloff se alzaron. Parecía divertido.

—¡Un detective!

La mirada de Lassiter se vio atraída hacia la pared del fondo, donde un mapa topográfico mostraba una región montañosa en un país sin fronteras. Egloff siguió su mirada.

—¿Sabe de qué país se trata? —preguntó.

Lassiter se encogió de hombros.

—Puede ser Rusia. Quizá Georgia.

—Bosnia. Trabajamos mucho en Bosnia, con los refugiados.

—¿A quién se refiere?

—A Salve Caelo.

Lassiter movió la cabeza.

—Lo siento, pero no...

—Es una organización humanitaria. Trabajamos muy duro en los Balcanes.

—Ah —dijo Lassiter recordando los numerosos sellos de Zagreb y Belgrado que contenía el pasaporte de Grimaldi.

—¿Está familiarizado con el problema de Bosnia, señor Lassiter?

Lassiter hizo un ademán indefenso con las manos.

—Lo suficiente para saber que es muy complejo —respondió.

—Al contrario. Es muy simple. Se lo puedo explicar en dos palabras.

Lassiter sonrió

—¿Sí?

Egloff asintió.

—Imperialismo islámico. A lo que nos enfrentamos en Bosnia es a un tumor político, al principio de algo terrible. ¿Qué le parece?

—Me parece que ha usado más de dos palabras —señaló Lassiter.

Egloff se rió.

—¡Tiene razón! Le ofrezco mis disculpas. Pero, ahora, dígame: ¿qué es eso que está investigando?

—Un asesinato. Asesinatos, en plural.

—¡Vaya! Verdaderamente, señor Lassiter, ¡es usted una caja de sorpresas!

—Mataron a una mujer y a su hijo —contestó Lassiter.

—Ya veo. ¿Y el señor Grimaldi?

—Grimaldi es el asesino.

—Ah. —Egloff se sentó, cruzó las piernas y bebió un poco de vino—. La verdad, no lo creo.

Lassiter se encogió de hombros.

—Entonces se equivoca.

—Bueno, si está usted tan seguro... Pero ¿qué es lo que espera averiguar en Zuoz?

—Quiero saber la razón. Quiero saber por qué lo hizo.

Egloff hizo un sonido con el paladar y suspiró.

—¿Y ha viajado desde América para eso? ¿Sólo para ver esta vieja casa?

—Estaba en Roma. Y sabía que Grimaldi tenía una casa aquí, así que...

—Sí. Claro. La casa. Como le he dicho, antes era suya. Pero de eso hace ya muchos años.

—Entonces, ¿usted lo conoce?

—Desde luego —dijo y bebió un poco más de vino.

—¿Y que impresión tiene de él?

Algo que había apoyado sobre la mesa que Lassiter tenía al lado emitió un suave chirrido. Era una especie de intercomunicador, el tipo de aparato que Kathy solía llevar de un lado a otro de la casa para poder oír a Brandon mientras dormía.

—Mi mujer —explicó Egloff—. Está bastante enferma.

—Lo siento.

—Solo será un momento. Por favor, sírvase usted mismo

—dijo señalando hacia la jarra de vino al tiempo que se incorporaba.

Mientras Egloff se ausentó, Lassiter estuvo observando las acuarelas que colgaban en las paredes. Eran unas pinturas realmente extraordinarias de temas religiosos de siempre adaptados a los tiempos actuales. Una Anunciación mostraba a una chica con un camisón con dibujos de renos arrodillada junto a su cama mientras un ángel musculoso salía del televisor. Había una Última Cena en una cafetería. Saúl camino a Damasco era un hombre caminando entre coches con una mochila a la espalda mientras una luz temblorosa caía sobre su cabeza como si fuera una cascada. Egloff no tardó en volver.

—Resultan sorprendentes —comentó Lassiter señalando las pinturas.

—Gracias. Las ha pintado mi mujer —dijo Egloff mientras se sentaba—. Volviendo a su señor Grimaldi... La verdad es que cuando vi la casa por primera vez me llevé una mala impresión de él. Estaba decorada con todo tipo de objetos dorados y los muebles eran de cuero. ¡Cuero negro! ¿Se imagina? ¡En un chalet como éste! Pero, después, cuando lo conocí personalmente..., me sorprendió muy gratamente. Vestía con modestia y se mostraba reservado; un auténtico caballero.

—¿Y... consiguió la casa a un buen precio?

Egloff vaciló un instante antes de contestar.

—Sí. La compré a un precio justo.

—¿Le dijo Grimaldi por qué quería vender la casa?

Egloff se encogió de hombros.

—Me dio la impresión de que estaba atravesando ciertas dificultades económicas.

—¿De verdad? —preguntó Lassiter—. Pues a mí me han dicho que donó todo su dinero a obras de beneficencia.

—¿Sí? ¿Y quién le ha dicho eso?

—Su hermana.

—Ya veo —dijo Egloff, que por primera vez parecía incómodo.

—Puede que su organización... Ha dicho que era una organización humanitaria, ¿verdad?

De repente, Egloff dio una palmada y se levantó con una sonrisa pesarosa.

—Bueno, aunque su compañía resulte de lo más interesante, me temo que... tengo que volver al trabajo. —Cogió a Lassiter del brazo, lo acompañó hasta la puerta de entrada y le dio la mano.

—Tal vez... —añadió—. Si me deja una tarjeta... Quién sabe, puede que recuerde algo que le pueda resultar de utilidad.

—Muy bien —contestó Lassiter y sacó una tarjeta del bolsillo interior de la chaqueta.

Egloff observó la tarjeta.

—¿Y mientras permanezca en Suiza, señor Lassiter?

—Estaré en el Beau Rivage de Ginebra.

—Muy bien. ¿Y después?

—Después volveré a Washington —repuso Lassiter. Y mientras lo decía se dio cuenta de que estaba mintiendo.

Egloff abrió la puerta y se dieron la mano por segunda vez. Lassiter salió a la calle y se levantó el cuello del abrigo para protegerse del frío.

Egloff le despidió con la mano y dijo:

—*Ciao!*

Y después cerró la puerta, dejando a Lassiter solo en los escalones de la entrada. Lassiter permaneció allí unos instantes, mirando la placa de bronce, memorizando los extraños nombres. *Salve Caelo. Services des Catholiques Nord. Gemeinde Pius VI.* Al darse la vuelta para marcharse, la mirilla de la puerta pareció parpadear, como si fuera la membrana nictitante del ojo de un halcón, o de un búho.

Pero Lassiter sabía que eso era sólo su imaginación. La puerta no era más que una puerta y, si había alguna rapaz vigilándolo, ése era Egloff.

De hecho, Lassiter tenía planeado viajar a Ginebra esa misma noche. Incluso había comprado el billete para el tren a Ginebra que salía de Chur.

Mientras esperaba en el frío andén de Chur, comprobando la tabla de horarios, estuvo observando uno de esos magníficos mapas de los ferrocarriles suizos. Y cambió de idea. No tenía ninguna prisa por llegar a Ginebra y, además, tenía cosas que hacer allí mismo, en Chur. Encontró una habitación para pasar la noche en un hotelito que había justo enfrente de la estación.

La entrevista con Egloff había resultado desconcertante. Por un lado estaba todo aquello del «imperialismo islámico», pero, además, estaba el hecho de que Egloff no le hubiera hecho ni una sola pregunta sobre el asesinato de su hermana. Y eso resultaba sorprendente; la gente siempre sentía curiosidad cuando había un asesinato de por medio. En cambio, sí se había interesado por sus planes de viaje y por el hotel en el que se iba a alojar en Ginebra.

Pero había algo más, pensó Lassiter, mirando la estación de tren desde la habitación de su hotel. Su encuentro con Egloff había estado plagado de coincidencias, y las coincidencias lo ponían nervioso.

Egloff estaba involucrado en una organización humanitaria de carácter religioso; igual que Grimaldi, aunque sólo fuera como benefactor. Una de las organizaciones de Egloff había estado involucrada activamente en los Balcanes; igual que Grimaldi, según se deducía de su pasaporte. Aunque también podrían ser sólo eso: coincidencias. Mucha gente donaba dinero a obras de caridad y había muchas organizaciones humanitarias en Bosnia. Que Egloff y Grimaldi tuvieran tanto en común no era algo tan extraño. Lo que sí resultaba raro, pensó Lassiter, era la discrepancia sobre la venta de la casa. ¿Había vendido la casa Grimaldi, como mantenía Egloff, o la había regalado, como decía Angela? Diciéndolo de otra manera: ¿le había mentido Egloff? La respuesta le estaba esperando en Chur, la capital del cantón al que pertenecía Zouz.

Por la mañana le preguntó al conserje dónde estaba el Handelsregister, la oficina del registro de la propiedad. Resultó que sólo estaba a un par de manzanas. Una vez dentro, Lassiter le explicó al hombre que lo atendió que estaba interesado en una propiedad de Zuoz. El hombre asintió, fue a otra habitación y volvió un minuto después con un inmenso libro encuadernado en cuero. En él, Lassiter encontró un listado cronológico de cada transacción que había tenido lugar en Zuoz desde 1917. La lista estaba manuscrita en una docena de letras distintas, todas ellas en tinta azul. Pasó las páginas, una a una, hasta que encontró la anotación que buscaba.

La casa había sido vendida a Salve Caelo en 1991 por un importe de un franco suizo, algo menos de un dólar. Inmediatamente debajo del registro de la transacción aparecían las firmas de Franco Grimaldi (Ital.) y Gunther Egloff. Con el libro delante, de pie en el Handelrregister, Lassiter siguió el trazo de la firma de Grimaldi con el dedo índice mientras se preguntaba por qué le habría mentido Egloff.

Después de pasar por un paisaje de postal tras otro, el tren se detuvo finalmente en la estación de Ginebra con gran estrépito de los frenos. Lassiter aprovechó la media hora que le sobraba para encontrar un hotel; cualquier hotel menos el Beau Rivage. Después fue andando hasta La Perle, donde encontró a Max sentado solo a una mesa con vistas al lago.

Max tenía la mala suerte de parecerse a uno de esos pequeños duendecillos de juguete que Kathy coleccionaba de niña. Tenía los mismos hoyuelos, las mismas grandes mejillas, el mismo cuerpo rechoncho y hasta el pelo algodonoso de color naranja que tenían los muñecos. Parecía un elfo, o uno de los ayudantes de Papá Noel. Con una gran sonrisa, Max se levantó como un resorte y cogió la mano de Lassiter entre las suyas. Cuando se sentaron, Lassiter no pudo evitar preguntarse si los pies le llegarían al suelo; probablemente no.

Max tenía un apetito enorme para ser un hombre tan pequeño y apenas tardó unos minutos en dar buena cuenta de un plato doble de *carpaccio*.

—Según mi médico, tengo el metabolismo de un colibrí —dijo Max.

—¿Pasas mucho tiempo revoloteando por el aire?

Max masticó y guiñó un ojo.

—Eso es exactamente lo que hago: revolotear. —Se rió, divertido consigo mismo—. Vivimos buenos tiempos para los negocios. Cada vez hay más empresas. Debería haber más trabajo, pero no. Lo que hay son cajeros automáticos en sitios donde hace dos años no había ni un jodido teléfono. Hay cajeros automáticos hasta en las islas Célebes. ¡Hasta en Phnom Penh! ¡Si hace dos años ni siquiera tenían un banco! Antes, los bancos cobraban por las operaciones realizadas en cajeros automáticos. ¡Ahora quieren cobrar extra por hacer negocios con un ser humano! Pronto todos los cajeros se quedarán sin trabajo. ¡Yo mismo me quedaré sin trabajo! Y, entonces, me pregunto quién tendrá dinero para hacer ingresos en los bancos. Así que los bancos también se quedarán sin trabajo. Y eso sería el fin de la civilización. Créeme, Joe, no son los mansos los que están heredando el mundo. ¡Son los jodidos cajeros automáticos! ¿Se te ocurre algo más trágico que eso?

El camarero retiró los platos. Mientras flambeaba con gran pompa el *steak diane* de Max, éste escarbó en busca de algo en su maletín. Por fin, sacó un sobre y lo deslizó sobre la mesa. Era de color rojo chillón y tenía algo escrito en letras blancas en el centro imitando la cruz de la bandera suiza. Las letras decían:

Seguridad
DISCRECIÓN
y confidencialidad con
su cuenta
suiza

Al otro lado de la mesa, la ironía del mensaje hizo que Max se sonrojara.

Los movimientos de la cuenta estaban impresos en una hoja de papel de ordenador a la vieja usanza. Lassiter los estudió en la habitación de su hotel. La hoja estaba salpicada de asteriscos escritos a mano acompañados de comentarios de Max.

Grimaldi había abierto la cuenta hacía doce años. Al principio, los movimientos eran relativamente escasos y de poca relevancia. Observando los apuntes, Lassiter pudo adivinar cuándo se había comprado Grimaldi los apartamentos de Roma, la casa de Zouz y los dos coches. Sin embargo, en la primavera de 1991 el patrón cambiaba. En el mes de abril, había una serie de transferencias procedentes de la cuenta de Grimaldi en el Banco di Lazio de Roma. Uno de los asteriscos de Max comentaba que estos apuntes reflejaban transacciones inmobiliarias; sin duda procedían de la venta de los apartamentos de Grimaldi. En ese momento, el saldo de Grimaldi ascendía a casi dos millones de francos suizos. Dos días después, no obstante, una serie de cheques redujeron el saldo a exactamente mil francos suizos. Tres de los cheques eran por importes relativamente pequeños: 10 000 francos suizos para ayudar a la restauración de la capilla Cecilia, 5 000 francos suizos donados al Congreso Nacional Africano y 5 000 francos suizos donados a un fondo educativo del País Vasco.

El cuarto cheque, a nombre de Umbra Domini, S. A. (Napoli), era por el saldo restante: 1 842 300 francos suizos.

Lassiter se quedó mirando fijamente la hoja impresa, intentando sacarle algún sentido. Dos de los cheques de menor importe parecían relacionados con sus sangrientas actividades del pasado; gestos hacia el Congreso Nacional Africano y el movimiento vasco de liberación nacional, a cuyos líderes había cazado Grimaldi en el pasado. La donación a la capilla Cecilia probablemente fuera... simplemente eso: una donación. Y, después, el pez gordo: un cheque por casi dos millones de dólares.

Lassiter frunció el ceño. Sus conocimientos de latín se limitaban a un solo año de clases soporíferas en el colegio de Saint Alban's. Aun así, sabía lo que significaba *Umbra Domini*. Sombra. Señor. «La sombra del Señor.» Y recordaba dónde había visto antes ese nombre: en el librillo que había en la habitación que tenía alquilada Grimaldi en la via Genova.

CAPÍTULO 18

Lassiter se levantó, se estiró y se acercó a la ventana para ver el lago Leman. La niebla formaba aureolas alrededor de las farolas. A lo lejos, un barco se deslizaba sobre el agua, avanzando casi imperceptiblemente. Una sirena sonó roncamente en la orilla francesa del lago, y Lassiter se maravilló ante la belleza de la escena. Aunque, realmente, no sentía la belleza en su interior.

Lo que le parecía realmente emocionante era la hoja de ordenador con los movimientos de la cuenta de Grimaldi. Seguirle el rastro al dinero casi siempre resultaba gratificante y Lassiter estaba acostumbrado a exprimirle todos sus secretos a los números.

Volvió a concentrarse en la hoja. Observó que en 1992 y 1993 Grimaldi había tenido unos ingresos de unos mil dólares mensuales procedentes de Salve Caelo, la «organización humanitaria» de Egloff. Los ingresos habían durado aproximadamente un año. Luego habían dejado de llegar. A finales de 1993, la cuenta volvió a tener un saldo de exactamente mil francos suizos. Al lado había una anotación de Max: «Mínimo de mantenimiento exigido por el banco.»

Después, no había ningún movimiento hasta el 4 de agosto de 1995; la fecha del justificante de la transferencia que se le había caído del pasaporte en Chicago. Lassiter vio que los cincuenta mil dólares procedían de una cuenta de la sucursal de Nápoles del Banco di Parma. De nuevo, había un asterisco y la cuidadosa letra de Max: «¡Cuenta de Umbra Domini!»

Una semana después, el 11 de agosto, Grimaldi retiró todo el dinero en efectivo.

Así que el dinero que Lassiter había encontrado en Chicago, los veinte o treinta mil dólares en billetes de distintas monedas que había escondidos en el fondo de la bolsa de viaje de Grimaldi, debían de ser lo que quedaba del dinero de Umbra Domini. Pensó en ello durante unos minutos. Todo parecía indicar que Grimaldi había sido contratado para hacer un trabajo. Pero ¿qué trabajo?

¿Y a qué correspondían los pagos de 1992 y 1993? Lassiter miró las páginas del pasaporte, confirmando lo que creía recordar: los pagos mensuales coincidían con la época en la que Grimaldi había viajado a Serbia, Croacia y Bosnia. Todo parecía indicar que había estado trabajando para Salve Caelo, pero ¿haciendo qué? El carácter de Grimaldi no era precisamente humanitario, aunque, pensándolo bien, tampoco podía decirse que la visión que Egloff tenía de la zona fuera precisamente compasiva. ¿Cómo lo había llamado? Un «tumor político».

Cogió el teléfono y marcó el número de Bepi en Roma sin apartar la mirada de los anillos de luz que surcaban las aguas del lago. El teléfono sonó y sonó. Cuando estaba a punto de colgar, oyó un golpe distante, el sonido de una mano buscando torpemente el auricular y la palabra:

—*Pronto?*

Risitas de mujer al fondo.

—¿Bepi? Soy Joe Lassiter.

—¡Joe! —Se aclaró la garganta—. ¿Cómo está?

Lassiter se disculpó por la hora, pero necesitaba algo urgentemente. Necesitaba saber todo lo que pudiera averiguar sobre Umbra Domini y sobre una organización religiosa de carácter humanitario que se llamaba Salve Caelo.

—Vale.

—Pero con discreción. No quiero que haga ruido.

—Sí, sí. Seré discreto —contestó Bepi.

—Bien. ¿Puede ponerse a trabajar inmediatamente?

—¿Necesita un informe escrito?

—No.

—Llamaré a Gianni. ¡No hay nada que él no sepa sobre asuntos religiosos! No se preocupe, él le podrá decir todo lo que quiera saber.

—Vale. Volveré a Roma mañana. Podemos quedar a comer.

—Eso está hecho.

Quedó con Bepi en la terraza de un café de la via Veneto, bastante cerca de la Embajada de Estados Unidos. Aunque hacía fresco, se estaba bien en las mesas de la terraza, que estaban calentadas por estufas con forma de lámpara. Cuando llegó Lassiter, Bepi le presentó a Gianni Massina, un periodista que cubría las noticias religiosas para la revista *Attenzione*.

Al darle la mano, Lassiter se sorprendió de su parecido con Johny Carson. Pero en vez de los gestos contenidos del presentador norteamericano, se encontró con un lenguaje corporal expansivo. El periodista italiano se rió cuando Lassiter le comentó su parecido con su colega norteamericano.

—Ah, sí —dijo Massina—, el otro Gianni. Me lo han dicho muchas, muchas veces. Ojalá tuviera también su fortuna.

—A todos nos gustaría.

—Aunque parece ser que ha disminuido por su obsesión por casarse. —Massina movió la cabeza con pesar—. El problema de Estados Unidos es que nunca han llegado a dominar el arte del amor —añadió con un suspiro—. No me refiero a usted personalmente, claro. No sé... Lo que quiero decir es que acabamos de conocernos. Pero ¡América! Tiene que ser la herencia cultural puritana. Ustedes tienen leyes y divorcios. Nosotros tenemos pecados y aventuras. —Massina se rió de su propio comentario. De repente adoptó un gesto serio—. Lo siento. Aquí estoy, bromeando, cuando usted desea hablar de un asunto serio.

Se acercó un camarero y pidieron tres cafés.

—Bueno —dijo Massina—, mi amigo dice que usted está interesado en Umbra Domini.

—Así es.

Massina se inclinó hacia él.

—Entonces, debería tener cuidado. —Massina frunció el ceño mientras decidía cómo empezar—. Son unos de esos nuevos grupos de fanáticos religiosos. Es algo similar a lo que tienen en América. Como Pat Robertson. Dicen que la única fe que importa es la antigua fe. Pero, claro, en América estos grupos casi siempre son protestantes, así que fundan nuevas iglesias. Aquí permanecen dentro de la Iglesia católica y forman... ¿Cómo se dice? —Por fin encontró las palabras—. Asociaciones religiosas.

—¿Quiere decir órdenes? ¿Como los dominicos?

—No. Es distinto. En las asociaciones como Umbra Domini los sacerdotes sólo son una pequeña parte. Estas asociaciones son más... Cómo lo diría. —Massina y Bepi comentaron algo en italiano—. ¡Como Hamás! —dijo Massina volviendo a mirarlo—. ¡Eso es! Debería pensar en Umbra Domini como una fuerza reaccionaria, ¡sólo que católica! Son muy estrictos. Están muy motivados. Pero, claro, estamos hablando de religión, no de política.

—¿Y en qué creen exactamente?

—En las viejas maneras. En el culto tridentino.

—La misa en latín —explicó Bepi.

—En la que el sacerdote está de espaldas a los fieles —añadió Massina—. Desde el Concilio Vaticano segundo, el sacerdote se dirige a los fieles de frente y en su idioma vernacular.

—¿Y eso tiene mucha importancia? —preguntó Lassiter.

—Para ellos es cuestión de vida o muerte —respondió Massina.

—Para ser más exactos —intervino Bepi—, es cuestión de la vida después de la muerte. —Massina aceptó la aclaración con un carcajada.

—Pero ¿en contra de qué están exactamente? —inquirió Lassiter.

Los dos italianos contestaron al unísono.

—Del Concilio Vaticano segundo.

Lassiter se acabó el café de un trago y se inclinó hacia adelante.

—Aunque pueda parecer una pregunta tonta, ¿qué es exactamente el Concilio Vaticano segundo? Es como la teoría de la relatividad; todo el mundo ha oído hablar del tema, pero nadie sabe exactamente lo que es.

—Fue un momento crucial en la historia de la Iglesia —explicó Bepi.

—Una bomba de relojería —lo corrigió Massina—. Estuvo a punto de romper la Iglesia en mil pedazos. Bueno, me estoy poniendo melodramático. Realmente fue un concilio, una congregación de los líderes católicos de todo el mundo para modernizar la Iglesia; algunos dirían que para liberalizarla. Los tradicionalistas se opusieron a muchas de las reformas, así que formaron sus propias asociaciones: grupos como Umbra Domini o la Legión de Cristo. Luego, en Francia, surgió el cardenal Lefebvre.

Bepi miró a Lassiter.

—Parece usted confuso —comentó.

—Tal vez haya que ser católico para entender todo esto.

—Es posible —admitió Massina—. Pero no tiene por qué serlo. Algunas de esas personas son... inestables. Dicen que el papa es el anticristo. Dicen que el diablo está sentado en el trono de san Pedro. A la misa vernacular la llaman misa negra.

Lassiter sonrió.

—Y lo creen de verdad. Y, cuando se piensa así, cualquier cosa es posible —añadió Massina.

—¿Y Umbra Domini en concreto?

—Umbra Domini es la peor asociación de todas. Al principio hicieron mucho ruido y todos pensamos que habría un cisma, que Roma los excomulgaría. Pero no fue así. Hubo conversaciones con el Vaticano y al final llegaron a una especie de acuerdo. Ahora, ellos dicen la misa en latín, con los hombres separados de las mujeres; hasta tienen sus propios colegios.

—El Vaticano no quiere que se produzca un cisma —acotó Bepi.

—Y a ellos les conviene mantenerse dentro de la Iglesia. Aun así, la prensa los llama «la Hezbolá católica».

Bepi se rió abiertamente.

—¿La prensa? —preguntó.

Massina hizo una mueca y sonrió.

—¡Está bien! ¡Yo los llamo así! ¿Qué más da? ¿Soy o no soy periodista? ¿Y qué son ellos? Hezbolá significa «partido de

Dios». ¿Y qué es Umbra Domini? Son lo mismo: un grupo religioso radical con objetivos políticos. Así que yo los llamo la Hezbolá católica. ¡Mire esto! —Massina buscó en su cartera de colegial y sacó un librillo—. ¡Mire! Lo he traído para enseñárselo. *¡Crociata Decima!*

Lassiter observó el librillo. Era el mismo que había visto en la habitación que tenía Grimaldi en la via Genova.

—Umbra Domini distribuyó miles de librillos como éste hace cuatro o cinco años —explicó Massina—. Es un reclutamiento para la Décima Cruzada.

—¿Qué Cruzada es ésa?

—La primera que ha habido en quinientos años —repuso Massina señalando el librillo—. Contra el islam, por supuesto. Dicen que Bosnia es «la punta de lanza del islam». Así que hacen un llamamiento a las armas. Y aquí es donde entra su otro grupo, Salve Caelo. Están dirigidos por Umbra Domini.

—¿La organización humanitaria? —inquirió Lassiter.

Massina rechazó la descripción con una mueca.

—Lo que hacen no es precisamente humanitario. Dirigían un «campo de refugiados» cerca de Bihac. Sólo que todo era un gran chiste. Es como decir que Auschwitz era un «campo de refugiados». Era un campo de concentración y un campo de entrenamiento para fuerzas de combate que luchaban contra los musulmanes. ¿Capta la ironía? ¡Ellos mismos creaban los refugiados y después los encerraban en sus campos! Primero lo hicieron para los serbios y después para los croatas. Eso sí, siempre contra los musulmanes.

—Entonces, ya sabemos lo que hacía Grimaldi en Bosnia —concluyó Lassiter—. Obras de caridad. —Ahora también entendía la conexión entre Egloff y Grimaldi.

—Ellos lo llaman catolicismo activo —apuntó Bepi.

—Esto es importante —continuó Massina dándole unos golpecitos al librillo, porque el Concilio Vaticano segundo declaró explícitamente que todas las religiones «permanecen en la luz de Dios». Usted no es católico, así que no lo puede entender, pero... antes del Concilio Vaticano segundo, entrar en una iglesia o un templo de otra religión era un pecado mortal. Así que la idea de que los musulmanes, los protestantes, quien sea, puedan «permanecer en la luz de Dios», la idea de que puedan compartir la gracia de Dios... Bueno, eso es un cambio radical para una religión que hace no demasiado tiempo quemaba a los herejes.

Lassiter asintió.

—¿Y qué más hace Umbra Domini?

—Publican. Publican libros, folletos, vídeos, cintas...; de todo. Sobre control de natalidad, sobre los masones, sobre el aborto, sobre la homosexualidad; dicen que se debería marcar a fuego a los homosexuales.

—Que habría que tatuarlos —lo corrigió Bepi.

Lassiter pensó en todo lo que había oído.

—¿De cuánta gente estamos hablando?

Massina se encogió de hombros.

—De unas cincuenta mil personas. Quién sabe, tal vez más. Hay muchos en Italia, en España, en Argentina. También en Estados Unidos. Hasta en Japón. Azules y blancos.

Lassiter parecía confuso.

—Son dos grupos distintos dentro de Umbra Domini —le explicó Massina—. Los blancos son muy estrictos. Asisten a misa y dan limosnas todos los días. Las mujeres se cubren el pelo y se tapan el cuerpo. ¡Pero los azules son todavía peores! Los azules abandonan el mundo.

—¿Qué quiere decir?

—Son como monjes. Sólo los hombres pueden ser azules. Hacen votos de pobreza, de castidad...

—Yo, personalmente, no soy religioso —comentó Bepi.

—Y se flagelan —continuó Massina.

—¿Con látigos?

—Es una vieja tradición, y ellos son tradicionalistas —repuso Massina.

—Cuéntale lo del paseo —dijo Bepi.

—¿Qué paseo? —preguntó Lassiter.

—Es el mismo tipo de cosa —contestó Massina—. Otro tipo de penitencia. Los domingos, los azules van a comulgar de rodillas. Tienen que andar cierta distancia así, arrodillados, como Cristo en el Calvario. Por lo visto es muy doloroso. Van de rodillas por las piedras de la plaza, por los escalones de granito...

Lassiter desvió la mirada y oyó la voz de Riordan.

—«Baldosas» —dijo en voz alta.

—¿Qué? —inquirió Bepi.

—Uno de los policías me dijo que Grimaldi debía de ganarse la vida colocando baldosas; no podía explicarse por qué si no tenía tantos callos en las rodillas.

—Bueno, si es un azul...

—¿Quién dirige todo esto? ¿Un obispo?

Massina se inclinó hacia Lassiter y sonrió.

—Usted no es un hombre religioso, ¿verdad?

—No.

—Ya me lo imaginaba. La cabeza de la asociación es lo que se suele llamar un «simple sacerdote» —explicó Massina—. Se llama Della Torre.

—¡Y una mierda, un simple sacerdote! —exclamó Bepi con una carcajada—. Eso es como decir que...

—Estaba a punto de decir que es un hombre bastante carismático —lo interrumpió Massina.

—Como decir que los Beatles son un simple grupo de música.

—Como acabo de decir —continuó Massina—, es un hombre bastante carismático. Y muy joven. Todavía no ha cumplido los cuarenta años. Dominico, por supuesto. Como el fundador de Umbra Domini.

—¿Por qué por supuesto?

—Bueno, los dominicos son los grandes defensores de la ortodoxia. Los frailes negros. La inquisición fue cosa suya. En cualquier caso, este Della Torre es un orador irresistible. Cada vez que dice misa la iglesia se llena hasta rebosar. La multitud llega a amontonarse en la calle. Él avanza entre los feligreses y ellos le besan las faldas de la sotana. Realmente, es un espectáculo digno de verse.

—¿Dónde es eso?

—En Nápoles. Iglesia de San Eufemio. Es un sitio minúsculo, antiquísimo. Creo que del siglo siete. Es como un teatro. Se han gastado una fortuna en iluminación. Por lo visto, contrataron a un profesional de Londres que se encarga de la iluminación en conciertos de rock. Sea como sea, el resultado es... gótico. Cuando Della Torre sube al púlpito, surgiendo de la oscuridad, un efecto de iluminación hace que parezca que la luz sale de dentro de él. Habla pausadamente, con pasión, de una forma que cautiva a la gente. Realmente, hace que deseen ser salvados.

—¿Así que ha estado allí? —preguntó Lassiter.

—Sí, estuve una vez. Si quiere que le diga la verdad, me asustó. Estuve a esto de besarle la mano —confesó pellizcando una brizna de aire entre los dedos.

—¿Cree que me recibiría?

Massina pareció dudar.

—Puede que sí. Si fuera en calidad de periodista... Al fin y al cabo, Della Torre está en el mundo para difundir la palabra de Dios.

—Entonces, digamos que si yo estuviera escribiendo un artículo sobre...

Bepi levantó la mano y dijo con tono pomposo:

—«Las nuevas direcciones en el catolicismo.»

—Quién sabe. Puede que funcionara —dijo Massina.

—¿Habla inglés?

—Habla de todo. Ha estudiado en Heidelberg, en Tokio y en Boston. Está muy bien educado para ser un «simple sacerdote».

Bepi se inclinó hacia adelante.

—¿Crees que puede resultar peligroso para Joe?

Massina se rió.

—No, no lo creo. A pesar de todo, es un sacerdote. Pero tenga cuidado —añadió volviéndose hacia Lassiter—. Quizás intente convertirlo a su causa.

Nápoles. Lassiter le pidió al taxista que lo dejara a un par de manzanas de la dirección de Umbra Domini y caminó el resto del trayecto, despacio.

Ahora que estaba allí, el pretexto ya no le parecía tan bueno. Aunque se había hecho hacer unas tarjetas de visita que lo identificaban como John C. Delaney, un productor de Washington que trabajaba para la CNN, existía al menos una remota posibilidad de que Della Torre supiera quién era realmente. Después de todo, había aporreado las puertas de los apartamentos de Grimaldi en Roma, había estado con su hermana y se lo había contado prácticamente todo a Gunther Egloff. Aunque era posible que el suizo se hubiera olvidado de él en cuanto salió de su casa, Lassiter realmente no creía que fuera así. Al fin y al cabo, Egloff le había pedido su tarjeta y le había preguntado en qué hotel se hospedaba y adónde se dirigía, algo sobre lo que Lassiter había mentido. Y, después, al marcharse, Egloff lo había estado espiando a través de la mirilla de la puerta.

Era lógico que así fuera, porque existía una cadena de eslabones que conectaba a Grimaldi con Umbra Domini. La misma cadena que unía a Umbra Domini con Salve Caelo, a Salve Caelo con Egloff y a Grimaldi con Egloff.

«Esto puede resultar de lo más embarazoso —se dijo Lassiter a sí mismo— o algo peor todavía.»

Estaba delante de un viejo palacete neoclásico cuyas inmensas puertas de madera se abrían a un pequeño patio interior. En el centro del patio, una fuente borboteaba alimentada por un grupo de gárgolas babeantes.

El interior era tan moderno como antiguo el exterior. El aire estaba iluminado con luces fluorescentes y zumbaba con máquinas de fax, teléfonos móviles y ordenadores. Una mujer bilingüe con un vestido de manga larga miró su tarjeta sin cogerla y lo condujo a la oficina donde se encargaban de las relaciones con la prensa.

Lassiter estuvo sentado diez minutos, rodeado de libros y folletos con el logotipo de Umbra: un círculo ovalado de tono dorado sobre un fondo púrpura, un trazo ascendente que sugería una ladera, una cruz en lo alto de la ladera y una larga sombra con las palabras UMBRA DOMINI en brillantes letras doradas. Los folletos estaban escritos en varios idiomas, incluido el inglés; pero, antes de que Lassiter tuviera tiempo de mirarlos con más detenimiento, un hombre joven con el pelo engominado le dijo que lo acompañara a su despacho.

—Dante Villa —dijo extendiendo la mano.

—Jack Delaney. De la CNN.

—¿Tiene una tarjeta?

—Por supuesto —contestó Lassiter. Después sacó una del bolsillo interior de la chaqueta y se la ofreció.

—¿Y en qué puedo ayudarlo, señor Delaney?

—Bueno... Estamos pensando en hacer un reportaje sobre las nuevas tendencias en el catolicismo.

El joven arqueó las cejas y se acarició el pelo.

—Qué interesante.

—Desde luego. Y, por lo que nos han dicho, Umbra Domini es una de las asociaciones católicas con mayor número de seguidores. Así que he pensado que podría resultar interesante incluir su asociación en nuestro reportaje. Depende...

—¿Sí? ¿De qué?

—Bueno, ya sabe cómo es esto de la televisión. Nunca se sabe cómo se puede comportar alguien delante de una cámara. Ésa es la razón por la que estoy aquí. Me han dicho que el padre Della Torre es exactamente lo que buscamos. Así que... esperaba tener la oportunidad de entrevistarme con él para poder hacerme una idea de cómo suena su voz, de cómo saldría en vídeo... No llevaría mucho tiempo. Además, así podría explicarle cómo vemos nosotros el reportaje.

El joven frunció el ceño.

—Me han dicho que es un hombre extraordinario —añadió Lassiter con entusiasmo.

Sin dejar de fruncir el ceño en ningún momento, Dante Villa le preguntó cuánto tiempo iba a estar en Nápoles.

Lassiter hizo una mueca.

—Ya sé que debería haber concertado una cita con antelación..., pero me ha resultado imposible. Estábamos trabajando en un reportaje que no tenía nada que ver y pensé, ¡qué demonios! ¡Perdone! Lo que quiero decir es que estaba en Roma... y pensé que no perdía nada por venir a intentarlo.

—Ya veo. —Dante Villa emitió un pequeño sonido con el paladar—. Por supuesto, como ya se imaginará, el padre Della Torre está extremadamente ocupado. Aunque, por otra parte, estoy seguro de que estaría encantado de poder ayudarlo... Realmente ve un gran futuro para la asociación al... otro lado del charco —dijo sonriendo realmente por primera vez.

—Ah.

—Sí. Tenemos varias comunidades en Estados Unidos.

—¿De verdad? —Lassiter sacó un cuadernillo.

—Y me complace decirle que están teniendo una gran acogida. Si quiere, puedo darle más información.

—¿Dónde están?

—Donde está la gente. En Nueva York, en Los Ángeles, en Dallas...

—Así que se trata de un fenómeno predominantemente urbano.

—De hecho, así es. Nos organizamos en torno a nuestros colegios. Aunque también tenemos algunos centros de retiro en el campo. Comunidades modestas, como se puede imaginar.

—Y ¿si quisiéramos grabar...?

—Ni siquiera tendrían que salir de Estados Unidos. —El hombre joven se acercó a la agenda giratoria que tenía en el escritorio, hizo girar las fichas y sonrió—. De hecho, no tendría ni que salir de Washington. Podría empezar por el colegio Saint Bartholomew's.

—¿Saint Bart's?

—¿Lo conoce?

—Solía competir contra ellos. Cuando estaba en el colegio. Ellos también corrían en la IAC.

—¿Perdón?

—Es una liga escolar de atletismo.

—Ah...

—No sabía que Saint Bart's fuese...

—¿Uno de nuestros colegios? —Villa se rió—. La mayoría de la gente cree que todos los colegios católicos son iguales. Pero, por supuesto, no es así. —Se volvió a concentrar en la agenda del escritorio—. Maryland está cerca de Washington, ¿verdad?

—Sí —repuso Lassiter—. Justo al lado.

—Bien. Allí tenemos una comunidad de retiro. Y veo que tenemos otra en un sitio llamado Anacostia.

—Es un distrito de Washington.

—¡Perfecto! Entonces le haré una lista.

—Magnífico.

—De hecho, si quiere, puedo darle uno de nuestros informes para la prensa.

—Me encantaría. Y... ¿en cuanto al padre Della Torre?

El hombre joven extendió una mano y le regaló una generosa sonrisa.

—¿Qué le parece si mientras hojea el informe voy a hablar con su secretario? Si no le importa esperar aquí un momento, claro.

Mientras esperaba, Lassiter estuvo mirando un mapa desplegable del mundo. Nápoles estaba en el centro, marcado con el logotipo de Umbra Domini. Desde allí se extendían rayos de sol hacia los distintos países en los que estaba presente la asociación. Tenía comunidades al menos en veinte países: Eslovenia, Canadá, Chile. Estaban presentes literalmente en todo el mundo.

Dante Villa regresó con una gruesa carpeta que tenía el logotipo dorado y púrpura de Umbra Domini y un pequeño adhesivo que identificaba el idioma.

—Aquí encontrará toda la información que pueda necesitar —explicó Dante—. Incluido un artículo del *New York Times* y otro de la publicación católica *Changing Times*.

—Magnífico.

—En cuanto al padre Della Torre... —dijo con una sonrisa

cada vez mayor. Miró la tarjeta falsa que le había dado Lassiter—. Ha tenido usted mucha suerte, señor Delaney.

—Eso me recuerda a mi padre —bromeó Lassiter—. A mí siempre me llaman Jack.

Dante Villa sonrió.

—Bueno, el padre Della Torre tiene una recepción para dar la bienvenida a los nuevos miembros de la orden a las nueve y una reunión de trabajo a las diez. Así que podría verlo hacia las... ¿Le parece bien a las once y media?

—Le agradezco mucho lo que ha hecho.

—Ha preguntado si irá con un fotógrafo.

—No. No...

—No tiene importancia. El informe para la prensa incluye varias fotografías del padre Della Torre. —Dante Villa se apartó un mechón de pelo de la cara y le ofreció la mano a Lassiter.

Tanta amabilidad empezaba a hacer que Lassiter se sintiera culpable.

—¿A qué hora me ha dicho? —preguntó al tiempo que sacaba su agenda, como si tuviera docenas de compromisos.

—A las once y media. Pero no aquí. El padre Della Torre lo recibirá en la iglesia. Lo encontrará en su despacho. Permítame que le dibuje un plano.

CAPÍTULO 19

Lassiter estaba tan cansado que, de no ser por el traqueteo del taxi, probablemente se hubiera quedado dormido durante el camino de vuelta al hotel. Pero no lo hizo. Permaneció sentado en el asiento de detrás, agarrándose como podía mientras el taxi botaba y se sacudía de camino al puerto. El agotamiento que se había apoderado de él se debía en parte a la tensión del fingimiento. Mentir lo agotaba, siempre había sido así. Pero lo que realmente le molestaba era la imposibilidad de estar en dos sitios al mismo tiempo. Grimaldi estaba en Estados Unidos, pero las respuestas estaban en Europa, enterradas en el pasado de Grimaldi y la basura de Umbra Domini.

Además, empezaba a darse cuenta de que, realmente, el objetivo de Grimaldi no había sido Kathy, sino Brandon. Kathy había sido asesinada al defender la vida de su hijo, pero a Brandon le habían cortado el cuello de oreja a oreja, de una forma casi ritual, y, después..., después habían exhumado sus restos y los habían quemado hasta reducirlos a cenizas. Era Brandon, no Kathy.

Y no podía haberlo hecho Grimaldi, que estaba en el hospital.

Había sido otra persona quien había exhumado el cuerpo del niño y había prendido fuego a sus restos mortales. Y eso quería decir, casi con toda seguridad, que Grimaldi formaba parte de una conspiración. Eso prácticamente desechaba la teoría de Riordan, según la cual Grimaldi podía ser un lunático, alguien cuyas acciones resultaban imposibles de explicar porque no eran racionales. La experiencia le decía a Lassiter que los locos no conspiraban entre sí: simplemente actuaban. Y, cuando lo hacían, lo hacían solos.

La simple idea le daba dolor de cabeza. Ver los asesinatos como una conspiración lo cambiaba todo y alejaba todavía más la posibilidad de encontrar una respuesta. ¿Y qué relación podía tener todo aquello con Umbra Domini? Porque lo que estaba claro es que Umbra Domini le había pagado dinero a Grimaldi. Desde luego, le dolía la cabeza.

Lassiter se alojaba en un hotelito delante del puerto de Santa Lucia. Salió a la terraza de su habitación, con el teléfono en una mano y el auricular en la otra, y llamó a Bepi para ver si podía cenar con él al día siguiente. Mientras esperaba a que contestara, el sol se escondió detrás del Mediterráneo, como una mujer metiéndose en su bañera, rompiendo la superficie del agua con suavidad, muy lentamente, hasta desaparecer finalmente debajo de ella.

Bepi no contestaba. Lassiter marcó el teléfono de su busca y dio el número de teléfono del hotel de Nápoles para que Bepi lo llamara. Ya no podía hacer nada más. Y entonces se acordó del informe de prensa.

El informe incluía una cuidada presentación de lo que parecía ser una asociación transparente y benévola, una especie de club para el alma. Lassiter leyó la lista de asociaciones hermanadas con Umbra Domini, entre las que estaba Salve Caelo. Pero el informe evitaba cualquier posible controversia y no había ninguna alusión al carácter extremista de la asociación.

Al contrario, se concentraba en las buenas obras y en el número cada vez mayor de miembros de la asociación. Estaba lleno de fotos de niños con grandes ojos jugando o escuchando atentamente sentados en las aulas de los colegios parroquiales patrocinados por Umbra Domini. Fotos de jóvenes recogiendo basura en un parque, ayudando a ancianos o ejerciendo de monaguillos. Fotos del antes y el después de iglesias restauradas, que competían por el espacio con imágenes de misioneros en la selva. Y, finalmente, una foto de un grupo de sonrientes musulmanes trabajando en una huerta en el «campo de refugiados» de Salve Caelo en Bosnia.

El responsable de tantas buenas obras estaba retratado en varias fotografías a todo color. Y, si las fotos hacían justicia, pensó Lassiter, Silvio della Torre podría trabajar en Hollywood. Era el sueño de cualquier mujer: un hombre con rasgos aniñados, pómulos altos, ojos de un sorprendente e intenso color azul y una amplia sonrisa irónica debajo de un halo de rizos negros como el azabache.

Además, el informe incluía un puñado de artículos periodísticos sobre las buenas obras de la asociación y varios perfiles en los que se elogiaba la personalidad de Della Torre. Los perfiles periodísticos hacían hincapié en los logros del sacerdote en las artes marciales y en la facilidad que tenía para los idiomas; hablaba seis o nueve idiomas, dependiendo del artículo. Como decía uno de los artículos: «El padre Della Torre puede competir con los mejores. Así que, ¡no bajes la guardia, Van Damme!»

El informe finalizaba con unas «directrices misionales» de un carácter sorprendentemente moderado. No se decía nada de las flagelaciones rituales ni del «imperialismo islámico» ni de los homosexuales. Al contrario, las directrices hacían hincapié en la importancia de los «valores familiares», la «cultura del cristianismo» y los «pilares básicos del catolicismo».

En suma, el informe de prensa resultaba soporífero, y Lassiter sucumbió ante sus efectos en la misma silla en la que estaba leyendo.

Cuando se despertó se sentía mejor, aunque su humor empeoró cuando paró a tomarse un café con leche en la cafetería que había al lado de la recepción del hotel. Un pequeño altavoz zumbaba con el ritmo irritante e implacablemente alegre del pop europeo. No entendía cómo podía gustarle a nadie esa música. Por lo menos, el café era muy bueno.

La iglesia de San Eufemio era muy pequeña. Los movimientos de tierra habían inclinado sus cimientos, de tal manera que no quedaba ningún ángulo arquitectónico realmente vertical. Estaba situada entre dos edificios mucho más grandes y modernos, y al ver la estructura inclinada de la iglesia, uno tenía la sensación de que sus dos vecinos estaban intentando deshacerse definitivamente de ella a base de empujones.

Una pequeña entrada conducía a dos enormes puertas arqueadas adornadas con tachones de metal, puertas tan viejas que la erosión había convertido la superficie de madera en una serie de surcos. Había visto las puertas en una fotografía incluida en el informe en la que aparecían abiertas de par en par, con una pareja de novios surgiendo desde la oscuridad del interior; Lassiter creía recordar que databan del siglo VIII. Tocó la madera; parecía piedra.

Pero ahora las puertas no estaban abiertas y no veía ningún timbre ni ninguna aldaba, sólo una gran cerradura a la vieja usanza. Rodeó la iglesia y no tardó en encontrar una puerta lateral. Repasó por última vez sus palabras de presentación: «Jack Delaney... CNN... Nuevas tendencias en el catolicismo.»

Llamó a la puerta y, ante su sorpresa, le abrió Della Torre en persona. El líder de Umbra Domini vestía un jersey negro de cuello vuelto, pantalones negros y mocasines. Lassiter vio que, si eso era posible, Silvio della Torre era todavía más apuesto de lo que parecía en las fotos. Al contrario que los actores que conocía, hombres que de alguna manera parecen más pequeños en carne y hueso, Della Torre era más grande de lo que había imaginado. El sacerdote era igual de alto que él, tenía los hombros anchos y aspecto atlético. No encajaba con la imagen mental que Lassiter tenía de un cura: un hombre de por lo menos sesenta años y el pelo canoso vestido con una sotana.

—Usted debe de ser Jack Delaney —dijo el sacerdote sonriendo—. Dante me dijo que vendría. Por favor, pase. —Hablaba un inglés impecable, sin nada de acento extranjero.

—Gracias.

Atravesaron una segunda puerta y accedieron a un elegante despacho escasamente amueblado. Lassiter se sentó en una silla Barcelona de cuero rojo delante de Della Torre, que a su vez se había acomodado detrás de un viejo escritorio de madera. Al recordar lo que le había comentado Massina sobre la habilidad de Della Torre para iluminarse a sí mismo durante la misa, Lassiter no pudo evitar fijarse en la sofisticada disposición de lámparas que había en el viejo techo de escayola y en la manera en que la luz caía sobre los cincelados rasgos del sacerdote.

—Tengo entendido que está preparando un reportaje para la CNN...

—Estamos estudiando la posibilidad.

—¡Magnífico! A veces tengo la sensación de que los medios de comunicación nos evitan.

Lassiter se rió, tal y como Della Torre esperaba que lo hiciera.

—Seguro que exagera —dijo.

Della Torre se encogió de hombros.

—Quién sabe —repuso inclinándose hacia adelante—. Pero, ahora, eso es lo de menos. Usted está aquí. —Entrelazó los dedos de las manos, apoyó los codos sobre la mesa y descansó la barbilla en el dorso de las manos—. ¿Por dónde quiere empezar?

—Bueno —dijo Lassiter—, lo que quiero es familiarizarme con su asociación y hacerme una idea de cómo saldría usted en la televisión. Si pudiera hablarme un poco de los orígenes de Umbra Domini...

—Por supuesto —contestó Della Torre reclinándose en su silla—. Como sin duda sabrá, somos producto, algunos lo llamarían un subproducto, del Concilio Vaticano segundo. —Durante los siguientes diez minutos, el *capo* de Umbra Domini esquivó los dardos que le lanzaba Lassiter sin perder en ningún momento la sonrisa.

—¿En qué aspectos ha cambiado la organización durante los últimos años?

—Bueno, no es ningún secreto que hemos crecido mucho.

—Si tuviera que elegir aquella cosa de la que se siente más orgulloso, ¿cuál sería?

—Sin duda, la acogida que han tenido nuestras comunidades. Me siento especialmente orgulloso de ello.

—Desde su punto de vista, ¿cuál es el mayor reto al que se enfrenta actualmente la Iglesia?

—Tenemos tantos retos... ¡Vivimos tiempos difíciles! Pero creo que el mayor reto al que nos enfrentamos los católicos es lo que yo suelo llamar «la tentación de la modernidad».

Lassiter asentía ante cada respuesta mientras tomaba notas en su cuaderno. Estaba midiendo a su adversario. Pero Della Torre era impenetrable como el teflón, sólo que aún más resistente. Una mezcla de teflón y acero. Decidió cambiar de táctica.

—Hay quien dice que Umbra Domini tiene ambiciones políticas.

—¿De verdad? —Della Torre captó el cambio y ladeó la cabeza—. ¿Quién dice eso?

Lassiter se encogió de hombros.

—Tengo una carpeta llena de recortes de prensa en el hotel. Algunos son bastante críticos. Por ejemplo, dicen que Umbra Domini está relacionada con grupos de extrema derecha, como el Frente Nacional.

—Eso es ridículo. Es cierto que algunos de nuestros miembros están preocupados por el problema de la inmigración, pero ésa es una cuestión política, no teológica. Somos una asociación abierta. Nuestros miembros no comparten necesariamente las mismas ideas políticas.

—También se acusa a Umbra Domini de acosar a los homosexuales.

—Bueno...

—Incluso hay quien mantiene que son ustedes partidarios de tatuar a los homosexuales.

—¡Bien! Me alegra que lo haya mencionado, porque me brinda la oportunidad de aclarar este asunto. Es cierto que creemos que la homosexualidad es un pecado y, en efecto, nuestra postura al respecto es tajante. En ese sentido, supongo que habrá quien piense que acosamos a los homosexuales —dijo Della Torre—. Pero también es igual de cierto que Umbra Domini tiene una función pedagógica. Somos profesores y, como profesores, a veces nos valemos de hipérboles para ilustrar nuestro punto de vista. Eso es precisamente lo que ha ocurrido. Haya dicho lo que haya dicho cualquier miembro de Umbra Domini, nadie en nuestra organización cree seriamente que se debería tatuarlos. Aunque sí creo que sería razonable que la policía mantuviera un registro de homosexuales.

—Interesante —comentó Lassiter al tiempo que escribía algo en su cuaderno—. Otra cosa que quería preguntarle: en uno de los artículos que obtuve a través de Internet se menciona a una organización humanitaria, Salve... —Lassiter hizo como si intentara recordar el nombre.

—Caelo.

—Exactamente. Salve Caelo. Por lo visto, el trabajo que ha desempeñado en Bosnia... Se dice que...

—Sé lo que se dice. Se dice que dirigíamos un campo de concentración. Y que lo hacíamos bajo la fachada de una misión humanitaria.

—¿Y?

—Conozco bien el problema. Se ha investigado el asunto a fondo y nadie ha podido demostrar nada.

—Pero ¿es verdad?

Della Torre miró hacia el techo, como si estuviera apelando a una autoridad superior. Después miró fijamente a Lassiter.

—Permítame que le haga una pregunta.

—Dígame.

—¿No le parece sorprendente que la fe y la devoción sean objeto de tantos ataques? Esas historias a las que alude son producto de la envidia.

—¿Envidia? ¿A qué se refiere?

Della Torre suspiró. Cuando volvió a hablar, su voz, grave y pasional, llenó toda la habitación. Sus palabras estaban perfectamente moduladas, el timbre de su voz era profundo y sus silencios eran los de un orador magistral.

—Piense en Umbra Domini como en una bella mujer virgen —empezó inclinándose hacia adelante al tiempo que clavaba sus sorprendentes ojos azules en los de Lassiter. Lo que siguió fue un discurso que no se parecía a nada que Lassiter hubiera oído nunca, una apisonadora verbal, una inmensa ola cuyo significado de alguna manera parecía superior a la suma de las palabras. Lassiter se sentía como si estuviera entrando en trance. Era como si estuviera escuchando una melodía. Y, entonces, sucedió: el sol se escondió detrás de una nube, y una extraña luz opaca se apoderó durante un momento de la cara del sacerdote, lo suficiente para que Lassiter pudiera ver la máscara de vanidad de aquel hombre. Estaba en sus ojos. Eran el tipo de ojos que atraían a uno hacia su interior, no realmente azules, sino de una tonalidad marina que parecía robada de las aguas de un arrecife de coral. Eran unos ojos bellísimos, pero no eran reales. Con el extraño ángulo de luz, Lassiter pudo distinguir el brillo demasiado húmedo de unas lentillas. Y no de unas lentillas normales: de unas lentillas de color. Incluso reconoció la tonalidad.

Eran los ojos de Mónica.

Se preguntó si a Della Torre le habría costado tanto elegirlas como a ella, si él también habría dudado entre el azul celeste y el azul zafiro. Eso sí, obviamente habían coincidido en la decisión final. Y probablemente por la misma razón: era un azul muy seductor.

Della Torre sonrió y movió la cabeza. Obviamente, no se había percatado del cambio experimentado en la atención de Lassiter.

—Así que, cuando oigo que alguien ataca a Umbra Domini, cuando escucho rumores, murmuraciones que ponen en duda nuestra buena voluntad, no siento ira: siento tristeza. Siento pena. Las personas que dicen esas cosas, las personas que inventan esas historias, están perdidas en la oscuridad de sus propias almas.

Della Torre acabó su discurso igual que lo había empezado, con los codos sobre la mesa y la barbilla apoyada en el dorso de sus manos entrelazadas.

Lassiter permaneció unos instantes en silencio, hasta que el sol salió de detrás de la nube y la habitación se llenó de luz. Se aclaró la garganta y, sin pensarlo dos veces, dijo:

—¿Y qué hay de Franco Grimaldi?

Della Torre se reclinó en su silla y observó a Lassiter con gesto divertido.

—¿Grimaldi? —repitió.

—Es un miembro de su asociación.

—¿Y?

—La policía lo busca por asesinato.

Della Torre asintió pensativamente.

—Ya veo —dijo.

—En Estados Unidos.

Della Torre se balanceó en su silla.

—Eso es lo que ha venido a preguntarme, ¿verdad? —dijo por fin.

Lassiter asintió.

—Así es.

—Bueno... —comenzó el sacerdote encogiéndose de hombros.

—Quiero saber por qué hizo lo que hizo —lo interrumpió Lassiter.

—Y cree que yo puedo saberlo.

—Así es.

—Ya veo. ¿Y por qué cree eso?

«Ayúdalo un poco», pensó Lassiter.

—Porque le ha pagado una gran suma de dinero.

—¿Yo? ¿Y cuando he hecho tal cosa?

—En agosto.

—Ya veo. —Della Torre hizo girar la silla y permaneció en silencio mirando por la ventana. La intensidad de sus pensamientos le arrugaba la frente—. Cuando dice que yo le pagué...

—Umbra Domini le pagó. Hicieron una transferencia a su cuenta del Crédit Suisse.

Della Torre volvió a mirar hacia la ventana. Por fin, hizo girar la silla hacia Lassiter.

—Comprobaré lo que dice —repuso—. Usted no es periodista, ¿verdad? —preguntó a continuación, casi con ternura.

—No.

—Y las personas a las que mató este hombre, ¿eran muy queridas por usted?

—Sí, muy queridas. —Mientras contestaba, Lassiter se sorprendió de que Della Torre hubiera empleado el plural. ¿Cómo sabía que Grimaldi había matado a más de una persona?

Della Torre permaneció en silencio unos segundos. Después dijo:

—¿Sabe, Joe...? —Volvió a guardar silencio, para que Lassiter pudiera asimilar el hecho de que la fachada de Jack Delaney había quedado al descubierto—. ¿Sabe? —repitió Della Torre—, ya no hay nada que pueda hacer para recuperarlos.

—Lo sé —contestó Lassiter—, pero...

—Hablemos claro. Sé que ha estado en Zuoz; Gunther me lo ha dicho. Y sé lo que estuvo haciendo antes en Roma. Sé lo que hay en su corazón y, desde luego, no se lo reprocho.

De repente, Lassiter se sintió como una bomba de adrenalina.

—¿Y qué? —replicó.

—Permítame que le haga una pregunta.

Lassiter asintió.

—¿Cree usted en Dios?

Lassiter reflexionó unos segundos antes de contestar.

—Supongo que sí. Sí, creo que sí —dijo por fin.

—¿Y cree que el bien emana de Dios?

Lassiter volvió a pensarlo.

—Supongo que sí.

—¿Y el diablo?

—¿Qué quiere decir?

—¿Cree usted en el diablo?

—No —respondió Lassiter.

—En el mal, entonces. ¿Cree usted en el mal?

—Desde luego. Lo he visto con mis propios ojos.

—¿Y de dónde emana entonces el mal si no es del diablo?

—No lo sé —repuso Lassiter, que empezaba a sentirse intranquilo—. Nunca he pensado en ello. Pero sé reconocerlo cuando lo veo. Y lo he visto.

—Todos lo hemos visto. Pero eso no es suficiente. Tiene que pensar en ello.

—¿Por qué?

—Porque ésa es la razón por la que murieron su hermana y su sobrino.

La habitación palpitó con el peso del silencio mientras Lassiter intentaba comprender el auténtico sentido de las palabras del sacerdote.

—¿Qué me está intentando decir? —inquirió al fin.

—Sólo lo que he dicho: que debería meditar sobre el origen del mal.

Lassiter movió la cabeza bruscamente de un lado a otro, como si eso pudiera ayudarlo a aclarar sus ideas.

—Si lo que me está diciendo es que Grimaldi es la encarnación del mal, ya lo sé. He visto de lo que es capaz.

—Eso no es lo que le estoy diciendo.

—Entonces ¿qué es? ¿Que el mal estaba en Kathy? ¿Que estaba en Brandon?

Della Torre lo observó en silencio durante lo que a Lassiter le pareció una eternidad. Después cambió bruscamente de tema.

—Permítame que le enseñe la iglesia —dijo al tiempo que se levantaba.

Lassiter siguió al sacerdote por un estrecho pasillo hasta la iglesia. Della Torre apretó un par de interruptores y el templo creció con la luz, aunque sus dimensiones reales seguían siendo inciertas. En lo alto, una hilera de pequeñas ventanas transmitía una extraña luz azul que envolvía a Della Torre. Durante un instante adquirió un aspecto fantasmal, como si estuviera hecho de humo en vez de carne y hueso.

—Rece conmigo, Joe. —El sacerdote atravesó el espacio que lo separaba del púlpito, una vieja estructura de madera ricamente ornamentada que, iluminada desde debajo, casi parecía flotar en el aire. Lassiter se sentó en uno de los bancos. Se sentía incómodo. Hacía mucho tiempo que no rezaba y realmente no deseaba hacerlo, sobre todo delante de Della Torre. De alguna manera, sabía que arrodillarse delante de este hombre podría ser peligroso.

Pero, aun así, se sentía tan solo... Y estar sentado allí le recordaba tiempos mejores, cuando él y Kathy se sentaban juntos en la catedral de Washington, «la séptima más grande del mundo». ¿Cuántas veces habrían oído las mismas palabras? Cientos de veces, puede que miles. Les encantaba la catedral, con sus vidrieras de colores y la música que lo envolvía todo, con sus misteriosas criptas, sus altísimos perfiles góticos y sus gárgolas, temibles y cómicas al mismo tiempo. Pero ahora todo eso quedaba atrás.

Nunca volvería allí.

Della Torre se alzaba delante de él en el púlpito, resplandeciendo en la luz, aunque de alguna forma resultaba demasiado sólido, como una estatua con las manos unidas en actitud de oración y la cabeza inclinada.

La luz se reflejaba en sus pómulos y se arremolinaba en sus rizos como una aureola. Era perfecto.

—Ya no hay lugar para el dolor —susurró Della Torre con voz lastimera, y su lamento resonó con tal magia que Lassiter tuvo la sensación de que el sacerdote estaba hablando dentro de su cabeza—. Ya no hay lugar para el dolor. —Della Torre apretó las palmas de las manos contra su pecho y levantó la mirada hacia el cielo—. Acudimos a ti en esta tu casa, Señor, para mostrarte el sufrimiento de uno de tus hijos. Libra su corazón de venganza, Señor, y vuelve a hacerlo tuyo, pues la venganza sólo a ti te pertenece. Recíbelo en tu corazón, Señor. ¡Líbralo del odio! Líbralo de todo mal.

Las palabras resonaron de tal manera que parecían envolverlo desde todas las direcciones al mismo tiempo.

—Acudimos a tu casa, Señor...

—*Scusi!*

Della Torre se quedó paralizado en el púlpito, con la boca abierta, como un pez fuera del agua.

—*Scusi, Papa...* —Un viejo borracho avanzaba por el pasillo con paso inseguro. Por un momento, pareció que iba a caerse, pero no lo hizo. Se arrodilló con un ademán beato, miró hacia el púlpito y se inclinó hacia adelante con tanto ímpetu que acabó golpeándose la frente contra el suelo.

Y entonces fue como si Della Torre se volviera loco. Agitó los brazos y le gritó al hombre caído:

—*Vaffanculo! Vaffanculo!*

Y, aunque Lassiter no sabía italiano, el tono de voz del sacerdote no dejaba lugar a dudas sobre el significado de sus palabras. Era más que «vete». Era más bien: «¡Vete a tomar por culo!» La cara de Della Torre se había transformado; sin su máscara apuesta y piadosa, su rostro revelaba toda la violencia que albergaba en su alma. Y, entonces, con la misma brusquedad con la que había desaparecido, la máscara reapareció. De nuevo Della Torre parecía lleno de compasión. Descendió del púlpito para ayudar al hombre.

Lassiter se unió a él en el pasillo.

—Ayúdeme a llevarlo a mi despacho —pidió Della Torre—. Lo conozco. Lo mejor será que llame a su mujer.

Entre los dos cogieron al hombre de los brazos y lo llevaron hasta el despacho. Pero, al entrar en la habitación, el borracho se deshizo de ellos agitando los brazos.

—*Papa!* —gritó mientras golpeaba al sacerdote con el brazo. Della Torre se tambaleó. Mientras recuperaba el equilibrio, algo se le cayó del bolsillo.

Un frasco pequeño. Lassiter observó cómo rebotaba en las baldosas. Por fin se detuvo. Milagrosamente, estaba intacto. Lassiter se agachó para recogerlo y se quedó mirándolo sin poder creer lo que veía.

Era igual que el que la policía había encontrado en la ropa de Grimaldi. Lassiter recordó la primera vez que lo había visto, sentado con Riordan en un despacho del hospital. El frasco estaba en la bandeja metálica. Y también el cuchillo. El cuchillo con un delicado pelo rubio pegado a la sangre. El pelo de Brandon. Recordó las fotos policiales, el basto cristal con una cruz a cada lado, la tapa de metal con forma de corona.

—Gracias —dijo Della Torre extendiendo la mano—. Es sorprendente que no se haya roto.

Lassiter inclinó la cabeza.

—Ya es hora de que me vaya —anunció—. Si no voy a perder mi vuelo.

Y, antes de que el sacerdote pudiera decir nada, Lassiter ya estaba avanzando hacia la puerta. Della Torre lo siguió.

—Joe —dijo—, ¿qué ocurre? Por favor, ¡vuelva! Todavía tenemos algo que resolver.

Lassiter no se dio la vuelta. Siguió andando. Pero sus labios sí se movieron.

—Desde luego que sí —masculló.

CAPÍTULO 20

Lassiter no recordaba nada del camino de vuelta al hotel. Estaba demasiado ocupado pensando en Della Torre, intentando entender por qué le habría seguido la corriente con su farsa de Jack Delaney. De no haber hecho él la pregunta sobre Grimaldi, podrían haberse pasado horas hablando en círculos. Si Della Torre sabía quién era y lo que pretendía desde el primer momento, toda esa charada no tenía ningún sentido. ¿Por qué habría accedido a entrevistarse con él?

Al final, Lassiter decidió que Della Torre quería conocerlo, aunque sólo fuera para poder medir sus fuerzas. Y, al seguirle la corriente, el sacerdote le estaba enviando algún tipo de mensaje, alardeando de su posición de fuerza. De hecho, se había comportado como un matón de poca monta, abriéndose un poco la chaqueta para mostrarle el equivalente psicológico a un revólver escondido en el cinturón del pantalón.

O tal vez sólo quisiera mantenerlo ocupado un rato y realmente no le importara lo que pudiera pensar.

Esta última posibilidad se le ocurrió justo cuando el taxi se detenía delante de su hotel. Lassiter se bajó del taxi, le dio al conductor un puñado de liras y entró en el hotel. Al verlo, el conserje lo llamó.

—*Signore!*

Lassiter volvió la cabeza, pero siguió andando hacia el ascensor.

—¿Sí?

El conserje abrió la boca, la cerró y la volvió a abrir. Por fin, levantó una mano y dijo:

—*Benvenutu!*

—*Grazie* —contestó Lassiter—. ¿Podría ir preparándome la cuenta? Bajo en un momento.

—Pero... *signore.*

Lassiter llamó al ascensor.

—¿Sí? —preguntó.

—Quizá... —dijo el conserje saliendo de detrás del mostrador—. Si me hiciera el honor... —Movió la cabeza hacia el bar y lo obsequió con una mueca de complicidad.

Lassiter rechazó la oferta.

—Es demasiado pronto para mí —repuso.

—Claro. Pero...

—Lo siento. Tengo prisa.

La habitación de Lassiter estaba en el tercer piso, al final del pasillo. Mientras se acercaba oyó sonar un teléfono. Al darse cuenta de que el sonido salía de su habitación, pensó que sería Bepi. Se apresuró hacia la puerta, buscando en los bolsillos la tarjeta blanca de plástico que hacía las veces de llave, la introdujo en la ranura y esperó a que se encendiera la lucecita verde. La luz empezó a parpadear al mismo tiempo que el teléfono dejaba de sonar. Lassiter abrió la puerta. Dentro de la habitación, alguien dijo: «*Pronto.*»

¿Qué?

Había un hombre inmenso, prácticamente cuadrado, sentado delante del ordenador de Lassiter. Tenía el auricular del teléfono en la mano. Su masa resultaba desproporcionada para el tamaño de la silla. Al ver a Lassiter, devolvió el auricular a su sitio, respiró hondo y se levantó. Después avanzó hacia la puerta andando con naturalidad.

Lassiter no sabía qué decir. Por fin preguntó:

—¿Quién diablos es usted? —Mientras lo decía, pensó que

el hombre parecía un armario. Eso sí, un armario al que le hacía falta un buen afeitado.

—*Scusi* —respondió el hombre con una sonrisa ceñuda al tiempo que hacía el ademán de apartar a Lassiter para poder salir.

Todo de una forma muy suave y lenta, casi educada. Lassiter lo cogió de la manga.

—Un momento —dijo.

Y, de repente, los acontecimientos se aceleraron. Una bola de bolera, o algo parecido, lo golpeó en la cara, en toda la cara al mismo tiempo, y la cabeza se le llenó de luces centelleantes, como si estuviera rodeado por un enjambre de luciérnagas. Saboreó la sangre en su boca mientras se tambaleaba hacia atrás hasta chocar contra la pared. El aire se le escapó de los pulmones, y levantó los brazos para protegerse de lo que fuese que viniera después; un ademán optimista que no evitó que algo parecido a una apisonadora le aplastara el pecho. Una vez. Dos veces. ¡Otra vez!

Su cuerpo se llenó de señales luminosas de alarma, mientras miles de terminaciones nerviosas se quejaban a una y la habitación empezaba a parpadear como una bombilla demasiado vieja. O tal vez lo que se estaba apagando y encendiendo fuera su propia cabeza; no estaba seguro.

Algo pesado lo golpeó en el cuello y lo hizo caer de rodillas. Entonces vio un zapato oscuro moverse hacia atrás, como si estuviera a punto de golpear una pelota de fútbol. Lassiter vio el zapato con una claridad asombrosa: las borlas del empeine, los dibujos del cuero, las costuras...

Y entonces oyó un grito. Por un momento pensó que era él quien había gritado, pero, al mirar hacia arriba, vio a una de las mujeres que se encargaban de la limpieza. Estaba en la puerta, con los ojos y la boca abiertos de par en par. Lassiter empezó a decir algo, pero el zapato aceleró repentinamente y una forma borrosa chocó contra sus costillas. Sintió cómo los huesos se le astillaban. La mujer gritó por segunda vez. O puede que no, puede que esta vez fuera él. Pero no. Tenía que haber sido ella, porque él no tenía suficiente aire en los pulmones para expulsar el grito de su garganta. De hecho, ni siquiera podía hablar. Y, ahora que lo pensaba, tampoco podía respirar. El mundo entero se había quedado sin aire, y él se sentía como si se estuviera muriendo.

Y entonces, igual que había empezado, de repente todo acabó. El armario desapareció, y la mujer se puso a correr de un lado a otro del pasillo, gritando con todas sus fuerzas. Lo más probable era que le acabara de salvar la vida, y Lassiter debería haberse mostrado agradecido, pero le dolía demasiado el cuerpo para decir nada. Así que se levantó como pudo, cerró la puerta sin decir nada y avanzó tambaleándose hasta el cuarto de baño.

Cada aliento era como una cuchillada en el costado, así que intentó respirar tomando el menor aire posible mientras se sujetaba con las manos lo que parecía un amasijo de costillas astilladas. Llegó al lavabo. No sabía por qué, pero lo primero que hizo fue abrir el grifo. Y eso lo ayudó. El sonido lo ayudaba.

Luchando contra su vanidad, se inclinó hacia adelante y se miró en el espejo. La verdad, podría haber sido peor. Estaba hecho un asco, pero tampoco se notaba demasiado que le había pasado por encima una apisonadora. Era más bien como uno de esos golpecitos en los que se rompe un faro y se abolla una esquina del coche. Estaba sangrando por la nariz y tenía el labio roto. Se tocó un colmillo con la mano y, ante su sorpresa, el diente se le cayó en la boca. Lo escupió y el colmillo no tardó en desaparecer por el desagüe.

Se levantó la camisa hasta que vio la nube morada que se estaba formando en su costado derecho. Con mucho cuidado, se tocó el hematoma con las yemas de los dedos; casi se desmaya. El dolor rugió en su interior como una ola y, como una ola, rompió, salpicándole las entrañas con una fuerza insoportable. Totalmente pálido, Lassiter lanzó un quejido estrangulado de dolor que no acabó hasta que apretó los dientes con todas sus fuerzas. «Necesitas una radiografía —pensó Lassiter—. Y un dentista. Y Petidina. Y no precisamente en ese orden.»

Y, desde luego, no en Nápoles.

Aunque fuera demasiado tarde, ahora sabía por qué Della Torre le había seguido la corriente en la iglesia: el sacerdote quería mantenerlo ocupado mientras registraban su habitación.

Alguien llamó con urgencia a la puerta.

—¡Señor Lassiter! ¿Está usted bien? *Per favore...* —instó una voz de hombre.

—Estoy bien —gritó Lassiter dolorosamente—. No se preocupe.

—¿Está seguro, *signore*? La policía...

—¡Le he dicho que no se preocupe!

Quienquiera que fuese se marchó, murmurando algo en italiano.

Un minuto después sonó el teléfono. Por primera vez en su vida, Lassiter se alegró de que los hoteles tuvieran teléfono en el cuarto de baño. Contestó y, a pesar de la insistencia del director del hotel, le dijo que no quería hablar con la policía y que no quería poner ninguna denuncia.

—Pero, señor Lassiter, está usted en su derecho. ¡Lo han asaltado!

—Limítese a traerme el coche a la puerta y cárgueme la cuenta en la Visa.

—¿Está usted seguro, *signore*?

—Bajaré en un momento.

Tardó casi media hora en cambiarse de camisa y hacer la maleta. Después, necesitó hacer acopio de todas sus fuerzas para atravesar el vestíbulo sin encorvarse. El director estaba esperándolo en la entrada. Parecía aterrorizado, digno y avergonzado al mismo tiempo. El coche de alquiler de Lassiter lo aguardaba a un par de metros de distancia con el motor en marcha. El director se adelantó a él, le abrió la puerta y observó cómo su huésped se sentaba al volante. Después cerró la puerta con un ademán experto, inclinó la cabeza y sonrió.

—¿Dónde está el conserje? —preguntó Lassiter mirando a su alrededor.

El director frunció el ceño.

—¿Roberto? —preguntó.

—Sí. No lo he visto en el vestíbulo.

—Acaba de marcharse. El pobre hombre sufre de asma.

—Ya. Dígale de mi parte que se mejore.

—*Grazie. Il signore è molto gentile!* ¡Después de todo lo que ha pasado!

—Y dígale también a ese hijo de puta que la próxima vez que lo vea le voy a romper la cabeza.

Siguió un largo silencio. Por fin, el director dijo:

—*Scusi?*

—Y dígale que siempre cumplo mis promesas.

Con una bolsa de hielo apoyada en las costillas y hablándose a sí mismo mientras avanzaba hacia el norte por la *autostrada*, Lassiter condujo hasta Roma esa misma noche.

«¿En qué cojones estabas pensando? Aunque, claro, no estabas pensando, porque si hubieras pensado no habrías sido tan pardillo como para dejar que te pegaran una paliza en tu propia habitación. Y ahora lo más probable es que tengas un par de costillas clavadas en los pulmones; desde luego no vas a dormir de costado en una buena temporada y... ¡Joder! ¡Dios santo, cómo duele!»

Y no era sólo el cuerpo lo que le dolía; tenía el orgullo igual de maltratado. Della Torre lo había entretenido todo el tiempo que había podido, primero con su célebre oratoria y después rezando. ¡Rezando! Mientras tanto, su... colega, el armario, estaba registrando su habitación. Y lo más probable es que se hubiera quedado todavía más tiempo —«Recíbelo en tu corazón, Señor»— de no ser por el borracho que había roto el encantamiento al entrar en la iglesia. Y después el conserje, intentando entretenerlo. «Si me hiciera el honor.» ¿Cuántas pistas necesitaba para darse cuenta de que algo iba mal? ¿De que ese «algo» era él?

Y, después, lo de la habitación. «*Pronto?*» «¿Quién diablos es usted?» «*Scusi.*» ¡Zas!

Eso es lo que más le dolía, porque era bueno con los puños. Había boxeado en la universidad y no se le daba nada mal. No estaba acostumbrado a perder peleas; ni siquiera cuando el otro tipo era más grande que él. Sabía cómo golpear. Y cómo esquivar los golpes dirigidos a él. O al menos eso pensaba, hasta ese día.

Aun así, no todo era negativo. Que a uno le pegaran una paliza lo despertaba, afinaba los sentidos y hacía pensar, pensar mucho en cómo evitar que se repitiera la experiencia. Y ésa era la razón por la que Lassiter decidió no volver a alojarse en el Hassler. En vez de eso, se hospedó en el Mozart, un hotel apartado en una bocacalle adoquinada de la via del Corso.

El hotel ocupaba el ala occidental de un palacete que había conocido tiempos mejores. Tenía techos de más de cuatro metros de altura, un jardín medio abandonado y un bar oscuro.

Aunque ya era casi medianoche cuando llegó, consiguió que le dieran una *suite* en el segundo piso. Un botones de avanzada edad lo condujo hasta su habitación. Lassiter hizo todo lo que pudo por no quedarse atrás, apretando los dientes para amortiguar el dolor.

Cuando se marchó el botones, Lassiter cerró la puerta con llave, se acercó al minibar y vació dos botellitas de whisky escocés en un vaso. Después se sentó delante de la mesa que había junto a la ventana y cogió el cuaderno.

Años atrás, cuando vivía en Bruselas, había adoptado la costumbre de emplear un nuevo cuaderno cada vez que empezaba una nueva investigación. Resultaba útil por varias razones, pero sobre todo por una razón colateral: lo ayudaba a encontrar nombres que de otro modo se le olvidarían. Puede que no recordara el nombre de un investigador o un médico forense en concreto, pero nunca olvidaba un caso, y siempre recordaba con qué caso estaba relacionada la persona que estaba buscando. Una vez hecha esta asociación mental, resultaba fácil buscar el cuaderno en cuestión y encontrar el nombre.

Con el tiempo, se había acostumbrado a usar siempre el mismo tipo de cuaderno: un cuadernillo de espiral de diez por quince que podía sujetar con una mano y que le cabía holgadamente en el bolsillo interior de la chaqueta. A veces pensaba que, si dejaran de fabricarlos, lo más probable era que Lassiter Associates quebrara.

Cuando empezaba un cuaderno, escribía los nombres y los números de teléfono detrás, empezando por la última página. Así sabía dónde buscar cualquier nombre y nunca se quedaba sin espacio.

Había seguido la misma rutina en el caso de Kathy y de Brandon y ya tenía bastantes números apuntados. El primero era el de Riordan. Después estaban los de los médicos. Después, Tom Truong y el hotel de Chicago. Bepi. Angela. Egloff. Y Umbra Domini.

Bebió un poco de whisky y miró por la ventana. La habitación daba a una calle desierta con árboles alineados a lo largo de la acera. Cogió el teléfono, consultó el cuaderno y llamó a Bepi a su casa y al despacho. Después de oír los dos contestadores, lo llamó al teléfono móvil, pero estaba desconectado. Finalmente, lo llamó al busca y dejó el número de teléfono del hotel Mozart. Le preocupaba que Bepi no le hubiera devuelto las llamadas. No era propio de él, y Lassiter intuía que algo iba mal. Para empezar, él era un cliente demasiado bueno para no devolverle las llamadas. Y, lo que era todavía más importante, Bepi estaba enamorado de la tecnología y alardeaba de estar siempre localizable: «Da igual que esté viendo un partido del Lazio o volando a Los Ángeles o a Tokio.»

Lassiter había sonreído al oírle decir eso. Lo más probable era que ni siquiera hubiera estado en Ginebra; ¿qué decir de Los Ángeles?

Llamó a su oficina con la esperanza de que Judy se hubiera quedado trabajando hasta tarde. Cuando le contestaron y oyó el alboroto de fondo se acordó de que era la noche en la que celebraban la fiesta anual de Navidad. Le contestó una becaria cuyo nombre no reconocía y que obviamente no le oía bien.

—¿Qué?

—Soy Joe Lassiter.

—¿Quién?

—Joe Lassiter.

—Lo siento, el señor Lassiter no está en la oficina.

—No, eso no es lo que...

—Y, además, la oficina está cerrada.

Lassiter colgó y marcó el numero de su buzón de voz. Tenía seis mensajes. El único de interés era de Jimmy Riordan, aunque estaba tan lleno de ruidos de fondo que resultaba incomprensible. Decía algo acerca de unos checos. «¡Te van a encantar los checos!» ¿Qué se suponía que quería decir eso?

Lassiter miró la hora. Eran las siete de la tarde en Estados Unidos. Llamó a casa de Riordan, pero no hubo respuesta. Después llamó a la comisaría.

—Lo siento. El detective Riordan está de viaje.

Lassiter golpeó la mesa con la palma de la mano. El whisky saltó dentro del vaso. ¡Vaya noche!

Preguntó cuándo volvería Riordan.

—No lo sé. Lo más probable es que vuelva el veinticuatro. Ya sabe, para Nochebuena.

—¿Hay alguna manera de ponerse en contacto con él?

—Depende.

—Soy un amigo.

—Bueno, entonces ya sabrá que está en Praga.

—¿Tiene algún número de teléfono donde se lo pueda localizar?

—Espere un momento.

Mientras esperaba, Lassiter recordó que Riordan le había mencionado algo sobre un congreso en Checoslovaquia; algo sobre Europa oriental y la democratización de la policía. Incluso le había enseñado un folleto en el que salía impreso su nombre.

—¿Oiga?

—Sí —contestó Lassiter.

—Jimmy está en el fa... bu... loso hotel Intercontinental de la exótica Praga —dijo el policía—. El número es larguísimo. Primero tiene que marcar 07. Espero que tenga algo para apuntar, porque si no se le va a olvidar.

—Dispare.

Lassiter añadió el número a los demás que ya figuraban debajo del nombre de Riordan en la última página del cuaderno, colgó y marcó el número del hotel Intercontinental. Eran casi las dos de la mañana, pero Riordan no contestaba en su habitación, así que Lassiter le dejó un mensaje.

Después se tumbó en la cama, dejó caer los zapatos al suelo y, con un gemido, se durmió.

Casi era mediodía cuando por fin se despertó. Estaba exactamente en la misma postura en que se había acostado la noche anterior. Ayudándose con los brazos y los codos, consiguió sentarse, se levantó y caminó sujetándose el costado hasta el cuarto de baño. Con mucho cuidado, giró el tronco delante del espejo y se levantó la camiseta. Al ver los colores que le teñían el costado, hizo una mueca: amarillo y malva, morado, negro y una especie de rosa enfermizo.

Tardó casi cinco minutos en conseguir la temperatura apropiada del agua, y luego se duchó. Después tardó casi el doble en secarse. Había partes del cuerpo que casi no se atrevía a tocar con la toalla. No tenía prácticamente ninguna movilidad por encima de la cintura, agacharse era una agonía y los movimientos bruscos eran todavía peor. Y así, con infinita paciencia, se vistió, tomándose un descanso para pedir que le subieran un café y un croissant. Diez minutos después, cuando llegó el desayuno, estaba intentando atarse los zapatos. Pensó que debería comprase unos mocasines.

Al salir el camarero, Lassiter encendió el televisor. Fue cambiando de un canal a otro con el mando a distancia, buscando la CNN, hasta que vio la cara de Bepi en la pantalla del televisor. Ya había vuelto a cambiar de canal, así que tuvo que retroceder.

La foto era vieja, de cuando se había graduado en la universidad, o algo así. Bepi sonreía con orgullo. Lassiter observó que llevaba el pelo más corto y peinado con secador. Parecía un cruce entre un cantante de salón y un niño de coro; la imagen le habría hecho sonreír si no fuera porque le preocupaba que Bepi saliera en la televisión.

Lassiter intentó escuchar lo que decía el locutor, pero no entendió ni una sola palabra. Una escena en directo sustituyó a la foto de Bepi. Un periodista hablaba con ademán sombrío delante de una gran iglesia mientras un grupo de chiquillos gesticulaban ante la cámara. Detrás del periodista se veían dos coches de policía y una ambulancia.

La voz del periodista siguió hablando mientras la cámara viajaba hasta un trío de hombres uniformados que empujaban una camilla. La acera debía de ser irregular, quizá de adoquines, pues parecían tener muchas dificultades. La camilla subía y bajaba, balanceándose bruscamente, y tenían que levantarla continuamente para salvar algún nuevo obstáculo.

La cámara volvió a los estudios centrales. Escuchando con atención, Lassiter consiguió entender algunas de las palabras del locutor: «*Santa Maria... Polizia... Bepistraversi... Molto strano.*» Hasta que el locutor sonrió, retiró la hoja que tenía delante y pasó a otra noticia.

Lassiter cambió de un canal a otro, apretando sin pausa el mando a distancia. Vio cómo entrevistaban a una mujer de luto con lágrimas en los ojos, pero no sabía si era la mujer de Bepi o una refugiada de guerra.

Lleno de frustración, apagó el televisor y llamó a Judy Rifkin. Eran las siete y media de la mañana en Washington, pero no le importaba despertarla.

—¡Joe! ¿Dónde estás?

—En Roma.

—Iba a llamarte por la tarde. Lo de American Express se está poniendo al rojo vivo...

—Creo que han matado a Bepi.

Silencio. Judy no dijo ni una sola palabra.

—Las cosas se están poniendo feas y... acabo de ver una foto de Bepi en la televisión —continuó—. No he entendido lo que decían, pero había una ambulancia, coches de policía y una camilla.

—¿Estás seguro?

—No. ¿Cómo voy a estarlo? Puede que lo acusen de algo. No tengo ni puta idea de lo que ha pasado, pero no contesta en ningún teléfono y... —Una punzada de dolor le atravesó el costado, y Lassiter se quejó sin querer.

—¿Qué te pasa?

—Nada... Anoche me dieron un par de golpes.

—¿A ti?

—Sí. Pero escucha: ahora lo importante es Bepi. Consulta con las agencias de noticias: Reuters, AP, lo que haga falta. Mándame por fax lo que averigües.

—¿Dónde estás?

Lassiter le dio el número del fax y colgó. Mientras esperaba, cogió el listín telefónico de Roma, buscó el número de Associated Press y llamó. No sabían nada. Ni tampoco la BBC, ni los buenos chicos del *Rome Daily American*.

Dos horas después, alguien deslizó un sobre por debajo de la puerta. Contenía dos hojas. En la primera, además de los datos de Lassiter Associates, había una nota de Judy:

Adjunto la noticia de Reuters. ¿Estás bien? Rifkin.

La segunda hoja era la noticia de Reuters:

Copyright 1995 Reuters, Limited
The Reuter Library Report
23 de diciembre de 1995.

TITULAR: Víctima encontrada a los pies de una iglesia
ORIGEN: Roma
TEXTO: Se ha encontrado el cuerpo de un investigador privado a primera hora de la mañana delante de la catedral de Santa Maria Maggiore, a escasa distancia del Coliseo. Según ha informado la policía, la víctima, Antonio Bepistraversi, de 26 años, fue torturado antes de fallecer.

El cuerpo fue descubierto por Lucilla Conti, de sesenta años. Encontró el cuerpo tendido en la escalinata de acceso a la entrada trasera de la basílica. Al ser entrevistada por los periodistas, la señora Conti dijo que al principio pensó que sería uno de los vagabundos que desde hace tiempo frecuentan la cercana plaza de Vittorio Emanuele II. Dio un pequeño rodeo por temor a que le pidiera dinero. Al ver que el hombre no se movía, se acercó a él y descubrió que tenía la cabeza envuelta en una bolsa de plástico.

Los detectives de homicidios informaron que el incidente tuvo lugar en «un barrio deteriorado» y mostraron su confianza en la pronta resolución del caso.

Lassiter leyó la noticia tres veces seguidas, con la esperanza de haberla entendido mal, pero el resultado era siempre el mismo: Bepi había muerto. Y, lo que era aún peor, había muerto violentamente.

De repente se dio cuenta de que la persona a la que debería haber llamado era Gianni Massina. Si alguien podía decirle lo que había ocurrido, ése era Massina. Lassiter encontró su número en las últimas páginas de su cuaderno y lo llamó.

—*Pronto?*

—Soy Joe Lassiter.

—Sí.

—Nos conocimos hace un par de días...

—Sí, ¡claro! —exclamó Massina—. ¿Se ha enterado de lo de Bepi?

—Sí. He visto la noticia en la televisión.

Massina suspiró.

—Todavía no lo puedo creer. —Volvió a suspirar.

—Lo llamo porque... No sé. Bepi seguía trabajando para mí y he pensado que puede que... Umbra Domini... Como lo han encontrado junto a una iglesia... —dijo Lassiter.

—Tratándose de Umbra Domini siempre hay rumores —replicó Massina—. ¿Pero esto? No creo. Es demasiado. Además, aunque esta iglesia es interesante, no tiene ninguna relación con Umbra Domini.

—Entonces ¿por qué dice que es interesante?

—¡Porque lo es! Tiene más de seiscientos años y está consagrada a la Madre de Dios. Se dice que fue construida después de una gran nevada, una nevada milagrosa que al caer dibujó en el suelo el proyecto de la planta de la iglesia. ¡Ahí mismo, justo donde está ahora! Así que cada año, el día del aniversario de la construcción de la iglesia, se lanzan pétalos de flores, pétalos blancos, desde el *duomo*. Y además tiene valiosas reliquias. ¡Tiene trozos de madera del mismísimo portal de Belén! ¡Nada menos que cinco! ¿Qué me dice de eso?

—¿Son auténticos?

—¿Cómo lo voy a saber yo? Estamos hablando de religión. ¡Todo es auténtico! Y nada lo es. ¿Quiere saber lo que es auténtico? El barrio en el que está la iglesia es auténtico.

—Reuters dice que está «deteriorado».

Massina se rió.

—¡La gente lo llama la piazza de la Mierda y las Agujas! Ni siquiera las putas se atreven a ir por ahí. No hay más que yonquis y locos...

—¿Y qué? —replicó Lassiter.

—¿Cómo que y qué?

—¿Qué importancia tiene que sea un barrio asqueroso? La noticia de Reuters dice que lo torturaron antes de matarlo, así que tuvo que morir en otro sitio. La gente no va por ahí torturando a sus víctimas en la escalinata de una iglesia.

—Tiene razón. He hablado con la policía... Lo que le voy a decir es *off the record*, ¿vale? Por lo visto, dejaron el cadáver de Bepi delante de la iglesia hacia las cinco de la mañana. No saben dónde estaba antes pero, por la coagulación de la sangre, desde luego no murió en la escalinata. Al menos no en esa postura. Hasta es posible que ya llevara muerto un día. —Lassiter y Massina guardaron silencio unos instantes—. ¿Sabía que tenía un hijo? —dijo Massina por fin.

—Sí, me lo había dicho. —De nuevo, silencio.

—¿Sabe cómo murió? —preguntó al cabo Massina.

—No. La verdad es que no. —Pero sabía que Massina iba a decírselo.

Massina respiró hondo.

—La policía no lo ha comunicado oficialmente, pero... le ataron las manos y las piernas detrás de la espalda y le pusieron una soga alrededor del cuello con un... No estoy seguro de cómo se dice. ¿Un nudo corrido?

—Un nudo corredizo.

—Un nudo corredizo. Mientras más se forcejea, más aprieta la soga. Ya sabe. La policía dice que puede durar muchas horas. Cuando la víctima se empieza a ahogar, el que lo está interrogando lo afloja un poco. Y así una y otra vez. Tenía múltiples abrasiones en el cuello. Y en las muñecas. Y en los tobillos. Eso quiere decir que debieron amenazarlo mientras lo tenían atado así, de modo que Bepi no podía evitar forcejear.

—¿Qué quiere decir?

Massina volvió a respirar hondo.

—Le cubren la cabeza con una bolsa de plástico. La víctima aguanta la respiración todo el tiempo que puede, pero, al final, cuando el instinto acaba venciendo, ¡forcejea! Entonces la soga se tensa y, cuando está a punto de desmayarse, le quitan la bolsa y aflojan la cuerda. Vuelven a hacer lo mismo una y otra vez. Hasta que, una de las veces, no le quitan la bolsa. Y se acabó. Está muerto.

Lassiter no dijo nada. ¿Qué podía decir?

Massina se aclaró la garganta.

—¿Qué cree que estaban buscando?

—Información.

—Sí, pero ¿qué información?

—No lo sé —contestó Lassiter—. Quizá sólo estuvieran... «pescando». Tal vez no sabrían lo que buscaban. Puede que sólo quisieran saber cuánto sabía él... o cuánto sabía yo. O puede que lo hicieran por diversión... Algún loco.

—No creo en los locos —replicó Massina.

—Ni yo tampoco.

Un pesado silencio volvió a apoderarse del teléfono, hasta que Lassiter por fin dijo:

—Bueno...

—*Felice Natale, eh?*

—Sí.

—Cuídese.

—Y usted también. Feliz Navidad.

CAPÍTULO 21

Justo después de colgar, el teléfono sonó como si fuera una alarma de incendios. Y volvió a sonar. Lassiter levantó el auricular como si fuera algo sucio.

—Lassiter —contestó con el tono de voz neutro que solía usar cuando su secretaria había salido en busca de un café.

—¡Adivina quién soy!

—¡Jimmy! —dijo—. Tengo muchas cosas que contarte... —Iba a contarle lo que le habían hecho a Bepi y lo que le había pasado en Nápoles, pero no pudo competir con el torrente de voz de Riordan.

—Es increíble, ¿verdad? Cuando parece que uno está en un callejón sin salida, se va de viaje al otro lado del mundo y... ¿Puedes creerlo? Creo que tengo algo.

Lassiter se enderezó en su asiento.

Riordan se rió.

—Te he despertado la curiosidad, ¿eh?

—Sí. Desde luego.

—¿Cuánto tardarías en llegar?

—¿Adónde?

—A Praga. ¿Desde dónde te crees que estoy llamando?

—Jimmy. Han pasado muchas cosas. No...

—El vuelo sólo dura una hora. Es como ir de Washington a Nueva York.

Lassiter se dio cuenta de que Riordan realmente no lo estaba escuchando; parecía demasiado emocionado con algo.

—¿Por qué no me lo cuentas por teléfono?

—¡Porque hay alguien aquí a quien tienes que conocer! Así que súbete al próximo avión y vente a Praga.

—¿Estás seguro de que...?

—Confía en mí. Es importante.

Después de colgar, Lassiter estuvo pensando unos minutos. Algo le decía que debía quedarse en Roma, hacer algo por Bepi, pero la verdad es que no se le ocurría qué podía hacer por él. Y, además, podía estar de vuelta en Roma al día siguiente. Puede que incluso antes.

Cinco horas después, Lassiter estaba en el aparcamiento del hotel Intercontinental, en la capital de la República Checa, observando la idea del progreso de algún antiguo dirigente comunista: un cubo de cristal y hormigón de un gusto más que dudoso que prometía recibirlo con obras abstractas insípidas, moquetas con manchas y pop europeo. Edificado en el apogeo de la Guerra Fría, el hotel pretendía ser una afirmación arquitectónica que proclamara a los cuatro vientos: ¡Marchamos hacia el futuro trabajando hombro con hombro! Pero, como ocurre tan a menudo con las afirmaciones arquitectónicas, ésta no había salido exactamente como era de esperar.

Una vez dentro, Lassiter encontró a Riordan sentado en el bar junto a un hombre checo con aspecto siniestro que llevaba un largo abrigo de cuero. Vestido con la chaqueta y la corbata de reglamento, Riordan parecía exactamente lo que era. En cambio, su compañero hacía pensar en un músico de rock en paro o en un genio huesudo con una larga melena de pelo negro y grasiento que le llegaba hasta los hombros. La mesa estaba llena de botellas vacías de Pilsner Urquell. Lassiter dejó su bolsa de viaje en el suelo y se sentó al lado de Riordan.

—Espero que de verdad sea importante —dijo.

Riordan tardó en reaccionar.

—Hombreeeee... ¡Joe! Te presento a Franz.

—Hola, Franz.

—Joe Lassiter, Franz Janacek —hizo las presentaciones Riordan.

Lassiter extendió la mano y el checo se la estrechó con fuerza. Tenía los ojos pequeños, marcas de viruela en la cara y una voz profunda, casi subterránea. Además, cada vez que abría la boca mostraba una muela de oro.

—Encantado —dijo Janacek.

—Franz es... ¿Qué cargo ocupas? ¿Ministro del Interior?

Janacek sonrió.

—Todavía no —repuso. Se sacó una tarjeta del bolsillo del abrigo y la dejó caer sobre la húmeda mesa. Lassiter la leyó con sorpresa. Janacek era el jefe de homicidios de la policía de Praga.

Riordan sonrió.

—¿A que es un país maravilloso? ¡Me encanta la República Checa! Invito a una ronda —declaró. Después llamó al camarero con el gesto de un hombre que se está haciendo a la mar mientras su familia lo despide desde el muelle con los ojos llenos de lágrimas.

El bar estaba lleno de hombres de mediana edad vestidos con trajes oscuros. De pie, en grupos de tres o cuatro personas, hablaban animadamente al menos en seis idiomas distintos. Casi todos estaban fumando. El aire estaba cargado de vapores de tabaco barato y alcohol caro.

Riordan los señaló con un movimiento de la cabeza.

—¡No falta nadie! FBI, Servicio Secreto, KGB. ¡Ha venido hasta la puta Policía Montada! Y Scotland Yard. Si hasta hay gendarmes. Nunca había conocido a un gendarme.

—El paraíso de los polis —comentó Janacek mientras encendía un cigarrillo.

Riordan se rió.

—Franz es un auténtico *hippy*.

Llegaron las cervezas, y Lassiter bebió un sorbo. Era una cerveza magnífica, pero le escocía en el corte del labio. Hizo una mueca, y Janacek sonrió.

—¿Qué le ha pasado? —preguntó.

—Me he caído.

Riordan lo miró con incredulidad.

—En serio —dijo.

—Encontré a alguien registrando mi habitación —explicó Lassiter.

—¿Y?

—Se resistió al arresto.

—¿Se le escapó? —quiso saber Janacek.

—Sí. Por el momento, sí.

—Es una pena —manifestó Riordan—. Bueno, ya hemos hablado bastante sobre ti. Te estarás preguntando por qué te he pedido que vinieras.

Lassiter sonrió.

—Estás borracho, ¿no? —dijo.

—Técnicamente hablando, he rebasado mi límite. ¿Y qué? La cosa es que Franz y yo hemos participado en una mesa redonda.

—¿Sobre qué tema? —inquirió Lassiter.

—Casos congelados.

Lassiter movió la cabeza.

—¿Y eso qué es? —preguntó.

—Crímenes sin resolver. Un homicidio o cualquier otro crimen que no hayamos conseguido cerrar —contestó Janacek.

—Por falta de pruebas —matizó Riordan.

—O, peor todavía —añadió Janacek—, porque no tenemos un motivo.

—Es un problema serio —siguió Riordan—. ¿Qué se hace

con un caso congelado? Además de esperar a que algún día, de alguna manera, se resuelva solo, claro está. ¿Qué se puede hacer con un crimen sin resolver?

—No lo sé —repuso Lassiter—. ¿Qué se puede hacer?

Riordan se encogió de hombros.

—Básicamente, lo que se hace es volver a hacer lo mismo una y otra vez. Vuelves a interrogar a todo el mundo, a ver si alguien confiesa. O rezas para que alguien invente algún tipo de tecnología nueva, como la prueba del ADN. Pero, la mayoría de las veces, un caso congelado es precisamente eso: un caso congelado. Resulta deprimente.

Lassiter movió la cabeza bruscamente, como si quisiera aclararse las ideas. Los labios de Janacek dibujaron una sonrisa maliciosa.

—Así que habéis comentado el caso de mi hermana —dedujo Lassiter—. ¿Y?

—De hecho, no comentamos nada —replicó Riordan—. Porque el caso no está congelado: está resuelto. Sólo tenemos que encontrar al tipo. —Riordan bajó la barbilla y eructó silenciosamente—. O, mejor dicho, volver a encontrarlo.

—Entonces, ¿por qué me has llamado? —se impacientó Lassiter. Riordan empezaba a irritarlo.

—Ten un poco de paciencia. La cosa es que... Bueno, vale, lo que ha pasado es que... Bueno, en la mesa redonda alguien preguntó algo sobre asesinatos en serie.

—Fue una buena pregunta —señaló Janacek—, porque en esos casos a menudo tenemos varias víctimas, pero ningún motivo evidente.

—Exactamente. Porque el asesino hace lo que hace... porque sí —explicó Riordan.

—Con una frialdad científica —añadió Janacek—. Personalmente, creo que eso es lo que pasa en muchos casos congelados.

—La cosa es que el tipo que hizo la pregunta nos pidió que le diéramos un ejemplo. Y Janacek... Venga, cuéntaselo tú.

El checo se inclinó hacia adelante.

—El ejemplo que le di ocurrió hace tres o cuatro meses. En agosto. La familia vivía cerca del parque Stromovka. Un buen barrio. Hubo un incendio provocado. Dos muertos.

—Y, mira por dónde —agregó Riordan—, las víctimas eran un niño de dos años, o dos años y medio, y su madre. Ocurrió de noche, mientras los dos dormían. La casa se quemó hasta los cimientos.

—Usaron sustancias acelerantes, así que no quedó nada —explicó Janacek—. Algunos huesos. Dientes. Al principio sospechamos del marido, pero no fue él.

—No había ninguna otra mujer, ningún otro hombre. Tampoco tenían ningún seguro —apuntó Riordan.

Janacek asintió.

—Ni siquiera tenían deudas. Nada, estaban limpios —concluyó el checo.

—Una familia feliz —dijo Riordan.

—¿Dónde estaba el marido? —preguntó Lassiter.

Janacek agitó la mano como si estuviera limpiando una mancha en el aire.

—En un partido del Sparta. Fuera de la ciudad —repuso.

Riordan se balanceó en la silla.

—¿Te suena?

—Sí —asintió Lassiter—. Me suena. ¿Cuándo dices que ocurrió?

—A finales de agosto.

Lassiter frunció el ceño. Estaba intentando recordar los detalles del pasaporte de Grimaldi.

—Ya lo he comprobado —informó Riordan—. Entró en la República Checa un par de días antes.

Los tres hombres permanecieron en silencio bebiendo cerveza. Por fin, Lassiter levantó la mirada.

—Podría ser una coincidencia —manifestó.

Riordan asintió.

—Desde luego —dijo.

—Podría ser una de esas extrañas coincidencias.

—¿De verdad lo cree? —preguntó Janacek sin dejar entrever ninguna emoción.

—No —respondió Lassiter.

Janacek asintió, tanto para sí mismo como para los otros dos hombres.

Volvieron a quedarse en silencio hasta que Lassiter inquirió:

—¿Podría hablar con el marido? ¿Sería eso posible?

Janacek frunció el ceño.

—¿Con Jiri Reiner? No habla inglés.

—Bueno, puede que si usted me ayuda...

Janacek lo pensó unos segundos.

—¿Y de qué serviría eso?

—Bueno, para empezar..., me gustaría saber si su mujer tenía algo en común con mi hermana. O quizá los niños tuvieran algo en común. Cualquier cosa que pudiera relacionarlos.

—¿Como qué?

—No lo sé.

Janacek se encogió de hombros.

—Jiri todavía no se ha recuperado —explicó—. Está bajo tratamiento. Sedantes. Los médicos todavía temen que pueda intentar matarse. ¿Por qué no iba a hacerlo? —Miró a Lassiter con sus ojos pálidos—. Cualquiera que estuviera en su caso lo haría. Perdió todo lo que tenía en una sola noche —añadió—, a su hijo, a su mujer, su casa. —Bajó la mirada sombríamente.

—Bueno —dijo Lassiter—. Sólo era una idea.

Janacek inspiró entre dientes y movió la cabeza.

—Además, Jiri está... —Janacek abrió y cerró la mano varias veces, como si intentara encontrar la palabra en el aire—. No se comunica bien. ¿Entiende? La mayoría de las veces no dice nada.

Lassiter asintió.

—Aun así —prosiguió Janacek arrastrando las palabras—, ya que los casos son tan parecidos, tal vez podamos ayudarnos mutuamente. ¿Sería posible conseguir una copia del pasaporte del italiano?

Lassiter y Riordan se miraron un momento.

—Estoy seguro de que el detective puede conseguirle una —contestó Lassiter.

—¿Y una fotografía?

Riordan asintió.

—Sí. No hay ningún problema —repuso.

Janacek se acabó la cerveza y se levantó.

—Está bien. Esto es lo que haré. Se lo preguntaré a Jiri personalmente. Y a su médico. —Se encogió de hombros—. Quién sabe. —Alargó la mano, y Lassiter y Riordan se la estrecharon—. Hablaremos por la mañana.

—Gracias —dijo Lassiter.

El checo asintió con gesto grave, se alejó un par de pasos y se dio la vuelta.

—¿Sabe?, un caso que involucra a más de un país no es algo nada frecuente. Y este caso involucra a dos continentes. No conozco ningún otro caso así, a no ser que se trate de un caso de terrorismo. Y sabemos que esto no es terrorismo.

—¿Lo sabemos? —replicó Riordan.

—Por supuesto.

—¿Y por qué lo sabemos?

—Porque nadie ha reivindicado los asesinatos y el caso no tiene nada que ver con la política —terció Lassiter.

Janacek asintió y se volvió hacia Riordan.

—Tengo que irme —declaró—. Por cierto, cuando vuelvas a Estados Unidos, quizá puedas hablar con tu FBI, a ver si tienen algo que se asemeje a estos dos crímenes.

—Desde luego —dijo Riordan—. Hablaré con mi FBI, a ver si tienen algo.

Al día siguiente, el último del congreso, tanto Janacek como Riordan iban a estar ocupados hasta tarde. Primero tenían un desayuno y después un sinfín de debates, mesas redondas y charlas antes de la clausura. Por la noche, estaba previsto que tuviera lugar un banquete.

Janacek llamó para decir que estaba intentando concertar una cita con Reiner y que lo volvería a llamar más tarde.

Así que Lassiter se encontró con que tenía todo el día para sí mismo. Quería hacer un par de cosas, pero, sobre todo, quería salir a correr por la ribera del río y las calles del casco viejo. Aunque decir que tenía las costillas doloridas era quedarse corto, si se lo tomaba con calma y lo hacía despacio, podría correr unos kilómetros. Era cuestión de no chocarse con nadie ni de quedarse sin respiración; lo último que necesitaba era respirar profundamente por falta de aire.

Salió del hotel Intercontinental trotando suavemente. Sentía en la boca la contaminación que flotaba en el aire. El frío y el sabor a humo se le pegaban a los dientes. El legado del énfasis comunista en la industria pesada, combinado con el emplazamiento de la ciudad en un valle fluvial, había creado un serio problema de contaminación atmosférica en Praga, especialmente durante el invierno.

Aun así, el corazón de la ciudad seguía siendo bellísimo, pues se había librado tanto de los bombardeos como del incontrolado desarrollo urbano que habían sufrido la mayoría de las capitales europeas. Mientras cruzaba el famoso puente Carlos empezó a nevar. Lassiter pasó junto a las ennegrecidas estatuas de santos que salpicaban el puente cada diez o quince metros, observando desde lo alto a los peatones que cruzaban a toda prisa. Los vendedores de postales, fotos, decoraciones navideñas y distintos objetos artesanales se acurrucaban delante de diminutas hogueras de carbón. El viento era gélido. En las esquinas de las calles había mujeres envueltas en mantas delante de cubos de plástico llenos de carpas vivas. Riordan le había advertido sobre los peligros de esta vieja costumbre navideña. Por lo visto, una mujer había sacado la carpa cogida de las agallas con un gancho, la había colocado sobre una tabla y la había decapitado de un hachazo que había llenado los mejores pantalones de Riordan de salpicaduras de entrañas de pescado.

Después de tres o cuatro kilómetros, cuando Lassiter dio la vuelta para volver hacia el hotel, los vendedores ya no estaban. El viento se había calmado y la nieve empezaba a acumularse sobre las manos extendidas, los pies desnudos y los ojos vacíos de las figuras de los santos. Las aceras no tardaron en cubrirse de una escurridiza capa de nieve. Temiendo resbalar, Lassiter recorrió las últimas dos manzanas andando. Respiraba con bocanadas cortas, pero, aun así, le dolía hacerlo.

Tenía un recado de Janacek: la entrevista con Jiri Reiner tendría lugar a las ocho.

Después de ducharse, Lassiter sacó el transformador de su bolsa de viaje, enchufó el ordenador portátil y lo conectó a la línea telefónica. Quería hacer una búsqueda de noticias de prensa sobre casos de asesinato con incendios provocados similares al de Kathy y Brandon y al de la mujer y el hijo de Jiri Reiner. Tecleó el código internacional de acceso a la compañía telefónica AT&T y conectó el ordenador al servicio de Nexis. Podría haberle pedido a alguien que lo hiciera desde la oficina, pero la investigación *online* era un proceso intuitivo, sobre todo cuando uno no sabía exactamente lo que estaba buscando.

Nexis era una base de datos muy cara que contenía noticias procedentes de miles de publicaciones y servicios informativos de todo el mundo. No lo abarcaba todo, pero era amplia y profunda. El proceso de búsqueda era rápido y, una vez definidos los parámetros, encontrar la historia o las historias que se buscaban resultaba muy simple; daba igual que se tratara de un boletín del despacho de Reuters en Sofía o de un artículo sobre la investigación de la serotonina publicado en una revista especializada de endocrinología.

La base de datos funcionaba mediante parámetros lógicos: términos inclusivos como *y/o* y restrictivos como *no*, que operaban conjuntamente con las palabras claves que definían la noticia. Lassiter tecleó: «incendio provocado *y* homicidio *y* niño».

La pantalla del ordenador brilló silenciosamente durante unos segundos, hasta que apareció un mensaje diciendo que se habían encontrado más de mil citas, por lo que la búsqueda quedaba interrumpida. Después de reflexionar unos instantes, Lassiter estrechó los parámetros de la búsqueda añadiendo «*y* 1995.»

En escasos segundos, la base de datos anunció que había 214 citas. La mayoría eran recopilaciones de informes criminales, en las que el incendio provocado en cuestión no tenía ninguna relación ni con el niño ni con el homicidio que se mencionaban a continuación. Lassiter redefinió los parámetros de la búsqueda y tecleó: «Kathleen Lassiter *y* incendio provocado *y* 1995.»

Figuraban diecinueve noticias procedentes del *Washington Post*, el *Washington Times*, el *Fairfax Journal* y la Associated Press. Las noticias se dividían en tres categorías: ocho artículos sobre los asesinatos publicados durante los tres días siguientes, un par de historias sobre la exhumación del cadáver de Brandon y un torrente de historias sobre la fuga de Sin Nombre y el asesinato del agente de policía. Después de eso, no había nada.

La lectura de los artículos resultaba deprimente, en parte porque le volvía a presentar en toda su magnitud el horror de los asesinatos de su hermana y su sobrino, y en parte porque hizo que se diera cuenta de lo inadecuado del método de búsqueda que estaba empleando. Aunque podía configurar la búsqueda de tal manera que le permitiera obtener todas y cada una de las noticias relacionadas con la muerte de su hermana incluidas en Nexis, los términos de la búsqueda eran demasiado amplios para localizar casos similares de manera eficaz. «Niño», «incendio provocado» y «homicidio» tenían decenas de sinónimos. Si los incluía todos, tendría que abrirse paso entre miles y miles de artículos.

También resultaba descorazonador que la prensa le hubiera prestado tan poca atención a los asesinatos. Las muertes de Kathy y Brandon aparecían en las secciones locales de los periódicos y habían dejado de ser noticia mucho antes de lo que habría sido necesario para dejar claro el carácter deliberado y cruel del doble asesinato. Tampoco se había parado nadie a pensar en las implicaciones del desenterramiento de Brandon ni en la posibilidad de que Sin Nombre tuviera un cómplice. Se informaba sobre los hechos, pero nadie se había molestado en analizarlos.

Lassiter suponía que pasaría lo mismo en cualquier gran ciudad, donde el doble homicidio del sábado daba paso necesariamente al tiroteo del domingo. El caso de Kathy había sido especialmente horrible, pero, incluso así, había tenido una repercusión escasa y pasajera en los medios de comunicación.

Lassiter tecleó: «Reiner y incendio provocado y Praga.» Y no encontró nada. Frustrado, volvió a la búsqueda original y empleó una función especial que lo llevaba directamente a las palabras claves de cada una de las noticias. Al final, sólo encontró una noticia que podía tener interés. Era una breve noticia publicada en un diario de Bressingham, un pueblecito canadiense situado ciento cincuenta kilómetros al norte de Vancouver. La noticia contaba cómo Brian y Marion Kerr y su hijo de tres años, Barry, habían fallecido en un fuego de origen sospechoso.

Aunque no se trataba sólo de una mujer y su hijo, como en el caso de su hermana y de los Reiner, Lassiter procedió a realizar una nueva búsqueda: «Kerr y Bressingham y incendio.»

Como las muertes habían tenido lugar en una pequeña localidad, lo más probable es que la noticia fuera de relieve. Y así era. Encontró ocho artículos. Dos días después del suceso, la policía confirmó que el incendio había sido provocado. Las llamas habían empezado en tres sitios distintos y los análisis del laboratorio confirmaban el uso de sustancias acelerantes. Según varios testigos, un hombre había salido corriendo de la casa poco antes de que empezara el incendio.

Lo primero que se le ocurrió a Lassiter fue que todos los niños eran varones, al menos hasta el momento. Brandon. Y el hijo de los Reiner. Y ahora el hijo de los Kerr.

Aunque, por otro lado, los Kerr no acababan de encajar. El pasaporte de Grimaldi no incluía ningún sello de entrada en Canadá. Y, lo que era más importante todavía, el fuego había tenido lugar el 14 de noviembre. En esas fechas, Grimaldi estaba en el hospital. De hecho, el funeral por Kathy y Brandon había tenido lugar un par de días antes. Lassiter apagó el ordenador y llamó a Judy a la oficina de Washington.

—¡Joe! ¿Dónde estás?

—En Praga.

—¡Se suponía que ibas a mantenerte en contacto! Dame tú número de teléfono —dijo Judy.

Lassiter se lo dio.

—¿Sabes algo nuevo sobre lo de Bepi? —preguntó ella.

Lassiter permaneció unos segundos en silencio.

—No —repuso al cabo.

—Entonces, puede que tuviera algo que ver contigo —comentó Judy—. Pero puede que no.

—Lo que está claro es que su asesinato está relacionado con el caso.

—Entonces creo que ya es hora de que hagas las maletas. ¡Lárgate de ahí!

—No estoy «ahí». Estoy en Praga. En cualquier caso, todavía es demasiado pronto.

—¿Por qué?

—Porque todavía me quedan cosas que hacer. Y, además, hay un par de cosas que quiero que hagas tú. Para empezar, quiero que te ocupes de la familia de Bepi. Prepárales algún tipo de pensión. Lo suficiente para el niño y para quienquiera que tenga su tutela. Ya sabes a lo que me refiero: lo suficiente para salir adelante.

—¿Durante cuánto tiempo?

—Durante todo el tiempo que sea necesario.

—Eso podría ser mucho dinero.

—Judy, tengo mucho dinero.

—Vale. ¿Qué más?

—American Express.

—¿Qué pasa con American Express?

—Dímelo tú.

—Quieren saber cuál será tu... papel después de la venta.

—Ninguno.

—Eso no es lo que quieren ellos.

—Me da igual lo que quieran.

—En ese caso, tenemos una oferta de doce millones quinientos mil dólares, además de opciones sobre futuros por un importe aproximado de otros tres millones. El truco está en que no se puede disponer de esos tres millones hasta dentro de cinco años. Y además quieren que les firmes un compromiso de no competencia.

—No hay ningún problema.

—El tipo encargado de adquisiciones dice que, si tú te quedas al frente del negocio, estarían dispuestos a subir considerablemente la oferta.

—Lo harán de todas formas. Y diles que no me interesan las opciones sobre futuros. Quiero dinero.

—Vale.

—La idea es vender. Y, si voy a vender, quiero...

—Vender del todo. Entendido. Déjalo en mis manos.

Después, Lassiter llamó a Roy Dunwold, el director de la sucursal que Lassiter Associates tenía en Londres. Roy era un chico de clase trabajadora que se había criado en Derry, o Londonderry, dependiendo del punto de vista. De lo que no había duda es de que había tenido una infancia dura. Había pasado dos años entre rejas en Borstal por una serie de robos de coches que acabaron bruscamente cuando el Porsche robado que conducía en ese momento chocó contra un cortejo funerario del IRA.

Después de tres meses en una cama de hospital y una estancia mucho más larga en un centro de reclusión de menores, salió en libertad condicional bajo la custodia de una tía que vivía en Londres. Su tía, una mujer de ideas claras que regentaba una pensión en Kilburn, le dijo algo que era obvio: robar coches era, en el mejor de los casos, una vocación, pero él necesitaba una profesión.

Así que Roy se matriculó en la escuela nocturna y, a continuación, en una de las mejores escuelas politécnicas del país. Era un buen estudiante y, después de licenciarse, encontró trabajo como especialista en sistemas de gestión de datos en el GCHQ-Cheltenham, el equivalente británico al Consejo Nacional de Seguridad de Estados Unidos. Después de trabajar un año en la sede central lo destinaron a las montañas Troghodhos de Chipre. Pasó cinco años en el Mediterráneo, donde bebió suficiente vino griego y tuvo suficientes líos de faldas para quedarse saciado de por vida. Después volvió a Inglaterra, esta vez al sector privado. Como solía decirles a sus amigos: «Echaba de menos la lluvia.» Lassiter consiguió llevárselo a su empresa ofreciéndole un coche, además del mismo sueldo que ganaba en Kroll Associates.

Dunwold eligió un Porsche.

Lassiter tardó en encontrar a Roy. Cuando por fin lo consiguió, fue directamente al grano.

—No sé si estarás al tanto, pero... estoy trabajando en un asunto de índole personal.

—Lo de tu hermana.

—Y mi sobrino.

—Sí, es verdad.

—Una de las cosas que estoy buscando son crímenes con patrones similares —explicó Lassiter—. Homicidios con incendios provocados en los que falleciera algún niño. He encontrado uno en Praga y otro en Canadá.

—¿Estás seguro de que están relacionados?

—No. —Una pausa—. Pero tal vez lo estén. Y se me ha ocurrido que quizá tú puedas ayudarme a encontrar otros casos similares.

—¿Dónde?

—Donde sea. Podrías empezar por Europa.

—¿Qué te parece Inglaterra?

—Está bien. Empieza por Inglaterra.

Dunwold permaneció unos segundos en silencio. Por fin dijo:

—Hay un problema.

—¿Cuál?

—Bueno, hay muchos incendios provocados que nunca se sabe que lo son. Muchas veces figuran como incendios de origen eléctrico: cortocircuitos y ese tipo de cosas. Eso significa que habría que mirar cualquier fuego en el que muriera un niño.

—Me parece bien.

—Eso es mucho trabajo.

—Ya lo sé.

—¿Cuál es el marco temporal?

—Cualquier cosa que puedas encontrar a partir del uno de agosto.

—Vale.

—He pensado que quizá convendría mirar lo que tiene la Interpol.

—Ésos son unos malditos inútiles. No sirven para nada. Será mejor ir directamente a las bases de datos que nos puedan ayudar. Y las compañías de seguros también pueden ser interesantes. No sería la primera vez que encontramos algo gracias a ellas. Llamaré a Lloyd's.

—¿Qué hay de la policía?

—Sí, claro. No hay que olvidarse de esos. Veré qué tiene la Europol, Scotland Yard... Lo de siempre.

—Espera un momento. Se me acaba de ocurrir algo. —Lassiter buscó las fotocopias del pasaporte de Grimaldi y miró los sellos fronterizos del período en cuestión. No tardó en encontrar el que buscaba—. Y mira a ver si encuentras algo en São Paulo, ¿vale?

—¿En Brasil?

—Sí, entre el trece y el dieciocho de septiembre del año pasado. Ponte en contacto conmigo en cuanto tengas algo.

—Vale. ¿Quieres un informe por escrito?

—No, sólo la información. Judy sabe dónde localizarme.

—Dinero.

—No te preocupes por eso. Haz lo que tengas que hacer.

—¡Perfecto!

Lassiter estaba a punto de colgar, cuando Dunwold dijo:

—¡Joe! ¿Sigues ahí?

—Sí.

—Se me acaba de ocurrir que...

—¿Qué?

—Esto puede tardar bastante. Es que... Es Navidad, ¿no? Me dedicaré a trabajar, pero...

—Tú haz lo que puedas.

—Vale. Entonces, un saludo. Feliz Navidad y todo eso. Te llamaré.

Lassiter se reunió con Janacek y Riordan en el vestíbulo del hotel a las siete y media. A las ocho y cuarto, después de un espeluznante trayecto en coche por las calles nevadas, ya estaban en el ascensor de la clínica Pankow, en un suburbio de Praga. Un médico con una bata blanca los condujo hasta la habitación en la que estaba Jiri Reiner.

Hacía un calor sofocante, pero Reiner estaba hecho un

ovillo debajo de las mantas. Sus ojos parecían desproporcionadamente grandes en su cara demacrada.

—No come —susurró Janacek pasándose una mano por el pelo. El médico le susurró algo al oído al detective checo y se giró hacia Lassiter. Sin decir nada, levantó un dedo, recordándoles que deberían ser breves. Después se marchó.

Reiner miraba fijamente a Lassiter.

Janacek se volvió hacia él.

—Bien. Yo traduciré. ¿Qué quiere que le diga a *pan* Reiner? Perdón, al señor Reiner.

—Dígale que el siete de noviembre asesinaron a mi hermana, Kathy, y a su hijo pequeño, Brandon. Alguien les cortó el cuello y después prendió fuego a la casa. —Lassiter respiró hondo—. Pero algo salió mal, y el hombre que lo hizo saltó por la ventana de la casa con la ropa envuelta en llamas.

Janacek tradujo. Al acabar, se volvió hacia Lassiter y hundió la barbilla en el pecho.

—El hombre sufrió graves quemaduras, pero sobrevivió —continuó Lassiter—. Cuando lo interrogó la policía, se negó a responder. Nadie entiende la razón del crimen. —Lassiter movió la cabeza—. Nadie.

Observó a Reiner mientras Janacek traducía. Mientras el detective hablaba, los ojos del paciente se llenaron de lágrimas, pero no intentó secárselas. Por fin, cuando Janacek terminó, Reiner habló con una voz llena de sentimiento y los inmensos ojos mojados de un perro labrador.

—Pregunta si su hermana y su sobrino estaban muertos antes del incendio —tradujo Janacek.

Lassiter sabía perfectamente lo que buscaba Reiner.

—Así es —dijo—. No murieron quemados. Los mataron rápidamente, con un cuchillo. —Prefirió no decir nada sobre las heridas de Kathy, ni sobre los cortes que tenía en las manos como producto del forcejeo.

Reiner estaba sentado en la cama, balanceándose hacia adelante y hacia detrás con los ojos cerrados con fuerza. Cuando volvió a abrirlos y habló, su sensación de alivio quedaba patente en sus ojos. Sin duda, se había estado torturando con imágenes de su hijo y su mujer, atrapados, tosiendo, quemándose vivos. Ahora, por lo menos, tenía otra imagen distinta. El detective tradujo sus palabras.

—Pregunta quién era ese hombre.

—Un italiano. Se llama Grimaldi. Dígale que es un hombre con un pasado oscuro. Un mercenario. Un asesino a sueldo.

Janacek tradujo, y Lassiter observó cómo Jiri Reiner retorcía el gesto al oír el nombre de Grimaldi. Se mordió el labio inferior y una expresión de sorpresa se apoderó de su cara. Movió la cabeza tristemente de un lado a otro.

Lassiter se señaló a sí mismo llevándose el pulgar al pecho, y después extendió los brazos con las palmas hacia arriba e imitó el ademán de incomprensión de Reiner. Reiner no dejó de mirarlo ni un instante.

—El pasaporte de Grimaldi demuestra que estaba aquí, en Praga, cuando asesinaron a su mujer y a su hijo.

—Eso ya se lo he dicho antes —dijo Janacek con impaciencia.

—Vuelva a decírselo.

Reiner movió la cabeza con tristeza y se la tocó tres veces con un dedo, como diciendo que no tenía respuestas dentro.

Siguieron así, haciéndose preguntas a través de Janacek, durante algunos minutos. ¿Se conocían las dos mujeres? ¿Había estado alguna vez Hannah Reiner en Estados Unidos o Kathy Lassiter en Checoslovaquia? Lassiter le pidió a Riordan que le enseñara a Reiner una foto de Grimaldi, y también una de Kathy y de Brandon, pero el pobre hombre sólo sacudió la cabeza y murmuró:

—*Ne, ne. Nevim, Nevim.*

No hacía falta traducirlo. Reiner sacó de debajo de la almohada una pequeña foto enmarcada de su mujer con su hijo en brazos. El marco era de plata y tenía forma de corazón. Lassiter miró la foto y movió la cabeza ante la sonriente pareja. Entonces entró el médico. Resultaba patente que le disgustaba que aún estuvieran allí. Reiner dijo algo con una voz sonora. Lo que quería era el número de teléfono y la dirección de Joe Lassiter. Lassiter le dio una tarjeta. El médico intentó hacerlos salir de la habitación, pero Lassiter se acercó a la cama, cogió la huesuda mano de Jiri Reiner entre las suyas y la apretó con fuerza.

—Averiguaré por qué los mataron —prometió mirándolo a los ojos. Reiner le cogió la mano con fuerza, la atrajo hacia sí y se la apretó contra el pecho. Cerró los ojos y dijo:

—*Dekuji moc. Dekuji moc.*

—Eso quiere decir «muchas gracias» —tradujo Janacek.

—Sí, ya lo sé.

El médico les volvió a pedir que salieran de la habitación. Lassiter giró la cabeza y miró hacia atrás. Y los ojos de Jiri Reiner le quemaron. El médico estaba a punto de ponerle una inyección, pero a Lassiter se le ocurrió algo. Se dirigió con urgencia a Janacek.

—Sólo una pregunta más.

Janacek le dijo que no, pero Jiri Reiner apartó la mano del médico con una fuerza sorprendente.

—*Prosim* —dijo haciéndole un gesto a Lassiter.

—Pregúntele si su mujer estuvo alguna vez en Italia.

Kathy había estado en Italia al menos una docena de veces, y Lassiter se empezaba a preguntar si podría haber conocido a Grimaldi en uno de sus viajes, o si quizá lo había conocido Hannah Reiner. Cuando Janacek tradujo la pregunta, sucedió algo extraño.

Reiner bajó la mirada.

Puede que Lassiter lo estuviera interpretando de forma equivocada, pero tenía la impresión de que Reiner estaba avergonzado. Sin levantar la cara, el checo le dijo algo a Janacek y después escondió la mirada.

—Dice que fueron una sola vez —tradujo Janacek—. De vacaciones. Y ahora debemos irnos.

Lassiter asintió, se dio la vuelta y levantó la mano en señal de despedida, pero Reiner no separó la vista de la foto enmarcada que tenía cogida entre las manos.

—*Ciao* —murmuró entre dientes—. *Ciao*.

CAPÍTULO 22

Por la mañana, Lassiter llevó a Riordan al aeropuerto, siguiendo las señales azules que indicaban el camino a través del tráfico de Praga. El detective estaba sorprendentemente huraño.

—Quería hablar contigo —dijo Lassiter.

—No grites.

—No estoy gritando, detective Riordan. Estoy hablando en un tono de voz normal.

Riordan se quejó mientras Lassiter entraba en una rotonda y pisaba el acelerador a fondo para cambiar de carril. Al ver la señal azul que había a mitad de la rotonda, Lassiter tuvo que cruzar tres carriles para coger el desvío.

—Por favor —rogó Riordan—. No hagas eso.

—Es el precio que hay que pagar —le contestó Lassiter sin el menor atisbo de compasión—. ¿Cuántas copas bebiste anoche?

Riordan tardó unos segundos en contestar, como si las estuviera contando. Por fin dijo:

—¿Qué es una copa?

A medida que se alejaban del centro y se adentraban en los suburbios, la arquitectura empezaba a degradarse. Poco a poco, la piedra fue dando paso al hormigón y la ornamentación cedió ante el vacío de la modernidad. Hasta las ventanas parecían distintas, carentes de toda personalidad.

Riordan respiró hondo y se volvió a quejar, como si le hubieran dado un puñetazo en el pecho. Después se aclaró la voz y se enderezó en su asiento.

—Está bien —dijo—. ¿De qué querías hablar?

Lassiter lo miró.

—De Italia —contestó.

—¿Italia? Campari. ¿Qué pasa con Italia?

Lassiter suspiró. ¿Por dónde empezar? Por Bepi.

—Bueno, para empezar, una de las personas con las que he estado trabajando, el chico que me estaba ayudando en Roma... Lo mataron hace un par de días.

Riordan tardó unos segundos en reaccionar.

—¿Estás seguro de que el asesinato está relacionado con el caso?

—No puedo demostrarlo, pero, sí, lo estoy. Además, la noche anterior, cuando volví a mi hotel en Nápoles, me encontré a un tipo en mi habitación. Un tipo muy grande.

—Eso fue cuando te caíste, ¿no?

—Sí. Creo que me habría matado si no hubiera aparecido una de las mujeres de la limpieza.

—¿Qué quería el tipo?

—Ése es el problema. No lo sé. Cuando entré en la habitación estaba mirando lo que había en mi ordenador. —La calle de Praga se convirtió en una carretera más ancha que giraba hacia el este. De repente, estaban en pleno campo. Los rayos del sol se derramaban a través del parabrisas. Riordan hizo una mueca que recordaba a Vladimir *el Empalador*.

—Tienes un aspecto horrible —comentó Lassiter.

Los rojos ojos de Riordan brillaron con fuerza al mirarlo. Cuando habló, lo hizo con el prosaico realismo de las grandes resacas.

—¿Y qué otra cosa podía hacer? —contestó Riordan—. Era un banquete y la gente no dejaba de levantarse para brindar por los demás. Un país detrás de otro. Y después sirvieron licores. —Guardó silencio unos segundos—. Sí, ya me acuerdo. Era un licor de ciruela.

—¿No estás un poco viejo para esas cosas?

Riordan desechó la pregunta con una mirada hastiada.

—¿Y por qué creía el tipo ese que tú sabías algo? —preguntó.

—La verdad es que hicimos bastante ruido —reconoció Lassiter.

—¿Hicisteis? ¿En plural?

—El chico que me estaba ayudando, el chico al que mataron, Bepi, y yo. Fuimos al apartamento donde vivía antes Grimaldi, hablamos con su hermana...

—¿Y qué averiguasteis?

—Que se convirtió en una especie de beato hace unos cinco años.

—¿En serio? ¿Y qué cojones era antes?

Lassiter movió la cabeza.

—Un matón. Un paramilitar.

—¿De verdad?

—Sí.

—¿Cómo lo sabes?

Lassiter se limitó a mirarlo a los ojos.

—¿Cómo lo sabes? —repitió Riordan.

—Tengo un amigo que trabaja... en el gobierno. Me enseñó el expediente de Grimaldi.

—Eso ya es otra cosa. ¿Cuándo podré verlo?

—No puedes.

—¿Y eso por qué?

—Porque ya no existe.

Riordan gruñó airado, o dolorido, o las dos cosas. Empezó a decir algo, pero cambió de idea.

—¿Cómo que un beato? —inquirió al fin.

—Se hizo miembro de Umbra Domini. Le dio todo lo que tenía a una asociación católica que se llama Umbra Domini.

—La sombra del Señor —dijo Riordan.

Lassiter no lo podía creer.

—¿Sabes latín?

—No. La que sabía latín era la hermana Mary Margaret. Yo sólo me acuerdo de un par de palabras.

—Lo que de verdad resulta extraño es que... ¿Te acuerdas de la transferencia que recibió Grimaldi?

—Sí.

—El dinero venía de Umbra Domini.

Riordan se rió.

—Eso sí que tiene gracia. ¿Cómo cojones te has enterado de eso? A nosotros los suizos no nos han dicho nada.

Lassiter se encogió de hombros.

—Un amigo que me debía un favor —explicó.

Riordan dio unos golpecitos en el suelo con el pie, más y más despacio. Por fin, paró.

—Oye... Un momento. La transferencia. Nosotros no hicimos eso público.

Lassiter cambió de carril.

—Ya estamos llegando —anunció.

Riordan suspiró.

—La verdad es que ya me imaginaba que eras tú el que había mandado la bolsa.

Antes de pararse en la terminal, Lassiter le contó a Riordan su viaje a Nápoles, sin olvidarse del frasco de agua bendita que se le había caído del bolsillo a Della Torre.

—Era exactamente igual que el de Grimaldi —comentó.

—¿Adónde quieres llegar? —preguntó Riordan—. ¿Me estás intentando decir que esa asociación religiosa, los «umbras», o como se llamen, contrataron a Grimaldi para que matara a tu hermana?

—Y a mi sobrino.

—¡Venga ya!

—Y a la familia de Jiri Reiner. Y puede que a más gente.

—¿Te has vuelto loco? ¿Por qué iban a hacer eso? —Riordan miró la hora y suspiró. Después empezó a escarbar en su maletín—. Será mejor que apunte toda esta mierda —dijo.

—No hace falta. Tengo una carpeta preparada para ti. Voy a aparcar y te veo dentro. Te invito a un café.

—Vale. Te espero en el bar.

Quince minutos después, Riordan se sentía mucho mejor; hasta tenía mejor aspecto.

—¿Dónde crees que está el truco? —preguntó—. ¿Crees que será el zumo de tomate o el vodka?

—Debe de ser el vodka —repuso Lassiter mientras se sentaba. Después le dio un sobre de color ocre a Riordan. Éste cogió sus gafas de leer y se puso a hojear el informe de prensa de Umbra Domini. El sistema de megafonía anunció algo en cuatro idiomas.

—Vale —dijo Riordan—. Gracias por la pista. Ahora, cuando llegue, sólo tengo que ir a ver al jefe y decirle que la culpa es de los católicos. ¿Tienes la menor idea de cómo le puede sentar eso?

—Esto no tiene nada que ver con los católicos —replicó Lassiter—. Tiene que ver con una asociación en concreto, que, por cierto, tiene un colegio en Washington, Saint Bart's, y una especie de lugar de retiro en Maryland. Tal vez merezca la pena echarles un vistazo.

Riordan frunció el ceño.

—Está bien, veré lo que puedo hacer —aceptó por fin—. Pero tendré que consultarlo con los federales. Desde que Grimaldi secuestró a esa enfermera, tengo todo el día detrás a una niñera del FBI. —Riordan miró a Lassiter con una mirada tan intensa que parecía que había perdido la razón. Después le cogió la mano y se la estrechó con fuerza—. Derek Watson, Joe. Porque lo llamarán Joe, ¿verdad? Estamos haciendo todo lo que podemos. Sólo quiero que sepa eso. ¡Todo lo que podemos! —Riordan le soltó la mano a Lassiter y cerró los ojos—. Derek —repitió—. Tengo que ver a Derek mañana.

—Pues consúltalo con Derek.

—Parece mentira que no tengan nada mejor que hacer.

Lassiter se encogió de hombros.

—No —continuó Riordan—. ¡Lo digo en serio! Parece mentira que los malditos federales no tengan nada mejor que hacer.

—Sí, bueno... —Lassiter bebió un poco de café y cambió de tema—. Quiero preguntarte una cosa —dijo.

—¿El qué? —preguntó Riordan mientras removía el Bloody Mary con un palito de apio.

—Ya te lo he comentado antes. Es sobre la enfermera, Juliette. Sigue pareciéndome raro que tuviera las llaves del coche en el bolsillo cuando se montó en el ascensor con Grimaldi. Es que... No sé. Fue una casualidad tan afortunada para él... ¿Le preguntaste alguna vez por qué llevaba las llaves del coche en el bolsillo?

Riordan meditó un instante.

—No, la verdad es que no. Sé que te dije que lo haría, pero... Estaba bastante mal cuando la encontramos y, además..., como luego pusieron al frente del caso a Derek... La verdad es que no hablé con ella ni cinco minutos. —Se encogió de hombros—. Aunque estoy seguro de que le comenté a Derek lo de las llaves.

—¿Y?

—La verdad, no me acuerdo. Supongo que no me hizo caso. Creo que dijo que él siempre llevaba las llaves en el bolsillo, que quizás ella tuviera la misma costumbre. Pero no sé si se lo preguntó a ella. —El detective agitó el hielo en el vaso y le pidió al camarero que le sirviera otra copa.

Lassiter frunció el ceño.

—¿Lo comprobarás? —dijo.

Riordan hizo una anotación en el sobre que le había dado Lassiter: «Juliette. Llaves.»

—¿Sabes si vivía cerca del hospital? —preguntó Lassiter.

—No —contestó Riordan—. Vivía lejísimos. En Maryland, cerca de Hagerstown.

Sus miradas se encontraron.

—¿Y conducía desde tan lejos?

—De hecho, recuerdo que me dijo que estaba buscando un apartamento más cerca del hospital porque conducir desde tan lejos era un fastidio. Y tampoco es que lo hubiera hecho tantas veces.

—¿Por qué dices eso?

—Porque era nueva. Sólo llevaba un par de semanas trabajando en el hospital.

—Espera un momento. ¿Me estás diciendo que empezó a trabajar en el hospital después de que ingresaran a Grimaldi?

Riordan se frotó los ojos.

—Sí. La trasladaron desde... no sé dónde. También es mala suerte. Su segunda semana en el trabajo y la cogen de rehén. Todavía está bajo tratamiento psicológico.

—¿No ha vuelto al trabajo?

Riordan movió la cabeza y bostezó.

—Está demasiado trastornada.

—Jimmy...

Riordan levantó las manos.

—Vale, vale. Ya sé lo que estás pensando —dijo—. Sólo llevaba dos semanas en el hospital, iba por ahí con las llaves en el bolsillo...

—Y además da la extraña casualidad de que vive en un pueblo donde Umbra Domini tiene un centro de retiro.

Riordan asintió con un suspiro.

—Tienes razón. Lo comprobaré, ¿vale? Pero yo que tú no me haría demasiadas ilusiones. —Riordan vació la copa de un trago—. Bueno, ¿y tú qué? ¿Vas a volver a casa por Navidad?

—No.

—¿Y eso por qué?

Lassiter se encogió de hombros.

—No quiero enternecerte, detective, pero ¿para qué? No queda nadie. No me queda nadie. Toda mi familia está muerta.

—Y, entonces, ¿qué vas a hacer?

—No estoy seguro. Lo más probable es que vuelva a Roma.

—¿A Roma? ¿Cómo que a Roma? Acabas de decirme que le han volado los sesos a tu compañero. ¿Es que quieres que te maten también a ti?

—Murió de asfixia, y no, no quiero que me maten. Nadie me va a buscar en Roma. Estaré más seguro allí que en ningún otro sitio. Si alguien quiere encontrarme, me buscará en Estados Unidos. Al menos eso es lo que haría yo.

Riordan empezó a decir algo, pero el sistema de megafonía anunció a todo volumen la salida de su vuelo. Era un aeropuerto pequeño y, cuando el anuncio fue traducido al alemán, Lassiter ya había pagado la cuenta y estaba al lado de Riordan en la fila del control de pasaportes.

—Ese asunto de tu amigo —dijo Riordan—, el chico de Roma...

—Bepi.

—Sí... —Riordan dejó de hablar mientras le daba la tarjeta de embarque y el pasaporte al policía—. Los cadáveres se están empezando a amontonar —comentó. El policía miró los documentos, selló el pasaporte y le devolvió todo con una sonrisa aburrida. Unos metros más adelante, un hombre calvo se estaba vaciando los bolsillos mientras una rubia esperaba para registrarlo—. Tu hermana y tú sobrino —dijo Riordan—. Eso hacen dos. Tres con Dwayne. Luego Bepi. Si su muerte de verdad está relacionada contigo, ya son cuatro. Y ni siquiera estoy contando a la mujer de Praga y a su hijo, pero con ellos serían seis.

Riordan volvió a fruncir el ceño y ladeó la cabeza como un perro que oye un sonido distante. Abrió la boca para decir algo más, pero el policía le instó a avanzar. La mujer rubia ya había acabado con el hombre calvo, y los viajeros se empezaban a amontonar detrás de Riordan. El detective dejó el maletín sobre la cinta transportadora, levantó las manos y dio un paso hacia adelante. Ante la irritación de los que lo seguían, se detuvo debajo del detector de metales y se dio la vuelta.

—Mantente en contacto, ¿vale? Quienquiera que esté detrás de todo esto, Grimaldi, o quien sea, sabe perfectamente lo que hace. Lo sabes, ¿verdad?

CAPÍTULO 23

Llegaron la Nochebuena y la Navidad, pero no pasó nada.

En Italia, las fiestas resultaban más tranquilas y familiares que en Estados Unidos. Sin la enorme carga comercial que rodea esas fechas, sin el compromiso de comprar regalos y acudir a fiestas, sin la obligación de sumergirse en la alegría navideña, el ambiente en Roma resultaba sereno, incluso pacífico. Los días se sucedieron sin nada que los diferenciara entre sí, y el día de Nochevieja no tardó en llegar.

Para Lassiter fueron días extraños e inconexos. Alquiló una *suite* en un hotel retirado, justo al norte de los jardines de Villa Borghese. Fue a la clínica dental que había en la viale Regina Elena, donde un dentista británico le extrajo lo que quedaba del diente que le habían roto en Nápoles, y se hizo una radiografía en el hospital internacional Salvator Mundi; aunque estaba magullado, no tenía ninguna costilla rota.

Comía solo en pequeñas *trattorie* y leía un libro de bolsillo de Penguin detrás de otro. Se levantaba tarde y salía a correr. Había pensado en contarle a la policía lo que sabía de Bepi, pero una breve conversación con Woody lo hizo cambiar de idea. ¿Qué le iba a contar a la policía? Sólo tenía sospechas, y contárselas a la policía italiana no parecía demasiado buena idea. Al menos eso es lo que pensaba Woody. Sí, se había hecho una purga en el SISMI, pero ¿hasta qué punto? Sin duda, Grimaldi todavía tendría amigos. Y quién sabe si no había alguna relación entre el SISMI y Umbra Domini. Ahora era mejor pasar inadvertido y esperar a que la polvareda se volviera a asentar.

Así que Lassiter pasó las Navidades sin dejarse ver. Llamaba a Estados Unidos cada dos días desde una cabina de la estación de tren, pero nunca había nada nuevo. Incluso las negociaciones con American Express estaban paradas hasta después de Nochevieja. «Realmente, no hay casi nadie trabajando. Todo está parado», le dijo Judy. Lassiter le dijo que lo entendía. Y era verdad.

También comprobaba los mensajes que tenía en el contestador automático: invitaciones a fiestas, llamadas del tipo «mantente en contacto» y felicitaciones navideñas de personas ni demasiado cercanas ni demasiado queridas. Mónica le dejó un mensaje alegre y cariñoso, Claire uno tenso y hostil. Pensó en llamar a las dos, pero realmente no tenía nada que contarles.

Algunas noches se quedaba sentado en el viejo sillón de brocado de su habitación de hotel y pensaba en su casa de McLean. Había leído en el *Herald Tribune* que había habido una gran nevada en Washington. Unas Navidades blancas. Pensaba en el camino de entrada y en el puentecito, en el riachuelo y en los árboles tapizados con nieve. Y, dentro de la casa, la noche pálida, iluminada por la nieve, resplandeciendo en los ventanales del atrio.

A veces pensaba en Kathy y en Brandon. Empezaba a olvidar cómo eran físicamente. Pensar en Brandon lo deprimía. Era... Había sido... un niño alegre. Lo habría pasado fenomenal jugando con toda esa nieve. En un año o dos, Brandon habría empezado a jugar al fútbol. A Lassiter le hubiera gustado enseñarle. ¿Y por qué no? Brandon necesitaba un padre, aunque fuera postizo, ¿y quién mejor que Joe Lassiter, un miembro fundador de la Alianza?

Y después pensaba en Grimaldi. Y, después de Grimaldi, en la termita. Termita.

Entonces intentaba pensar en cosas menos traumáticas. El correo se estaría amontonando, rebosando del cesto donde lo dejaba su asistenta cuando él estaba fuera. Habría una montaña de revistas, catálogos y tarjetas de felicitación de despachos de abogados de Washington, Nueva York, Londres y Los Ángeles, pero ninguna de ellas incluiría la palabra Navidad. Simplemente dirían: «Felices fiestas.»

Tumbado en la cama, con la mirada clavada en el techo, Lassiter se dio cuenta de que realmente no deseaba volver a casa.

Hoy no. Ni mañana tampoco. Quizá nunca.

Tampoco le apetecía hacer turismo. Había ido un par de veces a los museos Vaticanos y la capilla Sixtina. Ambos eran impresionantes, pero Lassiter parecía haber perdido el interés por todo lo que no fuera Franco Grimaldi. Hacía los crucigramas del *Herald Tribune* y bebía demasiado vino tinto a la hora de cenar.

Y entonces llegó la víspera de Nochevieja, una noche que tradicionalmente se reserva para revisar el pasado y tomar resoluciones para el futuro. Esperó hasta las ocho y fue a cenar a una *trattoria* que había a una manzana del hotel. Le sirvieron calamares *marinara*, ensalada con hinojo, raviolis rellenos de piñones y espinacas y además cordero a la parrilla con salsa de menta. Pidió un café solo con un trocito de piel de limón y, después, la casa lo invitó a *tiramisù* y a una copa de Vin Santo.

Se bebió el vino, que era muy bueno, y dejó una abultada propina. Al volver al hotel encontró un viejo bar en un sótano con arcos de ladrillo. El bar, dominado por una inmensa pantalla de televisión, estaba lleno de hombres de clase trabajadora. Sus esposas no los acompañaban, pero sí había algunas mujeres con trajes muy coloridos, mucho rímel y uñas pintadas de color rojo brillante. No eran prostitutas, sino chicas de fiesta. Se reían mucho, pero las risas parecían forzadas. Por alguna razón, lo hicieron sentirse solo.

En el televisor había un partido de fútbol. Fiorentina-Lazio. Una cinta de vídeo. Obviamente, había ganado el Lazio, porque los hombres que llenaban el bar anticipaban cada momento de gloria local y cada ocasión de perfidia florentina, dándose codazos cada vez que estaba a punto de suceder algo mientras se quejaban de la incompetencia del árbitro.

Ya eran casi las once cuando Lassiter llamó al joven camarero y le dijo que quería invitar a todo el mundo a una ronda de champán. El camarero repartió las copas y, con la ayuda de dos clientes, sirvió una ronda de Moët Chandon. Los clientes levantaron sus copas y brindaron ruidosamente por él. Lassiter invitó a otra ronda y, cuando estaba a punto de invitar a la tercera, el camarero lo miró fijamente y movió la cabeza de un lado a otro. Después le pidió a Lassiter que le dejara su bolígrafo y escribió:

Moët Chandon: 14.400 lire
Asti Spumante: 6.000 lire

Después, el camarero le explicó con todo tipo de gestos que los ocupantes del bar estaban borrachos y que no sabían apreciar el Moët Chandon. Lassiter accedió, y el camarero sirvió una ronda de Asti Spumante sin que Lassiter apreciara ningún cambio en el ánimo festivo de los clientes del bar. Por fin llegó la medianoche y, con ella, Lassiter recibió una explosión de abrazos masculinos y muestras de afecto femenino. Cuando finalmente se levantó para marcharse, sólo un poco menos borracho que sus compañeros de celebración, todo el bar se puso en pie. Lassiter fue obsequiado con una ovación cerrada, una serie de brindis que no entendió y un explosivo «*buona fortuna*». Dejó una propina de casi doscientos dólares y se marchó.

El teléfono lo despertó a las ocho en punto de la mañana. Al darse la vuelta, Lassiter tuvo un momento de pánico al recordar que había estado besando a una mujer al salir del bar. Rogó a Dios que no se la hubiera llevado al hotel, porque... Bueno, porque no sabía hablar italiano.

«Dios santo —pensó—, ni siquiera tengo resaca. Sigo borracho.»

—¡Buenos días! —La animada voz de Roy Dunwold atravesó el teléfono como una flecha—. ¿No te habré despertado, no?

—Claro que no. Estaba... rezando mis oraciones.

Dunwold se rió.

—Así que has estado de fiesta, ¿eh? ¿Quieres que te llame más tarde?

Lassiter se incorporó en la cama, y el mundo dio vueltas a su alrededor.

—No —contestó—. No te preocupes. Estoy bien.

—Pues nadie lo diría por tu voz. Bueno, da igual. Tengo algo para ti. De hecho, tengo un par de cosas.

—Ah.

—Primero Brasil.

—Ajá.

—¿Sigues ahí?

—Sí, sí.

—Río de Janeiro. La información la ha conseguido mi amigo Danny. —Roy hablaba a ráfagas. Estaba claro que se estaba reservando la bomba para el final—. Dos de la madrugada. Un incendio. Diecisiete de septiembre. En un chalet a todo trapo en Leblon.

—¿Qué es eso?

—Leblon es un elegante barrio en la playa. Bla, bla bla... Aquí está. Murió un niño en el incendio. Acababa de cumplir cuatro años. Su mamá también murió. Y la niñera danesa también. Bla, bla, bla, bla, bla... El fuego se propagó a las casas de alrededor. Ningún otro herido de consideración. Los daños se estiman en no sé cuántos trillones de cruceiros. ¡Aquí está! «Incendio de origen sospechoso.»

Lassiter movió la cabeza demasiado fuerte.

—Es increíble —dijo.

—Todavía hay más. —Lassiter podía oír cómo Roy pasaba las hojas al otro lado de la línea—. Sí, aquí está. Las autoridades dicen que el incendio fue provocado. Más cosas sobre la familia. Vamos a ver... Una pareja adinerada. Bla, bla, bla... Señores de Peña. La señora era psiquiatra y el señoooor eeees... ¡un empresario! Rio Tino Zinc, hoteles Sheraton... La lista es interminable.

—¿El niño era varón?

—Sí. Hijo único.

—Ajá —repuso Lassiter.

—Todavía no he acabado. Tengo otro.

—¿Otro qué?

—¿Qué va a ser? Otro maldito crimen que encaja en tu patrón. Otro chavalín...

—¿Cuándo? —preguntó Lassiter—. ¿Dónde?

—En octubre. Matilda Henderson y su hijo Martin. Aquí mismo, en nuestro queridísimo Londres.

El avión a Londres estaba prácticamente vacío. Año Nuevo. Heathrow tenía un aspecto igualmente desolado. Aun así, casi no vio a Roy al pasar la aduana.

Roy tenía un talento especial para pasar inadvertido, algo que resultaba muy útil para un investigador. Se describía a sí mismo como «un tipo de aspecto absolutamente normal». Pero eso no bastaba para explicarlo. Había algo en él que lo hacía prácticamente transparente a ojos de los demás. Lassiter se lo había comentado en una ocasión y, por el gesto de Roy, estaba claro que no era la primera vez que le decían algo parecido. «No es un talento innato —había dicho—. Es lo que me permitió sobrevivir a mi adolescencia.»

Mientras Lassiter recorría la terminal con la mirada, Roy se materializó a su lado. Llevaba puestas una chaqueta de lana y una bufanda que parecía tejida a mano por un principiante.

—Felices fiestas —le dijo al oído mientras le cogía la bolsa de viaje.

Roy siempre aparcaba en prohibido, pero nunca lo multaban. Tenía el coche justo a la salida, aparcado detrás de un autobús. El aire era frío y húmedo y olía a gasoil. Cada dos segundos, un avión estremecía el aire encima de sus cabezas.

Lassiter fue hacia la puerta derecha del coche, y Roy le tuvo que recordar que estaba en Inglaterra. Era un Jaguar azul marino que Roy tenía desde que Lassiter lo conocía. Mientras conducía, Roy le contó lo de los Henderson.

La mujer, Matilda, tenía mucho dinero gracias a una herencia y un divorcio muy exitoso. Era más o menos famosa en los círculos intelectuales. Escribía novelas. Libros serios. Nunca había vendido mucho, aunque había ganado un par de premios.

—No me suena —dijo Lassiter.

—Ya. Bueno, todavía estaba empezando, ¿sabes? He leído las necrológicas y un par de entrevistas. Tuvo a su único hijo a los cuarenta y un años. Según el *Guardian*, el niño «también abrió las compuertas de la fertilidad en su vida literaria».

—¿Qué me dices del marido? —preguntó Lassiter.

—No tenía marido. Tuvo el niño sola. Fue a una de esas clínicas.

—¿Qué clínicas?

—Ya sabes. Las clínicas esas de fecundación. Todo muy profesional.

«Espera un momento», pensó Lassiter.

Pero Roy estaba disparado.

—Es antinatural, eso es lo que es. En vez de disfrutar un rato, como Dios manda... No sé. Resulta demasiado aséptico. Y no es que esté diciendo que esté mal, no, peroooo... ¡Hay mujeres que hasta piden fotos de los donantes en los bancos de esperma! Y después miran los datos de los que más les han gustado. Altura, peso, coeficiente intelectual, color de los ojos, estudios... ¡Eligen al papá como si fuera un maldito papel pintado!

Roy parecía compartir la opinión de Riordan. Lassiter recordó las palabras del detective cuando le había dicho que Brandon no tenía padre: «¿Que no tiene padre? Explícame eso... y puedes irte.»

Roy seguía hablando, pero Lassiter no le prestaba atención. Una idea empezaba a germinar en su cabeza. Kathy también había concebido a Brandon en una clínica de fertilidad. Puede que ésa fuera la relación entre los distintos casos. Quizá Grimaldi fuera un donante de esperma. Quizá estuviera dando caza a sus propios retoños.

—¿Qué pensaría el pobre Darwin? —Roy seguía hablando—. Te diré lo que pensaría. Pensaría que eso es selección antinatural, y no hay más que hablar.

Lassiter se recostó en el asiento, sin prestarle demasiada atención a Roy, mientras el Jaguar se abría paso a través de la noche. Descartó la posibilidad de que Grimaldi fuera un donante de esperma vengativo. Eso no explicaba lo que le habían hecho a Bepi. Ni lo de Umbra Domini. Ni que alguien desenterrara y quemara el cuerpo de Brandon.

Resultaba extraño cómo su estado de ánimo se había ido apagando a lo largo del día. Lo que le había contado Roy sobre el caso de Londres abría nuevas perspectivas para el caso. Al recibir su llamada había sentido tal impaciencia que había cogido el primer vuelo que salía hacia Londres. Y, además, estaba lo de las clínicas de fertilidad. Sin duda, eso era importante, pero no sabía por qué. Las clínicas eran un eslabón más en la cadena. De eso estaba convencido. Y la religión... La religión también formaba parte de la cadena. Intuía que se estaba acercando a algo, pero, aun así, la emoción que había sentido al principio había dado paso a un estado de ánimo cansado e irritable. Estaba agotado. Le dolían las costillas, y lo único que quería era darse una ducha y acostarse.

Al llegar a St. James Place, el Jaguar se detuvo delante de Dukes.

—Ya hemos llegado. Lo siento, no he parado de hablar ni un momento. A este paso acabarán encerrándome en una jaula para bichos raros.

—No tiene importancia —replicó Lassiter—. Lo que me has contado es muy interesante.

Un portero vestido con chaqué y chistera se acercó al coche.

—Espera un momento —dijo Roy y se dio la vuelta para coger un grueso sobre del asiento trasero—. Toma. Aquí está todo. Todos los datos sobre el caso de los Henderson. Y sobre lo de Brasil. Otra cosa más: te he concertado un par de citas para mañana.

—¿Con quién?

—Con la hermana de Matilda Henderson y con su mejor amiga, la madrina del chico. Te recogeré hacia las diez, ¿vale?

Lassiter asintió y se bajó del coche. Un rayo iluminó las nubes, sonó un trueno y el cielo se abrió de par en par. El portero lo miró con gesto malhumorado, como si, de alguna manera, fuera culpa de Lassiter.

CAPÍTULO 24

La hermana de Matilda Henderson se mostró educada, pero nada más. Honor tendría unos cincuenta años y tenía el pelo gris muy corto. Llevaba grandes pendientes, unas feas gafas a la última moda y unos pantalones muy anchos con elásticos en los tobillos que le recordaron a Lassiter a los pantalones bombachos de las figuras animadas de *Aladín*; le parecía que había sido ayer cuando había llevado a Brandon a ver la película. Su apartamento de Chelsea estaba decorado en negro, blanco y gris. Honor no les ofreció nada de beber. Se limitó a indicarles con un movimiento de la mano que se sentaran en dos incómodas sillas que parecían hechas de tela metálica.

—He venido a verla porque tenemos algo en común —empezó Lassiter.

Ella arqueó una ceja.

A pesar de la frialdad de Honor, Lassiter continuó. Primero le dijo que su hermana y su sobrino habían muerto de una manera sorprendentemente similar a la de su hermana y su sobrino y después le contó la historia entera, desde el día en que se había enterado de la muerte de Kathy. Cuando Lassiter acabó, la habitación se sumió en un incómodo silencio. Y, entonces, Honor dijo:

—Sigo sin entender a qué ha venido, señor Lassiter.

Roy Dunwold dejó caer la mandíbula. Lassiter lo miró un momento. Después se inclinó hacia la mujer.

—Había pensado que... Posiblemente... Lo que quiero decir es que quizás algo de lo que le he contado... —Volvió a dudar—. Puede que algo de lo que he dicho le sugiriera algo sobre su hermana o sobre su sobrino...

—Algún lunático mató a mi hermana y a mi sobrino mientras dormían. Supongo que es posible que fuera su mismo lunático, pero ¿qué importancia puede tener eso?

Lassiter se quedó mirándola fijamente. No sabía qué decir.

—¿No quiere que encuentren al asesino de su hermana?

Ella expulsó un hilo del humo de su cigarrillo y se encogió de hombros.

—El asesino tendrá que vivir con su conciencia —repuso agriamente—. Igual que O. J. Simpson. —Se levantó—. Soy budista y creo que todas estas cosas se compensan solas con el tiempo. Mi hermana y yo no teníamos una relación demasiado estrecha, como estoy seguro de que alguien se tomará la molestia de contarle. Si no hubiera estado de viaje en las Bahamas, estoy segura de que la policía habría sospechado de mí.

—Me extrañaría —interrumpió Roy—. Aunque sí había algo sobre una herencia.

Ella lo miró con gesto airado.

—No necesito el dinero de Matilda. Supongo que lo pondré en un banco y crearé un premio literario con su nombre. Y, ahora, si no les importa —dijo mirando el reloj—, tengo una cita.

Pero Lassiter estaba decidido a llegar hasta el fondo, aunque sólo fuera por no tener que volver a ver a Honor Henderson.

—¿Por qué iban a sospechar de usted?

—Mi hermana me traicionó. Vivimos juntas aquí durante años en perfecta armonía. Yo pintaba y ella escribía. Éramos felices, hasta que empezó a obsesionarse con esa absurda idea de tener un hijo.

—Usted no aprobaba la idea.

—Por supuesto que no. Al final no tuve más remedio que pedirle a Matilda que se buscase otro sitio donde vivir. ¡Y menos mal que lo hice! Cuando nació Martin, el niño, Tillie se olvidó de todo lo demás. Sólo hablaba de pañales, de irritación en los pezones, de juguetes y de papillas naturales. Resultaba imposible mantener una conversación inteligente con ella. —De repente dejó de hablar y se sonrojó—. Se acabó. Yo ya he llorado sus muertes y las he superado. Le recomiendo que haga lo mismo, señor Lassiter. Y, ahora, si no les importa... —Honor Henderson los acompañó hasta la salida.

Al llegar a la puerta, Lassiter se detuvo y se dio la vuelta.

—¿Sabe a qué clínica de inseminación artificial fue?

Un gran suspiro.

—La verdad, no me acuerdo. Estuvo en tantas... Viajó a Estados Unidos. ¿Puede creer que hasta fue a Dubai? Fue al menos a seis clínicas distintas. Se pasaba el día hablando del grosor de las mucosas y de ciclos de ovulación. —Frunció el ceño con asco—. Hasta se medía la temperatura vaginal. Y luego la apuntaba en un cuaderno.

—¿Sabe si fue a alguna clínica en Italia? —preguntó Lassiter—. Se lo pregunto porque el hombre que mató a mi hermana es italiano.

—No lo sé. Al final, casi no nos hablábamos. Y, ahora, ¡por favor! Tengo una cita.

Cuando salieron, Honor cerró la puerta de golpe.

—Vaya mal bicho —dijo Roy—. Lo más probable es que sí los matara ella.

Kara Baker, la mejor amiga de Matilda Henderson, vivía al otro lado del Támesis, en la zona sur de Londres. Roy se abrió camino a través del atasco del centro con un uso muy liberal del claxon. Por fin, llegaron al puente Hammersmith. El teléfono del coche empezó a sonar justo cuando acababan de atravesarlo. Roy lo maldijo.

—Es un maldito incordio, eso es lo que es.

Lo descolgó, estuvo escuchando unos instantes y, con voz resignada, dijo:

—Está bien. Llámame allí dentro de una hora.

Uno de los empleados de Roy, que estaba trabajando en un caso en Leeds, había tenido un problema con la policía local. Roy no tenía más remedio que ir a arreglar el asunto.

Barnes era una urbanización con estanque para patos y pista de críquet. La casa de Kara Baker era una sólida construcción de ladrillo con viejos setos y dos pequeños leones de piedra, con cintas de terciopelo rojo alrededor del cuello, que hacían guardia sobre los pilares de piedra que flanqueaban la entrada.

La mujer que le abrió la puerta no podría haberse parecido menos a Honor Henderson, ni su casa haber sido más distinta del apartamento acromático de Chelsea. Kara Baker tendría treinta y tantos años y era sumamente hermosa. Llevaba la larga melena pelirroja sin recoger y tenía unos ojos azules llenos de brillo y un cuerpo con unas curvas que ningún hombre podía dejar de apreciar.

La casa estaba amueblada con antigüedades y muebles modernos que le conferían un aire exuberante y ecléctico. Los suelos de madera se hallaban cubiertos con viejas alfombras orientales, y había obras de arte de todas las épocas. Las plantas crecían libres, perdiendo hojas, subiendo por las columnas del salón, enroscándose en la barandilla de la escalera... Había papeles y revistas, libros, tazas y platos, sombreros y guantes por todas partes. Una bolsa roja de agua caliente descansaba en un sillón, y había una bolsa de patatas abierta encima de la banqueta del piano.

Kara se disculpó por el desorden, paró un momento para quitarse los zapatos y avanzó delante de él con los pies descalzos.

—¿Quiere un café?

Lassiter la siguió hasta la cocina, una habitación inmensa con una fila de puertas correderas en una de las paredes. Se sentó delante de una mesa de madera mientras ella preparaba el café.

—Entonces, ¿ya ha ido a ver a Honor? —preguntó Kara Baker.

—La verdad es que no ha sido de gran ayuda.

—Pobre Honny —dijo ella con un suspiro—. Quiere aparentar dureza, pero realmente está destrozada. Me preocupa.

Lassiter vaciló un momento.

—No parecía precisamente destrozada.

—Ya me lo imagino. A veces se comporta como una bestia. Pero, créame, Tils, Matilda, era la única persona que le importaba en este mundo. Ella y Martin.

Lassiter ladeó la cabeza, como si no hubiera oído bien.

—Eso no es lo que me dijo a mí.

La cafetera empezó a sonar, y Kara la retiró del fuego.

—Tonterías —replicó mientras buscaba unas tazas—. Por eso le digo que me preocupa. Usted ha visto su apartamento, ha visto lo rígida que es. Espere un momento. Le voy a enseñar uno de sus dibujos. —Preparó la bandeja en la mesa: dos tazas con muescas, un azucarero de alabastro y una botellita de nata. Después fue a la pared más lejana de la cocina y volvió con un gran boceto a tinta de Picadilly Circus. Lo apoyó en una silla y los dos lo observaron unos instantes—. ¿Ve? —dijo—. Seguro que es el dibujo más estreñido que verá en toda su vida. —Señaló el dibujo—. Así... es Honny.

Era un gran dibujo con una composición brillante, un trazo atractivo y una perspectiva aérea, un poco inclinada, que resultaba intrigante. Pero era obsesivamente meticuloso y detallista.

—Entiendo lo que quiere decir.

Kara removió el café con un dedo y se lo chupó.

—Honor está sumida en lo que los psiquiatras llaman «negación», sólo que no está negando que los asesinatos tuvieran lugar, ni que Tils y Martin estén muertos; está negando que le importe. No le importa y, por lo tanto, el hecho de que estén muertos no tiene importancia. —Bebió un poco de café y suspiró con placer.

El café estaba muy, muy bueno, y Kara Baker era realmente atractiva, pero Lassiter se sentía extrañamente inmune a ese atractivo. Eso le preocupaba, porque estaba delante de una mujer que en condiciones normales hubiera despertado su deseo. Tal y como estaban las cosas, la atracción que sentía era casi intelectual, en vez de física. Y eso lo inquietaba.

—Mmmmm —dijo ella sujetando la taza con las dos

manos. Después miró a Lassiter y arqueó las cejas, esperando a que él dijera algo.

—Honor me dijo que echó a Matilda del apartamento —explicó Lassiter—. Me dijo que se habían convertido en extrañas desde que Matilda se quedó embarazada.

—Tonterías —replicó Kara—. A Honor le encantaba la idea del bebé. Se pasaba horas leyendo sobre las últimas técnicas y los índices de éxito de las distintas clínicas. Le preparaba las citas a Tils. Hasta le controlaba la dieta. Honor se encargaba de todo.

Lassiter movió la cabeza.

—No parece que esté hablando de la persona que acabo de conocer.

—Mire, no tiene por qué fiarse de mi palabra. —Se inclinó hacia él—. Tils dejó escrito en su testamento que Honor recibiera la tutela de Martin si le pasaba algo a ella. Y lo de mudarse fue idea de Tils. No veía cómo iba a poder trabajar Honor con un bebé en el piso. Pero estaban buscando una casa de campo para compartir los fines de semana.

De repente, Kara dejó de hablar y los ojos se le llenaron de lágrimas.

—Lo siento —se disculpó—. ¡La echo tanto de menos! Éramos amigas desde niñas y también queríamos compartir la vejez. Ya sabe, comprarnos sombreros extravagantes y viajar al sur de Francia o a la Toscana o...

Kara perdió el control por completo y rompió a llorar. Se tapó la cara con una mano y salió corriendo de la cocina.

—Lo siento. Lo siento. Ahora vuelvo.

Al quedarse solo en la cocina, Lassiter pensó en lo que le había dicho Kara. La conversación se había atascado en la relación entre las hermanas Henderson. Tendría que dirigirla hacia el tema que le interesaba: las posibles razones por las que alguien podría querer matar a su amiga. Y tendría que contarle su propia historia, lo que les había pasado a Kathy y a Brandon; tal vez ella encontrara alguna similitud con el caso de su amiga.

Recogió las tazas de café, las aclaró y las dejó al lado del fregadero. Después se acercó a la nevera para guardar la botellita de nata.

La nevera era inmensa, sobre todo para Inglaterra, donde lo normal eran los electrodomésticos pequeños. Las puertas estaban literalmente cubiertas con dos o tres capas de papeles. Era un auténtico museo de dibujos, fotos, invitaciones, recortes de periódico, postales, notas viejas y arrugadas, trozos de papel con números de teléfono, multas de tráfico, un dibujo de un niño...

La puerta de la nevera se enganchó al intentar abrirla y, de alguna manera, Lassiter tiró uno de los imanes. Unos papeles cayeron al suelo. Los recogió y, mientras intentaba colocarlos, vio la postal.

Se quedó mirándola petrificado. Kathy le había mandado exactamente la misma postal hacía años. Era una foto dentro de otra foto. El fondo mostraba una vista de un pueblo amurallado encaramado en lo alto de una colina rocosa en Italia. La foto que había dentro de la vista panorámica del pueblo mostraba el precioso hotelito que había encargado las postales: la pensión Aquila.

Lassiter todavía recordaba la parte de detrás de la postal que le había mandado Kathy y la mezcla de sensaciones que había sentido al leerla. Al leerla no, al mirarla, porque era un dibujo, una de esas típicas extravagancias de Kathy. Contenía cuatro recuadros que mostraban la misma cara de una mujer. Pero, de izquierda a derecha, el tono de la cara iba cambiando de color, hasta convertirse en un rojo chillón en el recuadro de la derecha. Lassiter entendió perfectamente el mensaje: embarazada. Kathy había firmado el jeroglífico con la vieja A tumbada de la Alianza.

Antes del viaje a Italia, Lassiter había intentado convencerla de que no fuese, de que se olvidara de quedarse embarazada. A esas alturas, ya llevaba tres años intentando ser madre y se había gastado más de sesenta mil dólares en el proceso. Era una obsesión que la estaba agotando, tanto física como emocionalmente. Cada vez parecía más frágil. La idea de que fuera a una remota clínica extranjera lo inquietaba, aunque había hecho indagaciones sobre la clínica y tenía una excelente reputación.

Al recibir la postal le había preocupado que la felicidad de Kathy acabara en una nueva decepción. Ya había ocurrido una vez antes, cuando había perdido el niño a los pocos meses de conseguir quedarse embarazada en una clínica de Carolina del Norte. Aquella vez Kathy se quedó desolada. Lassiter no quería que eso volviera a sucederle.

Cuando Kara Baker volvió a la cocina se encontró a Lassiter leyendo la postal de su nevera:

Querida K...
Esto es precioso, y muy pacífico. Praderas y praderas de girasoles con las cabezas inclinadas por el peso. Mantén los dedos cruzados.
Un abrazo,

TILS

—¿Qué...? —empezó a decir Kara Baker, pero, en vez de acabar la frase, se quedó mirándolo con una expresión extraña, como si no pudiera concebir tal falta de educación. Por fin, su boca dibujó una pequeña sonrisa, pero sus ojos lo contemplaron con frialdad—. ¿Sabe? Creo que será mejor que se marche.

—Lo siento —se disculpó él al tiempo que le enseñaba la postal como si estuvieran en una subasta—. Ya lo sé. Estoy leyendo una carta personal. Pero es que... Al guardar la nata en la nevera tiré unos papeles sin querer y al ver esta postal...

Ella se había puesto unos pantalones de chándal y un jersey viejo. Se notaba que había estado llorando mucho. Tenía los ojos rojos y la cara sofocada. Le quitó la postal de la mano a Lassiter, leyó lo que tenía escrito y le dio la vuelta. Se mordió el labio inferior y todo su cuerpo se estremeció en un suspiro.

—Éste es el pueblo donde estaba la clínica. Aquí es donde Tils se quedó embarazada de Martin. Por eso la guardé.

—Montecastello di Peglia.

Ella no pareció oírlo.

—De hecho, fui con ella para acompañarla en los momentos duros. Era precioso. Un pueblecito perfecto en Umbria. —Respiró hondo—. Ella estaba tan... feliz. Compré una botella buenísima de champán, pero, claro, ella no estaba dispuesta a beber ni una gota. Así que cogimos un taxi y derramamos la botella entera en el jardín de la clínica.

—¿Qué le ha contado Roy de mí? —preguntó Lassiter.

Ella lo miró fijamente.

—¿Roy? —Y entonces se acordó—. Ah sí, su compañero.

—¿Le dijo por qué quería verla?

Ella se echó el pelo hacia atrás y frunció el ceño.

—Algo relacionado con su hermana —repuso—. Con su hermana y su hijo. —Kara parecía confusa—. Me dijo que podía guardar alguna relación con lo de Tils.

—La razón por la que he leído la postal es que...

—No se preocupe —lo interrumpió ella—. No pasa nada.

—No me entiende. ¡Escúcheme! Mi hermana me mandó la misma postal.

—...

—Mi hermana se quedó embarazada en la misma clínica. Después de intentarlo durante años, fue allí donde lo consiguió.

—Igual que Tils. —Kara tragó saliva—. La clínica Baresi. —Abrió los ojos de par en par y ladeó la cabeza—. ¿Y usted cree que...? ¿Qué es lo que está insinuando?

Lassiter movió la cabeza.

—No lo sé. Pero es extraño, ¿verdad? Matilda no le mencionaría nunca a un hombre llamado Grimaldi, ¿no? Franco Grimaldi.

Kara negó con la cabeza.

—No.

Lassiter le preguntó si podía hacer una llamada. Ella lo miró extrañada; después se encogió de hombros y señaló hacia las puertas correderas.

—Creo que me voy a dar un baño —indicó.

Lassiter observó cómo desaparecía al otro lado de la puerta antes de levantar el auricular. Tardó más de diez minutos, pero, finalmente, consiguió contactar con la central de policía de Praga. Después tuvo que volver a esperar mientras el detective Janacek se ponía al teléfono.

—*Ne?* —dijo Janacek.

—¿Janacek? Soy Joe Lassiter, el amigo de Jim Riordan.

—Ah, sí —contestó el checo con tono inflexible—. Feliz Año Nuevo.

Lassiter le contó lo que había averiguado.

—Quiero que le pregunte a Jiri Reiner si su mujer acudió a una clínica de inseminación artificial para quedarse embarazada —dijo—. Y, si lo hizo, pregúntele a cuál. Quiero saber si fue a la clínica Baresi.

—Se lo preguntaré a *pan* Reiner —repuso Janacek—. ¿Me volverá a llamar usted?

—No le quepa la menor duda.

—Espere. No cuelgue. Llamaré a Reiner por la otra línea.

—Perfecto.

Lassiter permaneció varios minutos sentado con el teléfono en la mano, barajando mentalmente las posibilidades una y otra vez. Si la mujer de Reiner había concebido a su hijo en la clínica Baresi, el patrón sería indiscutible: alguien estaba exterminando, uno a uno, a los niños concebidos en esa clínica. Una masacre de inocentes. Pero ¿por qué? Estaba haciendo una lista mental, sopesando una razón improbable detrás de otra, cuando oyó la voz de Janacek a lo lejos y se llevó el auricular a la oreja.

—¿Oiga? —dijo Janacek—. ¿*Pan* Lassiter?

Lassiter se dio cuenta de que estaba aguantando la respiración.

—Sí.

—Al principio, Jiri no quería contestarme. Me preguntó: «¿Por qué me pregunta eso?»

—Sí, ¿y?

—Yo le dije: «Jiri, han asesinado a su mujer y a su hijo. Contésteme a esta pregunta.» Y él... Él me dijo que se sentía mal..., como hombre. Por fin me dijo por qué se sentía mal: porque no pudo dejar embarazada a su mujer, porque ella tuvo que ir a una clínica. Yo tuve que insistir: «¿Qué doctor? ¿Dónde?» No le dije el nombre de la clínica. Por fin, él me dijo: «La clínica Baresi, en Italia.»

Lassiter respiró hondo.

—Dios santo —exclamó—. No lo puedo creer.

—¿Ha estado usted en la clínica? —preguntó Janacek.

—Es mi próxima parada —contestó Lassiter.

Hablaron un poco más, y Lassiter le prometió al checo que lo mantendría informado. Justo cuando colgó, Kara Baker volvió a la cocina. Estaba envuelta en un albornoz blanco y tenía un aspecto fresco y aseado. Kara se acercó a él y apoyó la mano en el brazo de Lassiter mientras lo miraba con unos ojos que decían que no llevaba nada debajo del albornoz.

Lassiter se sorprendió a sí mismo moviendo la cabeza. Su propia indiferencia lo desconcertaba. Kara era una mujer realmente espectacular, pero, en vez de cogerla y estrecharla contra su cuerpo, le contó lo que le había dicho Janacek y le dio las gracias por el café y por su ayuda. Después se levantó para irse.

—No puedo agradecérselo bastante. Sin su ayuda, podría haber tardado meses en averiguar lo de la clínica.

—Quién sabe —repuso Kara, fría como el hielo.

Lassiter la miró y suspiró.

—Tengo que irme —dijo. Y se fue.

CAPÍTULO 25

Lassiter estaba de pie junto a la ventana de su habitación, acariciando un vaso de Laphroaig mientras observaba cómo el viento empujaba la lluvia en el patio de debajo. Las rachas de viento golpeaban las ventanas en oleadas, como si la noche estuviera respirando: Inspirar... Espirar... Inspirar... Espirar.

De vez en cuando, un rayo rasgaba el cielo y un relámpago iluminaba la penumbra. De repente el patio se llenaba de luz, como si de un escenario se tratara, y, durante un largo instante, se podía ver perfectamente la lluvia golpeando la superficie encharcada del suelo, el resplandor de las paredes mojadas y las vagas siluetas de los edificios a lo lejos. Y, cuando el relámpago volvía a dar paso a la oscuridad, un trueno explotaba con tanta fuerza que el edificio parecía estremecerse.

Lassiter escuchó el siseo de la lluvia, agitó el hielo en el vaso y reflexionó sobre lo que sabía y lo que no sabía. Estaban asesinando a niños concebidos en una clínica de inseminación artificial de Italia. El asesino era un fanático religioso que, al parecer, trabajaba para una extraña asociación católica que se llamaba Umbra Domini.

Pero ¿dónde encajaba exactamente Umbra Domini? El hecho de que hubieran asesinado a Bepi mientras indagaba sobre la organización desde luego apuntaba hacia su culpabilidad. Aunque él no tenía por qué ser el único cliente de Bepi. Era posible que Bepi estuviera investigando muchos otros asuntos. En cuanto a la paliza que le habían dado en Nápoles, Lassiter sospechaba que Della Torre era el responsable, pero ¿y qué? No tenía ninguna prueba, tan sólo sospechas. Y luego estaban los frascos de agua bendita de Grimaldi y Della Torre.

Por muy extraña que fuera la coincidencia, tampoco demostraba nada. Tal vez todos los seguidores devotos de Umbra Domini, todos los azules, tuvieran un frasco igual. Tal vez los frascos estuvieran bendecidos... por el propio Della Torre... o por el mismísimo papa. O quizás el agua viniera de Lourdes.

Por otro lado estaba la transferencia.

Desconocía el propósito con el que se había realizado, pero, desde luego, era mucho dinero. Podía estar relacionada con el trabajo de Grimaldi para Salve Caelo, con la compra de armas o con algún tipo de soborno. Pero eso era demasiado suponer. La realidad era que la transferencia se hizo justo antes de lo que ya se había convertido en una cadena de infanticidios. Pero el hecho de que los asesinatos se cometieran inmediatamente después de la transferencia tampoco probaba que una cosa causara la otra. ¿Cómo era la famosa falacia lógica? *Post hoc, ergo propter hoc*: después del hecho; luego, causado por él. Aun así...

Lassiter bebió un poco de whisky, deleitándose con su sabor ahumado, casi medicinal. Sabía muchas más cosas que hacía un mes, pero todo seguía apuntando hacia la misma pregunta elemental: ¿por qué?

Eso todavía no lo sabía. Y, además, era incapaz de imaginar por qué cometería nadie, y menos aún una persona religiosa, una cadena de infanticidios. No tenía ninguna lógica, ninguna.

En cuanto a Umbra Domini, ¿por qué iba a declararle la guerra a unos niños una asociación religiosa, por muy reaccionaria que pudiera ser? Los folletos de la Umbra Domini denunciaban las técnicas reproductivas modernas, y muchas otras cosas, pero eso no era ni mucho menos una razón para asesinar niños. Había algo más, algo mucho más oscuro. Pero ¿qué?

La noche seguía llena de electricidad. Un rayo atravesó el cielo y, una vez más, el trueno estremeció la habitación. Lassiter empezó a dar vueltas delante de la ventana, bebiendo pequeños sorbos de su vaso. Fuera cual fuese la respuesta, donde más posibilidades de encontrarla tenía era en la clínica Baresi. Volaría a Roma por la mañana, alquilaría un coche y conduciría unas tres horas hasta llegar a Montecastello. Reservaría una habitación en la pensión Aquila. Después ya vería.

Sacó el ordenador portátil del armario y transcribió las

notas que había escrito sobre los asesinatos de los Henderson y los Peña. Salvó el documento en el disco duro, lo codificó, conectó el módem del ordenador al teléfono del hotel y envió el documento al ordenador de su casa. Después le mandó una nota por correo electrónico a Judy en la que le decía dónde podría localizarlo durante los próximos días.

Ya eran casi las tres y media cuando Lassiter condujo a través de las puertas medievales de Todi, un pueblo encaramado en una empinada colina sobre la planicie de Umbria. Le habían dicho que en la oficina de turismo que había cerca de la plaza principal podría conseguir un mapa de la zona, así que fue hacia la plaza, siguiendo las señales que indicaban la dirección hacia el centro. Con un impaciente taxista pegado a su parachoques trasero subió y bajó por una serie de calles, cada vez más estrechas, que, finalmente, lo condujeron a la piazza del Popolo.

La plaza era una vasta expansión de piedra grisácea presidida por un palacio del siglo XIII. Lassiter pasó junto a las mesas de un café y estacionó el coche en un aparcamiento que había justo al lado de un precipicio orientado hacia el norte.

Un vigilante con un uniforme verde le pidió dinero. Lassiter se encogió de hombros y, como si fuera el más tonto de los turistas, permitió que el hombre le cogiera los billetes de la mano. El vigilante contó seiscientas liras y después pellizcó otro billete de cien con los dedos. Arqueó las cejas y se señaló el pecho. Lassiter le entendió perfectamente: la propina. El vigilante escribió lo que parecía una gran cantidad de información en un trocito de papel blanco y lo colocó debajo del limpiaparabrisas.

—¿Oficina de turismo? —preguntó Lassiter.

—Ahhhh, sí —contestó el hombre—. Sí. —Y a continuación le obsequió con una perorata en italiano que duró tres minutos y acabó con un movimiento sinuoso de la muñeca—. *Shu, shu, shu* —dijo levantando las palmas de las manos hacia el cielo—. *Ecco!*

Aunque resultara imposible de creer, siguiendo unas indicaciones que no había comprendido, Lassiter encontró inmediatamente la oficina de turismo. La encargada casi no hablaba inglés, pero pareció comprender lo que quería. Moviéndose rápidamente de un archivador de madera a otro, le dio un mapa detallado de la región de Umbria, un mapa de Todi y sus alrededores, incluido Montecastello, una lista de festivales, un póster con el escudo de la ciudad y cuatro postales.

Lassiter le dio las gracias, cogió un bolígrafo y un papel del escritorio y escribió: «Clínica Baresi. Montecastello.»

Al ver lo que había escrito, la mujer frunció el ceño y procedió a ofrecerle una elaborada pantomima, levantando las manos hacia el techo, cruzándolas entre sí y dejándolas caer después hacia un lado. Tosió, se frotó los ojos y dijo:

—¡Puf!

Lassiter no tenía ni la menor idea de lo que intentaba decirle, pero sonrió e hizo como si comprendiera el mensaje.

—Sí, sí —dijo—. Ningún problema.

La mujer lo miró con gesto escéptico, pero después se encogió de hombros y le dibujó en el mapa el camino a la clínica y a la pensión Aquila. Después dibujó un asterisco en cada sitio, le devolvió el mapa y le deseó buenas tardes.

Lassiter volvió al coche, se subió, extendió el mapa sobre el asiento del pasajero y salió conduciendo en la dirección que indicaba el mapa. Descendió por una cuesta, atravesó la puerta de la ciudad amurallada y salió al campo. Después de una docena de curvas muy cerradas, la carretera llegó a un terreno plano y empezó a avanzar junto a un río.

Ocho kilómetros más adelante, Lassiter llegó a la gasolinera de Agip, que constituía la principal referencia del mapa. El río apenas medía quince metros de ancho, pero el mapa lo identificaba como el mítico Tíber y una señal en el puente indicaba su nombre en italiano: Tevere.

Giró hacia la izquierda y siguió conduciendo hasta que pasó junto a un almacén de contenedores azules y un bosquecillo reforestado. Resultaba extraño ver árboles así, plantados en filas perfectamente ordenadas, como si de una huerta se tratara. Al pasar el bosquecito, la carretera se dividía en dos. Lassiter paró en la cuneta y consultó el mapa. A la derecha estaba Montecastello, un pueblo amurallado encaramado en una colina de roca, a unos doscientos cincuenta metros por encima del valle. Lo reconoció por la postal de la nevera de Kara Baker, que, de hecho, parecía hecha desde algún lugar cercano.

La carretera de la izquierda era la que la mujer había marcado para ir a la clínica. Lassiter siguió subiendo por una suave cuesta rodeada de olivares, varios campos llenos de rastrojos invernales de maíz y alguna casa modesta.

Y entonces llegó. A su izquierda había dos inmensos pilares de piedra rodeados de maleza. Una señal escrita en elegantes letras cursivas colgaba de una barra de metal oxidado: «*Clínica Baresi*.» El largo camino ascendente de grava estaba flanqueado por cedros altos y delgados. Pasó entre los pilares y unos ochocientos metros después llegó a la cumbre de la colina.

Y cuando vio el edificio se sintió como si alguien lo hubiera golpeado en pleno corazón.

De no ser porque estaba construido con la misma piedra gris que los pilares de la entrada, sólo habrían quedado cenizas del edificio. Eso, por supuesto, era lo que la mujer de la oficina de turismo le había estado intentando explicar.

Humo. Fuego. ¡Puf¡

Donde el calor había agrietado la argamasa, las piedras se habían desprendido, reuniéndose en montones ennegrecidos sobre el suelo. De la fachada derecha del edificio sólo quedaba una chimenea gris rodeada de escombros calcinados. El lado oeste estaba más o menos intacto, pero el tejado se había venido abajo. Sin techo, ni ventanas ni puertas, la clínica parecía una ruina mucho más antigua de lo que realmente era.

Lassiter se bajó del coche, sin poder creer lo que estaba viendo.

La visión de la clínica quemada le recordó aquella horrible mañana, cuando llegó a casa de Kathy, cuando olió el plástico quemado. Recordaba perfectamente la visión: un amasijo de vigas de madera quemadas y trozos negros de metal y plástico retorcido.

Después, la visión de la clínica quemada le hizo pensar en la tumba exhumada de Brandon. La policía había hecho lo que había podido por adecentarlo todo, pero Lassiter recordaba demasiado bien la lápida caída, las coronas de flores calcinadas, un par de franjas de hollín sobre la tierra rojiza, la ceniza negra por todas partes...

Le subió un escalofrío por cada brazo. Al llegar a la altura de los hombros, los escalofríos estallaron detrás de su cabeza. Un gélido hormigueo le recorrió la columna vertebral y, luego, una sensación de absoluto desamparo se apoderó de él. Lassiter se apoyó en el coche, dejando que su propio peso lo mantuviera en pie. Tenía la sensación de que cada vez que acudía a algún sitio en busca de respuestas sólo encontraba tierra calcinada.

Con la clínica Baresi reducida a escombros podía dar su investigación por concluida. Cuando por fin había encontrado una pista, algo que relacionaba a su hermana con las otras mujeres asesinadas, se encontraba con esto. La clínica Baresi era el mínimo común denominador del caso, pero el fuego también se había encargado de destruirlo.

Lassiter escuchó el sonido de su propia respiración. Estaba perdiendo la esperanza. Era así de simple. Por primera vez desde la muerte de su hermana empezaba a dudar que alguna vez llegara a averiguar por qué habían asesinado a Kathy y a Brandon.

Volvió conduciendo hasta el lugar donde la carretera se bifurcaba y giró hacia la izquierda, hacia la pensión Aquila de Montecastello. El sol estaba empezando a esconderse y, desde la distancia, el pueblo parecía una fortaleza pertrechada contra un cielo en llamas.

La carretera ascendía rodeando la montaña, primero con suavidad y después con mucha inclinación, hacia las puertas del pueblo amurallado que se erguía en la cima. Redujo de tercera a segunda y de segunda a primera sin apartar los ojos del indicador de la temperatura del coche, que iba subiendo lentamente. Después de diez largos minutos alcanzó un falso plano justo delante de las murallas del pueblo. Los coches que se disponían a empezar la bajada pisaban los frenos para asegurarse de su buen funcionamiento.

El falso plano era una especie de antesala de acceso al pueblo. Había un par de casas al borde de un pequeño parque, un lugar lleno de pinos donde unas mujeres observaban a sus hijos sentadas en el banco que había junto a una bella fuente. El resto de la explanada estaba reservado al estacionamiento de coches. Lassiter vio que había cinco plazas para la pensión Aquila. Aparcó en una de ellas, apagó el motor y se bajó del coche. En el poste oxidado de una farola vio una caja roja con la palabra MAPA escrita a mano con grandes letras blancas. Abrió la tapa y sacó una tarjeta.

En un lado de la tarjeta había un mapa que indicaba cómo llegar a la pensión. El otro lado tenía dos dibujos separados por una raya vertical. El primero mostraba a un botones, con pantalones a rayas, una enorme sonrisa y una gorra con la palabra *Aquila*, que abandonaba el aparcamiento con dos maletas en cada mano y una quinta debajo del brazo izquierdo. El segundo dibujo mostraba al botones en el vestíbulo de la pensión, haciéndole una reverencia a una elegante señora; a su lado, las maletas esperaban colocadas cuidadosamente en fila. Era una manera muy eficaz de transmitir el mensaje, pero Lassiter no necesitaba que lo ayudaran con el equipaje.

Con el mapa en la mano, se acercó al borde del aparcamiento y se asomó al precipicio. Debajo se veía la oscura espiral del río atravesando el valle y, a lo lejos, las luces de Todi. Oyó gritos de niños y, al fijarse mejor, descubrió el pequeño campo de fútbol que había justo debajo de donde estaba él. Una docena de niños jugaba un partido en el ocaso.

El campo de fútbol estaba en el borde de la montaña. Mientras que un lado daba al aparcamiento, el otro acababa bruscamente en un terraplén. Todo el campo estaba rodeado por una red negra sujeta con postes metálicos; una precaución más que necesaria para que los balones no cayeran por el precipicio.

En circunstancias normales, Lassiter se habría quedado mirando unos minutos, pero se estaba haciendo de noche y pensó que sería mejor ir directamente a la pensión ahora que todavía podía ver por dónde andaba.

Obviamente, los coches tenían prohibido el acceso al pueblo. Al atravesar el arco de entrada comprendió la razón: no cabían. Atravesó las murallas por un estrecho túnel de piedra que acababa al pie de la via Maggiore, una hilera de escalones de piedra que subía a una calle tan angosta que se podían tocar las casas de ambos lados al mismo tiempo. Más adelante, el callejón pasaba por el piso bajo de un edificio de piedra gris y desembocaba en una plaza diminuta.

Era todo cuesta arriba. Cuando por fin vio el cartel ovalado con brillantes letras blancas que había junto a una inmensa puerta de madera, Lassiter ya estaba prácticamente sin respiración. El cartel decía:

PENSIONE AQUILA

Fue una grata sorpresa. Las pensiones suelen ser alojamientos modestos, pero la Aquila estaba en un edificio elegante, sin duda un antiguo palacete.

El cartel que colgaba de la vieja puerta de madera invitaba a los viandantes a pasar sin llamar. Y eso hizo Lassiter. Al otro lado de la puerta encontró un vestíbulo de entrada con el suelo de mármol, tapices colgando de las paredes, un gran piano negro y un par de antiquísimas alfombras orientales. Había un hombre de unos cincuenta años sentado detrás de un inmenso escritorio de madera que sólo tenía encima un soporte para postales y un gran libro encuadernado en cuero. El hombre, que llevaba puesta una americana de color azul marino con un escudo de hilo dorado, tenía el pelo canoso y rizado. De alguna forma, resultaba casi teatralmente apuesto.

—*Prego?* —dijo el hombre.

Lassiter se acercó al escritorio sujetándose el costado para aliviar el dolor.

—Joe Lassiter —contestó. Estaba buscando la palabra italiana adecuada para «reserva», cuando el hombre lo sorprendió hablando en su idioma.

—Ah, sí. Claro. Bien venido —dijo con un perfecto acento inglés—. ¿Tiene más equipaje? Puedo mandar a Tonio al coche a recogerlo.

—Habla inglés —exclamó Lassiter maravillado.

—Bueno... Sí —repuso el hombre—. De hecho, soy inglés.

—Lo siento, pero es que me ha sorprendido.

—Ya. No se preocupe. Es normal. No se oye mucho inglés en Montecastello, aunque... en verano... nos llegan algunos turistas rebotados de «Chiantilandia».

Lassiter sonrió.

—¿La Toscana?

—Así es. Allí todo el mundo habla inglés, al menos en agosto. —Sonrió—. Aquí, en cambio, no se ven demasiados turistas extranjeros; desde luego no en enero. —Vaciló un momento. Una pausa gentil destinada a darle la oportunidad a Lassiter de explicar a qué había ido a Montecastello en esa época tan rara del año. Lassiter le devolvió la sonrisa, pero no dijo nada—. Bueno, si es tan amable de firmar el libro de registro, y de dejarme su pasaporte un par de horas..., le enseñaré su habitación —indicó el hombre. Después abrió el gran libro encuadernado en cuero y le ofreció un bolígrafo a Lassiter.

Desde luego, era una suerte que el hombre hablara inglés. Incluso era posible que pudiera decirle algo sobre la clínica

Baresi. Pero, antes que nada, Lassiter quería ducharse. Además, necesitaba un rato para asimilar lo que había pasado en las últimas horas.

Siguió al hombre, que insistió en llevarle la maleta, por un ancho pasillo. Las paredes estaban adornadas con candelabros de hierro con forma de águila. Unas gruesas velas blancas descansaban sobre las zarpas de los animales.

La habitación era grande, tenía techos altos y estaba llena de bellas antigüedades. El hombre señaló hacia una preciosa alacena de madera.

—La tele está ahí dentro —dijo. Por muy vieja que fuera la habitación, tenía radiadores nuevos y un moderno cuarto de baño de mármol. Hasta tenía un toallero con calefacción y un albornoz blanco colgando del gancho que había detrás de la puerta.

—¿Le sorprende? —preguntó el hombre.

—Muy gratamente —contestó Lassiter.

El hombre inclinó la cabeza antes de abrir unas contraventanas que daban a un pequeño balcón. Los dos se asomaron. Fuera ya estaba oscuro, excepto por una breve mancha violeta que teñía el horizonte.

—En las noches claras como ésta se puede ver Perugia —explicó el inglés. Después señaló hacia una sombra diáfana en la distancia—. Ahí.

Volvieron a entrar en la habitación, y el inglés se dirigió hacia la puerta. Antes de salir se volvió un momento hacia Lassiter.

—Si necesita mandar un fax o hacer unas fotocopias, tenemos todo lo necesario. Y, si lo que lleva en esa bolsa negra es un ordenador, encontrará un enchufe que evita cualquier alternancia de tensión eléctrica al lado del escritorio. Además... —Vaciló un instante—. ¿Va a cenar en la pensión? Sinceramente, a no ser que quiera conducir hasta Todi o hasta Perugia, no encontrará un restaurante mejor. La cena se sirve a las ocho.

—Bien, a las ocho.

Al acabar su plato de *gnocchi*, Lassiter ya sabía bastantes cosas sobre el apuesto hombre que lo había recibido, Nigel Burlingame, y sobre su compañero, Hugh Cockayne. Hugh tenía aproximadamente la misma edad que Nigel y era tan insignificante físicamente como apuesto era su compañero. Alto y largirucho, tenía una nariz y unas orejas inmensas. Además, se le estaba cayendo el pelo.

Como Lassiter no tardó en saber, eran dos homosexuales de Oxford que habían ido a Italia en los años sesenta con la idea de pintar.

—Por supuesto —dijo Hugh—, lo hacíamos fatal. ¿Verdad, Nige?

—Espantosamente mal.

—Pero nos encontramos el uno al otro.

Vivieron una temporada en Roma y, cuando murió el padre de Nigel, se compraron un viñedo en la Toscana.

—Suena maravilloso —comentó Lassiter.

—Pues fue todavía peor que lo de pintar —replicó Nigel.

—Todo el día cubiertos de polvo —añadió Hugh.

—Y de sudor.

—¿Te acuerdas de las moscas enanas?

Nigel se rió.

—¡Tenían unos dientes que parecían agujas!

—¡Y las *viperi*!

—¿Había muchas víboras? —preguntó Lassiter.

—Sí que las había —aseguró Hugh—. Y eran mortales. Todo el mundo guardaba un frasco de antídoto en la nevera. Y lo peor de todo es que uno no se las encontraba sólo en el suelo. Se escondían en las parras. Los recolectores se morían de miedo. ¿Verdad, Nige?

—Así es.

—Me acuerdo de una vez que estábamos enseñándoles los viñedos a un grupo de turistas. «Y éstas son nuestras uvas *sangiovese*. Las parras proceden de bla, bla, bla.» Y cogí un racimo y ¡Dios santo! Ahí estaba yo, mirando directamente a la cara a una víbora. —Hugh se volvió hacia su mitad más apuesta—. ¿Tienen cara las serpientes?

En un momento, se sumieron en una discusión sobre la definición de una cara. Al final, Hugh suspiró y dijo:

—Bueno, en cualquier caso, así era la vida en la Toscana.

—No teníamos más que problemas con los trabajadores —acotó Nigel—. Ya se lo puede imaginar. Y cada vez se establecían más ingleses en la zona, así que nos deshicimos del viñedo.

—Aunque, sobre todo, lo hicimos porque era demasiado trabajo. —Hugh frunció el ceño y miró a su compañero—. La verdad es que no somos grandes trabajadores, ¿verdad Nige?

La conversación continuó por esos derroteros. Hugh recogía los platos de vez en cuando y Nigel servía la comida. Después de los *gnocchi*, le llevó unas chuletitas de cordero a la plancha que, a su vez, dieron paso a una ensalada verde, a una macedonia de frutas y, finalmente, a un digestivo.

Lassiter los escuchó sin hablar de sí mismo. No quería arruinar el espíritu jovial de la cena contando su triste historia, pero, al final, ante las miradas expectantes de Nigel y Hugh, no tuvo más remedio que decir algo.

—¿Os estaréis preguntando qué hago yo aquí?

Nigel miró a Hugh.

—Bueno, somos discretos por profesión, pero... la verdad es que sí. Nos morimos de ganas de saberlo.

Lassiter bebió un poco de su Fernet Branca.

—Si lo que pretendes es invertir en propiedades inmobiliarias —dijo Nigel—, yo diría que éste es un buen sitio.

Lassiter movió la cabeza.

—De hecho —replicó—, esperaba poder visitar la clínica Baresi.

Nigel hizo una mueca.

—Me temo que has llegado tarde.

—Ya lo sé —dijo Lassiter—. He pasado por la clínica antes de venir al hotel. —Hizo una pausa—. ¿Cuándo se quemó?

—¿Cuándo fue, Hugh? ¿En agosto? ¿A finales de julio? Desde luego, fue en plena temporada alta.

—¿Cómo ocurrió? —preguntó Lassiter, aunque ya sabía la respuesta.

—Fue provocado. ¿Verdad, Hugh?

—Sí —confirmó Hugh—. Era una auténtica joya. La parte original databa del siglo dieciséis. Creo que, originalmente, era un monasterio.

—¡Hay que ver! Sobrevivir tantos siglos para después arder en un momento hasta los cimientos —comentó Nigel chasqueando los dedos.

—Fue un trabajo de profesionales —explicó Hugh—. ¡No quedaron más que las piedras! Bueno, ya lo has visto. Desapareció hasta la argamasa. El fuego alcanzó tal temperatura que muchas piedras llegaron a partirse. Los bomberos ni siquiera pudieron acercarse.

—¿Había alguien dentro?

—No. Ése es el lado bueno, si se puede decir que hubo algo bueno. La clínica ya había cerrado —dijo Hugh al tiempo que encendía un cigarrillo con la llama de la vela.

—¿Es que no iba bien?

—Baresi, el médico que dirigía la clínica, estaba bastante enfermo. Cuando ya no pudo aguantar más, echaron el cierre. Eso fue unos meses antes del incendio.

—¿Sería posible hablar con el doctor Baresi? —preguntó Lassiter.

Nigel y Hugh movieron la cabeza a la vez.

—Demasiado tarde —contestó Nigel.

—Murió hace un par de meses —explicó Hugh.

—De cáncer de pulmón —matizó Nigel. Después apartó el humo del cigarrillo de Hugh con una mano perfectamente manicurada—. Lo de la clínica nos vino muy mal. Aunque, ahora que Todi se está poniendo tan de moda, supongo que el negocio volverá a levantarse.

—¿Y eso por qué? —inquirió Lassiter.

—Bueno, la clínica no tenía sitio para alojar a sus clientes —repuso Nigel—. Así que las mujeres que iban a ver al doctor Baresi se hospedaban aquí.

La sorpresa de Lassiter era patente.

—No es que fuera exactamente una coincidencia —dijo Hugh con una risita—. Después de todo, somos el único alojamiento que hay en el pueblo.

—Teníamos un acuerdo con la clínica —apuntó Nigel.

—Les hacíamos una tarifa especial a las pacientes del doctor Baresi —añadió Hugh—. Y además nos encargábamos de recogerlas en el aeropuerto, del transporte hasta aquí... De todas esas cosas.

—Al fin y al cabo, no estaban enfermas —comentó Nigel—. No necesitaban cuidados médicos especiales. Eran mujeres perfectamente sanas.

—¿Así que conocíais bien al doctor Baresi? —preguntó Lassiter.

Nigel y Hugh se miraron.

—Nos conocíamos, pero tampoco se puede decir que fuéramos amigos —respondió Nigel.

Hugh se reclinó en su silla.

—Lo que está intentando decir Nigel —intervino— es que el gran doctor no aprobaba la homosexualidad.

—Pero sus pacientes se quedaban en vuestra pensión.

—Sí, claro, pero es que en Montecastello no hay otro sitio donde quedarse. Supongo que podría haberlas alojado en Todi, pero realmente nuestra pensión resultaba mucho más práctica. Además, a él casi nunca lo veíamos.

Hugh empezó a recoger las cosas en una bandeja, equilibrándola con una mano mientras cogía cada plato y cada cubierto con unos movimientos exageradamente operísticos. Vaciló un momento, con la bandeja en el aire.

—De hecho, después de todo, no me extrañaría que el famoso *dottore* fuera uno de los nuestros —comentó con una sonrisa pícara al tiempo que le daba énfasis a sus palabras bajando la barbilla en un rápido movimiento, primero hacia un lado y después hacia el otro—. Nunca se casó. Nunca se lo vio con ninguna mujer. Vestía de ensueño. Tenía mucho gusto para las antigüedades y un perro pequeñísimo. Y, además, hacía todo lo posible por mantenerse alejado de nosotros. Todo encaja. Esos hombres son siempre los más groseros.

—¿Qué hombres?

—Los *gays* de tapadillo —comentó Hugh. Giró sobre los talones y se marchó a la cocina.

Nigel lo observó marcharse y se volvió hacia Lassiter.

—Siento que hayas venido hasta aquí para nada —dijo—. Tiene que ser una gran decepción. Habrás venido para... —Dudó un momento y cambió de opinión—. Supongo que no es asunto mío.

—¿El qué?

—Bueno, es que... Habrás venido por tu mujer, ¿no? Para ver la clínica primero. Supongo que desearéis tener un hijo. —Se cubrió los ojos con una mano—. Perdóname. Soy un cotilla incorregible. Qué falta de modales la mía.

—No —repuso Lassiter—. No he venido por eso. No estoy casado.

Nigel suspiró con alivio.

—Me alegro. Al menos así no te llevarás una decepción.

Lassiter sentía curiosidad.

—La clínica de Baresi era una especie de último recurso, ¿no? Al menos para la mayoría de la gente.

Nigel se recostó en su silla y se balanceó un par de veces.

—Bueno, supongo que mi visión de los misterios de la reproducción humana está condicionada por la falta de relevancia personal que tiene en mi caso. Pero no, yo no diría que la clínica era un lugar al que se acudía como último recurso. No era como Tijuana, ni nada parecido. Al contrario, parece que el viejo era un médico realmente brillante. Tenía pacientes de todas partes: Japón, América Latina... Venían prácticamente de todos los rincones del planeta. Y la mayoría de ellas se iban muy contentas.

—¿Cuál era exactamente la especialidad del doctor?

Nigel frunció el ceño.

—La verdad, no lo sé. Como te he dicho, tampoco es un tema que me interese demasiado. Pero las mujeres siempre estaban hablando. Por lo visto, Baresi tenía un alto índice de éxito. Al parecer, había conseguido dar algún tipo de salto tecnológico. Algo relacionado con los óvulos. —Nigel volvió a fruncir el ceño—. Pero, aun así, sigue sin haber esperanza para mí.

—Odio la palabra «óvulos» —declaró Hugh, que volvía de la cocina—. ¡Y pensar que todos nosotros hemos sido un óvulo! —exclamó contorsionando la cara—. Y, además, Nige, no se dice «óvulo», se dice «oocito».

—¿De verdad? —Nigel parecía sorprendido.

—Entre otras cosas, *il dottore* era el pionero de una técnica para que el oocito produzca un tipo de... armadura que, normalmente, sólo produce después de que el esperma penetre en sus paredes. Es una especie de cinturón de castidad de hierro, en el sentido de que mantiene al resto de los espermatozoides fuera. ¡Y lo hace porque ya hay un vencedor! —dijo levantando los brazos como un boxeador que acaba de ganar un combate.

Nigel no podía creer lo que estaba oyendo.

—En cualquier caso —continuó Hugh—, la armadura en cuestión no se limita a mantener fuera a los espermatozoides, sino que además provoca no sé qué tipo de estado superfértil. Ya sabéis, el oocito está listo para el baile.

—No tenía ni idea de que estuvieras tan bien informado —comentó Nigel. Después se volvió hacia Lassiter—. Aunque las cualidades de Hugh como confidente lo hacían estar muy solicitado por algunas de nuestras huéspedes. Pobrecitas.

Hugh asintió mientras encendía un cigarrillo.

—Sobre todo por Hannah —dijo.

—Una de nuestras checoslovacas —aclaró Nigel.

—Tenía tanto miedo, y era tan mona... Me lo contaba todo, absolutamente todo.

—Hannah Reiner —declaró Lassiter categóricamente—. De Praga.

—¿La conoces?

—No —repuso Lassiter—, nunca llegué a conocerla personalmente. Está muerta.

CAPÍTULO 26

—No lo puedo creer —dijo Hugh cuando Lassiter terminó de contarles las razones que lo habían llevado a su pensión. El inglés sacudía la cabeza, con un cigarrillo Rothmans Silk Cut en la mano.

Incapaz de decir nada, Nigel miraba alternativamente a los otros dos hombres.

—Esperaba averiguar algo en la clínica —se lamentó Lassiter—. No sé, algo que pudiera darle sentido a todo lo que ha ocurrido. ¿Qué hay de la casa de Baresi? Puede que en su despacho...

Hugh movió la cabeza y le explicó que Baresi vivía en una casa aneja a la clínica.

—Cuando se quemó la clínica, también ardieron sus habitaciones y todo lo que había dentro. No quedó nada. Absolutamente nada.

—*Pas de cartes, pas des photos et pas de souvenirs* —añadió Nigel.

—¿Qué hay de las enfermeras? —preguntó Lassiter—. Tal vez ellas...

—No había enfermeras. —Hugh apagó el cigarrillo—. Baresi sólo tenía un par de ayudantes de laboratorio y dudo que te puedan servir de ayuda.

—¿Ayudantes de laboratorio? ¿Me estáis diciendo que el doctor Baresi dirigía una clínica sin una sola enfermera?

—Era un hombre muy reservado. Y, además, no era una

271

clínica normal. No era uno de esos sitios con cientos de pacientes haciendo cola en una sala de espera. No era un hospital, era... Creo que la mejor descripción sería un laboratorio. ¿A ti qué te parece, Nigel?

—Sí, estoy de acuerdo.

—No creo que Baresi viera a más de cincuenta o sesenta pacientes al año. Aunque, por lo que se decía, podría haber tenido muchos más si hubiera querido.

—¿Y qué me decís de los ayudantes de laboratorio? —inquirió Lassiter.

—Eran dos mujeres. Una de ellas era una especie de sirvienta. Limpiaba, ordenaba; ese tipo de cosas. La otra era un poco más inteligente, pero no la hemos vuelto a ver desde el incendio. ¿Verdad, Nigel?

—Sí. Creo que se asustó. He oído que se fue a vivir a Milán.

Lassiter frunció el ceño.

—¿No hay nadie que pueda saber algo? ¿Algún amigo o algún pariente?

Hugh miró a Nigel.

—No, me temo que no. No. Aunque... podría hablar con el párroco.

—¡Claro! ¡Eso es! —exclamó Nigel—. El padre Azetti.

—No se puede decir que fueran exactamente amigos.

—Pero jugaban juntos al ajedrez —señaló Nigel—. Y a veces se tomaban unos vinos.

Hugh asintió.

—Yo diría que el padre Azetti es su hombre —afirmó.

—¿Cómo es? —quiso saber Lassiter.

Hugh se encogió de hombros.

—Es un forastero. La gente del pueblo no lo aprecia demasiado —repuso.

—Dicen que es un poco revolucionario —añadió Nigel conteniendo un bostezo—. Supongo que por eso lo mandarían a este pueblo.

—En cualquier caso —añadió Hugh—, no puedes perder nada hablando con él. Y, además, habla inglés. Bastante bien, de hecho.

—Iré a verlo por la mañana —decidió Lassiter—. ¿Dónde puedo encontrarlo?

—En la iglesia. Está en la plaza. Si quieres, puedo decirte cómo llegar —se ofreció Nigel—. Aunque basta con que te des un paseo por el pueblo. Antes o después, acabarás encontrando la plaza. Realmente, es algo inevitable.

Los tres se levantaron a un tiempo. Hugh dijo que ya se encargaba él de recoger las cosas. Nigel acompañó a Lassiter hacia su habitación, apagando las velas de los candelabros a su paso. Al llegar al vestíbulo, el hombre inglés se acercó al escritorio que hacía las veces de recepción y conserjería y le preguntó a Lassiter si quería que lo despertase a alguna hora.

—Tengo despertador, pero gracias de todas formas.

—Antes de que te vayas a tu habitación —dijo Nigel—, hay algo que quisiera enseñarte. —Abrió el libro con tapas de cuero que había en el escritorio y pasó un par de páginas. Cuando por fin encontró lo que buscaba, levantó la mirada—. Es nuestro registro de huéspedes. Se remonta hasta el mismo día en que abrimos la posada. Al empezar, sólo teníamos tres cuartos acondicionados. Hughie encargó el libro en Gubbio. —Lo cerró para que Lassiter pudiera apreciar el magnífico trabajo del cuero, las vetas verdes y doradas del lomo y el águila de la cubierta con un cartel cogido con las garras que decía: L'AQUILA. Nigel acarició la tapa con los dedos y abrió el registro por la primera página—. Veintinueve de junio —leyó—. 1987. Nuestro primer huésped fue el señor Vassari. Se quedó dos días.

—Es un libro precioso —comentó Lassiter.

—Sí que lo es, ¿verdad? Pero ésa no es la razón por la que quería enseñártelo. Aquí figuran todos los huéspedes que hemos tenido. Nombre y dirección, número de teléfono y las fechas de estancia. Hace un rato busqué el nombre de tu hermana. Al encontrarlo me acordé de ella. Era reservada. Leía mucho. Me pidió la receta de una de mis tartas. —Movió la cabeza con tristeza—. Mira —dijo mostrándole una página que había en la primera mitad del libro—. Aquí está.

Lassiter miró. La anotación correspondiente a Kathleen Lassiter estaba escrita con una letra muy cuidada.

Kathleen Lassiter, C.B.
207 Keswick Lane.
Burke, Virginia, EE. UU.
703/347-2122.
Llegada: 21-4-91.
Salida: 23-5-91.

Había estado treinta y dos días en la pensión. Lassiter no recordaba que hubiera estado fuera tanto tiempo. Pero, claro, en esa época estaba muy ocupado; siempre estaba muy ocupado.

—¿Qué significa eso? —preguntó señalando la abreviatura que había junto al nombre.

—C.B. Clínica Baresi. Lo poníamos para no olvidarnos del descuento. Tenemos varias abreviaturas. O.T. significa oficina de turismo de Todi. AVM es Agencia Viagge Mundial.

Lassiter asintió sin demasiado interés.

Nigel se encogió de hombros.

—Todas las pacientes de la clínica figuran en el libro. Puedes echarle un vistazo si quieres.

De repente, Lassiter se dio cuenta de lo que le estaba diciendo Nigel.

—Entonces, ¿Hannah Reiner...?

—Tu hermana, Hannah... Todas.

Lassiter pensó que quizá pudiera encontrar algo que relacionara a su hermana con las otras víctimas. Puede que sus visitas coincidieran.

—Sería un trabajo de locos —prosiguió Nigel—, pero con la información que contiene el libro podrías conseguir una lista de todas las pacientes de la clínica. Bueno, sólo es una idea... —concluyó.

Lassiter estaba pensando en lo que podría tardar en repasar todos los nombres del libro buscando la abreviatura C.B. La mera idea resultaba agotadora. Pero no tenía otra elección.

—Bueno —dijo Nigel dándose la vuelta para disimular un profundo bostezo que reflejaba a la perfección el cansancio del propio Lassiter.

—Sólo una cosa más —pidió Lassiter—. ¿Podrías decirme cuándo abrió la clínica?

Nigel frunció el ceño.

—No sé. ¿En el noventa? Sí, creo que fue en el noventa... O puede que fuera en el noventa y uno. —Y, con esas palabras, Nigel movió los dedos en el aire en señal de despedida, se volvió y desapareció por el pasillo.

Empezando por enero de 1990, Lassiter fue pasando las páginas del libro hasta que encontró a la primera huésped de la clínica: Anna Vaccaro. Era una mujer de Verona. Había llegado el tres de marzo y se había quedado en la pensión siete días.

Al cabo de unos minutos, Lassiter fue a su habitación, cogió su ordenador portátil y volvió al vestíbulo. Con el libro a un lado, abrió un documento con el nombre de *cblista.1* y empezó a escribir los nombres, las direcciones y las fechas. No tardó en encontrar no uno, sino varios patrones. La gran mayoría de las mujeres se quedaban entre cinco días y una semana. Pero algunas, como su hermana, permanecían en la pensión mucho más tiempo: treinta días o más.

La primera de estas mujeres era Lanielle Gilot, de Amberes, que había llegado a la pensión a finales de septiembre de 1990 y se había ido un mes después. El caso de Kathy era similar.

Mientras tecleaba el nombre de Gilot en el ordenador apareció Hugh con una copa de brandy en la mano. Al principio pareció sorprendido. Lassiter le explicó lo que estaba haciendo y le preguntó por qué algunas pacientes estaban menos de una semana y otra más de un mes.

—Distintos procedimientos —contestó Hugh apoyándose en una columna. Estaba un poco bebido.

—¿Qué quieres decir?

Hugh miró hacia el techo, como si esperara encontrar la respuesta allí arriba. Luego volvió a mirar a Lassiter. Tenía los ojos un poco vidriosos y un gesto de concentración que le recordó a Lassiter al de un niño pensando intensamente.

—Distintos procedimientos —repitió—. La fecundación in vitro era el procedimiento más rápido. Es muy eficaz. Se coge el oocito de la mujer y... ¿Cuánto quieres saber realmente? Las chicas no paraban de hablar del tema, así que sé bastantes detalles.

Lassiter se encogió de hombros.

—No lo sé —repuso.

—Bueno, como te decía, la fecundación in vitro era el procedimiento más rápido. Las mujeres llegaban y se iban en cuestión de días. —Cerró los ojos, arrugó el gesto y pensó durante unos segundos—. Después estaban los distintos tipos de trasplantes. Trasplantes de gametos. Trasplantes de cigotos. —Hugh parecía entretenido—. Un lenguaje de lo más extraño para hacer bebés, ¿no te parece? Realmente, resulta de lo más extravagante. —Hizo una pausa antes de escupir las palabras—. Trasplante intrafalopial de gameto. Intenta decirlo después de un par de copas. —Miró a Lassiter con una sonrisa torcida—. Y, en cualquier caso, ¿qué diablos es un maldito gameto? —Agitó el brandy dentro de la copa de balón.

—¿Qué hay de Hannah Reiner? —preguntó Lassiter dando unos golpecitos en el libro—. Todavía no he llegado a ella. ¿A qué tipo de procedimiento se sometió Hannah?

Hugh se frotó los ojos.

—El procedimiento de Hannah fue distinto —repuso—. Donación de oocito. Tardaba un mes entero. Ése también fue el caso de tu hermana, ¿verdad?

—Creo que sí. Sí. Desde luego estuvo aquí bastante tiempo. —Vaciló un momento—. ¿Tienes idea de por qué hacía falta tanto tiempo?

Hugh empezó a encogerse de hombros.

—De hecho —dijo como si se sorprendiera a sí mismo—, sí que lo sé. Me lo explicó Hannah. Para empezar, el viejo Baresi exigía que la estancia fuera así de larga. En otra clínica en la que había estado Hannah, sólo había tenido que ir una vez para que le dieran las inyecciones y las píldoras y luego se las había administrado ella misma.

—¿Inyecciones y píldoras?

—Tenía que ver con sincronizar el cuerpo de la receptora con el de la donante.

—¿Qué donante?

—La donante del óvulo. En eso consiste una donación de oocito.

Lassiter estaba completamente perdido.

Hugh suspiró.

—A veces, hay mujeres que no pueden quedarse embarazadas porque sus óvulos son demasiado viejos.

—¿Qué quieres decir?

—Bueno, las mujeres ya nacen con todos los óvulos que van a tener a lo largo de su vida. Pero, claro, eso ya debes de saberlo.

—Sí —mintió Lassiter.

—La cosa es que, a medida que las mujeres se van haciendo mayores, también van envejeciendo sus óvulos y, a veces, las cosas se tuercen. Los cromosomas se ponen pochos, aumentan las posibilidades de desórdenes genéticos o simplemente les cuesta más ser fertilizados. La cosa es que se desarrolló una nueva técnica y, ahora, las mujeres como Hannah pueden dar a luz un hijo. Un médico como Baresi le extrae un óvulo a una mujer más joven, la donante, y se fertiliza el óvulo con... Bueno, digamos que con el esperma del marido de Hannah. Después, sólo hay que implantar el óvulo fertilizado en el útero de la mujer mayor.

Agotado por la lección, Hugh bebió un trago generoso de brandy, saboreó el líquido y lo tragó.

—Así que, biológicamente hablando, realmente no es hijo de la receptora.

Hugh le dio un golpecito a la copa con una uña. El recipiente emitió un ruido corto y agudo.

—No estoy de acuerdo —replicó—. En términos biológicos, sí que es su hijo. El feto se desarrolla en las entrañas de la mujer y es ella la que da a luz y amamanta al niño. Pero, en términos genéticos... Eso ya es otra cosa. Genéticamente no existe ninguna relación entre el niño y la madre. La carga genética la aportan el marido y la donante. Creo que eso le preocupaba un poco a Hannah.

—¿Por qué lo dices?

—Bueno, la verdad es que el niño no se parecía mucho a Jiri, ¿verdad?

—No lo sé —dijo Lassiter—. Jiri me enseñó una foto, pero el niño todavía era un bebé. Pero... ¿seguisteis en contacto?

—Desde luego. Durante los primeros años nos escribíamos prácticamente todas las semanas. Con el tiempo, empezamos a escribirnos menos, pero Hannah me mandó una foto del chavalín y... Bueno, supongo que se parecería a la donante. Desde luego, no se parecía nada a Jiri. Aunque, por otro lado, tampoco es que eso sea una gran desgracia; Jiri no es precisamente un adonis.

—Lo que sigo sin entender es por qué se tardaba tanto tiempo.

—Bueno, al principio era por las inyecciones de hormonas. Es lo que te estaba contando antes. La mujer que recibía el óvulo tenía que sincronizar su... Ya sabes, su ciclo, con el de la donante —le explicó Hugh—. Y además, luego estaban las manías del viejo Baresi.

—Sí.

—Insistía en que se quedaran un mes entero; incluso las mujeres italianas. Le gustaba seguir de cerca la situación de las hormonas. Y, además, no le gustaba que sus pacientes volaran; algo sobre la presión atmosférica.

Lassiter estaba frunciendo el ceño. Tenía que haber sido muy duro para Kathy. Y, aun así, nunca le había comentado nada sobre las inyecciones de hormonas, ni sobre oocitos ni sobre donaciones de óvulos. Aunque, pensándolo bien, Kathy siempre había sido muy reservada para ese tipo de cosas. No era el tipo de persona que hablara sobre algo tan íntimo. Ni siquiera con él. O puede que sobre todo con él.

—¿Puedo pedirte un favor? —dijo Hugh.

—Por supuesto.

—¿Me mantendrás informado? Quiero decir sobre los asesinatos. Nigel siempre me toma el pelo sobre Hannah, pero realmente era muy importante para mí. —Hizo un gesto indefenso, miró a Lassiter y bostezó—. Bueno, me estoy muriendo de sueño. Ya es hora de que me vaya a la cama —dijo y se alejó con paso inseguro por el pasillo.

Lassiter volvió al libro de registro, y fue recorriendo con el dedo páginas y páginas de nombres y direcciones, mientras buscaba las letras C.B. Era un trabajo que no exigía pensar y, mientras lo realizaba, se le ocurrió una idea.

¿Sería posible que los asesinatos estuvieran relacionados de alguna manera con los donantes, ya fueran de esperma o de óvulos? Encontró un nombre y lo tecleó en el ordenador. No sería la primera vez que alguien buscaba a sus hijos genéticos. Lassiter había visto un reportaje en la televisión sobre hombres que, después de muchos años, al enterarse de que habían tenido un hijo que había sido dado en adopción, lo buscaban por todo el país.

«Ya es tarde —se dijo a sí mismo—. Y estás cansado.» ¿Grimaldi en una misión de búsqueda y destrucción de su propia progenie? Tenía la sensación de que ya había descartado esa hipótesis antes. No había ninguna razón para pensar que Grimaldi hubiera sido donante de esperma y, aunque lo hubiera sido, ¿por qué iba a querer cazar a sus hijos genéticos? A no ser, claro está, que estuviera loco, y Lassiter ya había desechado esa posibilidad hacía tiempo.

Encontró otro C.B. y tecleó los datos en el ordenador.

Pero ¿y si existiera un problema de herencia? ¿Y si el heredero supiera que el fallecido había sido donante de esperma? El heredero podría temer que, si se enteraban de su

278

origen, los otros descendientes del donante reclamaran sus derechos sobre la herencia.

Desde luego, era una posibilidad muy remota. Sería mucho más fácil destruir los archivos de la clínica. Algo que, por otro lado, ya se había encargado de hacer alguien, además de matar a los niños.

Detuvo el dedo en el nombre de una mujer que se había alojado en la pensión treinta y dos días. Hasta el momento, era la cuarta. Y todavía no había aparecido el nombre de Hannah Reiner, que, por lo que le había contado Hugh, sin duda pertenecía al grupo de mujeres que se habían sometido a una donación de oocito. Lassiter estaba señalando esos nombres con un doble asterisco por si acababa siendo un dato significativo.

Otro nombre: Marie Williams, de Minneapolis, Minnesota. Había llegado a la pensión el 26 de marzo de 1991 y se había marchado el 28 de abril. Ella y Kathy se habían sometido al mismo procedimiento y sus estancias habían coincidido durante algunos días. Tenían que haberse conocido, pensó Lassiter.

Siguió pasando páginas, tecleando los nombres de todas las pacientes de la clínica, hasta que encontró otro caso de donación de oocito:

Marion Kerr, C.B.
17 Elder Lane.
Bressingham, British Columbia.
Llegada: 17-11-92.
Salida: 19-12-92.

Lassiter ya había tecleado los datos en el ordenador y se disponía a pasar la página cuando se dio cuenta. Bressingham. British Columbia. Canadá. Se había olvidado por completo de los Kerr, pero ahora... No lo podía creer. Se acordó de cuando había hecho esa búsqueda en Nexis. En Praga. Justo antes de conocer a Jiri Reiner. «Incendio provocado, niño, homicidio», o algo así. Y una de las dianas, la única, realmente, fue una historia sobre una familia que se apellidaba Kerr.

Había olvidado la mayoría de los detalles. Excepto una cosa: el niño de los Kerr había sido asesinado mientras Grimaldi estaba en el hospital. Precisamente por eso había pen-

sado que su muerte no podía estar relacionada con los asesinatos de Kathy y de Brandon. Porque, de estar relacionada, se
estaría enfrentando a más de un asesino, y eso se llamaba
conspiración, una conspiración para matar niños.

La idea era inconcebible, pero, aun así, ahí estaba la
prueba, delante de él:

Marion Kerr, C.B.
Bressingham, British Columbia.

Necesitaba un café y sabía dónde podría conseguirlo.
Volvió a su habitación, sacó un sobre de Nescafé del minibar
y puso a hervir una taza llena de agua en el hornillo que la
pensión había tenido el acierto de colocar en la habitación.

No sabía qué pensar. La aparición de la señora Kerr en el
libro de registro sugería, mejor dicho, probaba, que había más
de un asesino. Además, Lassiter estaba convencido de que
tanto Umbra Domini como la muerte de Bepi y la paliza que le
habían dado en Nápoles estaban relacionadas entre sí. Pero,
cuando intentaba dar con el porqué, cuando buscaba una posible explicación, la mente se le quedaba en blanco.

Con el café en una mano, volvió al vestíbulo, donde su ordenador lo esperaba resplandeciendo en la oscuridad.

Durante las siguientes tres horas siguió repasando los
nombres escritos en el libro de registro. Lassiter era consciente de que ya no podía fiarse de sí mismo. Por ello se obligó
a comprobar cada hoja por segunda vez. Pero, aun así, perdía
la concentración y en más de una ocasión se sorprendió pasando una hoja en la que ni siquiera había enfocado la vista.
Cuando ocurría eso, se obligaba a sí mismo a retroceder hasta
el último nombre que había tecleado en el ordenador y volvía
a empezar desde ahí.

Ya eran las tres y media de la mañana cuando empezó a in-
tuir un nuevo patrón. Pero no quería pararse a pensar en ello
hasta que hubiera acabado de transcribir los datos de todas
las pacientes al ordenador. Cuando por fin llegó a la última página escrita del libro vio por la ventana del vestíbulo que ya
empezaba a clarear.

Estaba agotado. Cerró las tapa de cuero del libro de registro,
se levantó y se estiró con tanta fuerza que una de sus costillas
hizo un ruido seco. Apagó la luz y volvió a su habitación.

Entonces hizo lo que no se había permitido hacer antes: separó los procedimientos de donación de oocitos, las mujeres que se habían alojado un mes o más en la pensión, de los otros 272 nombres de la lista.

Gracias a los dobles asteriscos, y con la ayuda de una función especial del ordenador, sólo tardó unos minutos en conseguir una lista de dieciocho nombres.

Kathleen Lassiter
Hannah Reiner
Matilda Henderson
Adriana Peña
Lillian Kerr...

Que él supiera, al menos estas cinco mujeres estaban muertas. Y sus hijos también estaban muertos. Y todos ellos habían muerto entre llamas.

Cerró los ojos un momento, y la imagen de Brandon apareció en su mente. «¡Tío Joe! ¡Tío Joe! ¡Mira lo que hago! Puedo hacer una voltereta. ¡Mírame!» El pequeño cuerpo rodó torcido sobre el suelo. No era nada parecido a una voltereta, tan sólo un niño dándose la vuelta patosamente sobre la alfombra, pero Brandon se levantó saltando como un gimnasta olímpico, con las manos alzadas hacia el cielo en señal de victoria y una sonrisa rebosante de orgullo.

Lassiter volvió a mirar la lista. La mayoría de las mujeres eran europeas y norteamericanas, pero también había pacientes de otros muchos lugares: Hong Kong, Tokio, Tel Aviv, Rabat, Río de Janeiro.

Colocó el ordenador en la mesa que había junto a la ventana y conectó el módem al teléfono. Con el programa N-cipher codificó *cblista.1* y envió el documento a su oficina de Washington. Después le escribió una breve nota a Judy Rifkin con los nombres y las direcciones de las dieciocho pacientes cuyos nombres había separado, en la que, además, le pedía que le hiciera saber a Riordan que al menos cinco de las mujeres de la lista estaban muertas y que, por tanto, todas las demás podrían correr un grave peligro. Riordan debía ponerse en contacto con las autoridades pertinentes para que pusieran a las mujeres y a sus hijos bajo protección. Cuando volviera a Washington, que sería en dos días a lo sumo, se lo explicaría todo.

Mientras tanto, quería que Judy reuniera toda la información posible sobre el difunto doctor Ignazio Baresi, de Montecastello, Italia, sobre la clínica Baresi y sobre una técnica de fecundación llamada donación de oocito. Finalmente le pedía que intentara ponerse en contacto con las trece mujeres de la lista. Si la policía hacía bien su trabajo, no conseguiría localizar a ninguna.

La nota ocupaba dos páginas enteras. Cuando por fin se la mandó a Judy, a Lassiter se le cerraban los ojos. Pero era fin de semana y existía una remota posibilidad de que Judy no mirase su correo electrónico hasta el lunes por la mañana. Miró la hora. Eran casi las cinco y media de la mañana; las once y media de la noche en Washington. Descolgó el teléfono y marcó el número de la casa de Judy. Al oír la señal del contestador automático, dijo:

—Judy, soy Joe. Mira tu correo electrónico en cuanto oigas este mensaje. Es muy importante. Te veré en un par de días.

Se quitó la camisa y los pantalones y se tumbó boca arriba. Cerró los ojos ante la débil luz del amanecer y escuchó su propia respiración mientras esperaba que la conciencia lo abandonara.

Pero no conseguía dejar la mente en blanco. Vio la cara carbonizada de Brandon y oyó la voz de Tommy Truong: «No queda sangre en niño pequeño.» Se acordó de la mirada vacía de Jiri Reiner. Y de las lágrimas de Kara Baker.

—Por Dios bendito —murmuró cubriéndose la cara con las sábanas—. Es una puta masacre.

CAPÍTULO 27

Se levantó a las once de la mañana. Lo primero que pensó fue que no había dormido suficiente. Pero el agua caliente de la ducha consiguió quitarle el cansancio. Aunque al principio no pensaba afeitarse, al final sí lo hizo. Los curas podían ser muy quisquillosos, o, al menos, eso es lo que se imaginaba Lassiter. Realmente, no tenía ni idea.

Se puso la chaqueta de cuero y bajó al vestíbulo. Quejándose de su resaca, Nigel le indicó cómo llegar a la plaza. Allí encontraría la iglesia y un café.

Fuera hacía frío, tal vez unos cuatro o cinco grados, y además amenazaba con llover. Al salir de la pensión, Lassiter giró a la izquierda y caminó hacia el norte por una estrecha calle adoquinada que no tenía ni aceras ni coches, tan sólo casas de piedra gris con las ventanas cubiertas con postigos para impedir el paso del aire invernal.

Realmente, la calle no resultaba nada hospitalaria. Era bonita, pero, de alguna manera, resultaba amenazadora. Con el paso de los siglos, los cimientos se habían movido y ahora las casas parecían inclinarse, intimidando a la calle que avanzaba indefensa entre ellas.

Lassiter bajó por un callejón y subió por otro. El pueblo, pensó, era un auténtico laberinto, el tipo de sitio donde es fácil perderse y difícil esconderse. Pasó por varios comercios que no tenían ningún tipo de indicación. No parecía haber ni un solo cartel en las calles. Y, la verdad, puede que no hiciera falta. En Montecastello todo el mundo se conocería, así que todos sabrían lo que vendían los demás. Eso sí, casi todas las tiendas parecían tener luces fluorescentes en el interior, y en todas las puertas se veían cortinas de sartas de cuentas. Con un murmullo y un chasquido de las cuentas, un hombre mayor salió de un comercio con una bolsa de verduras, unos paquetes envueltos en papel de carnicería y una barra de pan.

—*Ciao* —dijo sin levantar la mirada del suelo y se alejó apresuradamente.

Lassiter giró por última vez, abandonó el laberinto de callejuelas y salió al espacio abierto de la plaza principal de Montecastello, la piazza di San Fortunato. La iglesia de San Giovanni Decollato ocupaba todo el lado norte de la plaza. Era un edificio simple, incluso austero, construido con la misma piedra gris que todos los demás edificios del pueblo. Lassiter estaba a punto de subir la escalinata, cuando el olor a café lo retuvo.

Al otro lado de la plaza había un diminuto café con la cortina de cuentas de rigor. Delante había unas mesas y unas sillas de metal. Se trataba, sin duda, de uno de los lugares obligados de paso de Montecastello. Hacía al mismo tiempo de cafetería, quiosco de prensa, bar y estanco; todo ello en una sola habitación. A pesar del frío, Lassiter se sentó a una de las mesas de fuera y pidió un café solo.

Aunque el aire era frío, no corría nada de viento, ni tampoco hubiera habido ningún ruido de no ser por el insistente soniquete de la máquina recreativa de Pac-Man instalada en el café. La plaza estaba rodeada de edificios por tres lados. En el cuarto flanco había un mirador que daba a la planicie de Umbria.

En la mesa de al lado, dos trabajadores de mediana edad jugaban a las cartas. Las apretadas chaquetas de lana que llevaban abotonadas sobre muchas otras capas de ropa les daban un aspecto acolchado. Bebiendo café y brandy alternativamente, maldecían su suerte y bromeaban sobre las manos que el destino les había deparado.

Mientras esperaba a que le llevaran el café, Lassiter observó la docena de periódicos distintos que colgaban de una cuerda sujetos con pinzas metálicas. No había ninguno en inglés. Tan sólo un *Le Monde* de hacía tres días, pero no se sentía con fuerzas. Estaba intentando decidir si debía inventarse algún pretexto para contarle al cura. ¿Cómo debería abordarlo? ¿Dígame todo lo que sepa sobre el doctor Baresi? Movió la cabeza de un lado a otro.

Cuando llegó el café, Lassiter se lo bebió observando la partida de cartas. La baraja estaba tan gastada que parecía hecha de tela. Por sí solas, las cartas se habrían doblado hacia atrás, así que los dos hombres las mantenían rectas con los dedos de la otra mano para protegerlas de los ojos del rival.

Los dos hombres tenían la piel curtida por el sol y profundos surcos alrededor de los ojos. Mostraban el aspecto vigoroso de los hombres que han pasado toda su vida al aire libre, y un brillo irónico en los ojos.

Lassiter intentó pensar en un lugar de Estados Unidos donde pudiera haber dos hombres como éstos, sentados a una mesa a la intemperie preocupándose de sus asuntos, bebiendo café y brandy mientras jugaban a las cartas. En enero. No se le ocurría ningún sitio, excepto, quizás, una cervecería de clase trabajadora. Pero no era lo mismo.

En el centro de la plaza había una fuente muy simple formada por una taza rectangular de piedra que se elevaba medio metro sobre el suelo. Detrás había un simple muro vertical con un viejo grifo en forma de cabeza de león. Tenía la boca agrietada, así que, en vez de caer dibujando un arco, el agua salía a borbotones. Aun así, la fuente cumplía su función. Desde luego, era algo más que un simple ornamento; en ese momento, una mujer mayor estaba llenando de agua dos grandes cubos de plástico.

Lassiter pidió otro café y se acercó al mirador mientras esperaba a que se lo sirvieran. Delante de él, la tierra caía casi en vertical. Era casi todo roca, pues ya hacía siglos que los últimos rastros de tierra suelta habían desaparecido. Pese a ello, algunos pinos conseguían aferrarse al suelo rocoso.

A lo lejos, justo encima de los pinos más cercanos, se veía Todi. En la lejanía, la ciudad parecía flotar en el aire. Sus murallas rodeaban la montaña dibujando una serie de planos diagonales que escalaban la ladera hasta la ciudad, y a su alrededor se extendían los nuevos barrios de Todi. Más abajo, a ambos lados del río, había un magnífico mosaico de parcelas cultivadas.

Era una hermosa vista que lo llenó de una extraña nostalgia por algo que, después de todo, nunca había conocido. Hacía ya muchos años que la agricultura había dejado de ser así en Estados Unidos, si es que lo había sido alguna vez. En Estados Unidos sólo era posible ver un mosaico de campos como aquél desde la altura de crucero de un avión. Le echó la culpa de la nostalgia que sentía a Cézanne.

Más cerca, a este lado del río, vio el bosquecito por el que había pasado el día anterior, con sus perfectas hileras de árboles plantados. Podía ver el sitio donde la carretera se bifurcaba; a la izquierda hacia la clínica Baresi, o lo que quedaba de ella, y a la derecha hacia Montecastello. Siguió esta última carretera con la vista hasta que desapareció a los pies de las empinadas cuestas del promontorio sobre el que se alzaba Montecastello. La carretera volvía a aparecer a menos de cien metros de él, en el falso plano que había inmediatamente fuera de las murallas. Allí estaba su coche.

Volvió a la mesa y se bebió el segundo café de un solo trago. Dejó un billete de cinco mil liras debajo del plato y cruzó la plaza hacia la iglesia.

Lassiter subió los escalones y atravesó la pesada puerta de madera. Al otro lado había una especie de antesala; un panel de madera, con una puerta para acceder a la iglesia a cada lado, separaba el mundo de oración del mundo exterior. El reducido espacio tan sólo albergaba una vieja mesa de madera con varios montoncitos de folletos y una caja metálica para las donaciones. Metió unos billetes en la caja y entró en la iglesia.

El interior resultaba sorprendentemente oscuro. Al principio, Lassiter sólo pudo distinguir el altísimo techo. La iglesia olía a humo de velas y a humedad. Se oía un débil murmullo de voces en el otro extremo, donde debía de estar el altar.

La única luz natural provenía de una hilera de pequeñas ventanas en lo alto de uno de los muros, pero no era mucha. El débil sol de invierno caía con un ángulo tan inclinado que iluminaba la penumbra de la parte superior del templo sin llegar a alcanzar nunca el suelo. Los candelabros tampoco eran de gran ayuda. Sólo había unos pocos y, en vez de velas, tenían unas bombillas que parpadeaban débilmente en la oscuridad.

Desde luego, no se parecían nada a las llamas de las velas.

Más cerca de él, a medio camino hacia el altar, vio un atril lleno de pequeñas velas bajo una estatua que se escondía en la penumbra. Lassiter se sentó en uno de los últimos bancos y esperó a que la vista se le acostumbrara a la oscuridad.

Lentamente, el interior de la iglesia fue cobrando forma. Era sorprendentemente grande. Había un grupito de personas delante del altar, formas imprecisas y ropajes blancos, casi fantasmales, que se movían en la penumbra. El estridente llanto de un bebé le dijo que estaba presenciando un bautizo.

La ceremonia no tardó en acabar y los asistentes avanzaron por el pasillo en procesión, encabezados por la madre y su niño, que no dejaba de llorar. El cura iba al final. Era alto, y su cabeza se bamboleaba levemente detrás de las demás como si de un globo se tratara. Al pasar a su lado, sus miradas se encontraron. Era un hombre de cuarenta y tantos años, con el pelo castaño y rizado, una fuerte barbilla y nariz aguileña. Le recordaba a alguien. ¿A quién? Si no hubiera estado tan delgado, tan demacrado, incluso podría haber sido apuesto. Pero no lo era. Había algo extraño en la combinación de sus facciones, que transmitían un aire de largos años de tormento y persecución.

Durante diez minutos, la antesala por la que había entrado Lassiter se llenó de risas, voces y gritos italianos. El bebé, furioso e inconsolable, no dejaba de llorar. Se oyeron las palmadas en la espalda y el ruido seco de los besos. Después, en señal de despedida, las voces subieron de tono, con un poco más de formalidad o alegría de lo normal.

Lassiter oyó el chirrido de la puerta principal de la iglesia al abrirse, y una ráfaga de aire frío le acarició los tobillos. Durante unos segundos, una cortina de luz penetró en la oscuridad mientras las voces y las pisadas se alejaban por la plaza. Se imaginó al cura en lo alto de la escalinata, despidiendo a sus feligreses.

Y entonces volvió a oír la puerta, y el cura entró en la iglesia. Pasó a su lado sin detenerse. Lassiter se levantó, y su voz retumbó en los muros del templo:

—*Scusi, padre!*

El párroco se detuvo.

—¿Sí? —dijo al tiempo que se daba la vuelta.

Lassiter había agotado todo su caudal de italiano.

—¿Puedo hablar un momento con usted?

El padre Azetti sonrió.

—Por supuesto —contestó en perfecto inglés—. ¿En qué puedo ayudarlo?

Lassiter respiró hondo. No sabía por dónde empezar.

—No estoy seguro —repuso—. Estoy alojado en la pensión y me han dicho que usted era amigo del doctor Baresi.

El párroco dejó de sonreír y se quedó absolutamente inmóvil. Por fin, miró a Lassiter con la cautela de un testigo presencial que va a declarar ante la autoridad y dijo:

—Jugábamos juntos al ajedrez.

Lassiter asintió.

—Eso me han dicho. De hecho, lo que me interesa realmente es la clínica.

—La clínica se incendió.

—Lo sé, pero... esperaba que pudiéramos hablar.

Los goznes de la puerta de la iglesia se quejaron ruidosamente, y una ráfaga de aire helado penetró en la penumbra. Una mujer vestida de negro apareció a un par de metros de ellos y se santiguó. Después se arrodilló en un banco y se puso a rezar.

Azetti miró la hora y movió la cabeza.

—Lo siento —se disculpó—. Tengo confesión hasta las dos.

—Ah —exclamó Lassiter sin disimular su desilusión.

—Si no le importa esperar... O si quiere volver en un rato... Podríamos hablar en mi despacho.

Lassiter se lo agradeció.

—Me daré un paseo —dijo finalmente—. Disfrutaré un poco de las vistas.

—Lo que usted guste —respondió Azetti y se dirigió hacia una estructura oscura que había en la nave lateral. Era una especie de armario con cortinas, sólo que más profundo. Lassiter no se dio cuenta de que era el confesionario hasta que el párroco se agachó para entrar.

Dos horas después, Lassiter y Azetti estaban sentados en el despacho del párroco, compartiendo el plato de pasta que una de sus parroquianas le había llevado al cura. Lassiter pensó que debía de haberse equivocado respecto a la cautela inicial del párroco, pues Azetti demostró ser un perfecto anfitrión. Cortó unos trozos de pan crujiente y los empapó en vino. Después añadió un poco de aceite de oliva, sal y pimienta. Lassiter lo observaba sentado junto a una estufa eléctrica.

—Entonces —dijo el párroco—, le interesa la clínica.

Lassiter asintió.

—Bueno, si dice que ya la ha visto, se imaginará lo que ocurrió.

—Me han dicho que el incendio fue provocado.

Azetti se encogió de hombros.

—De todas formas, ya estaba cerrada —repuso—. Aunque es una pena. Realmente no creo que conozca a nadie como Baresi durante el resto de mi vida.

—¿Por qué dice eso? —preguntó Lassiter.

—El doctor Baresi era un hombre de gran talento. No es que yo sea un experto en la materia, pero parece ser que su porcentaje de éxito era excepcional.

—¿De verdad? —dijo Lassiter animando al párroco a continuar.

—Sí. Probablemente porque, además de médico, era científico. ¿Sabía usted que también era científico?

Lassiter movió la cabeza.

—Nuestro médico tenía muchas facetas. ¡Era un genio! —afirmó Azetti—. Aun así, yo le ganaba casi siempre al ajedrez.

Lassiter sonrió.

—Creo que yo cometía tantos errores que a Baresi le resultaba imposible prever mis movimientos —confesó Azetti—. Solía quejarse de que le arruinaba las partidas. ¿Quiere más vino?

—No, gracias —contestó Lassiter. El párroco le caía bien.

—Su padre y su abuelo eran hombres ricos. Política y construcción. Una familia muy corrupta, incluso para Italia. Así que él no necesitaba dinero. Nunca necesitó trabajar. Pero estudió. Estudió genética en Perugia y bioquímica en Cambridge. En Cambridge. ¡Imagínese! —Azetti se sirvió un segundo vaso de vino, mojó un poco de corteza de pan y mordió los bordes—. Durante algunos años trabajó en una de esas fundaciones de Zurich. Creo que incluso le dieron una medalla, o algo así.

—¿Por qué?

—No lo sé. Pero, claro, después renunció a todo eso.

—¿A qué se refiere?

—A la ciencia.

—¿Quiere decir que se especializó en medicina? —inquirió Lassiter.

Azetti movió la cabeza.

—No, eso fue mucho después. Primero estudió teología en Alemania. Escribió un libro. De hecho, lo tengo aquí mismo. —Sin tan siquiera mirar, el párroco cogió un grueso tomo de la estantería que tenía detrás y se lo ofreció a Lassiter.

Lassiter abrió el libro, leyó el título y movió la cabeza de un lado a otro.

—Está en italiano —dijo y se dio cuenta inmediatamente de lo estúpido que resultaba su comentario.

Azetti sonrió.

—Se titula *Reliquia, tótem y divinidad*.

Lassiter asintió y dejó el libro a un lado.

—Era todo un experto en la materia —añadió Azetti.

—¿De verdad? —dijo Lassiter sin demasiado entusiasmo.

—Desde luego.

—La pasta está deliciosa —comentó Lassiter. La conversación se estaba alejando del tema que le interesaba, y no estaba seguro de cómo podría reconducirla hacia la clínica Baresi.

—Baresi relacionaba el poder de las reliquias con determinados instintos religiosos primitivos: animismo, adoración de los antepasados; ese tipo de cosas. El mismo instinto que llevaba a un miembro de una tribu a comerse el corazón de su enemigo, para absorber así su poder, impulsaba a los cristianos a creer que llevar el hueso de un santo en una bolsita, en la mayoría de los casos un simple fragmento de un hueso de un santo, podía protegerlos de la enfermedad.

—Suena interesante —señaló Lassiter con un tono de voz que transmitía todo lo contrario.

—Y realmente lo es. Se lo recomiendo fervorosamente. Todo gira en torno a la magia buena, aunque claro, muchos dirían que ése es exactamente el caso de la comunión cristiana.

—¿A qué se refiere? —preguntó Lassiter.

Azetti se encogió de hombros.

—Comemos y bebemos la carne y la sangre del Señor. Para los fieles, eso es un sacramento, pero para muchos otros es... algo más. Magia, quizá.

—Parece un terreno peligroso.

—Desde luego —asintió el párroco con una sonrisa—. Pero a Baresi eso no le importaba. Tenía unas credenciales impecables. Y el Vaticano lo tenía en gran estima.

—¿De verdad?

—A sí es. Solicitaban continuamente sus servicios.

—¿Para qué?

—Para examinar reliquias. Si había dudas sobre la autenticidad de alguna reliquia, le pedían a Baresi que la examinara. La mayoría de las veces resultaba fácil. Una astilla de la auténtica cruz no puede ser de madera de teca, ni un fragmento del cuero cabelludo de san Francisco puede tener la fórmula genética de un buey. ¿Le suena la sábana santa de Turín? —preguntó el párroco.

—Claro —dijo Lassiter—. ¿A quién no?

—Baresi fue uno de los científicos encargados de examinarla.

—He leído en alguna parte que resultó ser una falsificación.

Azetti frunció el ceño.

—Eso dicen. «Un magnífico sudario del siglo XIII.» Algunos incluso dicen que es la primera fotografía de la historia. Dicen que la hizo Leonardo.

—¿Que decía Baresi?

—Creía que era un engaño, pero un engaño muy oscuro.

—¿Qué quiere decir?

—Como dice en su libro, la historia de algunas reliquias es bastante siniestra, y es muy posible que la sábana santa forme parte de esa oscura tradición. Hace siglos, las reliquias eran tan importantes que si un santo enfermaba, la gente se amontonaba en la puerta de su casa a esperar que muriera. Y, cuando por fin moría, entraban en la casa y mutilaban el cadáver. Se llevaban dedos, dientes, orejas... y después vendían los trozos.

Lassiter estaba boquiabierto.

—Así era, créame. Por lo visto, a los dos días de morir, no quedaba ni un solo hueso del cuerpo de santo Tomás de Aquino. —Azetti sonrió—. Y, a veces, incluso se llegaba al punto de acelerar la muerte de algún santo, por ejemplo, con veneno.

—Pero la sábana santa... Sea legítima o no, tan sólo es un trozo de tela —indicó Lassiter.

—Así es, pero está bañada en fluidos corporales... En bilirrubina concretamente.

—¿Qué es eso?

—Es una sustancia que segrega la sangre. Por lo visto, en circunstancias de extrema tensión, como la tortura, la gente puede llegar a sudar bilirrubina.

—¿Y la sábana tiene rastros de bilirrubina?

—Así es. Aunque creía que la sábana santa era un engaño, Baresi estaba convencido de que habían asesinado a alguien para conseguir la impresión del cuerpo.

—Por Dios bendito —exclamó Lassiter.

Azetti asintió.

—En el siglo XIII las reliquias daban mucho poder. Una iglesia que tuviera una reliquia famosa atraía a miles de peregrinos y los peregrinos significaban dinero. Después, con la Reforma, los protestantes quemaron miles de reliquias.

—Quemaron miles de reliquias —repitió Lassiter. Las palabras le recordaron por qué estaba allí. Bebió un poco de vino—. Lo que no entiendo es cómo pasó Baresi de las reliquias a la medicina.

—Bueno, sin duda sintió una llamada. Creo que tenía casi cuarenta años cuando empezó a estudiar medicina. Estudió la carrera en Bolonia. Obstetricia y ginecología. —Azetti volvió a fruncir el ceño—. Al parecer, fue durante su etapa de médico residente cuando empezó a interesarse por la esterilidad. Y, después, abrió su propia clínica. La verdad, fue toda una sorpresa.

—¿Por qué?

—Bueno, como ya sabrá, la fecundación artificial es un tema delicado. Además, Baresi era extremadamente tímido. Y, de repente, ahí estaba, pidiéndole a mujeres que ni siquiera conocía que se desnudaran delante de él. Y no hay que olvidar que era un devoto creyente, así que su actividad le planteaba inevitablemente un conflicto moral.

—¿Por qué?

El padre Azetti levantó los ojos hacia el techo.

—El cardenal Ratzinger hablaba en nombre de toda la Iglesia cuando condenó cualquier intento de interferir en la concepción natural.

—¿Se refiere al control de natalidad?

—No sólo a eso. La Iglesia rechaza la inseminación artificial con la misma fuerza que condena la interrupción del embarazo.

—No lo sabía.

—Pues así es. La postura de la Iglesia es muy clara. Los niños deben ser concebidos mediante un acto de unión sexual, o sea, de modo natural. Igual que la anticoncepción interfiere en la voluntad de Dios, también lo hace la... ¿Cómo lo llaman? La tecnología reproductiva. Prácticamente todo lo que se hace en una clínica como la de Baresi está terminantemente prohibido por la Iglesia.

—Pero, aun así, Baresi siguió adelante con su proyecto —dijo Lassiter.

El párroco bajó la mirada.

—Él creía que tenía una dispensa especial. —Azetti suspiró—. Además, Baresi no es ni mucho menos el único católico que ha hecho caso omiso de las opiniones del Vaticano sobre esta cuestión. La Iglesia prohíbe el control de natalidad, pero en Italia, un país que sigue siendo católico en su práctica totalidad, la gente tiene pocos hijos y el crecimiento demográfico se ha estabilizado. Y le puedo asegurar que los italianos no son muy dados a la castidad. —Azetti se encogió de hombros y volvió a llenarse el vaso de vino—. Pero, volviendo a usted, ¿qué vamos a hacer sobre su mujer?

Lassiter no le contestó.

—Estará en la pensión, ¿no? Me sorprende que viajaran hasta tan lejos sin tan siquiera llamar antes. La pobre debe de sentir una gran decepción. Si quiere, yo podría hablar con ella.

—No, padre...

—Se me da bien escuchar —lo interrumpió Azetti.

—Me temo que ha habido una confusión —dijo Lassiter.

—Ah.

—No estoy casado.

El párroco parecía confuso.

—¿Entonces? —preguntó al tiempo que levantaba las palmas de las manos.

—He venido a Montecastello porque mi hermana estuvo en la clínica del doctor Baresi hace varios años.

—¡Ah! Su hermana. Y ¿consiguió lo que deseaba?

—Sí. Tuvo un niño maravilloso.

Azetti asintió con una sonrisa. Pero en seguida la sonrisa se convirtió en un gesto de preocupación.

—La verdad, no lo entiendo. ¿Por qué ha venido entonces a verme?

—Mi hermana murió en noviembre.

El párroco frunció el ceño.

—Lo siento mucho. ¿Y el chico? Bueno, supongo que ahora eso será cosa del padre.

Lassiter movió la cabeza.

—No tenía padre. Lo crió ella sola. Y, además, el niño también está muerto. Los dos murieron asesinados.

Azetti rehuyó su mirada. Al cabo de unos segundo inquirió:

—¿Cómo ocurrió?

—Los mataron mientras dormían. Luego incendiaron la casa.

Hubo un largo silencio. Azetti cortó otro trozo de pan y lo mojó en el vino.

—¿Y por eso ha venido? —dijo por fin.

Lassiter asintió.

—El hombre que los mató era italiano. No creo que conociera de nada a mi hermana. He averiguado que...

El párroco se levantó y empezó a andar en círculos por la habitación. Parecía asustado, como si algo peligroso le rondara la cabeza.

—¿Y dice que era varón?

Lassiter asintió mientras seguía los movimientos del párroco con la mirada.

—Me pregunto... —dijo Azetti.

—¿El qué, padre?

—Me preguntó si sabrá... Aunque claro, puede que no lo sepa. Me pregunto si sabe a qué procedimiento se sometió su hermana.

—Sé que era una donación de óvulo. Creo que se llama...

—Donación de oocito. —El párroco pronunció las palabras como si fueran una enfermedad mortal. Siguió dando vueltas unos segundos más. Después se paró, se rascó la coronilla y miró a Lassiter fijamente—. Aunque, claro —añadió—, desgraciadamente, ese tipo de tragedia tampoco es tan infrecuente. Hay tanta violencia en el mundo... Sobre todo en Estados Unidos. ¿Vivían en una gran ciudad? Desde luego, vivimos tiempos difíciles.

Lassiter asintió.

—Tiene razón. Vivimos en un mundo muy violento, pero mi hermana no es la única paciente de Baresi que ha muerto asesinada.

—¿Qué quiere decir?

—También han asesinado a un niño en Praga. Más o menos en las mismas fechas y en circunstancias similares. Y a otro en Londres. Y en Canadá y en Río de Janeiro. Sólo Dios sabe cuántos más habrán muerto. Por eso he venido, porque todos esos niños asesinados fueron concebidos en la clínica del doctor Baresi.

El párroco se dejó caer en su silla, inclinó la cabeza hacia adelante y cerró los ojos. Después apoyó los codos en la mesa y se acarició el pelo. Permaneció así mucho tiempo, en silencio. Fuera estaba empezando a llover.

Por fin enderezó el cuerpo, apoyó las manos en la mesa, una encima de la otra, y bajó la cabeza hasta descansarla sobre ellas. Así, con la cara escondida y la barbilla prácticamente enterrada en el pecho, murmuró algo que Lassiter no entendió.

—¿Qué? —preguntó Lassiter.

—Es la voluntad de Dios —declaró Azetti. Empujó la mesa con las manos y miró a Lassiter fijamente. Tenía una mirada salvaje, turbia—. O puede que sea todo lo contrario —agregó después.

—Padre...

—No puedo ayudarlo —lo interrumpió el párroco al tiempo que se daba la vuelta.

—Yo creo que sí puede.

—¡No puedo!

—Entonces morirán más niños.

Azetti tenía los ojos bañados en lágrimas.

—No lo entiende —dijo. Después respiró hondo y recobró la compostura—. El secreto de confesión es sacrosanto. Lo que se dice en confesión queda sellado para toda la eternidad. Al menos, así debería ser.

—¿Por qué dice que así debería ser?

El párroco movió la cabeza.

—Usted sabe quién está detrás de todo esto, ¿verdad? —dijo Lassiter.

—No —contestó el párroco, y Lassiter supo que le estaba diciendo la verdad—. No, no lo sé. Pero hay una cosa que sí puedo decirle: cada faceta de la vida de Baresi, su trabajo como científico, sus estudios teológicos, su trabajo en la clínica, forma parte de la respuesta que usted está buscando. —El párroco respiró hondo y volvió a guardar silencio.

—¿Eso es todo? —preguntó Lassiter.

—Eso es todo lo que puedo decirle —replicó el párroco.

—Pues muchas gracias por su ayuda —dijo Lassiter con evidente sarcasmo—. Lo tendré en cuenta. Y si alguna de las madres me pregunta por qué ha tenido que morir su hijo, le hablaré de su voto. Le diré que su hijo ha muerto por una cuestión de principios. Seguro que lo entiende. —Cogió su chaqueta y se levantó.

—Espere —lo detuvo el párroco—. Hay otra cosa. —Antes de que Lassiter pudiera decir nada, Azetti salió de la habitación y entró en un estudio contiguo. Lassiter oyó cómo abría unos cajones y removía los objetos. Por fin, el párroco volvió a la habitación.

—Tome —dijo y le entregó una carta.

—¿Qué es?

—Me la mandó Baresi desde el hospital pocos días antes de morir. Creo que podrá responder a algunas de sus preguntas. —Lassiter miró la carta, que ocupaba tres hojas de papel cebolla escritas a mano por las dos caras. Fuera, una campana empezó a repicar.

Azetti se remangó y miró la hora.

—Tengo confesión hasta las ocho —indicó—. Si vuelve después se la traduciré.

—¿No podría...?

Azetti sacudió la cabeza.

—No —replicó—. Montecastello es un pueblo pequeño y ya debe de haber cola.

—Pero, padre...

—Esto ha esperado miles de años, así que puede esperar unas horas más.

CAPÍTULO 28

Necesitaba pensar. O, mejor aún, necesitaba dejar de pensar.

El párroco le había estado intentando decir algo sin romper su voto de silencio. Algo sobre las distintas facetas de Baresi y el modo en que éstas encajaban entre sí. Pero no tenía sentido. O, si lo tenía, Lassiter no lo encontraba.

Necesitaba salir a correr.

Eso es lo que hacía siempre que tenía un problema que no sabía resolver: dejaba la mente en blanco y corría. A menudo, la solución le llegaba sin buscarla, como un regalo.

Pero no podía salir a correr en Montecastello. Tendría que dar la vuelta al pueblo al menos media docena de veces para conseguir recorrer la distancia mínima. Además, los adoquines eran una tortura para los tobillos y, aunque no hubiera estado lloviendo, las calles tenían tantas esquinas que le sería imposible conseguir un ritmo. Y tampoco podía correr por la carretera que bajaba desde el pueblo; eso sería como tirarse por un precipicio y luego volver a subir escalando.

Así que cogió el coche e intentó no pensar en nada. Con un poco de suerte, la respuesta llegaría sola. Conducir funcionaba a veces, aunque, como técnica de meditación, no era tan fiable como correr.

Según el mapa, Spoleto estaba a cuarenta kilómetros de Montecastello. Parecía una distancia perfecta. Una hora para ir y otra para volver. Además, al llegar, podría darse un paseo por el centro.

Pero en el mapa no aparecía la cordillera que separaba las dos poblaciones. La carretera era una continua sucesión de curvas, y los precipicios bastaban para quitarle el aliento al más valiente. Eso sí, el paisaje era precioso. Tardó una hora y media en llegar a una señal que decía: SPOLETO, 10 KM. A pesar de todo, siguió adelante hasta que se encontró con un camión que lo obligó a subir las cuestas envuelto en una nube de humo de gasoil. Ante la imposibilidad de adelantarlo, Lassiter acabó dando la vuelta en una gasolinera de Agip que encontró a unos siete kilómetros de Spoleto. El sol se acababa de poner detrás de las montañas y en el cielo sólo quedaba un débil rubor violáceo. El reloj del salpicadero marcaba las 18.15 horas.

—Ha venido alguien preguntando por ti. Se acaba de marchar —le dijo Hugh cuando Lassiter entró en el vestíbulo de la pensión.

—¿Quién era? —preguntó Lassiter.

—No me ha dicho cómo se llamaba, sólo que era un amigo tuyo.

Lassiter miró al inglés.

—No tengo ningún amigo en Italia —replicó—. ¿No ha dejado ningún recado?

—No. Dijo que quería darte una sorpresa. Me preguntó dónde podría encontrarte. —Hugh frunció el ceño—. Le dije que habías ido a ver al párroco.

Todos los músculos de Lassiter se tensaron a la vez. Al verlo, Hugh frunció el ceño.

—He hecho mal, ¿verdad?

—No lo sé. ¿Qué aspecto tenía?

—Era muy grande. De hecho, era enorme.

—¿Italiano? —preguntó Lassiter.

Hugh asintió.

—¿Tiene alguna otra salida la pensión? —inquirió Lassiter.

Hugh se quedó pálido, pero no tardó en reaccionar, asintiendo vigorosamente.

—Sí —dijo y lo condujo por el pasillo, a través de la cocina, hasta una puerta que daba a un callejón trasero.

—Lo siento terriblemente, Joe.

—No pasa nada —contestó Lassiter. Después empezó a correr.

Al poco tiempo llegó a un callejón sin salida cuya única iluminación procedía de una ventana. En el cielo, la luna se ocultó detrás de una gruesa capa de nubes. Lassiter sabía que era muy posible que alguien, probablemente el Armario, lo estuviera esperando en la iglesia, pero no tenía más remedio que arriesgarse. Era temprano, y todavía habría gente por la calle. Y, además, después de todo, era una iglesia. Tal vez podía pedirle al párroco que lo acompañara de vuelta a la pensión.

Entonces advirtió que se había perdido. Ya debería estar en la plaza. Dio la vuelta y volvió sobre sus pasos, o al menos eso creía, pero, de hecho, se adentró más y más en el laberinto de callejuelas. Por fin, cuando empezaba a pensar que nunca encontraría el camino, giró a la izquierda y allí estaba la plaza.

Respiraba pesadamente; delante de él, el aire se condensaba formando pequeñas nubes. No era por la carrera: era la adrenalina. Notaba cómo le llegaba a chorros al corazón, y Lassiter sabía perfectamente que eso podía ser perjudicial. Inspiró hondo, aguantó la respiración y dejó salir el aire. Volvió a llenarse los pulmones de aire. Y otra vez.

Al otro lado de la plaza vio a tres hombres en el mirador que daba al precipicio. A pocos metros de ellos, el dueño del café Luna estaba echando el cierre. Uno de los hombres le pidió un paquete de cigarrillos. El dueño del café murmuró algo entre dientes, subió el cierre y volvió a entrar en el comercio. Lassiter se fijó en los hombres.

Se había equivocado. Sólo eran dos, pero el segundo era grande y cuadrado como un armario.

Con el corazón latiéndole de nuevo a un ritmo normal, Lassiter cruzó la plaza a toda prisa mientras los dos hombres miraban las luces de Todi en la lejanía. Subió los escalones de la iglesia de dos en dos.

Dentro había tan poca luz como en la calle. Las pequeñas velas del atril se derretían dentro de sus pieles, rojas como la sangre, y los candelabros eléctricos sólo daban una luz muy tenue.

—¿Padre? —susurró con la voz tan baja que la palabra apenas le salió de la garganta—. ¿Padre? —repitió. Pero no respondió nadie. El párroco debía de estar en su despacho. Lassiter se recriminó a sí mismo por llegar tan tarde a su cita con Azetti. Pero la iglesia seguía abierta, así que el párroco tenía que estar en alguna parte.

Volvió a salir a la plaza y fue a las habitaciones de Azetti, que se encontraban en un edificio anejo a la iglesia. Los dos hombres seguían de espaldas a la plaza, fumándose un cigarrillo en el mirador. Lassiter llamó a la pesada puerta de madera, pero no contestó nadie. Cogió el picaporte y, al ver que giraba, entró. Las luces estaban apagadas, pero ya hacía tiempo que los ojos se le habían adaptado a la oscuridad. Fue de una habitación a otra, llamando al padre Azetti, pero no obtuvo ninguna respuesta.

El silencio era extraño, preocupante. ¿Adónde podía haber ido el padre Azetti? Volvió sobre sus pasos y entró por segunda vez en la iglesia. Quizás el párroco estuviera rezando en una de las capillas; tal vez estuviera tan concentrado en sus oraciones que no lo hubiera oído.

Lassiter no sabía lo que era rezar, no realmente. Una vez que su madre tuvo un arrebato religioso, insistió en que él y Kathy se turnaran para bendecir los alimentos antes de comer y en que rezaran el Padre Nuestro antes de irse a la cama. Pero para Lassiter sólo eran palabras sin significado. Santificado sea tu nombre.

Santificado.

Volvió a llamar al párroco, esta vez más alto.

—¡Padre Azetti! Soy Joe Lassiter.

Una de las velas se apagó, dejando un olor a cera que le hizo pensar en una tarta de cumpleaños.

Puede que el párroco hubiera salido un momento, puede que algún enfermo terminal hubiera solicitado su presencia.

Decidió esperar, y se acercó al atril para encender una vela por los muertos. Un pequeño cartel señalaba la caja de donativos. Sin pensarlo, Lassiter sacó un billete del bolsillo, lo plegó a lo largo y lo introdujo en la ranura. No sabía si era un billete de un dólar o de cien. También podían ser mil liras. No lo sabía y tampoco le importaba. Tenía una extraña sensación, como si nada de eso estuviera sucediendo realmente, como si los hombres de fuera, lo que le había dicho el párroco y el pueblo tenebroso sólo existieran en su imaginación.

Por Kathy, pensó mientras encendía la vela con un palito. Después encendió otra al lado de la primera. Por Brandon. Se sentía como si estuviera tomando prestado un rito ajeno, y así era.

Esperaría un poco más y, si no llegaba el padre Azetti, buscaría una salida que no diera a la plaza. Mientras tanto, se sentaría en un banco del fondo y mantendría los ojos bien abiertos.

De repente resbaló. Dio dos o tres saltitos hacia un lado para no perder el equilibrio y se agarró al respaldo de un banco.

Miró las baldosas donde había resbalado. La oscuridad le robaba el color a la iglesia, pero distinguió una mancha de algo que parecía negro sin serlo realmente. Entonces notó por primera vez el inconfundible olor a carnicería.

Al acercarse más vio el reguero de sangre que teñía el suelo y siguió el rastro hasta el confesionario.

Nunca había estado dentro de un confesionario. Al abrir la cortina, casi suspiró de alivio al descubrir que estaba vacío. Pero la sensación de alivio sólo le duró unos segundos. Al fijarse en el panel de madera que dividía el confesionario en dos supo perfectamente lo que iba a encontrar al otro lado.

Tenía las suelas de los zapatos pegajosas y el corazón volvía a latirle con demasiada fuerza. Al correr la cortina del otro lado del confesionario vio al padre Azetti sentado con la cabeza apoyada en la celosía. Tenía un pequeño agujero en la sien derecha y una herida de salida del tamaño de un puño en la coronilla. No era necesario mirar para saber que los sesos del párroco estarían esparcidos por el panel de detrás.

Una bala de baja velocidad. Una bala de punta blanda. Una bala que se deshacía con el impacto y se abría en todas direcciones. Antes tenía que fabricárselas uno mismo cortando una cruz en la punta de plomo de la bala, pero ahora las vendían ya preparadas y, además, su efecto era todavía más mortífero.

Lo más probable era que el párroco hubiera estado sentado con la oreja apoyada en la pequeña celosía. El asesino debía de haber entrado por el lado reservado a los penitentes, se había sentado y había sacado la pistola mientras hablaba. «Bendígame padre, porque he pecado.» Y, después, le había disparado a bocajarro con una bala que habría matado a un elefante.

Lassiter tardó un minuto entero en sacar a Azetti del confesionario. Una vez fuera, lo tumbó en el suelo. No sabía bien por qué lo hacía. Quizá fuera porque Azetti parecía incómodo en el confesionario. Le hubiera gustado tener una almohada para ponérsela debajo de la cabeza, pero...

No la tenía. Dejó a Azetti en el suelo y fue hacia el fondo

de la iglesia, detrás del altar. Buscó en la confusa zona del ábside, pero no encontró ninguna puerta. Lo más probable era que el ábside de la iglesia estuviera pegado a otro edificio. Tenía dos posibilidades: o se quedaba o se iba. Pero, si se iba, tendría que hacerlo por la puerta principal.

Empujó la puerta con suavidad y miró la plaza. Estaba vacía y, al menos por el momento, iluminada por la luz de la luna. Bajó los escalones corriendo y fue hacia la fuente, cuyo borboteo era el único sonido que se oía. La luz de la luna se reflejaba en el chorro de agua que caía de la boca del león.

Y, entonces, vio a un hombre.

Lo vio con nitidez, de pie, iluminado por la luna, en la esquina de la plaza con la via della Felice. Un instante después la luna se deslizó detrás de una nube, y el hombre desapareció por completo de su vista. Lassiter fue hacia la otra calle que salía de la plaza, pero la luna volvió a asomarse, iluminando lo que parecía ser un muro.

Era el Armario.

Lassiter se dio la vuelta y empezó a correr. Pero no tenía adónde ir.

—*Ecco! Cenzo!* —llamó suavemente el Armario. Su voz sonaba sorprendentemente aguda, casi femenina.

Lassiter recorrió la plaza con la mirada: la fuente, la iglesia, el café, el mirador. No tenía escapatoria. El Armario y el hombre que lo acompañaba se acercaban lentamente. Estarían a unos veinte metros. Podía verles la dentadura en la oscuridad. Sonreían.

Lassiter empezó a andar hacia atrás, sin preocuparse por la dirección de sus pasos; bastaba con que fuera la contraria a los hombres. El compañero del Armario se metió la mano en la chaqueta y sacó una Walther y un silenciador. Ajustó el silenciador y le dijo algo al Armario. La espalda de Lassiter chocó contra el muro del mirador. Se acabó. Fin del trayecto.

Mientras los hombres se acercaban lentamente a él, Lassiter se fijó en sus caras iluminadas por la luna. El de la pistola era joven y feo. Tenía la cara aplastada, como si al nacer le hubieran estrujado las facciones con un fórceps. Además, tenía los ojos saltones y el pelo tan corto que no era más que una sombra en su cuero cabelludo. Realmente, parecía un camello.

El Armario, en cambio, parecía hecho de hierro. Tenía la cara y el cuerpo cuadrados, el pelo enmarañado y pinta de necesitar un afeitado cada dos o tres horas. Lassiter observó la fiereza de sus ojos.

«Podría cargar contra ellos a toda velocidad —pensó—. O podría ir en la otra dirección y saltar el muro.» No parecía probable que sobreviviera a ninguna de las dos opciones, pero quizá tuviera más posibilidades con una de ellas. ¿Era una caída limpia hasta el fondo del precipicio o había algún saliente que interrumpiría su descenso? No se acordaba. Y, aunque, literalmente, le iba la vida en ello, no se dio la vuelta para comprobarlo; era incapaz de apartar los ojos de los dos hombres que se acercaban a él.

El compañero del Armario empezó a levantar la pistola. Y, entonces, Lassiter se dio cuenta de que ya había tomado una decisión. De manera casi despreocupada, apoyó la mano izquierda en el muro, giró sobre sí mismo y saltó al vacío. Detrás de él oyó un sonido seco. Tres disparos consecutivos. Mientras tanto, él descendía y descendía.

«Estoy muerto —pensó—, muerto.» La oscuridad daba vueltas a su alrededor sin que sus ojos pudieran procesar las imágenes. Y, entonces, sin previo aviso, la gravedad lo aplastó contra la ladera de la montaña, arrancándole el aire de los pulmones. Rodó de un lado a otro, descendiendo por la ladera. Ahora volaba. Ahora volvía a ser una avalancha que descendía por la pendiente sin ningún control. De forma instintiva, apretó las rodillas contra el pecho y se cubrió la cabeza con los brazos; era una bala de cañón humana rodando por la pendiente.

Su último pensamiento coherente fue que, si se golpeaba contra algo, sería el final. «Una roca... —pensó—. Cabeza... Roca... La cabeza como un huevo... El huevo se rompe... Los sesos se derraman por todas partes... O un árbol... Un árbol me partiría en dos... Ángulo de descenso... ¡Física...! A mayor masa, mayor velocidad.»

Y entonces, como un jugador de béisbol llegando a una base, extendió las piernas como si fueran un freno al tiempo que intentaba agarrar la tierra con las manos. Una uña se le partió de cuajo mientras sus piernas cortaban los arbustos como si fueran un cuchillo. Cerró los ojos para protegerse de los latigazos de las ramas. Por fin, un pie chocó contra una gran roca y Lassiter se detuvo bruscamente.

Estaba a salvo.

A no ser que estuviera muerto. Pero no podía estar muerto; le dolía demasiado el cuerpo. Tenía el costado derecho en llamas, justo donde le había dejado su tarjeta de visita el Armario en Nápoles, y el tobillo le dolía como si alguien se lo hubiera atravesado con una estaca. Un dolor agudo le subió disparado por la pierna derecha. Notaba el sabor de la sangre en la boca. Tenía la mejilla en carne viva y... no se atrevía a moverse.

¿Y si intentaba levantarse y no pasaba nada? Estaba dolorido, confuso y paralizado por el miedo a haberse quedado paralítico. Así que se quedó quieto, mirando cómo la luna jugaba al escondite con las nubes. El aire olía a pino y la noche era sorprendentemente clara. A lo lejos, oyó el piar de muchos pájaros.

¿Qué?

¿Dónde estoy?

Ah, sí.

Tenía que levantarse. Si no se podía mover, sería mejor que empezara a gritar lo antes posible, que alertara al Armario y a su amigo para que le metieran una bala en la cabeza y acabaran con su sufrimiento.

Con un gemido, rodó sobre sí mismo hasta quedar boca abajo, agarró la rama de un pino con una mano y se levantó. Miró a su alrededor. Estaba en la ladera de la montaña, justo debajo de las murallas, en una zona relativamente llana. El aparcamiento estaba a unos cien metros y, justo detrás, el campo de fútbol, bañado en luz. Volvió a oír los pájaros. Pero no eran pájaros, sino personas silbando en un partido de fútbol. Un partido de fútbol en toda regla, pensó Lassiter. Había demasiado ruido y demasiada luz para que fuera un partidillo entre amigos.

Mientras se sacudía la camisa, buscó algo que pudiera servirle de bastón. Encontró una rama seca de pino y comprobó si resistía su peso. Se dobló, pero no se rompió.

Fue cojeando hacia el aparcamiento, intentando hacer caso omiso del dolor del tobillo. No sabía si se lo había roto, pero notaba cómo se le hinchaba con cada paso. Y le quedaban muchos pasos. Tardó diez minutos en llegar al aparcamiento. El ruido creció en el campo de fútbol; alguien había metido un gol.

El pequeño aparcamiento estaba lleno de coches y bicicletas de los espectadores. Lassiter se detuvo debajo de un ciprés y buscó su coche de alquiler. Tenía miedo de que pudiera haber quedado bloqueado por otro coche. Pero no. Ahí estaba, justo donde lo había dejado esa tarde, con vía libre hacia la carretera. Estaba a punto de empezar a andar hacia el coche, cuando, a unos quince metros de distancia, vio la llama de un mechero dentro de un Rover negro. Había dos personas dentro y, aunque no podía verles la cara, desde luego no se comportaban como una pareja de enamorados.

Aguantó la respiración.

Estaba claro. Sólo había una manera de salir del pueblo. El Armario tampoco había tenido que estrujarse demasiado los sesos. Si no se había matado en el salto, ¿adónde podría ir sino a su coche? ¿Qué iba a hacer si no? ¿Bajar rodando el resto de la montaña y hacer *trekking* hasta Todi?

Podía volver a Montecastello, pero el pueblo era una trampa. Pensó en el campo de fútbol. Si pudiera llegar, quizá consiguiera perderse entre la multitud. No. Tenía la ropa hecha jirones y estaba cubierto de sangre y con la cara llena de cortes; además, era incapaz de andar sin tambalearse. No existía una muchedumbre suficientemente grande en toda Italia para que él pudiera pasar desapercibido. Lo más probable era que la gente gritara al verlo. Aunque también podía gritar él; puede que consiguiera atraer a la policía. Aunque, por otra parte, si lo conseguía... ¿Qué pasaría? Lo más probable era que lo encerraran, al menos hasta que encontraran un intérprete. Pero estaría a salvo durante algún tiempo. A no ser que Umbra Domini, o el SISMI, pudieran comprar a sus carceleros. Algo que, estando en Italia, resultaba bastante probable. De ser así, no tenía la menor duda de que a la mañana siguiente aparecería colgado en su celda.

Realmente, no era una buena idea. Y, además, el Rover estaba entre él y el campo de fútbol, entre él y la policía. Y eso sólo le dejaba una opción: las bicicletas que tenía delante. Había todo tipo de bicicletas estacionadas en una larga hilera. Lassiter se agachó y fue de una en otra hasta que finalmente encontró lo que buscaba: una bicicleta de carreras que su dueño no se había molestado en candar.

No iba a ser fácil salir del aparcamiento sin que lo vieran. Aunque, si el Armario y su amigo estaban vigilando el coche, tal vez no se fijaran en alguien que pasaba en una bicicleta. Aunque, claro, bien podían hacerlo. Y, si se fijaban, todo se acabaría en unos segundos. Sólo tendrían que dispararle en la cabeza y marcharse tranquilamente.

Vaciló unos instantes, pero la verdad era que no tenía otra opción. Si se movía en silencio, quizá lo consiguiera. Respiró hondo, subió la pierna izquierda sobre la barra central y se empujó con la derecha. Después, pedaleó con fuerza. Al pasar junto al Rover, avanzando cada vez más rápido, la bicicleta empezó a hacer un ruido terrible.

Lassiter miró la rueda trasera. El dueño había sujetado un as de picas a la bicicleta con una pinza para colgar la ropa, de tal manera que los radios golpeaban ruidosamente contra el naipe cuando la rueda giraba. ¡Mierda!

Dejó el Rover atrás y avanzó hacia la salida del aparcamiento. Salvado. O al menos eso pensaba hasta que oyó el ruido del motor al ponerse en marcha. Miró hacia atrás y vio encenderse los faros. Un momento después, el Rover empezó a seguirlo. Lassiter ya estaba fuera del aparcamiento y pedaleaba furiosamente. La carretera giraba alrededor de la montaña, como un sacacorchos, dibujando una espiral descendente hasta la llanura. Era un torbellino de fuerzas centrífugas. No podía saber a qué velocidad iba, pero era de vértigo. El Rover estaba a suficiente distancia para que Lassiter sólo pudiera ver la luz de sus faros. A mitad del descenso, no le había ganado nada de terreno.

Lassiter se limitaba a inclinarse en las curvas y a frenar un poco cuando la velocidad era excesiva, dejando que la gravedad hiciera el resto del trabajo y rogando a Dios que no lo mandara disparado por el precipicio. El corazón le latía con fuerza, el viento hacía que le llorasen los ojos y el naipe producía un fuerte zumbido contra los radios de la rueda trasera.

Poco a poco, el valle se fue acercando y el descenso se fue haciendo menos pronunciado. Pronto llegaría a terreno llano y la gravedad empezaría a trabajar en su contra. Perdería velocidad, el Rover le daría alcance y...

Ahí estaba el llano. Salió de la montaña como una bola en una bolera, rodando a toda velocidad hacia la arboleda que tanto le había sorprendido el día anterior. Cuando llegó al claro que había delante de los árboles, el Rover ya lo estaba iluminando con sus faros.

Pedaleó con todas sus fuerzas, hasta alcanzar la arboleda. Desapareció en la oscuridad de los árboles y dejó que la bicicleta siguiera rodando sin pedalear. Cuando la bicicleta se detuvo, dejó que cayera al suelo y, cojeando, se adentró entre los árboles.

Era un lugar artificialmente ordenado, un bosque de hoja caduca donde todos los árboles tenían más o menos el mismo tamaño y crecían equidistantes entre sí. No había maleza y no crecía ninguna rama a menos de dos metros de altura.

Se dio la vuelta y vio el Rover en el claro. Tenía puestas las luces largas. Durante unos segundos, no ocurrió nada. Después, los faros se apagaron, las puertas se abrieron de golpe y el Armario y su compañero se bajaron del coche.

Lassiter se quedó quieto. No podía creer lo que le estaba ocurriendo. Él no encajaba en esa escena. Estaba demasiado bien relacionado en las altas esferas para estar escondiéndose detrás de un árbol. Tenía un mundo entero de influencias a su disposición y una gran multinacional estaba intentando comprarle el negocio. Había hombres muy duros en tres continentes que darían cualquier cosa por trabajar para él..., pero ahí estaba, escondiéndose entre los árboles después de haber bajado una montaña en bicicleta.

«Joder, que frío hace —pensó—, y con este tobillo...» Lo tenía muy inflamado, pero no se lo había roto. Una de dos, o sus endorfinas estaban trabajando como locas o la torcedura no era tan mala como había pensado. Al menos, podía andar; sólo tenía que aguantar el dolor.

Oyó la corriente del río a lo lejos. Avanzó en esa dirección pensando que el ruido podría cubrirlo. Además, en el peor de los casos, siempre podía tirarse al agua y nadar con la corriente y...

Ahogarse. El agua estaría congelada.

Detrás de él oyó el crujido de una rama. El hombre con cara de camello seguía su rastro con los movimientos confiados de un depredador. Lassiter se escondió detrás de un árbol, a unos diez metros de distancia, y esperó. De repente, el hombre se detuvo, miró a ambos lados y se bajó la bragueta. Con un largo suspiro de alivio, empezó a orinar.

Al ver cómo subía el vapor, Lassiter supo que nunca tendría una oportunidad mejor. Si iba a hacer algo, éste era el momento. Respiró hondo, salió de detrás del árbol y cargó contra él.

De haber podido correr normalmente, habría cubierto la distancia en cuatro o cinco zancadas. Después, sólo habría tenido que darle un golpe seco en la nuca y el italiano se habría desplomado con las manos en la polla.

Pero no fue eso lo que ocurrió. Lassiter tenía el tobillo demasiado débil para correr y demasiado dolorido para hacerlo de forma silenciosa. Cuando llegó a la altura del italiano, éste ya se había dado la vuelta. Y, entonces, de repente, Lassiter se encontró boca abajo, con la mejilla derecha apretada contra el suelo. El italiano tenía el brazo enganchado debajo de su hombro derecho y la palma de la mano apretada contra su nuca. Le tenía sujeta la muñeca izquierda y le apretaba la cara contra el suelo.

Lassiter forcejeó, pero no sabía cómo deshacerse de la llave del italiano, que, desde luego, no era improvisada. «Este tipo hace lucha libre —pensó—, y es bueno.» Podía oír la respiración del italiano y oler su sudor.

Estuvieron así unos segundos, con los músculos en tensión, luchando en silencio sin moverse. De repente, el italiano soltó la muñeca izquierda de Lassiter y buscó algo en su chaqueta. Al hacerlo, cambió un poco el peso. Lassiter intentó golpearlo con el codo, pero no lo consiguió. El hombre lo agarró del pelo y tiró hacia atrás. Al ver la luna brillando delante de sus ojos, Lassiter pensó que le iba a cortar el cuello.

El italiano murmuró algo con un tono de voz arrogante, casi seductor. El mensaje estaba claro: Lassiter iba a morir. Con un gruñido, Lassiter apretó los dientes y bajó la cabeza, resistiendo la fuerza de la mano que le tiraba del pelo. Hundió la barbilla en el pecho y, entonces, sin ningún tipo de aviso, lanzó la cabeza hacia atrás y la estrelló contra la cara del italiano.

El hombre gritó y cayó hacia atrás. Lassiter se levantó. Desde el claro, el Armario llamó a su compañero.

—Cenzo? —Y después más alto—: Cenzo!

Cenzo consiguió ponerse de rodillas y movió la cabeza violentamente para despejarse. Con el paso experto de un portero de fútbol, Lassiter se aproximó a su cabeza como si fuera a patear una pelota. Concentró toda su rabia en la pierna y golpeó la boca del italiano con el empeine; no le habría extrañado ver su cabeza salir despedida hacia la luna. Pero el italiano lo sorprendió. Tan sólo dio un par de vueltas. Cuando se detuvo, escupió dos dientes; ni siquiera había soltado el cuchillo. Sin dejar de mirarlo ni un instante, se fue acercando lentamente a Lassiter con el cuchillo a la altura de la cintura. Lassiter no tenía escapatoria, así que se mantuvo en el sitio hasta que el italiano atacó. El cuchillo le cortó la manga de la chaqueta. Lassiter saltó hacia un lado, y el italiano volvió a atacar, esta vez con un revés que estuvo a punto de derramar las tripas de Lassiter por el suelo.

Desde el claro, el Armario volvió a llamar a su compañero.

—*Cenzo? Smarrito o che?*

Sin hacer caso al Armario, Cenzo empezó a trazar un círculo alrededor de su presa.

—*Dove sta, eh?*

Era demasiado. Cenzo giró la cabeza un instante. Lassiter dio un paso hacia adelante y le propinó cinco puñetazos seguidos en el estómago. Después, retrocedió para ver cómo caía. Un error. En vez de caer al suelo, el italiano saltó hacia él.

El movimiento del hombre cogió a Lassiter por sorpresa, pero, aun así, pudo volver a golpearlo, y esta vez el italiano sí soltó el cuchillo. Lassiter se lanzó sobre el cuchillo, lo cogió, se levantó, se dio la vuelta y... Medio segundo después volvía a estar tumbado boca abajo, atrapado en una llave que le paralizaba el cuerpo. Sólo podía mover los brazos, y eso sólo débilmente, levantando los antebrazos en una especie de ejercicio para los tríceps.

Pero, con un cuchillo en la mano, eso era suficiente. Notó cómo la punta del cuchillo se hundía en algo duro. Cenzo gimió de dolor. Lassiter repitió el mismo movimiento, clavándole una y otra vez el cuchillo al italiano, aunque nunca demasiado fuerte ni con demasiada profundidad. Por fin, Cenzo dio un alarido y lo soltó. Lassiter dibujó un arco con el cuchillo y cortó algo que parecía hecho de cuerda. Después se volvió.

Cenzo estaba sentado en el suelo con las manos apoyadas en los muslos y un gesto de sorpresa en la cara. La sangre le caía del cuello degollado como si alguien estuviera virtiendo aceite de una lata.

Entonces cayó hacia adelante. Estaba muerto.

Lassiter se levantó y se alejó cojeando hacia el río. Podía o escapar o luchar. O también podía hacer las dos cosas. Un poderoso foco de luz barrió la arboleda dibujando un amplio arco; de izquierda a derecha, de derecha a izquierda.

Lassiter se giró.

El Armario estaba iluminando los árboles con un enorme foco. De haber estado de pie Cenzo, sin duda lo habría visto.

Pero no lo estaba, ni lo estaría nunca más. Estaba muerto. Lassiter se alejó de él usando los árboles como pantalla.

El Armario fijó la luz del foco en un punto del bosque, se sacó una pistola de detrás de la cintura y cruzó el claro. Lassiter se asombró ante la velocidad de sus movimientos. No se imaginaba que un hombre tan grande pudiera moverse tan rápido, ni con tanta agilidad; excepto en la NBA, claro está. Iba justo hacia donde estaba su compañero muerto.

Lassiter no lo pensó más. Dio media vuelta y empezó a andar, moviéndose en silencio hacia el borde del claro. Necesitó de toda su fuerza de voluntad para no echar a correr. Detrás de él, el Armario exclamó el nombre de su compañero con incredulidad. Lassiter llegó al Rover y se subió al coche. Si las llaves no estaban puestas, al menos esperaba encontrar una pistola.

Pero no fue así.

Oyó un bramido de ira en el bosque. Buscó las llaves desesperadamente en la visera, en la guantera... Otro bramido. El Armario corría hacia él, iluminado por el foco, como un tren de mercancías.

Y entonces vio las llaves en el suelo. Las cogió y probó una, luego otra, y una tercera antes de conseguir arrancar. Para entonces, el Armario ya estaba en el borde del claro y corría hacia él con la pistola en alto.

Lassiter puso marcha atrás y retrocedió. El Armario empezó a disparar con una tranquilidad aterrorizadora. El primer disparo rompió uno de los faros, el segundo dibujó una tela de araña en el parabrisas y el tercero rebotó en el capó. Lassiter hizo girar el coche y metió primera. Un cuarto y un quinto disparo se estrellaron contra el chasis.

Agachando la cabeza, Lassiter pisó a fondo el acelerador y avanzó a toda velocidad hacia donde suponía que estaba la carretera. Siguió avanzando así cuatro o cinco segundos, hasta que oyó el sonido cada vez más cercano de una bocina y la noche empezó a parpadear. Levantó la cabeza y el estómago se le hizo un nudo al ver el camión que iba directamente hacia él, dándole continuas ráfagas de luces largas mientras presionaba el claxon sin parar.

De forma instintiva, Lassiter giró el volante hacia la derecha. Al pasar el camión a su lado, el Rover se estremeció. Lassiter suspiró. Estaba temblando. El carril equivocado, pensó.

CAPÍTULO 29

¿Todi o Marsciano?

Estaba parado delante de una señal de *stop*, en medio de ninguna parte. ¿Hacia la derecha o hacia la izquierda? ¿Hacia el norte o hacia el sur? De forma impulsiva, Lassiter giró el volante hacia la izquierda y fue hacia Marsciano; dondequiera que estuviera eso. Cualquier cosa antes que acabar en la carretera de montaña que iba a Spoleto o que volver a Montecastello.

El pueblo era una trampa, un callejón sin salida, una fortaleza fácil de defender, pero de la que era imposible escapar. Y eso es precisamente lo que estaba haciendo él: escapar. Del Armario, desde luego, pero también de la policía. El párroco estaba muerto y Lassiter sabía que, por la mañana, él sería unos de los principales sospechosos de su asesinato. Cuando se enterasen de la muerte de Azetti, Nigel y Hugh se acordarían de que, justo antes de desaparecer sin sus pertenencias, su huésped había ido a ver al párroco.

Claro que podía acudir a la policía y contárselo todo. Pero presentarse en una comisaría con un coche robado, la ropa llena de sangre y diez palabras de italiano como todo equipaje, no parecía demasiado buena idea. En el mejor de los casos, lo arrestarían preventivamente y, como ya había decidido antes en el aparcamiento de Montecastello, prefería no arriesgarse a acabar ahorcado en un calabozo.

Llegó a otro cruce y giró en dirección a Perugia, hacia el norte. Lejos de Umbría. Lejos de Roma. Lejos de cualquier sitio donde hubiera estado antes.

Lo que necesitaba era un teléfono y algún sitio donde asearse un poco. Y eso no iba a ser nada fácil. En Italia había muchos aseos públicos, pero no se le ocurría cómo podría entrar en ninguno sin que todo el mundo se pusiera a gritar. Puede que en una gasolinera, pero no había visto ninguna abierta.

Llegó a las afueras de Perugia y siguió las señales hacia la autopista de Italia. La A-1 era una autopista de peaje sin ningún límite de velocidad obvio, que estaba salpicada de estaciones de servicio que ofrecían combustible, comida y bebida, teléfonos y aseos públicos. El único problema era que estaban muy iluminadas.

Aunque tampoco tenía otra elección.

Iba a más de 140 kilómetros por hora cuando una ráfaga de viento movió bruscamente el coche. Un momento después empezó a llover con fuerza. No veía absolutamente nada, pero se sentía extrañamente tranquilo, como si no le quedara ni una gota de adrenalina en el cuerpo. Y era probable que así fuera.

Miró por el espejo retrovisor y, al no ver ningún coche, se paró en el arcén. Accionó metódicamente todas las teclas y las palancas del cuadro de mandos hasta que encontró la que ponía en funcionamiento el limpiaparabrisas, y volvió a la carretera.

No encontró una estación de servicio hasta la medianoche, cuando ya estaba a pocos kilómetros de Florencia. La mayoría de los coches y los camiones estaban estacionados lo más cerca posible del edificio, así que condujo hasta el extremo más lejano del aparcamiento, donde menos probabilidades tenía de encontrarse a nadie. Encendió la luz interior del coche y se miró la cara.

Estaba peor de lo que pensaba. Tenía el cuello de la camisa empapado en sangre, aunque no sabía si era suya, las mejillas llenas de arañazos y un corte que no recordaba haberse hecho en un lado de la cabeza. Se palpó con las yemas de los dedos y apartó la mano en seguida; la herida todavía estaba sangrando y tenía todo el pelo de alrededor lleno de sangre seca.

Apagó la luz, abrió la puerta, se bajó del coche y salió a la lluvia helada. Sólo tuvo que mirarse un momento la ropa para saber que su aspecto no tenía remedio. Tenía sangre en la chaqueta, sangre en la camisa, sangre en los pantalones. La sangre de Azetti, su propia sangre, la sangre del hombre al que había matado.

¿Qué podía hacer? ¿Desaparecería la sangre si se quedaba suficiente tiempo debajo de la lluvia? No, lo único que conseguiría sería coger una pulmonía. Así que hizo lo único que podía hacer. Se quitó la camisa y la empapó en un charco de agua aceitosa. Aunque el aceite le daba náuseas, se limpió la sangre de la cara con la camisa y después limpió la chaqueta. Hecho esto, se puso la chaqueta encima de la camiseta y abrió el capó del coche. El motor estaba sorprendentemente limpio, pero, aun así, encontró suficiente mugre para cubrirse las manchas de sangre del pantalón con una mezcla de grasa y aceite.

Cruzó el aparcamiento cojeando y subió la escalera que llevaba al restaurante. Al cruzarse con él, un hombre de negocios lo miró con gesto de desaprobación, pero no dijo nada; resultaba alentador.

Al llegar al primer piso se encontró con un panel de símbolos que indicaban el emplazamiento de los distintos servicios. Uno de ellos mostraba dos monigotes. Lassiter siguió la dirección que indicaba la flecha.

El servicio de caballeros era grande y, *mirabile dictu*, incluía unas duchas. Al verlo, el encargado lo miró de arriba abajo y señaló hacia el fondo. Después levantó el brazo por encima de la cabeza y bajó la mano juntando y separando los dedos en una clara referencia al agua de la ducha.

Era un hombre turco, o puede que búlgaro. En cualquier caso, demostró ser bastante avaro con las toallas. Lassiter quería seis. Él le ofreció dos. Después de una breve discusión, el encargado de los aseos frunció el ceño y escribió unas cifras en un papel: tanto por la ducha y tanto por cada toalla. Arqueó las cejas y representó a un hombre afeitándose. Después señaló hacia una bandeja con útiles de aseo: pequeñas pastillas de jabón, cuchillas desechables, crema de afeitar y champú. Lassiter cogió lo que necesitaba y esperó a que el hombre sumara las cifras. Cuando el hombre le enseñó el total, Lassiter le dio el doble del importe y se dirigió hacia el fondo de los servicios.

La ducha le sentó de maravilla hasta que empezó a frotarse las distintas heridas con el jabón. A partir de entonces fue un suplicio. Se limpió la sangre seca del pelo, se lavó los pantalones lo mejor que pudo y los envolvió en una toalla detrás de otra para escurrir el agua. Cuando se los volvió a poner, estaban empapados y seguían llenos de manchas, pero al menos ya no se notaba que las manchas eran de sangre.

Al salir, cuando se vio en el espejo, pensó que parecía un hombre que acababa de perder una guerra.

Eran más de las doce de la noche. Si Roy estaba en casa, sin duda estaría dormido, pues, después de cinco llamadas,

Lassiter oyó la señal del contestador automático. Lassiter colgó y volvió a intentarlo por segunda vez. Y por tercera vez.

Oyó un ruido seco al otro lado de la línea.

—Dunwold.

—Roy, soy Joe Lassiter. ¿Estás despierto?

—Ajá.

—Necesito que me ayudes.

—Ajá.

—Estoy hablando en serio, Roy. Despierta. Necesito que me ayudes.

—¿Eh? Sí. Ya estoy despierto. ¿Qué pasa?

—Me... Bueno, basta con que sepas que hay un par de cadáveres en un pueblo y que yo me he quedado sin mi pasaporte. Estoy un poco magullado y...

—¿Y? ¿Hay más?

—Estoy conduciendo un coche robado.

—¿Y además de eso?

—Además de eso, todo va fenomenal.

—Claro. ¿Y dónde estás, si se puede saber?

—En una autopista. Cerca de Florencia. En una gasolinera. Estoy bastante magullado y... Tengo que salir de Italia. A Francia o a Suiza. A donde sea. A cualquier sitio donde pueda conseguir un pasaporte nuevo. ¿Qué día es hoy?

Silencio.

—Es domingo. ¿Has dicho que había heridos?

—He dicho que hay muertos.

—Sí, claro, muertos. ¿Y dices que estás conduciendo de prestado?

—Exactamente.

—No quiero parecer pesimista, pero puede que lo del pasaporte nuevo no sea tan buena idea. Yo te podría conseguir algo a nombre de otra persona.

—Me arriesgaré con la embajada. Ahora, lo más importante es salir de Italia. Tengo que salir de aquí lo antes posible.

—Sí. Claro. Dame una hora... Mejor dos. Sí, llámame en dos horas. Si no estoy, llama cada hora a la hora en punto. Me encargaré de que alguien vaya a buscarte con un coche.

—Otra cosa.

—Dunwold para servirle.

—Necesito algo de ropa.

—¡Dios mío! ¿Estás desnudo?

—No, no estoy desnudo. ¡Tengo los pantalones empapados!

—Vaya. Desde luego, parece que lo has pasado en grande.

—Roy, déjate de tonterías y consígueme la puta ropa.

—Claro. Veré lo que puedo hacer.

Lassiter decidió seguir conduciendo hacia el norte. Al norte estaban las fronteras. Además, si se quedaba allí acabaría llamando la atención. Ya en el coche, puso la calefacción al máximo, encendió la radio y rezó por que los pantalones no tardaran demasiado en secarse.

Estaba diez kilómetros al sur de Bolonia, viajando a ciento treinta kilómetros por hora, cuando un Alfa Romeo blanco se puso a su altura en el otro carril. Avanzaron así un par de minutos, hasta que, irritado, Lassiter increpó al otro conductor. Pero resultó ser un policía. Lassiter aminoró la marcha. El policía levantó la mano y, con un ademán inexpresivo, le indicó con repetidos movimientos de la mano que se detuviera.

Lassiter ni siquiera pensó en intentar escapar. Estaba demasiado cansado y no conocía las carreteras, así que lo más probable es que sólo consiguiera matarse. Detuvo el coche en el arcén y esperó.

El Alfa Romeo se paró detrás de él. El policía se bajó del coche y se acercó a él con la mano cerca de la funda de la pistola. Lassiter mantuvo las manos apoyadas en el volante, a la vista, y esperó hasta que el policía dio un golpecito en la ventanilla con los nudillos. Entonces bajó la ventanilla.

El policía estudió los arañazos que tenía en la cara, el corte de la cabeza y el parabrisas hecho añicos.

—*Patente* —pidió por fin estirando la mano.

Lassiter se buscó la cartera, sacó su carné de conducir y se lo dio.

—*Grazie, signore* —dijo el policía mientras cogía el carné—. *Inglese?* —preguntó.

Lassiter movió la cabeza.

—Norteamericano —contestó.

El policía asintió, como si eso lo explicara todo.

—*Momento* —dijo y se dirigió hacia la parte delantera del

coche. Se puso en cuclillas para examinar el faro roto, se levantó y pasó las puntas de los dedos por el capó, deteniéndose en cada uno de los agujeros de bala. Después estuvo observando el parabrisas durante lo que a Lassiter le pareció una eternidad antes de volver a acercarse a la ventanilla. Se acabó, pensó Lassiter. Hizo ademán de abrir la puerta, pensando que no tenía sentido alargar más ese suplicio. Lo mejor era que se bajara del coche, apoyara las manos en el capó y separara las piernas.

Pero, ante su sorpresa, el policía sacó un cuaderno y empezó a escribir algo. Al acabar, arrancó la hoja y se la dio a Lassiter.

—*Parla italiano?* —le preguntó.

Sin poder creer lo que estaba pasando, Lassiter movió la cabeza.

—Lo siento —repuso.

El policía volvió a asentir. Después apuntó hacia el faro y hacia el parabrisas y le señaló el importe de la multa: noventa mil liras.

Lassiter sacó un billete de cien mil liras de la cartera y se lo ofreció al policía.

—*Grazie* —dijo Lassiter—. *Grazie!*

—*Per favore* —contestó el policía mientras se sacaba una inmensa billetera de la chaqueta y abría la cremallera para introducir el billete de Lassiter. Después sacó un billete de diez mil liras y se lo dio a Lassiter.

—*Ecco il suo cambio, signore.*

Lassiter asintió preguntándose si todo eso no sería una broma de mal gusto.

El policía se tocó la gorra.

—*Buon viaggio* —dijo y volvió a su coche.

Qué país tan maravilloso, pensó Lassiter.

Encontró otra gasolinera diez minutos después. Telefoneó a Roy y éste contestó inmediatamente.

—¿Puedes esperar un momento, Joe? Estoy hablando por la otra línea. —No tardó mucho en volverse a poner al teléfono—. Vale —dijo—. Esto es lo que tengo. Tú dime si te parece bien. He hablado con un tipo que trabaja en importación y exportación. Un tipo liberal, para que nos entendamos. Lleva aceite de oliva a Eslovenia y vuelve con cigarrillos; cosas de ese tipo. Todo muy legal, excepto que no le gusta pagar impuestos. Así que tiene sus maneras de cruzar las fronteras. No te saldrá barato, pero puedes apuntarte a una de sus expediciones. ¿Te interesa?

—Sí. No. ¿Dónde cojones está Eslovenia?

—La última vez que miré en el mapa estaba en Yugoslavia. Arriba a la izquierda.

—¿Cuánto pide?

—Dos mil. Dólares, claro. En efectivo.

—Me parece bien, pero no tengo dos mil dólares en el bolsillo.

—No hay problema. Eso lo puedo arreglar yo desde aquí.

Lassiter suspiró con alivio.

—Escucha, Roy. Si alguna vez puedo hacer algo...

—¿De verdad?

—Sí.

—Bueno, hay una cosa.

—¿El qué?

—Podrías dejarme abrir una sucursal en París.

Lassiter se rió.

—Lo dices en broma —dijo.

—No. Allí es donde está el trabajo.

—Ya hablaremos de eso cuando salga de aquí.

Las instrucciones de Roy eran muy simples. Tenía que coger la A-13 hasta Padua y después seguir hacia el norte por la A-4. El encuentro tendría lugar en el kilómetro 56, en la única estación de servicio que había entre Venecia y Trieste. En la cafetería vería a un hombre vestido con un mono azul con el nombre «Mario» bordado en el bolsillo del pecho. Lassiter tenía que quedarse de pie, leyendo un ejemplar de *Oggi*. Roy le aseguró que se vendía en todas partes.

Lo que no le dijo es que los quioscos no abrían hasta las siete, y el encuentro estaba previsto para las seis de la mañana.

Una vez en la gasolinera, Lassiter buscó entre las papeleras con toda la discreción que pudo, pero el encargado de la limpieza ya las había vaciado. Todo lo que podía hacer era apoyarse en la barra con un menú y confiar en que Mario no fuera el tipo de hombre que se preocupa demasiado por los detalles.

Ya iba por su cuarto café solo, cuando un hombre bajo,

pero corpulento, con el pelo entrecano y un mono azul entró en la cafetería. Llevaba un paquete en una mano, un cigarrillo en la comisura de los labios y el nombre «Mario» bordado en el pecho. Se acercó a la barra, miró a Lassiter, pidió un café solo y miró en dirección contraria.

Lassiter dejó que pasara un minuto y se acercó a él.

—*Scusi* —dijo agotando su italiano—. *Scusi!*

Mario le dio la espalda y movió la mano, como diciendo: «Déjeme en paz.»

Lassiter vaciló unos instantes antes de tocarle el hombro.

—¿Sabe dónde puedo comprar un ejemplar de *Oggi*? —le preguntó.

Mario sacudió la cabeza.

—Estoy buscando un ejemplar de *Oggi* —insistió Lassiter—. *Oggi*. El periódico italiano. ¿Le suena?

Mario se volvió hacia él, lentamente, con un gesto sorprendido y una expresión en los ojos que no necesitaba traducción: «¿Está usted loco?»

—Es demasiado temprano, *signore* —dijo el camarero—. Tiene que esperar.

Lassiter se encogió de hombros. Mario dejó unas monedas en el mostrador, cogió su paquete y, sin mirar atrás, fue al cuarto de baño. Lassiter esperó un largo minuto y fue detrás de él. Dentro, Mario le ofreció el paquete y señaló hacia los retretes con la cabeza.

—¿Habla mi idioma? —preguntó Lassiter.

—No.

Interesante.

El paquete estaba envuelto en papel marrón y atado cuidadosamente con un cordel. Dentro había un mono de trabajo exactamente igual que el de Mario, sólo que el nombre bordado era «Cesare». Lassiter se quitó los pantalones, se puso el mono y estudió el resultado delante del espejo. Los pantalones le quedaban cortos y sus mocasines con borlas pegaban menos con el mono que un casco de obrero en una función de ópera.

Aun así, era un uniforme, y los uniformes siempre ayudaban a pasar desapercibido. Al ver un uniforme, de cartero, de enfermera, de policía o, como en este caso, de pitufo, la gente no se fijaba en la cara. Y, además, el mono era mucho más cómodo que los pantalones que acababa de tirar a la basura; por lo menos estaba seco.

El vehículo de Mario era más grande que una furgoneta, pero tampoco se podía decir que fuera realmente un camión. Tenía un altavoz de cincuenta vatios en cada puerta.

Desafortunadamente, el gusto musical de Mario se inclinaba hacia el pop europeo y el viejo rock norteamericano. Y, lo que era todavía peor, a Mario le gustaba cantar. Eso sí, Lassiter tenía que reconocer que se sabía las letras al dedillo.

«All the little birds on Jay-bird Street...»

Alguien le estaba tirando del brazo. Se despertó en el asiento delantero del pequeño camión, con la chaqueta de cuero encima de las piernas. Le escocía la cara, el tobillo le ardía, le dolía la cabeza y tenía las costillas en carne viva. Aparte de eso, se sentía perfectamente, excepto por la nube que parecía envolverle la cabeza.

—*Attenzione!* —La voz lo hizo reaccionar. Miró a su izquierda.

Claro, era Mario. En el asiento de al lado, el hombrecito del mono azul lo miró con gesto serio y se puso el dedo en los labios.

—*Niente* —dijo por si Lassiter no había entendido.

En la radio se oían las notas de *The Wanderer*.

«Go 'round and 'round and 'round.»

Una señal en el arcén de la carretera indicaba que estaban cerca de Gorizia, dondequiera que estuviera eso. Al poco tiempo, el camión se detuvo en un puesto fronterizo. La señal decía: Sant' Andrea Este. Un agente uniformado salió de una garita de madera, sonrió y les indicó que siguieran adelante.

Avanzaron despacio. Mario le dio un golpecito en el brazo. Conduciendo con las rodillas, ladeó la cabeza, juntó las palmas de las manos y cerró los ojos un momento. Después hizo como si estuviera roncando, se incorporó y señaló a Lassiter.

El mensaje estaba claro.

Lassiter se apoyó contra la puerta, relajó los músculos y cerró los ojos; casi del todo. Pasaron junto a una señal que decía N. Gorica y, casi inmediatamente, llegaron a un pabellón construido con láminas metálicas.

Un hombre con un uniforme gris salió del edificio y le indicó a Mario que lo acompañara. Estaba claro que quería que se bajaran los dos del camión, pero Mario señaló hacia su compañero dormido. Siguieron algunas palabras en italiano y, por fin, el policía movió la cabeza y se encogió de hombros. Mario le dio las gracias, se bajó del camión y entró en el pabellón detrás del policía. Lassiter observó con los ojos entrecerrados cómo Mario se unía al grupo de hombres que había jugando a las cartas en torno a una mesa cuadrada.

Resultaba raro escuchar lo que decían sin entender una sola palabra. Pero Lassiter se fijaba en cada subida de tono, en la cadencia de las palabras, convirtiendo la escena en algo mucho más vivo y complejo de lo que realmente era. ¿Qué estarían diciendo ahora? ¿Y qué significaría eso?

Estuvo así casi veinte minutos, mientras Mario se bebía primero un café y después una copa de brandy.

Y otra más.

Los dientes le rechinaban de frío. Mientras, los hombres seguían fumando y bromeando dentro del pabellón. De vez en cuando, se oían grandes carcajadas dentro del pabellón. Hasta que, por fin, se levantaron e intercambiaron abrazos. Un momento después, Mario salió del edificio, se subió al camión y, guiñándole un ojo, arrancó y pasó la frontera.

Una señal anunciaba que estaban en Eslovenia. Al verla, Lassiter miró a su compañero y levantó el pulgar de la mano. Mario se encogió de hombros; había sido fácil.

La carretera avanzaba junto a un estrecho río de montaña. Había huertos y viñedos a ambos lados y pequeñas formaciones rocosas por todas partes. El paisaje estaba cubierto por una capa de varios centímetros de nieve; todo parecía próspero y bien cuidado. Las señales de los cruces estaban llenas de nombres que Lassiter no podía pronunciar: Ajdovscina, Postojna, Vrhnika, Kranj. El único sitio que le sonaba remotamente era su destino: Ljubljana, la capital.

Tardaron una hora y media, pero, cuando por fin llegaron, lo hicieron de forma súbita. No había suburbios, tan sólo una bella ciudad en medio de un hermoso paisaje. Mario detuvo el camión delante de la estación de tren.

—Liubliana —dijo. Era la primera vez que Lassiter oía cómo se pronunciaba el nombre.

Se dieron la mano, pero, cuando Lassiter estaba a punto de

bajarse, el italiano le cogió la manga. Pellizcó la tela del mono entre el dedo índice y el pulgar y dijo algo que obviamente se traducía como: «Devuélvemelo.» Con gesto de sorpresa, Lassiter levantó las palmas de las manos. Después cruzó los brazos y miró nerviosamente a ambos lados.

Mario comprendió lo que le estaba diciendo: no llevaba pantalones debajo del mono. Con una sonrisa divertida, volvió a poner el camión en marcha y fue a un mercadillo que había en el casco viejo de la ciudad. Aunque la mayoría de los puestos eran de verduras y comida, algunos también vendían ropa. Lassiter encontró un par de pantalones vaqueros de su talla y una camiseta con las palabras: I ❤ Ljubljana.

Se cambió en el camión y, después de volver a estrechar la mano de Mario, se bajó delante del Grand Hotel.

—*Arrivederci* —dijo Lassiter.

—Hasta la vista —contestó Mario con una sonrisa burlona.

El conserje era un hombre calvo con la nariz muy roja y un bigote que parecía un manillar de bicicleta. Lassiter le dijo que quería una habitación. El hombre asintió.

—Pasaporte —pidió.

Lassiter movió la cabeza.

—Lo siento —repuso—, pero tengo que ir a recoger uno nuevo a la embajada.

El conserje le miró la cara arañada y frunció el ceño.

—¿Ha tenido un accidente? —preguntó acariciándose la mejilla.

A Lassiter le sonó bien.

—Sí —asintió.

—Lo siento. ¿Necesita un doctor?

Lassiter movió la cabeza.

—No hace falta. Mañana vuelvo a Estados Unidos. Ahora sólo necesito descansar.

—Por supuesto —dijo el conserje y le pidió que rellenara una tarjeta.

Lassiter encontró una tienda de ropa de caballero en el caso viejo de la ciudad y se compró un traje italiano y todo lo necesario para acompañarlo dignamente. Mientras le arreglaban el largo de los pantalones se tomó un café y unos croissants en una cafetería mientras leía el *Herald Tribune* y se compró un bastón en una farmacia. Después volvió en busca del traje y del resto de sus compras.

Ya eran las doce cuando regresó al hotel. Se cambió a toda prisa y salió nuevamente para hacerse unas fotos. Después fue andando a la Embajada de Estados Unidos, en la calle de Praza-kova, y se inventó una mentira detrás de otra. Le dijo a una funcionaria que por la noche, en el casino, había conocido a una chica, pero que un hombre esloveno lo había empezado a increpar y se habían peleado. Al despertarse, estaba en su hotel, pero le había desaparecido el pasaporte y, por su aspecto, se diría que había perdido la pelea. Aunque, la verdad, es que había bebido demasiado y no se acordaba bien de lo que había pasado.

La chica debía de tener unos veintitrés años. Parecía recién salida de la universidad.

—¿Cree que se lo han robado? —preguntó.

—No lo sé —dijo Lassiter—. Ya le he dicho que no me acuerdo demasiado bien de lo que pasó.

—Entiendo. ¿Ha denunciado la desaparición del pasaporte a la policía local?

—No.

—¿Por qué no?

—No creo que mi mujer entendiera lo ocurrido.

—Ah.

Ante la sorpresa de Lassiter, la chica creyó su historia. Además, el ordenador de la embajada no mostraba nada que pudiera indicar que las autoridades italianas estuvieran buscando por asesinato a un turista llamado Joseph Lassiter; al menos no se disparó ninguna alarma. Los trámites burocráticos fueron ínfimos. Una hora después, Lassiter salió de la embajada con un pasaporte provisional con un año de validez.

Todo fue como la seda. Encontró un vuelo de Air Adria que lo llevó a París esa misma tarde. Una vez allí, cogió un autobús que lo llevó del aeropuerto de Orly al de Charles de Gaulle, y embarcó en un vuelo de United con destino a Washington D.C. Se acomodó en su asiento de primera clase, le pidió a la auxiliar de vuelo un Bloody Mary y cerró los ojos.

Escuchando el murmullo de su alrededor se sintió como si ya estuviera de vuelta en Estados Unidos. Las auxiliares tenían un acento tan maravillosamente norteamericano que Lassiter estuvo a punto de darles una propina por el mero hecho de hablar.

Por fin, el 747 tomó posición para el despegue, revolucionó los motores y empezó a avanzar hacia el horizonte. Un momento después estaban en el aire, alzándose por encima del Bois de Boulogne. La auxiliar de vuelo le llevó el Bloody Mary.

—Dios santo —exclamó mientras dejaba la bebida sobre la bandeja—. ¿Qué le ha pasado?

—De hecho —repuso Lassiter—, me he caído por un terraplén.

La auxiliar de vuelo le obsequió con una sonrisa radiante, una bolsita de cacahuetes y un golpecito amistoso en el antebrazo.

—¡Bromista! —dijo.

—No, lo digo en serio.

—¿De verdad? ¿Y cómo le ha ocurrido una cosa así? —preguntó al tiempo que se sentaba en el asiento de al lado y cruzaba las piernas.

Lassiter se encogió de hombros.

—Es fácil —contestó—. Sólo hay que dejarse caer. —Después chocó el borde de su vaso contra la ventanilla de plástico y brindó por Roy Dunwold—. Por un horizonte despejado —dijo.

—¡Chin, chin! —replicó la mujer—. ¡Chin, chin!

CAPÍTULO 30

—Una tormenta horrible. ¡Horrible! ¡De esas que realmente dan miedo!

—Ya me imagino —dijo Lassiter esperando que Freddy se hubiera acordado de limpiar la nieve de la entrada de su casa—. Tiene que haber sido impresionante.

—Desde luego. Vamos, hasta he escrito a casa para contarlo: «La tormenta del siglo.»

—¿De dónde es? —preguntó Lassiter mientras miraba cómo el viento formaba pequeños remolinos de nieve en el claro de luna.

—¿Perdón?

—¿De dónde es usted?

—Ah. De Pindi. Así es como la llaman en la televisión: «La tormenta del siglo.» Hace que suene muy dramático.

—Aquí gire a la izquierda.

—¿Puedo preguntarle dónde ha estado de viaje?

—En Italia.

El taxista asintió.

—¿Y no le han robado?

—No —contestó Lassiter—. Me ha pasado de todo, pero no me han robado.

—Entonces le doy mi más sincera enhorabuena.

—¿Por qué?

—Por viajar con tan poco equipaje. Ni siquiera un emigrante...

—Gire a la izquierda en la próxima esquina.

—Sí. Hasta yo traje más cosas cuando vine a Estados Unidos. Pero veo que usted es de los que necesitan poco equipaje. Una chaqueta extra y ya está. Eso es lo que yo llamo un hombre sin ataduras.

—Sí, tengo muy pocas ataduras. Es la casa de la derecha.

—¿La grande?

—Sí.

—¡Dios mío! Qué moderna es.

—Gracias.

Lassiter le dio al taxista dos billetes de veinte dólares y le dijo que se quedara con el cambio. Después se dio la vuelta y subió los escalones hacia la puerta principal.

Entonces se dio cuenta. La casa estaba oscura, completamente oscura. Él no la había dejado así. Siempre que se iba de viaje dejaba un par de luces encendidas; más para darse la bienvenida a sí mismo que para ahuyentar a los posibles ladrones. Pero la única luz que se veía era la del diodo rojo del sistema de alarma, que parpadeaba de forma constante en el panel de aluminio que había al lado de la puerta.

«Al menos la alarma sigue puesta», pensó Lassiter al acordarse de que llevaba pilas independientes por si se producía un corte de luz.

Lassiter sabía que no tenía sentido guardar una llave fuera cuando se había gastado una fortuna en un sistema de seguridad para la casa. «No sabe con qué facilidad las encuentran los ladrones. Muchos, hasta usan detectores de metal», le habían dicho al instalar la alarma.

Así que Lassiter no le dijo a nadie lo de la llave. Ahora se alegraba de no haber hecho caso a los expertos. Además, él siempre se había justificado pensando que la llave no valía de nada si no se conocía la clave de la alarma. Con la nieve casi hasta las caderas, se alejó un par de pasos de la puerta y se agachó debajo del porche. Siempre escondía la llave detrás de una de las viguetas, fuera de la vista, de forma que sólo se pudiera encontrar mediante el tacto. Y allí estaba. Volvió a la puerta, la abrió, buscó a tientas el cuadro de mandos que controlaba el sistema de alarma, abrió la tapa y tecleó la clave que la desactivaba.

Después cerró la puerta y permaneció quieto en la oscuridad, escuchando los sonidos de la casa. Después de lo de Nápoles se había hecho más precavido. Pero no había nadie. Nada. Sólo la tenue luminosidad de la nieve derramándose a través de las ventanas. Apretó el interruptor de la pared, pero la luz no se encendió. Probó con otro interruptor. Tampoco. Ahora que lo pensaba, la calefacción tampoco funcionaba.

Lassiter respiró hondo. La casa estaba helada, pero en el despacho tenía una chimenea y un sofá de cuero que se convertía en cama. Dormiría allí y, si seguía sin haber luz por la mañana, se mudaría al hotel Willard hasta que solucionaran el problema.

Al menos, el teléfono sí funcionaba. Lassiter llamó a su compañía de suministro eléctrico para notificar la avería. La mujer que le contestó soltó una carcajada.

—¿Dónde ha estado metido? —le preguntó—. ¡Hace tres días que no hay luz en McLean! Pero estamos trabajando en ello. Ya no creo que tarde mucho.

Y así fue.

Cuando se despertó, el fuego se había apagado, pero la calefacción estaba encendida; en vez de fría, la casa estaba templada. Fue al cuarto de baño de puntillas, se dio una ducha y se vistió. Mientras pensaba en todo lo que quería hacer en la oficina, oyó un débil zumbido en el despacho.

El ordenador estaba encendido. Debía de haberse encendido por la noche, cuando había vuelto la electricidad. Lassiter se acercó a la mesa y lo apagó. Luego, se dio cuenta.

Si el ordenador se había encendido al reanudarse el suministro, tenía que haber estado encendido cuando se produjo el corte. Una de dos, o se había olvidado de apagarlo cuando se fue a Italia, hacía casi un mes, o lo había encendido otra persona.

—Yo no lo dejé encendido —se murmuró a sí mismo Lassiter—. No lo hago nunca.

Así que tenía que haber entrado alguien mientras él había estado fuera. Pero eso tampoco tenía sentido. La alarma estaba puesta. Y hacía falta un auténtico profesional para burlar un sistema de seguridad tan sofisticado como el suyo. Y, además, pensó Lassiter mirando a su alrededor, no faltaba nada. En el vestidor tenía un reloj de pulsera Breitling que valdría unos dos mil dólares, y el equipo de música estaba intacto. En una esquina del despacho vio la pequeña vitrina que contenía primeras ediciones valoradas en más de veinticinco mil dólares; nadie había tocado los libros. Y las valiosas litografías del salón también seguían allí.

Todo estaba intacto.

Lassiter se sentó delante del ordenador y apretó la tecla *intro* tres o cuatro veces. El *autoexec.bat* hizo su trabajo y apareció un rótulo en el centro de la pantalla: «¿Clave de acceso?»

De hecho, la clave no era una palabra, sino una combinación de letras, números y signos de puntuación sin ningún sentido. Precisamente por eso era imposible de adivinar, porque no era ni una palabra ni una frase. Mientras no se introdujera la clave en el ordenador, el disco duro permanecía inaccesible. Aun así..., alguien con mucho talento había conseguido entrar en la casa sin que sonara la alarma. ¿Habría conseguido acceder también a los datos del ordenador? Lassiter no lo sabía. «Pero para eso están las claves de acceso —se dijo a sí mismo—, para que la gente no pueda entrar. Pero claro —se contestó inmediatamente—, para eso están también las alarmas.»

Se agachó hacia la unidad central y buscó con el tacto el botón de encendido. Tardó unos segundos en encontrarlo. Al mirar debajo de la mesa vio por qué: alguien había movido el ordenador. No mucho, pero desde luego alguien lo había movido. Una marca en la alfombra indicaba el sitio donde había estado apoyado durante más de un año. Ahora estaba unos centímetros hacia la derecha.

«Te estás volviendo paranoico —pensó—. Lo más probable es que lo dejaras encendido al irte a Italia. Eso lo explicaría todo.»

Sólo que no era así. Y Lassiter lo sabía perfectamente.

—Hombre, Joe...

—¿Qué le ha pasado, señor Lassiter?

—Bienvenido, señor Lassiter.

—Me alegro de volver a verlo, señor Lassiter.

Al pasar por los cubículos, Lassiter recibió todo tipo de saludos, sonrisas de bienvenida y miradas de preocupación sincera. Cuando finalmente llegó a su despacho cerró la puerta, tiró la chaqueta y el bastón encima del sofá, llamó a su secretaria por el intercomunicador y le dijo:

—Mire a ver si está Murray Fremaux.

—¿Se refiere al chico de los ordenadores?

—Sí.

—Está bien, pero debo de tener unas cincuenta llamadas para usted.

—Las llamadas pueden esperar. Usted tráigame a Murray.

Dos minutos después, Murray entró en el despacho con cara de preocupación y un café en la mano.

—¿Qué le pasa? —preguntó Lassiter.

—Nunca me había llamado a su despacho.

—¿Y? Siéntese.

—Sí, pero...

—¿Qué?

—Es que... ¿Me va a despedir?

—No.

—Menos mal —dijo Murray al tiempo que se sentaba—. Acabo de comprarme un Toyota Camry.

—Enhorabuena. Lo he llamado porque creo que alguien ha entrado en mi casa mientras estaba de viaje.

Murray frunció el ceño.

—Creía que tenía un buen sistema de alarma —comentó.

—Y lo tengo, pero eso no ha detenido a quienquiera que entrara.

—¿Se han llevado algo? —preguntó Murray.

—No. Nada que yo haya notado. Pero creo que accedieron a la información del ordenador.

Murray asintió.

—Es posible —dijo.

—La cosa es que no entiendo cómo pudieron hacerlo; siempre uso una clave de acceso.

—Las contraseñas no valen para nada.

—Además, tengo codificados todos los documentos importantes.

Murray lo miró con gesto escéptico.

—¿Qué sistema usa?

—N-cipher.

—Es un buen programa —repuso Murray.

—Entonces, no podrían acceder a la información, ¿verdad?

Murray se encogió de hombros.

—No lo puedo saber. ¿Ha notado alguna otra cosa?

Lassiter reflexionó unos instantes.

—No —dijo—. Aunque...

—¿Qué?

—Creo que movieron la unidad central del ordenador.

—¿Por qué dice eso? —inquirió Murray.

—Porque... Porque alguien la movió. Cuando me agaché para apagarlo, vi que alguien la había movido unos centímetros.

Murray volvió a asentir y dijo:

—Parece que alguien le ha hecho la colada.

—¿Qué?

—Por lo que dice, lo más probable es que sacaran el disco duro del cajetín para copiarlo. De ser así, la contraseña ya no serviría para nada porque está en el sector de arranque del ordenador.

—¿Y qué me dice del sistema de codificación?

—Depende —contestó Murray—. ¿Dónde guardaba la clave? ¿En el disco duro o en un disquete aparte?

—En el disco duro.

Murray arrugó el gesto.

—Gran error —señaló.

—¿Me está diciendo que han podido acceder a todos los documentos?

—Es muy posible que sí.

Lassiter pensó en la información que había enviado desde Montecastello, en la lista con los nombres de las mujeres de la clínica Baresi que le había mandado a Judy. Como los había mandado desde su ordenador portátil, al menos esos nombres estaban seguros.

—Parece aliviado —dijo Murray.

Lassiter asintió.

—Gracias a Dios mandé la información que más me preocupa por correo electrónico desde mi ordenador portátil.

Murray evitó su mirada.

—¿Qué pasa? —preguntó Lassiter.

—Lo más probable es que también tengan eso.

—¿Qué? Pero ¿cómo? Eso es imposible.

—Me temo que no lo es. Déjeme hacerle una pregunta. Cuando accede a Internet, ¿cómo lo hace exactamente?

Lassiter se encogió de hombros.

—Realmente, hago poca cosa —contestó—. Está todo automatizado. Sólo tengo que teclear *alt-E* y el ordenador hace el resto.

Murray asintió.

—Eso es lo que me imaginaba. Tiene un sistema de acceso automático, una macro, ¿verdad? Y, además, tendrá la clave de acceso incorporada, ¿no?

—¿Y?

—Quienquiera que estuviera en su casa también tiene acceso a ella —dijo Murray.

—Puedo cambiar la clave —sugirió Lassiter.

—Una idea brillante —replicó Murray, pero se arrepintió inmediatamente del sarcasmo—. El problema es que eso sólo funcionaría en una dirección. A estas alturas, ya tienen todos sus viejos mensajes; da igual desde qué ordenador los mandara.

Lassiter se quedó mirándolo sin decir nada.

—Todo está archivado en su estación local de Internet —le explicó Murray—. Cualquier persona que tenga la clave puede acceder a todos los mensajes que haya enviado en el pasado.

Lassiter se recostó en su asiento y cerró los ojos. Así que era eso. Así era como lo habían encontrado. En Montecastello, en la pensión Aquila. Volvió a abrir los ojos.

—Gracias —dijo—. Ha sido de gran ayuda.

Murray se levantó torpemente.

—Lo siento —contestó y se dio la vuelta.

—No es su culpa —repuso Lassiter—. Murray...

—¿Sí?

—Por favor, al pasar por el despacho de Judy dígale que quiero verla.

Murray vaciló un momento delante de la puerta.

—¿Judy? —preguntó.

Lassiter levantó la mirada.

—Sí. Judy Rifkin, su jefa.

Murray tragó saliva.

—No creo que esté.

Lassiter parecía sorprendido.

—¿Por qué dice eso? —Miró la hora. Eran las diez y media.

—Todavía no le han dado el alta en el hospital.

—¿Qué hospital?

—Creo que está en el Sibley.

Lassiter no dijo nada.

—Ha tenido un accidente —explicó Murray.

—¿Qué tipo de accidente?

—Por lo visto fue en una fiesta. Creo que estaba celebrando algo. La cosa es que..., por lo visto, se disparó en el ojo al abrir una botella de champán.

Lassiter no lo podía creer.

—¿Con qué?

—Con el corcho de la botella.

—Me está tomando el pelo.

—En absoluto. Ya sé que suena ridículo, pero por lo visto fue algo bastante serio. Mike me ha dicho que tuvieron que sedarla para que no moviera el ojo; algo sobre la retina.

Lassiter estaba anonadado.

—¿Cuándo pasó eso?

—El viernes por la noche —dijo Murray. Después se despidió y salió del despacho.

Lassiter permaneció sentado, intentando decidir cuál de los objetos que había sobre la mesa iba a estampar contra la pared. La figurilla japonesa de marfil no, ni tampoco el escarabajo egipcio; le gustaban demasiado. Puede que la grapadora, o el teléfono. ¡Las tijeras! Con un poco de suerte, hasta se clavarían.

Al final no tiró nada. Se levantó y, olvidando el bastón, fue cojeando hasta el cubículo de Freddy, un cuadrado de dos metros por dos que estaba dominado por un inmenso póster de *Metropolis*, la película de Fritz Lang.

—¡Jefe! Bien venido.

—Gracias —contestó Lassiter al tiempo que acercaba una silla al escritorio de Freddy—. ¿Tienes un momento?

Freddy relajó la espalda, cruzó los brazos y esperó.

—Necesito que hagas algo inmediatamente.

—¿Has oído lo de Judy?

Lassiter asintió.

—Sí. Por eso estoy aquí. Le mandé un informe por correo electrónico el fin de semana pasado. Me imagino que nunca le llegaría.

—Me imagino que no.

—Murray sabe cómo hacer esas cosas. Dile que quiero que imprima el documento de dos páginas que le mandé a Judy el... —Lassiter calculó mentalmente—. Debió de ser el viernes por la noche, hora de Washington.

—Vale.

—Cuando lo tengas quiero que dejes todo lo que estés haciendo y que te concentres en eso. Básicamente, son dos cosas. Primero, hay una lista de mujeres; creo que eran trece. Hay que ponerse en contacto inmediatamente con todas ellas. Además, necesito toda la información posible sobre un científico italiano que se llamaba Baresi. Libros, artículos... Todo lo que puedas encontrar.

Freddy asintió.

—Vale —repuso—. ¿A qué le doy prioridad?

—A las mujeres.

—Les diré a los chicos de investigación que busquen la información. De las mujeres me ocuparé yo personalmente.

Lassiter le dio las gracias y volvió a su despacho. Quería llamar a Judy, pero antes tenía que hablar con Riordan. Y también tenía que llamar a la pensión de Montecastello.

Le dejó un recado a Riordan en el buzón de voz de la comisaría pidiéndole que lo llamara lo antes posible. Después llamó a la pensión.

—*Pronto!*

—¿Hugh?

—No. Soy Nigel.

—¡Nigel! Soy Joe Lassiter.

—Ah. —Siguió una larga pausa—. ¿Cómo estás?

—La verdad, bastante mal.

—Ya. Bueno, nosotros tampoco nos hemos aburrido.

—Ya me lo imagino.

—¿Te has enterado de lo del padre Azetti?

Lassiter asintió, como si Nigel pudiera verlo.

—Yo fui el que lo encontró en la iglesia —dijo.

—Además, han encontrado otra víctima en...

—En la arboleda que hay a las afueras del pueblo.

Esta vez, la pausa fue todavía más larga. Por fin, Nigel dijo:

—Exactamente.

—Yo no llamaría víctima a ese tipo —dijo Lassiter—. Intentó matarme. Escucha, voy a ponerme en contacto con la Embajada de Italia; haré una declaración.

—Antes, creo que te convendría hablar con un abogado.

—¿Y eso por qué? —preguntó Lassiter.

—Bueno..., cuando encontraron al hombre en la arboleda... Hugh y yo estábamos convencidos de que eras tú. Como nos dijiste que ibas a ver al padre Azetti y todo eso... Y, claro, cuando oímos que habían encontrado el cadáver de un hombre... Como no volviste a la pensión... Me temo que llamamos a la policía.

—No te preocupes.

—No puedes ni imaginarte la alegría que sentimos al enterarnos de que no eras tú. Pero creo que la policía quiere que los ayudes...

—No me extraña —repuso Lassiter al tiempo que el teléfono empezaba a parpadear—. Espera un segundo, por favor. —Apretó la tecla de espera y cambió de línea—. Lassiter.

—¡Joe! Soy Jim.

—Ahora mismo estoy contigo, Jim —dijo Lassiter y volvió a cambiar de línea—. Escucha, Nigel, tengo una llamada muy importante. Dile a la policía que me pondré en contacto con la embajada. En Washington. Y, ya que estás en ello, creo que sería buena idea que le dieras a la policía el libro de registro de huéspedes.

—¿El libro? Pero ¿por qué?

—Porque los que mataron a Azetti quizá vuelvan a buscarlo. Así estaréis más seguros.

—Está bien. Te haré caso.

—Tengo que colgar —dijo Lassiter y cambió de línea—. Hola.

—Tengo noticias —anunció Riordan.

—¿Buenas o malas?

—Júzgalo tú mismo. Tenemos a tu hombre.

—¿A quién?

—A Grimaldi.

—¿Qué?

—Vamos a ir a buscarlo dentro de una hora. ¿Te apetece venir?

Veinte minutos después, Lassiter estaba sentado al lado de Riordan en el Crown Victoria del detective. El coche avanzaba hacia Maryland a unos 140 kilómetros por hora con una luz roja girando en el salpicadero.

—Cuando volvamos —dijo Lassiter—, tengo que darte una lista de nombres.

—¿Qué tipo de lista?

—Una lista de posibles víctimas. Mujeres y niños. Creo que convendría que te pusieras en contacto con las autoridades competentes para que las pongan bajo protección preventiva.

Riordan se metió la mano en el bolsillo interior de la chaqueta y sacó una fotografía.

—Échale una ojeada a esto —indicó ofreciéndosela a Lassiter.

Era una foto de Grimaldi. Estaba en el porche de una vieja mansión victoriana. Aunque tenía media cara cubierta de cicatrices, no había ninguna duda de que era él. Lassiter sonrió.

—¿De dónde la has sacado? —preguntó.

—La hizo el FBI anteayer con un teleobjetivo de alta potencia. Por eso tiene tanto grano.

—¿Cómo lo han encontrado?

—¿Te acuerdas de la enfermera?

—Sí.

—Resulta que vive en una casa comunitaria al norte de Frederick, bastante cerca de Emmitsburg.

—Conque una casa comunitaria, ¿eh? Déjame que lo adivine.

—No te molestes. Basta con que digas: «Ya te lo había dicho.» Dejémoslo así, ¿vale?

—Bueno, ¿y qué es exactamente? ¿Un centro de retiro espiritual?

—No sé cómo lo llamarán ellos, pero sí, es una especie de lugar de retiro. Básicamente, es una mansión a las afueras de la ciudad.

—¿Y pertenece a Umbra Domini?

—Sí, al menos eso es lo que figura en el registro de la propiedad.

Lassiter respiró hondo y se recostó en su asiento. Ninguno de los dos dijo nada durante unos diez kilómetros. Al final, Lassiter no pudo contenerse.

—Bueno —dijo—. Ya te lo había dicho.

Veinte minutos después llegaron a una calle llena de árboles. Cinco coches de policía sin marcas, una ambulancia y una furgoneta preparada como centro de comunicaciones esperaban detrás de una cinta amarilla. En medio de la calle había un furgón blindado de asalto. Un helicóptero daba vueltas encima de la mansión, golpeando el cielo con sus aspas. No demasiado lejos, un par de policías locales bromeaban con una pandilla de chicos en bicicleta.

Toda la atención se concentraba en torno a la gran mansión de tipo victoriano que se alzaba rodeada de robles sin hojas en una gran pradera. Delante de la casa había una estatua cubierta de nieve de la Virgen María con el Niño Jesús en brazos.

Riordan detuvo el coche junto a la acera. Se bajaron y se acercaron a la furgoneta desde la que se dirigía la operación. Todas las puertas estaban abiertas. En el asiento delantero, un hombre con un chubasquero azul hablaba por un teléfono móvil. Al ver a Riordan, lo saludó en silencio levantando la barbilla. Alrededor de la furgoneta, doce hombres más esperaban divididos en pequeños grupos. Todos llevaban chubasqueros con las letras FBI escritas en la espalda.

—Ése es Drabowsky —señaló Riordan—. Es el número dos de operaciones especiales en Washington.

—¿Qué ha sido de Derek?

Riordan entrecerró los ojos.

—No se te olvida nada, ¿eh? —comentó.

—¿Y?

—No lo sé. Creo que lo destinaron a otro caso. Ahora tengo a Drabowsky. Desde luego, es un pez mucho más gordo.

—No dudo que lo sea, pero ¿qué está haciendo aquí?

—Bueno, así, de buenas a primeras, yo diría que está dirigiendo el cotarro.

—De eso ya me he dado cuenta, pero ¿por qué?

—Secuestro a mano armada. Es jurisdicción de los federales.

—Eso ya lo sé. Lo que no entiendo es qué hace alguien de su rango participando directamente en un operativo como éste.

Antes de que Riordan pudiera decir nada, Drabowsky dejó el teléfono sobre el asiento de al lado, sacó los pies de la furgoneta y saltó.

—Está bien. ¡Escuchad! —dijo al tiempo que daba unas palmadas para atraer la atención de los agentes—. ¡Van a salir en tres minutos! ¡Ocho personas! ¡De uno en uno! ¡Ocho personas! ¡Ocho! (1) ¿Entendido? —Los agentes asintieron en un murmullo—. Cuando salgan, LaBrasca y Seldes se encargarán de las identificaciones en la furgoneta. Cuando yo dé la orden, sólo cuando yo dé la orden, quiero que el grupo de asalto entre en la casa y la despeje, habitación por habitación. Después procederemos al registro. ¿Alguna pregunta? —Drabowsky miró a su alrededor—. Está bien. Una última cosa. Esto no es una redada de drogas. ¡Es una comunidad religiosa! Así que no quiero ni un solo exceso, caballeros. ¿Entendido? ¡Está bien! ¡Vamos allá!

De repente, los agentes parecieron cobrar vida y se colocaron con rápidos movimientos detrás de los vehículos mientras Drabowsky se acercaba a Riordan y le estrechaba la mano.

—Bien venido —saludó.

Riordan se encogió de hombros.

—Pasaba por aquí. Quiero presentarle a alguien. Joe Lassiter, Tom Drabowsky.

Drabowsky frunció el ceño mientras le estrechaba la mano.

—Es el hermano de... —empezó a decir Riordan.

—Sé quién es —lo interrumpió Drabowsky—. ¿No estará pensando en hacer ninguna tontería, verdad?

Lassiter movió la cabeza de un lado a otro.

—No. Sólo quiero ver de cerca a ese hijo de puta.

—Está bien, pero como se...

—¡Empieza el espectáculo! —anunció Riordan girando la cabeza hacia la mansión.

La puerta de la mansión se abrió de golpe y una mujer de mediana edad salió andando con las manos apoyadas encima de la cabeza. Detrás de ella salieron un veinteañero, que no pudo evitar sonreír afectadamente, y un hombre mayor con un andador de aluminio. Uno a uno, los ocupantes de la casa

(1) En español en el original. (*N. del t.*)

fueron desfilando hacia la calle, donde los agentes del FBI los cogían del brazo y los llevaban a la parte trasera de la furgoneta.

—Ahí está ella —susurró Riordan cuando la enfermera salió de la mansión. Detrás de ella salieron un fornido coreano, un cartero con uniforme, un hispano elegantemente vestido y una mujer joven en bata.

Y, después, nadie.

—¿Dónde está? —preguntó Lassiter tras un largo y tenso minuto.

Riordan pisó el suelo con fuerza y movió la cabeza.

—No lo sé —contestó mirando a Drabowsky, que estaba hablando por su teléfono móvil con gesto de tensa tranquilidad. De repente, tres agentes del FBI corrieron agachados hacia la mansión. Cuando entraron en el edificio, la calle se sumió en un largo y tenso silencio.

Lassiter esperó a que sonaran los disparos. Pero lo único que pasó fue el tiempo. Finalmente, los agentes salieron de la mansión. Encogiéndose de hombros, movieron a una la cabeza mientras enfundaban las armas.

—Está bien —declaró Drabowsky—. Vamos a echar una ojeada. —Y avanzó hacia la casa seguido de dos agentes.

Lassiter se volvió hacia Riordan.

—Creía que me habías dicho que Grimaldi estaba dentro —dijo.

—Y eso se suponía —repuso Riordan.

—En la foto estaba ahí mismo, en el porche.

—Ya lo sé.

—¿Qué cojones ha pasado?

—¡No lo sé!

Lassiter y Riordan siguieron los pasos de Drabowsky. Al llegar a la puerta, un agente del FBI se interpuso en su camino.

—No se puede pasar —dijo.

Riordan le enseñó la placa.

—Policía de Fairfax —explicó—. Es nuestro caso.

El agente se apartó de mala gana.

El panorama con el que se encontraron en el interior de la mansión era de una sencillez abrumadora. Las paredes pintadas de blanco estaban prácticamente desnudas y los suelos de madera brillaban bajo innumerables capas de cera. No se veía ningún televisor ni ningún equipo de música y los escasos muebles que había eran viejos. Los únicos «ornamentos» eran los crucifijos que había en cada puerta y la fotografía enmarcada de Silvio della Torre sonriendo bondadosamente que colgaba de la pared de cada habitación.

Todo era igual de espartano. En el comedor había una larga mesa de pino con un gran banco de madera a cada lado y nada más. En la cocina vieron una gran cacerola llena de coles encima de un horno de porcelana que había visto mejores tiempos. En el salón sólo había ocho sillas de respaldo recto dispuestas en círculo, como si la habitación estuviera dedicada a algún tipo de terapia de grupo; y ése era probablemente el caso.

La mayoría de los agentes del FBI estaban registrando los dormitorios. Lassiter y Riordan fueron de una habitación a otra, hasta que por fin encontraron a Drabowsky.

El jefazo del FBI estaba registrando un gran armario en una habitación que, además de ese mueble, sólo tenía un colchón y una lámpara de pie. Al lado del colchón había un frasco de Silvederma y una papelera llena de gasas.

—Éste es el cuarto —dijo Lassiter. Se agachó y recogió del suelo un ejemplar del periódico *L'Osservatore Romano*—. Ha estado aquí.

Drabowsky se volvió hacia ellos.

—Se nos ha escapado —manifestó.

—Mala suerte —contestó Riordan.

—El cuarto de baño parece un hospital de campaña —señaló Drabowsky—. Desde luego, no le faltaban cuidados.

—¿Puedo preguntar algo? —dijo Lassiter.

Drabowsky lo miró y se encogió de hombros.

—¿Cómo cojones se ha escapado?

Drabowsky movió la cabeza de un lado a otro.

—No hay ninguna necesidad de usar ese tipo de lenguaje —replicó Drabowsky, como si Lassiter hubiera herido su sensibilidad.

—¡Se supone que estaba bajo vigilancia! —insistió Lassiter—. ¿Cómo cojones se puede haber escapado?

—No estaba bajo vigilancia —respondió Drabowsky.

—¡Y una mierda que no! ¡Claro que lo estaba! —exclamó Riordan.

—He visto la foto —apuntó Lassiter.

—Levantamos la vigilancia ayer por la noche.

—¿Que hicieron qué?

—¿Y a quién cojones se le ocurrió una idea tan genial? —preguntó Lassiter.

—A mí —contestó Drabowsky.

Lassiter y Riordan se miraron.

Riordan movió la cabeza.

—Tom, por Dios santo —dijo—. ¿Por qué hiciste eso?

—¡Porque estamos en un distrito rural! —gritó Drabowsky—. No sé si os habéis dado cuenta. No paraba de entrar y salir gente, y la furgoneta destacaba aparcada ahí fuera como si fuera un platillo volante. No quería que se diera cuenta de que lo estábamos vigilando. ¿Vale?

—¿Que si vale? ¡Pues claro que no vale! ¡El muy cabrón se ha largado! —exclamó Lassiter.

—Eso parece —repuso Drabowsky.

Lassiter se dio la vuelta y se marchó con Riordan pisándole los talones.

—Aquí hay algo raro —dijo Lassiter entre dientes—, algo que apesta.

—Sé lo que estás diciendo.

—¡No tiene sentido!

—Ya lo sé.

—No lo entiendo. ¿Y qué si Grimaldi se daba cuenta de que estaban vigilándolo? ¿Qué iba a hacer, excavar un túnel?

—No lo sé. No tengo ni idea de lo que se le pudo pasar por la cabeza a Drabowsky.

Al salir a la calle, Lassiter vio a la enfermera hablando con un agente del FBI. Aunque estaba esposada, sonreía beatamente mientras contestaba a las preguntas del federal.

Lassiter vaciló un instante.

—No lo hagas —le aconsejó Riordan.

Pero Lassiter no podía evitarlo. Se acercó a ella, la agarró del brazo y la obligó a darse la vuelta.

—Su amigo ha asesinado a mi familia. Lo sabe, ¿verdad? Mató a mi hermana y a mi sobrino mientras dormían. Qué tipo tan cojonudo...

—¡Eh! —exclamó el corpulento agente y apartó a Lassiter de la enfermera—. ¡Ya basta!

Juliette lo miró con unos ojos llenos de sentimiento.

—Lo siento —dijo—, pero ¿qué se esperaba?

De repente, Riordan se metió en medio, subiendo y bajando las manos en el aire, como si fuera la reencarnación irlandesa del Mahatma Gandhi.

—¡Venga! ¡Ya vale! ¡Vámonos¡ ¡Venga! —Cogió a Lassiter del brazo, lo apartó de la enfermera y se lo llevó hacia el coche.

—¿Que qué me esperaba? —murmuró Lassiter—. ¡Que qué cojones me esperaba!

Judy no volvió a la oficina hasta el jueves. Tenía el ojo izquierdo cubierto con un parche negro.

—Se acabó —anunció al entrar en el despacho de Lassiter.

—¿El qué? ¿Tu carrera de juez de línea? —contestó Lassiter levantando la mirada.

Judy se quedó quieta donde estaba y ladeó la cabeza.

—No, tu carrera de investigador privado.

Lassiter se recostó en su asiento.

—Ah —dijo. Y se odió a sí mismo por intentar parecer tan frío y desinteresado.

—Eso es lo que estaba celebrando cuando pasó lo del corcho. Hemos llegado a un trato con American Express. —Judy se dejó caer en una silla y cruzó las piernas—. Sólo falta que sus abogados redacten los papeles y que los nuestros den el visto bueno.

—Me alegro. ¿Cómo va el ojo?

—Se curará. ¿Te interesa saber cuánto dinero te van a dar o te doy lo que me parezca justo y me quedo con el resto?

—No —replicó Lassiter con una risita—. De hecho, me interesa mucho.

—Ya me lo imaginaba. En números redondos, dieciocho millones y medio.

—¿De verdad?

—De los que doce millones son para ti y el resto para los accionistas minoritarios.

—Como, por ejemplo, tú.

—Como, por ejemplo, yo. Y Leo. Y Dunwold. Y todos los demás. Hasta Freddy tiene un par de acciones. Lo suficiente para comprarse un coche, en cualquier caso.

—Eso se llama compartir beneficios.

—Ya sé cómo se llama.

Sonó el intercomunicador.

—¿Sí? —dijo sin levantar la voz—. Escuchó unos segundos—. Está bien, hágalo pasar.

Judy lo miró con gesto interrogante.

—Es Freddy. ¿Te importa que pase un momento?

—No —repuso Judy al tiempo que se empezaba a levantar—. Avísame cuando hayáis acabado.

Lassiter movió la cabeza.

—No hace falta que te vayas —dijo—. Sólo será un minuto. Además, quiero hablar contigo sobre la mejor manera de dar la noticia.

Freddy llamó a la puerta y entró. Parecía malhumorado. Al ver a Judy, saludó:

—Hola, Jude. ¿Qué tal todo? Me alegro de que estés de vuelta con nosotros. —Después se volvió hacia Lassiter—. He estado trabajando en la lista que me diste.

—Ya no hace falta que sigas —contestó Lassiter—. Le he dado la lista a Jim Riordan.

—Ya he acabado —dijo Freddy.

—¿Que ya has acabado?

—Sí, me temo que sí.

—¿Y?

—Están muertas.

Lassiter se quedó mirándolo un buen rato sin decir nada, mientras la mirada de Judy iba de un hombre al otro.

—Repite eso —pidió al cabo.

Freddy tragó saliva.

—Lo siento. Están todas muertas.

CAPÍTULO 31

Lassiter no lo podía creer. ¿Están todas muertas?

«Pues, entonces —pensó—, se ha acabado. Ya no queda nada por hacer. Todo ha sido inútil desde el principio.»

La lista que había obtenido del libro de registro de la pensión le había hecho albergar la esperanza de que algunas de las mujeres, y sus hijos, siguieran vivos. De ser así, su búsqueda podría haber servido para algo más que la venganza o la mera satisfacción de su propia curiosidad morbosa. Mientras quedaran supervivientes, él podría salvarles la vida y ellos, a cambio, podrían ayudarlo a descubrir por qué habían matado a Kathy y a Brandon.

Pero no había supervivientes, y eso lo dejaba en un callejón sin salida, sin ningún sitio adonde ir.

«Realmente, estamos solos e indefensos en el mundo —pensó Lassiter—. Los coches tienen accidentes, los aviones se caen, las enfermedades se contagian y las balas perdidas matan a inocentes. Realmente, vivimos en un miserable mundo de despojos. No tenemos más control sobre nuestras vidas que un conejillo de Indias. Por eso es por lo que la gente reza, por lo que la gente toma pastillas y se santigua. Por eso se toca madera y se escriben cartas al director. No son más que maneras de mantener viva la ilusión de que la vida es justa o, si no realmente justa, al menos soportable. Maneras de mantener viva la ilusión de que se puede proteger a los seres queridos si se toman las precauciones adecuadas, o si se tiene suficiente dinero. Sólo que todo es un engaño, porque las vitaminas no valen para nada, nadie lee las cartas al director y no parece que nadie escuche los rezos.»

¿Por qué Kathy? ¿Por qué Brandon? ¿Y por qué no?

—¡Joe! —Freddy lo estaba mirando fijamente—. ¿Estás bien?

—Sí, claro... —dijo Lassiter—. Perdona. Es que... me ha sorprendido.

—Ya me he dado cuenta. Bueno, como te iba diciendo, casi he acabado con la lista.

Lassiter levanto las manos.

—¿Cómo que «casi»? ¿Has acabado o no?

—Bueno, hay una mujer a la que todavía no he conseguido localizar —contestó Freddy—, así que no puedo estar seguro de si está muerta. Pero...

—¿Cómo se llama?

—Marie Williams. Es la mujer de Minneapolis.

Lassiter permaneció unos instantes en silencio.

—¿Qué has hecho para encontrarla?

Freddy se encogió de hombros.

—Nada especial. He hecho lo mismo que con las demás.

—Dime qué es lo que has hecho exactamente.

Freddy sacó una carpeta de su maletín y la dejó encima del escritorio. Después le dio unos golpecitos con las yemas de los dedos.

—Hay un informe sobre cada mujer. La mitad los ha hecho Jody. Además, en algunos casos, hemos tenido que contratar a investigadores extranjeros. La verdad, el proceso ha sido bastante básico, incluso rutinario. Después de todo, no es como si estuviéramos buscando a un terrorista.

—Ya. ¿Y cuál era la rutina?

—Para empezar, si sabíamos el número de teléfono, llamábamos directamente. Si no, lo conseguíamos a través de la dirección. La mayoría de los números estaban fuera de servicio, pero en algunos casos nos contestó el marido. También hemos hablado con vecinos. Hay un servicio de Internet que cubre los últimos ocho años. Escribes la dirección y te da los datos de todos los vecinos. Así que llamamos y los vecinos nos contaron lo que sabían. Siempre la misma historia con alguna pequeña variación: la madre y el niño habían muerto, a veces también el resto de la familia, y siempre en un incendio.

—¿Siempre niños varones?

—Sí, siempre. Y nunca mayores de cuatro años.

—¿Qué me dices de Tokio y Rabat?

—Como te he dicho, contratamos a investigadores locales. Pero el resultado ha sido el mismo.

—¿Hasta qué punto podemos estar seguros de que es verdad lo que dicen los vecinos?

—Tenemos una fecha de fallecimiento para cada caso y las hemos cotejado todas en los periódicos locales. Además, hemos hablado con la policía, con las compañías de seguros, con los bomberos, con las funerarias... No te quepa duda, están todos muertos.

—Menos... ¿Cómo se llamaba?

—Marie Williams. Sí, menos ella.

Lassiter abrió la carpeta y miró los informes. Ninguno ocupaba más de una página.

Helene Franck.
302 23 Börke SW.
Vasterhojd, Suecia.
N: 11 de agosto de 1953.
F: 3 de septiembre de 1995.

August Franck.
Misma dirección.
N: 29 de mayo de 1993.
F: 3 de septiembre de 1995

Causa de la muerte: inhalación de humo (sin confirmar).

Confirmación de la muerte:
1. Registro Nacional (N°001987/8), Estocolmo.
2. Annelie Janssen, de Vasterhojd.
   033-107003 (vecina).
3. Mäj Christianson, de Estocolmo.
   031-457911 (madre/abuela de los difuntos).

Detective:
Fredrik Kellgren.
Agentur Ögon Försiktig.
Estocolmo, Suecia.
031-997-444.
3 de febrero de 1996.

Lassiter pasó las hojas hasta que llegó a:

Marie A. Williams.
9201 St. Paul Blvd. 912.
Minneapolis, Minnesota.
Tel: 612-453-2735 (Hasta el 9-9-1991).

—Cuéntame lo de Marie Williams.

—Era una de las mías —dijo Freddy—. Vamos a ver. La llamé a su casa, pero el teléfono estaba fuera de servicio. —Levantó el dedo—. No... Espera, me estoy confundiendo. Salió un tono de fax. Así que volví a marcar el número unas treinta veces seguidas, hasta que, por fin, alguien contestó y me dijo algo que resultaba evidente: «Está llamando a un fax.» Al final, resultó que era el número de fax de un corredor de seguros. Según me dijo, tenía el mismo número desde hace dos años.

—O sea, que hace por lo menos dos años que Marie Williams se mudó.

—Sí. Después busqué la dirección en el servicio de Internet. Resulta que hay más de doscientas líneas telefónicas dadas de alta en esa dirección.

—Así que es un edificio de apartamentos.

—Exactamente. Edificio «Las Fuentes», o algo así. Hablé con el encargado. Por lo visto, Marie Williams tuvo alquilado un apartamento durante un par de años, pero se marchó en 1991 y no dejó su nueva dirección. Es más, el encargado me dijo que todavía tienen su fianza, así que debió de marcharse a toda prisa.

—¿Se acordaba de ella?

—No. Es nuevo. Tampoco la conocía ninguno de los vecinos.

—¿Eso es todo?

—Sí. Supongo que sí. Era el segundo nombre de la lista, así que seguí con el siguiente nombre. Jody acababa de empezar con sus nombres y todavía no sabíamos nada de los detectives que estaban investigando a las mujeres extranjeras. La cosa es que todavía pensaba que encontraríamos a alguna de las mujeres con solo llamar por teléfono. —Freddy hizo una pausa—. ¿Quieres que siga investigando?

Lassiter se levantó y se acercó a la chimenea.

—No, no hace falta. Has hecho un buen trabajo. Pensaba que tardarías semanas.

—Si quieres que te diga la verdad, a mí también me ha sorprendido. Pero, cuando lo piensas, la mayoría de las mujeres tenían cuarenta, cuarenta y cinco años y a todas les iba bastante bien. La mayoría estaban casadas. Eran personas con vidas estables. Ya sabes, eran buenas ciudadanas con un rastro fácil de seguir.

—Excepto Williams.

—Sí —asintió Freddy—. Excepto Williams.

Lassiter cogió el atizador y removió la brasas hasta que empezaron a saltar chispas.

—Bueno —dijo—, ya me encargo yo a partir de aquí.

—Me imaginaba que ibas a decir eso —comentó Freddy—. Lo único es...

—¿Qué?

—Yo no me ilusionaría demasiado. Quienquiera que sea responsable de todo esto, es bastante diligente. Lo que quiero decir es que no hay ninguna razón para suponer que Williams pueda haber escapado si no lo ha conseguido ninguna de las otras mujeres.

Lassiter se encogió de hombros. «¿Quién sabe?», pensó.

Se pasó un buen rato comparando las fechas de nacimiento de los informes con las del registro de la pensión. No había ninguna duda: todos los niños habían sido engendrados en la clínica Baresi. Marie Williams tendría que haber estado embarazada de varios meses cuando dejó el apartamento de Minneapolis.

Removió el fuego un poco más y miró por la ventana. Las calles seguían cubiertas de nieve. Ya hacía una semana que había pasado la borrasca, pero todavía no se había derretido ni una gota. Las temperaturas mínimas, que estaban batiendo récords en Washington, rondaban los quince grados bajo cero una noche tras otra. En las aceras había coches invisibles enterrados bajo montañas de nieve y hielo. Vio al dueño de uno de esos coches en la acera de enfrente, clavando una pequeña bandera de Estados Unidos sobre un montículo de hielo gris. Después, el hombre pintó la palabra «coche» con grandes letras rojas de *spray* en el montón de nieve y se alejó unos pasos, como si fuera un artista observando su obra. Por fin se marchó, satisfecho de que su esfuerzo serviría para evitar que los quitanieves le destrozaran el coche, si es que aparecían alguna vez. Las arcas del ayuntamiento estaban vacías y la mitad de los quitanieves de la ciudad estaban en el taller, esperando unas reparaciones que nunca llegaban. El resultado era que las calles habían encogido hasta el tamaño de un callejón y las aceras parecían senderos de montaña.

«La ciudad entera necesita una limpieza de arterias», pensó Lassiter mientras observaba cómo empezaba a nevar de nuevo.

Sonó el intercomunicador.

—Es el detective Riordan —anunció Victoria con su voz musical—. Línea uno.

Lassiter pensó en decirle a su secretaria que no estaba, pero cambió de idea.

—Está bien. Pásemelo.

—Dime —dijo Riordan—, ¿has llamado ya a Conway?

Lassiter suspiró.

—Estaba a punto de llamarlo.

—Te estás comportando como un idiota. Lo sabes, ¿verdad? Después de lo que pasó en Italia...

—He estado muy ocupado.

—No me vengas con ésas, ¿vale? Deja de comportarte como si no pasara nada. ¡Grimaldi está ahí fuera en alguna parte! Y quien sabe quién más. Así que hazme el favor, no me obligues a ponerte a un par de agentes de vigilancia. No quiero hacerlo, Joe, pero te aseguro que si es necesario lo haré. Consigue protección. Tú te la puedes pagar.

—Está bien —repuso Lassiter—. Ahora lo llamo.

—¿De verdad? Te juro que voy a llamar a Terry para asegurarme.

—De verdad.

—Está bien. —Lassiter oyó cómo Riordan daba un golpe en su escritorio.

—Bueno... ¿Qué novedades hay? —preguntó Lassiter.

—¿Sobre Grimaldi? —gruñó Riordan con desdén—. Nada de nada. Se ha esfumado.

—Lo han ayudado, ¿verdad?

—Desde luego que lo han ayudado —replicó Riordan—. Estamos interrogando a la enfermera.

—No me refiero a la enfermera, sino a lo de la vigilancia.

—¿Qué quieres que te diga? ¿Que Drabowsky metió la pata hasta el cuezo?

—¿Estás seguro de que eso es lo que pasó?

Riordan permaneció unos segundos en silencio. Por fin dijo:

—¿Estás sugiriendo que alguien del FBI pudo ayudar a Grimaldi?

—Ya no sé qué pensar —repuso Lassiter—. Olvídalo. Tengo noticias para ti.

—¿Qué noticias?

—La lista que te di, la de las mujeres del registro de la pensión...

—Sí —lo interrumpió Riordan—. Las mujeres que fueron a la clínica de como se llame. Los chicos están empezando a trabajar en eso.

—Déjalo.

—¿Qué?

Lassiter miró hacia la ventana. Cada vez nevaba con más fuerza.

—Están todas muertas.

—¿Quiénes están muertas?

—Las mujeres. Y los niños también.

Hubo una larga pausa.

—¿Todos?

—Bueno, nos falta por confirmar una mujer. Marie A. Williams.

—Veré lo que podemos hacer desde aquí —dijo Riordan—. Un momento. —Lassiter oyó a alguien gritando en español al otro lado de la línea. Una segunda voz le contestaba, también a gritos.

Lassiter oyó cómo Riordan tapaba el auricular con la mano y se unía al vocerío.

—¡Callaos de una vez, joder! —El silencio fue instantáneo. Riordan volvió a dirigirse a él—. Manténme al tanto, ¿vale?

—No te preocupes, lo haré.

—Y no te olvides de llamar a Terry Conway.

—Sí.

—Déjame que te haga una pregunta —añadió Riordan con voz grave.

—Dime.

—Tú crees que se ha acabado, ¿verdad? Todas las mujeres, menos como se llame, están muertas. Y los niños también. Y lo más seguro es que como se llame también lo esté. Así que crees que se ha acabado. ¿Tengo razón? —El detective no esperó la respuesta—. Ya lo creo que tengo razón. Pero déjame que te diga una cosa. Todavía no sabemos a qué nos estamos enfrentando realmente, así que tampoco podemos saber cuándo se va a acabar.

—Llamaré a Terry.

—Hazlo —contestó Riordan. Después colgó.

Pero Lassiter no lo llamó, al menos no inmediatamente.

En vez de hacerlo, buscó en la agenda giratoria de su escritorio hasta que encontró el teléfono de su proveedor favorito de información, la empresa de Florida que había usado para seguirle el rastro a las tarjetas Visa de Grimaldi.

—Mutual General Services —contestó inmediatamente

una mujer. Ésa era una de las cosas que le gustaban a Lassiter de esa empresa. Eran rápidos, eficaces, discretos y nunca lo dejaban a uno a la espera con hilo musical.

—Soy Joe Lassiter, de Lassiter Associates. —Leyó su número de cuenta.

—¿En qué podemos ayudarlo, señor Lassiter?

—Necesito el historial financiero de Marie A. Williams. Su última dirección conocida es de Minneapolis. —Leyó la dirección—. ¿Hasta qué fecha se pueden remontar?

La respuesta fue inmediata:

—Hasta donde usted quiera. Es sólo cuestión de tarifas.

Terry Conway era el director de la empresa de seguridad Gateway. Era un ex jugador profesional de fútbol americano con buen olfato para los negocios. Ahora ganaba más dinero que en su carrera profesional como deportista, y eso era mucho decir, porque Terry había sido de los mejores hasta que le fallaron las rodillas.

Principalmente, Gateway proporcionaba protección a los ricos, los famosos, los mafiosos, los diplomáticos, los políticos y los altos ejecutivos, así como a sus familias y sus propiedades. En vez de ofrecer guardias de seguridad, como otras empresas del ramo, se especializaba en servicios personalizados de protección de ejecutivos. Y sus guardaespaldas eran profesionales, no porteros de discotecas.

Aun así, a Lassiter no le atraía la idea de contratar a un guardaespaldas. Venía a ser lo mismo que estar bajo vigilancia. De hecho, era como pagar dinero por perder la intimidad. Y, además, la simple presencia de los guardaespaldas, siempre ahí al lado, con sus contraseñas y sus *walkie-talkies*, resultaba muy molesta.

Sabía perfectamente cómo era el proceso porque había contratado los servicios de Terry Conway para varios clientes de Lassiter Associates. Al principio se agradecía la sensación de seguridad. Pero, al poco tiempo, empezaba a resultar molesta, hasta hacerse insoportable. «¿Es realmente necesario todo esto?» «¿Cuánto tiempo más voy a tener que estar así?»

A pesar de eso, al final, llamó. Cuando se puso Terry al teléfono, Lassiter le describió la misión de forma escueta:

—Se trata del presidente de una empresa de Washington. Civil, soltero, sin hijos, treinta y cinco años...

—¿Alguna relación con la política?

—No, pero cree que su vida puede correr peligro.

—¿Por qué?

—Porque han disparado contra él.

—Es una buena razón.

—Así que he pensando que quizá sea buena idea que contrate vuestros servicios.

—¿Quién es el cliente? —preguntó Terry.

—Yo.

Silencio. Por fin Terry dijo:

—Desde luego, no es una buena noticia. Si te matan me quedaría sin uno de mis mejores clientes. —Volvió a guardar silencio—. Te podría mandar a Buck —añadió—. Es muy discreto. Te caerá bien.

—Vale.

—Estará en tu oficina hacia las seis. Además, voy a mandar a alguien a tu casa para que le eche un vistazo a los alrededores. Mientras tanto, te recomiendo que reserves habitación en un hotel; sólo para esta noche. Dos habitaciones. Una para ti y otra para Buck.

Lassiter murmuró algo entre dientes.

—¿Qué? —preguntó Terry.

—Nada. Espero que por lo menos nos llevemos bien.

El fax empezó a sonar justo en el momento en que colgaba el teléfono. El membrete era de Mutual General Services. El encabezamiento decía: «Williams, Marie A.» Observó con satisfacción que el historial incluía su fecha de nacimiento, el 8 de marzo de 1962, y el número de su tarjeta de la Seguridad Social.

Con el nombre, la dirección, la fecha de nacimiento y el número de la Seguridad Social podría llegar a sus cuentas bancarias, sus informes médicos, hipotecas, préstamos, declaraciones fiscales y cualquier otra cosa que deseara. El mismo número de la Seguridad Social ya era una gran fuente de información. Para empezar, con los tres primeros dígitos podría averiguar dónde había nacido, y eso era de gran ayuda si quería encontrarla.

Encontró el libro que buscaba en la estantería y lo abrió por el capítulo que contenía los datos de los números de la Seguridad Social. Después buscó el listado de números y estados: el prefijo 146 correspondía a Maine. Devolvió el libro a su sitio y se concentró en el historial. Contenía varios datos sorprendentes.

Para empezar, su historial financiero era inmaculado. Nunca se había retrasado en ningún pago, ni tampoco había entregado nunca un cheque sin fondos. Eso ya era poco habitual, pero lo que de verdad lo sorprendía era que no hubiera solicitado ningún préstamo ni hubiera tenido ninguna tarjeta de crédito hasta 1989. Si su fecha de nacimiento era correcta, eso quería decir que había pagado todo al contado hasta los veintiséis años. Después había saltado de golpe a una American Express de platino y a dos tarjetas Visa con un límite de crédito igualmente elevado.

¿Cómo era eso posible?, se preguntó Lassiter. Había llegado a la elite de las tarjetas de crédito sin dar ninguno de los pasos previos que normalmente conducían a ellas. ¿De dónde habría salido?

¿Y adónde habría ido después? De repente, en 1991, había cancelado las tarjetas y todas sus cuentas bancarias. Era como si hubiera desaparecido igual de bruscamente que había aparecido. Desde entonces no había nada, ni cuentas, ni tarjetas, ni hipotecas. Nada.

Y eso no era todo. Los historiales de este tipo siempre incluían una lista de indagaciones o solicitudes de información. Si, por ejemplo, uno quería alquilar un apartamento, el casero le pedía información al banco, y su solicitud aparecía en todos los informes. Igual que si uno quería abrir una cuenta en unos grandes almacenes, o si se compraba un coche a plazos, o si se optaba a un trabajo; siempre solicitaban el historial y, a partir de ese momento, las solicitudes se incluían en el historial. Incluso la solicitud de Lassiter o, mejor dicho, la solicitud de Mutual, formaba parte del historial de Marie Williams a partir de ese momento.

Pero, con una única excepción, nadie había consultado el historial de Marie Williams desde 1991, y eso era como decir que había desaparecido de la economía nacional. Y, aunque eso era posible, era muy improbable; incluso las personas con menos posibilidades económicas tenían una tarjeta, aunque fuera de débito. De lo contrario, resultaba prácticamente imposible alquilar un coche, hacer una reserva en un hotel, comprar un billete de avión o incluso cobrar un cheque.

Puede que se hubiera mudado al extranjero. Pero eso tampoco explicaría la absoluta ausencia de actividad económica. Ni tampoco lo explicaría que se hubiera casado. Tal vez se había metido en una secta o se había convertido en una mendiga. Tal vez se había vuelto loca. O, quizá, simplemente no necesitaba alquilar coches ni hacer reservas ni cobrar cheques.

Pero, fuera cual fuere el caso, el informe no ofrecía ninguna luz al respecto. La única consulta que figuraba en el historial había sido realizada el 19 de octubre de 1995: dos semanas antes de que mataran a Kathy y a Brandon.

Según el historial, la solicitud había sido realizada por una empresa de Chicago que se llamaba Allied National Products. Y, a juzgar por el nombre, lo más probable era que fuera otra empresa del tipo de Mutual.

Eso no tenía por qué significar nada en particular, pero resultaba extraño. De haberse encontrado con un montón de solicitudes, Lassiter habría supuesto que Marie A. Williams se reincorporaba al mundo después de un largo período sabático. Pero ése no era el caso. Sólo figuraba esa solicitud, y ninguna otra, hasta que Lassiter hizo la suya.

Dejó el informe sobre el escritorio y llamó a Judy.

—¿Qué? —exclamó ella.

—Perdón. Soy Joe Lassiter, tu jefe. ¿Recuerdas?

Judy se rió.

—Perdona, Joe, es que estoy hasta el cuello. ¿Qué quieres? —Se le escapó otra risita—. Venga, rápido, dime qué quieres.

—Quiero un investigador en Minneapolis. ¿Tenemos alguno?

—Por supuesto. ¿No te acuerdas del caso Cowles? Hizo un buen trabajo. Se llama George... O Gerry.

Lassiter se acordaba del caso pero no del investigador. Mientras intentaba recordarlo, Judy lo buscó en el ordenador.

—Gary —dijo—. Gary Stoykavich, de la empresa Twin Cities Research. —Le dio los números de teléfono a toda prisa y colgó.

Llamándose Stoykavich y siendo de Minneapolis, que debía de ser una de las ciudades con mayor porcentaje de blancos de todo Estados Unidos, Lassiter esperaba encontrarse con una voz distinta, muy distinta, de la de Gary Stoykavich.

—Bueeenas taaardes. Twin Cities Research. —Tenía voz de barítono y un inconfundible deje afroamericano—. Le habla Gary.

—Soy Joe Lassiter, de Lassiter Associates. Hace algún tiempo contratamos sus servicios...

—Claro que sí. Desde luego, fue un trabajo de aúpa. Me acuerdo perfectamente. Me lo encargó la señorita Juuudy Riiifkin.

—Exactamente.

—¿Y qué puedo hacer por usted, don Joseph Lassiter? Supongo que usted será el gran jefe, ¿no? ¿O nos encontramos ante una de esas extrañas coincidencias que se dan en la vida?

—No. Soy el jefe.

Stoykavich se rió al otro lado de la línea.

—Pues usted me dirá, jefe.

—Estoy buscando a una mujer que en 1991 vivía en Minneapolis. —Lassiter le contó los detalles.

—Una pregunta —dijo Stoykavich—. Esta Marie A. Williams, ¿se ha mudado o ha desaparecido? Y, si ha desaparecido, ¿no se estará escondiendo?

Lassiter pensó en ello. Realmente, era una buena observación.

—No lo sé —contestó.

—Lo digo porque, si se estuviera escondiendo, la tarifa podría variar considerablemente.

—Entiendo. Pero, la verdad, señor Stoykavich, es que me temo que lo que va a averiguar es que Marie A. Williams está muerta.

—Ah.

Lassiter le dijo que le enviaría inmediatamente el historial financiero de la mujer y le explicó lo que ya había hecho Freddy.

Stoykavich dijo que consultaría con la oficina local de tráfico. También miraría a ver si encontraba algo en los periódicos o en los juzgados.

—Una última cosa —añadió Lassiter—. Es muy posible que estuviera embarazada cuando dejó el apartamento. Es más, estoy seguro de que lo estaba. Probablemente de unos cuatro meses.

—Eso puede servirme de ayuda —afirmó Stoykavich—. ¿Se le ocurre alguna otra cosa?

—Ahora mismo no.

—Pues en seguida me pongo en ello —declaró Stoykavich.

Lassiter estaba estudiando los contratos preliminares para la venta de Lassiter Associates cuando Victoria lo llamó por el intercomunicador para decirle que Deva Collins, del departamento de investigación, quería verlo.

—Que pase.

Deva Collins era joven y estaba bastante nerviosa. Al entrar, se echó la larga melena rubia hacia atrás y se quitó las gafas. Después se quedó quieta como una estatua, en posición de firmes, con un montón de documentos en cada mano. Lassiter le pidió que se sentara. Ella obedeció.

—Esto es lo que he podido encontrar hasta ahora —dijo ella.

—¿De qué estamos hablando exactamente?

Ella no se esperaba esa pregunta y por un momento pareció desconcertada. Después volvió a ponerse las gafas bruscamente. Así, parecía encontrarse un poco más cómoda.

—Del doctor italiano: Ignazio Baresi.

—Parece mucho material.

—Realmente no lo es. La mayoría son referencias de fuentes secundarias. Sobre todo de científicos y académicos. He ordenado el material. La segunda parte, la que está detrás de la hoja amarilla, son referencias sin importancia; la mayoría de las veces simples menciones de su nombre o de alguno de sus trabajos.

—¿Y qué me dice de las publicaciones del propio Baresi?

—Me temo que eso va a tardar un poco más. Aunque, la verdad, creo que ya he encontrado casi todas. —Vaciló un instante—. Bueno, no sólo yo. Todos nosotros. Hemos encontrado parte del material en las bibliotecas universitarias. El problema es que Baresi trabajaba en dos campos distintos, por lo que sus publicaciones son difíciles de clasificar. De hecho, yo estoy familiarizada con parte de su obra.

—¿De verdad?

Deva se sonrojo.

—Sí. Con sus estudios bíblicos. Estudié religiones comparadas en la universidad. El nombre de Baresi era uno de los más citados.

—Eso es fantástico. Seguro que la habrá ayudado en la investigación. —Lassiter quería darle ánimos, pero ella parecía avergonzada.

—Puede que me ayudara un poco —reconoció ella finalmente—. Al menos con sus trabajos de temática teológica. Pero para los de genética tuvimos que buscar asesoramiento en la Universidad de Georgetown.

—Me parece una buena idea.

Deva parecía un poco menos nerviosa. Se volvió a quitar las gafas.

—Podemos conseguir la mayoría de sus publicaciones en las principales bibliotecas universitarias, pero el problema es que alguien tendrá que hacerle un resumen; a no ser que prefiera que las traduzcamos.

—¿Y eso cuánto tardaría?

Ella sacudió la cabeza.

—No puedo decirle cuánto tardaríamos exactamente en prepararle un resumen. En cuanto a las traducciones, podrían tardar una eternidad. Lo que quiero decir es que no es como traducir un cuento. Se trata de artículos científicos altamente especializados.

—¿Qué me dice del libro que escribió sobre las reliquias?

—Lo tienen en varias bibliotecas —repuso Deva—, pero hasta ahora sólo he encontrado la versión en italiano. Se ha publicado en inglés, pero es muy difícil de conseguir. Seguiré buscándolo. Si no, quizá pueda encontrar una reseña en alguna publicación especializada.

Lassiter observó el montón de papeles que la chica había dejado sobre su escritorio.

—Muchas gracias, Deva. Está haciendo un buen trabajo. —Se levantó y le dio la mano.

Ella se volvió a sonrojar. Por un momento, Lassiter pensó que iba a hacerle una reverencia.

Cuando Deva cerró la puerta, Lassiter se sentó y cogió el primer documento del montón. Era un artículo publicado en el *Journal of Molecular Biology* por un médico llamado Walter Fields.

La labor represora de las proteínas en la polimerización del ácido ribonucleico: Comentarios sobre los descubrimientos de

Ignazio Baresi, Ezra Sidran, et al., según fueron expuestos en la Conferencia Anual de Biogenética celebrada en Berna, Suiza, el 11 de abril de 1962.

Lassiter leyó el primer párrafo, pero no entendió ni una sola frase. Con una mueca de disgusto, dejó el documento a un lado y cogió el siguiente artículo del montón.

Regulación eucariótica de los genes: Un coloquio.
(Bajo el auspicio del Kings College, Londres).
Comentarios

Impenetrable.
Y otro:

Rasgos ligados al sexo. Cromosoma X y síndrome de Kline-felter y de Turner. Comentarios sobre los últimos estudios de I. Baresi, S. Rivele y C. Wilkinson.

La primera página casi resultaba comprensible, pero, a medida que avanzaba el artículo, el lenguaje se volvía cada vez más técnico. Lleno de frustración, Lassiter tiró el documento encima del escritorio, se recostó en su asiento y cerró los ojos. Aquello iba a ser más complicado de lo que creía. Para empezar, necesitaba un rabino, un experto que pudiera traducir los artículos científicos a un idioma que un estudiante de letras como él pudiera entender.

Apuntó «rabino» en su agenda.

Pero quizás eso no fuera suficiente. Era muy posible que las publicaciones de Baresi no incluyeran todos sus trabajos. ¿Y si después de dejar de publicar hubiera seguido investigando en su clínica? Los periódicos estaban llenos de artículos sobre los dilemas éticos de la investigación genética. ¿Y si Baresi se hubiera topado con algo así y...? «¡A la mierda! —pensó Lassiter—. Esto no va a ningún lado; sólo son conjeturas.» Y, además, conjeturas sin fundamento.

No tenía ningún indicio que pudiera ni tan siquiera sugerir que Baresi hubiera continuado con sus investigaciones sin publicar los resultados.

Empezó a ordenar los documentos dividiéndolos en dos

grupos: la investigación genética por un lado y los trabajos de teología por otro. Pensó que, al menos, podría entender los del segundo grupo. Como, por ejemplo:

Las antiguas comunidades cristianas y la teología: Análisis de similitudes textuales en fuentes contemporáneas al Evangelio según San Marcos. Por I. Baresi, *Journal of Comparative Religion*, vol. 29, 11 de agosto de 1971.

Victoria volvió a llamar por el intercomunicador. Lassiter dejó el artículo sobre el escritorio. Después de todo, la teología no parecía más fácil que la investigación genética.

—¿Sí?

—¿Nos han comprado?

—¿Qué?

—Lo llaman de la revista *Business Week*. Línea uno.

—Dígales que no...

—¿Que no nos han comprado o que...?

—Que no estoy.

—Bien. También tiene una llamada de un tal Stoykavich por la línea dos.

—Pásemelo. —Lassiter cogió el teléfono—. ¿Gary? Dígame. ¿Se le ha olvidado preguntarme algo?

—No, no —contestó Gary con su voz de barítono—. No lo llamo con preguntas. Lo llamo con una respuesta.

—¿No irá a decirme que ha encontrado a Marie A. Williams en dos horas?

—No, no. Ojalá. ¿Se acuerda de que le pregunté si sabía si esta mujer quería que la encontraran? Tengo la respuesta.

—¿Cuál es?

—Definitivamente, no quiere que la encuentren.

—¿Qué me está intentando decir, Gary?

—Me cuesta decirle esto, porque estoy renunciando a un montón de horas de trabajo por las que le podría cobrar un buen dinero, pero tengo que decirle que este caso no tiene ningún misterio, amigo mío. Marie A. Williams desapareció el 19 de septiembre porque su identidad fue descubierta el 18 de septiembre.

—¿De qué está hablando? ¿Cómo que su identidad? ¿Qué identidad?

—Marie A. Williams es Calista Bates. ¿Qué le parece?

—Me está tomando el pelo —dijo Lassiter mientras recordaba los titulares de las revistas sensacionalistas: «Calista en Cannes», «Calista en Le Dôme», «¿Dónde está Calista?». La actriz no había hecho ninguna película en siete u ocho años, pero su bellísimo rostro seguía apareciendo en las portadas de las revistas del corazón. Como en el caso de Greta Garbo, se había convertido en un mito por renunciar a la fama cuando estaba en lo más alto de su carrera, cambiando el *glamour* por el anonimato.

Pero la historia de Calista era todavía más misteriosa. Como en el caso de Lindberg o de Sharon Tate, cuando se hablaba de Calista Bates se aludía a una historia de la que todo el mundo conocía los detalles.

Un preso de una penitenciaría de California que estaba cumpliendo una condena de dieciocho años por robo y violación se había obsesionado con Calista. Había escrito a los estudios de cine pidiendo fotografías suyas, se había hecho miembro de su club de *fans* y guardaba recortes de todas las noticias que aparecían en la prensa. Su obsesión por Calista había llegado hasta tal punto que había convertido su celda en un auténtico altar de hormigón a su «único amor verdadero», Calista Bates.

En 1988, cuando salió en libertad condicional, lo primero que hizo fue coger un autobús a Beverly Hills, donde encontró fácilmente la casa de Calista gracias a una de esas «guías de las estrellas». Estuvo meses rondando su casa y dejando regalos en la verja de entrada de la mansión de Calista. Una de las cosas que dejó fue un vídeo de sadomasoquismo y una foto de una culturista con los pezones perforados que llevaba una capucha negra como única vestimenta. Era como para poner los pelos de punta.

Pero eso no fue todo. El telefonillo de la mansión sonaba a todas horas, pero al salir nunca había nadie. Y, aunque cambió de número de teléfono infinidad de veces, el teléfono sonaba de día y de noche y la voz y el mensaje eran siempre los mismos: «Calista, putilla, déjame entrar.»

El presidiario saltó la tapia de la mansión dos veces, aunque en ambas ocasiones salió huyendo gracias a los ladridos de *Kerouac*, el perro labrador de Calista. Un día, cuando salió a recoger el correo al buzón, Calista se encontró todas las cartas llenas de sangre. Otro día, el pervertido intentó forzar la verja de entrada con un coche.

La policía siempre respondía con buenas palabras a las llamadas de Calista, pero nunca hacía lo suficiente. Durante un mes patrullaron los alrededores de la mansión, pero no encontraron nada. Al final le sugirieron que contratara un servicio telefónico que pudiera identificar las llamadas, pero el presidiario siempre llamaba desde teléfonos públicos. Después de varios meses de falsas alarmas, o de alarmas verdaderas sin ningún arresto, la policía acabó por lavarse las manos. «Serán chavales haciendo gamberradas», dijeron. Como si eso explicara las cartas ensangrentadas, los vídeos pornográficos o el intento de forzar la entrada con un coche.

La noche que mató al perro y forzó la puerta de la verja, Calista estaba leyendo en el salón. Oyó el ladrido del animal y un aullido agonizante antes de que el presidiario rompiera la ventana de una pedrada. Su llamada desesperada a la policía fue reproducida una y otra vez por todas las cadenas de radio y televisión: «Soy Calista Bates... Calle Mariposa, doscientos once... Un hombre con un cuchillo ha entrado en mi casa... Ha matado a mi perro... Ahora está en el salón... Les aseguro que no es ningún chaval.»

La policía tardó menos de cuatro minutos en llegar, pero el presidiario ya le había dado dos cuchilladas, cortándole los tendones de la muñeca derecha. Las últimas imágenes de Calista fueron tomadas en la escalinata de los juzgados después de que sentenciaran al presidiario. Llevaba un traje de color azul cielo y estaba increíblemente hermosa. Todo lo que dijo fue: «Esto es todo, amigos.»

Durante los siguientes meses sólo concedió un par de entrevistas. Se rumoreaba que iba a volver a trabajar, pero las revistas del corazón tenían razón al decir que se estaba escondiendo del mundo. Un año después vendió su casa y todas sus pertenencias y desapareció.

Nunca se la volvió a ver. O, mejor dicho, se la vio en cientos de lugares distintos al mismo tiempo.

En las ecuaciones de la cultura popular, Calista Bates era una mezcla entre Marilyn y John F. Kennedy. Se podía ver su retrato pintado con *spray* en los muros de cualquier ciudad del país. ¡Qué mujer!

Pero había algo más, algo más personal, pensó Lassiter. Lo

tenía en la punta de la lengua. Pero, al intentar recordarlo, lo perdió. Fuera lo que fuese, se le escapó. Se había acordado de algo durante un instante, pero se le había olvidado antes de que pudiera procesarlo.

—No, señor Lassiter, no estoy bromeando. He encontrado al viejo encargado del edificio de apartamentos. Vive en Florida. Cuando le he preguntado por Marie A. Williams me ha dicho: «¿Es usted de la revista?» Yo le he dicho: «¿Qué revista?» Y él me ha dicho: «El *Enquirer*.» Y después me lo ha contado todo. Me ha dicho que se acordaba perfectamente de Marie A. Williams, que no podía creerlo cuando se enteró de que era Calista Bates. Me ha explicado que hasta salió una foto suya en la revista enseñándole el apartamento a un periodista. Hasta se ha ofrecido a mandarme una copia del recorte de prensa.

—Gary —dijo Lassiter con tono escéptico—, el *Enquirer* no es precisamente lo que se dice una revista...

—¡Un momento! Ya sé lo que va a decir. Pero, primero, escúcheme. Me acuerdo perfectamente del reportaje. Usted no puede acordarse porque no vive en Minneapolis. Aquí no pasa ni una semana sin que alguien diga que ha visto a Calista Bates. Sin ir más lejos, el otro día leí que la habían visto en la isla de Norfolk, o algo así.

—Ya, claro. Y seguro que pesaba treinta kilos y que tenía leucemia.

—Sí, en efecto, una vez trucaron unas fotos de Calista para que pareciera raquítica y enferma. Pero lo que le estoy intentando decir es que yo soy de Minneapolis. Me acuerdo perfectamente de una señora que salió en la televisión diciendo que había visto a Calista en ese edificio de apartamentos. La verdad es que entonces no le di mayor importancia. Pero la cosa es que esa mujer dijo que se llamaba Marie Williams.

—¿Y qué le hace pensar que era ella?

—Hablé con el periodista.

—¿Con un periodista del *Enquirer*?

—Sí.

Lassiter se rió irónicamente.

—Ya sé lo que está pensando. Pero esos tipos son mucho más rigurosos de lo que cree la gente. Tienen que serlo, porque les meten pleitos prácticamente a diario. —El investigador de Minneapolis hizo una pausa—. ¿Me sigue?

—Sí.

—Bien. Ocurrió tal y como se lo voy a contar. Alguien llamó a la línea que la revista tenía para recibir pistas sobre el paradero de Calista.

—¿La revista tenía una línea para recibir pistas sobre Calista?

—¡Eso es lo que le estoy intentando decir! Una mujer llamó al *Enquirer* y dejó un mensaje diciendo que la había visto con un agente inmobiliario de la empresa Century Veintiuno. Era una de esas mujeres mayores del extrarradio que no tienen nada mejor que hacer que cotillear.

—¿No me había dicho que vivía en un bloque de apartamentos en el centro?

—Vivía, pero ahora se estaba comprando una casa. Una casa grande en un buen barrio de las afueras. Y la iba a pagar al contado. El agente decía que el trato estaba prácticamente cerrado. Pero luego apareció un listillo del *Enquirer* y se cameló a la recepcionista de la inmobiliaria. Cuando la chica le dijo que la clienta se llamaba Williams, el periodista se presentó en su apartamento del centro. «¿Quién es?», dijo ella. «Soy del *Enquirer*.» Y ya está. Desapareció.

—Una historia muy interesante —comentó Lassiter—. Pero ¿cómo sabe que era Calista Bates?

—El periodista, un tal Michael Finley, sacó fotos. Antes de hablar con ella estuvo vigilando el edificio de apartamentos desde el coche. Hizo muchísimas fotos. Me las enseñó. Tengo que admitir que tenía el pelo castaño y un corte diferente. Además, llevaba gafas. Pero, desde luego, parecía ella. De eso no hay ninguna duda.

—¿Parecía ella?

—¡Todavía hay más! Finley me confirmó que era Calista Bates.

—¿Y cómo lo sabía él?

—Por su historial financiero. Probó el número de su tarjeta de la Seguridad Social con el nombre de Calista Bates. ¡Y encajó! Resulta que lo de Calista era un nombre artístico que se inventó su agente cuando llegó a California. Algo más llamativo; usted ya me entiende. Pero no se cambió el número de la tarjeta de la Seguridad Social. ¿Por qué iba a hacerlo? Además, iba a tener que pagar impuestos de todas formas, se llamara como se llamase. Así que utilizó el mismo número de siempre. Por lo visto, el agente de Calista le pagaba a través de una empresa de la que ella era la presidenta y única accionista. Y no se lo pierda: la empresa se llamaba «Una Gran Compañía Americana». Así podría ir por ahí diciendo que era la máxima accionista de una gran compañía americana. ¡Vaya sentido del humor! En cualquier caso, su agente sólo tenía el numero de identificación fiscal de la empresa. Calista hacía su propia contabilidad, calculaba sus propios impuestos, todo... Y eso me hace pensar que no debía de pagar demasiados impuestos.

—A ver si me entero —dijo Lassiter—. Dice que realmente se llama...

—Marie A. Williams.

—Pero que se cambió de nombre cuando se hizo actriz.

—Y cuando se marchó de California, cuando desapareció —añadió Stoykavich—, volvió a recuperar su nombre de siempre. —El detective privado hizo una pausa antes de continuar—. Lo que hizo esa mujer fue toda una hazaña. Sobre todo teniendo en cuenta lo famosa que era. Hablando de camaleones... Esa mujer es una actriz... increíble.

—¿Y qué pasó con Finley?

—¡A Finley le fue muy bien! No se preocupe por Finley. Finley consiguió los recibos de sus tarjetas de crédito. Y sigue viviendo de eso. Publicó *Los restaurantes favoritos de Calista*, *Calista llega a Rodeo Drive*, *Los bares favoritos de Calista*; ese tipo de cosas.

Lassiter sintió pánico. Se imaginó los titulares de las revistas: «Asesino persigue a Calista y a su hijo secreto.» El programa de televisión «Los criminales más buscados de América» emitiría un programa especial. Primero aparecería Riordan llamando por teléfono, una y otra vez, desde su despacho. La cámara enfocaría el fichero que tendría abierto sobre el escritorio. Después, una toma larga de la cara deformada de Grimaldi. Niños degollados, madres asesinadas, casas quemadas. Y un número en rojo: «Llame al 1-800-Calista (1-800-225-4782). ¡Ayúdennos a encontrarla antes que ellos!»

—Déjeme que le pregunte una cosa —dijo Lassiter—. ¿Qué le contó exactamente al periodista? ¿Le mencionó mi nombre?

—No, no. Le dije que me había contratado una organización de mujeres acosadas. Y además tuve que darle doscientos dólares para conseguir que abriera la boca.

Lassiter reflexionó unos instantes.

—Está bien —repuso—. No estoy seguro de lo que nos conviene hacer ahora. Me temo que si ya resultaba difícil encontrarla antes, ahora...

—Va a ser todavía más difícil. Tiene razón. Pero tenemos algunas pistas. El encargado de los apartamentos del centro me dijo que había trabajado como voluntaria en una biblioteca y que se matriculó en una academia. Y, además, está lo del embarazo. Puede que fuera a alguna clase de ejercicios de preparación para el parto, o algo así. Me podría enterar.

—Sí, me parece bien. Mire a ver qué puede averiguar. Y, hablando de eso, me gustaría que me diera el número de teléfono de ese periodista. ¿Cómo se llamaba? ¿Finley?

Stoykavich le recitó el número de teléfono.

—Una última cosa —dijo el investigador.

—¿Sí?

—Cuando hable con Finley, agárrese bien la cartera. —El hombre negro de Minnesota soltó una gran carcajada, como un trueno primaveral.

«Calista Bates.»

Era como una broma en la que la buena noticia era al mismo tiempo mala, y la mala noticia era al mismo tiempo buena. El hecho de que fuera tan difícil dar con ella dificultaba la posibilidad de advertirla, pero también hacía más difícil matarla. Y, si él no podía encontrarla, nadie podría hacerlo; de eso estaba seguro.

Lassiter se levantó y se acercó a la ventana. El sol se acababa de poner y había dejado de nevar. Detrás del Pentágono, el cielo resplandecía con una luminosidad de un extraño color zafiro que parecía casi sobrenatural. La gran cúpula iluminada del Capitolio irradiaba una luz tan fría y punzante que cada curva, cada ángulo y cada detalle del edificio parecía cortado con la precisión milimétrica de las figurillas labradas en marfil que vendían en el barrio chino. Encima de la cúpula, la luna colgaba suspendida entre un sinfín de estrellas. Las estrellas brillaban con tanta intensidad que resultaba fácil imaginarse el universo encerrado en una enorme cúpula en la que unos pequeños agujeros permitían vislumbrar el paraíso.

Lassiter sintió una oleada de optimismo. Después de todo, tal vez estuviera viva. Después de todo, puede que...

Sonó el intercomunicador.

—¿Sí?

—Hay alguien aquí que quiere verlo —dijo Victoria con tono de desaprobación.

—¿Quién?

—Buck.

CAPÍTULO 32

El hombre que entró por la puerta medía aproximadamente un metro sesenta y cinco. Tendría unos cuarenta años. Llevaba el pelo engominado y recogido en una coleta y tenía la tez intensamente bronceada. En vez de cuello tenía una inmensa columna de carne que parecía una extensión de los hombros. Realmente recordaba a un personaje salido de una mala película de acción.

—Soy Buck —dijo al tiempo que extendía el brazo.

—Gracias por venir —contestó Lassiter mientras el hombre le estrujaba la mano.

—¿Le importa que eche un vistazo? —preguntó.

—Adelante.

El guardaespaldas dio un paseo por el despacho con ademán despreocupado, volviendo la cabeza de un lado a otro, observándolo todo sin demostrar gran curiosidad por nada.

—¿Qué hay aquí dentro? —preguntó por fin.

—Una ducha.

Buck abrió la puerta y echó un vistazo.

—Muy interesante —comentó. Después se acercó a la ventana y estuvo un buen rato observando la calle antes de cerrar las cortinas. Al darse la vuelta examinó la habitación con una mirada que, más que nada, transmitía desinterés.

Finalmente se sentó en el borde de la silla Barcelona e hizo crujir sus nudillos mientras miraba la chimenea.

—Terry ya me ha puesto al tanto de todo. Usted siga con lo

suyo, como si yo no estuviera. —Y así, sin más, Buck sacó un libro de su maletín y se puso a leer. Lassiter no pudo evitar fijarse en el título: *Perfeccionamiento del japonés*.

Lassiter volvió a concentrarse en los documentos que tenía encima del escritorio. Siguió dividiéndolos en dos montones, uno con los documentos científicos y el otro con los que aludían a cuestiones teológicas. Cuando acabó miró el reloj. Eran las cinco y media. Le pidió a Victoria que llamara a la chica del departamento de investigación.

—¿Cree que se habrá marchado ya? —preguntó Lassiter.

—No, seguro que sigue en la oficina. Pero...

—¿Qué?

—¿Quién es ese hombre? —inquirió con una risita.

—¿Se refiere a Buck? Buck es mi nueva niñera.

Buck seguía concentrado en su lectura.

—Ah, es su guardaespaldas —repuso Victoria sin poder disimular su emoción—. Voy a ver si encuentro a Deva Collins.

La joven investigadora no tardó en llamarlo por la línea interna.

—Necesito un rabino —dijo Lassiter.

—¿Perdón?

Deva aún no conocía la jerga de la empresa. «Rabino» era el término que utilizaba Judy para referirse a cualquier experto al que hubiera que consultar a menudo en una investigación. Muchas veces se trataba de un periodista. Pero en otras ocasiones era un profesor de universidad. En cualquier caso, el «rabino» los guiaba por el terreno de fondo de la investigación, ya se tratara de la industria del corte y la confección, del gremio de las joyas o de cualquier otra cosa. Lo que Lassiter necesitaba ahora era alguien que pudiera hablarle de biología molecular en un idioma simple y llano. Se lo explicó a Deva.

—Ah —dijo ella—. Claro. No se preocupe, buscaré a alguien.

—Muy bien. Además, he pensado que usted podría ayudarme con el material de tipo teológico. Es demasiado extenso. He pensado que usted me lo podría resumir explicando quién es quién, cuáles son las principales aportaciones de Baresi... Ese tipo de cosas.

Deva se rió nerviosamente.

—No sé —dudó—. Realmente no soy una experta ni nada parecido.

—No necesito una experta.

—Bueno..., puedo intentarlo. ¿Quiere un informe por escrito?

—Había pensado que quizá fuera mejor que me diera una clase.

—Preferiría no hacerlo —se apresuró a decir Deva—. Siempre se me ha dado mejor organizar las ideas por escrito.

Lassiter le dijo que le parecía bien y le pidió que se ocupara de que algún otro investigador del departamento reuniera toda la información que pudiera encontrar sobre Calista Bates.

—Muy bien —asintió Deva. Después hizo una pausa, intentando contener su curiosidad. Pero no lo consiguió—. Lo de Calista no tendrá relación con este caso, ¿verdad?

Lassiter vaciló un momento.

—Sí, la tiene —contestó por fin.

—Bueno, le tendré preparado el informe mañana por la noche. ¿Le parece bien?

Lassiter le dijo que le parecía fenomenal. Cuando colgó el teléfono, Buck pasó una página del libro y dijo:

—Calista Bates, ¿eh? ¡Vaya mujer!

Una hora después, Lassiter estaba sentado en el asiento del pasajero del Buick gris que lo esperaba delante de Lassiter Associates cuando salió de la oficina.

—A partir de mañana, su conductor será Pico —explicó Buck mientras hacía avanzar el vehículo con destreza por las calles heladas—. A Pico le encanta este bebé. A mí, la verdad es que me asusta un poco. No puede imaginarse la potencia que tiene el motor.

Al poco tiempo llegaron al puente Memorial y cruzaron el río Potomac. Buck le estaba explicando a Lassiter las características del motor. Pasaron junto al Pentágono y avanzaron hacia el sur por la autopista Shirley.

—La gente que habla de coches blindados no tiene ni idea de lo que está diciendo. Aquí hay más de un centímetro de Lexan —dijo mientras golpeaba la ventanilla—. Es un material magnífico. Lo para prácticamente todo. Aunque, claro, si usan C-4 no hay nada que resista.

Desde fuera, el coche parecía normal, pero por dentro re-

A toda prisa. Comedia. 114 minutos, 1987. Calista Bates y Dave Goldman. Un grupo de estudiantes de Harvard descubre la manera de ganar una fortuna en la bolsa. El plan causa un gran revuelo en la universidad.

«Calista Bates es una magnífica actriz cómica. ¡Cuatro estrellas!» *New York Times*.

«Nos dislocamos la mandíbula de tanto reírnos.» Siskel y Ebert.

Blockbuster recomienda: *Si le gusta esta película no se pierda* Un pez llamado Wanda. *La encontrará en todas nuestras tiendas*.

El segundo vídeo era una película de ciencia ficción:

Flautista. Ciencia ficción. 127 minutos, 1986. El flautista de Hamelín en versión contemporánea. Calista Bates fue propuesta al Oscar a la mejor actriz por su interpretación en el papel de «Penny», una mendiga cuya armónica de *blues* salva al pueblo de una plaga de ratas que transmiten un virus mortal.

«Sensacional.» *New York Daily News*.

«Aterradora.» *Premiere*.

«Calista está irresistible. ¡Tú también querrás seguirla!» *Rolling Stone*.

Lassiter se acordaba de cuando se estrenó la película. Aunque quiso verla, nunca llegó a hacerlo. Recordaba haber visto la ceremonia de entrega de los Oscar con... ¿Quién era? ¡Gillian! Pensó en Gillian, en los hoyuelos que se le formaban al sonreír, en sus pechos blancos como la leche. ¿Qué sería de ella?

La ceremonia de los Oscar siempre resultaba tediosa e interminable, pero Gillian había insistido en verla y Lassiter había tenido que soportar una noche llena de chistes malos, numeritos aburridos y extravagantes espectáculos musicales. Y, para colmo, Gillian se había resistido a sus esfuerzos por seducirla. No se había movido del sofá más que para aplaudir. Cuando, por fin, anunciaron el Oscar a la mejor actriz, la cámara siguió a la ganadora hasta el estrado y después enfocó a Calista Bates sentada en su butaca. Gillian no comprendía cómo no le habían dado el Oscar a Calista y se puso a aplaudir cuando la actriz se sacó la armónica del bolsillo y tocó una melodía mientras la cámara la enfocaba. La verdad es que todo el mundo aplaudió el gesto; incluso Lassiter. Con su mirada intensa y traviesa, Calista parecía estar recordándole al mundo que «Penny» sabía perfectamente qué hacer cuando la desposeían de algo que le pertenecía con toda justicia.

Lassiter casi no se acordaba del año 1986. Era el año en que había abierto la empresa. Se pasaba el día contratando a gente y aumentando el espacio de la oficina. Se acordaba de que trabajaba dieciséis horas al día y se acordaba de Gillian, pero el resto del año parecía haberse disuelto en su memoria.

Buck llamó a una pizzería de los alrededores que decía tener un horno de leña y pidió una pizza grande para cenar.

—Dígale al repartidor que llame por teléfono desde recepción. Ya bajaré yo a recogerla.

Después Buck llamó a Pico y a Chaz: el resto del «equipo». Estaban echándole un vistazo a la casa de Lassiter. Tras un breve intercambio de palabras, Buck soltó una carcajada sorprendentemente aguda.

—No —dijo—. No. Bueno, te llamo mañana por la mañana. —Colgó el teléfono y se volvió hacia Lassiter.

—¿Vive en el campo?

Lassiter movió la cabeza.

—Yo no llamaría campo a McLean.

—Es que Pico ha visto un ciervo. Por lo visto, le ha dado un susto de muerte. —Se rió—. ¿Sabe lo que me ha preguntado?

Lassiter movió la cabeza.

—Me ha preguntado si mordían.

Vieron la película *A toda prisa* mientras cenaban. La cerveza estaba fría y la pizza era bastante mejor de lo que Lassiter se esperaba.

Además, la película era graciosa. De hecho, era muy graciosa, aunque también era muy arriesgada. Con un director menos hábil y otro reparto de actores, sin duda habría sido un desastre.

Sobre todo, era Calista la que mantenía la cohesión de la película. Realmente era una actriz cómica con un sentido genial de la oportunidad. Y, además, sabía sacarle todo su jugo a un papel que se burlaba de los clichés. En vez de una rubia tonta, Calista era una rubia maquiavélica que sabía cuándo le convenía hacerse la tonta.

Buck se sabía la película de memoria y, cada vez que iba a

ocurrir algo especial, avisaba a Lassiter dándole pequeños codazos.

—Aquí es cuando van a las torres gemelas. ¡Mire a la niña del fondo! —Y se tronchaba de risa.

Hacia la mitad de la película, Buck le dio un golpecito en el brazo para avisarle que llegaba uno de esos momentos.

—Mire, mire. No se puede perder esto.

Calista estaba en un entierro, vestida con un traje oscuro y un pequeño sombrero del que caía un velo de encaje negro. Su cómplice estaba tumbado en el ataúd, rodeado de coronas de flores, haciéndose el muerto. Calista se acercó lentamente al ataúd, se arrodilló a su lado y comenzó a rezar. O, al menos, eso es lo que parecía. Cuando la cámara se acercó a ella, se vio que, de hecho, estaba discutiendo con el cadáver.

«Dame la llave», exigía ella.

«¡No puedo! Me verían moverme.

«Pues dime en qué bolsillo está. La cogeré yo misma.

«Sí, claro. Para que me dejes aquí tirado. No pienso hacerlo.»

Calista empezó a registrar los bolsillos del muerto ante la sorpresa general de los asistentes.

«Walter, te lo juro: como no me des la llave te mato.»

«No puedes matarme —dijo el cadáver incorporándose sobre un codo—. Ya estoy muerto.»

Entonces, uno de los asistentes al entierro se desmayó, Calista cogió la llave y...

—¡Un momento! —exclamó Lassiter. Cogió el mando a distancia, paró el vídeo y lo rebobinó.

—Pero, ¡hombre! —se quejó Buck—. ¿Qué hace? Si ahora viene lo más divertido.

Lassiter levantó un brazo pidiendo silencio. Al recordar que el interés de Lassiter por Calista Bates era de índole profesional, Buck obedeció.

—Voy al baño —dijo con expresión dolorida—. Después saldré un momento a buscar hielo.

Lassiter asintió distraídamente mientras rebobinaba la película hasta la escena en la que la cámara se acercaba al rostro de Calista, oculto tras el velo. Apretó la tecla de pausa, y el primer plano tembló en la pantalla.

No había ninguna duda: esa mujer había estado en el funeral de Kathy.

Calista Bates.

Mientras contemplaba la imagen temblorosa en la televisión, Lassiter recordó el funeral como si se tratara de una película.

La madera pulida de los ataúdes de Kathy y de Brandon descansando en la profundidad de los hoyos rectangulares. Varias rosas blancas depositadas cuidadosamente sobre los ataúdes. La última rosa, que cae a cámara lenta y rebota suavemente sobre uno de los ataúdes.

Un hombre, el propio Lassiter, espera de pie a que los asistentes le den el pésame. La primera en acercarse es una desconocida, una mujer rubia muy atractiva vestida de negro que lleva un sombrero del que cae un fino velo.

Lassiter despertó de su ensueño y miró la imagen en la televisión. Luego cerró los ojos para intentar capturar el recuerdo.

El hombre de la película no sabe por qué, pero hay algo que le resulta familiar en la mujer que le está dando el pésame. Quizá sea una de las vecinas de Kathy, o la madre de alguno de los compañeros de colegio de Brandon. El niño que tiene cogida la mano de la mujer es más o menos de la misma edad que Brandon. Tiene el pelo oscuro y rizado y la tez mediterránea. Lassiter se inclina hacia la mujer y le pregunta: «¿La conozco?» Ella mueve la cabeza y dice: «Conocí a su hermana... en Europa...»

Lassiter tocó sin querer la tecla de pausa, y la cinta de vídeo volvió a ponerse en marcha. Calista se metió la llave en el bolsillo, se abrió camino entre los asistentes y...

El sonido estaba altísimo. Lassiter tenía la sensación de que alguien había subido el volumen dentro de su cabeza. Apagó el televisor e intentó pensar. Estaba seguro de que la mujer se había presentado durante el funeral, pero no conseguía recordar el nombre. No conseguía recordarlo ni aunque su vida dependiera de ello.

Se levantó, cogió una cerveza y volvió a sentarse en el sillón. Calista Bates, o Marie A. Williams, o como quiera que se llamara, estaba viva en noviembre. Y su hijo también. Pero ¿seguirían vivos? Y, de ser así, ¿dónde estarían?

Buck entró en la habitación con un cubo lleno de hielo.

—Gracias por esperar —dijo señalando hacia la pantalla oscura del televisor.

Se acabaron la pizza y la mayoría de las cervezas mientras

veían el resto de la película. Al principio, Lassiter se concentró en los rasgos de Calista, intentando recordar su nombre, pero al final acabó olvidándose de todo y se metió de lleno en la película, riéndose y esperando cada nuevo codazo de Buck.

Cuando acabó la película, Lassiter se duchó mientras Buck hacía unas llamadas telefónicas. Después vieron las noticias y unos minutos de un partido de baloncesto; los Knicks de Nueva York le estaban dando una soberana paliza a los Bullets de Washington. Finalmente Buck se levantó.

—Bueno —dijo—. Me voy a dormir. Pero estaré aquí al lado, así que..., si necesita algo..., ya sabe.

Woody solía usar la misma expresión. Al pensar en Woody, Lassiter se acordó de algo, o casi se acordó de algo. Fuera lo que fuese, no lograba acordarse del todo. Y había algo más, algo relacionado con Marie A. Williams. Y, entonces, por fin cayó en ello.

¿Y si había sido Grimaldi quien había solicitado la otra consulta del historial financiero de Marie A. Williams?

Lassiter se levantó y cogió su maletín. Sacó el historial de Marie A. Williams y miró la última página.

«*Consultas*: 19-10-95. Allied National Products (Chicago).»

Chicago. Ése era el territorio de Sin Nombre.

De no ser por la llamada de teléfono que Grimaldi había hecho al hotel Embassy Suites de Chicago, donde tenía una habitación a nombre de Juan Gutiérrez, Lassiter nunca habría descubierto la verdadera identidad del italiano. Volvió a mirar la fecha de la consulta. Se había hecho una semana antes de las muertes de Kathy y Brandon.

Pero eso no probaba que Grimaldi fuera el responsable. Lassiter también había hecho sus propias indagaciones a través de la empresa de información de Florida. De todas formas, si alguien quisiera encontrar a Marie A. Williams y sólo tuviera su vieja dirección, consultar su historial financiero sería uno de los pasos lógicos. Con un poco de suerte, incluso podría conseguir su nueva dirección o, al menos, los números de sus tarjetas de crédito. Alguien como Grimaldi podría seguir fácilmente una pista con los recibos de una tarjeta de crédito. A no ser que la mujer estuviera huyendo. Y Marie Williams estaba huyendo. Y por eso se había deshecho de sus tarjetas. Algo que, probablemente, le había salvado la vida.

Pico, el conductor, era un apuesto cubano que hablaba poco. Por la mañana los llevó a Lassiter Associates en un tiempo récord, deslizándose por las abarrotadas y heladas calles del centro con la misma agilidad que Michael Jordan por una cancha de baloncesto.

Mientras Buck esperaba sentado fuera del despacho, sonrojando a Victoria con su presencia, Lassiter llamó al departamento de investigación y le pidió a uno de sus empleados que hiciera una consulta del historial financiero de Kathleen Anne Lassiter, con domicilio en el 132 de Keswick Lane, Burke.

Su empleado vaciló unos instantes. Después dijo:

—Pero ¿no es...?

—Sí —lo interrumpió Lassiter.

—Está bien. Ahora mismo me pongo a hacerlo.

Después, Lassiter llamó a Woody.

Al despertarse en el hotel se había acordado de Woody, o, mejor dicho, de uno de sus hermanos: Andy o Gus u Oliver.

Cuando Joe Lassiter y Nick Woodburn iban juntos al colegio St. Alban's, la familia de Woody era famosa. Pero no lo era por razones políticas, como la familia de Lassiter, sino por su tamaño, por su gran tamaño.

Eran once hermanos, siete varones y cuatro mujeres, algo que resultaba tan extraordinario en los círculos de Washington en los que se movían, que los chicos del colegio se inventaron una especie de cancioncilla que perseguía a Woody y a sus hermanos dondequiera que fueran: «Tienen once hijos y ni siquiera son católicos, ni siquiera son católicos, ni siquiera son católicos.»

A los amigos de Woody les gustaba especular sobre las razones por las que la señora Woodburn estaba siempre embarazada. También tenían la costumbre de calcular el coste de los gastos familiares en enseñanza cada vez que un nuevo retoño Woodburn entraba en uno de los caros colegios privados de Washington. Lassiter se pasó la mitad de su infancia en la casa que los Woodburn tenían en Georgetown, donde, entre amigos y primos, había suficientes niños para jugar a policías y ladrones a escala monumental.

No tardó en localizar a Woody en el Departamento de Estado.

—Ahora no puedo hablar —dijo Woody—. Estoy en una reunión.

—No quiero hablar contigo —replicó Lassiter—, sino con uno de tus hermanos.

—En otras circunstancias me encantaría intentar adivinar cuál de ellos, pero ahora estoy demasiado ocupado.

—El que trabaja en esa revista sensacionalista.

—¿Con Gus? Habría sido el último en que hubiera pensado. Apunta su número.

Resultó mucho más difícil encontrar a Augustus Woodburn, editor jefe de la revista *National Enquirer*, que a su hermano en el Departamento de Estado. Finalmente Lassiter se tuvo que conformar con la promesa de una secretaria de que le diría a «A. W.» que había llamado.

A Gus siempre le había fascinado el periodismo. Primero dirigió el periódico del colegio St. Alban's, el *Bulldog*. Después trabajó como becario en el *Washington Post* y dirigió el periódico de la Universidad de Yale hasta su último año de carrera, cuando lo dejó todo para casarse con una esquiadora acuática profesional. Se mudó a Florida, donde su mujer trabajaba en un parque acuático, y encontró trabajo en el *Enquirer*.

En cualquier otra familia, Gus habría sido la oveja negra. Pero el clan de los Woodburn era tan numeroso que a los padres no les quedaba más remedio que mostrar cierta indulgencia. Además, como decía Woody: «Es increíble la cantidad de gente que conoce a ese chico.»

En el hotel, Lassiter había visto la cara de Gus en la televisión mientras cambiaba de un canal a otro. Estaba en una de esas tertulias en las que todo el mundo parece hablar a gritos. Lassiter hubiera cambiando inmediatamente de canal, pero dio la casualidad de que en ese momento estaban presentando a «Augustus Woodburn, editor jefe del *National Enquirer*». La tertulia trataba sobre la ética en los medios de comunicación.

Era evidente que a alguien se le había ocurrido la brillante idea de invitar a Gus al programa para que sirviera de blanco de tiro para los virtuosos hombres y mujeres que representaban a la revista *Harpers*, al *Washington Post*, al *New York Times* y a la cadena pública de radio *NPR*. Pero era Gus —un joven apuesto de treinta y tantos años, con su mandíbula griega y sus penetrantes ojos azules— el que les estaba dando un repaso a los «señoritos». Se habían burlado del «sórdido periodismo de las revistas sensacionalistas», y él había contraatacado sin piedad contra los medios de comunicación que representaban la ortodoxia del país.

Con una mezcla de indignación contenida y sangre fría, Gus recordó a sus colegas que el *Enquirer* se sostenía gracias a las miles de personas que compraban la publicación, sin tener que recurrir a incluir publicidad de sustancias dañinas como el tabaco y el alcohol. Y, en cuanto al contenido, era verdad que el *Enquirer* nunca había ganado un premio Pullitzer, pero tampoco había que olvidar que el premio había perdido gran parte de su reputación como consecuencia del escándalo de Janet Cook. Hablando de ética periodística, después de nombrar a los asistentes y a sus principales benefactores, Gus puso en duda la capacidad de los asistentes para informar objetivamente sobre cuestiones como las licencias de armas o la salud pública. ¿Cómo era posible ser objetivo cuando el periodista que escribía el artículo había recibido treinta mil dólares por dar una conferencia auspiciada por la Asociación Nacional de Rifles o la Asociación Médica Americana?

—En el *Enquirer* no damos conferencias —dijo Gus—. De hecho, ni siquiera las cubrimos.

Cuando acabó el programa, el público se puso en pie para aplaudir a Gus.

Gus le devolvió la llamada a las dos de la tarde. Lassiter empezó a explicarle quién era, pero Gus lo interrumpió.

—Me acuerdo perfectamente de ti. Elizabeth Goode me dejó para salir contigo cuando yo tenía dieciséis años y tú diecisiete.

—Lo siento.

—Ya se me ha pasado —le aseguró Gus. Después fue directamente al grano—. Por más vueltas que le doy, no consigo imaginarme qué puedes querer de mí.

Lassiter le dijo que esperaba poder contar con su discreción.

Gus se rió.

—Me dicen exactamente lo mismo por lo menos diez veces al día. Y yo siempre contesto lo mismo: sí, puedes contar con mi discreción; por el honor de los Bulldogs del colegio.

—Se trata de Calista Bates.

—Mi estrella de cine favorita. ¿De qué se trata?

—La estoy buscando.

—Tú y medio mundo. Nos llegan más rumores sobre el paradero de Calista que sobre ningún otro famoso; excepto Elvis, claro. Aunque yo personalmente espero por su bien que siga dondequiera que esté. Si volviera llenaría las primeras páginas durante una semana, pero luego solo sería otra actriz más que busca trabajo.

Lassiter le explicó por encima por qué estaba interesado en la actriz. Le explicó que era un asunto personal y que no podía decirle mucho más, pero que agradecería cualquier pista sobre el paradero de Calista, incluso aunque no pareciera demasiado fiable.

—Me halagas. Un investigador de tu prestigio pidiéndome ayuda a mí. —Gus suspiró—. Pero me temo que no voy a poder ayudarte. Realmente, no se sabe nada de ella desde que se marchó de Minneapolis. Recibimos constantes llamadas de personas que dicen que la han visto, pero ya sabes cómo es eso. Realmente perdimos el rastro hace... ¿Cuánto tiempo hace ya? ¿Seis años?

—Bueno, si por lo que fuera oyeras algo...

—Quién sabe. Aunque... Tenemos un periodista que se ha forjado su reputación a base de informar sobre Calista.

—¿Finley?

—Sí, Finley. ¿Ya has hablado con él?

—Yo no, uno de mis investigadores.

—Pues espero que fuera discreto, porque Finley es un perro de presa. Ya sé lo que vamos a hacer. Le diré a alguien que le eche un vistazo al archivo, que repase las llamadas que hayamos recibido últimamente sobre Calista. De hecho, les diré a los chicos que preparen un artículo sobre el posible paradero de Calista. Hasta puedo poner a Finley a cargo de todo. Así, al menos estará ocupado. Y, qué demonios, lo más probable es que acabemos publicándolo. En cualquier caso, te llamaré con lo que averigüemos.

—Gracias. Te debo una —dijo Lassiter.

—Dos. No te olvides de Elizabeth Goode.

Lassiter recibió el sobre con el historial financiero de su hermana que había solicitado esa misma tarde. El documento tenía seis páginas, pero Lassiter fue directamente a la última página. Allí estaba el dato que buscaba: «19-10-95: Allied National Products.»

Estaba claro. La misma empresa de Chicago había solicitado el historial financiero de Marie A. Williams y de Kathy. Y, además, lo había hecho el mismo día. Tenía que ser Grimaldi.

Dio unos golpecitos en el escritorio. «¿Y ahora qué?» Al cabo de unos segundos volvió a llamar por la línea interna al departamento de investigación.

—Quiero la partida de nacimiento de una mujer llamada Marie A. Williams —le dijo a uno de sus empleados—. Nació el 8 de marzo de 1962 en el estado de Maine, aunque no sé dónde exactamente. Lo mejor será hablar con alguien del gobierno local del estado de Maine. Que nos manden por fax toda la información que tengan.

Una información que, en el peor de los casos, incluiría los nombres y lugares de nacimiento de sus padres. Y, aunque Calista no hubiera vuelto a casa, quizás estuviera en contacto con sus padres. ¡Qué demonios! Al menos era una posibilidad.

Aparte de eso, no podía hacer mucho más. Tenía a Gary Stoykavich husmeando por Minneapolis, tenía a Gus Woodburn buscando pistas en los archivos de la revista *National Enquirer* y tenía a alguien buscando la partida de nacimiento en Maine. Por otro lado, Deva Collins estaba redactando un informe sobre las publicaciones teológicas de Baresi y, si no se había olvidado, también debería estar buscando a alguien que le pudiera explicar en qué consistían los trabajos científicos de Baresi.

Mientras pensaba en ello, uno de lo chicos del departamento de investigación lo llamó por la línea interna.

—Acaba de llegar un montón de material de Katz y Djamma.

—¿Y eso qué demonios es?

—Es la agencia de relaciones públicas que representaba a Calista Bates.

—Qué amables —comentó Lassiter.

—No lo hacen por amor al arte. El hombre con el que hablé me dijo que si la encontrábamos podíamos conseguir un montón de dinero. Parece ser que los estudios de cine Tristar quieren que protagonice una película sobre la vida de Greta Garbo. Nicky Katz dice que les puede sacar un contrato con siete ceros. Así que tuve que prometerles que les avisaríamos si encontrábamos alguna pista.

Lassiter pasó el resto del día entre reuniones con empleados y consultas con los abogados que estaban trabajando en el contrato de la venta de la empresa. Dondequiera que fuera, Buck siempre estaba dos pasos detrás de él, mirando a su alrededor como si estuviera en un callejón de Harlem. Que su presencia incomodaba a la gente resultaba evidente, pero, aun así, Lassiter no intentó explicarla. De hecho, obtenía un placer casi perverso viendo las reacciones de la gente ante la presencia del extraño personaje.

Deva Collins se presentó en su despacho a las seis de la tarde y, con una pequeña inclinación y una floritura de los brazos, dejó una carpeta encima de su escritorio. Lassiter estaba agotado.

—¡Aquí lo tiene! —anunció.

—¿El qué?

Deva no pudo ocultar el desencanto que se había apoderado de ella.

—Mi informe.

—¿Qué informe?

Deva se sonrojó.

—El informe sobre las aportaciones de Ignazio Baresi en el campo de los estudios teológicos.

—Claro, es verdad —dijo Lassiter al tiempo que se frotaba los ojos—. ¡Lo ha hecho muy rápido! —comentó intentando transmitir entusiasmo. Pero, realmente, lo único que quería era irse a casa, tomarse una copa y ver películas de Calista Bates con su amigo Buck.

El informe ocupaba cinco o seis páginas. Lassiter le dio las gracias a Deva Collins. Al salir, ella se despidió con un pequeño movimiento de la mano.

Realmente, desde que había visto la película de Calista Bates, su interés por resolver el caso, cuya clave parecía residir en la persona de Baresi, había menguado considerablemente. Ahora lo que realmente le importaba era encontrar a Calista Bates y a su hijo, vivos o muertos. Ya tendría tiempo después para buscar a Grimaldi y averiguar el porqué de los asesinatos.

De todas formas, Deva Collins había trabajado muy duro en el informe y lo más probable era que al día siguiente le preguntara si le había gustado. Así que Lassiter apoyó la mano en la barbilla y empezó a leer.

Ignazio Baresi (1927-1995).
Aportaciones en el campo de los estudios bíblicos.
Informe preparado por C. Deva Collins.

Datos biográficos y lista de publicaciones.

Lassiter leyó la primera parte por encima. Baresi había empezado a estudiar filosofía y religiones comparadas en la Sorbona a los treinta y siete años. Un año después había cambiado la Sorbona por la Universidad de Munster, en Alemania. En 1980, tras un curso como profesor invitado en la Escuela de Teología de Harvard, Baresi se había retirado repentinamente y había vuelto a Italia. A pesar de la brevedad de su carrera... Bla, bla, bla... Baresi todavía era una figura reconocida... Bla, bla, bla...

A continuación, el informe incluía una lista cronológica de los artículos de Baresi. Lassiter leyó algunos de los títulos: «La esencia humana de Cristo: ¿Doctrina o dictamen?» (1974). «Adoración de diosas y de la Virgen María» (1977). Y su único libro: *Reliquia, tótem y divinidad* (1980).

Estudios bíblicos y cristología.

Bajo este epígrafe, Deva describía la naturaleza de una disciplina que, en sus propias palabras: «Llevaba ciento cincuenta años enfocada en la búsqueda del personaje histórico de Cristo.» Básicamente, era un intento racionalista de despojar a la figura de Cristo del mito, las habladurías y la doctrina creada a partir del «momento de la salvación» y de descifrar qué partes de los evangelios eran «reales y verificables». Aun así, y a pesar de la utilización de métodos cada vez más sofisticados, la respuesta a la pregunta ¿qué se puede saber con certeza sobre la vida y la muerte de Cristo? era casi nada.

El trabajo de Baresi.

La tesis doctoral de Baresi giraba en torno a la influencia de eventos externos en la doctrina de la Iglesia. Baresi señalaba que la insistencia doctrinal sobre la naturaleza humana y carnal de Cristo no procedía directamente de los evangelios, sino que se había originado por oposición a un sector del cristianismo temprano que mantenía que Cristo era enteramente divino. En los evangelios había escasas referencias al nacimiento de Cristo, prácticamente no se mencionaba a la Virgen María y se hacía poco énfasis en el sufrimiento de Cristo en el Calvario. La insistencia doctrinal en que Cristo nació como un hombre, murió como un hombre y sufrió como un hombre también se podía observar en la evolución del arte religioso. Realmente no existía tal cosa como un arte cristiano temprano, puesto que los primeros cristianos pertenecían a la tradición semítica, que prohibía las imágenes. Pero, en cuanto esta tendencia desapareció, las interpretaciones de la imagen de Cristo evolucionaron rápidamente desde los jóvenes «solares», imágenes de un Cristo luminoso, feliz y rodeado de resplandor del siglo IV, hasta las imágenes del Cristo sufriente, clavado en la cruz y sangrando por sus heridas, del siglo VII.

Según Deva, aunque este trabajo podía situarse dentro de la tradición de los estudios bíblicos, a partir de ahí el pensamiento de Baresi daba un giro radical.

Reliquia, tótem y divinidad.

En su único libro, Baresi analizaba la evolución del culto cristiano a los mártires y los santos, del que se derivó directamente la creencia popular en el poder de las reliquias, y cómo este fenómeno tenía sus raíces casi con toda seguridad en antiguas creencias totémicas y animistas.

Los tótems y los fetiches se diferencian de las reliquias en que los primeros son simbólicos, mientras que las reliquias son los restos materiales de personas sagradas u objetos santificados gracias al contacto con el «cuerpo de Cristo».

Los tótems y los fetiches suelen estar relacionados con animales y su misión es honrar la fuerza del animal y transferirla a la tribu o al individuo. En opinión de Baresi, las antiguas pinturas rupestres eran totémicas, pues honraban a los animales y de alguna manera capturaban su fuerza.

Baresi relacionaba las creencias totémicas y la fe en las reliquias con ritos muy primitivos, como, por ejemplo, la ingestión de la sangre de un león como método para absorber la fuerza del animal. El ritual caníbal también consistía en tragar la sangre y los órganos del enemigo derrotado para absorber su fuerza y conquistar su espíritu. Baresi indagaba sobre el poder totémico de los objetos rituales de muchas religiones y analizaba la transferencia de ese poder en algunas culturas desde los objetos hasta los conceptos abstractos: palabras, conjuros y, sobre todo, letras y números en el judaísmo y el islam.

La segunda parte del libro de Baresi se concentraba en el

papel de las reliquias dentro del cristianismo. La creencia en el poder mágico de las reliquias cristianas para exorcizar demonios y curar enfermedades ya estaba profundamente arraigada en el siglo IV. Y no era de extrañar que la popularidad de las reliquias creciera con el paso de los siglos, pues se trataba de una representación de poder fácilmente asimilable por el vulgo. En el siglo IX ya existía una red especializada de comercio, con base en Roma, que vendía reliquias sagradas por toda Europa. En la Edad Media casi todas las iglesias, por pequeñas que fueran, custodiaban en elaborados relicarios un fragmento de hueso, una uña o un diente de algún santo o mártir. La búsqueda de reliquias estaba tan extendida y la fe en sus poderes era tan fuerte que surgieron buscadores que acechaban a posibles santos y mártires, sobre todo si estaban enfermos, y que hervían sus cuerpos al morir para llevarse todos los huesos.

Las reliquias más poderosas eran las relacionadas con la Virgen María y con Jesucristo. El prepucio de Cristo estaba repartido entre los lujosos relicarios de media docena de iglesias. Y lo mismo ocurría con su pelo, su cordón umbilical, sus dientes de leche, sus uñas y hasta su sangre y sus lágrimas. El cabello de la Virgen María se podía encontrar en multitud de iglesias, al igual que frascos con la leche de su pecho; hasta había piedras blanqueadas por el contacto con la leche virginal. En cuanto a las reliquias de la pasión, había innumerables clavos, espinas de la corona de Cristo, incluso la corona entera, tres lanzas distintas con las que Cristo había sido herido en el costado y varios trozos de tela impregnados con su sudor, además del famoso sudario de Turín. Había fragmentos de la lápida de mármol de la tumba de Cristo, telas, sandalias y cualquier objeto imaginable que pudiera haber estado enterrado con él. Eso sí, no había ni huesos ni dientes, pues todo su cuerpo había ascendido a los cielos.

Baresi mencionaba algunos de los milagros atribuidos a varias reliquias. Aunque existían claros ejemplos fraudulentos —como demostraba el hecho de que hubiera suficientes fragmentos de madera de la cruz como para construir, no una, sino multitud de casas—, la creencia en el poder de las reliquias era tan primitiva y básica que la idea de que no existieran reliquias verdaderas de Cristo era un desafío al sentido común. Baresi argumentaba que, si la gente moderna era capaz de creer en algo tan inmaterial como que una aparición de la Virgen podía dar a conocer el emplazamiento de una fuente de aguas milagrosas, entonces resultaba absurdo pensar que ninguno de los numerosos seguidores de Cristo hubiera preservado reliquias auténticas de alguien que, después de todo, era un dios viviente.

Para finalizar, Baresi argumentaba que el ritual de la eucaristía, donde el vino y la hostia se transforman en la sangre y el cuerpo de Cristo, era una práctica basada en las primitivas creencias animistas del poder de las reliquias. La transubstanciación no era más que una transformación espiritual de la reliquia simbólica, el vino, en la reliquia auténtica, la sangre.

(Nota: He obtenido la mayoría de la información de una tesis doctoral, escrita en 1989, por una estudiante de la Universidad de Georgetown. Se llama Marcia A. Ingersoll. Si desea más información, tengo su dirección. Deva.)

CAPÍTULO 33

Durante la semana siguiente, Lassiter apenas progresó nada.

El investigador que habían contratado en Maine informó que no había nacido nadie con el nombre de Marie A. Williams en ese estado el 8 de marzo de 1962.

—Puede que se cambiara el nombre —sugirió el investigador por teléfono—. De ser así, no podemos hacer nada. Los cambios de nombre no aparecen en el registro, y no puedo buscar a todas las niñas nacidas en Maine el 8 de marzo del 62. Lo que sí he hecho es buscar a Mary Williams, por si el nombre propio estaba mal escrito.

—¿Y qué ha encontrado?

—Aparecieron diecisiete desde 1950, y cuatro de ellas tienen un segundo nombre que empieza por A. Pero no se emocione demasiado: ninguna de ellas es la que buscamos. Los cumpleaños no coinciden. La edad no coincide. No coincide nada.

No había nada más que hablar. En cuanto a Gus Woodburn y Gary Stoykavich, no había nuevas noticias. La única información nueva le había llegado de manos de un joven empleado del departamento de investigación: una caja llena de información sobre Calista Bates, que incluía una selección del material recibido de la agencia Katz y Djamma. Era una recopilación caótica de artículos de Internet, recortes de revistas y periódicos, vídeos, fotos y guiones. Además, incluía el testimonio de Calista en el juicio contra su agresor y las entrevistas que había concedido a las revistas *Rolling Stone* y *Premiere* y a un programa de televisión.

El empleado de Lassiter se disculpó.

—Hemos intentado organizarlo de varias maneras, pero como no sabemos lo que está buscando exactamente... —Se encogió de hombros y añadió—: Al final lo hemos puesto todo por orden cronológico.

—Está bien —contestó Lassiter—. Yo tampoco sé lo que estoy buscando. No lo sabré hasta que lo encuentre. Así que supongo que tendré que leerlo todo.

Y eso hizo. Lo leyó todo. Desde reseñas de la revista *Cinéma Aujourd'hui* hasta los increíbles reportajes publicados por las revistas sensacionalistas sobre sus aventuras amorosas. Se enteró de cuánto dinero había ganado con cada una de sus películas, cuál era su flor favorita, cuál era su organización humanitaria preferida y lo que opinaba sobre la comida orgánica: era partidaria de ella. Se enteró de todos los sitios donde supuestamente había sido vista después de su desaparición: en una discoteca de Nueva Jersey, en un fumadero de opio de Chiang Mai y además en todos los sitios que uno pudiera imaginar. «Está en una clínica suiza, muriéndose de una enfermedad degenerativa que desfigura el cuerpo.» «Ejerce la prostitución en un antro de mala muerte en Calcuta.» Resumiendo, aunque todavía le quedaba mucho por leer, tenía la sensación de saberlo todo sobre Calista Bates, menos dónde había nacido, dónde vivía y cómo se hacía llamar actualmente.

Por las noches veía vídeos de sus películas. Los vio todos, tumbado en el salón de su casa con Buck y Pico. Salir a correr resultaba imposible, ya que las calles estaban enterradas bajo una gruesa capa de nieve y hielo, así que se dedicaba a hacer abdominales con sus niñeras.

Calista era un verdadero camaleón cinematográfico. Probablemente por eso había conseguido desaparecer con tanta facilidad. Por muy distintos que fueran los personajes que interpretaba en cada película, por muy distinta que fuera su edad o su forma de vestir, Calista siempre conseguía que resultaran creíbles.

A lo mejor era eso lo que hacía de ella una gran actriz; aunque puede que no. La realidad era que, como en tantos otros casos, Calista Bates no se había convertido en una auténtica estrella hasta que desapareció: otra brillante carrera desaprovechada por una muerte prematura.

O por una desaparición prematura.

Sus interpretaciones tenían una gran autoridad que quedaba patente al acabar la película. No se notaba que estaba actuando. Nunca se tenía la sensación de estar viendo una representación. Y no era solamente su belleza lo que enganchaba al espectador. Por el contrario, su atractivo físico a menudo quedaba oscurecido por los papeles que elegía: la juglar punki en *Flautista*, la ama de casa tontita en *Lila de día* o la científica estrecha en *Lluvia de meteoritos*.

Lassiter se acordó de que tenía que llamar a un científico llamado David Torgoff. Según Deva, Torgoff ya había colaborado con ellos en una ocasión como testigo experto en un caso cuyo desenlace dependía de las pruebas periciales del ADN. Era un profesor de microbiología del Instituto Tecnológico de Massachusetts conocido por su lenguaje simple, o, lo que es lo mismo, una contradicción viviente. Como tal, parecía la persona indicada para guiar a Lassiter a través de la niebla polisilábica de las investigaciones genéticas de Baresi. Las palabras clave en este caso eran «lenguaje claro».

Lassiter buscó el número de teléfono de Torgoff por el escritorio. Justo cuando acababa de encontrarlo, Victoria lo llamó por el intercomunicador.

—Lo llama un tal señor Coppi, de Roma.

Lassiter dudó un momento. ¿Quién podría ser? Por fin dijo:

—Pásemelo.

—¿Señor Lassiter? ¿Señor Joseph Lassiter? —preguntó una voz con acento italiano.

—Sí, soy yo.

—Perdone, pero... tengo que estar seguro de que estoy hablando con la persona correcta. ¿Es usted el señor Joseph Lassiter que estuvo hospedado recientemente en la pensión Aquila de Montecastello di Peglia?

Siguió un largo silencio, mientras Lassiter iba acumulando adrenalina.

—¿Quién habla? —inquirió.

—Discúlpeme, señor Lassiter. Me llamo Marcello Coppi. Soy un letrado de Perugia.

—Ah —dijo Lassiter intentando mantener un tono de voz neutro.

—Sí. Bueno... Me ha dado su teléfono un amigo mío que es *carabiniero*.

—Sí, sí. ¿De qué se trata?

—Me temo que tengo malas noticias.

—Señor Coppi... Por favor.

El italiano se aclaró la garganta.

—Me temo que van a acusarlo de los asesinatos de... Un momento, por favor. Giulio Azetti y... Vincenzo Varese.

Lassiter se quedó sin respiración.

—Eso es una locura —replicó—. Si yo hubiera matado a Azetti, ¿por qué iba a decirle a nadie que iba a ir a verlo? Cuando lo encontré ya estaba muerto.

—No tengo ninguna duda acerca de su inocencia, señor Lassiter. No obstante, le recomendaría que no comentara los detalles de su defensa por teléfono. El propósito de mi llamada es tan sólo decirle que le conviene contratar un abogado que lo represente aquí, en Italia... Y ofrecerle mis servicios.

Lassiter respiró hondo.

—Señor Lassiter, le puedo garantizar que tengo muy buenas referencias. Si quiere ponerse en contacto con la Embajada de Estados Unidos, ellos le...

—¡Todo esto es ridículo! —lo interrumpió Lassiter.

—Sí. Tiene razón. No es normal. Normalmente, la fiscalía convocaría una entrevista en Washington, pero en este caso... Me han dicho que solicitarán su extradición en cuanto el fiscal presente oficialmente los cargos contra usted. Sí, realmente no es el procedimiento acostumbrado.

Lassiter reflexionó un momento. Después preguntó:

—¿Por qué cree que han decidido solicitar mi extradición?

—No lo sé. Tal vez exista algún tipo de presión.

—Sí, claro —repuso Lassiter—. Me imagino perfectamente de dónde puede venir. —Hizo una pausa—. Mire, éste no es el momento más indicado para que me extraditen a ninguna parte.

—Está usted bromeando, ¿verdad?

—Sí. Bueno, lo que quiero decir es que..., si usted me representara legalmente, ¿podría conseguir atrasar la solicitud de extradición?

—No sé —contestó Coppi—. Siempre existe la posibilidad, pero...

—Necesitaría una provisión de fondos. Es eso, ¿verdad?

—Pues... Sí, me temo que sí.

Se pusieron de acuerdo sobre la cantidad; Coppi prometió que lo mantendría informado y Lassiter, por su parte, dijo que encontraría un abogado para que lo representara en Estados Unidos. Después de intercambiar direcciones, Lassiter colgó el teléfono, se recostó en su asiento y exclamó:

—¡Joder!

Lo dijo una y otra vez, hasta que Victoria llamó a la puerta y asomó la cabeza.

—Señor Lassiter.

—Sí. Pase.

—Esto acaba de llegar. —Se acercó al escritorio y le entregó un sobre de Federal Express—. Viene del *National Enquirer*.

—¡Ah, sí! Muy bien. Gracias.

Mientras Lassiter abría el sobre, Victoria se dirigió hacia la puerta, pero, en el último momento, se detuvo.

Lassiter levantó la mirada.

—¿Sí?

—Es pura curiosidad.

—Dígame.

—Buck.

Lassiter suspiró.

—Todos sentimos curiosidad acerca de Buck. ¿A qué se refiere en concreto?

—Pues —dijo ella— quería saber... Bueno... ¿Sabe si está casado?

Lassiter hizo una mueca de sorpresa.

—La verdad, no lo sé —repuso—. Nunca se lo he preguntado. ¿Quiere que se lo pregunte?

—No —contestó Victoria sonrojándose—. No tiene importancia. —Se dio la vuelta y salió del despacho.

Lassiter apoyó la cabeza entre las manos. Italia. El problema no era ganar el juicio. Estaba seguro de poder hacerlo si el caso realmente llegaba a los tribunales. Pero nunca llegaría. Ése era realmente el problema. «Si me extraditan —pensó Lassiter—, moriría antes de que se celebrara el juicio.» De eso no había duda.

A no ser que él les ganara la partida.

Miró hacia arriba, se echó hacia atrás y jugueteó con los dedos sobre el escritorio. «¿Qué puedo hacer? Mantener la calma —se dijo a sí mismo—. A no ser que las cosas se pongan al rojo vivo. Entonces tendrás que ponerte a correr como un loco.»

El sobre que le había mandado Gus Woodburn contenía una nota y una foto de una mujer sonriendo mientras se arrodillaba para abrocharle la chaqueta a un niño pequeño. Estaban delante de un McDonald's, en algún sitio con montañas nevadas. Lassiter observó a la mujer y pensó: «Es ella. No hay duda, casi seguro que es ella.» No podía estar totalmente seguro. La mujer estaba de perfil y sólo se la veía de cintura para arriba. Además, la foto parecía un poco desenfocada. Evidentemente, era una ampliación de una fotografía tomada con una cámara barata. Sí, podía ser ella, o podía ser otra persona que se pareciese a ella.

De todas formas, tenía que ser ella, o su hermana, porque de lo que sí estaba seguro Lassiter era de que el niño que estaba delante de la mujer con un gorro en una mano y un Big Mac en la otra era su hijo. Tenía el pelo lleno de rizos oscuros y parecía mirar a la cámara desde el fondo de un pozo.

«Y éste es Jesse», había dicho ella en el funeral. Lassiter se acordaba perfectamente del niño. Tenía los ojos de color caoba, unos ojos sin fondo que miraban como si estuvieran muy lejos. Pero, además, ella también le había dicho su propio nombre. Allí, a pocos metros de la tumba de Kathy. Se había presentado. Se llamaba...

Nada. No conseguía acordarse.

Con un gesto de frustración, Lassiter cogió la nota que venía con la foto y leyó:

Joe:

Los chicos de la redacción creen que esta mujer es la auténtica Calista. Quién sabe. La foto nos llegó hace un año, pero no conseguimos encontrar la carta que venía con ella, así que no sabemos quién la hizo, ni dónde. Aun así, quizá te sirva para algo. (¡Parece ser que tiene un hijo! ¿Será un hijo del amor? ¿O un niño del terror? Llámame si averiguas algo.)

Gus

Lassiter guardaba una lupa en el cajón del escritorio. La sacó y estudió la foto detenidamente. Calista y Jesse estaban delante del McDonald's. A la izquierda había varios coches aparcados y a lo lejos se veían unas montañas.

Si el ángulo hubiera sido distinto, Lassiter habría podido ver las matrículas de los coches y eso le habría permitido saber dónde estaban. Pero el encuadre de la fotografía sólo permitía ver la parte de arriba de los coches.

De todas formas, había algo que sí podría ayudarlo. Mirando con la lupa, Lassiter observó que en una de las montañas había pistas de esquí. Cabía la posibilidad de que alguien reconociese el sitio. Llamó a Victoria por el intercomunicador y le pidió que entrara.

—Vamos a hacer un concurso en la oficina —le dijo mientras le entregaba la foto—. Un fin de semana para dos personas en Nueva York, con todos los gastos pagados, para quien me diga dónde fue tomada esta foto.

Victoria miró la foto entrecerrando los ojos.

—¿Y cómo podemos saberlo? —preguntó.

—Si supiera eso, no haría un concurso —replicó Lassiter—. Pero no dejes de mencionar que hay una estación de esquí al fondo. Tal vez alguien reconozca el trazado de las pistas.

—¿Qué pistas? —inquirió Victoria mirando la foto.

—Ahí al fondo —indicó Lassiter—. En la montaña que hay detrás del McDonald's.

—No se ve bien.

—Seguro que un esquiador reconoce las pistas.

—Yo esquío —dijo Victoria.

Lassiter puso cara de pocos amigos.

—Haz unas copias y distribúyelas por la oficina. Nunca se sabe.

Victoria se encogió de hombros.

—Sí, ahora mismo —dijo mientras salía.

Esa noche, Lassiter cenó comida china y bebió demasiadas cervezas Tsing-tao en su despacho. Vio *Lluvia de meteoritos* por tercera vez y se quedó dormido pensando en el problema de Italia. Desde luego, iba a necesitar un abogado. Mejor dicho, iba a necesitar otro abogado. Otro abogado más para añadir a la amplia nómina de abogados que ya trabajaban para él. Alguien que pudiera cubrir la vertiente americana del problema italiano. En resumidas cuentas, necesitaba un abogado criminalista. Lassiter pensó que tener más abogados que amigos no debía de ser una buena señal.

Por la mañana, de camino al trabajo, pararon en la tintorería para que Lassiter recogiera unas camisas y su chaqueta de cuero. Se quedó sorprendido al ver un sobre cogido con alfileres al bolsillo de la chaqueta. Era el sobre que contenía la carta que Baresi le había escrito al padre Azetti antes de morir. Lassiter lo había olvidado por completo. Le echó una ojeada rápida y se lo guardó en el bolsillo de la chaqueta.

Mientras el Buick avanzaba hacia el puente Key, Lassiter leyó el *Washington Post* sentado en el asiento de detrás. Pico y Buck estaban delante, hablando en voz baja. De repente, Buck se dio la vuelta.

—Tenemos un problema —anunció.

—No me digas.

—Estoy hablando en serio —dijo Buck—. Hay un coche que lleva siguiéndonos dos días.

Lassiter levantó la vista del periódico y miró hacia atrás. Había mil coches siguiéndolos.

—No veo nada raro —replicó—. Es la hora punta.

—Buck tiene razón —intervino Pico—. Anoche había un coche aparcado delante de la casa.

—Estuvo aparcado allí toda la noche —añadió Buck.

—Y, cuando paramos en la tintorería, el coche se detuvo en la gasolinera que había enfrente. Creo que nos siguen desde ayer por la mañana —concluyó Pico.

Lassiter dejó el periódico encima del asiento.

—¿Por qué no has llamado a la policía? —le preguntó a Buck.

Buck se encogió de hombros.

—¿Llamar a la policía? Pero ¡si es un coche de la policía!

—¿Qué?

—La matrícula —explicó Pico—. El ayuntamiento matriculó todos los nuevos coches de policía sin marcas a la vez, así que todas las matrículas son correlativas. Se los ve a la legua. Es como si llevaran un cencerro en el cuello.

Buck añadió los efectos de sonido:

—¡Tolón! ¡Tolón!

Pico se rió.

—¡Avon llama!

Lassiter respiró hondo, cerró los ojos y soltó el aire.

—¿Hay algo que no nos hayas dicho? —inquirió Buck.

Lassiter movió la cabeza de un lado a otro.

—Tengo un problema en Italia. Puede que tenga que ver con eso.

Cuando llegaron a la oficina, Pico aparcó el coche en el garaje subterráneo mientras Buck acompañaba a Lassiter hasta el piso noveno. Al abrirse las puertas del ascensor, Buck se pasó las dos manos por el pelo y dijo:

—Esa Victoria no está nada mal, ¿eh?

Al llegar a su despacho, Lassiter se acercó a la ventana y miró la calle. Había un Ford Taurus azul aparcado en prohibido. Lassiter no podía ver si había alguien dentro del coche, pero salía humo del tubo de escape. Apretó los dientes, corrió las cortinas y fue hacia su escritorio.

Le estaba esperando un paquete envuelto en papel de carnicería. Miró el remite: «Instituto de la Luz.» Abrió el paquete.

Dentro había un ejemplar de *Reliquia, tótem y divinidad*. No tenía tapas y varias de las páginas estaban dobladas en las esquinas, pero, aun así..., parecía interesante. El libro tenía varias fotos en blanco y negro, reproducciones de pinturas como «El mensajero de Abgar recibe el sudario con la imagen de Cristo», «La ciudad de Hierápolis», «María amamantando al Niño» y «La masacre de los inocentes».

Esta última, fechada hacia 1490 y atribuida a un «maestro germánico», formaba parte del «tríptico de Jerusalén». Según el texto, el cuadro hacía énfasis en el sadismo de los torturadores de Cristo al tiempo que ilustraba la boda metafísica de Jesucristo con santa Verónica.

Lassiter pasó las hojas del libro.

El primer capítulo trataba del origen del culto a las reliquias y los iconos. Se comparaba el judaísmo con la cultura griega, que Baresi caracterizaba como politeísta, sedentaria y de iconos. Algo con lo que quería decir que los griegos organizaban sus vidas alrededor de las ciudades-Estado y que su arte incluía representaciones de figuras humanas. Por otro lado, definía el judaísmo como un «monoteísmo lingüístico». Era una religión de nómadas, orientada hacia la palabra más que hacia la imagen. Veía el cristianismo como una secta del judaísmo, o una tendencia cismática de éste, que se fue volviendo progresivamente icónica con el paso de los siglos, hasta que, aproximadamente en el 325 d. J. C., empezaron a aparecer representaciones de Cristo.

El segundo capítulo, titulado «Sangre y gnosis», abordaba las actitudes culturales de los cristianos y los judíos hacia la naturaleza, especialmente hacia la menstruación, o «flujo femenino». Lassiter estaba leyéndolo cuando llamó Riordan.

—Tengo algo que contarte —dijo el detective.

Lassiter dejó el libro a un lado.

—¿Qué ha pasado? ¿Ha hablado la enfermera?

—No, la enfermera no habla, sólo reza. Un rosario tras otro.

—Entonces ¿qué ha pasado? ¿Habéis encontrado a Grimaldi?

—No. Pero creo que sé cómo consiguió escapar. No te va a gustar —afirmó Riordan.

—¿Por qué dices eso?

—Hemos conseguido un listado de las llamadas que se hicieron desde la casa de Emmitsburg durante los últimos seis meses. Pensé que eso podría darnos alguna pista sobre el paradero de Grimaldi.

—Parece lógico.

—Bueno, la cosa es que me puse a repasar la lista. Resulta que hay varios cientos de números y... ¿A qué no lo adivinas?

—¡Jimmy!

—Vamos, intenta adivinarlo.

—Se dedican a llamar a teléfonos eróticos.

Riordan lo negó con un ruido nasal que le recordó a Lassiter las señales que suenan en algunos concursos de televisión cuando alguien da la respuesta equivocada.

—No. Resulta que hay un montón de llamadas a una casa en Potomac. No te preocupes, no te voy a pedir que adivines de quién es la casa...

—Gracias.

—Porque nunca lo adivinarías. Resulta que la casa pertenece a un conocido tuyo y mío. Es la casa de Thomas Drabowsky.

Lassiter no lo podía creer. Permaneció unos segundos en silencio, frotándose los ojos con los dedos pulgar e índice. Por fin dijo:

—¿El jefazo del FBI?

—¡Exactamente!

—¿Me estás diciendo que Grimaldi estaba en contacto telefónico con Drabowsky?

—¡No! Estas llamadas son anteriores. De agosto, septiembre y octubre. De hecho, se acabaron más o menos cuando arrestamos a Grimaldi.

—Entonces... No lo entiendo.

—Casi todas las llamadas están hechas los fines de semana, o por la noche. Así que se me ocurrió que Drabowsky podía tener algún tipo de negocio entre manos con la gente de Emmitsburg. ¿Me sigues?

—La verdad es que no.

—Bueno, la cosa es que Derek y yo fuimos a verlos.

—¿Derek?

—Sí. Vuelve a estar en el caso. A lo que iba. Fuimos a la casa de Emmitsburg y los interrogamos de uno en uno. La cuarta persona con la que hablé, un tipo con cara de ratón, va y me dice: «Ah sí. Esas llamadas las hice yo. Hablaba a menudo con Thomas.» Y yo voy y le digo: «Ah, ¿sí? ¿Y me podría decir de qué hablaban?» Y él va y me dice: «Claro. Hablábamos del programa de ayuda social. Thomas nos ayuda los fines de semana en el refugio y en el comedor de beneficencia. Thomas es un santo.» Así que yo le digo: «Ah ¿sí? ¿Y quién es Thomas?» Y él va y me dice: «Es un miembro de nuestra asociación, como todos los demás.» «¿Un miembro de qué?», le pregunto yo. Y él va y me dice: «De Umbra Domini. Thomas es numerario.» «¿Y a qué se dedica Thomas cuando no está ayudando a los pobres?», le pregunto yo. Y el tipo me dice: «No lo sé. Nunca hablamos de asuntos mundanos.» —Riordan soltó una gran carcajada al otro lado de la línea—. Está hablando con un detective de homicidios y dice: «Nunca hablamos de asuntos mundanos.» ¿Puedes creerlo?

Lassiter no dijo nada durante un buen rato.

—Bueno, ¿y qué crees tú que pasó?

—No creo nada —contestó Riordan—. Sé lo que pasó. No lo puedo probar, pero lo sé. Cuando Grimaldi estaba en el hospital se corrió la voz. Luego, sin más, Juliette consiguió trabajo en la unidad de quemados y lo ayudó a escapar.

—Eso ya lo sabíamos.

—¡Escucha! Potomac no era el único sitio al que hacían llamadas desde Emmitsburg. También hay bastantes llamadas a Italia. A Nápoles, en concreto. ¿Adivina a quién?

—No hace falta.

—Claro que no. Grimaldi estaba llamando a casa, al cuartel general de Umbra Domini. Lo he comprobado.

—Pero ¿no te parece...? No sé. ¿No te parece demasiado arriesgado?

—No. ¿Dónde está el riesgo? Es su casa, ¿no? ¿Qué tiene de raro que llamen a la sede de la asociación de vez en cuando? No, eso no tiene nada de raro. Lo interesante son las fechas. La primera llamada se hizo el día después de que Grimaldi se escapara del hospital. Me imagino que estarían informando sobre su situación.

—Entiendo.

—La siguiente llamada se hizo hace un par de semanas, justo después de que el FBI empezara a vigilar la casa. Me imagino que detectarían a los federales. Algo que, la verdad, no creo que fuera demasiado difícil. Realmente, Drabowsky tenía razón cuando dijo que no hay mucho tráfico en Emmitsburg.

—Así que Grimaldi llamó a Nápoles. ¿Y?

—¡Tatatachán! Drabowsky tomó el mando de la operación y les echó una manita. Ordenó que levantaran la vigilancia y, claro, Grimaldi desapareció.

Lassiter pensó en ello. Por fin dijo:

—¿Qué vas a hacer?

—¿Que qué voy a hacer? Te diré lo que voy a hacer. Me voy a meter en un paquete y lo voy a cerrar. Y luego me voy a mandar a mí mismo por correo a Marte. Eso es lo que voy a hacer.

—Estoy hablando en serio.

—Y yo también. Míralo desde mi punto de vista. Me jubilo dentro de treinta y cuatro días. No necesito esta mierda. Y, además, aunque estuviera lo suficientemente loco para intentar hacer algo, no puedo probar nada. Son meras conjeturas.

—¡No son conjeturas! Tienes el listado de las llamadas telefónicas.

—Claro, como que el listado nos va a decir de qué hablaron. No son más que conjeturas. Y, en lo que se refiere a Drabowsky, no podemos usar su religión en contra suya. Piénsalo. ¿Qué voy a decir? «¡Arréstenlo! Está dando de comer a personas sin hogar.» Y eso por no mencionar que Drabowsky no es precisamente lo que se dice un soldado raso. Yo más bien lo compararía con un general de brigada. Como te metas con él, la has jodido. —Riordan respiró hondo—. ¿Y tú qué? ¿No tienes nada que contarme?

—No —contestó Lassiter. Y entonces se acordó—. Bueno, puede que sí.

—¿Puede que sí? ¿Cómo que puede que sí?

—Tengo una carta de Baresi.

—¿Te ha escrito desde la tumba?

—No —respondió Lassiter—. Es una carta que le escribió al párroco del pueblo. Te mandaré una copia en cuanto me la traduzcan.

Después de colgar el teléfono, Lassiter se recostó en su asiento y estuvo pensando en Drabowsky. «Tengo un problema —pensó—. Si alguien puede encontrar a Calista Bates, ése es el FBI. Y, si alguien en el FBI quiere joderme, tiene todos los medios necesarios para hacerlo.»

Sonó el intercomunicador y Victoria anunció:

—Ha venido a verlo Dick Biddle. ¿Le digo que pase?

—Claro —contestó Lassiter—. Que pase.

Biddle era un hombre de unos sesenta y cinco años que se había retirado del Departamento de Estado cinco años atrás. Alto, delgado y de aspecto aristocrático, sentía debilidad por los trajes de color gris oscuro, las corbatas de color burdeos y los gemelos caros. Además, era un fumador empedernido que tenía la pésima costumbre de dejar que la ceniza de sus cigarrillos se acumulase de tal manera que la gente de su alrededor estaba siempre pendiente de dónde iba a caer.

Biddle entró en el despacho con un cigarrillo en una mano y una fotografía en la otra. Dejó la foto sobre el escritorio, se sentó y cruzó las piernas. Lassiter observó que la ceniza del cigarrillo ya medía varios centímetros. Se preguntó cómo podría andar sin que se le cayera.

—Siempre me ha gustado el hotel Lowell —dijo Biddle—. Aunque también me han hablado bien del Peninsula. Cualquiera de los dos servirá.

—¿De qué está hablando? —preguntó Lassiter. Después

miró la fotografía. Era la foto de Calista con su hijo delante de un McDonald's.

—De mi fin de semana en Nueva York. Vengo en busca del premio. Biddle le dio una fuerte calada al cigarrillo y Lassiter miró, fascinado, cómo la gravedad ejercía su fuerza sobre las cenizas.

—¿Sabe dónde está hecha la foto?

—Sí. —El humo ascendía dibujando una espiral hacia el techo.

—Bueno, dígame. ¿Dónde?

—Está hecha en un sitio... muy septentrional.

Lassiter lo miró con gesto de incredulidad.

—¿Un sitio muy septentrional? ¿Como cuál? ¿Como Siberia?

Biddle sonrió.

—No, como Maine. Es o Sunday River o Sugarloaf. Estoy seguro. La foto está hecha en Maine. —Dio otra calada y la ceniza se inclinó como si fuera un paréntesis.

Lassiter miró la foto.

—¿Cómo puede estar tan seguro?

—Bueno, para empezar, hay nieve. Eso es una pista.

—Sí.

—Y hay una estación de esquí. Y en Maine hay estaciones de esquí.

—Sí.

—Y luego están los osos.

Lassiter volvió a mirar la foto.

—¿Qué osos? —exclamó—. Aquí no hay ningún oso.

—Claro que hay osos —respondió Biddle—. Osos polares.

Lassiter cogió la lupa y la acercó a la foto.

—¿Dónde? —preguntó.

—En la ventana trasera de la furgoneta.

Lassiter miró la furgoneta. La ventana trasera estaba cubierta por una capa de suciedad. Alguien había escrito: «Límpiame» y «¡Venga, polares!».

—¿Se refiere a lo que hay escrito en la furgoneta? —inquirió.

—Me refiero al oso polar —dijo Biddle—. En la esquina inferior derecha.

Lassiter acercó la lupa a la foto y luego la alejó. Había una especie de mancha blanca en la ventana.

—¿El círculo blanco? —se extrañó Lassiter—. ¡Pero si no se ve!

—Es un oso polar. Está corriendo.

—¿Cómo lo sabe?

—Porque fui a la Universidad de Bowdoin. Es mi universidad. Conozco el oso.

—Pero hay muchas universidades que tienen osos de...

—Mascotas —concluyó Biddle.

—Gracias —respondió Lassiter mientras buscaba un cenicero con la mirada.

—Pero ésos son osos pardos u osos negros. Y, además, cuando los estudiantes los animan dicen: «¡Ánimo, Osos!» o «¡Vamos, Osos!» o algo así. Pero no en Bowdoin. En Bowdoin siempre decimos: «¡Venga, polares!» Nadie más dice eso.

—¿Me está tomando el pelo?

—El grito está prácticamente patentado. No hay ninguna duda. El círculo blanco de la furgoneta es un *Ursus maritimus*. Fíese de mí.

Lassiter dejó la lupa a un lado y se recostó en su asiento.

—Eso no demuestra que estén en Maine. Sólo que la furgoneta es de Maine.

Biddle le dio un golpecito al cigarrillo con el dedo índice y sonrió mientras la ceniza caía sobre la moqueta. Lassiter hizo una mueca de dolor.

—Supongo que está buscando a la mujer de la foto —dijo Biddle.

Lassiter asintió.

Biddle giró el tobillo un par de veces, enterrando la ceniza en la moqueta.

—¿Tiene alguna razón que le haga suponer que no esté en Maine?

—No —reconoció Lassiter—. De hecho, nació en Maine.

—¿De verdad? —repuso Biddle al tiempo que se levantaba.

—Sí.

—Entonces, no hay duda. Es Maine —afirmó mientras se dirigía hacia la puerta—. ¿Puedo reservar ya la habitación en el hotel?

Lassiter levantó la lupa y miró la foto por enésima vez. Finalmente, bajó la lupa y dijo:

—Sí. Diviértase.

De nuevo a solas en su despacho, Lassiter se acercó a la

ventana y volvió a mirar la calle. El Ford Taurus azul seguía exactamente en el mismo sitio.

Lassiter volvió a su escritorio y llamó a Victoria por el intercomunicador.

—Haga pasar a Buck, por favor. Y dígale a Freddy que me gustaría verlo.

Después, Lassiter marcó el número de teléfono del profesor de Boston que le había dado Deva. Contestó una voz de hombre.

—*Was ist?*

«Famoso por su lenguaje simple —pensó Lassiter—. ¡Y una mierda!»

—¿Es usted el doctor Torgoff? ¿David Torgoff?

—*Daahh!*

Buck y Freddy entraron en el despacho y Lassiter les indicó que se sentaran.

—Soy Joe Lassiter. Lo llamo de Washington.

—Ah —dijo Torgoff—. Perdone, creía que era mi compañero de *paddle*.

Lassiter sonrió aliviado.

—¿Es usted alemán?

—No —contestó Torgoff—. Es sólo un juego que tenemos.

—Lo llamo porque voy a ir Boston esta tarde y esperaba que... Si está libre el sábado...

—Me temo que no, pero podría verlo el domingo. ¿Qué tal le viene por la tarde, hacia las dos?

—Me parece bien. —Lassiter apuntó la dirección de Torgoff, se despidió y colgó—. ¿Está abajo Pico? —preguntó volviéndose hacia Buck y Freddy.

Buck asintió.

—Sí. Está esperando en el garaje. ¿Quiere que suba?

—No. Quiero que los tres os metáis en el coche y salgáis del garaje a toda velocidad. Cuando salgáis a la calle, girad a la derecha y pisad el acelerador a fondo. Y, otra cosa, intentad no matar a nadie.

—¿Adónde quieres que vayamos? —preguntó Buck.

—Me da exactamente igual con tal de que os siga el Taurus que está aparcado en la acera de enfrente.

—¿Qué quieres que haga yo? —quiso saber Freddy.

—Quiero que te sientes en el asiento de detrás. Vas a ser el señuelo.

Freddy asintió pensativamente.

Lassiter se levantó, cogió su abrigo del perchero y se lo dio a Freddy.

—Póntelo —dijo—. Y mira a ver si encuentras un sombrero en alguna parte.

Buck movió la cabeza con cara de pocos amigos.

—No sé qué pensar de todo esto. Terry me dijo que me pegara a ti como si fuera una lapa.

Lassiter asintió mientras se ponía la chaqueta de cuero que había recogido por la mañana del tinte.

—Cuando veas a Terry, dile que te he dicho que ya no necesito vuestros servicios. Y no te olvides de decirle a Pico que acelere a fondo —insistió Lassiter. Después empujó a los dos hombres hacia la puerta.

Volvió a su escritorio, metió el libro de Baresi y un montón de artículos sobre Calista en su maletín, apagó la luz del despacho y se acercó a la ventana. Había algunos peatones, pero muy poco tráfico. Pasó un minuto, luego otro, y otro. De repente, el Buick salió disparado del garaje, saltó la acera y aterrizó en el asfalto nevado. Giró hacia la derecha dando un par de bandazos y aceleró a fondo. Un instante después, el Ford Taurus salió detrás del Buick.

Con el maletín en la mano, Lassiter salió del despacho y se dirigió hacia los ascensores. Al verlo, Victoria lo llamó.

—Señor Lassiter.

—¿Sí? —Lassiter llamó al ascensor.

—Hay un agente del FBI abajo, en el vestíbulo de entrada —dijo tapando el auricular con la mano—. Ha venido con un diplomático de la Embajada de Italia. ¿Qué le digo?

—Dígale que suba —respondió Lassiter. Victoria lo hizo mientras su jefe esperaba a que llegase el ascensor. Cuando llegó, se quedó donde estaba, manteniendo las puertas abiertas mientras observaba el indicador luminoso del otro ascensor.

4... 3, 2, 1... 2, 3, 4, 5, 6.

Lassiter se despidió de Victoria con un movimiento de la mano, se metió en el ascensor, se dio la vuelta y soltó las puertas.

—Dígale al hombre del FBI que he salido un momento —dijo—. Que ahora mismo vuelvo.

CAPÍTULO 34

Se alojó en el hotel Marriott Long Wharf bajo el nombre de Joe Kelly. Pagó al contado y tuvo que dejar una fianza de cincuenta dólares para cubrir los gastos de las posibles llamadas telefónicas. No es que estuviera huyendo, pero tampoco estaba precisamente de paseo. Si Umbra Domini quería presentar cargos falsos contra él, estaba seguro de que en Italia podría conseguirlo... si es que no lo había conseguido ya. La única razón por la que un agente del FBI iría a su oficina con alguien de la embajada italiana sería porque el gobierno italiano lo buscaba y lo consideraba peligroso.

Lassiter había decidido ser discreto, al menos hasta que encontrara a Marie A. Williams.

No tenía nada que hacer hasta su cita del día siguiente con Torgoff, así que estuvo paseando por las calles nevadas de Boston hasta que encontró un pequeño comercio donde vendían sandwiches de *falafel*. Diez minutos después volvía a estar en su habitación de hotel. Se sentó en el sofá, con los pies encima de una mesa baja y siguió leyendo la información sobre Calista Bates.

Nada nuevo. Con el tiempo, la prensa había empezado a reciclar sus propios artículos, publicando las mismas historias de siempre con titulares nuevos y fotos distintas. Lassiter leyó media docena de artículos sin encontrar un solo detalle que no conociera ya. Era una labor tediosa, pero, como no tenía nada mejor que hacer, ni ninguna otra pista que seguir, era una manera tan buena como cualquier otra de pasar la tarde.

Cogió la transcripción de una entrevista de un programa nocturno de la televisión que ya hacía bastantes años que había dejado de emitirse. En la década de los ochenta, el programa tenía la reputación de ser discreto, tranquilo y respetuoso, aunque al final resultó tener una orientación demasiado intelectual para tener éxito de audiencia. Lassiter se acordaba del programa. Se hacía en un estudio con un decorado sencillo y consistía en entrevistas con actores, directores, guionistas y críticos cinematográficos.

La fecha que encabezaba la transcripción era el 27 de abril de 1988. Calista estaba promocionando una película de acción que se llamaba *Roja rosa*. La entrevistadora, Valery Fine, parecía empeñada en sacarle todo el jugo posible a su artista invitada.

VF: Bueno, ya tienes un Oscar por *Horizontes perdidos*, la nueva película es un éxito y tú te has convertido en una de las actrices más solicitadas del país. ¿Qué se siente al estar tan arriba?

CB: La verdad, no lo sé. *(Risitas.)* ¿Que qué se siente al estar tan arriba? Supongo que debe de ser algo parecido a lo que se siente al volar.

VF: Pareces... tan poco afectada... Lo que quiero decir es que, aunque estás montada en una montaña rusa, pareces perfectamente centrada. Escoges tus papeles con mucho cuidado y rechazas muchas ofertas. De alguna manera, pareces inmune a la fama.

CB: Yo no diría tanto.

VF: Yo sí. Pareces muy... equilibrada. Y yo me pregunto: ¿Has hecho alguna vez algo realmente... estúpido?

CB: *(Risas.)* Por supuesto que sí. ¿Equilibrada? No, no creo lo sea.

VF: Bueno, tú eres la mujer ideal para medio mundo. Y estás aquí. ¡Eres Calista Bates! Pero, al mismo tiempo, también pareces la chica de enfrente.

CB: *(Risas.)* ¿Adónde quieres ir a parar? Ni que yo fuera una de esas mujeres que dirigen un consultorio sentimental en la radio.

VF: Bueno, no. Para empezar, eres demasiado sofisticada para eso. Pero, háblanos de ti, de la verdadera Calista Bates.

CB: No, prefiero no hacerlo.

VF: ¿No?

CB: No.

VF: Pero ¿por qué no? Conozco las reglas. No hablaremos de tu familia ni de tu infancia ni de nada por el estilo. Pero ¿qué daño puede hacer que la gente te conozca un poco mejor? Eres una mujer brillante, una mujer inteligente. Lees mucho. Eres una mujer con muchas inquietudes. ¿Por qué no quieres que la gente conozca esa faceta tuya?

CB: Basta con lo que la gente ya sabe de mí.

VF: Pero ¿por qué?

CB: *(Suspiros.)* Mira, cuando hay una cámara de por medio, cuando ocurre algo digno de salir en las noticias, o simplemente cuando un periodista entrevista a un jugador al acabar el partido... ¿sabes lo que pasa? Siempre hay alguien al fondo dando saltos para saludar a la cámara.

VF: *(Saludando.)* Sí, sé lo que quieres decir.

CB: Bueno, la cuestión es que cuando consiguen salir en la televisión se ponen como locos. Es como si hubieran sido tocados por una gracia especial. Se convierten en parte del otro mundo, del mundo de la televisión, y piensan que ese mundo es más real que el suyo.

VF: Sí, tienes razón. Eso también me ha pasado a mí. No quiero decir que tenga que ponerme a dar saltos para que me mire alguien, porque que ya me ve todo el mundo. *(Risas.)* Pero es curioso, porque mis amigos siempre me dicen que los busque. «Oye, Val, si ves el partido de baloncesto de los Lakers que ponen en la tele, ¡búscame! Estaré sentado en la sexta fila, detrás del banquillo, a la derecha.»

CB: ¡Sí! Aunque veas a esa amiga prácticamente todos los días. Y, además, en carne y hueso. Pero ella quiere que la veas en la tele.

VF: La verdad, estaba pensando en un hombre.

CB: *(Risas.)* Bueno, da lo mismo. La cosa es que ésa es una de las reacciones que provocan las cámaras, pero también hay otras. Hay otras personas que no quieren salir en la televisión, que no quieren que les hagan fotos, porque eso las hace sentirse menos reales. Todo el mundo conoce el tópico del miembro de una tribu que no quiere que le hagan fotografías porque cree que la cámara le robaría el alma.

VF: Claro, pero... ¡Un momento! Se supone que estábamos hablando de ti.

CB: *(Risas.)* Sí. Lo que quería decir es que yo tengo un poco de las dos cosas. Cuando interpreto un papel es como si me pusiera a dar saltos como una loca delante de la cámara. Cuando actúo, quiero que todo el mundo me vea. Pero en la vida real, en mi vida real, soy como el hombre de la tribu. No quiero hablar sobre mi vida real porque si lo hago me siento mal, me siento como si perdiera parte de mi alma.

VF: Tampoco hay que exagerar. ¿No es eso un poco... pretencioso? Yo no quiero quitarte parte de tu alma. Sólo quiero una historia, algo sobre la verdadera Calista.

CB: *(Suspiros.)* No lo entiendes. Pero eso es porque tú eres la que hace las preguntas.

VF: Tienes razón. Seamos justas. Hazme una pregunta. Adelante, pregúntame lo que quieras.

CB: De acuerdo. *(Se aclara la voz.)* Dime, ¿con cuánta frecuencia te masturbas?

VF: *(Gritando y riéndose.)* ¡Eso no vale! Yo no te estaba preguntado nada tan personal.

CB: Un *disc-jockey* de la radio lo haría.

VF: Pero tú te negarías a contestar, ¿verdad?

CB: Sí. Pero, si lo hiciera, la gente diría que soy esquiva. O que no llevo bien la fama. Mira, yo no quiero parecer difícil. Antes hablaba de mí misma todo el tiempo.

VF: ¿No te parece que estás exagerando?

CB: No. De verdad, hablaba mucho de mí. Pero cuando contaba algo sobre mí misma sentía como si se me erizara el vello.

VF: ¿Qué quieres decir?

CB: Por ejemplo, si conozco a alguien y esa persona ya lo sabe todo acerca de mí, me parece que la situación está desequilibrada. Al cabo de cierto tiempo, uno deja de hablar de gran parte de su vida porque, una vez que comparte las cosas, ya no son suyas. ¡Se van! Lo que quiero decir es que... No me estoy explicando demasiado bien.

VF: Pero ése es precisamente el precio de la fama, ¿no? Si quieres que la gente pague seis dólares por ir a verte, ¿no crees que tú les debes dar algo a cambio?

CB: No. No lo creo. El público paga por ver mi película, no por saber quién es mi jugador favorito de los Lakers o si llevaba trenzas cuando tenía cinco años.

VF: Así que no me vas a ayudar, ¿eh?

CB: ¡Eres implacable!

VF: ¡Por favor! Cuéntanos algo, cualquier cosa.

CB: *(Suspiros.)* Está bien. Pero sólo porque quizá sirva para que otras chicas no hagan la misma tontería que hice yo. Aunque, claro, no creo que sirva para nada. ¿A quién estoy intentando engañar?

VF: Vamos, vamos. ¡Estamos esperando!

CB: Está bien, pero es una estupidez. No es una anécdota

graciosa, sino más bien una estupidez, una estupidez peligrosa. *(Suspiros.)* Cuando vine a California tenía diecinueve años. Casi no tenía dinero. Vine conduciendo yo sola con *Gunther*.

VF: ¿Quién es *Gunther*?

CB: *Gunther* es una vieja furgoneta Volkswagen con las llantas peladas que siempre se calienta demasiado. Prácticamente tuve que cruzar las montañas Rocosas muy despacio para que el motor no se calentara demasiado. Desde luego, no es una furgoneta segura. Y, para ahorrar, paraba en la cuneta o en cualquier aparcamiento y dormía allí mismo, en la furgoneta. Todavía me cuesta creer que lo hiciera.

VF: Y... ¿te ocurrió algo terrible?

CB: No, pero ésa no es la cuestión. La mayoría de la gente era increíblemente simpática, pero me ocurrieron cosas que podrían haber sido... No sé... Peligrosas.

VF: ¿Como qué?

CB: Como la vez que un tipo intentó arrastrarme hasta su coche. O esa otra vez que otro tipo se subió encima de la furgoneta y no se quería bajar; estaba completamente drogado.

VF: Pero, de todas formas, conseguiste llegar, ¿verdad? ¿No es eso lo que importa?

CB: No. Yo tuve suerte. Pero puede que otra chica no la tenga.

VF: Tienes razón. Pero no puedo resistirme a preguntarte una cosa. ¿Quién es tu jugador favorito de los Lakers?

La entrevista continuaba durante un par de páginas más. Cuando Lassiter acabó de leerla, la dejó a un lado y cogió otro artículo. Pero después cambió de idea. La historia de la furgoneta tenía alguna relación con otra cosa. Pero ¿el qué?

Entonces se acordó. La revista *L. A. Style* había publicado un artículo con el titular «Esto es todo, amigos. ¡Calista se marcha!»

¿Se habría traído ese artículo? Lassiter había dejado la mayoría del material de Calista en Washington. Sólo había llevado consigo lo que todavía no había leído y varios artículos que le habían parecido que podrían ser importantes. El artículo del *L. A. Style* debería estar entre estos últimos. Y, de hecho, lo estaba. Lo sacó del montón que tenía en el maletín y pasó las páginas.

Era una entrevista concedida en el hotel Beverly Hills, donde Calista se estuvo hospedando después de vender su casa. El artículo estaba abarrotado de detalles irrelevantes expuestos con gran precisión. Los ojos de Calista eran de color «añil herido». Calista contestaba las preguntas «con el cinismo sincopado de un amante maltratado». ¿Qué querrá decir eso?, se preguntó Lassiter.

Las columnas de texto rodeaban una fotografía de la estrella de cine. Calista llevaba una blusa y unos pantalones cortos. Estaba sentada con las piernas cruzadas. «La única señal de tensión era el movimiento esporádico de un dedo del pie», escribía el articulista.

Se estaba despojando de los lazos que la unían a la ciudad. Eso estaba claro. Había vendido su casa y sus muebles y había devuelto el Bentley a los estudios. En el pasillo de entrada de su *suite* encontré una maleta solitaria detrás la puerta.

Le pregunté por sus planes. Ella permaneció sentada en la bóveda de silencio en la que habita desde que se celebró el juicio. Después se sacudió la melena y dijo: «Ya se me ocurrirá algo.» Estaba removiendo el líquido transparente del vaso que tenía delante con una pajita, observando cómo las gotas de condensación caían por el perfil externo del vaso.

«¿No te has quedado con nada?»

Calista movió la cabeza.

«¿Nada? ¿Ni siquiera algo de ropa? ¿Ni una foto? ¿Qué me dices del Mercedes?

«Lo he vendido», respondió Calista. Detrás de ella, una lagartija subía por la pared soleada del *bungalow*. Se movía tan deprisa que parecía una alucinación. Calista sonrió, se puso las gafas y se levantó. Estaba claro que la entrevista había terminado.

«Estaba pensando que podría irme en el mismo caballo en que llegué», dijo Calista. Después se dio la vuelta y se marchó.

Lassiter dejó el artículo sobre la mesa y frunció el ceño. Se sentía desilusionado. Pensaba que el artículo daría más de sí. De todas formas: «Podría irme en el mismo caballo en que llegué.» Estaba claro. Se refería a *Gunther*. Si se interpretaba literalmente, el caballo era la furgoneta. Así fue como había llegado a California: en *Gunther*.

Cogió el teléfono y llamó a Gary Stoykavich a Minneapolis.

—¿Tiene algo nuevo para mí? —le preguntó Lassiter.

—No.

—Pues déjeme que le haga una pregunta: ¿se podría enterar de qué tipo de coche tenía Williams cuando vivía en Minneapolis?

—Eso ya lo sé —dijo el detective—. Tenía dos coches. Un Honda Accord que compró aquí y un Volkswagen.

—¿Un escarabajo?

—No. Una furgoneta.

—¿De verdad? —inquirió Lassiter.

—Sí, así es. Y lo gracioso del caso es que cuando se marchó se llevó la furgoneta. Dejó el Honda tirado en el garaje y se llevó la maldita furgoneta. Claro que puede que necesitara mucho espacio para cargar cosas. En cualquier caso, eso es lo que piensa Finley.

—Así que Finley sabe que tenía una forgoneta.

Era una afirmación, no una pregunta. Lassiter vio cómo su efímera alegría se desvanecía al tiempo que la posible pista se encontraba con un nuevo callejón sin salida. Si Finley sabía que se había ido en una furgoneta, sin duda le habría seguido la pista al vehículo.

—Sí, claro que sí —contestó Stoykavich—. Finley mandó el nombre de Marie A. Williams y su número de la Seguridad Social a las jefaturas de tráfico de todos los estados del país, incluido Alaska.

—¿Y no dio con nada?

—Creo que dio con un montón de Williams, pero ninguna era propietaria de una furgoneta Volkswagen.

—¡Joder!

—¿Qué pasa? ¿Son malas noticias?

—No —mintió Lassiter. Después le dio las gracias y colgó.

Desde luego que eran malas noticias. Y lo peor de todo era que Grimaldi y sus amigos le llevaban una ventaja de tres o cuatro meses. Y, aunque, sin duda, habrían concentrado todos sus esfuerzos en eliminar a las mujeres y los niños que fueran más fáciles de encontrar, tres o cuatro meses era mucho tiempo. «Por otro lado —pensó Lassiter—, seguro que hago este tipo de trabajo mejor que ellos. Y, si a mí me está costando tanto, no creo que a Grimaldi le vaya mucho mejor.»

«A no ser que Drabowsky y el FBI lo estén ayudando. En cuyo caso...»

Lassiter se acercó a la ventana de la habitación y miró el

paisaje urbano. La nieve golpeaba insistentemente contra la ventana. Una ráfaga de viento hizo temblar el cristal.

Lassiter se frotó los ojos y se volvió a sentar. Se imaginó a Marie A. Williams, o como se llamase ahora, conduciendo la furgoneta por una carretera cualquiera del país. O puede que la hubiera dejado abandonada en cualquier calle de cualquier ciudad y se hubiese alejado de ella igual que lo había hecho de tantas otras cosas.

No. Si hubiera querido abandonarla, ya lo habría hecho hacía mucho tiempo. Y no lo había hecho. Estaba seguro de que seguía montada en su «caballo». Y eso quería decir que... ¿Qué?

Si todavía tenía la furgoneta, ésta probablemente estaría matriculada con su nuevo nombre... Pero Lassiter no sabía cuál era.

Respiró hondo. Estaba buscando a Calista basándose exclusivamente en su instinto. El hecho de que Calista hubiera nacido en Maine y de que hubiera una fotografía de ella en Maine, o al menos en lo que Dicky Biddle decía que era Maine, no quería decir necesariamente que ella estuviera allí.

Aunque, por otro lado, ¿por qué no iba a estarlo? Tenía que estar en algún sitio y, aunque las pruebas eran escasas, era más probable que estuviera en Maine que en... Finlandia.

Lassiter descolgó el auricular del teléfono. En Maine sólo había un millón de habitantes. ¿Cuántas furgonetas Volkswagen podía haber? ¿Y cuántas podían pertenecer a una mujer? Consiguió el número de la jefatura de tráfico de la capital del estado de Maine, y llamó. Pero, claro, no había nadie. Tendría que volver a llamar el lunes por la mañana.

Lassiter suspiró y cogió el siguiente artículo. Era una historia sobre «quiromancia» publicada en una revista para mujeres que había reproducido las palmas de la mano de cuatro mujeres famosas para que las analizase un equipo de expertas. Por lo visto, Calista era «excesivamente melancólica».

Al día siguiente, Lassiter cogió el metro hasta la ciudad de Cambridge y se bajó en la parada del instituto universitario MIT. Las aceras y los desagües estaban en un estado lamentable. Lassiter pensó que debería haber cogido un taxi. Toneladas de sal habían derretido la nieve, pero el agua no tenía a dónde ir. Permanecía estancada en las esquinas, obligando a los peatones a dar grandes rodeos y alguno que otro salto de longitud. El despacho de Torgoff estaba en el departamento de Biología de la facultad Whitaker de Salud, Ciencia y Tecnología del MIT. Torgoff lo estaba esperando. Era un hombre joven y robusto con el pelo negro y una alegre sonrisa. Vestía deportivamente con vaqueros, botas de montaña y una camiseta roja con dos imágenes idénticas del cantante Roy Orbison debajo de las palabras: «Sólo clones.»

—Disculpe mi aspecto —dijo Torgoff mientras se levantaba para darle la mano—. Aunque la verdad es que siempre visto así.

El despacho era pequeño y se hallaba abarrotado de libros y papeles. Las paredes estaban cubiertas con gráficos, listados, notas y chistes de científicos chiflados. Colgado del techo había un modelo polvoriento y maltratado de la estructura en doble hélice del ADN construido con cáñamo verde y trozos de plástico blanco. Al lado del escritorio había un caballete y sobre el escritorio, entre los papeles, un cubo de Rubik, algo que Lassiter no veía desde hace años. Torgoff lo invitó a sentarse mientras él se dejaba caer en su asiento, una obra maestra ergonómica de pana verde.

—¿Hasta dónde llegan sus conocimientos de genética? —preguntó Torgoff.

Lassiter lo miró y se encogió de hombros.

—La pregunta no tiene truco —dijo Torgoff—. Si empiezo hablando del operón y la polimerización del ARN, es posible que se pierda. Y eso no es lo que queremos, ¿verdad? Así que por qué no me dice... Ya sabe. —Se tocó la sien—. ¿Cuántos conocimientos genéticos tiene almacenados ahí dentro?

Lassiter reflexionó unos instantes.

—Mendel. Había un hombre que se llamaba Mendel. Por otro lado, está lo de la herencia...

—¡Bien! La herencia es importante.

—Genes dominantes y recesivos.

—¿Puede explicarme lo que son?

—No. Hace años que lo estudié y... —Miró hacia el techo y vio el modelo casero del ADN—. La doble hélice —dijo.

—¿Sabe lo que es?

—Es el ADN —dijo Lassiter—. Aunque, de hecho, supongo que sé más sobre las pruebas del ADN que sobre el ADN en sí. No, no podría decirle lo que es.

—Inténtelo.

—Bueno, cada una de nuestras células contiene algo llamado ADN. Y el ADN de cada persona es distinto del de las demás personas. Es algo así como las huellas dactilares.

—Muy bien. ¿Qué más puede decirme?

—Eso es todo. No podría distinguir un cromosoma de un Pontiac.

Torgoff asintió moviendo la cabeza como si fuera un profesor de golf que, al ver cómo le pega su pupilo a la pelota, se da cuánta de que va a tener que empezar la clase con las palabras: «Esto es un palo de golf.»

—Está bien —dijo—. Ya sabemos que sus conocimientos de genética son inexistentes. Y eso está muy bien. No hay ningún problema. —Torgoff hizo un sonido con el paladar al tiempo que juntaba las manos—. Su ayudante me dijo que está interesado en Baresi.

—Así es.

—¿En qué exactamente? ¿Está interesado en sus trabajos sobre genética o en la persona en sí?

—Supongo que en sus trabajos sobre genética.

—¡Muy bien! Así que podemos olvidarnos de Mendel. Excepto que... La verdad, puede que eso no sea posible. Lo digo porque Mendel y Baresi se parecían bastante. Los dos se hacían preguntas básicas. Y los dos estaban muy por delante de su tiempo.

—¿Y eso por qué?

—Mientras todo el mundo se interesaba por Darwin, Mendel se dedicaba a contemplar guisantes. La cosa es que, como puede que usted sepa, Darwin dijo que los organismos evolucionan respondiendo a las presiones del medio. El problema es que no podía explicar de qué manera.

—Pero Mendel sí —dijo Lassiter.

Torgoff se encogió de hombros.

—No exactamente. Pero sí descifró un par de cosas. Como, por ejemplo, que cada característica hereditaria pasa de una generación a otra de forma independiente. En otras palabras, algunas personas con los ojos azules son daltónicas y otras no. Y Mendel también supo entender la dominancia. Vio que cuando cruzaba una planta grande con una planta pequeña obtenía una planta grande en vez de una de tamaño mediano. Los genes recesivos sólo aparecen al cruzar los híbridos entre sí. Entonces es cuando surgen plantas de todos los tamaños. ¿Me sigue?

—Sí.

—Pues eso realmente fue un paso muy importante. Lo que Mendel hizo fue presentar algunas de las reglas de la herencia. De hecho, resolvió uno de los misterios más antiguos del universo. Aunque, claro, nadie se dio cuenta. Estaban todos demasiado ocupados con Darwin. Y siguieron estándolo durante treinta años. Hasta que otros científicos hicieron los mismos experimentos que Mendel y, al leer sus observaciones, se dieron cuenta de que lo que acababan de hacer era reinventar la rueda; Mendel había llegado a las mismas conclusiones mucho antes que ellos.

»Y a Baresi le pasó algo muy parecido —continuó Torgoff—. Mientras Baresi producía sus mejores teorías, todo el mundo estaba mirando a Watson y a Crick. —Torgoff cogió el cubo de Rubik y empezó a jugar con él mientras hablaba—. Baresi se doctoró en bioquímica con veintidós años, o algo parecido. En cualquier caso, se doctoró en 1953. Y para un especialista en genética eso es algo así como la prehistoria. El año 1953 fue muy importante. Los científicos estaban tremendamente emocionados ante la perspectiva de una pronta solución para una serie de problemas básicos. Y el ADN, esa maravillosa molécula que está presente en las células de todos los organismos vivos, era el centro de atención.

»Ya se sabía que la clave de la herencia estaba en el ADN, pero ¿cómo funcionaba? ¿Cómo regulaba los procesos químicos dentro de las células? Porque no sé si sabe que eso es lo que hace: sintetiza proteínas. —Torgoff hizo una pausa—. ¿Me sigue?

—Más o menos.

—No se preocupe. La cosa es que el ADN regula algunos procesos extremadamente complejos. Y, antes de poder entenderlos, alguien tenía que descubrir la estructura de la molécula. Y lo hicieron. En 1953, un par de científicos llamados Watson y Crick construyeron un modelo en tres dimensiones del ADN. Es eso de ahí arriba. —Torgoff levantó la mirada hacia la especie de sacacorchos de cáñamo y plástico que colgaba del techo—. Una doble hélice —dijo—. Una escalera retorcida, o como quiera llamarlo.

»Así que 1953 fue una fecha muy emocionante para doctorarse en bioquímica. Lo fue porque, una vez entendida la estructura del ADN, aunque sólo fuera superficialmente, se abría la posibilidad de entender cómo funcionan los genes y cómo hace copias de sí mismo el ADN. Por aquel entonces, Baresi trabajaba en el instituto LeBange.

—¿Dónde está eso? —preguntó Lassiter.

—En Berna, Suiza. Es un sitio importante para este tipo de cosas. Siempre lo ha sido. Baresi empezó de una forma bastante convencional, trabajando con *Escherichiz coli*...

—Bacterias —lo interrumpió Lassiter.

—Exactamente. Es un organismo muy simple y de fácil cultivo que se reproduce como loco. Es muy popular en los laboratorios. Como cualquier otro organismo vivo, excepto algunos organismos virales y unas cosas muy pequeñas y muy extrañas que se llaman priones, el *E. coli* está formado por cadenas de ADN. Igual que usted y que yo. Así que resulta ideal para la investigación. Pero Baresi cambió de campo. Después de un año o dos, se cambió a los estudios sanguíneos.

—¿Cómo pudo cambiar de campo?

—No son cosas tan distintas. Cuando hablamos de estudios sanguíneos nos referimos a los glóbulos rojos. Y los glóbulos rojos se parecen a las bacterias en dos cosas muy importantes. En primer lugar, no tienen núcleo. Y, en segundo lugar, son fáciles de obtener; los generamos continuamente. Los primeros trabajos de Baresi en ese campo ya fueron magníficos, pero eso no fue nada comparado con lo que hizo después. Pero, antes de decirle en qué consistían, necesita entender que Baresi no sólo era un genio, sino que era un genio inductivo. O sea, alguien capaz de plantear hipótesis extraordinarias. Y, como la mayoría de los genios inductivos, se mostraba indiferente a los halagos de la profesión y a las opiniones de sus colegas. No buscaba ningún gran descubrimiento: simplemente hacía lo que le gustaba. Y, precisamente por eso, pudo avanzar por caminos que nunca se habían investigado antes.

—¿Qué quiere decir con eso? —preguntó Lassiter.

—Baresi abandonó los estudios convencionales de la sangre y empezó a investigar las células con núcleo.

—¿Y por qué es tan revolucionario eso?

—Porque es muy difícil de hacer; sobre todo lo era por aquel entonces. Ahora tenemos líneas celulares bastante estables, pero... ¿en los años cincuenta? En los años cincuenta no tenían nada de eso. Las células con núcleo son difíciles de cultivar y no siempre sobreviven mucho tiempo. Y eso tuvo que darle bastantes problemas a Baresi, porque, si se le moría una línea celular de forma prematura, perdía meses de trabajo. Realmente, no sé cómo pudo conseguirlo. —Torgoff hizo una pausa—. Lo que sí puedo decirle es por qué lo hizo.

—¿Sí?

—Por supuesto. Andaba detrás del filón.

—¿Y cuál es el filón? —inquirió Lassiter.

—La diferenciación celular. Y eso no se puede investigar sin trabajar con células con núcleo, porque la diferenciación no se da en los organismos unicelulares. Sólo se produce en las células con núcleo. —Torgoff se reclinó en su asiento con gesto satisfecho.

Al cabo de unos segundos, Lassiter dijo:

—Esto quizá le extrañe, pero no sé lo que significa «diferenciación». —Reflexionó un momento y añadió—: No, realmente no sé lo que quiere decir.

Torgoff sonrió.

—Sí, claro, la diferenciación. Se lo explicaré. —Respiró hondo—. Como usted sabrá —comenzó Torgoff—, empezamos siendo un óvulo fecundado: un cigoto. Un cigoto está compuesto por una única célula. En el interior del núcleo del óvulo hay un montón de cromosomas, cadenas de ADN con una información genética específica en forma de genes. Como anécdota, le diré que el número de cromosomas que contienen las células es siempre el mismo en cada especie. Los perros, por ejemplo, tienen setenta y ocho. Los peces noventa y dos. Usted y yo tenemos cuarenta y seis cada uno. La mitad de mamá y la mitad de papá. La mitad del óvulo y la mitad del espermatozoide que lo fecundó. ¿Me sigue?

Lassiter asintió. Torgoff continuó:

—Tenemos cientos de miles de genes repartidos por las dos parejas de veintitrés cromosomas. Un gen para el color de los ojos, otro para el tipo de sangre, y así sucesivamente. En realidad, no es tan simple, pero lo que quiero es que se haga una idea. Está todo ahí desde el principio, en esa célula fecundada. Y entonces la célula empieza a dividirse. —Torgoff juntó las manos y luego las separó—. Entonces, hay dos células y, luego, cuatro y así sucesivamente. Cada una de estas células, las células embrionarias, contiene el mismo material genético:

ADN, cromosomas y genes en la misma cantidad. Y eso es lo que decide quién va a ser el futuro pequeñajo. Si usted, yo o Michael Jordan.

»Pero muy pronto, cuando el embrión crece hasta tener ocho o dieciséis células, las células empiezan a diferenciarse. Eso quiere decir que, de alguna manera, comienzan a adoptar labores específicas. Se convierten en células del cerebro, en células del hígado, en células del sistema nervioso, y así sucesivamente. Aunque cada una tiene el mismo ADN, activan o expresan genes distintos, y estos genes determinan las enzimas que producen, y eso, a su vez, determina el tipo de células en las que se convierten.

»Y aquí es donde está el truco. Dado que contienen la misma información genética, uno pensaría que las células también tendrían la misma capacidad genética. Pero no es así. Una célula embrionaria es una célula totipotente. O sea, puede generar un organismo entero, una persona, una jirafa o un gato, partiendo de una sola célula. Pero una célula del sistema nervioso sólo puede generar otra célula del sistema nervioso. ¿Por qué? —Torgoff miró a Lassiter.

—¿No esperará que yo lo sepa, verdad?

—No. Pero en eso precisamente es en lo que estaba trabajando Baresi. En el proceso de diferenciación y en los mecanismos que lo controlan. Eso es lo que lo situó unos treinta años por delante de su tiempo. —Torgoff respiró hondo y miró a su alrededor—. ¿Le apetece tomar un café?

—Buena idea —aceptó Lassiter.

—Hay un sitio en la esquina. —Torgoff miró el cubo de Rubik, reflexionó un momento y movió los cuadrados en una rápida secuencia. Cuando volvió a dejarlo encima del escritorio, el cubo estaba perfectamente ordenado. Los dos se levantaron al mismo tiempo. Torgoff cogió una bufanda del perchero que había en una esquina y se la colocó alrededor del cuello. Luego se puso un desgastado chaquetón azul marino y se tapó la cabeza con una gorra azul de marinero—. Vámonos —dijo.

Fuera hacía muchísimo frío. Mientras caminaban en fila india por un sendero abierto entre la nieve, Torgoff continuó con su conferencia.

—¿Siguió usted el juicio de O. J. Simpson?

—No —contestó Lassiter—, pero he oído que tuvo mucha cobertura en los medios de comunicación.

Torgoff se rió.

—¿Recuerda cómo los abogados se esforzaron por poner en duda la validez de las pruebas del ADN? Utilizaron estadísticas. —Imitando al abogado, Torgoff adoptó un tono de voz grave y agresivo—: «Así que usted no puede asegurar que este ADN sea el de Nicole Brown Simpson, ¿verdad? Usted sólo puede asegurar que existe una probabilidad estadística de que pertenezca a Nicole Brown Simpson. Conteste sí o no.» «Sí —continuó Torgoff cambiando de voz—, pero tendríamos que examinar ocho mil millones de muestras antes de encontrar otra igual. Y, como no existe tanta gente en todo el planeta...» —Torgoff levantó la mano—. «Protesto, señoría. El testigo no ha contestado la pregunta. He preguntado si es posible afirmar de forma tajante que esta muestra de ADN pertenece a Nicole Brown Simpson. ¿Sí o no?» «Pero... Pero...» «Nada de peros, monada. Sí o no.»

La cafetería era un local largo y estrecho escondido detrás de un escaparate empañado. Una bandera italiana colgaba de una pared de ladrillo visto, y el ambiente estaba cargado con el aroma del café recién molido. Torgoff y Lassiter se sentaron cerca de la ventana y pidieron dos cafés con leche. A su alrededor, tres hombres jóvenes con tres libros diferentes ocupaban tres mesas distintas. Lassiter pensó que los tres se parecían a Raskolnikov.

—Así que todos tenemos ADN —continuó Torgoff—. Y el ADN que tenemos es idéntico en todas y cada una de las células de nuestro cuerpo. Es por eso por lo que una muestra de semen, una gota de sangre, un mechón de pelo o un trozo de piel sirven para confirmar la identidad de un individuo si se comparan con una muestra de su sangre. Cada célula, del tipo que sea, contiene el ADN del individuo y el ADN de cada individuo es único.

Llegaron los cafés, y Lassiter observó con asombro cómo Torgoff se servía cuatro cucharadas rebosantes de azúcar.

—Básicamente, el ADN de una célula diferenciada les dice a los genes que esa célula en concreto va a ser pelo, y así se puede olvidar de características como el color de los ojos, el tipo de sangre, etcétera. Imagínese el ADN como un inmenso piano con cien mil teclas, donde cada tecla representa una característica genética. En una célula diferenciada la mayoría de las teclas están tapadas, o apagadas, si lo prefiere. La cosa es que no se usan. Pero, aun así, están ahí. En el caso de una célula del pelo, por ejemplo, está la pigmentación, el grosor, la posibilidad de que sea rizado, etcétera. Pero todo lo demás está apagado. Y, una vez apagado, no se vuelve a encender nunca.

—¿Nunca?

—No que nosotros sepamos. En cuanto el ADN expresa un gen determinado, no hay vuelta atrás. Una célula del sistema nervioso es una célula del sistema nervioso y no puede convertirse en una célula sanguínea ni en una célula cerebral.

—¿Y eso cómo funciona? —preguntó Lassiter. Lo que le estaba contando Torgoff resultaba interesante, aunque no veía cómo podía estar relacionado con el asesinato de su hermana y su sobrino—. ¿Cómo decide una célula lo que va a ser?

—No lo sé. Nadie lo sabe. Eso es precisamente lo que Baresi intentaba averiguar hace treinta o cuarenta años.

—¿Y lo consiguió?

Torgoff se encogió de hombros.

—Que yo sepa, no. —Hizo una pausa—. El problema es que dejó de publicar. Nadie sabe si siguió trabajando en este campo. Puede que abandonara sus investigaciones o puede que las continuara durante meses, o incluso años. Lo último que oí es que estaba en Alemania, o en algún lugar parecido, estudiando...

—Teología —apuntó Lassiter.

—Eso es. Bueno... —Torgoff miró la hora y torció el gesto—. Tengo que ir a recoger a mi hijo... Mire —dijo—, hoy en día la biología es la ciencia que está logrando mayores avances. Y el campo en mayor auge de la biología es precisamente el campo en el que trabajaba Baresi hace treinta años.

—¿La diferenciación?

—Exactamente. Baresi estudiaba las células totipotentes en embriones de ranas. A juzgar por los últimos artículos que publicó, estaba dividiendo los embriones en la fase de cuatro y ocho células, utilizando lo que debían de ser medios muy primitivos. Luego cultivaba los embriones divididos para ver si podía obtener organismos idénticos.

—¿Me está diciendo que clonaba ranas?

—No. Intentaba conseguir ranas gemelas.

—¿Qué diferencia hay? —inquirió Lassiter.

—Aunque sean idénticos, los gemelos tienen material genético de dos fuentes: mamá y papá. Los clones sólo tienen material genético de una fuente: mamá o papá. Para crear un clon sería necesario extraer la carga genética del óvulo de la madre.

—El núcleo.

—Y reemplazarlo con el núcleo de una célula totipotente. Entonces obtendríamos un verdadero clon, cuya información genética procedería de una sola fuente.

—¿Y eso se puede hacer?

—Sí. Lo han conseguido con ovejas en el instituto Roslin de Edimburgo. Eso es la oveja *Dolly*.

Lassiter reflexionó unos instantes.

—Y, si se puede hacer con ovejas, también se podrá hacer con humanos, ¿no?

Torgoff se encogió de hombros.

—Teóricamente, sí.

—Lo que quiero decir es que, si alguien quisiera, me podría clonar a mí, ¿verdad?

—No —contestó Torgoff—. Eso no sería posible.

—¿Por qué?

—Porque todas sus células están diferenciadas. La última vez que tuvo una célula totipotente era usted más pequeño que una peca. Lo que sí se podría hacer, al menos teóricamente, es clonar a un hijo suyo. Pero sólo en la primera etapa del embrión. Cuando éste todavía fuera un racimo de células totipotentes. Cuatro células. Ocho. Como mucho dieciséis.

—¿Eso sí sería posible?

Torgoff levantó la mirada y se balanceó en su silla.

—Sí, teóricamente sería posible. Aunque, si lo intentaran en el instituto Roslin, acabarían en la cárcel.

—¿Por qué?

—Porque, aunque sea algo que nunca se ha intentado, está prohibido clonar personas en Gran Bretaña. Pero, volviendo a Baresi, muchas de las cosas que él intentó se han convertido en realidad. Hoy en día se producen embriones continuamente en clínicas de fertilidad. Pero en los años cincuenta, incluso en los sesenta, era otra historia. Era lo que nosotros, en ciencia, llamamos «una extravagancia». Lo que quiero decir es que Baresi tuvo que conseguir unas innovaciones técnicas tremendas solamente para cubrir los aspectos más básicos... ¿Le pasa algo?

Lassiter movió la cabeza.

—Estaba pensando... Usted sabe cómo acabó Baresi, ¿verdad?

—No —dijo Torgoff—. Lo último que supe de él es que estaba escribiendo sobre teología.

—Sí, así es. Pero después abandonó la religión y estudió medicina. Debería tener unos cincuenta años cuando lo hizo. Se especializó en ginecología y obstetricia. Después abrió una clínica de fertilidad.

Torgoff arqueó las cejas y bebió un poco de café.

—Bueno —comentó—. Desde luego, tenía mucha experiencia con embriones. Seguro que tuvo éxito.

—Sí, lo tuvo.

Torgoff suspiró.

—De todas formas —añadió—, es triste.

—¿Por qué dice eso?

—Porque era un investigador como hay pocos. Si se piensa en lo que estaba haciendo, en lo que iba buscando, acabar en una clínica de fertilidad parece un desperdicio. Estaba décadas por delante de la mayoría de los investigadores. Lo que hacía Baresi hace treinta años es lo que están haciendo hoy en día los investigadores de vanguardia.

—¿A qué se refiere cuando dice «lo que iba buscando»?

—La finalidad de los estudios de diferenciación consiste en encontrar una forma de invertir el proceso, o sea, de restaurar la totipotencia en las células diferenciadas.

—¿Y eso para qué valdría?

—¿Que para qué valdría? —refirió Torgoff—. Eso sería como encontrar el cáliz de Cristo.

—¿En qué sentido?

—Si alguien lo consiguiera... —Torgoff frunció el ceño—. No sé cómo explicárselo —dijo—. Para empezar, ganaría millones... Billones de dólares. Pero el dinero es lo de menos. Si alguien consiguiera invertir el proceso de diferenciación, el mundo ya nunca volvería a ser igual.

—¿Por qué?

—Porque... Porque entonces sí que podríamos clonarlo a usted. Maldita sea, podríamos desenterrar a Beethoven, al general Custer y a Elvis Presley. Hasta podríamos conseguir réplicas exactas de nuestra propia madre. También se podrían crear clones para que nos sirvieran de almacenes de repuestos. Así, podríamos desguazarlos cuando nos hiciera falta un pulmón nuevo, o un hígado o un corazón. ¿Se imagina los dilemas morales y sociales que eso plantearía? ¿Qué pasaría con las adopciones si cualquier persona pudiera pedir por correo una copia de sí mismo, o de quien quisiera? Y, al combinar la clonación con las nuevas tecnologías de recombinación del ADN, no resultaría nada difícil crear clones no del todo humanos: subhumanos que pudieran servir de carne de cañón en las guerras, esclavos, gladiadores... En vez de huertas orgánicas, tendríamos huertas de órganos; tendríamos personas desechables.

Lassiter sonrió.

—¿No cree que está exagerando un poco?

Torgoff se rió y movió la cabeza.

—En absoluto. Todo lo que haría falta sería una célula que tuviera el ADN intacto: una gota de sangre, un folículo de pelo, un trozo de piel... Cualquier cosa valdría. Una vez invertida la diferenciación, en cuanto se restituyera la totipotencia de la célula se podría generar un organismo nuevo a partir de ella. Tan sólo habría que introducir el núcleo de esa célula en un óvulo cuyo propio núcleo hubiera sido previamente extraído. Luego, bastaría con cultivar esa célula. Resulta ingenioso, ¿verdad?

Lassiter reflexionó unos instantes.

—¿Qué quiere decir exactamente cuando habla de cultivar la célula?

—Pues, en el caso de un ser humano, estaríamos hablando de un procedimiento de oocito. —Lassiter frunció el ceño al oír la palabra—. Eso es...

—Sé lo que es —lo interrumpió Lassiter—. Mi hermana se sometió a uno.

—Ah. Bueno..., entonces ya sabe lo que es. —Torgoff volvió a mirar la hora y se reclinó en su silla—. Me tengo que ir —dijo—. Me espera un niño de doce años que quiere ir a un partido de hockey sobre hielo.

—Una última cosa —pidió Lassiter—. Si Baresi lo hubiera conseguido, si hubiera encontrado la forma de invertir la diferenciación celular, lo sabríamos, ¿verdad?

—Por supuesto —repuso Torgoff al tiempo que se levantaba—. Por supuesto que lo sabríamos... A no ser que...

—¿Que qué?

Torgoff se puso la bufanda, se abotonó el cuello del chaquetón y se enfundó la gorra de marinero.

—A no ser que Baresi tuviera algún tipo de duda. Lo que

quiero decir es que tal vez se asustara ante las implicaciones de un descubrimiento así. ¿Quién sabe? Tal vez fuera eso lo que lo incitó a dedicarse a la teología.

En el metro, de camino al hotel Marriott, Lassiter no sabía qué pensar. ¿Encontraría Baresi a Dios en una molécula? ¿Sería eso lo que le había hecho cambiar la ciencia por la teología? Quién sabe. Pero ¿qué tenía que ver todo eso con Umbra Domini? ¿Qué tenía que ver todo eso con las decenas de asesinatos cometidos desde Tokio hasta Washington?

La frustración de Lassiter crecía por momentos. ¿Por qué tenía que suponer que la pasión de Baresi por la ciencia y la religión eran importantes para la resolución del caso? ¿Porque lo había dicho el padre Azetti?

Sí, por eso.

Evidentemente, la clave de todo estaba en la clínica. No en la ciencia ni en la teología, sino en la clínica de fertilidad. La clínica era el eslabón común entre todas las víctimas. Pensándolo bien, no sabía qué hacía persiguiendo fantasmas cuando podría estar entrevistando a las otras pacientes de la clínica. Tenía todos los nombres y las direcciones. Aunque esas mujeres sólo hubieran estado una semana, conocían la clínica. Ninguna de ellas se había sometido al procedimiento de oocito y, por lo que él sabía, ninguna había sido asesinada. Eran más de cien mujeres, y él ni siquiera había hablado con una.

Pero Freddy y Riordan sí lo habían hecho. Y sus conversaciones se podían resumir en una frase: «¡Verdad que es maravillosa la vida!» Estaba claro que ninguna de ellas corría peligro. Aun así...

Lassiter se inclinó hacia adelante en el asiento del metro, se pasó los dedos de las manos por el pelo e hizo un ruido de frustración. Debió de hacerlo bastante alto, porque, cuando levantó la cabeza, el hombre que estaba sentado enfrente de él lo miraba con gesto de disgusto. Lassiter podía leerle perfectamente el pensamiento: «Justo lo que necesito, otro puto psicópata.»

De repente, una posibilidad hizo que se le estremeciera el cuerpo. Lassiter se incorporó en su asiento. ¿Y si Baresi realmente lo hubiera conseguido? ¿Y si hubiera empleado la clínica para clonar...?

¿Para clonar qué? O, mejor dicho, ¿a quién? Lassiter volvió a hacer un ruido de frustración. El hombre del asiento de enfrente se levantó y se fue al otro extremo del vagón.

¿Qué pasaría si lo hubiera hecho? ¿Acaso se habría arrepentido después de hacerlo? ¿Cambiaría de parecer Baresi? ¿Habría sido capaz Baresi de ordenar el asesinato de los niños?

Eso era una locura. Y, además, los niños de la clínica no podían ser clones; no se parecían. Brandon no se parecía a Jesse, y ninguno de los dos se parecía a los otros niños que había visto en fotografías. Ni a Martin Henderson ni al hijo de Jiri Reiner. Eran todos distintos.

Así que no podían ser clones, pensó Lassiter, a no ser que...

¿Qué? A no ser que fueran clones de distintas personas. ¿De qué personas? ¿De los miembros del colegio cardenalicio? ¿De los jugadores de fútbol del Milán?

No, eso era ridículo. Aunque Baresi hubiera podido hacer algo así, ¿por qué iba a querer hacerlo? Desde luego, los niños no formaban parte de una investigación. Las mujeres iban a la clínica, se quedaban embarazadas y volvían a sus casas. Todo era muy normal. Y, por lo que sabía Lassiter, Baresi nunca había pedido una foto de los niños ni había seguido su proceso de evolución. Era un sencillo procedimiento médico y nada más que eso.

Pero tenía que haber algo más.

Porque todas las pacientes habían sido asesinadas.

CAPÍTULO 35

El frío de Washington no podía compararse con el que hacía en Maine.

Lassiter estaba sentado en un Ford Taurus de alquiler delante de la jefatura de tráfico de Portland, Maine. Se estaba regañando a sí mismo, con las manos encima de las rejillas por las que salía la calefacción. No debería haber usado su tarjeta de crédito para alquilar el coche en Hertz; debería haber pagado al contado. Sólo que no aceptaban dinero al contado, así que no le había quedado más remedio que pagar con la tarjeta. Y, de todas formas, daba igual. Con tal de pagar la gasolina al contado... Si lo hacía, nadie podría saber adónde había ido.

A pesar del chorro de aire caliente, todavía tenía los dedos helados después de haber limpiado la capa de hielo que cubría el parabrisas con la sección de deportes del *Portland Press-Herald*. «Realmente, no estoy equipado para este frío —pensó Lassiter—. Una simple chaqueta de cuero no es suficiente, ni tampoco los elegantes guantes de Bergorf Goodman. Necesitaría unas manoplas y un traje de astronauta.»

El reloj del coche marcaba las 8.56 horas. Sólo faltaban cuatro minutos para que abrieran. Lassiter pensó que debería haber ido antes a Sunday River a enseñarle la foto a los dueños de los apartamentos, a los empleados de las tiendas de esquí, a los monitores, a los encargados de la guardería... Aunque lo más probable era que eso no sirviera para nada; debían de subir miles de personas cada fin de semana. Además, la foto era de hacía dos años y no estaba hecha en la estación de esquí, sino en un centro comercial. En la fotografía, la montaña estaba detrás del McDonald's, a lo lejos.

Pero, desde luego, era esa montaña. Era Sunday River. Había comparado la montaña de la foto con la montaña de los folletos turísticos del hotel Ramada y no había duda de que era la misma. Calista estaba en Maine o, por lo menos, había estado en Maine dos años atrás.

Lassiter encendió la radio. Una mujer con las caderas muy anchas salió de la jefatura de tráfico con una bandera en cada mano, avanzó hasta las dos astas y, sin más ceremonias, izó la bandera nacional y la del estado de Maine, que consistía en un gran pino verde. Luego, volvió sobre sus pasos por el aparcamiento cubierto de hielo.

Una voz en la radio anunció que la temperatura era de quince grados bajo cero. «Las temperaturas están subiendo», dijo el locutor con voz animosa.

A las nueve en punto, cuando la mujer abrió la puerta de la jefatura de tráfico, una docena de motores se apagaron en el aparcamiento. Una a una, las personas más madrugadoras salieron de sus coches y se dirigieron hacia el edificio. Lassiter los siguió. Medio minuto después estaba delante de la ventanilla de obtención de datos.

La gente suele pensar que la policía es la única que puede

obtener legalmente los datos del dueño de un vehículo. Pero ésa es una noción muy antigua, de cuando el derecho a la intimidad todavía era posible. En la era de la información, además del tiempo, también los datos son oro. Y el estado de Maine participaba de este negocio vendiendo información a cualquier persona que pagara por ella.

Como Lassiter sabía de sobra, había empresas que vendían listados personalizados a gusto del consumidor. Si alguien quería un listado de los dueños de inmobiliarias de una zona determinada que, además de no tener hijos, tuvieran unos ingresos de más de cien mil dólares anuales, podía conseguir la información en cuestión de horas.

La jefatura de tráfico de Maine también era capaz de elaborar listados a gusto del consumidor. Y, gracias a la informática, podía proporcionar esos listados en cualquiera de sus oficinas de atención al público. Así que, cuando Lassiter rellenó un formulario pidiendo los nombres y fechas de nacimiento de los dueños de todas las furgonetas Volkswagen matriculadas en el estado de Maine, la mujer que lo atendió le hizo una única pregunta:

—¿Lo quiere impreso en papel normal o en adhesivos para envíos postales?

—En papel normal —contestó Lassiter. Después le pagó cien dólares y le dio treinta más para acelerar el pedido.

—Lo puede recoger mañana por la mañana a partir de las diez —dijo la mujer.

Lassiter se pasó el resto del día conduciendo de un lado a otro, sin ninguna dirección en particular. Le gustaba Maine. El paisaje rocoso, los pinos y la nieve transmitían una sensación limpia y espaciosa. Aunque, incluso allí, las franquicias y los centros comerciales tenían demasiada presencia para su gusto. Pero encontró una docena de pueblos que parecían estar organizados alrededor de pistas de hielo, quioscos de prensa y tiendas de alimentación. Y, aunque algunas poblaciones estaban manchadas por algún edificio restaurado de manera artificialmente pintoresca, Lassiter se sentía como en casa. Quizá fuera falsa nostalgia, pero esos pueblos le parecían mejores sitios para mantener una vida civilizada que la subdividida expansión urbana que se reproducía a sí misma una y otra vez a lo largo de la costa.

A las cinco de la tarde, cuando volvió a su hotel, ya había

anochecido. Una vez en su habitación, cogió uno de los artículos sobre Calista, se acomodó en un sillón y apoyó los pies encima de una mesa baja.

Había estado leyendo los artículos que había enviado la agencia de relaciones públicas de Calista en orden cronológico, pero invertido. A estas alturas, ya había vuelto hasta 1986. En vez de la habitual avalancha de detalles personales, los artículos de hacía diez años eran sobre todo especulaciones sobre su identidad, su origen y el porqué del hermetismo que mostraba acerca de su pasado.

Había obtenido su primer papel en Hollywood en 1984, en una película de bajo presupuesto que, contra todo pronóstico, resultó ser un éxito. La mayoría de los críticos pensaban que aquel sorprendente éxito se debía a esa cautivadora actriz desconocida que interpretaba el papel de la protagonista femenina. En pocas palabras, Calista iluminaba la pantalla. La película podría haber sido un vulgar melodrama *new-age* lleno de música vertiginosa y paisajes idealizados, pero el travieso personaje de Calista rescataba la película de sus productores y consagraba al encargado del reparto como un genio.

Cuando desapareció, en 1990, la insistencia de la estrella en no hablar sobre su pasado ya había sido aceptada por la prensa. Pero, en 1986, Calista todavía era un filón para la prensa sensacionalista. La actriz dijo en una ocasión que una cosa era la libertad de prensa y otra muy distinta el derecho a la intimidad y que no concedería entrevistas a los periodistas que no respetaran su intimidad. Hubo reacciones de todo tipo. Algunas publicaciones le tomaron la palabra y evitaron hacer preguntas sobre su pasado. Otras, en cambio, se dedicaron a investigar su pasado en busca de algún misterio que desenterrar. Pensaban que su actitud era una fachada y, además, para justificarse, razonaban que sin publicidad, la carrera de Calista se vendría abajo.

Calista dijo que le parecía muy bien, que ellos tenían que hacer su trabajo y ella el suyo, que husmearan todo lo que quisieran, pero que no esperasen encontrar ni complicidad ni comprensión por su parte. Poco después se estrenó *Flautista*. Aprovechando el gran éxito de la película, una revista publicó un rumor basado en un entrevista con la secretaria personal de Calista:

La actriz nunca desmintió la historia, pero tampoco la confirmó. Se limitó a despedir a su secretaria y a decirle a su sucesora que no atendiese ninguna llamada de esa revista.

La prensa sensacionalista tardó bastante tiempo en darse cuenta de que Calista iba en serio. Durante dos o tres años se publicaron todo tipo de artículos que especulaban sobre los posibles horrores de su juventud. Aparecieron más de una docena de «auténticos padres» de Calista, se dijo que había ahogado a su hermano pequeño, que había actuado en películas porno y que había estado en la cárcel por fraude, hurto y tráfico de armas.

Una revista llegó incluso a publicar la foto de Calista en un cartel de «Se busca». Otra revista tenía un número de teléfono al que se podía llamar a cualquier hora de la noche o del día para dar información sobre el pasado de Calista. Hasta se publicaron una serie de fotos descaradamente trucadas que pretendían dar la vuelta al proceso de envejecimiento de la actriz, mostrando cómo habría sido con dieciséis años, con doce, con ocho... Incluso de recién nacida.

Se sucedían titulares del tipo: «¿Conoce a esta niña?» o «Mamá Calista, ¿dónde estás?».

Todo ello resultaba ridículo, molesto y perjudicial. Y, además, inútil, pues las revistas sensacionalistas nunca llegaron a averiguar nada de interés sobre el pasado de Calista. La prestigiosa revista *New Yorker* convirtió a Calista en el centro de atención de un artículo de doce mil palabras sobre la «metástasis de la fama» y sus efectos negativos sobre las vidas privadas de los personajes públicos. Otras publicaciones también aplaudieron la postura de Calista, aunque, citando a Andy Warhol, una de ellas también hizo hincapié en la inevitabilidad del fenómeno.

Realmente, nada de eso ayudaba a Lassiter en su investigación. Calista podía ser huérfana o quintilliza: no había forma de saberlo. Las fuentes de los artículos de la prensa sensacionalista eran anónimas o poco fiables, o ambas cosas al mismo tiempo. Pero, eso sí, había algo que estaba claro: si Lassiter conseguía encontrar a Calista Bates, ella desde luego no se lo iba a agradecer.

Por la noche, Lassiter salió a cenar a un típico restaurante local. Pidió una langosta y la acompañó con una botella de cerveza Pilsner Urquell.

—Son más dulces en invierno —dijo la camarera con entusiasmo. Lassiter tardó unos segundos en darse cuenta de que se refería a las langostas.

A las diez de la noche estaba de vuelta en su habitación, leyendo el *Boston Globe*. Los titulares del periódico no decían nada que Lassiter no hubiera oído ya por la tarde en la radio del coche: las últimas novedades sobre un accidente de avión y algo sobre Bosnia. Además, el periódico traía distintas noticias sobre las tasas de interés, las elecciones y el problema de la falsificación de dinero en Oriente Medio.

Lassiter no solía prestarle demasiada atención a las noticias locales cuando estaba de viaje. ¿Qué interés podrían tener para él las maniobras políticas en el ayuntamiento de Boston o el fraude del subsidio de desempleo descubierto en Foxboro? Pero, aun así, se detuvo a leer un artículo que parecía interesante sobre un escritor llamado Carl Oglesby. Al pasar la página para acabar de leer el artículo, Lassiter se quedó atónito al ver una foto de Silvio della Torre sonriéndole en blanco y negro.

El artículo que acompañaba la foto se titulaba: «Enorme cantidad de creyentes asisten a misa en latín.»

Brockton, Massachusetts.— *A pesar del lamentable estado de las carreteras y de las gélidas temperaturas, más de mil creyentes acudieron a la iglesia católica de Nuestra Señora Auxiliadora de los Cristianos para oír al padre Silvio della Torre decir misa en latín.*

De espaldas a los feligreses, el líder tradicionalista se dirigió al altar con una voz portentosa que resonaba en toda la iglesia. La emoción de muchos de los asistentes llegó hasta el extremo de ponerse a llorar. Algunos elogiaron la «fuerza y la belleza de la ceremonia», mientras que otros destacaron el vínculo casi místico con las generaciones de católicos que solían celebrar la misa en esa lengua ancestral.

Durante el sermón, Della Torre abogó por un «catolicismo más activo» y alentó a todos los presentes a «hacer frente a las abominaciones de la ciencia».

El sacerdote tradicionalista italiano es el líder de Umbra Domini, una asociación católica que está experimentando un rápido crecimiento. Della Torre llegó a Boston el viernes pasado para asistir a la ceremonia de inauguración del nuevo hospicio que la asociación ha abierto en el barrio de Brookline.

Umbra Domini rechaza muchas de las reformas adoptadas por la Iglesia en el Concilio Vaticano II y defiende el derecho de los católicos a practicar el culto al modo tradicional, una reforma doctrinal que el Vaticano aprobó hace algunos años.

Un representante de la asociación dijo que la estancia de Della Torre en Estados Unidos será «flexible y de duración indeterminada».

Lassiter leyó la noticia a toda la velocidad. Cuando acabó, la leyó por segunda vez. Después cogió una botellita de whisky del minibar, se sirvió el contenido en un vaso y, mientras miraba fijamente la foto de Della Torre, vació el vaso de un trago.

Por la mañana condujo hasta la jefatura de tráfico con los ojos entrecerrados para disminuir el efecto cegador de la luz que se reflejaba en la nieve. El cielo estaba cubierto de nubes y, aunque hacía menos frío que el día anterior, también había más humedad en el aire. El resultado era un frío crudo que se pegaba a los huesos y hacía soñar con el sol de Florida.

La mujer de la ventanilla de obtención de datos le entregó un sobre marrón. Lassiter se sentó delante de una mesa larga que había pegada a la pared. A su lado, una chica rubia con la cara llena de granos estaba rellenando un formulario con uno de los bolígrafos que había enganchados a la mesa con una cadenita.

La lista tenía unas diez páginas y contenía todas las furgonetas Volkswagen matriculadas en el estado de Maine. La información estaba ordenada alfabéticamente e incluía el nombre del dueño del vehículo, su dirección, su fecha de nacimiento, la matrícula del vehículo y el año del modelo. La fecha de nacimiento le permitiría reducir la lista considerablemente, ya que Calista había nacido en 1962.

Aun así, Lassiter sabía que sería un proceso arduo y tedioso, pues, una vez eliminados los hombres y reducida la lista a las mujeres de una edad determinada, tendría que visitarlas personalmente de una en una. Desplazándose por la lista en orden alfabético, ya había marcado siete nombres cuando lo vio:

Sanders, Marie A.
Fecha de nacimiento: 8-3-1962.
Apartado postal 39.
Cundys Harbor, Maine 04010.
Vehículo: Volkswagen (furgoneta), 1968.
Matrícula: EAW-572.

Primero se fijó en el año de nacimiento. Después en el nombre: Marie. Leyó la información detenidamente. Ocho de marzo. ¿Era ésa la fecha de nacimiento? Estaba seguro de que lo era.

«Dios mío —pensó—, la he encontrado.»

Dio un puñetazo en la mesa y la chica de los granos se dio la vuelta y lo miró con desaprobación. Lassiter se metió el listado en el bolsillo y salió a la calle tan deprisa que estuvo a punto de resbalar sobre el hielo.

Tenía que ser ella. ¿Qué probabilidades existían de que hubiera dos mujeres llamadas Marie en el estado de Maine que hubieran nacido el 8 de marzo de 1962 y fueran dueñas de una vieja furgoneta Volkswagen?

Abrió la guantera, sacó el mapa y miró en el índice. Cundys Harbor: K-2. Lassiter deslizó la yema del dedo por el vacío rosa de Quebec, cruzó la frontera, entró en Maine y atravesó un sinfín de lagos y pueblos antes de llegar a un pequeño punto junto a la costa, al sudeste de Brunswick.

Una hora después pasaba junto a la entrada de la Universidad de Bowdoin; gracias, Dicky Biddle. A los pocos minutos giró a la derecha al llegar a una señal que decía:

ISLA DE ORRS

El paisaje resultaba agradable incluso en un día tan nublado como ése. Las grandes rocas de color gris pizarra y los oscuros pinos verdes se recortaban contra la nubes. La luz, de un gris intenso, tenía una cualidad especial que recordaba al cercano océano. Mientras avanzaba por la carretera que indicaba el mapa, pasó junto a un sinfín de negocios de temporada que estaban cerrados por el invierno: un restaurante junto a la playa, un cobertizo con un cartel que anunciaba empanadas de langosta, una tienda de recuerdos... La carretera giró bruscamente hacia la izquierda, haciéndose más estrecha al tiempo que trazaba un arco hacia el callejón sin salida que era la pequeña población de Cundys Harbor. Al llegar, Lassiter aparcó delante de la pequeña oficina de correos presidida por una bandera de Estados Unidos que también hacía las veces de tienda de alimentación.

En el pequeño aparcamiento que había delante de la tienda, Lassiter vio una furgoneta Volkswagen azul. Incluso sin mirar la matrícula, supo que era la furgoneta de Calista. En un extremo del parachoques, la furgoneta tenía una pegatina que decía «Los hobbits existen» y en el otro extremo otra que decía «Imagina un guisante relleno». Entre las dos pegatinas estaba la matrícula:

EAW-572

«¿Y ahora qué?», se preguntó Lassiter mientras hacía equilibrios sobre una roca a menos de treinta metros del mar. Lo lógico era pensar que Calista..., Marie, estaba en la tienda. La misma Marie que había sido perseguida y acosada sin compasión. Y Lassiter no quería asustarla.

Aunque ella lo reconociese del funeral de Kathy, eso no tenía por qué ser necesariamente bueno. A lo mejor, en vez de tranquilizarla, la conexión podía tener el efecto contrario. Lassiter se acercó al borde del mar mientras reflexionaba sobre la mejor manera de abordarla. Había estado tan concentrado en la búsqueda que nunca había pensado en lo que iba a decirle si alguna vez la encontraba. Se acercó a la orilla, sumido en la indecisión, y permaneció unos instantes mirando el mar.

Cundys Harbor era una vieja aldea de pescadores. Los muelles de madera estaban repletos de lapas, percebes y algas. Encima, se amontonaban trampas para langostas y todo tipo de artes de pesca junto a una colección variopinta de barcos: un pesquero de arrastre con los aparejos oxidados, varios atractivos barcos langosteros, un par de modernas y brillantes lanchas de motor...

La marea estaba baja y el fondo marino, de barro y piedras y algas amarillentas, estaba salpicado por los trozos de hielo resquebrajado que se habían formado en la superficie del agua antes de que la marea bajara. El cielo se iba oscureciendo a medida que se cubría con una capa cada vez más espesa de nubes. Una ráfaga de viento lo hizo temblar de frío. Realmente, no llevaba suficiente ropa de abrigo para la temperatura que hacía.

La pequeña oficina postal era un viejo edificio de madera. Tenía varios estantes repletos de todo tipo de comestibles y una vieja nevera que guardaba la leche, los huevos y la cerveza. Una mujer de pelo canoso levantó la mirada del periódico que estaba leyendo.

—Hola —dijo pronunciando la palabra como si fuese una amenaza.

Lassiter sonrió y se acercó a una estufa de leña. Se calentó las manos y miró a su alrededor. Había cartas marítimas, señuelos de pesca, navajas, linternas, comestibles, caramelos, bombillas, magdalenas, periódicos... En un extremo había una oficina postal en miniatura, con una rendija para depositar las cartas, un diminuto mostrador y cincuenta pequeños buzones de bronce.

Pero en ninguno de ellos figuraba el nombre de Calista Bates, ni tampoco el de Marie Sanders.

La mujer de pelo cano volvió a dirigirse a él con su pesado acento de Maine:

—¿Puedo ayudarlo en algo, querido?

«¡Qué demonios!», pensó Lassiter.

—Espero que sí —dijo—. Estoy buscando a Marie Sanders.

La mujer hizo un ruidito con el paladar.

—Vaya, vaya —comentó con gesto de preocupación.

—¿No es su furgoneta la que está fuera? —preguntó Lassiter.

—Sí. Debe de serlo. Pero ella no está. ¿Es usted amigo de Marie?

Lassiter asintió.

—¿Cuándo volverá? —preguntó.

—Dentro de un mes, o puede que mes y medio.

Lassiter movió la cabeza con perplejidad. Era como si la mujer hubiera echado abajo todas sus esperanzas.

—Pero... Creía que vivía aquí —replicó.

—Pues claro que vive aquí. Bueno, no aquí mismo. Aunque, realmente, tampoco está tan lejos.

—Pero... Entonces... ¿Está de viaje o...?

La mujer lo miró fijamente desde detrás de sus gafas. Después se rió como lo haría una adolescente.

—¡Dios santo! —exclamó—. Esto empieza a parecer un juego de adivinanzas. Déjeme que se lo enseñe. —La mujer se puso un inmenso jersey azul y le indicó con un gesto que la siguiera. Al salir a la calle, cerró la puerta golpeándola con la cadera.

El viento los obligaba a bajar la cabeza mientras se acercaban a los muelles.

—Allí —dijo apuntando hacia la fila de islas que se divisaba delante del horizonte—. En la última isla.

—¿Vive ahí?

La vieja sonrió socarronamente.

—Sí. En los días claros se puede ver el humo que sale de su estufa de leña. —La mujer tembló de frío—. Vamos adentro, querido. Creo que nos vendría bien tomarnos una taza de té.

Volvieron a la tienda.

—Marie tendrá una emisora de radio o algo parecido, ¿no? —preguntó Lassiter.

—Un teléfono móvil.

—Entonces...

—No funciona.

—Está bromeando, ¿no?

La mujer movió la cabeza y encendió un hornillo de gas que había en el mostrador. Después colocó una tetera encima.

—No. Jonathan intentó avisarla justo antes de la última tormenta, pero no consiguió hablar con ella. Quizá no le funcione. No sería la primera vez que se estropea. Mire. —La mujer salió de detrás del mostrador y se acercó a una gran carta de navegación que había en la pared. La franja costera era una extensión pardusca prácticamente vacía, mientras que el agua estaba llena de datos y detalles de profundidades, corrientes y características del fondo marino. Puso el dedo sobre una bahía con forma de cimitarra—. Nosotros estamos aquí —dijo. Después movió el dedo hacia una de las tres islas—. Y su amiga está aquí.

—Isla Sanders —leyó Lassiter en voz alta. ¿Isla Sanders? Entonces, después de todo, ése debía de ser su verdadero apellido.

—Así se llama, querido. Cuando el capitán Sanders compró la isla, hace mucho tiempo ya, quería que figurara así en las cartas de navegación y sabe Dios que lo consiguió. De todas formas, por aquí todo el mundo sigue llamándola isla Mellada, que es como se ha conocido siempre.

—¿Por qué se llamaba así?

La mujer se acercó al mostrador y apagó el hornillo.

—Mire la costa. Es absolutamente irregular. En cambio, isla Duquesa, la de al lado, tiene la costa tan lisa que casi no se puede encontrar una roca para amarrar una barca.

Lassiter observó despistadamente una máquina dispensadora de caramelos.

—¿Azúcar? —preguntó ella—. ¿Leche?

—Las dos cosas, por favor.

—Igual que yo. Me gusta el té claro y dulce. —La mujer puso dos tacitas de porcelana fina, con sus respectivos platos, encima del mostrador—. Y no me gustan las tazas grandes.

Durante los quince minutos siguientes, Maude Hutchison le estuvo contando lo que le gustaba y lo que no, le explicó que vivía allí desde hacía una eternidad y le puso al corriente de la historia local. Mientras hablaban, un par de hombres entraron a comprar cigarrillos y una mujer acudió a ver si tenía correo. Cuando Lassiter volvió a mencionar a Marie Sanders, ya estaban por la segunda taza de té.

—Entonces, ¿Marie está pasando el invierno sola en esa isla?

—Sola no. Con el niño —contestó ella mientras removía el té—. Éste es el primer invierno que pasan en la isla. De hecho, debe de ser el primer invierno que pasa nadie en esa isla al menos en veinticinco años. Me acuerdo perfectamente de ella cuando era una niña. Aunque, claro, después de tantos años, al principio no la reconocí.

—Entonces, ¿Marie se crió aquí?

—Pues claro. Yo conocí bien a sus padres. En verano solía ir toda la familia a la isla. Iba hasta el hermano de Marie, que era un chico enfermizo. Solían envolverlo en mantas y llevarlo en brazos al barco. ¡El viejo John! Era todo un marinero. En verano solían ir todos los fines de semana. Aunque, claro, Marie no levantaba ni así del suelo —dijo la mujer bajando el brazo hasta la altura de las caderas—. No creo que tuviera más de cinco años. ¡Y ahora está pasando el invierno en la isla con su propio hijo!

—¿Todavía viven por aquí sus padres?

La mujer movió la cabeza.

—No, claro que no. Ya hace muchos años que murieron. ¿No se lo ha contado Marie?

—No.

—La verdad, no me sorprende. Es de esas mujeres que se guardan sus asuntos... Bendita sea. —La mujer respiró hondo—. Después de lo del niño, a John le dio por ir a beber a Portland. Hasta que un día Amanda fue a buscarlo. Bueno..., John dijo que podía conducir. Y condujo, pero sólo hasta que llegaron a las vías del tren. Los abogados dijeron que la señal estaba rota, pero no pudieron probarlo; la verdad es que John siempre fue muy impaciente. Casi puedo imaginármelo intentando ganar al tren. —La mujer movió la cabeza—. La hermana de Amanda se ocupó de Marie. Se llevaron a vivir a la niña a Connecticut. Nunca volvimos a verla por aquí... Hasta que...

—Hasta que un día volvió a aparecer.

—Sí, así es. Guapa como una actriz de cine y sin pelos en la lengua. En cuanto llegó, contrató a unos hombres y se puso a arreglar la casa de la isla. La aisló, puso un cuarto de baño nuevo, estufas nuevas, un horno de leña... Hasta arregló el muelle. Por aquí, todo el mundo comentaba que era una locura, que estaba tirando el dinero, porque nunca iba a conseguir vender la propiedad.

—¿Por qué no?

—Aquí no tenemos electricidad. Lo más seguro es que nunca la tengamos. —La mujer se acabó su segunda taza de té—. ¡Cómo cambian los tiempos!

—¿Por qué dice eso?

—Antes, la gente venía aquí para escapar de la vida de la ciudad. Se iban a la costa o a las islas. La idea era volver a las cosas básicas, vivir en contacto con la naturaleza, sin teléfonos ni tostadoras ni nada de eso. Sólo velas y hogueras y el agua de los arroyos o de los barriles que recogen la lluvia.

Lassiter mencionó algo sobre los *boy scouts* y sobre la moda de volver a la naturaleza.

—Cuando el capitán compró la isla Sanders, parecía un sitio perfecto. Por aquel entonces, mientras más remoto fuera el sitio, mejor. Pero, hoy en día, la gente se ha vuelto cómoda. Ahora, cuando se va de vacaciones, lo que quiere la gente es llevarse su vida de siempre a otro sitio distinto. Las casas de las islas se están viniendo abajo porque ya nadie quiere alejarse de todo.

—Ya, en vez de eso quieren llevarse todo a dondequiera que vayan —le dio la razón Lassiter.

La mujer sonrió.

—Así es. Por Dios santo, ¡cómo iban a perderse su programa favorito de televisión!

—Entonces, ¿Marie está pasando el invierno ahí fuera sin electricidad?

—El primer año sólo pasó el verano en la isla. Al año siguiente se quedó de mayo a noviembre. Éste es el primer año que aguanta todo el invierno. —La mujer frunció el ceño—. Claro que hay algunos que no lo aprueban. Y lo dicen bien clarito. No sé qué ha sido de nuestra famosa discreción.

—¿Por qué no lo aprueban? ¿Por lo apartada que está la isla?

—Eso le da igual a la gente. Son sobre todo los hombres los que rechazan la idea. ¡Imagínese! Una mujer que corta su propia leña, que pone sus propias trampas para langostas... La idea de que una mujer pueda hacer todas esas cosas sin su ayuda hace que los hombres se sientan incómodos. Y, además, las mujeres se preocupan por el niño.

—¿Y usted qué piensa?

La mujer se encogió de hombros.

—Antes yo era como las demás; yo también me preocupaba por Jesse. Pero es un niño tan dulce y parece tan feliz... Y ella es tan cariñosa con él... Así que me puse a pensar. Realmente, ¿qué es lo que le falta a ese niño? ¿Dibujos animados? ¿Juegos de vídeo?

—Ya. Pero, aun así, si hubiera una emergencia...

La mujer suspiró.

—Sí, en eso tiene usted razón. Se lo hemos intentado decir más de una vez, pero ella siempre sonríe y dice: «Bueno, tengo bengalas. No os preocupéis. Si algún día necesito ayuda, os enteraréis.» De todas formas, yo estaría más tranquila si al menos tuviera un barco como Dios manda.

—¿Ni siquiera tiene un barco?

—Sí, sí. Claro que tiene uno, pero no es gran cosa. Desde luego, yo no saldría con ese barco en invierno. —Hizo una pausa—. Bueno... Dígame. ¿De qué conoce usted a Marie?

Lo dijo con una aparente falta de interés que Lassiter intuyó que era fingida. A Lassiter se le ocurrió que la mujer podía estar pensando que él era el padre de Jesse.

—La conocí en el funeral de mi hermana —explicó Lassiter—. Estaba en Portland por asuntos de trabajo y se me ocurrió que podría pasarme a saludarla. Nunca me comentó que vivía en una isla. —Sonrió y movió la cabeza—. Me estaba preguntando... —dijo como si se le acabara de ocurrir la idea—. ¿No habrá algún sitio por aquí donde pueda alquilar un barco?

—No. En estas fechas nadie querría alquilar su barco.

—¿Por qué no? ¿Por el hielo?

—No, no. El hielo es lo de menos. El puerto sólo se congela un par de veces al mes. Además, la capa de hielo nunca es muy gruesa; nada que no pueda romper sin problemas un barco de motor.

—Entonces, ¿por qué no me iban a alquilar un barco de motor?

—Hace demasiado frío, querido. Se necesitaría un barco con cabina y calefacción. Si no, como se parase el motor, como pasara cualquier cosa..., se congelaría como un polo. Ya sabe, en el mar hace mucho más frío que en tierra. Y si se cayera por la borda... Bueno, eso sí que sería el final. No creo que aguantara ni dos minutos.

—Entonces, ¿no sale nadie en invierno?

—Los langosteros y los pescadores de erizos sí salen. Son los únicos que están lo suficientemente locos. Y ni siquiera ellos lo harían... si no fuera por el dinero.

—¿Pescadores de erizos?

—Sí. A los erizos les gusta el agua fría, y a los japoneses les gustan los erizos. Al menos eso dicen. Yo, personalmente, no me comería un erizo por nada del mundo.

—¿Cree que alguno de esos pescadores me podría llevar a la isla?

La mujer pareció dudarlo.

—Desde luego, los langosteros no. En invierno sólo salen los barcos grandes. Pero los pescadores de erizos... ¿Quién sabe? Desde luego, le costaría bastante dinero.

—Ya me lo imagino —dijo Lassiter—. De todas formas, no se pierde nada por preguntar. ¿Sabe con quién podría hablar?

—Bueno, podría preguntar en Ernie's. Es la cooperativa de pescadores. Casi siempre hay alguien por allí.

Lassiter le dio las gracias y le dijo que estaba encantado de haberla conocido.

Ella parecía contenta. Se sonrojó un poco y empezó a toquetear las tazas de té.

—Desde luego, hoy no va a ir a ninguna parte —sentenció la mujer—. Viene mal tiempo.

Ernie, el encargado de la cooperativa, se hizo eco del último pensamiento de la mujer, moviendo su inmensa cabeza de un lado a otro. Estaban rodeados de aparejos, grandes boyas de color rosa y lo que parecían ser miles de cartas de navegación, bengalas, chalecos salvavidas... Sonó una radio al fondo de la habitación. Después se oyó una voz interrumpida por todo tipo de ruidos.

—El parte meteorológico anuncia que viene otro noreste. Dicen que la tormenta no va a llegar hasta mañana por la mañana, pero a mí no me gusta nada cómo está el cielo. Yo desde luego no saldría, no señor. Ni tampoco se lo recomendaría a nadie.

—Entiendo. Pero, de todas manera, me gustaría hablar con alguien...

Ernie asintió y señaló hacia la puerta que había al fondo.

—Inténtelo si quiere —dijo—. Hay un par de chicos ahí dentro. Pregúnteselo si quiere.

—Claro, eso lo decís porque si me voy no podréis acabar la partida de cartas —le dijo Roger a los otros tres hombres que estaban sentados a la mesa—. Además, tenía pensado salir de todas formas. Los erizos están a más de doscientos dólares el kilo en Tokio. Como no recoja unos cuantos, un día de éstos se me va a caer el tubo de escape de la camioneta.

Era un tipo grande y alegre con el pelo negro muy largo, una barba entrecana, cejas pobladas, ojos muy despiertos y una dentadura blanquísima. Llevaba unos pantalones impermeables de color amarillo y unas inmensas botas de agua. Lassiter le acababa de ofrecer trescientos dólares por llevarlo a isla Mellada y recogerlo al día siguiente.

Uno de los otros hombres movió la cabeza.

—Viene tormenta —le advirtió—. Luego no digas que no te avisamos. Si no me crees, mira el barómetro.

—Todavía no hay aviso ni para las embarcaciones pequeñas —replicó Roger—. Y, además, como venga tormenta mañana, va a remover el fondo y no voy a poder hacer nada hasta el fin de semana.

—Tu pasajero va a necesitar un traje de poliuretano.

—Podrías dejarle el tuyo. Tú no vas a salir. —Roger se volvió hacia Lassiter—. ¿Quiere un traje de poliuretano? Son como los de los surfistas. Lo mantendrá caliente.

—No sé —contestó Lassiter—. Si usted cree que me hará falta...

—Bueno, necesitarlo, lo que es necesitarlo, no es que lo necesite. No va a ir nadando, ni nada parecido. —Roger miró el reloj de mareas que colgaba de la pared—. Tendremos agua de sobra —dijo—. Aunque, por otra parte, como se levante viento y usted resulte ser un patoso... Quién sabe —añadió ladeando la cabeza—. Puede que se me congele. Y yo podría quedarme sin licencia.

—¿Congelarme? —repitió Lassiter.

Roger asintió.

—Sí. Aunque creo que mi traje viejo le podría servir.

Uno de los hombres de la mesa se rió.

—¿Tu traje viejo? La última vez que lo vi tenía un siete en el culo. No me digas que todavía lo tienes.

—Sí, tiene un siete. ¿Y qué? Aquí el señor no va a bucear. Es sólo para darle calor en el barco. Y, además, así no se congelará si resbala al desembarcar.

—Roger tiene razón —convino un hombre que llevaba una gorra de béisbol—. Igual que no hace falta una bomba atómica para matar a una mosca, tampoco hace falta un traje nuevecito para darse un paseíto en barca.

Fueron a buscar los trajes de poliuretano y la ropa interior calorífica al almacén que había en la parte de detrás del edificio.

—No huelen demasiado bien —comentó Roger olisqueando un par de calzoncillos largos. Después se los lanzó a Lassiter.

Lassiter se encogió de hombros, se desnudó y se volvió a vestir. Luego dobló su ropa en un montoncito y se puso la chaqueta de cuero sobre el traje de poliuretano. Sacó la cartera de los pantalones e intentó metérsela en el bolsillo interior de la chaqueta. Pero el bolsillo ya estaba ocupado.

La carta de Baresi.

—¿Le pasa algo? —preguntó Roger al ver la expresión de Lassiter.

—No, nada —repuso Lassiter—. Me había olvidado de una cosa, pero no es nada. —Se metió la cartera en el bolsillo, estrujando la carta contra el fondo y lo abotonó. Después metió su ropa en una bolsa de plástico y la cerró con un nudo. Habían quedado en que Roger lo llevaría a la isla esa misma tarde y volvería a recogerlo con la marea alta a la mañana siguiente.

—Siempre que lo permita el tiempo, claro. Ya sabe, nunca se puede saber —dijo Roger.

Lassiter sabía que su plan era arriesgado. Iba a entrar en la propiedad privada de una mujer acosada. Aunque, por otra parte, lo más probable era que Marie Sanders lo reconociera del funeral de Kathy, así que confiaba en que podría explicárselo todo. Y el hecho de no poder marcharse hasta que Roger fuera a recogerlo jugaba a su favor. Marie no podría cerrarle la puerta en las narices; tendría que dejarle pasar la noche en su casa.

Además, no podía esperar un mes, o más, hasta que ella abandonara la isla. Si él la había encontrado, también podrían encontrarla ellos; y con la ayuda de Drabowsky no tardarían en hacerlo.

Siguió a Roger hasta una rampa que descendía hasta una boya que flotaba en el agua. Roger le explicó que era el muelle de invierno. En caso de tormenta se podía subir sin mayor problema. Descendieron juntos por la rampa, que subía y bajaba con las olas.

—Espere aquí —indicó Roger—. Ahora mismo vuelvo.

Empujó un pequeño bote neumático rojo que había sobre el muelle hasta que cayó al agua. Después saltó en el bote y remó hacia un reluciente barco blanco con las letras «vamos x ellos» escritas en la popa. Roger subió el bote y lo amarró en la cubierta del barco. Un minuto después, Lassiter oyó cómo arrancaba el motor, y el barco empezó a virar lentamente. Roger lo acercó al muelle con la destreza que da la experiencia, saltó y equilibró el barco para que Lassiter pudiera subir a bordo.

La cabina estaba abarrotada de bombonas de buceo, gafas, aletas, cabos, boyas e infinidad de cosas que Lassiter ni siquiera sabía para qué servían. Roger volvió a subirse al barco de un salto y Lassiter lo siguió a la cabina. Había una pequeña estufa encendida en el suelo.

Mientras salían del minúsculo puerto, Roger empezó a hablar sobre la pesca de erizos.

—Es un trabajo peligroso —comentó—, pero en un buen día puedo volver a puerto con cuatrocientos cincuenta kilos. De erizos, no de huevas. Los erizos se están pagando a casi tres dólares el kilo.

—Ya, pero ¿por qué los pescan en invierno? Hace un frío de perros —dijo Lassiter levantando la voz por encima del ruido del motor. A esas alturas ya estaban en mar abierto.

—Ésa es la temporada de los erizos: de septiembre a abril. Si los recoges en verano, las huevas sólo son el tres por ciento del peso del erizo. Pero en invierno son del diez al catorce por ciento. Así que la ganancia es mucho mayor.

—Entonces, ¿son las huevas lo que vale?

—Sí. Por eso es por lo que pagan. Los japoneses las llaman *uni*.

Lassiter estaba disfrutando del paseo. El barco era estable y avanzaba suavemente sobre las olas. Detrás de ellos, Cundys Harbor había encogido hasta el tamaño de un pueblo de juguete.

—¿Le gusta? —gritó Lassiter.

—¿El qué?

—El *uni*.

—¿Para comer?

—Sí.

—¡Qué va! —dijo Roger con una mueca de asco—. No entiendo cómo los japoneses... ¡Cuidado! —Roger rodeó a Lassiter con un brazo y viró bruscamente hacia babor. Oyeron un golpe seco en el casco y el barco tembló debajo de ellos—. ¡Joder! —exclamó Roger. Después apagó los motores y el barco empezó a balancearse en las olas.

—¿Qué ha pasado? —preguntó Lassiter.

—Un tronco —explicó Roger.

—¿Cómo lo sabe?

—Si flotan en la superficie, se pueden ver. Y si se hunden tampoco pasa nada. Pero, a veces, se quedan justo debajo de la superficie y no hay manera de verlos. —Volvió a encender el motor y escuchó el sonido; era áspero y desigual—. Creo que sólo tiene una muesca —dijo—. Puede que consiga arreglarla lijándola. —De repente, dio un puñetazo en el cuadro de mandos, justo encima de la llave de contacto—. ¡Joder! ¡Es la tercera hélice que me cargo este año!

Los labios le temblaron con un suspiro mientras hacía virar el barco hacia el rumbo adecuado. Unos segundos después, el barco volvía a cortar las olas.

—¿De qué estábamos hablando antes de que nos interrumpiera el tronco? ¡Qué pocos modales tienen esos troncos! —Roger se rió de su propio chiste.

—De los japoneses —gritó Lassiter por encima del ruido del motor.

—Es verdad. A los japoneses les gusta hacerlo todo al revés. Piense, por ejemplo, en los bonsais. A los árboles les gusta crecer, así que los japoneses los obligan a quedarse pequeños. Y fíjese en sus jardines. ¡Los hacen con piedras! Y lo mismo pasa con las huevas de erizo. ¡No comen nada más que guarradas!

Roger miró a su alrededor y frunció el ceño.

—Después de todo, puede que sí nos coja esa tormenta —comentó Roger—. Mire.

Lassiter vio que las olas habían crecido. También había más viento, y todo el mar estaba cubierto de espuma blanca. Aun así, el barco parecía avanzar sin demasiados problemas.

—Como empeore un poco más, creo que lo dejaré en la isla y me volveré —dijo Roger—. ¡Vaya invierno que estamos teniendo!

—¿Es difícil amarrar en la isla?

—No, eso no es ningún problema —contestó Roger—. Hay un buen sitio para amarrar en el lado de sotavento de la isla. Lo que sí es un problema es bucear con este tiempo. No me gusta bucear solo cuando el mar está así de movido.

Abrió la escotilla situada en el costado de la cabina y sacó la cabeza. La cabina se llenó inmediatamente de un aire helado. Roger volvió a meter la cabeza y cerró la escotilla.

—Desde luego, está soplando bien —dijo encogiéndose de hombros—. Sí, creo que voy a volver a puerto en cuanto lo deje en la isla. Además, así le podré echar una ojeada a la hélice.

La idea de tener que volver le quitó las ganas de hablar. Cogió una cinta y la introdujo en el equipo de música. La canción que sonó era de uno de los primeros discos de Little Feet. Roger empezó a moverse al ritmo de la música, subiendo y bajando alternativamente cada uno de sus enormes hombros. Medía más de un metro noventa, pero se movía bien. Y, además, tampoco cantaba mal.

—Debería haberse dedicado al mundo del rock —gritó Lassiter. El barco subía y bajaba, chocando contra las olas.

Roger sonrió y señaló hacia babor.

—La isla de los Pinos —dijo. Después se agachó, giró sobre sí mismo y dio una palmada—. «*If you'll be my Dixie chicken*» —siguió cantando sin mostrar el menor pudor.

Lassiter miró el mar a través del cristal lleno de gotas de agua y salitre y pensó en lo que podría decirle a Marie: «Por favor, ¡no dispare! Nos conocimos en el funeral de mi hermana.»

—Isla Duquesa —gritó Roger señalando hacia el mar abierto.

Lassiter asintió. Ya se le ocurriría algo.

Después de Little Feet, venía *Sultans of Swing*, de los Dire Straits. Roger le dio unos golpecitos en el hombro en el preciso instante en que los primeros acordes de guitarra salían por los altavoces. Después señaló hacia adelante.

—Eso es isla Mellada. A babor. ¿La ve?

Lassiter siguió la dirección del brazo del marinero hasta que vio una masa oscura de rocas y árboles. Asintió y sonrió.

Roger volvió a concentrarse en la música, cantando a dúo con Mark Knopfler. Tenía los ojos entrecerrados, como si no existiera otra cosa en el mundo aparte de la canción.

Lassiter escuchó el ritmo insistente del bajo y los gemidos sincopados de la guitarra, dejándose llevar por la magnífica combinación de la música y el océano. Allí estaba, envuelto en un traje de poliuretano que lo protegía a las mil maravillas del frío, rodeado de agua y de música, en un barco que subía y bajaba sobre las olas, como un caballero medieval que va a rescatar a una dama en apuros. El barco navegaba con alegría. Lassiter casi podía sentir cómo los rizos blancos de espuma se pegaban a la proa mientras el barco cortaba las olas. Y ahí, a su lado, estaba Roger, su alegre compañero, el gigantesco pescador de erizos con opiniones fijas sobre la cultura japonesa y una magnífica voz, llevándolo hacia...

Hacia un muro de rocas.

La isla apareció, inmensa, justo delante de ellos. Lassiter se volvió hacia su nuevo amigo con gesto interrogante, como si Roger le estuviera gastando algún tipo de broma. Pero, en vez de sonreír, Roger giró el timón con todas sus fuerzas.

—¡Maldita sea! —gritó mientras intentaba invertir el sentido de las hélices para aminorar la marcha del barco.

Lo último que oyó Lassiter antes de que el barco se estrellara contra las rocas fue la voz de Mark Knopfler: «*The band plays Dixie, double-four time...*»

Y, por raro que pudiera parecer, lo último que pensó fue que era extraño oír dos canciones seguidas con la palabra «*dixie*».

Un instante después, el casco de «vamos x ellos» chocó contra las rocas cubiertas de algas y se abrió las tripas con un largo quejido de fibra de vidrio aplastando a Lassiter contra el cuadro de mandos. De repente, el cristal de la cabina explotó y empezó a entrar agua por todas partes.

Las luces se apagaron y la oscuridad se apoderó del mundo. El nivel del agua subió. Una mano lo agarró del brazo. Entonces, el suelo subió arrastrado por el empuje de una ola que levantó el barco de las rocas. Por un momento, Lassiter se sintió como si la gravedad se hubiera invertido. El barco parecía suspendido en el aire, como si colgara sin peso de un hilo, a la espera del momento de su destrucción final. Y, entonces, con la misma brusquedad que había subido, el barco cayó y se estrelló contra las rocas.

Esta vez Lassiter se golpeó la cabeza contra algo duro, y algo rojo estalló dentro de su cabeza. La mano que lo tenía cogido lo soltó, y el agua lo arrastró y lo hizo dar vueltas de un lado a otro.

Estaba aturdido, dolorido. Algo estaba pasando dentro de su cabeza. Todos los ruidos sonaban equivocados, distantes, burbujeantes, casi efervescentes..., equivocados.

Durante un instante sintió algo debajo de sus pies, pero el fondo desapareció igual de rápido que había venido. De forma instintiva, Lassiter empezó a mover las piernas. El agua estaba fría. Helada. Cortaba como si fuera un cuchillo de hielo. Lassiter notó cómo el calor iba abandonando su cuerpo. Sabía que tenía muy poco tiempo. En un minuto estaría muerto, aplastado contra las rocas, congelado. La idea lo hizo gritar. Abrió los ojos y vio un anillo de llamas rojas a través del agua. Se movía de un lado a otro con rápidos y bruscos movimientos.

We are the sultans...

Un muro de espumosas rocas negras apareció delante de él mientras el frío le agarraba el pecho y se lo estrujaba, arrancándole el aire de los pulmones. Entonces volvió a notar algo sólido debajo de los pies. Acumulando todas sus energías, consiguió dar un paso. Después otro. De repente, el agua que le atenazaba el pecho descendió hasta su cintura, hasta sus rodillas, hasta sus tobillos. A sus pies, un millón de cantos rodados se apresuraron hacia el mar en un frenesí de espuma. Permaneció un momento clavado al suelo antes de ver la inmensa ola que se cernía sobre él.

CAPÍTULO 36

—¡Mami, creo que está despierto!

—¿Estás seguro? —dijo una voz de mujer un poco distraída, pero, aun así, dulce e indulgente.

—Sí. ¿Quieres saber por qué lo sé?

—No.

—Porque... ¡Oyeee! ¡Has dicho que no! —Una risita infantil—. Sí que lo quieres saber, ¿verdad, mami?

—Sí, claro que sí.

—Porque tiene los ojos cerrados, pero debajo se han movido muy rápido. Casi como si saltaran.

Lassiter sintió un suave soplido en la mejilla; el dulce aliento de un niño. ¿Brandon? Después volvió a sonar la voz de mujer:

—Sólo porque se haya movido no quiere decir que esté despierto. Será un acto reflejo. Lo más seguro es que haya oído en su sueño el ruido de la sartén que se me ha caído.

—¿Qué es un «refejo»?

—Un reflejo.

—Sí. ¿Qué es?

—Es cuando tu cuerpo hace algo solo. Como... Por

ejemplo, si yo te acercara un dedo muy rápido a la cara, tus ojos se cerrarían solos.

—Pero yo sé que no me vas a hacer daño de verdad, así que no los cerraría.

—Sí los cerrarías. Por eso es un reflejo, porque no lo podrías evitar. Cuando algo se acerca mucho a tus ojos, los ojos se cierran para protegerse.

—Intenta darme en el ojo. —Una risita—. Pero no de verdad.

—Déjame que acabe de fregar los platos primero.

—Vale. —El niño empezó a tararear una melodía.

En el distante y extraño lugar en el que estaba, Lassiter empezó a recordar algo: música, una ola, el agua ahogándolo... Abrió los ojos, y la carita borrosa que estaba justo delante de él se echó hacia atrás asustada.

—¡Ves! ¡Ha abierto los ojos! —exclamó el niño con una mezcla de felicidad y temor—. ¡Mami! ¡Se ha despertado!

—Vale ya, Jesse —dijo la voz de mujer acercándose—. Deja de mirarlo desde tan cerca. Ya se despertará él solo.

—No. Esta vez es verdad. Me ha mirado. ¡De verdad!

La luz le hacía daño en los ojos. Lassiter los volvió a cerrar, pero ya no regresó a ese lugar tibio y vacío del que venía.

Y entonces oyó la voz de la mujer flotando sobre su cabeza.

—¡Jesse! Sigue dormido.

—Puede que haya sido un «refejo».

—¡Vaya! —exclamó ella con tono risueño—. No sé si es bueno que hayas salido tan listo. —Debió de hacerle cosquillas o subirlo en el aire, porque el niño se rió con una risa larga y profunda.

—¡Hazlo otra vez! —pidió Jesse.

Y dentro de la cabeza de Lassiter: *«We are the sultans... We are the sultans of swing.»* Y después: «Congelado.» Y: «¿Estaré muerto?» Asustado, Lassiter volvió a abrir los ojos.

La mujer tenía sujeto al niño por debajo de los brazos y le estaba dando vueltas en el aire. Una vuelta. Otra vuelta. Por fin, lo volvió a dejar en el suelo. El niño se movió de un lado a otro, riéndose mientras esperaba a que la habitación dejara de girar a su alrededor. Entonces su mirada se cruzó con la de Lassiter y adoptó una expresión solemne.

—Mira —dijo.

La mujer se volvió.

—¿Ves como está despierto? —exclamó el niño.

La expresión confiada de la mujer dio paso a una de cautela.

—Tenías razón, Jesse —repuso lentamente—. Está despierto.

—Mi madre y yo lo salvamos, señor —dijo Jesse mirando a Lassiter con sus inmensos ojos marrones—. Usted no respiraba, pero mi madre puso su aire dentro de sus pulmones. Yo tenía que contar. Era muy im... por... tan... te. Y, después, usted escupió todo el agua. —El niño lo imitó vomitando el agua—. Le cortamos el traje de bucear. Mami dice que no se puede arreglar. ¿Cómo...?

—Vale ya, Jesse —lo interrumpió la mujer.

Unos deditos se posaron en la frente de Lassiter y le acariciaron el pelo.

—No se preocupe, se pondrá bien —le dijo el niño.

Lassiter oyó su propia respiración; sonaba irregular.

—Lleva inconsciente dos días —explicó la mujer.

Lassiter intentó hablar, pero sólo le salió un sonido ronco.

—Tardamos mucho en conseguir subirlo desde la playa.

—Estaba muy frío —añadió Jesse—. Estaba azul. Nosotros lo salvamos.

Lassiter oyó otro ruido en la habitación y frunció el ceño intentando localizarlo. Por fin se dio cuenta de que era la lluvia cayendo sobre el tejado. El viento silbaba con fuerza. Lassiter volvió a abrir la boca para hablar, pero las palabras seguían sin salirle de la garganta.

—Jesse, ve por un vaso de agua —pidió la mujer.

—Vale —contestó el niño, encantado de poder ayudar. Lassiter lo oyó irse y escuchó el sonido de una silla arrastrándose hacia la cama.

Cuando volvió el niño, la mujer levantó la cabeza de Lassiter y lo ayudó a beber. Lassiter consiguió tragar un poco de agua. Después dejó caer la cabeza hacia atrás, agotado.

—Había otro hombre —murmuró. No conseguía acordarse de cómo se llamaba.

La mujer movió la cabeza de un lado a otro.

—Sólo lo encontramos a usted —replicó.

Roger. Se llamaba Roger.

We are the sultans...

De repente, lo recordó todo: Kathy, Brandon, Bepi, el padre Azetti... ¡Todos estaban muertos!

—Calista —dijo.

La mujer abrió la boca y endureció la mirada. Después cogió a Jesse y lo alejó de la cama. Durante algunos segundos, sólo se oyó el ruido de la tormenta. Cuando ella por fin habló, no quedaba ninguna ternura en su voz.

—¿Quién es usted? —inquirió.

Cuando Lassiter se volvió a despertar, era de noche. La casa resplandecía con la luz amarillenta de las dos lámparas de queroseno que colgaban de la pared. Lassiter miró a su alrededor. Estaba en una gran habitación con las paredes revestidas con paneles de madera de pino y grandes vigas descubiertas en el techo. Una gigantesca chimenea de piedra ocupaba la mayoría de la pared del fondo, que estaría a unos seis o siete metros de distancia. Dentro de la chimenea, las llamas bailaban detrás de las puertas de cristal de una estufa de leña. No veía ni a la mujer ni al niño, pero oyó una voz, un débil murmullo, en alguna parte.

«Tengo que levantarme», pensó. Se apoyó sobre un codo y bajó los pies de la cama. Cuando por fin consiguió sentarse sintió un escalofrío de debilidad. Después sintió náuseas. La habitación se calentaba y se enfriaba cada vez que él inspiraba aire y lo expulsaba. Se levantó, balanceándose como si estuviera en medio de un vendaval. Miró hacia el techo; la habitación empezó a girar a su alrededor, y Lassiter se desplomó contra el suelo.

—¿Es que se ha vuelto loco? —preguntó ella mientras lo ayudaba a volver a la cama—. Lleva dos días inconsciente.

—¿Tengo la cara desfigurada?

—No. —Ella se apartó el pelo de la cara, claramente sorprendida por la pregunta—. ¿Qué tipo de pregunta es ésa?

—No... Lo que quiero decir es que... —dijo Lassiter—. Lo que quiero decir... —Ella estaba aún más hermosa que cuando la había visto en el funeral. Incluso en la luz temblorosa, podía verse que había cambiado. Había madurado. Parecía mayor y más fuerte y femenina al mismo tiempo—. ¿No me reconoce?

—No —contestó ella. Su voz denotaba mucha más cautela que curiosidad—. No. ¿Quién es usted?

—Usted vino al funeral —explicó Lassiter—. En Virginia.

Al funeral de mi hermana. Al funeral de mi hermana y mi sobrino.

Ella lo miraba fijamente.

—Kathy Lassiter —añadió él—. Y Brandon.

Ella frunció el ceño, pero algo cambió en sus ojos.

—Fue en noviembre. Usted llevaba un sombrero pequeño con un velo. Tenía el pelo rubio.

Aunque ella intentó ocultarlo, Lassiter vio en sus ojos que lo había reconocido. Se imaginaba lo que estaría pensando: «Está aquí por alguna razón, y eso no puede ser bueno.»

—Conoció a mi hermana en Italia, en la clínica.

—¿Qué? —Ella se alejó de la cama y se volvió a apartar nerviosamente el pelo de la cara.

—Esto no tiene nada que ver con Calista Bates. Encontré su nombre en el libro de registro...

—¿Qué libro de registro?

—El de la pensión Aquila. Encontré el nombre de Marie A. Williams y después me enteré de que era usted.

Ella se volvió a acercar a la cama y se sentó a sus pies, pero fuera de su alcance.

—No entiendo lo que me está diciendo. ¿Por qué fue a la clínica?

Lassiter tardó una hora en contarle toda la historia. Se quedó sin voz en dos ocasiones y, cada vez, ella fue a buscarle agua. Al acabarse el queroseno de las lámparas, ella las cambió por otras dos nuevas. De vez en cuando se levantaba para poner más leña en la estufa. Cuando Lassiter por fin acabó, ella dijo:

—No lo entiendo.

—¿El qué? —preguntó Lassiter.

—Nada. No entiendo nada. ¿Por qué iba a hacer nadie una cosa así?

Lassiter movió la cabeza.

—No lo sé —reconoció—. Sólo sé que había dieciocho mujeres y dieciocho niños y que ahora sólo quedan usted y su hijo.

Ella se cogió el cabello con los dedos y se lo levantó sobre la cabeza. Parecía tan vulnerable que a Lassiter le hubiera gustado abrazarla para reconfortarla. Pero, claro, no podía hacerlo. Por fin, ella dijo:

—¿Cómo puedo saber que no me está mintiendo?

—Porque se acuerda de mí —contestó Lassiter—. Me recuerda del funeral de Kathy.

Ella se soltó el pelo y se alejó de la cama. Unos segundos después, Lassiter oyó el chirrido de la estufa al abrirse y el sonido seco de un tronco al chocar contra los que ya ardían en su interior. La puerta de la estufa volvió a chirriar al cerrarse, y Lassiter observó la sombra de mujer deslizándose por el techo a la débil luz de las lámparas de queroseno. Finalmente, ella se dejó caer en una mecedora y movió nerviosamente un pie.

—Podría llamar a la pensión —sugirió Lassiter—. Así sabría que no miento. Podría hablar con Nigel o con Hugh. O podría llamar al detective Riordan de la policía de Fairfax. O podría llamar a...

—El teléfono no funciona —lo interrumpió ella—. Y, además, Jesse y yo estamos a salvo aquí. Yo me siento segura en la isla. Nadie nos va a encontrar en esta isla.

—¿Por qué no? Yo los he encontrado.

Ella lo miró con gesto desafiante y cambió de tema.

—La tormenta está amainando —dijo—. Seguro que los guardacostas vienen por la mañana. Ellos lo llevarán a tierra firme. Después, olvídese de nosotros. Siento muchísimo lo de su hermana y lo de las otras mujeres... y le agradezco lo que ha hecho. Le agradezco que se preocupara por nosotros..., pero Jesse y yo estamos bien aquí.

Lassiter suspiró. Ya no podía hacer nada más.

—Está bien —aceptó—. Si no quiere que la ayude, no lo haré, pero quizá pueda ayudarme usted a mí.

Ella parecía sorprendida.

—¿Cómo lo voy a ayudar yo a usted? —preguntó.

—Todo esto empezó porque yo no podía entender por qué habían matado a Kathy y a Brandon. Y sigo sin entenderlo. Pero..., tal vez, si me dejara hacerle un par de preguntas...

—¿Como qué?

—No lo sé... ¿Por qué fue a la clínica Baresi? ¿Por qué fue precisamente a esa clínica en vez de ir a cualquier otra?

Calista..., Marie se encogió de hombros.

—Por la misma razón que fue su hermana —repuso—. Me informé sobre la clínica y tenía un alto índice de éxito. Baresi era un médico muy respetado. Y, además, la suya fue una de

444

las primeras clínicas en practicar el procedimiento que me interesaba. El único problema era que la clínica estaba en el extranjero, pero, pensándolo bien, eso también fue una ventaja. Me dio la oportunidad de volver a Italia.

—¿Volver?

—Viví cerca de Génova cuando era una niña.

—¿Se crió en Italia?

—No. Sólo estuvimos allí tres años. Aunque, de no ser porque mi tía se puso enferma, supongo que habría acabado el colegio en Arenzano.

—¿Sí? —la animó a continuar Lassiter.

—Mi tío era constructor —explicó ella—. Supongo que debía de ser bastante bueno, porque tenía trabajo en muchos países. Estuvimos en Pakistán, en Arabia Saudí... y también aquí, claro. Estudié tercero de primaria en Tulsa y quinto, sexto y séptimo en Delaware. Después nos mudamos a Tacoma, pero ahí ni siquiera llegué a ir al colegio. Los siguientes dos años los pasamos en Houston y después fuimos a Italia. De hecho, vivimos más tiempo ahí que en ningún otro sitio.

—La mujer de la oficina postal me dijo que sus padres murieron cuando usted todavía era una niña.

—Sí. Me fui a vivir con mis tíos. De hecho, creo que a ellos la idea no les atraía demasiado, pero eran la única familia que me quedaba.

—¿Y sus tíos se apellidaban Williams?

Marie asintió.

—Sí. La tía Alicia y el tío Bill.

—¿La adoptaron legalmente?

La pregunta hizo que Marie volviera a mostrarse desconfiada.

—No entiendo qué relación puede tener eso con la muerte de su hermana.

—No tiene nada que ver con mi hermana. Tiene que ver con usted. Porque, si sus tíos la adoptaron legalmente, tiene que existir un documento que lo atestigüe en algún juzgado.

—Querían que tuviera el mismo apellido que ellos. Me acuerdo de que la tía Alicia decía que las cosas serían «menos complicadas» si todos tuviéramos el mismo apellido. Si no, era un lío cada vez que teníamos que pasar por una aduana extranjera. —Movió la cabeza y se rió—. Así que me adoptaron porque resultaba más práctico, no porque me quisieran ni porque eso ayudara a hacer que nos sintiéramos como una familia. Me adoptaron para que las cosas fueran «menos complicadas». —Hizo una pausa y se volvió a reír—. No me extraña que yo tuviera tantos problemas.

—¿Su tía le dijo eso?

Ella apretó los labios.

—Sí. —Suspiró—. Aunque no debería quejarme. Tenían más de cincuenta años y tuvieron que cargar con una niña de jardín de infancia. Siempre me trataron bien.

—¿Por qué dice que tenía tantos problemas?

—Yo era una cosita pequeñaja y muy tímida... Era timidísima. Primero murió mi hermano y después murieron mis padres. Lo de vivir en tantos sitios distintos era difícil, y la tía Alicia y el tío Bill realmente no me hacían demasiado caso. Así que me hice muy... No sé... Reservada. Y, excepto en Arabia Saudí, ni siquiera iba a colegios norteamericanos. Aprendí que lo mejor era pasar desapercibida. Y la verdad es que lo hacía bastante bien.

Lassiter la miró con escepticismo.

—No creo que fuera fácil; a no ser que los chicos estuvieran ciegos —señaló Lassiter al cabo de unos segundos.

—Todo lo contrario. Le aseguro que era una niña muy fea. Tenía las orejas demasiado grandes. Tenía la nariz demasiado grande. Y la boca... La verdad es que tenía todo demasiado grande. ¡Hasta las rodillas! Y tenía unos pies inmensos... Parecía un pato.

Lassiter sonrió.

—A veces, mi tía se quedaba mirándome, movía la cabeza y decía: «Puede que si te crece bastante el resto del cuerpo...» Pero, por su voz, no parecía que confiara mucho en ello. —Sonrió y, de repente, frunció el ceño, se enderezó y lo miró con gesto desconfiado—. Desde luego, esto que le estoy contando sí que no puede ayudarlo en nada. Creo que ya es hora de que...

—Pensaba que podría haber algo en la clínica del doctor Baresi que la diferenciara de las demás... No sé.

—Bueno, el doctor Baresi no dejaba que uno eligiera. Eso, desde luego, no pasa en las demás clínicas. Supongo que para la mayoría de las mujeres sería un inconveniente, pero a mí no me lo parecía. De hecho, a mí me parecía que era una ventaja.

—¿A qué se refiere cuando dice «elegir»? ¿Elegir el qué?

—A los donantes. Al donante de esperma y la donante de oocito.

—¿Se eligen los donantes?

Ella asintió.

—Sí, en la mayoría de las clínicas sí. Una vez fui a una clínica de Minneapolis a informarme sobre el proceso. Me explicaron todos los pasos. Después, cuando me preguntaron si quería emplear el esperma de mi marido y les dije que no, me enseñaron una carpeta llena de datos sobre los distintos donantes. Era increíble. —La voz de Calista adoptó el tono animoso de un presentador de un concurso de la televisión que quiere darle emoción a un premio—. El donante número ciento veintitrés es un ingeniero aeroespacial con cuerpo atlético. Tiene un coeficiente intelectual de ciento treinta y un magnífico lanzamiento triple a canasta. El donante ciento cincuenta y nueve mide un metro noventa y ocho y pesa... —Marie se estremeció e imitó el ruido de una arcada—. ¡Qué asco! —exclamó después.

Lassiter se rió.

—Demasiado perfectos, ¿no?

—Sí, yo diría que sí. Pero en la clínica Baresi no había nada de eso. No daban ninguna información sobre los donantes. No decían nada, ni una palabra. Y eso a mí me parecía perfecto. Yo prefería no saber nada. —De nuevo, su voz adoptó un tono distinto; esta vez un susurro grave con acento italiano—: «María, *carissima*, será una *piccola* sorpresa.

—¿Qué quiere decir eso?

—Una pequeña sorpresa, una sorpresita. Conmigo, el doctor hablaba en italiano. —Marie sonrió al recordarlo—. Nos llevábamos muy bien.

Marie parecía más relajada, así que Lassiter volvió a intentarlo.

—Sé que no quiere oírlo —dijo—, pero realmente no creo que estén seguros aquí.

Calista desvió la mirada. Estaba claro que no quería hablar del tema.

—Mire —insistió Lassiter—. Esa gente tiene mucho dinero. Y no sólo dinero. También tienen muchos contactos. Tienen contactos hasta en el FBI. Si yo he conseguido encontrarla...

—Por cierto, ¿cómo lo ha conseguido?

—Por *Gunther*.

Ella parecía confusa.

—¿Por la furgoneta?

—Sí, básicamente sí.

—Ya no la llamo *Gunther*.

—Eso no significa que ellos no puedan encontrarla.

—Ya lo sé, pero...

—Déjeme que le pregunte una cosa. ¿Cómo lo consiguió?

—¿El qué?

—Crearse una nueva identidad. Porque, la verdad, es que no lo hizo nada mal.

—Gracias... Si quiere que le diga la verdad, me compré un librito que explicaba cómo hacerlo. Lo encontré en una librería de Colorado que estaba llena de libros raros: *Cómo dinamitar puentes*, *Cómo cazar y pescar tu propia comida*, *Cómo fabricar tu propia pólvora*. Me imagino que la mayoría de sus clientes serían paramilitares.

—¿Y le bastó con seguir los pasos del libro?

—Sí, realmente sí. El libro recomendaba ir a un cementerio a buscar el nombre de un niño recién nacido en una lápida. Pero yo ya tenía un nombre. Yo ya tenía un nombre que no había usado en veinticinco años, así que no tuve que hacer eso. De hecho, eso es todo lo que tenía hace unos años: un nombre, un par de dientes de leche que había guardado, una foto de la boda de mis padres, un recorte de periódico de mi abuelo en la botadura de un barco y algunos bonos del Tesoro que me habían comprado mis padres cuando nací. Cobré los bonos para poder pagarme el viaje a California.

—Pero...

—Lo mejor será que durmamos un poco —dijo Marie levantándose bruscamente—. A usted, desde luego, le hace falta descansar. —Y, sin más, se levantó, apagó las lámparas de queroseno y se fue.

Lassiter durmió como un niño. Por la mañana lo despertaron los gritos de Jesse.

—Mami, hace mucho menos frío. Hoy no necesito las manoplas. ¿Me las puedo quitar? ¡Por favooor!

—No sé...

—Pero, mami... No hace frío. Sal a ver. Casi hace calor. Y también hay niebla. No se ve la isla del Oso.

Lassiter oyó la puerta al cerrarse y abrió los ojos. Al ver que estaba solo, se incorporó en la cama. Después apoyó los pies en el suelo, se levantó muy despacio y fue hasta la silla que había al lado de la estufa.

Dejó pasar un minuto mirando el fuego. Luego otro. Y otro. Hasta que Jesse entró corriendo y, al verlo, se paró en seco.

—¡Hala! —se dijo el niño a sí mismo—. ¡Si está levantado! ¿Quiere jugar a los palitos chinos? Mami está cansada de jugar a los palitos. ¡Por favooor!

Se pusieron a jugar. Estuvieron jugando a los palitos chinos y a otros juegos hasta la hora de comer. Marie encontró algo de ropa para Lassiter en un baúl. La ropa estaba vieja y húmeda, pero le cabía.

Lassiter estaba maravillado ante la autosuficiencia que demostraba la pequeña familia. Tenían una despensa llena de alimentos, aparejos de pesca y trampas para langostas. De las vigas de madera colgaban ristras de ajos, cebollas y pimientos secos y todo tipo de manojos de hierbas y los estantes estaban llenos de grandes frascos con etiquetas: arroz, judías, leche en polvo, harina, azúcar, copos de avena... Además, obtenían el agua de un pozo, bombeándola con una palanca que había en la cocina.

—A veces se congela —explicó Jesse—, pero tenemos muchas, muchísimas botellas. Y también tenemos barriles para el agua de lluvia. ¿Quiere verlos?

El niño era irresistible. En varias ocasiones, Lassiter sorprendió a su madre mirándolo con una expresión de orgullo y amor maternal que recordaba haber visto en Kathy: «¿A que es maravilloso?»

Después del almuerzo, Marie le dio a Jesse una clase de lectura. Mientras tanto, Lassiter se sentó en una mecedora en el porche y estuvo escuchando y mirando el océano. Al acabar la lección, Jesse salió corriendo. Quería enseñarle a Lassiter cómo llevaban y traían la barca del mar a la casa.

—Lo hacemos igual que los egipcios —dijo sacando una especie de trineo de debajo del porche.

Realmente, no era más que una plancha de hierro con una estaca de madera enganchada en un extremo. En el extremo de la madera había un agujero atravesado por una cuerda que servía para tirar de todo ello. Para demostrarle cómo lo hacían, Jesse puso una piedra encima de la plancha de hierro. Después cogió la cuerda con sus manitas y tiró, levantando la estructura sobre unos pequeños troncos. Lentamente, y con mucho esfuerzo, empezó a arrastrar el invento y su carga hacia el borde del agua, deteniéndose cada par de metros para coger uno de los troncos de detrás y ponerlo delante.

—Así movían las piedras con las que hicieron las pirámides —explicó Jesse—. Lo hacían así porque no tenían ruedas.

A la hora de cenar, Marie dijo que, si la bruma despejaba, estaba segura de que los guardacostas acudirían por la mañana.

—Y el señor Lassiter podrá volver a la civilización —dijo Marie.

—¿No puede quedarse? —preguntó Jesse—. Es divertido que esté con nosotros.

—No, no se puede quedar, Jesse. Tiene que volver a su casa. Tendrá muchas cosas que hacer. ¿Verdad, señor Lassiter?

Lassiter miró a Marie durante unos segundos.

—Sí, claro —contestó finalmente. Estaba mintiendo.

Después, Marie se fue a leerle un libro a Jesse a su habitación. Lassiter se ofreció a fregar los platos. Mientras lo hacía, pensó que la verdad era que, aunque los hubiera encontrado, su búsqueda no había acabado. Su búsqueda no acabaría hasta que...

Hasta que supiera qué había pasado y por qué había pasado.

Cuando Marie volvió de acostar a Jesse, los dos se sentaron delante de la estufa. Ella parecía triste. Lassiter se lo dijo.

—Es sólo que..., con usted aquí..., Jesse está tan emocionado que me hace pensar que quizás esté siendo egoísta.

—¿Por vivir en la isla?

Ella asintió.

—Pero eso cambiará pronto —dijo Marie—. En otoño empezará a ir al colegio, así que tendremos que encontrar una casa en el pueblo.

—¿No tiene miedo de que alguien pueda reconocerla? —preguntó Lassiter.

Ella movió la cabeza.

—La verdad es que no. Esto está muy apartado... Y, además, yo he cambiado mucho.

—¿Se refiere a su aspecto?

—No. Me refiero a mis prioridades. De alguna manera, todo eso ya no me parece tan importante. Ahora lo único que me importa es Jesse.

Lassiter asintió.

—Sí, y por eso tienen que irse de aquí.

Ella lo miró con gesto impaciente.

—Creía que eso ya había quedado claro —dijo.

Lassiter respiró hondo.

—Está bien. Pero hágame un favor: cuando vengan los guardacostas, dígales que no me ha visto.

—¿Por qué? —preguntó ella mirándole con desconfianza.

—Porque la misma gente que la está buscando a usted también me está buscando a mí. Y, créame, no le conviene que los guardacostas me lleven a tierra firme. Si lo hacen, alguien escribirá un informe y mi nombre aparecerá en él. Y, como ha muerto un pescador local, la noticia va a salir en los periódicos. Si me voy con los guardacostas, le aseguro que antes o después aparecerá un desconocido en el pueblo y empezará a hacer preguntas. «¿Alquiló un barco?» «¿Y salió a pesar de que había un aviso de tormenta?» «¿Adónde quería ir?» «¿A quién quería ver?» —Lassiter respiró hondo—. No creo que eso les convenga. Ni a usted ni a Jesse. Lo mejor será que me vaya de la isla por mis propios medios.

—¿Cómo se va ir?

—Usted tiene una lancha. Podría llevarme.

Marie levantó las rodillas y se las abrazó contra el pecho.

—¿Y después qué? ¿Qué voy a hacer? ¿Dejarlo en algún peñasco?

—Exactamente.

—Eso es una locura. ¿Qué iba a hacer usted?

—No se preocupe por mí.

Marie movió la cabeza.

—El barco ni siquiera está en el agua; ni tampoco el muelle.

—¿Cómo que el muelle no está en el agua? ¿Dónde está entonces?

Marie lo miró.

—Hay que retirarlo en invierno. Si no, el hielo lo destrozaría. La cala a veces se congela en invierno.

—Ya, pero si el muelle está bien sujeto...

Ella se rió.

—Estamos hablando de toneladas de hielo. Cuando el hielo se empieza a derretir, si baja la marea...

—Pero ¡si no hay hielo!

—No, ahora no, pero... —Suspiró hondo—. Supongo que podríamos bajar el muelle. Sí, supongo que podría llevarlo.

—Es todo lo que le pido.

—Está bien, eso es lo que haremos.

Permanecieron unos segundos sin decir nada, hasta que Lassiter interrumpió el silencio.

—¿Puedo preguntarle algo? —dijo.

—¡Dios santo! —exclamó ella—. Es usted peor que Jesse.

—No, lo digo en serio. Es sobre la clínica. Todas las mujeres asesinadas se habían sometido al mismo procedimiento. Me estaba preguntando por qué se decidió usted por esa técnica.

—¿Por la donación de oocito?

—Sí. Resulta raro. Quiero decir... A su edad... Las otras mujeres, como Kathy, eran mayores que usted. Lo que quiero decir es que creía que esa técnica era precisamente para eso, para... —Lassiter miró hacia el techo—. Supongo que todo esto es personal.

—¡Qué demonios! —dijo ella con tono de eterna paciencia—. Ya sabe prácticamente todo sobre mi vida. —Marie hizo una pausa—. Yo deseaba tener un hijo, pero si quería engendrarlo tendría que ser con el material genético de otra persona.

—¿Por qué?

—Porque soy portadora del síndrome de Duchenne.

—¿Qué es eso?

Marie miró fijamente las llamas durante unos segundos.

—Es un desorden genético que transmiten las mujeres pero que sólo afecta a los varones.

—¿Y?

—Es un desorden del cromosoma X. Algo parecido a la hemofilia, excepto que contra este desorden no existe tratamiento. Los varones que nacen con el síndrome mueren jóvenes. Mi hermano sólo tenía trece años cuando murió.

Lassiter recordó lo que la mujer de la oficina postal le había dicho sobre el hermano de Marie.

—Lo siento —dijo.

Ella se recostó en su silla y le explicó en qué consistía la enfermedad. Era una enfermedad degenerativa del tejido muscular. Empezaba en los tobillos e iba subiendo lentamente.

—Al principio se anda raro —explicó Marie—. Después empieza a costar más y, al final, ni siquiera puede hacerse. Pero la cosa no acaba ahí. La enfermedad sigue subiendo hasta que se empiezan a atrofiar los músculos del diafragma. Cada vez cuesta más respirar; ni siquiera se puede toser. Al final se muere de pulmonía o de cualquier otra infección. Yo me hice la prueba cuando tenía veinte años y descubrí que era portadora del síndrome.

Lassiter no sabía qué decir.

—¿Y el síndrome se transmite a todos los hijos? —preguntó al cabo.

Marie movió la cabeza.

—No. Hay un cincuenta por ciento de probabilidades. Eso quiere decir que existe una posibilidad entre cuatro de tener un hijo varón con el síndrome de Duchenne.

—Las probabilidades no parecen tan altas.

—Preferiría jugar a la ruleta rusa. En ese caso, al menos jugaría con mi propia vida, pero aquí jugaría con la vida de otra persona, con la vida de la persona que más quiero en el mundo —dijo Marie al tiempo que subía las manos y las dejaba caer lentamente.

—Me imagino por lo que debe de haber pasado. Lo siento.

—No importa. Ahora tengo a Jesse y es imposible que hubiera querido a nadie más de lo que lo quiero a él.

—Sí, se nota cuánto lo quiere.

—Además, tampoco se puede decir que me viniera abajo cuando me enteré de que era portadora del síndrome. No tenía pareja, ni ninguna intención de quedarme embarazada a corto plazo. Sí, era una puerta cerrada, pero yo no estaba llamando a esa puerta.

—¿Qué la hizo cambiar de idea?

Marie se encogió de hombros.

—Fue cuando estaba en Minneapolis. Mi vida estaba llena de secretos. No sé... Supongo que me sentía sola. Era como si nada tuviera sentido. Sabía que las cosas cambiarían si tenía un hijo. Pensé en adoptar un niño, pero con todo el lío de Calista resultaba demasiado complicado. No hubiera funcionado. La cosa es que leí un artículo sobre este nuevo procedimiento de donación de oocito y... dos meses después estaba en un avión, volando hacia Italia. Y dos meses más tarde estaba embarazada.

A la mañana siguiente, cuando llegaron los guardacostas, Lassiter y Jesse estaban «explorando» el otro extremo de la isla.

La temperatura había subido sorprendentemente; casi parecía primavera. La bruma se abrazaba a los árboles, mientras Lassiter seguía al niño por un angosto sendero cubierto de pinaza. Primero pararon en el muelle que había delante de la casa, donde dos embarcaciones descansaban, secas y seguras, en una plataforma natural llena de conchas rotas. Las embarcaciones estaban tumbadas boca abajo, amarradas con varias cuerdas al tronco de un pino. Una de las embarcaciones era una lancha de fibra de vidrio de unos cinco metros de eslora. La otra era un bote neumático. Al lado del muelle había un cobertizo con un motor Evinrude, depósitos de gasolina, remos, chalecos salvavidas, amarras, anclas, aparejos de pesca...

El muelle era nuevo y estaba pintado de gris. Una sección estaba unida de forma permanente a la plataforma, como un trampolín suspendido sobre el agua. El resto de la estructura, un gran flotador con forma de balsa y una pequeña rampa, descansaban en la plataforma, esperando a que alguien los bajara y los uniera a la sección fija del muelle.

Al irse, Jesse lo llevó a otra cala, donde liberaron a dos cangrejos de una trampa para langostas. Después, Lassiter se mostró debidamente impresionado cuando Jesse le enseñó un roble cuyo tronco crecía a través de los muelles oxidados de una vieja cama de hierro. Su última parada fue en otra cala, al final de la isla, donde estaban los restos astillados del viejo muelle.

—Antes guardaban los barcos aquí —le explicó Jesse—, pero ahora... —El niño ladeó la cabeza y levantó un dedo.

Lassiter también lo había oído: el murmullo de un motor.

—Los guardacostas —dijo Jesse. El ruido del motor se hizo más alto y luego desapareció repentinamente. Un instante después oyeron el quejido de otro motor—. Ése es su barco pequeño —indicó Jesse—. Es de los que se inflan, como el

nuestro. —Miró fijamente a Lassiter—. Todavía no le he enseñado mi fuerte.

—No.

—¡Venga! —exclamó Jesse. Cogió a Lassiter de la mano y
lo condujo por un camino que subía hacia el «fuerte»: un claro
rodeado de un maraña de pequeños robles y abetos. Jesse
había dibujado una serie de habitaciones colocando trozos de
madera en el suelo. Lo llevó al salón del fuerte y se sentaron
en un tronco podrido.

—Es el sofá —dijo Jesse. Después le contó una fábula sobre
una foca perdida y los hombres que la buscaban por el mar.

Era una historia extraña. Justo cuando Jesse acabó de con-
társela oyeron una serie de silbidos. Lassiter captó el mensaje:
«Campo libre. Los guardacostas se han ido.»

—¿Se sabe algo de Roger? —preguntó Lassiter.

Marie movió la cabeza.

—Todavía no han encontrado el cuerpo, pero, antes o después, lo encontrarán. La corriente lo arrastra todo hacia
Nubble, así que...

—¿Preguntaron por mí?

Marie asintió.

—Dijeron que Roger había salido a llevar a la isla a alguien
que quería verme. Por lo visto han encontrado su coche en
Cundys Harbor.

Lassiter bajó la cabeza y murmuró entre dientes:

—¡Joder!

—Me preguntaron si conocía a un hombre que se llamaba
Lassiter.

—¿Y por qué no les dijo que estaba aquí? —exclamó Lassiter exasperado.

—¿Le hubiera gustado que lo hiciera?

—Pues claro que no.

—Es que... había algo raro. Para empezar, no traían un
bote de salvamento y, además, no eran todos guardacostas.

—¿Qué quiere decir?

—Dos de los hombres iban vestidos con traje.

—¿Qué aspecto tenían?

Marie se encogió de hombros.

—Eran grandes —repuso.

—¿Parecían policías? —preguntó Lassiter.

—No lo sé. Puede que sí.

—Pero no está segura.

—No —respondió ella—. Y eso es lo que me preocupa.

Lassiter respiró hondo.

—¿Qué querían saber? —inquirió.

—Preguntaron por usted. También querían saber si yo había visto el barco. Y me preguntaron dónde estaba Jesse: «¿Dónde está el pequeño?»

—¿Y qué les dijo?

—Les dije que estábamos dormidos cuando ocurrió y que encontramos el barco al día siguiente, pero que no había nadie. Y después les dije que Jesse estaba durmiendo la siesta.

—¿Cree que la creyeron?

Marie asintió.

—Sí, soy buena actriz... O al menos solía serlo.

Después de comer, cuando faltaba una hora para que la marea alcanzara su punto más alto, empezaron a bajar el muelle. El proceso era bastante complejo y tardaron casi tres horas en tenerlo todo a punto. Al final, Lassiter se subió en el flotador mientras Jesse y Marie bajaban la rampa con cuerdas y poleas. Cuando por fin acabó de enganchar la rampa al flotador, Lassiter dijo:

—No puedo creer que haga esto usted sola.

Jesse se sintió insultado.

—¡No lo hace sola!

El bote neumático pesaba lo suficientemente poco para poder cargar con él. Con la ayuda de Jesse, Lassiter lo llevó hasta el agua. Después, bajaron la lancha haciéndola rodar sobre tres troncos. A cada metro, Jesse gritaba «¡ya!», y Marie y Lassiter paraban mientras el niño cogía el tronco que había quedado atrás y lo volvía a colocar delante de la proa de la embarcación. Al llegar al muelle dieron la vuelta a la lancha y la dejaron caer en el agua. Lassiter entró en el cobertizo y salió con el motor fueraborda en las manos y un gesto de incredulidad en la cara; no entendía cómo Marie podía cargar sola con ese peso. Ajustaron el motor a la lancha y conectaron el depósito de gasoil. Envuelto en un gigantesco chaleco salvavidas, que lo hacía parecer el muñeco de Michelin, Jesse estrujó la pera de goma del conducto del depósito de combustible cuatro o cinco veces y apretó el botón de encendido bajo la atenta mirada de su madre. Después de un par de intentos, el motor rugió, expulsando una densa nube de humo azul.

Esa noche, cuando Jesse se fue a dormir, Lassiter y Marie se volvieron a sentar delante de la estufa. Marie estaba en la mecedora, con las rodillas abrazadas contra el pecho.

—¿Tiene dinero? —preguntó de repente.

Lassiter se enderezó. La pregunta lo había sorprendido.

—No me puedo quejar —repuso.

Marie sonrió.

—No, no es eso lo que quería decir. ¿Lleva dinero encima? Lo digo porque va a necesitarlo cuando lo deje en tierra firme.

Lassiter asintió. Creía que las cosas habían cambiado, pero estaba claro que ella seguía queriendo deshacerse de él. Se levantó lentamente y se acercó al perchero del que colgaba su chaqueta de cuero.

—No creo que eso sea un problema —replicó—. La que me preocupa es usted.

Marie movió la cabeza.

—No se preocupe por nosotros —contestó—. Desapareceremos en un par de días. Tengo dinero. Encontraremos una casa en algún sitio, y esta vez lo haré bien.

—Yo podría ayudarla. Cuando estaba en el ejército me dedicaba a ese tipo de cosas —dijo Lassiter mientras metía la mano en el bolsillo interior de la chaqueta. Al sacar la cartera, un sobre húmedo cayó al suelo.

¡La carta de Baresi!

—Si quiere, puede llevarse a *Gunther* —dijo Marie—. Necesita alguna reparación, pero...

—Me había dicho que sabía hablar italiano, ¿verdad?

—¿Qué?

—¿Podría leer una carta en italiano?

—Claro —repuso ella—. Pero...

Dentro del sobre había tres o cuatro hojas de papel cebolla pegadas entre sí. Todavía estaban húmedas. Lassiter se acercó a la estufa, se sentó en el suelo, junto a la mecedora de Marie, y separó las hojas cuidadosamente.

—Menos mal que se inventaron los bolígrafos —comentó.

—¿De qué está hablando? —preguntó ella—. ¿Qué es eso?

—Es una carta que Baresi le escribió al párroco de Montecastello. Me la dio el cura antes de que lo mataran. Tome

—dijo ofreciéndole las hojas—. ¿Le importaría traducír-
mela?

Marie cogió las hojas de mala gana y empezó a leer con
fluidez:

2 de agosto de 1995.

Querido Giulio:
Con la muerte llamando a mi puerta, te escribo con el co-
razón lleno de gozo, pues estoy convencido de que pronto estaré
delante de nuestro Señor, esperando a que Él juzgue mis ac-
ciones.

Ahora veo que acudí a ti en mi momento de mayor debi-
lidad y que no sólo buscaba en la confesión el perdón de la
Iglesia, sino también su complicidad. La magnitud del secreto
con el que he cargado todos estos años, la magnitud de lo que
yo creía en ese momento que era mi pecado, parecía tal que no
podía seguir soportando el peso. Necesitaba compartirlo.

Y eso hice, pero no debí hacerlo.

Me han dicho que cerraste la iglesia y te fuiste a Roma. Y
creo que estuviste muchos días fuera. Pobre Giulio. ¡El peso que
cargué sobre tus espaldas!

Pero ahora sé que fue el cristal del falso orgullo lo que hizo
que yo confundiera los deseos del Señor con mis propios logros.
Ahora sé lo que tú siempre has sabido como hombre de Dios que
eres: que todos nosotros somos instrumentos del Señor y que
todo lo que hacemos es la voluntad del Señor.

El calamitoso acontecimiento que supuso el descubrimiento
por mi parte de la manera de invertir la diferenciación celular y
devolver así las células a su estado...

—No entiendo lo que quiere decir esto —dijo Marie señalando una palabra.

—Totipotente —leyó Lassiter—. Es un término genético.

Marie continuó:

... totipotente era inevitable. Si no lo hubiera descubierto Ig-
nazio Baresi ayer, otra persona lo descubriría mañana. Si no en
Zurich, entonces en Edimburgo.

Y es precisamente en eso, en lo inevitable del descubri-
miento, donde puede verse la mano del Señor. Porque eso es lo

que es, y lo que debe ser, lo inevitable: el gran designio divino, que se expresa en todo lo que nos rodea.

¿Cómo si no, amigo mío, podría explicarse que un biólogo se interesara por el estudio de las reliquias? ¡Reliquias! ¿Qué son las reliquias sino amuletos mágicos, fetiches, meras patas de conejo? Una especie de «ayuda visual» para los poco sofisticados, que permite que las complejas doctrinas metafísicas resulten accesibles para el hombre llano. ¡Este clavo atravesó la mano de Cristo! ¡Esta astilla hirió la carne del hijo de Dios! Él caminó entre nosotros. Jesucristo fue real.

Y, aun así, casi en contra de mi voluntad, cuando observaba estos objetos con un microscopio veía que rebosaban de posibilidades. La actitud de superioridad con la que abordé al principio el estudio de las reliquias no tardó en dar paso a un entendimiento de una naturaleza más profunda. Después de cincuenta años de aprendizaje entendí lo que cualquier campesino sabe de forma intuitiva: que estos objetos son vínculos vitales y tangibles con Dios.

Como sabes, en Roma no fomentan precisamente esta opinión. Al Vaticano le gustaría poder olvidar esa época en la que el comercio de reliquias era una industria lucrativa, en la que se pagaban fortunas por una astilla de madera o un trozo de carne, esos siglos durante los cuales los traficantes de reliquias asesinaban a personas santas para poder vender antes los trozos de su cuerpo. Para el Vaticano, las reliquias siempre han constituido una amenaza. Cada vez que ha aparecido una gran reliquia en alguna remota diócesis, los peregrinos la han seguido y con ellos se han alejado unas riquezas que si no habrían ido a parar a Roma.

Como asesor científico al servicio del Vaticano, mi misión era muy simple: desacreditar las reliquias apócrifas y reservarme mis comentarios sobre las demás. Y eso es exactamente lo que hice. Anuncié que la clavícula de san Antonio no era más que un fragmento de la costilla de una oveja y que el paño con el que se había secado Jesucristo el sudor de la frente se había tejido en el siglo quince.

La verdad es que, como el Vaticano sospechaba, muchas de las reliquias que examiné eran fraudulentas. Pero no todas lo eran. Había muchas que resultaban imposibles de desacreditar, pues su origen y su antigüedad parecían apropiados y verosímiles. Podrían ser verdaderas o podrían no serlo.

*Fue entonces, al darme cuenta de que yo podría hacer de co-
madrona de Dios, cuando empecé mis estudios de medicina.
Ésa era, sin duda, la razón por la que yo había venido al mundo;
tenía que serlo.*

Marie miró a Lassiter.
—¿De qué está hablando? —preguntó.
Lassiter movió la cabeza.
—Siga, por favor.

*No fue difícil. Mis estudios de medicina duraron relativa-
mente poco. Después abrí la clínica y, por alguna razón misteriosa, las mujeres acudieron a mí desde todos los rincones del
mundo. Extraje muestras de ADN de las doce reliquias con
más probabilidades de ser auténticas y me convertí en la herramienta de la inmaculada concepción de dieciocho niños.*

*Quién sabe, viejo amigo, lo que resultará finalmente de todo
esto. Puede que estos niños no sean más que un extraño rebaño
de campesinos de tiempos inmemoriales cuya vuelta al mundo
no redunde en ningún provecho. O puede que yo sea el responsable de que Jesucristo regrese al mundo. Nunca lo sabré. Tú
tampoco lo sabrás nunca. Pero, desde luego, debemos tener esperanza.*

*Y así, amigo mío, me despido de ti con la esperanza de poder
haber llevado tranquilidad a tu espíritu. Es verdad, acudí a arro-
dillarme delante de ti lleno de dudas, pero eso se debió a mi im-
perfecta naturaleza humana. Cristo también dudó, aunque yo ya
no albergo ninguna duda.*

*Todo queda en manos del Señor. Todo ha estado siempre en
manos del señor.*

IGNAZIO

—Joe. —La voz Marie sonaba temblorosa—. ¿De qué está
hablando?

Lassiter permaneció unos instantes en silencio. Después
dijo:

—¿Tiene algo de beber que tenga alcohol?

Marie se levantó, se acercó al aparador y volvió con una
botella de coñac y dos copas. Llenó las copas y repitió la pregunta.

—¿De qué está hablando?

Lassiter bebió un largo trago.

—De Jesse —contestó por fin.

—¿Qué ocurre con Jesse?

—Bueno... Lo que hizo Baresi... Bueno..., Baresi estaba intentando clonar a Jesucristo.

—¿Qué?

Lassiter respiró hondo.

—Puede que Jesse... Puede que Jesse sea Jesucristo.

Lassiter le explicó a Marie lo que le había contado el profesor Torgoff.

—Así que eso es lo que hizo —dijo mientras se servía su tercer coñac—. Obtuvo una muestra de una reliquia, aisló una de las células con núcleo y la devolvió a su estado totipotente. Una vez conseguido eso, sólo necesitaba un óvulo y una mujer que quisiera alumbrar a un hijo.

—«Será una *piccola* sorpresa» —susurró Marie.

—Una vez que tenía el óvulo, sustituía el núcleo por el de la célula de la reliquia, lo implantaba y...

Un tronco crujió en la estufa.

—No puede ser —lo interrumpió ella—. ¿Cómo podía saber si las reliquias eran verdaderas? Es imposible que pudiera saberlo.

Lassiter le habló de la larga y ardua investigación histórica sobre el origen de las reliquias que había llevado a cabo Baresi, de su pericia en las pruebas del ADN y de sus credenciales científicas. Pero Marie seguía moviendo la cabeza de un lado a otro.

—Eso sólo demuestra que a la hora de intentar adivinar tenía más datos que una persona normal. Pero, incluso así, no era más que eso, una mera conjetura.

Lassiter estaba a punto de contestar cuando ella levantó ligeramente la mano.

—Un momento —dijo—. Dígame. ¿Su sobrino Brandon se parecía a Jesse?

—No, pero...

—¿Y los demás? —exigió saber Marie—. ¿Tenían el mismo aspecto físico?

—Sólo he visto fotos de algunos, pero... no.

—¿Ve? —exclamó como si eso resolviera todo el enigma—. Entonces, no podían ser clones. Es imposible que fueran clones si eran todos distintos. Baresi sólo estaba dando palos de ciego; eso es todo lo que estaba haciendo. Si los niños no eran idénticos entre sí, lo más que se puede decir es que existe una remota posibilidad de que, quizás, uno de ellos fuera concebido partiendo de una reliquia auténtica. Los demás serían... lo que sea: carniceros, panaderos... Lo que sea. —Marie levantó los brazos—. Así que lo que está sugiriendo es... una locura.

Lassiter estaba de acuerdo en que Baresi no podía saber con certeza el origen de ninguna de las supuestas reliquias; precisamente por eso había multiplicado sus probabilidades de acertar usando ADN extraído de las reliquias que más posibilidades tenían de ser verdaderas.

—Puede que ninguna de las reliquias fuera verdadera, pero eso no cambia nada —repuso.

—¿Cómo que eso no cambia nada? —replicó Marie.

—No cambia nada porque no importa a quién clonara Baresi. ¡Da igual que clonara a Jesucristo o a Al Capone!

—No le...

—Mientras exista una posibilidad, por muy remota que sea, de que al menos una de las reliquias fuera verdadera... Bueno, está claro que hay alguien que no está dispuesto a asumir ese riesgo. Por eso murió mi hermana. Por eso murió Brandon. Por eso murieron todos los demás. Y por eso usted y Jesse tienen que irse de aquí cuanto antes.

—No puedo creer que alguien pudiera hacer algo así. ¿Matar a unos niños inocentes porque existe una remota posibilidad de que...?

—Alguien lo ha hecho. Y no sólo eso. Además, se han asegurado de que no perdure ninguno de sus restos. Por eso quemaron a los niños: para eliminar la posibilidad de que cualquier rastro de su información genética pudiera perdurar. La misión de las llamas era exorcizar esa posibilidad.

—¡Oh, vamos...!

—Cuando mataron a Kathy y a Brandon cogieron al hombre que lo hizo. El hombre cometió algún error, y la policía lo cogió. Además, la combustión no fue completa. Se podía reconocer a Brandon. Estaba desfigurado, pero su cara resultaba reconocible. Así que desenterraron su cuerpo y lo volvieron a quemar.

—Pero... ¡Son niños! Sólo son niños pequeños. Sólo son... nuevas almas para la Iglesia.

—Esto no tiene nada que ver con la Iglesia. Esto sólo tiene que ver con Umbra Domini. Estamos hablando de un grupo de fanáticos religiosos capaces de poner bombas en clínicas abortivas, de un grupo de fundamentalistas cristianos que ha emprendido una cruzada contra los musulmanes en Bosnia. Estamos hablando de un grupo de hombres que... —Lassiter lanzó las manos hacia el cielo—. Mire, desde el punto de vista de Umbra Domini, lo que hizo Baresi es una abominación.

—Pero ¿por qué?

—Porque Baresi le dio la vuelta a la Biblia. «Dios creó al hombre a su imagen y semejanza», y no al revés.

Cuando vio las lágrimas resbalar por sus mejillas, Lassiter supo que Marie por fin había aceptado la realidad.

—Déjeme que la ayude —dijo—. Ellos no pararán hasta que encuentren a Jesse.

—¿Cómo va a ayudarme? Si lo que dice es verdad, nadie puede ayudarme.

—Cuando estuve en el ejército me destinaron a un puesto muy poco habitual.

Marie lo miró como si se hubiera vuelto loco, pero Lassiter continuó hablando.

—Estuve destinado en la ISA.

—¿Qué es eso?

Lassiter se encogió de hombros.

—Es un grupo de apoyo de los servicios de inteligencia militar. Es algo así como la CIA, sólo que éstos saben lo que hacen. En cualquier caso, la cosa es que puedo proporcionarles unas identidades falsas que nadie podrá descubrir nunca. Puedo hacer desaparecer su pasado y el de Jesse. Puedo conseguir que nadie los encuentre jamás, ni aunque busquen debajo de todas las piedras que hay de aquí a Marte. Le aseguro que nunca los encontrará nadie. Pero tiene que confiar en mí. Y los tres nos tenemos que ir inmediatamente de aquí.

—Mami. —Jesse estaba en pijama, frotándose los ojos junto a la puerta.

—Hola, cariño —dijo Marie con una voz llena de amor—. ¿Qué te pasa?

Jesse se acercó a ella con paso vacilante.

—He tenido un sueño malo —se quejó.

—Pobrecito —lo consoló Marie.

Jesse se sentó en su regazo y apoyó la cabeza en el pecho de su madre. Marie le acarició el pelo y le dio un beso en la frente.

—Lo siento, cariño.

—Hombres malos —murmuró Jesse.

Marie le volvió a acariciar el pelo y le preguntó:

—¿Quieres que te lea un cuento?

Jesse levantó un dedito y señaló hacia Lassiter.

—No —contestó—. Quiero que me lo lea él.

—No sé si... —dijo Marie.

—Me encantaría —interrumpió Lassiter—. ¿Quieres que te lleve a la cama a caballito?

Su mirada se cruzó con la de Marie mientras se agachaba para que el niño se montara encima de él, pero Lassiter no supo leer lo que decían sus ojos.

—¡Vaya! —exclamó Jesse cuando Lassiter se incorporó—. ¡Qué alto!

Lassiter lo agarró de los tobillos.

Fueron al cuarto de Jesse, agachándose cada vez que pasaban por una puerta o debajo de una viga. Jesse tenía los brazos levantados e iba tocando el techo. Una vez en la cama, le dijo a Lassiter que no quería que le leyera un cuento, que prefería leérselo él.

—Me parece bien —aceptó Lassiter—. Empieza cuando quieras.

Jesse sacó un libro de debajo de la almohada y, adoptando un ademán de extrema gravedad, dijo:

—Doctor Seuss.

Después abrió el libro por la primera página, se lo acercó mucho a la cara y dijo:

—¡Un pez!

Lentamente, se alejó el libro de la cara y se balanceó hacia atrás.

—¡Dos peces!

Y se volvió a acercar el libro.

—¡Peces rojos!

Y otra vez hacia atrás, sólo que esta vez, además, hizo una mueca traviesa, mirando hacia el techo con los ojos y la boca muy abiertos.

—¡Peces azules!

Después se dejó caer sobre la cama y empezó a reírse a carcajadas.

CAPÍTULO 37

Lassiter estaba arrodillado en el muelle, soltando las amarras del bote neumático, cuando Jesse dijo:

—Mira, mami, un barco.

Lassiter se dio la vuelta y miró hacia donde el niño estaba apuntando. Al principio sólo vio el cielo gris pizarra, las rocas, los pinos y el movimiento de las olas. Pero después, al fijarse mejor, vio una lancha blanca que subía y bajaba sobre las olas. Desde luego, el niño tenía una vista increíble.

—¿De quién es el barco? —preguntó Jesse.

Marie se puso la mano en la frente y miró hacia el mar con gesto de preocupación.

—No lo sé —dijo ella—. Es la primera vez que lo veo.

Lassiter maldijo entre dientes y volvió a amarrar el bote a la cornamusa del muelle con un nudo de vueltas cruzadas. Tenían planeado ir remando hasta la lancha de Marie para marcharse, pero, ahora, eso era imposible. O por lo menos era imposible sin que los viera quienquiera que viniera en la lancha blanca.

—¿Tiene unos prismáticos? —inquirió.

Marie asintió mientras cogía a Jesse entre sus brazos.

—Hay unos en casa —repuso. Inmediatamente después, la madre y el hijo subieron corriendo hacia la casa. Lassiter los siguió con los ojos entrecerrados, pues estaba empezando a llover.

Los prismáticos estaban colgados al lado de la librería. Lassiter salió fuera, se los llevó a los ojos y giró la pequeña rueda hasta que consiguió enfocar la lancha. Aunque estaba demasiado lejos para identificar sus caras, pudo ver que había tres hombres.

—¿Son ellos? —preguntó Marie poniéndose a su lado.

—No lo sé. —Lassiter forzó la vista intentando enfocar las borrosas caras. Y entonces lo vio. En la popa de la lancha, un armario de carne y hueso se puso de pie y apuntó hacia la casa. Lassiter no necesitaba verle la cara para saber quién era—. Sí, son ellos —aseguró mientras los rostros de los tres hombres de la lancha empezaban a cobrar forma—. El Armario, Grimaldi y Della Torre.

Marie respiró hondo y abrazó a Jesse con fuerza.

—No podemos quedarnos aquí —dijo Lassiter—. ¿Dónde podemos escondernos?

Marie reflexionó un momento.

—Podríamos ir al viejo embarcadero. Hay un viejo almacén. Ellos no conocen la isla. A lo mejor no miran allí.

—Está bien —aceptó Lassiter—. Coja una linterna. —Luego fue hasta el armario donde Marie guardaba su rifle—. ¿Dónde guarda la munición?

—En el cajón del pan —respondió Marie.

Tenía que haberlo supuesto. Cogió el rifle, se acercó al cajón del pan y lo abrió. Dentro había una barra de pan y un par de magdalenas y, al fondo, una caja.

Una caja sorprendentemente ligera.

Lassiter abrió la caja y se quedó de piedra al ver que sólo contenía una bala.

—¿Y las demás? —inquirió.

Marie bajó la mirada.

—No sé... Bueno... Supongo que las he gastado.

—¿Haciendo el qué? —preguntó Lassiter.

—Practicando —explicó Marie—. En esta isla no hay demasiadas cosas que hacer. A veces, cuando me aburría, salía a practicar... —añadió al ver el gesto de incredulidad de Lassiter.

Él no podía creerlo.

—¿Y ahora qué se supone que tengo que hacer yo? —exclamó—. ¿Pedirles que se pongan en fila india para poder darles a los tres con un solo disparo?

Era demasiado. Marie contrajo el ceño en una expresión de dolor. Al verla, Jesse corrió a consolarla.

Intentando protegerla, el niño abrazó las piernas de su madre con sus pequeños brazos.

—No llores, mami —dijo—. No llores.

Lassiter levantó los brazos.

—¡Está bien! ¡Lo siento! —se disculpó—. De verdad, lo siento. Llévese a Jesse al viejo embarcadero. Yo iré ahora mismo.

Marie asintió y fue hacia la puerta con Jesse. De repente, se dio la vuelta.

—Pero... ¿qué va a hacer usted?

—No lo sé —contestó Lassiter—. Quizá me deshaga de ellos a pedradas.

Empujó a Jesse y a Marie hacia la puerta y observó cómo desaparecían entre los árboles. Después cargó el rifle con la única bala que tenía, salió al porche, se arrodilló, apoyó el rifle sobre la barandilla y cerró el ojo izquierdo. Fue moviendo el rifle lentamente, hasta que vio la lancha blanca.

La mira telescópica del rifle era magnífica. Della Torre estaba en la popa de la lancha, vestido con una sotana negra, haciendo caso omiso del viento y de la lluvia, como si de un Ulises clerical se tratara. La lancha estaba a unos doscientos metros de la costa y, aunque no era un blanco fácil, Lassiter sabía que no podía fallar. Respiró hondo y soltó el aire lentamente mientras apuntaba al pecho del sacerdote. Matar a Della Torre sería como dejar a una serpiente sin cabeza: el cuerpo podría sobrevivir por su cuenta, pero quedaría ciego, desorientado.

O puede que no.

Desplazó el cañón hacia la izquierda, hasta que encontró la cabeza del Armario. El italiano le estaba diciendo algo a Della Torre, absolutamente ajeno al hecho de que su vida pendía del movimiento de un dedo. Aunque la lancha se mecía sobre las olas, Lassiter tenía cogido el ritmo del movimiento y estaba seguro de poder acertar.

«Dispara —se dijo a sí mismo—. ¡Dispara! No quieres volver a vértelas con ese tipo. Ya ha intentado matarte dos veces. Disparó a Azetti a sangre fría y lo más probable es que también fuera él quien mató a Bepi.» Aunque era un buen argumento para disparar, Lassiter movió el rifle más a la izquierda, hasta encontrar la figura de Grimaldi.

El asesino de Kathy y de Brandon estaba sentado en la proa, mirando fijamente hacia la isla. Tenía un aspecto tan lúgubre como la lluvia. Ahora el barco ya estaba a cien metros de la costa y avanzaba directamente hacia el pequeño muelle situado a los pies de la casa. A pesar de la lluvia y el viento, Lassiter podía distinguir las facciones de Grimaldi con tal nitidez que incluso pudo ver que llevaba varios días sin afeitarse. «Dispara —se dijo a sí mismo—. Por el amor de Dios, dispara.»

Hazlo por Kathy y por Brandon.

Por Jesse y por Marie.

Por Jiri.

Hazlo por ti mismo.

«Si aprieto el gatillo —pensó Lassiter—, la bala le partirá el cráneo como una taladradora, le atravesará el cerebro y le abrirá un agujero del tamaño de un puño detrás de la cabeza.» Rozó el gatillo con el dedo.

«Pero no —pensó—. No es a mí a quien buscan. Ni siquiera saben que estoy aquí. Además, si encuentran la casa vacía... Quién sabe, incluso es posible que se marchen.»

No era un argumento demasiado convincente, pero Lassiter se aferró a él con la desesperación con la que alguien se agarra a su última esperanza. Y, además, realmente no tenía nada que perder por esconderse. No era como si tuviera un M-16 con un cargador completo; tenía un rifle con una sola bala. Sólo podría matar a uno de los tres hombres con el rifle y, después, lo más probable es que le tocara morir a él. Era mejor esperar.

Lassiter respiró hondo, bajó el rifle y se levantó. La lancha estaba a punto de llegar al muelle y sus tres ocupantes estaban de pie, ansiosos por saltar a tierra. Con mucho cuidado, Lassiter retrocedió, paso a paso, hasta que, al llegar a la parte trasera de la casa, se dio la vuelta y empezó a correr por el sendero del bosque por el que se habían ido Marie y Jesse.

El sol acababa de ponerse y el bosque estaba oscuro. Había una niebla tan espesa que parecía salir del suelo, y un reguero constante de gotas caía entre los árboles. Había parches de nieve junto a algunas rocas y la tierra cubierta de pinaza estaba salpicada por pequeños brotes verdes. El ambiente era húmedo y el aire estaba cargado con el fuerte olor de la resina.

Sin prestar atención a nada de ello, Lassiter avanzó sin hacer ruido. La capa de pinaza ahogaba sus pasos.

Al llegar, pensó que el embarcadero estaba demasiado cerca de la casa.

El sendero acababa al borde de un pequeño acantilado. Debajo había un viejo edificio medio derruido al borde del mar. La marea alta azotaba los cimientos de piedra. Veinte años antes, el edificio había servido de almacén invernal para media docena de embarcaciones. Pero, hoy en día, no era más que una ruina abandonada con el tejado medio caído y las ventanas rotas. Lassiter miró a su alrededor, buscando un sitio mejor para esconderse, pero sólo vio lluvia, mar y bosque.

Cruzó la rampa natural que descendía hasta el almacén, abrió la puerta y entró.

—Marie... —llamó.

El interior del almacén estaba completamente oscuro. De repente, una luz lo deslumbró.

—¡Dios santo! —exclamó Lassiter con el corazón latiéndole a mil por hora.

—¡Jesse! —dijo Marie—. ¡Apágala!

La luz desapareció tan repentinamente como había aparecido, y la oscuridad volvió a envolver a Lassiter.

—Marie, ¿dónde está?

—Jesse sólo quería sujetar la linterna —se disculpó Marie.

—Está bien. No pasa nada.

Pero Lassiter sólo veía un gran círculo delante de los ojos. Lentamente, las formas empezaron a materializarse a su alrededor. Lassiter vio un remolque para transportar lanchas, un montón de trampas para langostas e infinidad de redes de pescar colgando de las paredes.

—¿Estaremos a salvo aquí? —preguntó Marie. Estaba agachada en una esquina, abrazando a Jesse por la cintura.

—Sí —contestó Lassiter—, estaremos a salvo.

—¿Seguro?

Para qué mentir.

—No —reconoció Lassiter—. No creo que lo estemos. El sendero viene directamente hasta aquí. Si ellos lo siguen... ¿No hay otro sitio donde podamos escondernos?

Marie reflexionó durante unos instantes y dijo:

—No.

—Tiene que haber algún otro sitio —insistió Lassiter.

—La isla es muy pequeña... Quizá piensen que nos hemos ido.

Lassiter movió la cabeza.

—La estufa todavía está caliente. Sabrán que estamos aquí. Aunque puede que no sepan que estoy yo.

La linterna se encendió y se apagó.

—¡Jesse! —susurró Lassiter—. No hagas eso.

—Perdón —se disculpó el niño.

Lassiter se sentó debajo de una ventana rota que había junto a la puerta, con el rifle cogido entre los brazos. Pensaba en los tres hombres que había visto a través de la mira telescópica. «Tendría que haber matado a uno —pensó—. A Della Torre o a Grimaldi o al Armario.»

—¿Qué podemos hacer? —preguntó Marie.

Lassiter movió la cabeza.

—No estoy seguro —dijo.

Los minutos transcurrían muy lentamente, pero, aun así, transcurrían. El viento, cada vez más fuerte, silbaba entre las vigas del techo. Lassiter pensó que a Della Torre no le iba a resultar fácil encontrarlos de noche; sobre todo, en una noche como ésa. Lo lógico sería que Della Torre regresara a la costa y volviera a intentarlo al día siguiente. Sí, eso sería lo más razonable, se dijo a sí mismo Lassiter. Después suspiró. ¿De qué servía engañarse a sí mismo?

De nada. No servía de nada. Lo supo cuando oyó las voces que venían desde el bosque. Al principio, apenas se podían reconocer, pero pronto se hicieron más nítidas.

—*Franco! Dove sta?*

Lassiter esperó con el rifle cogido entre las manos. Al otro lado del almacén, Marie estaba sentada en el suelo, conteniendo la respiración, con Jesse entre los brazos.

—Tranquilos —susurró Lassiter mientras la lluvia golpeaba contra el tejado.

Los hombres ya estaban a escasos pasos del almacén. El corazón de Lassiter retumbaba como un tambor.

De repente, el haz de luz de una linterna invadió la oscuridad, barriendo las paredes del almacén. Lassiter se agachó debajo de la ventana por la que entraba la luz. Pasaron unos segundos antes de que la luz encontrara a Jesse y a Marie que, como dos ciervos sorprendidos en la noche por los faros de un coche, se quedaron inmóviles, como si estuvieran clavados al suelo.

—*Ecco!*

Con un gran estruendo, la puerta se desprendió de sus goznes y cayó al suelo. Una figura enorme se perfiló en el marco. El Armario permaneció inmóvil durante unos instantes, como si estuviera saboreando el pánico que su presencia provocaba en la mujer y el niño. Cuando dio el primer paso hacia ellos, Lassiter susurró:

—Oye, grandullón.

El italiano se dio la vuelta como impulsado por un resorte. Lassiter disparó. La bala entró por el pómulo del gigante italiano y empezó a taladrarle el cerebro, levantando su cuerpo en el aire antes de volarle la tapa de los sesos. El ruido del disparo retumbó contra las paredes. Marie gritó, y el Armario se desplomó en el suelo como si fuera un enorme montón de ropa mojada.

Lassiter soltó el rifle y gateó a toda prisa hacia el cadáver del Armario. Mientras buscaba su pistola, miró un momento la cara del muerto, que parecía congelada en una mueca de inmensa sorpresa. Pero mayor fue la sorpresa de Lassiter.

—*Ciao.*

La voz venía de detrás de él. Antes de volverse, Lassiter ya sabía a quién pertenecía. Grimaldi lo estaba mirando desde el otro lado de la ventana. Tenía una Beretta en la mano.

«Estoy muerto —pensó Lassiter—. Los tres estamos muertos.»

Grimaldi dijo algo en italiano, y la cabeza de Della Torre apareció a su lado. El sacerdote tenía una linterna en la mano.

—¡Joe! —exclamó al tiempo que alumbraba la cara de Lassiter—. ¡Qué agradable sorpresa!

El haz de luz de la linterna viajó hasta iluminar el cuerpo que yacía en el suelo sobre un charco de sangre y sesos. Della Torre se santiguó y entró en el almacén moviendo la linterna de un lado a otro. No tardó en encontrar a Jesse y a Marie agazapados al lado de la pared.

—¿Sabe lo que son esos dos? —le preguntó el sacerdote a Lassiter. Al no obtener respuesta, él mismo contestó—: Son malas compañías, Joe. ¡Venga! ¡Todos en pie! —ordenó acto seguido—. Creo que estaremos más cómodos en la casa.

Grimaldi preguntó algo en italiano, y Della Torre movió la cabeza.

—No... *Portali tutti* —indicó el sacerdote. Unos segundos después, los cinco avanzaban por el sendero del bosque.

Jesse y Marie iban delante, guiados por el inquieto haz de luz de la linterna de Della Torre. Detrás de ellos iba Lassiter, seguido por Grimaldi y por el líder de Umbra Domini. Aunque Grimaldi se mantenía a dos pasos de distancia, Lassiter casi sentía el cañón de su Beretta apuntándole directamente a la columna vertebral. «Si intento huir ahora me matarán inmediatamente —pensó Lassiter—. Y, si no, me matarán más tarde. Y, haga lo que haga, Jesse y Marie van a morir. No hay solución.»

«A no ser que cometan un error.»

Aunque eso era improbable, era la única esperanza que le quedaba, así que Lassiter se aferró a la idea y siguió caminando.

Llegaron empapados a la casa. Grimaldi agrupó a Lassiter, Marie y Jesse alrededor de la mesa de la cocina y les indicó que se sentaran con un movimiento de la pistola. Mientras tanto, Della Torre encendió una de las lámparas de queroseno y removió las ascuas de la estufa. Después, el sacerdote se acercó a la mesa con la lámpara y se sentó enfrente de Jesse y Marie.

—Bueno —dijo frotándose las manos—, por fin nos conocemos. —Miró un momento a Grimaldi, le dijo algo en italiano y movió la cabeza hacia la cuerda que colgaba de un clavo en la pared. Después volvió a mirar fijamente a Marie, que tenía a Jesse sentado en su regazo. Pero cuando volvió a hablar, se dirigió a Lassiter—. ¿Sabe quién fue Lilith, Joe?

Lassiter movió la cabeza.

—No, nunca he oído hablar de ella.

Grimaldi se acercó a la mesa con la cuerda y le dio la pistola a Della Torre. El sacerdote apuntó a Lassiter. Grimaldi fue hasta donde estaba sentada Marie y, rodeándole la cintura con la cuerda, comenzó a atarla a la silla. De forma instintiva, ella intentó levantarse, pero Grimaldi la agarró de la muñeca y se la retorció hasta obligarla a volver a sentarse. Después le dijo algo con un tono amenazador que no requería traducción.

Cuando Grimaldi acabó de atar a Marie a la silla, Jesse se volvió a subir en su regazo.

—No te preocupes, mami —dijo con voz tranquilizadora—. No te preocupes.

Della Torre se aclaró la voz.

—Lilith fue la primera esposa de Adán.

—Escuche —lo interrumpió Marie—. Si deja que se vaya Jesse, le prometo que haré lo que quiera.

Della Torre se volvió lentamente hacia ella.

—Debería escuchar lo que voy a decir —le advirtió—. Creo que le interesará. —Después volvió a dirigirse a Lassiter—. Lilith abandonó a Adán porque no estaba de acuerdo con que él mandara sobre ella. Cuando se fue, los ángeles le rogaron que volviera.

Lassiter estaba pensando que la lámpara de queroseno podría ayudarlos, pero dijo:

—¿Y volvió?

Della Torre movió la cabeza con ademán abatido.

—No —repuso—. No volvió. No estaba contenta viviendo con Adán, ni con Dios, así que se fue a vivir con Satanás. Y, con el tiempo, llegó a alumbrar a sus hijos. —Della Torre sonrió mientras acariciaba el pelo de Jesse—. Y, como era de suponer, esos hijos fueron demonios.

Lassiter asintió.

—Se ven demasiados hoy en día. Yo siempre había pensado que la culpa era de la televisión.

Della Torre hizo un ruido con el paladar, se recostó en su silla y recitó:

—«Y los diez cuernos que viste así, como la bestia, aborrecerán ellos mismos a la ramera, y la dejarán desolada y desnuda, comerán sus carnes, y la abrasarán en fuego.» —Se incorporó hacia adelante—. Apocalipsis, diecisiete, dieciséis —añadió.

Luego se volvió hacia Grimaldi y le dijo algo en italiano. Grimaldi se encogió de hombros y abrió los brazos con las palmas de las manos hacia arriba.

—No tienen suficiente cuerda —le explicó Marie a Lassiter.

Della Torre la miró sorprendido.

—¿Habla italiano?

—*Ci lasci andare, padre.*

Della Torre pareció reflexionar durante unos segundos.

—No puedo hacerlo —contestó al cabo. Después le dijo a Grimaldi que se acercara y le susurró algo al oído. Grimaldi asintió y buscó en los cajones de la cocina hasta que encontró un par de cuchillos. Volvió a acercarse a la mesa y le cambió a Della Torre los cuchillos por la pistola.

Marie se asustó. Jesse abrazó a su madre con más fuerza.

Della Torre se volvió hacia Lassiter.

—Su mano —dijo mientras levantaba el cuchillo, que mediría al menos quince centímetros.

Lassiter lo miró sin poder creer lo que estaba pasando. Permaneció unos segundos en silencio. Después retiró las manos y dijo:

—Ni lo piense.

Della Torre le hizo un gesto a Grimaldi, y el sicario se situó detrás de Lassiter.

Lassiter esperaba recibir un golpe seco, pero sólo sintió un leve roce. Grimaldi había apoyado la mano en su nuca, un poco hacia la izquierda. Cuando oyó el ruido metálico del martillo del revólver, entendió por qué: no quería salpicarse con los sesos de Lassiter cuando le disparase.

Lassiter respiró hondo, murmuró una obscenidad y extendió la mano izquierda hacia Della Torre. El sacerdote la cogió con la suya, apretó el dorso de la mano de Lassiter contra la mesa y apoyó la punta del cuchillo con suavidad justo en el centro de la palma.

—¿Le han leído alguna vez el futuro en las manos, Joe?

Lassiter movió la cabeza de un lado a otro y, con voz titubeante, contestó:

—No, nunca lo han hecho. —Estaba intentando controlar el ritmo de su respiración, pero no lo conseguía.

—¿Ve esta línea? —preguntó Della Torre—. La línea corta. Ésa es su línea de la vida. Y, entonces, el sacerdote levantó el cuchillo y lo bajó con todas sus fuerzas, clavando la mano de Lassiter contra la mesa.

El dolor fue tan agudo y repentino que Lassiter echó la cabeza instintivamente hacia atrás y gritó con todas sus fuerzas. Marie también estaba gritando, pero su voz parecía muy lejana. Entonces, Grimaldi lo obligó a poner la otra mano sobre la mesa, alguien le abrió los dedos y le clavaron el segundo cuchillo en la palma de la mano derecha. Esta vez, el grito de Lassiter sonó como una sucesión de vocales acabadas en un jadeo ahogado.

Lassiter apoyó la cabeza sobre la mesa y gruñó entre dientes. Estuvo así durante lo que a él le pareció una eternidad, aunque probablemente sólo fueran unos segundos. Cuando por fin levantó la cabeza, Della Torre lo miraba con ojos brillantes. Al otro lado de la mesa, Jesse lloraba de forma incontrolada. Marie estaba blanca como la cal.

Lassiter se miró las manos clavadas en la mesa. Le sorprendió la poca sangre que había, pero, aun así, sintió cómo se le revolvía el estómago. Respiró hondo y se inclinó hacia Della Torre.

—Maldito hijo de puta. ¿Está mal de la cabeza?

—Tenía que improvisar —se justificó Della Torre.

Grimaldi se rió. De repente, Lassiter sintió mucho frío. Pensó que estaba a punto de desmayarse y se dijo que no podía hacerlo.

—Parece que todavía no ha entendido lo que está en juego —dijo Della Torre.

—Sé perfectamente lo que está en juego —respondió Lassiter.

—Realmente, no creo que lo sepa —replicó Della Torre. En ese preciso momento, un rayo cayó muy cerca de la casa. Oyeron el crujido de un tronco al partirse, y la lluvia empezó a golpear contra las ventanas en fuertes rachas—. Quién sabe —comentó Della Torre con gesto preocupado—. Con toda esta lluvia...

Lassiter no lo escuchaba. Se miraba las manos preguntándose si tendría el valor de tumbar la mesa. Si se atrevía, la fuerza de la gravedad le liberaría las manos.

Della Torre movió la cabeza lentamente.

—No me está haciendo caso —dijo.

Lassiter lo miró fijamente.

—Es que estoy concentrado en otras cosas —repuso.

Della Torre asintió comprensivamente.

—Ya. En cualquier caso, no creo que usted sea la persona más indicada para contestar a la pregunta. —Se volvió hacia Grimaldi y le susurró algo en italiano. El sicario asintió, se abrochó la cazadora y salió a la lluvia. Después, Della Torre volvió a girarse hacia Lassiter—. Usted cree que sabe lo que está en juego, Joe, pero no lo puede saber. Es imposible que lo sepa. Porque, a no ser que crea tanto en Dios como en la ciencia, y es necesario tener mucha fe en ambos, no puede comprender realmente a lo que nos estamos enfrentando. ¿Tiene la más remota idea de quién es realmente este niño?

—Sé quién cree usted que es —contestó Lassiter.

Della Torre ladeó la cabeza.

—¿De verdad? ¿Quién? —preguntó.

—Cree que es Jesucristo.

Della Torre apretó los labios, permaneció unos instantes en silencio y movió la cabeza de un lado a otro.

—No —dijo finalmente—. Eso no es lo que creo... Si realmente creyera que es Jesucristo estaría postrado delante de él; no le quepa la menor duda de que ahora mismo me arrodillaría delante de él. Pero no es Jesucristo; no puede serlo.

—¿Cómo puede estar tan seguro?

Della Torre hizo una mueca.

—¡Dios hizo al hombre a su imagen y semejanza!, y no al

revés. Este niño es una abominación y esa abominación tiene un nombre.

—Se llama Jesse —intervino Marie.

—¡No! ¡Se llama Anticristo! —Della Torre miró a Marie con los ojos llenos de ira, pero luego pareció tranquilizarse—. Realmente —dijo—, los logros de Baresi fueron espectaculares. En tan sólo unos pocos años consiguió lo que todos los magos del mundo no habían conseguido hacer antes.

—¿Y qué es eso? —inquirió Lassiter para ganar tiempo mientras pensaba que todo lo que tenía que hacer era empujar la mesa hacia adelante. Sólo tardaría un segundo. La mesa se volcaría y... No podía hacerlo. No podía.

Della Torre lo miró como si supiera perfectamente lo que estaba pensando. Por fin dijo:

—Consiguió conjurar a un demonio.

Una ráfaga de viento entró por la puerta. Inmediatamente después apareció Grimaldi con un bidón de gasolina. Se acercó a Della Torre, le susurró algo al oído y el sacerdote asintió. Della Torre estaba sudando y respiraba pesadamente.

—La verdad es que estoy un poco nervioso —le explicó a Lassiter al notar su mirada—. Es la primera vez que hago algo así.

«¡Vamos, vamos!», se dijo Lassiter a sí mismo apretando los dientes para encontrar el valor suficiente para volcar la mesa. Su cerebro le gritaba a sus piernas que se levantasen, pero sus manos lo impedían.

—En el caso de ellos dos, no existe otra opción —declaró Della Torre moviendo la cabeza hacia Jesse y Marie—. Pero... a usted podríamos darle una muerte más rápida.

Los dedos de Lassiter se abrían y se cerraban alrededor de los cuchillos. Grimaldi empezó a desenroscar el tapón del bidón de gasolina.

—No, gracias —murmuró Lassiter.

—Bueno... Entonces —dijo Della Torre levantándose—, creo que ha llegado la hora. —Se inclinó hacia adelante, mojó un dedo en la sangre que salía de la mano derecha de Lassiter, se volvió hacia Marie y dibujó un seis en su frente. Después agarró a Jesse del brazo y, mientras se lo retorcía, dibujó la misma cifra en su pequeña frente. Por último, volvió a mancharse el dedo de sangre y trazó la cifra sobre la frente de Lassiter. Después, el sacerdote dio un paso atrás para observar el resultado de su trabajo.

Al principio, Lassiter no entendía lo que estaba haciendo, pero luego lo comprendió. Marie, Jesse y él:

666

La bestia.

Della Torre se dio la vuelta y buscó en los bolsillos de su sotana hasta encontrar un frasco que Lassiter reconoció inmediatamente. El cura abrió el frasco y roció cada rincón de la habitación con agua bendita mientras murmuraba algo en latín.

Grimaldi se acercó a Jesse y a Marie, inclinó el bidón y roció la gasolina sobre sus cabezas. Lassiter empezó a incorporarse, consciente de que si no lo hacía ahora ya no podría hacerlo nunca, pero Marie ya había tomado la decisión por él; inclinó la silla hacia atrás, apoyó la planta de los pies en el borde de la mesa y la volcó.

Lassiter gritó con todas sus fuerzas mientras los cuchillos se desclavaban de la mesa. La lámpara de queroseno cayó a los pies de Della Torre y las llamas prendieron en su sotana. Desconcertado, el sacerdote intentó apagar las llamas con las manos. Marie le gritó a Jesse que saliera corriendo. De repente, la habitación se llenó de sombras y Della Torre, convertido en una antorcha viviente, empezó a avanzar en círculos hacia la puerta.

Grimaldi dio un paso hacia él, pero, antes de que pudiera ayudar al líder de Umbra Domini, Lassiter se abalanzó sobre él. Al recibir el impacto de Lassiter, Grimaldi soltó el bidón de gasolina, que salió despedido en la misma dirección en que avanzaba Della Torre. Un instante después, el cura se convirtió en una especie de astro solar que dejaba a su paso un reguero de llamas ardiendo en el suelo. Lassiter empujó a Grimaldi contra la pared, le dio la vuelta, lo agarró de las solapas y, atrayéndolo hacia sí, estrelló su frente contra la nariz del asesino de su hermana. El ruido que sonó le recordó al de un trozo de plástico duro al romperse. Cuando el italiano cayó al suelo, Lassiter le clavó la puntera del zapato en el costado.

Y siguió dándole patadas hasta que el italiano rodó hacia un lado, sacó la pistola y empezó a disparar.

Tres tiros seguidos impactaron en el techo, en la pared y en la puerta. Lassiter intentó darle una patada a la pistola, pero Grimaldi volvió a rodar por el suelo, y el pie de Lassiter lo golpeó en el costado. El italiano soltó la pistola con un grito de dolor. Como si fueran dos psicópatas, ambos se lanzaron hacia donde había caído el arma y, entre el humo y la oscuridad, buscaron a tientas por el suelo.

Una llamarada iluminó la pistola y los dos hombres se abalanzaron sobre ella. Lassiter aterrizó un poco más cerca. Estiró el brazo y cerró dolorosamente la mano alrededor de la culata de la pistola, pero el italiano le dio un codazo en la boca y se encaramó sobre su espalda. Un instante después, Grimaldi tenía a Lassiter cogido del cuello con los dos brazos y le apretaba con todas sus fuerzas, estrangulándolo lentamente.

El italiano tenía una fuerza increíble.

Lassiter intentó forcejear, pero era inútil. Los músculos le empezaban a flaquear y la vista comenzaba a nublársele. Sabía que le quedaban pocos segundos. Deslizó el brazo dibujando un arco sobre el suelo y, cuando la pistola chocó contra algo duro, disparó.

Grimaldi gritó de dolor. Lassiter consiguió deshacerse de él y se arrastró hacia la pared, luchando por recuperar el aliento. Un rayo iluminó la cocina. Grimaldi estaba sentado en el suelo rodeado de llamas, como si de un actor en un escenario se tratara, con la rodilla cogida entre las manos, balanceándose hacia adelante y hacia atrás; parecía estar rezando.

Al verlo así, con la cara contorsionada por el dolor, Lassiter se acordó del famoso cuadro de san Sebastián.

Pero, aun así, disparó. Un solo tiro que hizo un pequeño agujero justo encima del ojo izquierdo de Grimaldi.

Marie estaba gritando. Al darse la vuelta, Lassiter vio que las llamas se hallaban ya a menos de un metro de su silla. Jesse estaba a su lado, intentando desatar a su madre, pero sus dedos eran demasiado débiles. Lassiter corrió hacia Marie, deshizo los nudos y, esquivando las llamas, sacó a la madre y al hijo fuera de la casa.

Justo delante del porche, un cuerpo yacía humeante y tembloroso bajo la lluvia.

—No mires, Jesse —exclamó Marie abrazando al niño contra su pecho.

Lassiter se arrodilló junto al sacerdote e hizo una mueca al ver que Della Torre tenía la cara carbonizada. No le quedaba pelo en la cabeza y un extraño líquido viscoso le salía por las órbitas de los ojos. Lassiter nunca hubiera imaginado que pudiera estar vivo, pero Della Torre gimió y se movió levemente.

—Tenemos que llevarlo a un hospital —dijo Marie—. Podemos usar su lancha. ¡Vamos!

Lassiter la miró como si se hubiera vuelto loca.

—No podemos hacer eso —replicó.

—¡Se va a morir!

—¡Claro que se va a morir! Quiero que se muera.

—Pero... No podemos dejarlo así. Hace muchísimo frío. ¡Y tiene todo el cuerpo quemado!

Lassiter se levantó.

—Si lo llevamos a un hospital, esta pesadilla nunca acabará —declaró—. Della Torre tiene miles de seguidores que piensan como él. Y, cuando sepan que Jesse sigue vivo... y, créame, lo sabrán... volverán a perseguirlos. No podemos llevarlo al hospital; tenemos que desaparecer lo antes posible.

Marie movió la cabeza lentamente.

—Pero... Es una persona —repuso por fin.

Lassiter miró a Marie fijamente durante unos segundos.

—Está bien —dijo al cabo—. Llévese a Jesse al barco. Yo llevaré a Della Torre.

Marie cogió a Jesse de la mano y corrió hacia la lancha blanca que esperaba amarrada en el muelle. Casi había llegado, cuando oyó el disparo. No tuvo que volverse para saber que ya no irían al hospital.

EPÍLOGO

Marie no le dirigió la palabra durante días. Finalmente, pasó casi un mes hasta que aceptó que el «tiro de gracia» había sido exactamente eso: un acto necesario de compasión. A esas alturas, los tres viajaban como una familia mientras Lassiter hacía uso de todos sus conocimientos para conseguirles nuevas identidades a todos ellos.

No bastaba con cambiar de nombre, sino que también era necesario crear una historia, un pasado completo, con historiales médicos, laborales, académicos y financieros, con pasaportes legítimos y tarjetas de la seguridad social que tuvieran la antigüedad apropiada. El proceso duró tres semanas y costó más de cincuenta mil dólares. Aun así, cuando todo estuvo listo, Lassiter no quiso decírselo a Marie.

—En un par de días os dejaré. Me iré en cuanto lleguen las fichas de identificación de firmas del banco de Liechtenstein —le prometió. Después de rebotar como una peonza de un sitio a otro, allí es donde había recalado finalmente su dinero; cortesía de Max Lang, por supuesto.

El «par de días» se convirtió en un par de semanas y luego llegó la primavera. Fue entonces cuando Lassiter besó por primera vez a Marie.

El nombre que figuraba en el buzón de entrada era Shepherd.

La casa estaba al final de un largo camino de tierra en el condado de Piedmont, en las faldas de las montañas Blue Ridge de Carolina del Norte. El camino serpenteaba a través de cuarenta hectáreas de colinas verdes antes de llegar a un granero de piedra. A pocos metros del granero se alzaba un viejo caserón que necesitaba una buena reforma. Una tapia de madera blanca de un kilómetro y medio rodeaba la propiedad. Dentro de la tapia, una yegua de raza árabe trotaba con su potro.

Era una zona preciosa del país, pero estaba demasiado alejada de la ciudad de Raleigh, o de cualquier otro lugar, para poder ir a trabajar a diario. Por ello, la mayoría de la gente que vivía en la zona trabajaba para sí misma.

El señor Shepherd no era la excepción. Se dedicaba a la compraventa de libros antiguos y primeras ediciones y recibía y enviaba los libros por correo. La suya no era más que otra profesión extravagante entre las muchas que había en la zona, por lo que no llamaba en absoluto la atención. En un radio de un kilómetro y medio vivían un hombre que era famoso en el mundo entero por la manufacturación de mandolinas, una pareja dedicada a la cría de avestruces, una mujer que hacía coronas de flores culinarias para *Smith & Hawken* y un hombre que construía tapias de piedra. Además, había un vecino del que se sospechaba que se dedicaba al cultivo de marihuana, dos novelistas y un diseñador de juegos.

La familia Shepherd vivía con modestia, renovando la vieja casa pacientemente. Se encargaban de casi todo el trabajo ellos mismos. Habían decidido quedarse juntos una temporada; luego se divorciarían y cada uno se iría por su lado. Era un plan sensato que ayudaría a darle solidez a sus nuevas identidades. Pero el afecto mutuo que surgió entre ambos en ese lugar idílico cambió todos los planes. Al poco tiempo, su matrimonio de conveniencia más bien parecía un matrimonio concebido en el paraíso.

El pasado sólo se cruzó en su camino una vez. Dos años después de dejar la isla de Maine, el programa de televisión «Misterios sin resolver» emitió una recreación dramatizada de los sucesos de «La isla de la muerte». Lassiter y Marie observaron atónitos cómo el actor Robert Stack narraba los eventos que habían culminado con su huida de la isla.

El programa empezaba con un Ford Taurus azul entrando en la pequeña población de Cundys Harbor, que estaba envuelta en una intensa niebla. Un actor que no se parecía en nada a Lassiter aparecía negociando la tarifa del viaje en barco con otro actor que tampoco se parecía a Roger Bowker. A continuación, los dos hombres se subían a un barco que sí se parecía al barco de Roger. Después había una entrevista con Maude y con Ernie. «Sabíamos que venía una tormenta —recordaba el hombre de la inmensa cabeza—, pero Roger siempre fue muy obstinado.»

En vez de reconstruir el naufragio, Stack lo narraba con dramatismo mientras la pantalla enseñaba la oficina de Lassiter Associates y la casa de Lassiter en McLean.

—No está mal —comentó Marie.

Después aparecía una de esas fotos de Lassiter con un personaje famoso.

—No pareces tú —dijo Marie.

—Ya lo sé —contestó Lassiter.

El narrador explicaba que la desaparición de Lassiter había coincidido con la venta de su empresa. A continuación preguntaba: «¿Por qué vino a la isla Joe Lassiter? ¿Acaso estaba investigando algo? Sí, así era.»

Pero esa afirmación no se explicaba de forma inmediata. Primero había un corte publicitario y luego otra recreación. Un Mercedes negro entraba en el puerto de la isla Bailey. Salían tres hombres del coche. Acto seguido, los tres hombres consultaban varias cartas náuticas, hablando en italiano, y señalaban en una carta la ruta desde Bailey hasta la isla Sanders.

Luego aparecía el narrador delante de la casa quemada. Seguían una serie de tomas del embarcadero, el muelle, las rocas en las que había encallado «vamos x ellos» y un plano corto del sol poniéndose sobre el agua.

Después de las entrevistas con el jefe de policía de Brunswick, el capitán de los guardacostas y un empleado de la embajada italiana, aparecía un primer plano de Stack preguntándose: «¿Qué hacían estos hombres en la isla?» A continuación aparecían las fotos de Della Torre, Grimaldi y el Armario. Y, de nuevo, Stack, diciendo: «Uno era un importante sacerdote de la Iglesia católica, otro un asesino perseguido por la justicia y el tercero un matón conocido en su país por sus actos violentos. ¿Qué hacían juntos esos tres hombres? ¿Por qué vendrían hasta esta remota isla? Estas preguntas siguen esperando una respuesta. ¿Qué fue de la misteriosa mujer que vivía con su hijo pequeño en la isla? No existen fotos de ninguno de los dos. Algo que, ya de por sí, resulta misterioso.»

Un retrato de Marie aparecía en la pantalla mientras Maude comentaba su decisión de vivir «sola en la isla». Felizmente, el dibujo era un retrato robot y sólo se parecía a Marie en el número de ojos y orejas.

El narrador concluía el programa en el muelle.

«El fuego que destruyó la casa de Marie Sanders no fue el único que hubo esa noche. Existen testigos oculares de un segundo fuego que se produjo en el mar esa misma noche. La policía está convencida de que el segundo fuego provenía del barco que había alquilado el padre Della Torre esa misma mañana. De ser así, los expertos están de acuerdo en que, en esa época del año, nadie podría haber llegado a nado hasta la orilla. Pero los expertos que rastrearon la isla sólo encontraron los restos de una persona: Franco Grimaldi. ¿Qué ocurrió entonces con los demás?»

Un montaje de rostros aparecía en la pantalla: Lassiter, Roger, el Armario, Jesse, Marie y Della Torre.

«Puede que desaparecieran en el mar, o puede que estén enterrados en algún lugar de la isla. O a lo mejor... ¿quién sabe? Tal vez Marie Sanders y su hijo escaparan en la pequeña lancha que apareció en la costa a la mañana siguiente.»

A continuación, una gran foto de la lancha neumática de Marie ocupó la pantalla del televisor.

El programa acababa con una vista aérea de la isla y la voz de Robert Stack que decía: «Lo único que sabemos a ciencia cierta es que siete personas fueron a la "isla de la muerte" y que ninguna de ellas ha vuelto a ser vista con vida.»

El programa no tuvo ninguna repercusión en sus vidas. Si lo vio algún vecino de los Shepherd, desde luego no lo relacionó con ellos. Aunque eso tampoco era de extrañar; los Shepherd se habían integrado plenamente en la comunidad y ya eran tratados como vecinos de toda la vida. Marie asistía a clases de acuarela en un colegio universitario, y Lassiter entrenaba al equipo de fútbol infantil de un colegio local.

Jesse era el único de los tres que no había cambiado de nombre, aunque la mayoría de las veces lo llamaban Jay y sus amigos lo habían apodado JJ.

Tenía muchos amigos y era muy popular en el colegio. En una reunión de padres, un profesor les comentó que Jesse tenía cualidades de liderazgo y que era un pacificador nato. «No me sorprendería que acabara trabajando para las Naciones Unidas», dijo el profesor.

De momento, sus capacidades diplomáticas lo habían convertido en el encargado de la vigilancia en el autobús escolar.

Desde la ventana de su despacho del segundo piso, Lassiter solía observar cómo Jesse subía andando por el camino, con su brazalete naranja de vigilante, hasta donde lo recogía el autobús.

Un día, Lassiter se sorprendió al ver que Jesse se paraba a medio camino, dejaba la mochila en el suelo y volvía corriendo a casa. El niño abrió la puerta principal a toda prisa y entró corriendo.

—¿Te has olvidado algo? —gritó Marie desde la cocina.

—¡No he dado de comer a los peces! —contestó Jesse a gritos mientras subía la escalera a toda velocidad.

Los peces sólo eran los primeros ejemplares de la colección de animales que Jesse quería tener y que pronto incluiría a uno de los cachorros de un perro labrador que se llamaba *Pickle*. Jesse incluso consiguió que el conductor del autobús, que tenía un perro muy mimado que dormía en el sofá, le regalara una cama para perros a cuadros rojos y negros. Después vendría otro perro y luego un gato y una cabra.

Jesse cuidaba los peces él solo, excepto cuando había que cambiar el agua de la pecera, que pesaba demasiado. Pero, por lo demás, él se encargaba de dar de comer a los peces todos los días y de limpiar la pecera, además de controlar la temperatura del agua en invierno para asegurarse de que no estuviera demasiado fría.

Jesse quería muchísimo a sus peces. Eran siete y todos tenían nombre. Tenía permiso para dejar puesta la luz de la pecera por la noche, que era cuando más le gustaba mirarlos desde la cama. Le encantaba ver cómo se deslizaban por el agua, entrando y saliendo del castillo y escondiéndose entre las plantas verdes. También le gustaba ver la hilera de burbujas plateadas que ascendía desde el purificador de agua. Ese día abrió la puerta de su cuarto sintiéndose un poco culpable porque casi se había olvidado de darles de comer.

—¿Tenéis hambre, chicos? —dijo al entrar en su habitación. Con mucho cuidado, levantó la tapa de la pecera y la dejó a un lado. Luego cogió la cajita con la comida de un estante que había debajo de la pecera y midió cuidadosamente la cantidad en una cuchara de plástico. Marie le había insistido mucho en lo importante que era darles la cantidad justa de comida: «Ni demasiada ni demasiado poca.» Jesse distribuyó los copos multicolores por la superficie del agua y luego se agachó. Le gustaba ver cómo los peces subían a la superficie y le daban pequeños mordisquitos a la comida antes de volver a sumergirse. A veces, como ahora, hasta les hablaba:

—No os peleéis por la comida, que hay mucha.

Pero uno de los peces rayados, que estaba escondido detrás de una planta, no se movía; ni siquiera para comer. Jesse se incorporó y miró el pez desde arriba. Parecía enfermo. Estaba tumbado de costado y además tenía la barriga hinchada y la cola demasiado blanca y un poco pegajosa. Definitivamente, no se movía. Y, además, tenía algo raro en la cola. De repente, Jesse vio cómo uno de los guramis se acercaba al pez rayado y le daba un mordisco en la cola.

—¡Oye!

Sin detenerse a pensar, Jesse metió las manos en la pecera, cogió el pececillo muerto y lo sacó. El agua goteaba contra el suelo mientras Jesse sostenía el pez en la palma de la mano y lo acariciaba suavemente con las yemas de los dedos.

—Vas a estar bien —dijo. Después lo volvió a meter en el agua con las dos manos. Abrió las manos justo debajo de la superficie y el pez empezó a nadar.

IMPRESO EN CAYFOSA - QUEBECOR, S. A.
CTRA. DE CALDES KM 3,7
08130 STA. PERPÈTUA DE MOGODA